잃어버린 문학사의 복원과 현장

Identifying the Nature of Lost History of Korean Literature

저자 이동순(李東洵)은 1950년 경북 김천에서 태어나, 경북대 국어국문학과와 동 대학원을 졸업하고 문학박사 학위를 받았다. 1973년 『동아일보』 신춘문예에 시 「마왕의 잠」, 1989년 『동아일보』 신문문예에 문학평론이 각각 당선되어 문단에 나왔다. 시집으로는 『개밥풀』·『물의 노래』·『지금 그리운 사람은』·『철조망 조국』·『그 바보들은 더욱 바보가 되어간다』·『꿈에 오신 그대』·『봄의 설법』·『가시연꽃』·『기차는 달린다』·『아름다운 순간』·『마음의 사막』·『미스 사이공』 등 12권을 발간하였다. 2003년 민족서사시 『홍범도』(전5부작 10권)를 완간하였다. 평론집 『민족시의 정신사』·『시정신을 찾아서』·『한국인의 세대별 문학의식』·『시와 시인 이야기』 등과 편저 『백석시전집』·『권환시전집』·『조명암시전집』·『이찬시전집』·『조벽암시전집』 및 기행산문집 『시가 있는 미국기행』·『실크로드에서의 600시간』 등이 있다. '신동엽창작기금'·'난고문학상'·'시와 시학상' 등을 수상했다. 충북대 국어국문학과 교수를 거쳐 미국 시카고대학 동아시아학과 연구교수를 역임했으며, 현재 영남대학교 문과대학 국어국문학과 교수로 일하고 있다.

잃어버린 문학사의 복원과 현장

1판 1쇄 인쇄 2005년 12월 20일
1판 1쇄 발행 2005년 12월 30일

지은이 / 이동순
펴낸이 / 박성모
펴낸곳 / 소명출판
출판고문 / 김호영
등록 / 제13-522호
주소 / 137-878 서울시 서초구 서초동 1621-18 (란빌딩 1층)
대표전화 / (02) 585-7840
팩시밀리 / (02) 585-7848
somyong@korea.com / www.somyong.com

ⓒ 2005, 이동순

값 32,000원

ISBN 89-5626-194-6 93810

잃어버린 문학사의 복원과 현장

Identifying the Nature of Lost History of Korean Literature

이동순

소명출판

책머리에

내 나라의 문학사를 읽으며 우리는 항상 모순과 편견, 부조리한 서술 방식에서 자유롭지 않았다. 구성 체계도 불균형할뿐더러 쓰는 이의 편향된 시각 때문에 늘 제한적이고 부분적인 성향을 나타내 왔다. 그리고 우리는 이런 문학사를 아무런 반성이나 비판적 검증 없이 문학 공부의 교본으로 학습해 왔던 것이다.

돌이켜 보면 식민지의 압제로부터 놓여난 것이 언제였던가? 그것은 무려 한 갑자(甲子) 전의 일이다. 하지만 우리에겐 해방이 진정한 자유와 민주적 발전, 민족적 공영의 기회가 되지 못한 채 새로운 예속과 부자유의 지속으로 이어져야만 했었다. 원래 토착적인 것이 아니었던 이데올로기에 의해 금성철벽처럼 요구받아야 했던 강제 분단이 바로 그것이다.

해방 60년은 곧 분단 60년으로 이어지고 갖은 모순과 부조리가 확대 재생산되면서 우리 사회와 문화는 실로 걷잡을 수 없는 기형적 체제로 고착되어 갔다. 이러한 현상은 남북한 모두에 공통되는 것으로 세계에 그 유례를 찾아보기 힘든 결별 양식을 완강하게 구축하면서 제각기 괴기적인 세포분열을 펼쳐갔던 것이다.

문학을 학문적으로 공부하는 한 사람의 문학도로서 처음엔 맹목적 수용과 둔감 속에서 세월이 경과하였으나 차츰 내 앞에 펼쳐진 문학사의 내용에 시간이 갈수록 불만족을 느끼지 않을 수 없었다. 왜냐하면 식민지 시절의 문단에서 활동하던 문학인들의 상당수가 해방 이후 남한의 문학사에 그 이름이 완벽하게 사라져 버렸다는 사실이다. 이런 점은 북한의 문학사도 예외가 아니어서 남한의 문학인, 혹은 남하한 문학인들의 경우 그 어떤 자료에서도 이름을 찾아볼 수 없다. 두 체제가 철저하고 완벽하게 이름 지우기에 충실하였던 것이다.

진정한 자유가 보장되는 체제에서는 문학이 정치에 맞서 늘 독자적 세계를 구축하고 오히려 정치권에 대해 간섭하며 작용력을 발휘하는 경우가 허다하지만 분단된 한반도의 경우 문학은 항시 자기 현실에 안주하면서 충직한 시녀 노릇을 자청하였다.

대학의 학부 시절에는 전혀 성명 삼자조차 몰랐던 시인, 작가, 비평가의 낯선 이름들이 대학원에 진학하여 좀더 해묵은 자료들을 들추어가면서 부지기수로 내 앞에 나타났다. 이 많은 문학인들과 작품 자료를 나는 과연 어떻게 다루어야 할 것인가? 산더미 같은 자료더미 앞에 앉아서 나는 턱을 괴고 깊은 생각에 잠겼다. 그 누구도 관심과 애착을 갖지 않는 상태에서 우선 그 작품만이라도 하나 둘씩 모으고 정리하여 전집을 발간하자. 그러다 보면 틀림없이 뜻을 함께 하는 학자 비평가도 나타날 터이고, 매몰문학에 대한 연구자들도 점차 늘어날 것이 아니겠는가?

나는 그야말로 그 옛날 고사에 나오는 우공(寓公)이 산을 옮기던 심정으로 백석(白石)과 권환(權煥), 조명암(趙鳴岩)과 이찬(李燦), 조벽암(趙碧岩)의 작품들을 마치 신들린 듯이 찾아서 하나 둘씩 모으기 시작하였다. 대학에서도 주로 분단시대와 매몰문학에 대한 강좌를 개설하고 강의하였으며, 마침내는 북한문학론을 직접 운영하기도 하였다. 여러 편의 북한문학 관련 학위논문이 제출되는 성과도 얻었다. 대학원 제자들과 힘을 합하여 북한문학연구실을 운영하고 연구프로젝트를 신청하였으며, 전국적 규모의 학술대회를 열고 연구 결과를 두툼한 자료집으로 발간하기도 하였다. 이러한 우리의 활동에 대해 여전히 편견과 사시(斜視)로 흘겨보는 주변인사들이 있었음은 물론이다.

전집 발간 이후 차츰 세월이 흘러 백석을 비롯해 몇몇 시인들의 경우 출판이 계기가 되어 자연스럽게 문학사에서 복원이 되어 가는 광경을 지켜보게 되었는데, 편자로서 이를 바라보는 심정이 얼마나 흐뭇하고 감격스러운지 이루 형언할 길이 없었다.

내 듣건대 가까운 중국만 하더라도 문학인의 전집 발간에 학계, 출판계가 힘을 하나로 모으고 노력을 쏟는 일에 의견이 절대적으로 합치되어 있다고 한다. 이는 참 부럽고 다행스런 일이다. 독일의 경우는 진작 분단시절부터 이미 두 체제의 문학을 동시에 다루고 가르쳤다고 한다. 유독 우리만 냉혹한 분리와 불인정 속에서 맹목적 증오심을 키워왔던 것이다.

하지만 이제는 분명 달라져야 할 때가 온 듯하다. 무릇 나뉘어진 이후로 세월이 얼마나 흘렀는가? 북한과 북한문학에 대한 냉전적 인식을 시급히 바꾸고 소통과 일치를 위한 새로운 변화를 주어야만 한다.

이번 저서의 표제를 '잃어버린 문학사의 복원과 현장'이라 한 것도 나의 이러한 평소 학문적 지향을 담아보려 한 것일 뿐이다. 돌이켜 보니 어언 이십여 년이 넘는 시간을 나는 분단시대의 매몰문학을 남한의 문학사에서 회복시켜야 한다는 일념으로 오로지 자료 수집을 했고, 논문을 쓰며, 각종 비평적 작업을 해왔던 것 같다. 나의 작은 노력으로 여전히 빙산처럼 녹을 생각도 하지 않고 있는 분단시대의 문학사에 조금씩 해빙의 기운을 감돌게 하는데 일조가 된다면 더 바랄 나위가 없겠다.

앞으로도 나는 지금까지 해왔던 학문적 활동과 방법, 그리고 소신을 그대로 지켜나갈 것이다. 여건이 주어진다면 매몰문학 전집도 몇 권 더 엮어내고 싶다. 모든 것이 어렵고 힘들기만 한 격동의 시기에 소명출판 박성모 사장은 돈독한 이해심을 가지고 이 책의 출판을 선뜻 허락해 주었을 뿐 아니라 진작 나의 뜻과 관련된 출판사업을 뒤에서 격려하고 지원해 주었다. 이 사실을 나는 평생 잊지 못할 것이다. 더불어 영남대학교 식물원 숲 사이에 작은 조립식 오두막집으로 지어진 북한문학연구실에서 약 2년 동안 매주 열띤 세미나를 개최하며 진지한 활동으로 학문적 체험을 쌓아온 박승희 박사, 김석영 박사, 박사논문을 준비중인 곽은희, 박영식, 서민정, 하정숙, 김진아 등 여러 제자들에게도 격려의 박수를 보내고자 한다. 그 동안 우리가 시대의 어둠을 밝히려고 켜놓았던 등불은 결코 헛되지 않을 것이다.

바라건대 문학사의 시간에도 속히 훈풍이 불어와서 문학사 구석진 내부에 여전히 잔설처럼 끼어 있는 온갖 냉랭한 그늘과 얼룩을 말끔히 걷어내게 되기를 기원한다. 보다 튼튼히 확충된 민족문학사 구축을 위하여 모든 관련 인사들이 땀흘리는 시절이 오게 된다면 그 얼마나 크나큰 감격이겠는가.

2005년 11월
경산 압량벌에서
이동순

차례

잃어버린 문학사의 복원과 현장

책머리에 · 3

2부

백석과 한국문학사

1 부

문학사 새로 쓰기를 위하여

제1장

문학사 새로 쓰기의 이유와 방법

작품 평가와 관련하여

1. 문학사 재평가 작업의 중요성과 의의

해방 후 다시 반세기가 훨씬 지나가도록 우리는 아직도 제대로 된 민족문학사를 갖고 있지 않다. 문학의 '근대' 혹은 '현대'가 본격적으로 가동 된지 어언 일백 여 년이 나 시나가고 바야흐로 새로운 밀레니엄이 이미 시작된 시점에서도 우리는 아직까지 문학에 있어서의 근대를 벗어나지 못하고 있다.

문학사 집필의 형성기적 수준에서 우리는 얼마나 더 괄목할 만한 진전을 이룩했던 것일까?

이러한 질문에 대하여 우리의 답변은 매우 궁색하다. 우리는 지난날에 제출된 문학사 자료들을 현재까지도 거의 관습적으로 의존하고 있는 실정인 것이다.

그 동안 우리는 문학사 전반을 진지하고도 본격적인 관점에서 재점검하고 재평가하는 경험을 불행히도 가지지 못했다. 그것은 우리 자신의 불성실이 가장 큰 책임으로 추궁을 받아야겠지만 그 다음으로 책임을 물어야 할 것은 시대적 제약 때문에 어쩔 수 없었노라는 우리 스스로의 소극적이고 패배주의적인 발상이다.

언제 어느 곳에서건 가장 완전한 결정판으로서의 문학사는 거의 불가능할지도 모른다. 그만큼 문학사란 새로 고쳐 쓰기를 전제로 하여 항시 열려 있는 공간이다. 말하자면 문학사는 끊임없이 재평가를 위해 존재하고, 항시 재평가를 기다리는 준비된 공간인 것이다. 그러기 때문에 우리는 매너리즘에 빠져 있는 기존의 문학사에 대하여 경의와 수용의 자세를 가지기보다는 오히려 의문과 비판의 매서운 눈으로 살피며, 무엇이 왜곡되었고 어떻게 수정되어야 하는지를 낱낱이 분석해가야 하리라 믿는다.

문학사는 왜 재평가되어야 하는가?

그 까닭은 첫째로 기존의 문학사 자료들이 거의 예외 없이 잘못된 구성과 서술방식을 취하고 있기 때문이다. 문학사의 집필에 참여하는 학자 비평가들이 기본적으로 문학사론에 대한 소양과 관점이 결핍되어 있기에 이런 현상이 반복되는 것이다. 이들에 의하여 집필된 문학사 자료 중의 상당수가 마치 약속이나 한 듯이 편견에 가득 차 있고 불신을 유발시키고 있지 아니한가? 이러한 자료들의 집필 태도는 대부분 특정 문학인이나 유파의 활동에 대해 고정관념을 갖고 있음이 드러나고, 또 자료 고증에 대하여 매우 불성실한 자세를 드러낸다.

두 번째의 이유로는 이념적 제약을 강요하는 시대환경 때문이다. 남북이 대치하고 있는 반세기의 세월이 경과하는 동안 거의 요지부동인 채로 유지되어 온 것은 문학사에서 다룰 수 있는 것과 다룰 수 없는 것이 확연히 구획지어져 왔다는 사실이다. 이 때문에 문학사는 '반쪽 문학사' 혹은 '불구(不具)의 문학사'란 불명예를 받아 왔으며, 이런 분위기가 장기간 계속되면서 분단이라는 특수성과 분단의 모순은 당위성, 또는 불가피성을 지닐 수 없다는 운명론적 체념의 자세로 받아 들여져 왔다.

이처럼 경직된 인식이 1988년 정부에 의한 해금조치 이후 표면적으로 허물어지기 시작하여 '반쪽 문학사'를 극복하려는 노력이 일각에서 일어나기도 했지만, 우리는 납월재북(拉越在北) 시인들에 대한 그 동안의 소홀했던 관점을 아프게 반성해야만 한다.

세 번째로는 유명시인 위주로만 정리 평가되어 있는 우리 문학사의 상투적 관행을 극복해야 할 것이다. 일제강점기 전반을 통하여 유명시인들이 누려온 문학인으로서의 기득권과 그들의 예술적 성과는 반드시 일치하지는 않는다. 그들이 이른바 '유명성(有名性)'이라는 껍질 속에 깃들이어 안주하면서 개인적 삶의 보신책(保身策)에 더욱 급급했던 것은 아닌지를 분석해 보아야겠다.

역사는 모름지기 몇몇 소수의 영웅에게만 독점되어서는 안 되고, 오히려 그들의 광채에 가려 제 빛을 발하지 못했던 진정한 별들에게도 마땅히 영예가 돌아가야 한다. 자신을 드러내지 않고도 훌륭한 시 작품을 언론의 한 쪽 구석진 지면에 발표했던 무명시인들의 외로운 활동에 대해서도 우리는 다시금 그들의 작품을 눈여겨 읽어보아야 하고, 또 그들의 무명성(無名性)을 재인식해야만 한다.

기존의 문학사가 재평가되어야 하는 중요한 이유 중의 또 다른 하나는 우리의 후세를 위한 제대로 된 문학교육 자료를 우리 시대에 만들어 두어야겠다는 갈망 때문이다. 곧 다가올 통일을 대비하여 우리는 문학사 분야에서 과연 어떤 준비를 하고 있는가? 미래를 내다보는 튼튼한 민족문학사를 만들기 위해서라도 문학사 재평가 작업은 반드시 필요한 것이라 믿는다.

이런 관점에서 볼 때 유종호(柳宗鎬)의 글 「문학사와 가치판단—시를 중심으로」[1]가 시종일관 함축하고 있는 균형과 복원의 정신에 대하여 우리는 그 진정성을 일단 수긍할 수 있다. 그러나 동시에 허다한 문제점을 내포하고 있으므로 이 점도 유의해 보아야만 한다.

---

1) 유종호, 「문학사와 가치평가」, 『현대 한국문학 100년, 20세기 한국문학 어떻게 볼 것인가』, 민음사, 1999, 657면.

2. 누가 과대, 혹은 과소 평가되었는가?

인간은 사회생활을 통하여 주변으로부터 반드시 어떤 평판을 듣게 되기 마련이다. 그리고 그 평판에 따라서 인간은 자신의 삶을 다시 새롭게 간추리고 정돈하며, 때로는 격려와 용기를 얻기도 한다. 하지만 이 평판이란 제대로 된 평판이어야만 한다. 만약 그렇지 못할 경우 자칫 특정인의 실상과 진면목을 왜곡하기가 쉬우며, 남의 정상적인 삶에 깊은 상처를 주기도 한다.

우리의 문학사도 이와 유사한 듯 여겨진다. 오늘날 우리가 무심코 유통시키고 있는 문학사 관련 자료들은 잘못된 남의 평판인 경우가 비일비재하다. 그 때문에 해방 후 우리의 문학사는 문학을 향유하는 대중들로부터 크나큰 신뢰를 얻지 못했다. 그릇된 문학사에 대한 이러한 불신은 결과적으로 기성 제도권 문학 전반에 대한 불신과 무관심으로까지 이어지게 되었다. 문학에 관한 불신의 관행은 사실상 일제강점기의 문학에서부터 싹터온 것이었다.

이런 점에서 과거 일부 언론이 시도했던 '건국 이후 뛰어난 시인' 운운의 '자의적 절충적 등수 매김'을 호되게 비판하는 논자의 본의를 우리는 십분 이해하게 된다. 그 경솔하고 무분별한 기획에 대하여 결연히 거부의 의사를 밝힌 논자의 태도는 우리로 하여금 문학사를 다루는 진정한 자세가 무엇인지를 다시 생각하는 계기가 되기에 충분하다. 과대 평가든 과소 평가이든 문학사에서 발생하는 대다수의 오판(誤判)은 주로 분단이데올로기와 고정관념, 그리고 문학사 서술에 참여하는 전문가들의 타성에 젖은 안일한 사고에서부터 비롯된다 하겠다.

문학사에서 원래의 적정 규모나 부피보다 지나치게 과대 포장된 문인의 사례로는 우선 단적으로 춘원(春園)과 육당(六堂), 주요한(朱耀翰) 등을 들 수 있겠다. 굳이 그들의 전통 단절론적 시각을 들지 않는다 할지라도 문화와 문학, 그리고 근대를 의식하는 그들의 패러다임은 사뭇 일본 지향적이었다. 이로 말미암아 그들의 문학 작품의 세계가 아무리 민족적 주체적인 소재를 다룬 것이라 할지라도 이것이 독자 대중들에게 납득할 만한 가치로 수용되질 못하였다.

그밖에도 이상(李箱)·김광균(金光均)·임학수(林學洙) 등을 들 수 있을 것이다.

이상의 경우는 당시 유럽 일각에서 번성하고 풍미했던 초현실주의와 다다이즘 등을 비롯하여 다양한 사조들을 매우 과격하고도 적극적인 방식으로 흡수한 문학적 기초 위에서 시 창작에 몰두한 특이한 시인이다. 그로 말미암아 이상의 시 작품 형태를 당시의 시단에 끼친 어떤 충격성이라든가 전통적 권위의 부정과 해체의 시도 등을 이유로 높은 점수를 주는 비평가들도 다수 있다.

하지만 동시에 짚고 넘어가야 할 부분은 시인 이상이 자신의 작품에서 한국인으로서의 정체성을 의식하고서 쓴 작품이라든가, 혹은 민족언어, 민족문화에 관한 최소한의 고뇌의 흔적조차 발견되지 않는다는 사실이다. 이런 점에서 이상의 시를 '모국어에 기여한 바가 하나도 없을 뿐 아니라 철 맞지 않게 그 훼손에나 기여한 시인'으로 규정하는 논자의 지적은 매우 적절하다고 여겨진다.

물론 이런 평가가 지나친 혹평으로 여겨질 위험도 있긴 하지만, 그 동안 분에 넘치는 과대평가를 받아온 이상의 문학을 균형 잡힌 적정한 평가로 끌어내리는 일에 하나의 중요한 단초(端初)가 될 수 있다는 점에서 우리는 논자의 평가를 일단 주목하고자 한다.

특정한 한 작품이 지나치게 과대 유통되는 사례로 우리는 김광균의 몇몇 시 작품을 들 수 있다. 김광균은 정지용·김기림 등의 모더니즘 계열 시인들의 북행(北行)으로 말미암아 실제보다 과장되게 우대 받은 시인에 속한다.

1930년대 모더니즘 시를 설명하는 일에 김광균은 거의 단골 고객이 되었을 뿐만 아니라, 중·고등학교 국어 교과서와 입시 출제에도 어김없이 등장하였었다. 그 작품은 다름 아닌 시 「외인촌(外人村)」을 말한다. 그런데 시집 『와사등(瓦斯燈)』에도 수록된 이 시 작품은 전문 5연 19행 중에서 실제로 김광균이 쓴 부분은 후반부의 2연 7행 정도에 불과하다. 그렇다면 앞부분 3연 12행은 누구의 것인가? 『조선중앙일보』 1935년 8월 6일자에는 같은 날 함께 발표된 김조규(金朝奎)의 시 「풍경화」와 김광균의 「외인촌의 기억」이 함께 나란히 실려 있다. 우리가 알고 있는 「외인촌」은 서로 다른 두 시인이 쓴 별개의 작품을 합쳐서 연결 부분을 약간 수정 가필한 형태이다.

이렇게 된 과정은 명확히 밝혀져 있지 않다. 그렇다면 어느 것을 정본으로 삼아야 할 것인가 에도 줄곧 논란의 여지가 남아 있다. 하지만 이 작품을 원전 자료에 대한 최소한의 고증도 없이 단순히 1930년대 모더니즘을 대표하는 시 작품으로 유통시키고 있는 현실에는 따가운 비판과 반성이 제기되어야 한다.

유종호는 문학사 서술의 '균형과 일관성' 문제를 다루고 있는 자신의 발표문에서 임학수의 시를 터무니없이 높이 평가하고 있는 『한국현대시사』(김용직)의 집필 태도와 안이한 관점을 신랄하게 비판하고 있는바, 이러한 비판은 문학사 작업에 참여하는 모든 전문가들이 경청해야 할 대목이다. 문학사 서술에서 맹목적 과장은 그 행위 자체가 맹목적 교란으로 이어질 위험성을 항시 안고 있는 것이다.

과대 평가도 많은 문제점을 유발시키지만 과소 평가도 이에 못지 않은 정신적 고통을 불러일으킨다. 그 동안 우리의 문학사가 축소, 은폐시켰거나 불가피하게 다루더라도 지나친 과소 평가로 약화시켜버린 경우는 단적으로 지적해서 납월재북 시인들의 존재와 그 문학적 성과였다. 동시에 사실을 은폐시키거나 아예 외면해 버린 경우도 있으니 그것은 일제 말 친일문학에 관한 자료였다.

조연현(趙演鉉)의 『한국현대문학사』(1969, 성문각)는 '1941년 이후로는 8·

15가 올 때까지 침통한 문학적 공백이 이 땅을 흘러갔다'[2]라는 매우 무책임한 한 마디 말로 이 시기 친일문학의 구체적 자료를 모조리 은폐 외면하고 있으니, 이러한 시각은 이후에 나온 각종 문학사 자료에서도 여전히 반복되고 있다. 그런데 친일문학에 관한 자료는 문학사에서 참으로 정확하게 실상을 다루어야 한다고 판단된다.

문학사는 어린 세대들을 위한 문학 교육의 자료로 훌륭하게 사용될 수 있기 때문이다. 이런 점에서 친일문학에 관한 자료는 결코 은폐하거나 외면하는 혐오 대상이 아니라 그 경과와 실상을 낱낱이 정리 기록하여 잘못된 역사의 반복에 강력한 차단 효과를 줄 수 있는 대단히 소중한 자료로써 새롭게 이해되어야 한다.

은폐와 외면의 또 다른 사례로써 우리는 북한문학사에 대한 자료들과 해외 이민문학 자료들을 들 수 있다. 상기한 조연현의 문학사는 그 서문에서 '괴뢰 집단에 사역되고 있는 문학인에 관한' 서술의 어려움과 '8·15 이후 조국에 반역한 사람들의 문학적인 행적을 아직은 완전히 취급해 볼 수 없는 우리의 현실적 사정'[3]을 밝히고 있지만, 이는 서술자 자신의 극단적 시각을 드러내고 있는 것에 지나지 않는다. 여전히 조심스럽고 많은 논란의 여지가 상존하겠지만 북한문학에 대한 정보가 해방 후 50여 년 동안 거의 완벽하게 차단되어 온 현실에서 분단 상황에 순응하는 문학사 자료만 보호되어 온 것이 작금의 현실이다.

그러나 이제는 이러한 금기가 깨뜨려져야 한다. 통일시대의 민족문학사는 남북한의 문학사 자료들이 한 권의 책 속에서 통합된 형태로 서술되어야 할 당위성을 지니는 것이다. 현재 우리의 문학사는 그 범위와 부피가 너무 빈약하고 협소하다는 자성의 시각을 가질 때 북한문학사의 자료를 포함하여 해외이민문학의 자료들까지 광범하게 수용하는 대승적(大乘的) 자세를 학계와 언론계에서 가질 필요가 있다.

---

2) 조연현, 『현대한국문학사』, 성문각, 1969, 195면.
3) 조연현, 위의 책, 3면.

필자는 1987년, 당시로서는 공적인 출판이 매우 위험시되던 『백석시전집』을 발간하고, 그 과정에서 문학사 서술에 대한 많은 깨우침과 교훈을 얻는 분외의 소득이 있었다. 백석(白石)은 재북 시인임에도 불구하고 줄곧 월북시인으로 알려져 왔고, 또 문학사에서 시인 백석이란 존재조차도 모르는 이가 대부분이었다.

그로부터 12년 세월이 흐른 지금, 시인 백석의 작품은 대학원에서 현대시 전공자들의 중요한 관심 테마로 부각되었고, 백석 시를 대상으로 200여 편이 훨씬 넘는 연구논문 및 단행본이 발표되었다. 고등학교 문학 교재에도 백석의 시가 수록되어 학생들에게 널리 읽히는 실정이니 이제 분단시대의 매몰시인 중 한 사람이었던 백석은 문학사에서 완전히 복권되었다 해도 과언이 아니다.

백석은 다른 매몰시인들에 비해 특별히 행복한 경우라 하겠으나 대다수의 매몰시인들, 예를 들면 일제강점기 북방 지역의 정서를 감동적으로 그려낸 시인 이찬(李燦)을 비롯하여 조벽암(趙碧岩) · 김창술(金昌述) · 박팔양(朴八陽) · 설정식(薛貞植) · 박세영(朴世永) · 송순일(宋順鎰) · 안용만(安龍滿) · 김소엽(金小葉) · 조영출(趙靈出) 등등, 이밖에도 손꼽을 수 있는 여러 좌파 계열의 시인들은 아직도 수십 년 동안 우울하고 음습한 냉기로 가득한 밀폐 공간에 매몰된 채로 새로운 발굴과 재평가를 기다리고 있는 것이다.[4] 지금은 거의 사라졌지만 과거 한때 우리는 그들의 이름 중의 일부를 삭제하거나 ×, ○, △ 등으로 기호화시켜 사용하는 참으로 웃지 못할 비극적 관행이 있었다.

이 가운데 근년에 전집이 발간된 권환(權煥)의 경우는 너무도 억울하기

---

[4] 지금까지 전집이 발간되었던 남월재북 시인들의 경우는 필자가 발간한 『백석시전집』을 비롯하여 이용악(李庸岳) · 오장환(吳章煥) · 임화(林和) · 정지용(鄭芝鎔) · 김기림(金起林) · 권환(權煥) 등에 불과하다. 현재 이찬(李燦) · 조벽암(趙碧岩) · 조영출(趙靈出)의 시전집이 발간되거나 준비중에 있다. 앞으로도 이런 작업들은 지속적으로 전개되어야 하며, 통일시대를 대비하여 분단 이후 북한에서 활동해온 시인들에 대해서도 시집이나 전집의 발간 사업이 꾸준히 이어져야 할 것이다.

짝이 없는 오해와 누명 속에서 매몰되어져 왔다. 권환은 납월재북 시인도 아니고, 그의 고향 마산에서 신환(身患)으로 고생하다가 조용히 세상을 떠났음에도 불구하고 상당수의 문학사 자료에는 권환이 마치 월북 시인의 반열에 속하는 것으로 확신하고 쓴 엉터리 서술들이 거침없이 실려 있다. 문학사에서 맹목적으로 과소 평가되고 있거나 외면당하고 있는 위의 시인들은 그들 작품의 문학사적 가치 여부를 따지기 전에 우선 그들의 자료부터 적극적인 개방과 열람이 있어야 한다. 공적인 개방과 열람을 가로막고 있는 가장 첫 번째의 이유는 우리들 자신의 편견과 무관심, 그리고 불성실이다.

문학사 형성에서 있어서의 반면영향을 설명하면서 유종호는 정지용(鄭芝鎔)과 특별한 관계를 가졌던 임화(林和)에 대하여 '그 쪽 시인 중 거의 유일하게 읽을 만한 시를 남긴'[5] 시인이라 언급하고 있다. 그런데 우리는 임화의 문학적 두께를 인정하는 논자의 지적에 동의하면서도 '그 쪽 시인 중 거의 유일하게'라고 하면서 임화 이외의 좌파 시인들에 대해서는 한 마디로 일축해 버리는 속단(速斷)에 대하여 동의할 수 없다.

혹시 이러한 언술이 이른바 '그 쪽 시인'들에 대한 논자의 기호와 편견을 드러낸 것은 아닌지, 또 얼마나 충분히 '그 쪽 시인들'에 관한 자료를 섭렵한 이후에 이런 규정이 가능했던 것인지에 대해 실로 궁금한 것이다. 한편 논자가 불만스럽게 여기는 정지용 문학에 대한 합당한 자리매김은 그 시사적 위치가 이미 적정한 제 자리를 찾아서 거의 복원되었다고 판단된다.

---

5) 유종호, 앞의 책, 686면.

3. 잘못된 작품 평가가 문학사 전체에 미치는 영향

유종호는 시를 중심으로 문학사를 논한 발표문「문학사와 가치판단」에서 기존의 우리 문학사들이 저지르고 있는 무정견(無定見), 무사려(無思慮)에 대하여 혹심한 비판을 가하고 있다. 그것은 1948년에 발간된 세 권의 문학사 자료에 대한 것으로 이명선(李明善)의『조선문학사』와 김사엽(金思燁)의『조선문학사』, 그리고 백철(白鐵)의『조선신문학사조사』등을 겨냥한 것이었다.

이명선의 저서는 속류 마르크스주의 문학이론에 전적으로 의존하고 있는 교조적이고 도식적인 저자의 태도를 지적하였고, 백철의 저서는 풍부한 자료를 담고 있음에도 불구하고 성급한 집필, 소루한 구성과 서술로 말미암아 문학사의 기본적 규율에서 거의 벗어나 있음을 비판하였다. 유종호는 이 세 권 가운데 그래도 긍정적으로 평가할 수 있는 것은 김사엽의 문학사라고 규정하며 그래도 구체적이고 안정적인 서술과 관점이 이 책을 문학사의 서술 원리에 비교적 부합되는 것이라 말하고 있다.

우리는 이러한 평가에 대하여 논외의 사족을 달고 싶은 마음은 추호도 없다. 하지만 우리가 문학을 처음 공부하던 시절에 문학사로서 가장 지겹고 흥미를 느끼기 어려웠던 것이 김사엽의 책이었고, 이명선의 책은 거창한 목차에 상당한 흥미를 갖고 달려들었으나 뜻밖의 빈약한 내용에 곧 실망하고 말았던 기억이 있다. 백철의 책은 마치 문학을 소재로 쓴 한 권의 역사소설을 읽는 듯한 흥미를 느껴가며 읽었다는 것이 솔직한 고백이다.

물론 문학사를 단순한 흥미 본위로 서술할 것은 아니로되 '해방 직후의 곤란한 제반 조건 속에서 간행되었다는 선구적 업적'에 대하여 논자가 너무 과도한 비판을 가하고 있는 것은 아닐까 한다. 오늘의 각종 문학사 자료들이 지니고 있는 '어떤 성향이나 취약점'을 비판하기 위해 '하나의 징후적인 예고 지표가 되어 주고' 있는 초창기 자료들을 수단으로 예시하는 논자의 충심을 우리는 십분 납득한다.

하지만 이 책들의 위상이 모든 허술한 약점을 끌어안은 그대로 이미 하나의 역사적 사실이 되고 있다는 점을 생각할 때, 우리는 이 자료들에 대해서 좀더 너그러운 시각을 가져야 할 것이라는 생각을 한다. 유종호 는 특히 백철의 자료에 대하여 '문학이 빠진 문학사', '고작 문학 주변의 까십이나 작품 수용에 관한 단편적인 삽화 모음'6)에 불과하다는 말로 호 되게 비판한다. 발표문의 일부인 '평가 없는 기술'에서 논자는 만해와 소 월의 작품적 성취에 대하여 백철이 그것을 제대로 간파하지 못하고 여 타의 낭만주의나 혹은 퇴폐주의 계열 시인들과 동급으로 다루는 서술 태도에 대하여 몹시 흥분된 어조로 비판하고 있다.

> 만해나 소월 시와 비교할 때 저자가 주류라고 정의한 낭만주의나 퇴폐주의에 서 거론한 박종화, 오상순, 황석우, 이상화, 홍노작, 박영희의 소작들은 거의가 문학 이전의 습작 수준이다.7)

하지만 논자가 위의 예문에서 열거한 만해, 소월 이외의 시인들을 모 조리 문학 이전의 습작 수준이라 폄하시키는 태도는 아무래도 너무 지 나치고 불경스럽다. 이 시인들을 제외하고 한국의 1920년대 문학사를 어 떻게 설명할 수 있겠는가? 다른 시인들의 작품성과에 대해서는 일단 평 가를 보류해둔다 할지라도 이상화(李相和)의 모든 노작(勞作)들까지 어찌 감히 '문학 이전의 습작 수준'이라 강등시킬 수 있다는 말인가?

이상화의 시 「빼앗긴 들에도 봄은 오는가」는 남북한 문학사 자료들이 함께 일제강점기에 제출된 소중한 민족저항시로 인정하고 있는 것이다. 소월과 만해도 중요한 시인임에 틀림없지만 우리의 문학사가 어찌 만해

---

6) 유종호, 위의 책, 679면.
7) 유종호, 위의 책, 677면.

와 소월 두 사람만의 독무대가 되어야 한다는 말인가? 이 경우도 지나친 과소 평가의 한 사례가 되기에 충분하다. 위의 인용문을 전후한 대목들을 곰곰이 읽다보면 우리는 논자가 아직도 낡은 영웅주의적 미련에서 부자유스러운 것은 아닌가라는 의문을 갖게 된다.

아무튼 잘못된 작품 평가가 이후의 문학사 서술 전체에 미치는 영향은 매우 크다고 할 수 있다. 그 첫 번째의 영향은 문학에 대한 그릇된 고정관념의 확대 재생산으로 이어질 수 있다는 사실이며 우리는 이를 경계해야만 한다.

둘째로는 특정 문학작품과 특정 문학인에 대한 편견이 확산될 수 있다는 점이다.

셋째로는 문학인의 창작 활동과 그것의 수용에 대한 보편성이 상실될 위험이 항상 뒤따른다.

넷째로는 문학사에 대한 습관적 불신과 무력감이 기하급수로 파급 확산될 우려가 있으며, 이는 결과적으로 문학에 대한 독자의 관심을 현저히 떨어뜨리는 계기가 된다.

다섯째로는 문학 교육의 근본을 자칫 오도시킬 위험성이 상존한다는 점이다.

여섯째로는 통일시대의 본격적인 민족문학사 정리 작업에 치명적 장애를 초래할 수 있다는 사실이다.

4. 문학사 바로 쓰기는 균형 잡힌 서술을 위하여 꼭 필요하다

우리는 20세기 초반에 조국의 주권을 이민족에게 빼앗겨 유린당하였고, 같은 세기의 중반 식민지의 속박으로부터 벗어나자마자 곧바로 분단

이 시작되어 민족적 비극은 연속되었다. 말하자면 급박한 현실의 소용돌이 속에서 문학사 바로 쓰기의 침착한 여유를 가질 겨를조차 없었던 것이다. 이제 우리는 20세기에 겪었던 식민지와 분단을 같은 세기 안에서 해결하지 못하고 안타깝게도 새로운 세기로 이월시키게 되었다. 그리하여 21세기의 초반은 본격적인 통일을 실감하는 충격적 경험들이 펼쳐지게 될 것이다.

문학사 바로 쓰기는 바로 이러한 전환기적 특성과 맞물려 과거 그 어느 때보다도 더욱 절실한 하나의 요청으로 우리에게 다가온다. 현재 우리들이 불만스럽게 유통시키고 있는 문학사는 대개 문제점 투성이로 결함 많은 문학사 서술들이었다. 이러한 문학사의 혼란상을 정리하고 새로운 질서를 부여하는 대대적인 작업이 필요하다. 그 어떤 이데올로기에도 치우치지 아니하는 문학사 새로 쓰기를 우리는 균형 잡힌 서술이라 일컫는다.

우리에겐 모름지기 올바로 쓰여진 문학사를 읽고 누려야 할 권리가 있다. 누가 이 권리의 주장을 감히 나무랄 수 있겠는가? 이런 점에서 우리는 문학 작품이나 그에 관한 2차 담론을 흡수 섭취하고, 또 생산도 하는 전문 독자들에게 필시 어떤 역할이 주어져 있을 것이라 기대한다. 문학 작품은 물론 모든 독자들이 공유하는 공간이지만 그러나 일반 독자와는 분명히 성질이 다른 전문 독자, 전문 소비자들의 전문성이 제대로 발휘될 수 있도록 그들에게 자유로운 활동 여건을 조성하고 보장해 주어야 한다.

하지만 논자는 2차 담론의 현실적 역할에 대하여 매우 부정적인 시각을 갖고 있는 듯하다. 주로 『한국현대시사』(김용직)가 지니고 있는 제반 문제점들을 의식하고 이를 비판하기 위한 예비적 언설로 풀어내는 내용이라 하겠다.

첫째 제도 속의 권위주의와 연관되어 속성화된 것으로 보이는 유관성 없는 현학 취미, 둘째 비약이 심한 모호한 문체가 남발되고 있다는 점,

셋째 조사와 연구를 전경화하기 위한 주변 삽화의 잡다한 수집이 정도에 너무 지나치게 나타나고 있다는 점, 넷째 분석을 위한 분석으로 야기된 과도한 읽어 넣기와 그에 따른 적정성 없는 오독, 다섯째 앞의 과정에서 나타나는 중요성의 우선 순위가 전도된 주변적인 것의 전경화, 여섯째 세목의 무한성 앞에서 우왕좌왕하는 혼미한 태도 등이다.

유종호는 대학원에서의 학위논문이란 이름으로 발표되는 숱한 인쇄물과 대다수의 강단 비평을 겨냥하여 이런 지적을 하고 있는 것으로 보인다. 실제로 대학의 학위논문 발표회라든가 학위논문 심사 과정에서 위에 열거된 사례들은 너무도 흔하게 경험하는 일상적인 광경들이다. 때로는 이것이 얼마나 한심하고 위선적이며 무가치한 작태인가라는 통렬한 자책과 비관주의가 치밀기도 하지만, 이 답답한 현실은 마땅히 2차 담론을 운영해가고 있는 담당자 자신들이 그것을 고치고 바꾸어가야 한다. 주로 대학과 그 주변에서 활동하고 있는 2차 담론의 참여자들은 따가운 지적과 충고에 대하여 겸허한 자세로 수용하며 자신을 반성해야만 할 것이다.

이런 관점에서 유종호의 글 「문학사와 가치판단」 전편을 통독해 볼 때 우리는 오늘날 우리의 문학사 기술 현장에서 벌어지고 있는 각종 혼란들을 정면으로 돌파하고, 문학사 바로 쓰기를 위해 매우 구체적 방안이 될 수 있는 중요한 질문들(9면)을 발견하게 된다. 다시금 그 부분을 되새겨 읽어보기로 하자. 줄글로 서술된 내용을 항목화시키면 다음과 같다.

①문학사는 과연 역사라는 범주에 귀속될 수 있는가?
②문학사는 과연 하나의 확고한 연구 대상, 혹은 학문 분과로서 자립할 수 있는 것인가?
③비평과 문학사는 어떻게 연관되며, 만약 문학사가 역사와 비평의 종합이라 한다면 그 이상적인 양태는 어떻게 될 것인가?
④문학사에서 발견하게 마련인 역사의 특권화는 과연 정당화될 수 있는 것인가?
⑤작품을 생산한 사회적 맥락의 연구는 필요하다 하더라도 거기에서 인과관계를 발견할 수 있는가?

⑥ 동일한 사회적 맥락에서 생산된 개개 작품 사이에서 발견되는 이질성은 어떻게 설명될 수 있는가?

⑦ 작품의 가치가 개개 작품의 개성적 독자성에 있다면 문학사의 의미는 어디서 찾을 수 있는가?

⑧ 문학 작품은 역사 서술에 있어 단순한 문서, 혹은 증빙서류가 되어도 상관없는 것인가?

⑨ 문학사 기술에서 중요한 분류와 구성은 개개 작품에 대한 손상 없이 가능한 것인가?

⑩ 문학적 과거의 재현과 설명이라는 문학사의 목적이 이상적으로 이루어지는 것은 특정 작품에 대한 개별 연구에서나 가능한 것이 아닌가?

⑪ 어느 세대이건 앞선 세대의 문학적 규범에 반발하게 마련이라면 문학사는 그러한 규범과 관습의 교체극(交替劇)으로 파악해야 할 것이 아닌가?[8]

여기서 제시된 질문들 이외에도 우리는 보다 많은 중요한 질문을 토론의 과정에서 여기에 보탤 수 있을 것이다. 이러한 질문들은 모두 문학사론의 기본적 성격과 구체적인 활동 방향 및 지침이라 할 수 있다. 이 질문들을 하나 하나 심도 있는 토론으로 풀어갈 때 문학사 바로 쓰기를 위한 진정한 해법은 생각보다 수월하게 풀려갈 것이라 믿는 바이다. 논자가 제시하는 여러 질문들에 대한 명쾌한 해답의 도출은 전적으로 우리들에게 맡겨진 과제이다.

유종호의 글은 문학사 바로 쓰기를 시급히 실천에 옮겨야 할 우리들에게 매우 의미심장한 시사점을 던져주고 있다. 그것은 주로 '회의 없는 문학사에서 벗어나기', '평가 없는 기술에서 평가가 뒤따르는 기술로 옮겨가기', '경중과 견고성을 제대로 분별하기', '균형과 일관성을 지키고 유지해 나가기' 등과 관련되는 중심 화두로 압축되어 간다. 누가 이런 충정에 대하여 감히 거부할 수 있을 것인가.

---

8) 유종호, 위의 책, 671~672면.

일제강점기 저항시가에 대한 새로운 인식

1. 저항시 인식의 불합리성

저항시(抵抗詩), 또는 민족저항시(民族抵抗詩)란 이름으로 다수의 연구와 자료집들이 발간된 바 있으나 해방 오십여 년 동안 우리나라 저항시의 연구는 여전히 제자리걸음을 면치 못하고 있다. 그것은 아마도 고정된 시각과 분석의 제한성 때문일 것인데, 우리는 해방 직후의 몇몇 연구자료에 의거하여 저항시에 관한 지식을 상투적이고 규격화된 지식으로 만들어버렸다.

그로 말미암아 지금도 가장 상투적으로 손꼽히는 것이 한용운·이육사·윤동주 등 세 시인뿐이고, 한국에는 마치 이들 이외에는 저항시를 쓴 시인이 거의 없었던 것처럼 여겨지고 있는 것이 사실이다. 여기에다 굳이 보탠다면 일제침략기에 나온 의병항쟁시가 몇 편과 심훈의 시 작품 몇을 보탤 뿐이다. 설령 이러한 관점을 그대로 수용한다 하더라도 현재 우리가 저항시를 인식하는 범위는 매우 제한적이고 소폭적이다. 한 나라와 민족의 저항문학이 어찌 이들 몇몇 극소수의 시 작품에만 의존할 수 있단 말인가?

저항시의 발생은 일제강점기 전반을 통하여 한 시인이 자신의 현실이 지니는 불합리함과 비법성에 대응하여 그것을 동의하지 않거나 혹은 불편한 심기를 시 작품의 형식으로 드러낸 것에서부터 일단 출발한다. 거기서 한 걸음 더 나아가 구체적인 비판의식과 거부의식을 담아내며 때로 강력한 이념성을 담보하면서 나타나기도 한다. 그러므로 우리는 전체 역사 시기의 총체적인 과정을 헤짚어 보고 그 시기 내부에서 발생하고 발전한 저항시의 구체적 경과에 관한 담론을 제기해야만 한다. 극히 소수의 시인들만 대표적인 저항시인으로 규정할 때 발생하는 인식의 맹점들이 한 두 가지가 아니다.

문제는 우리가 저항시에 대하여 어떻게 어느 정도로 시야의 확대를 갖느냐 갖지 못하느냐에 달려 있다. 저항시에 대한 우리들의 인식의 폭이 좁다는 것은 단지 그러한 모순적 사실 자체에 머물지 않고 문학 지식과 범위에 대한 사고의 편협성을 야기하기도 한다. 현재 문학교육에 참여하는 담당층들이 드러내고 있는 제반 문제점들이 바로 이러한 현실과 깊은 관련을 갖고 있다는 사실을 눈여겨보아야 한다.

이런 관점에서 앞으로 저항시에 대한 모든 판단을 유명 시인 위주로만 파악하는 견해는 모두 수정되어야 한다.[1] 일제강점기라는 가혹한 조건을 겪은 주체는 다름 아닌 민족 전체이고, 그 가운데서도 일반 서민층이었다. 이름이 널리 알려진 전문 기성시인만이 아니라 그들의 작품을 포함하여 이름이 널리 알려지지 않은 일반 서민층의 작품들까지 통틀어 검증해 보아야 하는 이유가 바로 여기에 있는 것이다. 그리하여 우리는

---

1) 일제강점기 무명저항시인들의 시 작품을 민족저항시의 범주에 넣어서 새로운 각도로 분석한 성과로는 『한국의 유민시』(윤영천, 실천문학사, 1987)와 『민족시의 정신사』(이동순, 창작과비평사, 1996) 등이 있다.

저항시가의 성격과 위상에 대한 기존의 시각을 새로이 정립해야 하는 단계에 다다라 있다.

2. 일제강점기 저항시가의 전개과정

1) 출현 연도에 따른 분류와 그 의미

(1) 일제강점기의 역사적 배경과 저항시의 상관성

일제강점기는 일반적으로 1910년 8월 29일에 공포된 이른바 '일한합병(日韓合倂)'에서 1945년 8월 15일 일왕에 의한 전쟁 종결의 조서(詔書)가 발표된 만35년 동안의 기간을 지칭한다. 하지만 이러한 기간의 환산은 단지 물리적 헤아림에 지나지 않는다. 공교롭게도 1910년 8월로부터 꼭 35년 전인 1875년 8월 20일에 일본은 그들의 군함 운양호(雲揚號)를 조선의 강화도 초지진(草芝鎭) 앞바다로 보내어 조선의 수병들과 충돌하였으며, 영종진(永宗鎭)을 포격하고 일본의 육전대가 상륙하여 조선 민중들에게 커다란 피해를 입혔다. 이것이 일본에 의한 조선 식민지화 공략의 첫 단계라 할 수 있는 소위 운양호사건의 전말이다.

운양호사건 이래로 일본은 군국주의적 침략의 야욕을 점차 노골화시켜서 한반도를 그들의 공략 목표로 삼았다. 그러니까 운양호사건 이후 35년 간은 식민지 지배를 위한 구체적 준비 기간이요, 이 기간 동안에 일본은 한일수호통상조규(1876), 신사유람단의 일본 파견유도(1881)를 이끌어 내어 한반도의 식민지화를 앞당기기 위한 기초 단계로 삼았다.

임오군란(1882), 갑신정변 발생(1884), 동학농민군 진압을 빌미로 한 일본군 병력의 출동(1894), 청일전쟁 발발(1984), 갑오경장(1894), 한일맹약(1894), 일본인 불량배에 의한 민비가 시해된 을미사변(1895), 일본 헌병대가 조선에 창설된 사태(1896), 한국 황실의 안전과 영토를 보전한다는 명분으로 군사상 필요 지점을 마음대로 수용할 수 있도록 하는 한일의정서(1904)가 조인된 사건으로 이어진다.

일본에 의한 고문정치를 그 특징으로 하는 제1차 한일협정 조인(1904), 대한제국 정부의 외교권을 박탈하고 통감부를 설치한다는 제2차 한일협상조약, 즉 을사조약의 체결(1905), 그 후의 정미7조약(1907), 언론 탄압을 위한 광무신문지법(1907)의 시행, 이후 1910년 테라우치 통감에 의한 합방 처리 방안을 일본 정부에 제출하는 단계까지 차곡차곡 밟아가서 한반도는 드디어 완전한 국권 패망의 시대로 접어들게 되었고, 일본은 온전한 식민지 경영자로서 다가오게 되었다.

이러한 과정을 곰곰이 되짚어 보면 일본은 조선의 식민지화를 위하여 얼마나 치밀하고 철저하게 사전 준비에 몰두하였던가를 알 수 있다.

여기에서 우리가 스스로 반성해야 할 부분은 다름아니라 일제 침략자에게 우리 민족 중의 일부가 먼저 적극적으로 협력을 하였다는 사실이다. 일본이 아무리 강성하였다 하더라도 우리 민족이 합심 일치되어 침략자의 야심을 간파하고 그것을 막아내는 일에 완강하였더라면 우리가 이러한 불행을 너무도 쉽게 초래하지는 않았을 것이란 사실이다. 하지만 우리 민족은 일본 제국주의자들의 침략적 책동 앞에서 전혀 무방비 상태로 붕괴되지는 않았다.

수 차례에 걸친 의병전쟁과 개인적 테러리즘, 조직적 공격과 파괴 등으로 침략 세력에 맞서 싸웠으며 민족전사에 길이 빛나는 전승을 올리기도 하였다. 그러나 전반적으로 전세는 일본에 비해 크게 불리하여 국권이 패망할 무렵에는 거의 제압당하고 그나마 남아 있던 민족 세력들도 약화의 길을 걷게 되었다.

1910년 6월 24일 총리대신 서리 박제순과 일본의 조선통감 테라우치

사이에 한국 경찰권 위탁각서가 조인되었으니 이는 일제의 헌병경찰 제도의 확립을 의미하는 것이었다. 당시 주한 일본군은 여름휴가도 폐지하면서 합병 전후의 혼란기에 치안 유지 강화를 위해 몰두하였고, 합병조약 발표 사흘 전 경무총감부에서는 육당이 운영하던 잡지『소년』을 정간시키는 조치를 취하였다.

합병 직후인 1910년 8월 31일 통감부는 당시 발행되던 신문의 제호 가운데 한국의 국권을 상징하는 것을 모두 다른 명칭으로 고치도록 강요하였다. 예를 들면『대한신문』이『한양신문』으로,『황성신문』을『한성신문』으로,『대동공보』를『대동신보』로 개제하였으며『대한매일신보』는『매일신보』로 고쳐서 총독부 기관지로 전락을 시켰다. 극단 장안사에 의한「춘향전」공연이 미풍양속을 해친다는 이유로 중지되었으며 총독부 경무국에서는『중등본국역사』(안종화) ·『고등대한역사』(이각종) ·『대동청사』(최종운) ·『문답대한신지지』(오상근) ·『대한신지리』(원영의) 등의 출판을 금지하였다. 그밖에도 경무총감부에 의하여『신한민보』200호가 발매 금지된 것을 들 수 있는데 그 이유는 치안방해였다.

주로 출판 금지가 가장 많았는데 조선의 민족의식을 고무 선동시킬 우려가 있다 하여『을지문덕』·『초등대한역사』·『서사(瑞士)건국지』등이 발매 금지 조치되었다. 1911년 8월 23일에는 조선교육령이 공포되었다. 조선교육령이란 일제의 이른바 교육칙어에 따라 조선인을 충량한 일본 국민으로 교육한다는 식민지 교육의 본격적 정착이었다. 1912년에는 황현의『매천집(梅泉集)』과 김택영의『창강집(蒼江集)』등 민족적 지식인의 문집이 불온성을 지녔다는 이유로 총독부에 압수당하였다.

탄압과 감시의 그물망이 워낙 철저했던 터라 이후 수년간 일본은 표면적인 금지나 압수를 하지 않아도 될 정도였다. 1915년 5월에 잡지『학지광(學之光)』이 발매 금지된 것을 제외하면 겉으로는 일견 평온을 유지하고 있는 것처럼 보였다. 1916년으로 접어들면서 일제는 식민지 통치의 효율성 제고를 위하여 아동 교육에서부터 일찌감치 단속과 통제에 익숙하도록 만드는 식민지형 교원 양성에 주력하였다. 이를 위하여 식민지 교육을 위한 이른바 교원 심득(心得)을 공포하기에 이르렀다.

같은 해 10월에 『조선공론(朝鮮公論)』 10월호가 불온 기사를 게재하였다는 이유로 발매 금지되었고, 춘원 이광수의 전통부정론이 담겨 있는 비평 「문학이란 하(何)오」가 『매일신보』에 발표되었다. 1919년에는 3월 독립만세 시위사건으로 몹시 놀란 일제가 전국의 고등보통학교와 여자고보의 규칙을 개정하였는데, 내용인즉 조선어 교육 시간을 대폭 줄이고 일본어를 학습하는 시간을 크게 늘이는 조치를 하였다. 이와 더불어 조선의 역사와 지리 대신에 일본의 역사와 지리를 학습하도록 바꾸었다. 이는 독립만세시위로 경악한 조선총독부 당국자들이 사건의 원인을 정신교육의 부재로 규정했기 때문이었다.

1920년 3월과 4월에 『조선일보』와 『동아일보』가 각각 창간되고, 6월에는 천도교 계열의 종합지 『개벽(開闢)』이 창간되었다. 7월에는 오상순·염상섭·황석우·변영로 등에 의해 문학동인지 『폐허(廢墟)』가 창간되었다. 1921년 12월에는 김윤경·장지영 등에 의해 한글학회의 전신인 조선어연구회가 결성되었다. 이듬해 5월에는 이광수의 폭탄적인 내용이 담긴 글 「민족개조론(民族改造論)」이 발표되어 사회적 물의를 크게 일으켰다.

1923년 6월초에는 『동아일보』가 일요일판을 발간하면서 독자문예란을 신설하였는데 이 지면에 대한 전국의 무명씨 문인들의 반향은 큰 것이었다. 1925년 3월에는 소위 민중예술의 고취와 부르조아 예술지상주의 박멸을 목표로 민예회(民藝會)가 황해도 해주(海州)에서 조직되었다. 1926년 1월에는 박영희·김기진·홍명희 등에 의해 프로문학 경향지 『문예운동(文藝運動)』이 발간되었다. 이해 5월은 만해 한용운의 『님의 침묵』이 간행된 시기이기도 하다.

1927년 6월에는 계명구락부 소속 맹원들인 최남선·정인보·이윤재 등을 중심으로 조선어사전 편찬 작업이 시작된 시기이다. 1928년 11월 하순에는 벽초(碧初) 홍명희(洪命熹)가 장편 대하소설 「임꺽정전」을 『조선일보』지상에 첫 연재를 시작한 시기이기도 하다. 1930년 3월에는 정지용·박용철 등에 의해 『시문학(詩文學)』이 창간되었다. 1933년 11월 4일에는 조선어학회 회원들이 세종대왕의 훈민정음 반포 487돌 기념식을 개최하고, 한글맞춤법 통일안을 발표하였다. 이후 1940년 후반기로 접어들면서 조선총독부에서는 전시체제하에서의 사상 통제를 목적으로 국민총력연맹의 이름으로 총력연맹 실천요강 3대 강목을 설정하였는데, 첫째 국민 사상의 통일, 둘째 국민 총훈련, 셋째 생산력 확충 등이 그것이다.

1941년 4월에는 순문예지 『문장(文章)』·『인문평론(人文評論)』 등이 강제 폐간되었다. 1942년 여름에는 친일문학지 『국민문학(國民文學)』이 오직 일본어로만 표기된 잡지를 발행하기 시작하였다. 조선어를 가르치는 일과 일상적 사용을 금지하고 이른바 보도연맹을 두어서 한국말 사용 학생을 처벌하도록 만들었다. 전국의 각급 학교 교가도 일본어로 새로 만들어 부르도록 강제하였다. 1943년 9월에는 민족사연구회 단체인 진단학회를 강제 해산하였고, 제국주의로부터 해방을 불과 일년 남짓 앞두고 있는 시점에서 이육사·한용운·윤동주 등의 민족시인들이 안타깝게도 잇따라 세상을 떠나고 말았다.

이러한 시대적 굴곡과 파탄을 배경으로 저항시는 자연발생적 출현을 나타내 보이게 되었다.

(2) 1937년에서 1942년 사이에 저항시가 특히 많이 쓰여진 까닭

일제강점기하에서 산출된 저항시 작품을 두루 살펴보면 우선 물량적으로 1937년부터 그 출현이 두드러짐을 알 수 있다. 여기에 무슨 특별한 이유가 있다기보다도 35년 간의 일제 식민통치 기간의 후반기로 접어들면서 기본적 생존권에 대한 자의식의 강화와 위축된 마음을 격려 고무시키는 주변적 여건이 하나의 동력이 아닌가 한다.

1936년 8월 독일 베를린에서 개최된 제11회 세계올림픽대회 마라톤 경기에서 손기정(孫基貞) 선수가 우승을 했던 쾌거는 나라 없는 서러움을 뼈저리게 느끼게 하면서 동시에 무한한 민족적 자긍심을 갖도록 만들었다. 더구나 『동아일보』는 손기정의 마라톤 제패 사진의 일장기를 말소하여 게재함으로써 사회적으로 크나큰 파문을 일으켰다. 이 일장기말소사건은 민족적인 자의식의 강화와 그 표현에 엄청난 자극을 주었다. 일장기말소사건이 지니는 역사적 상징성은 매우 크다. 왜냐하면 3·1운동 이후 한동안 세기말적 비탄과 허무주의, 좌절감, 퇴폐주의 속으로 침잠했던 현실 극복의 의지가 표면화되고, 일본에 대한 전면적인 부정이 공식화된 계기가 되었기 때문이다.

이러한 분위기가 감지되자 일제는 오히려 검열과 감시를 한층 강화시키게 되었고, 1937년에는 민족수양단체인 동우회 회원들에 대한 총검거 선풍으로 몰아가기 시작하였다. 일제의 명분은 물론 치안유지법 위반이었다. 이로부터 1942년까지 약 6년 간은 민족적 저항시 작품이 가장 많이 산출된 기간이었다. 1942년은 식민지의 피지배 민중들에게 징병제가 실시되고 국민개로운동(國民皆勞運動)이란 명분으로 노동력 착취에 혈안이 되었으며 민족언어 사용을 금지했던 해이기도 하다. 그 이후의 기간에는 너무도 강력한 통제와 질곡 속에서 저항시 작품은 거의 산출되지 못했다.

2) 주제 유형에 따른 분류와 그 의미

(1) 방랑의식, 혹은 탈출의식을 나타낸 저항시

일제강점기 저항시를 통틀어 가장 많은 출현 빈도를 보이고 있는 주제가 바로 방랑의식과 탈출의식을 담고 있는 작품군이다. 이러한 주제가 강력한 분포를 갖게 된 이유는 간단하다. 당시의 식민지 조선이란 것이 바로 하나의 거대한 감옥이요, 이 감옥 속에서 한국인들은 이민족인 일본인들에게 갖은 착취와 학대를 강요당하였다. 정상적인 삶의 수행이 불가능했었고, 다만 금수와 같은 고통스런 시간만이 있을 뿐이었다.

삶의 기본권이 박탈되었으므로 이 땅의 민중들은 죽음과도 같은 막다른 시간의 정점에서 본능적 생존을 위한 길을 찾아 헤매게 되었다. 상황이 이러하였으니 당시 현실성을 적극적으로 반영한 작품들 가운데 상당수가 방랑의식과 탈출의식을 나타내게 되는 것은 당연한 경로였던 것이다.

이러한 주제 유형의 작품으로 1920년대에 제출된 저항시로서는 이상화(李相和)의 「가장 비통한 기욕(祈慾)」(1925)과 심훈(沈薰)의 「잘 있거라 나의 서울이여」(1927), 김여수(金麗水)의 「밤차」(1927)를 들 수 있다.

> 아, 가도다, 가도다, 쪼쳐 가도다
> 잊음속에 있는 間島와 遼東벌로
> 주린 목숨 움켜 쥐고, 쪼쳐 가도다
> 진흙을 밥으로 햇채를 마셔도
> 마구나, 가졌드면, 단잠은 얽맬 것을 —
> 사람을 만든 검아, 하로 일즉
> 차라리 주린 목숨 빼서 가거라!
>
> —이상화의 시 「가장 비통한 기욕」 부분

1930년대의 작품으로는 먼저 김소엽(金沼葉)의 「황량한 거리에서 부르는 노래」(1932), 이찬(李燦)의 「북만주로 가는 월이」(1936) 「떠나는 마을」(1937), 오장환(吳章煥)의 「모촌(暮村)」(1937)·「북방의 길」(1939), 한죽송(韓竹松)의 「유랑의 애수」(1937), 임화(林和)의 「야행차 속」(1938), 이해문(李海文)의 「열차의 환상」, 이용악(李庸岳)의 「낡은 집」(1938), 조벽암(趙碧岩)의 「빈집」(1938), 민병균(閔炳均)의 「참외」(1939), 이육사(李陸史)의 「절정」(1939) 등이 있다.

1940년부터 일제 말 해방에 이르기까지 나온 작품으로서는 이찬의 「북방도」(1940), 김조규(金朝奎)의 「연길역 가는 길」(1940), 정철(鄭鐵)의 「여름밤」(1944) 등을 들 수 있다. 이설주(李雪舟)의 시 「방랑기」·「추풍령」·「이

주애(移住哀)」 등과 정훈(鄭薰)의 「슬픈 풍경」, 김도성(金道成)의 「모르는 이」, 이수형(李秀馨)의 「행색」 등은 1948년에서 1949년 사이의 해방 시기에 발간된 시집에 수록되어 있으나, 이 작품들은 대개 일제 말경에 씌어진 저항시 작품으로 다루어야 할 것이다.

(2) 죽음의식, 혹은 비극적 공간 감각을 나타낸 저항시

이 계열의 저항시는 주제 (1)의 작품들과 크게 구별되는 성격은 아니나, 다만 식민지화된 조국에서 굴욕적 삶을 살아간다는 것 자체가 매우 고통스럽다는 인식에서 출발하고 있다는 점에서 다소 변별성을 지닌다 하겠다.

이러한 계열로는 이상화의 작품 「통곡(痛哭)」(1925)과 「서러운 해조(諧調)」(1925)가 최초의 형태가 아닌가 한다. 「통곡」은 민족이라는 집단 전체가 극도의 절망에 빠져서 허우적거리며 삶의 막다른 끝에 다다라 있음을 암시하고 있고, 「서러운 해조」도 이와 동류에 속한다. 시 「서러운 해조」에서 시인은 해의 이미지를 '피뭉텅이'로 비유함으로써 죽음과 절망 심리의 극단에 다다르고 있다. 김소엽의 「황량한 거리에서 부르는 노래」(1932)는 유이민의 시각을 통하여 비극적 공간성을 부각시키는 방법을 쓰고 있다.

1940년대로 접어들면서 또다시 비극적 공간 감각의 표현 형태가 나타나는데 강홍운의 시 작품 「초롱(초롱)」(1941)과 「파선(破船)」(1941)이 그것이다. 이 작품들은 거센 바람 속에서 꺼질 듯 아슬아슬한 위기를 겪어내고 있는 초롱의 현실을 통하여 조국의 운명을 상징하고 있고, 거친 풍랑에 부딪쳐 볼품 없이 부서지고 깨어진 난파선의 절박성을 그려냄으로써 역시 처절한 조국의 운명을 나타내고 있다.

김조규의 「호궁(胡弓)」(1942), 남승경(南勝景)의 「북만 소묘」도 눈여겨 볼 만한 작품인데 막연한 센티멘탈리즘 속에 약화되고 희석되어 버린 개인의 의지를 나타내고 있다. 남승경의 「해적(海賊)」은 철저히 알레고리적 기법을 구사하고 있는 저항시 작품이다. 우화적 구조 속으로 슬그머니 숨어든 현실의식을 발견할 수 있다.

이병철(李秉哲)의 시 「낙향소식(落鄕消息)」(1943)은 극도의 상실감에 빠져든 작중 화자의 심리를 잘 나타내 보여주고 있다. 모국어를 상실하는 사태는 곧 자기 정체성을 잃어버리는 일과 같다는 서술을 통해서 시인은 모국어야말로 우리가 끝끝내 회복해야 할 대상의 중심임을 강하게 암시하고 있는 것이다.

권환(權煥)의 「까마귀」(1943)는 죽음의식을 농도 짙게 반영하고 있다. 그의 시에서 들려오는 불길한 까마귀 소리는 1943년에 징병제를 공포 시행하여 식민지 조선의 청년들을 전쟁터로 내몰던 일제의 악랄한 정책의 소리를 반영하고 있는 것은 아닐까? 조선농지개발이란 명목으로 착취경영단이 소란스럽게 업무를 개시하던 해였고, 조선식량관리령이 공포되어 한반도에서 생산되는 모든 미곡을 일본군의 군량미로 징발하고 이에 따른 절약과 내핍생활을 강조하던 해였으며, 조선금광주식회사가 설립되어 일제가 막대한 전쟁비용의 조달을 위해 한반도에 매장된 금을 모조리 파헤쳐 거두어 가는 정책의 시행 등등 이 해에 들려오는 소식이란 모조리 불길한 것뿐이었다.

(3) 일제의 유린으로 말미암아 황폐해진 고향을 다룬 저항시

이 계열의 저항시 작품으로는 극도의 기아로 말미암아 얼굴에 부황이 든 농민들의 얼굴을 '참외꽃 같은 얼굴'로 묘사한 이상화의 「조선병(朝鮮病)」(1925)을 먼저 손꼽을 수 있다.

어제나 오늘 보이는 사람마다 숨결이 막힌다
오래간만에 만나는 반가움도 업시
참외꽃같은 얼굴에 선웃음이 집을 짓더라

눈보라 치는 겨울맛도 업시
고사리같은 주먹에 진땀물이 구비치더라
저 하늘에다 봉창이나 뚫으랴 숨결이 막힌다
— 이상화의 시 「조선병」 전문

다음으로는 약탈에 시달리는 농촌의 정경을 노래한 김소엽의 「흙 한 줌 쥐고」(1932)를 들 수 있다. 김조규의 「삼춘읍혈(三春泣血)」(1934)과 정래동(丁來東)의 「무엇하려 돌아가나」(1934)도 이러한 계열에서 기억할 만한 작품이다.

민병균의 시 「해빙기의 재령강반(載嶺江畔)」(1935)은 팔려 가는 농촌 색시의 비극적 정황을 그려냄으로써 황폐한 고향의 면모를 여실히 반영하고 있다.

호젓한 봄날의 흐느낌이 들려오는 아랫마을 강기슭엔
오늘도 南滿으로 팔려가는 나무리 처녀들을 태운 범선이 한 척
또 맞은 편 오고고 통곡 소리 쇠잔한 웃마을 강기슭엔
한 그릇 두둑한 胡米밥이 그리워 만주로 떠나는 流路의 나루가 한 척

해빙의 재령강반은 너무도 적막에 가득 찼구나
— 민병균의 시 「해빙기의 재령강반」 전문

같은 해에 발표된 이찬의 시 「면회(面會)」는 황폐한 고향과 거기에서 쓸쓸히 늙어 가는 어머니의 모습을 대조시킴으로써 고향이란 주제의식을 상대적으로 더욱 선명한 이미지로 떠오르게 한다. 함세덕(咸世德)의 시 「저녁」과 이찬의 시 「북관천리(北關千里)」도 동일한 주제의식을 지닌 작품들인데, 특히 이찬의 시 「북관천리」는 화전민의 비참한 생활을 작품화시켜냄으로써 황폐화의 근원에 대한 규명을 더욱 충동해내는 힘이 느껴진다.

박노갑(朴魯甲)의 「마을의 봄」(1936)과 이해문의 시 「고원(古園)」(1938), 조벽암의 「빈집」(1938) 등도 이 계열에서 빼놓을 수 없는 작품들이다.

도깨비가 나온다던 박서방네 집도 헐리운지 오래라고
옛장수 활쏘던 터라던 과녁말 동네도 무척은 변했으며
千里駿驄 매었었다는 말둑배 밑으로는
雲山 金鑛 간다는 자동차 길이 놓였다
　　　　　　　　　　　　　　　—이해문의 시 「고원」 전문

　　그러나 이 계열에서 단연코 우뚝한 저항시 작품은 아마도 이찬의 시 작품 「떠나는 마을」(1937)일 것이다. 시 「떠나는 마을」은 장진강(長津江) 수력발전소의 건설 때문에 방대한 지역의 토지가 댐으로 수용되고, 이에 따라 지역 주민들이 억울하게 재산을 빼앗기고 거주지를 쫓겨나게 된 참담한 광경을 노래한 시 작품이다.

　　1937년 1월 16일자 당시의 신문에 따르면 압록강(鴨綠江) 수전(水電)주식회사 건설원칙이 발표되고, 여기에서 앞으로 18만Kw의 전력이 생산될 것이라는 기사가 보도되고 있다. 같은 해 5월 12일에는 수전개발위원회 규정이 공포되고, 9월 20일에는 압록강 수력발전 설립인가가 발표된다. 이때부터 수풍(水豊)댐 지역의 주민들에 대한 본격적인 강제 이주가 실시되고 있다. 이찬의 시 작품은 이러한 수몰민들의 현실을 반영함으로써 역사적 의미를 지니고 있는 소중한 작품이라 하겠다.

　　역시 1937년에 발표된 허리복(許利福)의 장시 「광야(曠野)」도 비참한 고향의 정경을 다룬 중요한 저항시 작품이다. 특히 장시 형태의 작품구조를 통하여 주제의식을 완강하게 이끌고 가려는 의지가 짙게 나타나고 있다.

　　이육사의 시 「자야곡(子夜曲)」도 황폐해진 고향을 다룬 중요한 작품이다. 그 황폐해진 고향이란 다름 아닌 핍진한 상태로 전락한 조국의 모습이었던 것이다.

이수형의 시 「아라사 가까운 고향」(1949)과 김상원(金相瑗)의 「향수(鄉愁)」(1949)도 비록 해방 후에 발표된 작품이긴 하지만 일제 말의 비극적 상황 속에서 제작된 것으로 일제에게 유린되어 비참해진 고향을 노래한 저항시 작품에 속한다.

(4) 가족간의 생이별과 유이민 문제를 다룬 저항시

식민지의 전체 현실을 통하여 이별을 노래한 시 작품은 부지기수이다. 소월(素月)과 만해(萬海)의 작품이야말로 사랑과 이별을 가장 광범위한 주제의식으로 다룬 시인일 것이다. 하지만 그들의 작품에 나타난 이별의 정서는 전통적인 민족 정서와 결부된 것이었거나, 아니면 인간의 기본적인 페이소스와 관련된 표현이었다.

저항시 작품에서 다루는 이별의 정서는 대개 외부의 강제에 의한 강압적 이별, 즉 제국주의자들의 정책에 의해 원하지 않았던 생이별을 해야만 했던 유랑 이민들의 참담한 정경을 다룬 것이 일반적이다.

이러한 계열의 시 작품으로 손꼽을 수 있는 맨 첫 번째의 저항시 작품은 이상화의 시 「가장 비통한 기욕」(1925)일 것이다. 심훈의 「잘 있거라 나의 서울이여」(1927)는 유랑의 길에 들어선 농민들이 도시 빈민, 토막민(土幕民)의 가련한 신세가 되어서 도시 주변을 떠도는 행색을 묘사하고 있다.

> 城壁은 토막이 나고 門樓는 헐려
> 「해태」조차 주인 잃은 宮殿을 지키지 못하여
> 半 千年이나 네 품속에 자라난 백성들은
> 산으로 기어오르고 두더지처럼 土幕 속을 파고 들거니
> 이제 젊은 사람까지 등을 밀려 너를 버리고 가는구나!
> ―심훈의 시 「잘 있거라 나의 서울이여」 부분

김여수는 시 「밤차」(1927)를 통해 유이민이 되어 떠나가는 사람의 참담한 심경을 '추방되는 백성의 고달픈 혼을 싣고 깊은 밤을 헐떡거리며 달리는 기차'에 비유하여 적절히 그려내고 있다.

김소엽의 시 「황량한 거리에서 부르는 노래」(1932)에서도 유이민 문제의 비극성을 노래하고 있고, 이흡(李洽)은 시 「올빼미 우는 밤」(1934)에서 사랑하는 님이 유랑민이 되어 방황하는 광경을 연상함으로써 생이별의 고통을 간접적으로 담아내고 있다.

이러한 비극성은 이찬의 시 「북만주로 가는 월이」(1936)에서 하나의 정점을 이루고 있다. 남만주로 이주해 가는 농민 700여 명을 실은 기차가 전라도의 송정리역과 함평역을 출발한 것이 1936년의 일이었고, 삼남 지역의 노동이민 7,000명이 서북 지역으로 강제 이송된 것이 1937년경의 일이었으며, 선만(鮮滿)척식회사가 한반도의 충남 지역에서 3,000명 가량의 농민을 모아서 만주국으로 수송을 개시한 것이 1939년의 일이었다.

이로부터 유이민의 현실을 반영한 시 작품들이 줄기차게 쏟아지기 시작했으니 오장환의 「모촌(暮村)」(1937)과 임화의 시 「야행차 속」(1938), 이해문의 「열차의 환상」(1938), 이용악의 「낡은 집」(1938), 조벽암의 「빈집」(1938), 오장환의 시 「북방의 길」(1939), 한죽송의 시 「유랑의 애수」(1937) · 「눈물 젖은 무산령」 · 「연정천리」 · 「규중한(閨中恨)」 · 「방아찧는 처녀」(1939), 민병균의 「참외」(1939), 이육사의 「절정」(1939), 이찬의 「북방도」, 김조규의 「연길역(延吉驛) 가는 길」(1942), 김도성의 「모르는 이」(1942) 등의 대표적인 시 작품들이 집중적으로 발표되었다. 시인들은 이 계열의 작품을 통해서 유랑민의 참담한 처지와 그들의 처절한 이별의 광경을 문학적으로 담아내는 일에 매우 적극적으로 나서게 되었다.

(5) 열악한 환경에서도 꿋꿋하게 살아가는 생활을 다룬 저항시

희망을 노래한 시는 금강산으로 상징된 조국의 존재를 찬미하고 우리 민족의 가슴에 길이 담아가야 할 거룩한 성스런 공간으로 설정한 이상화의 시 「금강송가(金剛頌歌)」(1925)에서 본격성을 띠게 된다. 이러한 작품의식이 김여수의 시 「남대문(南大門)」(1927)으로 계승되었다. 김여수는 박팔양과 동일인물이다.

> 이 도성의 사람들이 그러하외다
> 그들의 울분하여 터질 듯한 가슴을 안고
> 거리에서 거리로, 비틀거리는 발길을 옮길 때
> 누가 그들을 위로하여 무엇 사오리까
> 업사외다, 오직 남대문 하나이 있을 뿐이외다
>
> — 김여수의 시 「남대문」 부분

이어서 본격 저항시의 튼튼한 조건을 모두 갖춘 심훈의 시 「그날이 오면」(1930)으로 이어진다. 이 작품을 통해 심훈은 우리가 고대하는 이른바 해방과 감격의 '그날'을 상상적 황홀로 노래하였고, 민족의 가슴에 깊은 신뢰를 심어 주었다.

심훈은 이 작품 이외에도 시 「필경(筆耕)」을 통해서 펜, 즉 문학의 행위가 지니는 엄청난 힘과 문학의 기능성으로 사회적 대응력을 갖추어 가야 한다는 의지를 나타내고 있다. 심훈의 저항적 시 작품들이 지니고 있는 정신사는 이어서 이육사의 시 「한 개의 별을 노래하자」(1936)로 이어진다. 이 작품이 발표된 1936년은 민족저항시사에 있어서 매우 의미 있는 해라 할 것이다.

일본에서는 애국청년회(愛國靑年會)가 조직되고, 중국의 상해(上海)에서는 맹혈단원(猛血團員)이란 비밀결사가 조직되었으며, 만주 일대에서는 반만항일군의 결성, 길림구국회(吉林救國會) 비밀결사대의 발족, 광복단, 조국광복회 등 각종 무장항일 단체와 조직이 결성되어 본격적 가동에 들어가는 해이기도 하다. 역사와 시간성, 그리고 진리에 대한 굳센 믿음은 이육사의 시 「광야」(1946)에서 시간의 실재에 대한 강렬한 신뢰로 나타나고 있다. 역시 그의 시 「꽃」·「교목(喬木)」 등에서는 불변의 진리와 정의, 진실한 가치의 숭고함 등에 대한 깊은 신뢰가 바탕이 되어서 우리 민족시 정신사 전체를 통하여 우뚝하고도 독보적인 정신세계로 정착되었다. 육사의 시 작품은 해방 이후에 발표된 시집 속에 엮어져 있지만 당연히 일제 후반기에 씌어진 저항시 작품으로 다루어야 한다.

이민촌의 악조건 속에서도 이를 악물고 꿋꿋하게 살아가야 한다는 삶의 의지와 희망을 노래한 대표적인 시 작품으로는 윤영춘(尹永春)의 「간도(間島)」(1948)와 성스러운 민족사에 대한 자부심을 노래한 「두만강(豆滿江)」(1948), 만주 체험과 벅찬 귀향의 과정을 담아낸 「피난마차(避難馬車)」(1948) 등은 비록 해방 후에 발표된 작품이나 일제 말과 해방 직후의 현실을 반영한 작품으로 새롭게 평가할 만하다.

(6) 빈민 대중의 비참한 생활을 반영한 저항시

1920년대 후반에서 1930년대 초반에 이르는 수년 동안 일제 총독부 경무국에서 신문발표 작품을 철저히 검열한 결과를 한 권의 비밀정보 자료로 발간한 사실이 있다. 그 자료의 이름은 『언문신문의 시가[諺文新聞の詩歌]』(1930)이다.

이 자료는 『언문신문 차압기사집록(差押記寫輯錄)』의 중요한 한 부분으로 『동아일보』·『조선일보』·『시대일보』·『중외일보』 등 네 신문에서 압수한 시가작품을 세 가지의 주제로 재분류하여 일본어로 번역하였다. 일제가 지적하는 저항적 민족시에 대한 탄압의 기준 세 가지는 다음과 같다.

① 조선의 독립(혁명)을 풍자하여 단결 투쟁을 종용한 것
② 총독정치를 저주한 배일적인 것
③ 빈궁을 노래하고 계급의식을 도발한 것

일제가 정리한 이 기준은 곧 저항시의 기준이라 할 만하다. 빈민 대중의 비참한 생활을 노래하는 행위만으로도 압수의 대상이 되었음을 잘 보여주고 있다.

이러한 계열의 대표적인 작품으로는 이상화의 시 「조선병」(1925)을 들 수 있을 것이다. 이 작품에는 농민 계층의 참담한 실태가 확연히 드러나고 있다. 도시 빈민과 토막민의 참경을 노래한 심훈의 「잘 있거라 나의 서울이여」(1927), 김소엽의 「봄이 왔는가」(1934)도 토막민 촌에 살고 있는 어린 여공의 광경을 애처롭게 묘사한 작품이다.

> 찌푸린 도시의 하늘—
> 「전차」와 「아스팔트」와는 인연이 먼 교외의 土幕村이
> 꾸부린 산허리에 매달려 가쁜 숨을 허덕이고 있을 때
> 떨며 돌아오는 女工들의 고무신짝에 눈보라는 휘갈기고
> 허물어진 다리 아래에 거러지 아해의 신음소리 들리거늘……
> ─ 김소엽의 시 「봄이 왔는가」 부분

이찬의 시 「북방도(北方圖)」(1940)는 유랑이민이 다시 화전민 신세로 전락해 가는 과정을 보여주는 의미 있는 작품으로 손꼽힌다.

이육사의 시 「한 개의 별을 노래하자」(1936)에는 화전민과 군수공장 노동자들의 비참한 생활상이 극명하게 반영되고 있다.

이찬의 시 「소묘, 북국어항(素描, 北國漁港)」(1937)에는 부두에서 정어리 하역작업을 담당하고 있으면서 인권을 유린당하고 있는 가련한 여성노동자들의 참상이 서술되어 있다. 동시 형태로 쓴 윤동주(尹東柱)의 작품 「해바라기 얼굴」도 가혹한 악조건 속에서 점차 시들어 가는 어린 여성노동자의 병약한 모습이 들어 있다.

카프 계열의 잡지인 『조선지광(朝鮮之光)』과 『비판(批判)』·『신계단(新階段)』 등의 잡지를 살펴보면 이런 계열의 작품을 쉽게 발견할 수 있다. 권환의 시 「가려거든 가거라」(1931)도 이러한 계급투쟁적 사회의식을 보여

주는 전형적인 경우라 할 수 있다.

　　소부르조아지들아
　　못나고 비겁한 소부르조아지들아
　　어서 가거라 너들 나라로
　　幻滅의 나라로 沒落의 나라로

— 권환의 시 「가랴거든 가가라」 부분

　그만큼 좌파 계열의 시 작품들은 프롤레타리아 계급의 빈궁과 정치적
사회적 모순구조에 관심이 집중되어 있었다고 해도 과언이 아니다. 그러
므로 빈궁을 노래한 작품은 대부분 계급주의 이념에 기초해 있거나 그
러한 이념에 동조하는 가치관을 지닌 시인들에 의해서 산출되었다.

(7) 모순적 현실을 절규하고 민중의 각성을 촉구한 저항시

　제국주의자들의 착취와 유린으로 말미암아 인간성은 여지없이 말살되
고 기본적 인권마저 보장받을 수 없는 처지가 되었을 때 현실의 모순에
대하여 조소하고 야유하며 탄식하는 과정이 나타난다. 이상화의 시 「통
곡」(1925)은 극도의 절망에 빠져 있는 민중의 심리 상태를 잘 나타낸 시
작품이다. 박팔양의 시 「거리로 나와 해를 겨누라」(1925)는 나약한 심리
상태에 침잠해 있는 민중들에게 커다란 각성을 촉구하는 시 작품이다.

　　이 나라 거리가 왜 이리 쓸쓸하냐
　　젊은이 죽어 초상 치른 집 같고나
　　이 나라에는 사람이 하나도 없느냐
　　오오 젊은 사나이도 없느냐
　　(…중략…)
　　백두산상에 빛나는 저 해를 보라
　　끓는고나 타는고나 열정덩어리로구나

이 나라 젊은이 가슴에도 피가 돌거든
해가 가진 열정을 함빡 빼앗자고
활을 메어 한눈 지긋하고 저 해를 겨누라
— 박팔양의 시 「거리로 나와 해를 겨누라」 부분

박팔양은 시 「데모」(1928)를 통해서 현실의 모순은 어디까지나 계급 투쟁을 통해서만 극복이 성취될 수 있다고 믿었으며, 민족의 주체성 회복도 이러한 방법 위에서만 가능하다고 결론짓고 있다. 민족의 대오각성을 촉구한 심훈의 시 「조선은 술을 먹인다」(1929)도 모진 각성을 일깨우고 있는 작품이다.

아아 조선은, 마음 약한 젊은 사람에게 술을 먹인다
뜻이 굳지 못한 청춘들의 골을 녹이려 한다
生材木에 알콜을 끼얹어 태워버리려 한다
— 심훈의 시 「조선은 술을 먹인다」 부분

이러한 계열의 작품은 이후로 갈수록 줄기차게 이어져 조벽암의 시 「어둠아 가거라」(1933)와 홍순철(洪淳哲)의 시 「이 땅의 문학가여」(1933) 등의 적극성을 띤 세계로 나타난다. 이찬의 시 「가라지의 설움」(1936)도 모순적 현실을 조소하는 시적 진술이 바탕이 되고 있다.

이용악은 시 「천치의 강아」(1937)에서 두만강을 천치로 절규하며 탄식하고 있는데, 이때 두만강은 민족 구성원 모두를 총체적으로 상징하고 있다 하겠다. 그의 작품 「폭풍」(1937)도 동일한 계열의 성격을 지니고 있다. 이용악은 드디어 「두만강 너 우리의 강아」(1938)에서 거의 절규에 가까운 통렬한 어조로써 민족의 각성을 촉구한다.

잠들지 말라 우리의 강아
오늘밤도

너의 가슴을 밟는 듯 슬픔이 목마르고
얼음길은 거츨다 길은 멀다
—이용악의 시 「두만강 너 우리의 강아」 부분

이 시는 험난한 민족사의 극복을 위하여 민족사의 제단 앞에 바치는
시인의 헌사(獻詞)였다. 정철은 시 「며누리」(1944)를 통하여 일제 식민지
당국자들의 공출제도의 부당성을 야유하고 있다. 이 작품은 해방 이후에
발표되었지만 식민지 말기에 씌어진 것이다.

(8) 기타의 주제들

고향의 회복, 혹은 되찾아야 할 주체성을 주로 담아낸 저항시가 있는
데, 이 계열의 작품으로는 뜨거운 조국애를 그린 이상화의 「금강송가」
(1925)를 먼저 손꼽을 수 있다.

이육사의 시 「절정(絶頂)」도 이러한 부류를 대표하는 시 작품이다. 육
사의 작품은 유랑에서 절망의 나락으로, 다시 절망에서 다부진 극복의
자세로 되살아나는 뜨거운 집념과 삶의 강렬한 의지가 특히 잘 형상화
되어 있는 작품이다.

심훈은 시 「그날이 오면」(1930)을 통해서 민족 해방의 상상적 감격을
노래하였다.

죽음 이후에도 고향을 그리워 할 것이라는 천청송(千靑松)의 시 「무덤」
(1942)도 이 시기에 발표된 매우 인상적인 시 작품으로 여겨진다.

故鄕이 하 그리워서
넋이라도 남쪽을 향했도다
—천청송의 시 「무덤」 부분

조벽암의 시 「고토(故土)」(1944)는 일제 말 암흑기의 작품으로서, 우리

민족이 마침내 회복해야만 할 국권과 영토에 대한 강한 회복의지와 열망을 담아내고 있다는 점에서 주목할 만하다. 김도성의 시 「외갓집」(1944)도 조벽암의 작품과 같은 반열에 놓일 수 있는 작품이다.

그 밖의 주제 유형으로는 지식인의 내적 갈등과 번민을 다룬 저항시가 있다. 정철의 시 「남해초(南海抄)」(1934)가 이 계열에 속하는데, 단점이라면 울분이 지극히 개인화된 상태로 한정되어 나타나고 있다는 점이다.

이찬의 시 「결빙기」(1937)와 「눈나리는 보성(堡城)의 밤」(1937)은 국경 지역의 긴장된 분위기를 묘사함으로써 시대적 불안의 고조가 극대화되어 나타나고 있다.

> 시월중순이언만
> 함박눈이 퍼ㅡㄱ 퍽 ……
> 堡城의 밤은 한치 두치 積雪속에 깊어만 간다
>
> 깊어가는 밤거리엔 「誰何」ㅅ소리 잦어가고
>
> 鴨綠江 구비치는 물결 귓가에 옮긴 듯 우렁차다
> 江岸엔 錯雜하는 警備燈·警備燈
> 그 빛에 閃閃하는 森嚴한 銃劍
>
> 砲隊는 산비랑에 숨죽은 듯 엎드리고
> 그 기슭에 나룻배 몇척 언제 나의 渡江을 整備코 있나
> ㅡ이찬의 시 「눈나리는 보성의 밤」 부분

유치환(柳致環)의 시 「노한 산」(1942), 윤동주의 시 「쉽게 씌어진 시」(1942) 등도 지식인의 갈등, 고뇌, 번민이 주요 특징으로 바탕에 깔려 있다. 일제 강점기 전체 시기를 통해 발표된 저항시, 혹은 민족저항시의 전모는 이상에서 알아본 것처럼 매우 광범하고 포괄적이며 다원적인 주제의식을 가지고 현실에 대응하였음을 알 수 있다.

3. 민족저항시 범위 확대의 필요성

우리는 이제 일제강점기를 대표하는 민족저항시인들의 범위를 한층 확대시켜야 할 단계에 다가와 있다. 그 동안 우리가 너무도 소폭적인 저항시 인식에 안주해 있었던 것은 아니었던가를 먼저 반성해야겠다. 늘 상투적으로 떠올리는 몇몇 소수 시인들의 저항적 시 작품만 저항시로 다루는 것은 대단히 불합리하다.

이제 우리는 지금까지의 분석과 검증을 통하여 일제강점기 전반을 통해 줄기차게 발표된 저항시 작품의 전모를 이해하였고, 우리가 생각하는 범위보다 훨씬 넓고 크고 깊은 민족저항시의 세계로 확대될 수 있다는 사실을 확인하게 되었다.

이 연구는 이미 보편적 지식이 되어 버린 한용운·심훈·이육사·윤동주 등의 유명시인 위주의 검토와 분석을 지양하고, 그 동안 널리 알려지지 않았던 시인들의 작품에 보다 중점을 두었다. 한용운의 시집 『님의 침묵』이 거두고 있는 불멸의 성과와 일제 말 암흑기에 씌어진 윤동주의 시집 『하늘과 바람과 별과 시』, 그리고 해방 이후에 간행된 심훈의 시집 『그날이 오면』, 이육사의 『육사시집』 등이 지니는 문학사적 성취는 이미 하나의 보편적 사실로 규정되고 있으므로 굳이 여기서 재론할 필요를 느끼지 않는다.

다만 한국을 대표하는 저항시가 어찌 이들 네 시인의 네 권 시집으로만 한정될 수 있는가라는 불만에서 이 연구의 문제가 제기되었다. 그리하여 일제강점기 전체 시기를 통하여 신문·문학잡지·종합지·시집·동인지 등등 각종 지면을 통해 발표된 시 작품을 가능한 한 두루 섭렵하여 거기서 검출된 저항시 작품의 가능성을 모두 추출하려는 노력을 하였다.

그 결과 이찬·박팔양·한죽송·이용악·김소엽·조벽암·정철·김조규·윤영춘·이설주 등의 시 작품들을 새로운 저항시의 범주로 편입하는 일에 일정한 성과를 거두었다.

이찬(李燦, 1910~)은 함남 북청에서 출생하였고, 호는 무종(務鍾)이다(『북한인명사전』에는 경기도 출생으로 되어 있으나 여기서는 1940년 『문장』지에 실린 '문인총람'에 의거하기로 한다). 1928년 시잡지 『신시단(新詩壇)』에 시 「봄은 간다」를 발표하면서 등단하였다. 1930년에는 서울 경복중학을 졸업하고 경성중앙고보에서 교사를 역임하던 중 일본 와세다대학 영문과에 입학하였으나 심한 생활고 등으로 말미암아 학업을 중도에 포기하고 귀국하였다. 하지만 그는 1931년 카프 동경지부에 관계하면서 사회주의적 가치관으로 기울기 시작하였다. 1933년에 돌아와 한때 카프의 중앙위원을 지내기도 하였으나 「우리 동무」 사건으로 곧 피검되었다. 1937년 이후부터는 북청·삼수·혜산진 등 국경지대를 전전하며 인쇄업에 종사하며 적극적으로 시창작에 몰두하였다.

1939년 인문사(人文社)에서 발간한 『조선문예연감(朝鮮文藝年鑑)』에 수록된 문필가 주소록에서 시인 이찬의 주소를 확인해 보면 '함경남도 삼수군(三水郡) 중평장(仲坪場)'으로 되어 있다. 그만큼 이찬이란 존재는 중앙 문단에서 소외된 채로 고독한 생애를 보내고 있었던 것으로 보인다. 이찬의 작품은 주로 황폐한 국경 지역의 현실에서 소재를 구하고 있다. 대다수의 시인들이 서울 문단에서 활동하는 것을 꿈으로 생각하고 있을 때, 함경도 북청 출신인 이찬은 자신의 고향 지역에 터전하고 살면서 두만강 유역의 국경 부근을 넘어가는 유랑민들의 고통을 실감나게 그려냄으로써 생생한 문학적 증언과 빛나는 성취를 이룩하였다.

「북관천리(北關千里)」·「북만주로 가는 월이」·「가라지의 설움」·「결빙기(結氷期)」·「눈나리는 보성의 밤」·「소묘, 북국 어항」·「떠나는 마을」·「북방도」·「국경 일절(國境一折)」·「국경의 밤」·「바리우는 이 없는 정거장」·「북국전설(北國傳說)」·「산촌일경(山村一景)」·「피난민 열차(避難民列車)」 등의 빼어난 저항시에 담겨 있는 독특한 개성과 북방 정서는 시인 이찬의 문학사적 위상을 더욱 두텁게 만들었다. 시집으론 『대망(待望)』 (1937)・『분향(焚香)』(1938)・『망양(望洋)』(1940) 등 세 권이 있다.

이찬의 시가 우리들에게 아직도 생소하게 느껴지는 까닭은 남북분단 이후로 반세기 이상을 이찬의 시 작품을 이른바 월북시인이라 하여 남한 사회에서 금지해 왔었기 때문이다. 1988년 대다수의 월북 문인들이 금지에서 풀렸을 때에도 이찬은 해금에서 제외되었다. 그 이유는 1954년 북조선문예총 서기장 및 중앙위원을 역임하였을 뿐 아니라, 1960년대 중반까지 북한에서 아시아 아프리카 단결위원회의 부위원장에 취임하여 외교부문에서 중요한 직책을 맡는 등 고위직에 종사했다는 전력 때문으로 여겨진다.

그러나 이찬의 경우 해방 이전부터 함경도 지역에서 거주해 왔고, 서울 문단과는 항시 일정한 거리를 두고 살아왔으므로 월북시인이란 말은 부당하며 군이 명명하자면 재북시인(在北詩人)이란 용어가 보다 적절하다고 판단된다. 이 용어는 백석 등의 시인의 위상을 정의하는 과정에서 이미 객관성을 얻었던 사례가 있다.

박팔양(朴八陽, 1905~)은 경기도 수원 출생이다. 김여수는 그의 또 다른 필명이다. 배재고보를 졸업한 후 경성법학전문학교에 입학하였고, 정지용・박제찬 등과 함께 등사판 동인지 『요람(搖籃)』을 발간하였다. 그 후 1923년 『동아일보』 신춘문예에 시 「신(神)의 주(酒)」가 당선되면서 문단에 데뷔하였다.

『조선일보』 사회부 기자로 일을 하기 시작한 1926년경부터 평소 낭만적 서정시를 쓰던 박팔양의 작품 성향은 차츰 계급주의적 관점으로 쏠리기 시작하였다. 이 시기, 즉 1925년 무렵에서 1928년 사이에 에 발표한 박팔양의 경향시 계열들에서 우리는 저항적 색조의 분위기를 짙게 느낄 수 있다. 특히 「데모」・「남대문」・「밤차」・「거리로 나와 해를 겨누라」 등의 시 작품은 저항시가 갖추어야 할 여러 요건들을 두루 갖추고 있는 훌륭한 저항시라 할 수 있다. 시집으로는 『여수시초(麗水詩抄)』(1940)・『박팔양시집(朴八陽詩集)』(1947) 등이 있다.

한죽송(韓竹松)의 경우는 구체적인 약력을 확인할 길 없다. 다만 1939 년에 발간한 그의 시집 『방아찧는 처녀』(한성도서주식회사 간)에 실린 시 작품 52편을 통해서만 그의 작품세계를 평가할 수 있을 뿐이다. 시집의 맨 뒤편 판권 표시란을 보면 저자의 주소가 함북 회령읍(會寧邑)으로 나와 있는 것을 볼 수 있다.

시집의 머리말에도 회령도서관이란 말이 부기되어 있는 것을 본다면 한죽송 시인은 중국과의 접경 지역인 두만강 연안의 작은 도시 함북 회령 출신으로 회령도서관에서 근무하고 있었던 것으로 보인다.

조선어학회(朝鮮語學會)와도 일정한 관련를 갖고 있었던 인사로 여겨지는 것은 한글학자 정인승(鄭寅承)이 표제를 쓰고, 김혜일, 조관호가 시집의 삽화를 맡았기 때문이다. 시집의 한글 교정까지도 조선어학회에서 맡았다. 시집 『방아찧는 처녀』에는 대부분 민요적 가락에 의탁한 시 작품들이 다수 실려 있다. 작품의 성향은 향토적 서정성에 기반한 낭만주의적 성격을 지닌다. 시인 자신이 머리말에서 밝히고 있는 것처럼 로컬 컬러와 리얼리즘, 여기에다 리듬을 적절히 배합시킨 것이 한죽송의 시 작품이 지닌 윤곽이다.

시 「방아찧는 처녀」·「애수(哀愁)」·「눈물 젖은 무산령(茂山嶺)」·「유랑의 애수」·「규중한」·「연정천리(戀情千里)」 등은 그 아름다움 속에 깃들인 민족 정서의 애잔함이 독자의 심금을 울려주기에 충분하다.

다음으로는 이용악(李庸岳, 1914~)의 저항적 색조를 지닌 작품들이 새롭게 재평가되어어야겠다. 이용악 시인은 함북 경성군 경성면 출생이다.

1935년 『신인문학(新人文學)』 3월호에 시 「패배자의 소원」을 발표하며 등단하였다. 1939년 일본 상지(上智)대학 신문학과를 졸업하였다. 재학 당시 일본에서 김종한(金鍾漢)과 더불어 동인지 『이인(二人)』을 발간하였다. 1939년에 귀국하여 최재서가 운영하던 잡지 『인문평론(人文評論)』지에서 일을 하였다. 해방 직후 문단의 좌파조직인 조선문학가동맹(朝鮮文學家同

盟)의 회원으로 가담하였고, 『중앙신문』 기자로 활동하였다. 그의 시에도
잘 반영되어 있는 것처럼 두만강 연안의 국경 정서, 즉 다시 말하면 북
방(北方) 정서(情緒)의 총체적 성격을 잘 집약하여 시 작품의 창작에 효과
적으로 활용하였던 시인 중의 한 사람이다.

구체적 이력이 밝혀진 것이 없지만 시 작품의 일부를 통해서 유추해
볼 수 있는 사실은 이용악이 유소년 시절에 만주, 시베리아 등지에서 유
이민 생활의 체험을 가졌다는 점이다. 「천치(天痴)의 강아」·「두만강 너
우리의 강아」·「폭풍」·「낡은 집」 등의 작품들은 민족적 저항시로서의
조건에 손색이 없는 작품들이다. 시집으로는 『분수령(分水嶺)』(1937)·『낡
은 집』(1938)·『오랑캐꽃』(1947)·『현대시인전집 : 이용악』(1949) 등이 있다.

김소엽의 시 작품도 주의해서 지켜 볼 필요가 있다. 김소엽(金沼葉
1912~)은 경기도 개성 출생의 시인이다. 1930년 개성상업학교를 마치고
중국 상해의 신광외국어학교 영문과를 다니다 중퇴했다. 1932년 『동광(東
光)』지에 시 「배우에게」·「흙 한줌 쥐고」를 발표하면서 등단하였다. 이어
서 1934년 『조선중앙일보』에 단편소설 「도야지와 신문」이 당선됨으로써
시 장르보다 소설적 활동에 더욱 몰두하였다. 김소엽의 문학세계는 시와
소설을 포함하여 주로 경향성을 띤 리얼리즘 계열이었다. 소설작품으로
는 29편이나 발표하였으나 시 작품은 10편 미만에 불과하다. 비록 분량은
많지 않지만 김소엽의 시는 일제의 수탈로 말미암아 황폐해진 조국의 현
실을 주로 농촌과 유이민 소재에 의탁하여 창작의 기초를 세웠다. 「황량
한 거리에서 부르는 노래」·「돋아나는 싹」·「촌역(村驛)의 대합실」·「봄
이 왔는가」 등의 작품들은 하나 하나가 주옥같은 저항시 작품으로서의
면모를 지니고 있다. 해방 이후 조선문학가동맹에서 활동하다가 월북하
였다.

다음으로는 조벽암(趙碧巖)의 작품을 손꼽을 수 있다. 시인 조벽암은
충북 진천 출생의 시인으로 포석(抱石) 조명희(趙明熙)의 조카이다. 경성제
2고보를 거쳐서 경성제국대학 법학부를 졸업했다. 1930년대 중반으로 접

어들면서 시 「새아침」・「만주4경(滿洲四景)」 등을 비롯하여 다수의 소설 작품을 잇따라 발표하기 시작하였다.

1933년에는 민족적 각성을 통렬하게 촉구하는 「어둠아 가거라」를 발표했고, 1938년에는 시 「빈집」을 발표하여 저항적 색조를 구체화시켰다. 일제 말에 쓴 시 「고토(故土)」는 우리가 마침내 되찾아야 할 참고향의 모습이 어떤 것인가를 일깨워주는 작품이었다. 시집으로는 『향수(鄕愁)』 (1938)와 『지열(地熱)』(1948) 등 두 권이 있다.

김조규 등의 시 작품이 실린 『재만조선시인집(在滿朝鮮詩人集)』(1942), 이설주의 시집 『방랑기(放浪記)』(1948), 『수난(受難)의 장(章)』(1950) 등에 수록된 작품과 정철・윤영춘 등의 시 작품 중에도 일제강점기 후반을 시대 배경으로 창작된 저항시 작품을 발견할 수 있다. 그들의 작품도 면밀히 검토해볼 가치가 있을 것이다.

이상의 연구 결과가 우리 민족문학에서의 현대 저항시 연구와 인식에 새로운 전환의 계기가 되기를 바라는 마음 간절하다.

제 3 장

태산교악(泰山喬嶽)의 시정신

이상화론

1. 식민지, 붕괴와 고통의 시간

한 문학인의 창작 활동은 대체로 그가 살았던 역사적 시간의 내용에 의해 제약을 받고 규정이 된다 하겠다. 이러한 관점에서 볼 때 시인 이상화(李相和, 1901~1943)의 문학과 생애도 결코 예외가 될 수 없다. 이상화가 태어난 시기는 20세기의 개막과 궤(軌)를 같이 한다. 상화가 태어난 1901년은 일본 제국주의의 한반도 식민지화가 예정된 각본대로 빈틈없이 진행되어 가던 시기였다. 같은 해에 일본 정부는 한국 연안에 무선전선 및 해저ㆍ육상전선 가설의 특권을 얻는 한편 한반도와 중국 대륙에 대한 본격적 침략을 위한 발판으로 경부선 철도 건설의 기공식을 가졌다.

이상화가 태어나 살았던 전체 생애는 일제가 한반도를 그들의 식민지로 전락시키고 대륙 침략을 위한 전진기지로서 활용해감으로써 우리 민족에게 있어서는 엄청난 붕괴와 고통의 시간이었다. 그러한 세월을 배경으로 이상화의 문학세계는 형성 전개되었다. 한국의 현대문학사에서 이제 이상화의 문학은 민족적 성격을 지닌 하나의 전형성(典型性)으로 확고한 자리를 차지하고 있다. 여기에 대해서 학계와 문단의 대다수 의견은 묵시적으로 동의하고 있는 형편이다.

하지만 아직도 일부에서는 이상화의 시 작품이 기질적으로 낭만주의적 특성에 기초하고 있다는 명분으로 여전히 그의 시적 미학을 오직 서정시의 위상으로만 규정하면서 낭만주의적 세계관과 결부시키는 관행을 고집하고 있다.[1] 또 일각에서는 이상화의 시 작품을 1920년대의 만해나 소월의 작품과 단순 비교를 하면서 그들보다 상대적으로 저급하게 평가를 하는 위험한 시각을 드러내기도 한다.

> 만해나 소월시와 비교할 때 저자(백철−필자 주)가 주류라고 정의한 낭만주의나 퇴폐주의에서 거론한 박종화, 오상순, 황석우, 이상화, 홍노작, 박영희의 소작들은 거의가 문학 이전의 습작 수준이다. 이것은 많은 시간이 지나간 뒤에는 힘들이지 않고 얻어지는 뒷지혜라는 특권적 관점에서 하는 얘기가 아니다.[2]

이 글은 백철(白鐵)의 『조선신문학사조사』를 비판하면서 1920년대 대표시인을 만해 소월 두 사람만으로 제약하고 있다. 이러한 서술은 평자 자신의 왜곡된 관점을 드러낸 것일 뿐 아니라 문학사 연구의 객관성 확보를 위하여 무책임한 태도를 나타낸 것이다.[3]

또 한 가지 우려할 만한 사실은 이상화 시의 오독(誤讀)이 지닌 문제점이다. 이른바 '전집'이란 이름으로 그 동안 발간된 여러 권의 자료들이 교열(校閱)의 불성실을 드러냄으로써 이상화 시 작품의 원형을 훼손시키

---

1) 『이상화의 서정시와 그 아름다움』, 새문사, 1981.
2) 유종호, 「문학사와 가치판단」, 『현대 한국문학 100년』, 민음사, 1999, 677면
3) 백철의 『조선신문학사조사』에 서술된 이상화의 작품 목록은 모두 다섯 편이다. '근대편'에는 「말세의 희탄」・「나의 침실로」・「이중의 사망」 등 세 편, '현대편'에는 「가상(街相)」・「빼앗긴 들에도 봄은 오는가」 등 두 편이다. 이 작품들을 어떻게 아무런 검증이 없이 '문학 이전의 습작 수준'이라고 함부로 말할 수 있는가.

는 일에 오히려 상당한 일조를 하고 있다. 이런 아이러니를 극복하기 위해서라도 제대로 된 정본(定本) 전집의 확정과 발간은 시급하다.

한국문학사에서 이상화 문학이 지니는 중요성에 비해서 볼 때 그 동안 출간된 문학사 연구 자료들은 텍스트에 대한 본격적인 연구가 대체로 소홀한 것이 사실이었다. 이런 여러 가지 주변적인 상념들을 정리해 볼 때 이상화 문학의 새로 읽기는 오늘의 우리들에게 매우 필요한 과제 중의 하나라 하겠다.

2. 연표(年表)와 더불어 다시 읽어보는 이상화의 시 작품

1) 문학적 개안(開眼)에 이르기까지의 예비과정

이상화는 소년 시절 백부가 세운 대구의 사설학습기관 '우현서루(友弦書樓)'에서 한문을 학습하였다. 14세 되던 해인 1915년 서울로 올라와 경성중앙학교(현재 중동고등학교)에 입학하게 된다. 1915년으로 말하자면 일제가 민족 동화정책에 악용할 의도를 지니고 한국사를 왜곡 날조하여 '조선사편찬'을 획책하던 해이다. 뿐만 아니라 일제가 한국인의 사립학교를 억제하기 위해 '사립학교규칙'을 혹독하게 뜯어고쳤던 해이기도 하다. 이 때문에 이른바 '조선교육령'이란 것을 만들어서 각급 학교 규칙에 준하여 정할 것을 강요하였다. 이러한 학교의 분위기에 상화는 쉽게 적응하기 어려웠을 것으로 짐작된다.

이상화가 문학에 뜻을 갖기 시작한 것은 1918년경부터이다. 백기만(白基萬), 아우 이상백(李相佰) 등과 습작동인지 『거화(炬火)』를 발간하였다고 하지만 그 자료는 현재 보존되어 있지 않다. 상화의 문학적 개안을 위하여 결정적 계기가 되었던 것은 그 해 7월부터 3개월 동안 강원도 등지를 떠돌아 다녔던 방랑 경험으로 보인다. 여기애 대해서 다음 기록은 우리들에게 흥미를 끈다.

그 해 여름에 상화는 입은 옷 그대로 행장도 없고 아무에게 한 마디 말도 없이 슬멋이 방랑의 길을 떠났다. (…중략…) 그가 없어진 후로 날이 가고 달이 지나도 그는 편지 한 장조차 없이 집안에서나 우인들의 궁금증이 짙어가기만 했다. 그 해 늦가을 어느 날 오후 사랑 문을 열고 지팡이를 짚고 들어오는 거러지가 있었다. 의복은 쩔어 빠진 여름옷을 입었고, 흐트러진 장발은 어깨를 덮었으며 얼굴은 마르고 타서 중병을 치르고 일어난 걸인이 틀림없었다. (…중략…) 상화가 돌아온 것은 석 달 열흘이 지났었고, 그는 금강산을 비롯하여 강원도 일대를 방랑하였으며 무인지경의 산중에서 끼니를 굶고 노숙한 적도 여러 번 있었다는 것이다.[4]

당시 상화에게 있어서 방랑의 의미는 무엇이었을까? 진리를 찾아 떠나는 구도자적 심정이었을 것이다. 일생을 방랑으로 살았던 일본의 바쇼는 '방랑규칙'이란 것을 만들어서 삶의 덕목으로 실천했거니와, 17세의 조숙한 소년 상화는 이 방랑을 통하여 땅과 시간, 그리고 그곳에 깃들여 사는 인간에 대한 관점을 조금씩 깨닫게 된다. 그가 보았던 것은 식민지 체제하의 피폐한 농촌과 농민들의 참상이었다. 시인으로서의 문학 수업을 위하여 이보다 더 훌륭하고 직접적인 현장 체험이 어디에 있으랴.

일제는 경술국치와 동시에 착수한 한반도 전역의 토지조사 사업을 1918년에 이르러 드디어 완료하게 되었다. 이것은 식민지체제의 고착화를 위한 작업의 하나였다. 상화는 이듬해 봄 전국적으로 펼쳐졌던 독립만세운동에 직접 참가하게 되었는데, 이 경험은 민족과 역사에 대한 자각과 신념을 일깨워 주게 되었다.

1922년 상화는 드디어 벗 현진건(玄鎭健)의 소개로 『백조(白潮)』 동인이

---

4) 백기만, 『상화와 고월』, 청구출판사, 1951, 145~146면.

되었고, 첫 작품 「말세의 희탄(欷嘆)」을 창간호에 발표하였다. 하지만 이 작품은 상화의 속마음을 제대로 드러내지 못하고 단지 어둡고 우울한 분위기와 함께 비극적 세계관이 어렴풋한 실루엣처럼 나타나 있을 뿐이었다.

저녁의 피 묻은 동굴 속으로
아, 밑 없는 그 동굴 속으로
끝도 모르고
끝도 모르고
나는 꺼꾸러지련다
나는 파묻히련다

— 시 「말세의 희탄」 부분

이 무렵에 상화는 향우 현진건을 비롯하여 나도향·홍사용·박종화 등 백조 동인들과 친교를 갖게 된다. 그 과정에서 당시 문단 친구들의 허무주의와 퇴폐주의적 경향에 상당한 영향을 받게 된다. 하지만 당시 유행처럼 확산되었던 데카당스라는 것은 그것이 지니는 관념성과 몰역사성 때문에 좌파로부터 비판의 표적이 되었다. 문학, 예술의 건강한 정신이 쇠잔하여, 예술 활동이 제 기능을 상실하고, 형식적으로도 막다른 경지에 이르러 이상한 감수성과 자극의 향락으로 나타나던 퇴폐적 경향이 바로 그 표적이었다.

이 데카당스는 사회 전반의 부패현상에 대응하는 탐미주의나 악마주의의 형태가 되어 극단적인 전통 파괴, 배덕(背德), 생에 대한 반역 등의 경향으로도 나타났다. 데카당스현상이 반드시 부정적인 의미만 지닌 것은 아니었다. 그것은 이전시대 문화의 급속한 붕괴를 촉진하여 새로운 발전 능력을 낳는다는 긍정적인 의미도 있었다.

그러나 식민지 조선에서의 데카당스현상은 어디까지나 그 표피적인 가치에만 몰두하고 탐닉하는 분위기로 일관되었다. 당시 이상화의 시에서 '저녁의 피묻은 동굴, 밑 없는 그 동굴'이라는 표현 형태로 나타나는 시적 문맥도 구체성이 결여된 채 관념적인 분위기로서만 전달이 된 것이었지만 우리는 거기서 상화의 시적 관점과 지향이 어떠한 곳으로 열려져 있었는지를 충분히 짐작할 수 있다. 「단조(單調)」(1922)도 동일한 맥락에서 설명될 수 있다. "침울 몽롱한 / 캔버스 위에서 흐느끼다"라는 대목과 "비 오는 밤 / 가라앉은 영혼이 / 죽은 듯 고요도 하여라"란 대목이 바로 그것이다.

시 「나의 침실로」(1923)는 몽롱성의 미학이라는 관점에서 볼 때 가장 정점을 이루고 있다. 이 시의 기본 화법은 '~오너라'와 '~가자'의 두 가지 중심 축으로 강렬하게 집중되고 있는 듯이 보인다. 그때까지 정신의 분명한 안착지점을 발견하지 못한 이상화에게 있어서 꿈은 항시 마음대로 들어가 숨거나 휴식할 수 있는 편리한 공간이었다. 이 시를 줄곧 미세한 문맥 분석에 치우쳐서 해설한다면 그것은 넌센스만 유발할 뿐이다. 전체적으로 느껴지는 갈망과 호소만 읽어내면 충분한 것이다.

이 시를 쓰던 무렵을 전후하여 상화는 일본 토오쿄오의 아테네 프랑세즈에 입학하였고, 그곳에서 관동대지진을 겪으며 한국인에 대한 무차별적 학살을 목격하게 된다. 그 후 이상화는 식민지 종주국의 반역사적 실체에 대한 인식과 깨달음을 가진 후 울분과 갈등에 찬 심정으로 귀국하였다. 비록 수년 뒤에 발표된 작품이긴 하지만 시 「도쿄에서」(『문예운동』 창간호, 1926)는 당시 시인의 정신적 지향을 뚜렷이 말해준다. 이 작품에는 '1922 추(秋)'라는 부제가 붙어 있다.

오늘이 다 되도록 일본의 서울을 헤매어도
나의 꿈은 문둥이 살 같은 조선의 땅을 밟고 돈다 (…중략…)

아 진흙과 짚풀로 얽맨 움 밑에서 부처같이 벙어리로 사는 신령아
우리의 앞엔 가느나마 한 가닥 길이 뵈느냐-없느냐-어둠뿐이냐?

(…중략…) 조선의 하늘아

눈물도 땅속에 묻고 한숨의 구름만이 흐르는 네 얼굴이 보고 싶다

— 시 「도쿄에서」 부분

2) 새로운 자각과 시정신의 수립

1925년 봄, 이상화는 파스큘라(PASKYULA) 주관의 문학 행사에 참여하였고, 이후 카프 발기인으로 가담하고 있다. 〈백조〉를 중심으로 한 퇴폐적 낭만주의는 '힘(力)의 예술'이라는 기치를 앞세우고 일본에서 귀국한 김기진(金基鎭)과 그에 동조하는 박영희(朴英熙)에 의해서 일대 전환을 맞게 된다. 〈백조〉 동인들 가운데 상당수가 좌파로 변신하였다.

일본에서 제국주의의 본질을 경험하고 돌아온 상화에게 있어서 1925년과 1926년 두 해는 숨가쁜 격정의 시기였다. 시인은 우선 그 동안의 지나치게 관념적이고 퇴폐적인 분위기에 젖어 있었던 자신의 문학적 방법과 태도에 대해서 깊이 반성하였다. 문학이 보다 진정한 문학이 되기 위해서는 시인이 살아가고 있는 동시대의 현실에 깊이 동참하고 정의의 편에 가담하는 것이라 확신하였다. 상화가 좌파 문학인 조직에 참여하게 된 것은 바로 이러한 이유 때문이었다.

상화의 개인사에 있어서 파스큘라와 카프의 가입은 매우 중요한 전환점을 이룬다. 문학에서의 민중의 발견, 민족주체성의 자각, 조국에 대한 인식의 심화, 자기 세계에 대한 반성과 극복으로 나아가게 되었고, 이를 토대로 해서 시인으로서의 존재 의의를 스스로 깨닫는 계기가 되었다.

카프의 본격적인 활동은 조직의 제1차 방향 전환이라 불리는 조직 개편과 함께 이루어진다. 제1차 방향 전환은 지금까지를 자연발생적 단계로 규정하고 명확한 목적의식을 가지고 활동함으로써 작품 행동에만 국한할 것이 아니라 전운동의 총기관이 지도하는 투쟁을 실현하기 위한 무

기가 되지 않으면 안 된다고 강령으로 밝히는 것이었다. 정치투쟁을 위한 투쟁예술의 무기로서 조직의 임무를 규정하였다. 이렇게 된 데에는 당시 신간회(新幹會)의 결성이라는 정치적 움직임과도 깊은 연관이 있었다.

여기에다 일본의 조직이었던 나프(NAPF)의 영향이 첨가되었다. 하지만 카프는 조직의 활동으로 11명의 동맹원이 체포되는 사태가 벌어진다. 이를 제1차 검거사건이라 하는데 이 기간 중에 예술대중화나 농민문학론을 둘러싼 논쟁이 벌어지고 창작방법론으로 프롤레타리아 리얼리즘론과 유물변증법적 창작방법론이 제출되었다. 하지만 카프 1차 검거사건을 계기로 조직 활동은 서서히 위축되기 시작하였고, 다시 2차 검거사건을 겪으면서 조직은 급속도로 약화되었다.

한편 이러한 시기는 일제의 한반도 수탈의 강화와 그대로 맞물려 있다. 1925년의 사건들만 예를 들어 보더라도 동양척식주식회사(이하 '동척(東拓)'이라 한다)는 1월에 황해도 북율면에서 소작인 가산차압을 집행하고 있다. 평북 구성에서는 일본인 지주의 착취로 농가의 대부분이 빈집으로 공동화되고 있음을 보도하고 있다. 동척의 수법은 주로 미납 소작료에 대한 가산 압류처분이었고, 이를 무리하게 강제집행하기 위하여 동척과 그 앞잡이들은 엽총으로 무장하는 일까지 서슴치 않았다. 동척과 소작인들간의 갈등은 점점 골이 깊어져만 갔고, 일제는 급기야 치안유지법(1925년 4월 22일 공포)이란 것을 만들어서 동척의 활동을 도왔다. 이렇게 터전을 쫓겨난 사람들이 화전민이 되었고, 간도 유랑민이 되었다. 당시의 자료에 의하면 함경남도 화전민의 총수는 약 118,042명으로 집계되고 있는데, 이는 함남 전체 인구의 8%에 해당하는 것이었다. 이 때문에 당국에서는 아무런 무작정 화전금지령을 내리고 화전민을 억압하는 정책을 쓰게 된다.

이와 시기를 같이 하여 『개벽(開闢)』55호를 통해 발표된 이상화의 시 「비음(緋音)」과 「가장 비통한 기욕(祈慾)」・「빈촌의 밤」, 그리고 『여명』2호에 발표된 「금강송가(金剛頌歌)」 등의 작품들은 이러한 시대 현실의 전형성을 담고 있다.

> 이 세기를 몰고 넣는, 어둔 밤에서
> 다시 어둠을 꿈꾸노라 조으는 조선의 밤
> 망각 뭉텅이 같은 이 밤 속으론
> 햇살이 비추어 오지도 못하고
> 하느님의 말씀이, 배부른 군소리로 들리노라
> 낮에도 밤—밤에도 밤 (…하략…)
>
> ─「비음」 부분

> 아, 가도다, 가도다, 쫓겨가도다
> 잊음 속에 있는 간도와 요동벌로
> 주린 목숨 움켜쥐고 쫓겨가도다
> 진흙을 밥으로 해채를 마셔도
> 마구나 가졌으면 단잠은 얽을 것을
> 사람을 만든 검아 하루 일찍
> 차라리 주린 목숨 뺏어 가거라 (…하략…)
>
> ─「가장 비통한 기욕」 부분

위의 인용 부분에 나타난 것은 시인이 종래의 퇴폐주의적 관념성을 벗어나 뚜렷한 역사의식을 갖게 되었다는 사실을 극명히 보여준다. 이 일련의 작품에서 시제는 대개 캄캄한 밤을 배경으로 하고 있다. '어둔 밤', '조으는 조선의 밤', '낮에도 밤, 밤에도 밤'이다. 시 「빈촌의 밤」에서는 '깜빡이는 호롱불'로 상징화되어 나타난다. 이것은 다름 아니라 절대절명의 위기에 봉착한 민족의 운명이었던 것이다.

"담조차 못 가진 거적문 앞에를 / 이르러 들으니, 울음이 돌더라"라는 대목은 일찍이 선각적 지식인이었던 다산 정약용의 한시 「애절양(哀絶陽)」을 연상하게 한다. 다산이 직접 유배 지역 주변의 농가를 찾아가 보았듯이 시인은 자신을 둘러싸고 있는 울타리와 서재를 과감하게 벗어나 직접 농촌의 참상을 찾아가서 확인하며 빈궁의 직접적인 원인이 어디에 있는 가를 깨닫고 있다. 이로부터 시인의 창작을 위한 발상과 표현에는 대전환이 이루어지게 된다.

과거엔 보이지 않던 "추운 겨울밤에 언 길을 밟고 가는 장돌림 봇짐장수"(시 「조소」)의 헐떡이는 숨결이 들려오고, "나른한 몸으로 어둔 부엌에서 밥짓는 어머니의 은근한 미소"(「어머니의 웃음」)가 새삼스럽게 다가온다. 길거리에서는 구루마꾼과 엿장수, 거러지의 모습이 또 다른 의미로 부각이 되며, 심지어는 조국의 자연까지도 민족주체의식의 놀라운 원천으로 되살아난다.

> 금강! 너는 보고 있도다 (…중략…)
>
> 금강! 아, 조선이란 이름과 얼마나 융화된 이름이냐. (…중략…)
>
> 금강! 벌거벗은 조선―물이 마른 조선에도 (…중략…)
>
> 금강! 오늘의 역사가 보인 바와 같이 조선이 죽었고 석가가 죽었고 지장 미륵 모든 보살이 죽었다 (…중략…)
>
> 금강! 너는 사천여 년의 오랜 옛적부터 퍼붓는 빗발과 몰아치는 바람에 갖은 위험을 받으면서 황량하다. (…중략…)
>
> 금강! 하루 일찍 너를 못 찾은 나의 게으름―나의 둔각이 얼마만치나 부끄러워, 죄스러운 붉은 얼굴로 너를 바라보지 못하고 벙어리 입으로 너를 바로 읊조리지 못하노라. (…중략…)
>
> 금강! 조선이 너를 뫼신 자랑―네가 조선에 있는 자랑―자연이 너를 낳은 자랑―이 모든 자랑을 속 깊이 깨치고 그를 깨친 때의 경이 속에서 집을 얽매고 노래를 부를 보배로운 한 정령이 미래의 조선에서 나오리라. (…중략…)
>
> 금강! (…중략…) 나의 생명, 너의 생명, 조선의 생명이 서로 묵계되었음을 보았노라
>
> ― 「금강송가」 부분5)

5) 백기만이 엮은 『상화와 고월』(1951)에는 시 「금강송가」 발표본의 상태가 워낙 험하여 전문을 수록하지 않고 보이는 부분만 발췌 수록하였다고 하나, 이것은 편자의 변명으로 보인다. 왜냐하면 이 책이 발간되었던 당시는 한국전쟁이 아직 휴전 조인에 이르

이듬해에도 시인은 「조선병(朝鮮病)」·「초혼」·「시인에게」·「통곡」·「비 갠 아침」·「빼앗긴 들에도 봄은 오는가」 등의 시 작품을 『개벽』지를 통해 잇따라 발표하고 있다. 이 작품들은 훨씬 더 발전된 경지를 나타내 보였다. 과거의 퇴폐적 낭만주의에서 비롯된 몽롱성을 일거에 극복하고 국토와 민족에 대한 사랑과 역사의식을 세련된 솜씨로 그리고 있다. 이러한 그의 작품은 카프에 소속된 일반적인 시인들의 계급주의적 시 작품과는 완전히 구별되면서 민족시의 가능성을 열어가게 되었다.

> 어제나 오늘 보이는 사람마다 숨결이 막힌다
> 오래간만에 만나는 반가움도 없이
> 참외꽃 같은 얼굴에 선웃음이 집을 짓더라
> 눈보라 몰아치는 겨울 맛도 없이
> 고사리 같은 주먹에 진땀 물이 굽이치더라
> 저 하늘에다 봉창이나 뚫으랴 숨결이 막힌다
>
> ─「조선병」 전문

> 하늘을 우러러
> 울기는 하여도
> 하늘이 그리워 울음이 아니다
> 두 발을 못 뻗는 이 땅이 애달파
> 하늘을 흘기니
> 울음이 터진다
> 해야 웃지 마라
> 달도 뜨지 마라
>
> ─「통곡」 전문

기 전인 초긴장 상태의 냉전체제로서 '조선'이란 단어는 모두 북한과 관련된 정치적 금기어로 규정되었다. 그리하여 편자는 이 작품의 원문에서 '조선'이란 대목을 모두 삭제하고, 대신 '이 나라'로 바꾸어 수록하였다. 비록 냉전시대의 불가피한 조치였다고는 하나 편자에 의한 원작 텍스트 훼손은 결과적으로 후대의 이상화 시문학 연구자들에게 커다란 불편과 장애를 초래하였다.

빼앗기고 유린 받는 조국에 대한 억색(臆塞)의 심정이야말로 당시 민중들의 공통된 병이 아니었을까 한다. 상화는 이것을 '조선병'이란 말로 상징하고 있다. '참외꽃 같은 얼굴'은 굶주린 농민들의 안색이다.

그로부터 불과 10년 뒤에 시인 백석(白石)이 시 「삼천포」(1936)에서 곳간 마당에 둘러서 있는 농민들을 '볏짚같이 누우란 사람들'의 공간으로 이어지고, 이는 다시 해방 시기 여상현(呂尙玄) 시인에 의해 '갈대꽃 같이 메마른 생활'(「푸른 하늘」, 1947)의 공간으로 계승되고 있다. 사실 일제강점기 문학사에서 이 '조선병'에 대해서 무관심하고 냉담하기까지 했던 시인들이 얼마나 많았던 것인가?

상화의 일생일대에서 최고의 걸작이라 할 수 있는 절창이 바로 「빼앗긴 들에도 봄은 오는가」이다. 상화 자신도 초기에는 그러했지만 상당수의 시인들이 외래적 몽환(夢幻)과 비현실의 분위기 속에서 자기 중심을 상실하고 있었다. 이것은 자연스럽게 반역사성, 반민족성으로 전락되었다.

하지만 개인적 자각의 적극성으로 이 추상성을 극복하고, 또한 거기에 대하여 분연히 반기를 들고 나타난 작품이 곧 이상화의 「빼앗긴 들에도 봄은 오는가」일 것이다. 상화는 이 시를 통하여 먼저 '빼앗긴 들'의 이유와 과정을 밝혀 알 것을 권유하였다. 조국의 주권 상실은 곧 삶의 봄(생기)을 잃어버리는 길로 직결된다는 사실을 민중들로 하여금 자연스럽게 깨우치도록 이끌었다. '마른논을 안고 도는 착한 도랑'을 제시하였고, 이는 곧 주권을 상실한 조국에 대한 깊은 사랑과 회복에 대한 애착으로 이어지도록 하였다. 시달리는 조국은 이 시에서 '마른논'의 형상으로 나타났고, 그 마른논을 구할 수 있는 애국청년들이야말로 바로 '착한 도랑'이었던 것이다.

이 작품 한 편으로 이상화는 우리 민족문학사에서 우뚝한 봉우리가 되었다. 분단 이후 대부분의 문학사가 남과 북의 이념적 편파성에 의해 갈라지고 다시 구획이 되는 양상을 보였지만 이상화의 시 작품은 시 「빼앗긴 들에도 봄은 오는가」를 중심으로 남북한 양쪽에서 모두 애착을 받는 소중한 성과로 인정이 되었다.[6] 이는 다른 문학인들에 비해 행복한 경우라 할 수 있겠다.

이상화가 남긴 시 작품 중에서도 가장 대표작으로 손꼽히는 수작들이 대개 1925년과 1926년 두 해에 걸쳐서 발표되었고, 이 무렵 시인의 나이는 20대 중반의 열혈 청년이었다.

일제의 한반도 수탈정책은 더욱 광적인 양상을 보이며 강화되어 갔다. 1928년 5월 23일 일제는 조선 농민에 대한 고리대 수탈과 식민지 통치를 강화하기 위하여 농민들에게 소액생업자금을 대부하고 대부자 30명을 단위로 하는 이른바 근농공제조합(勤農共齊組合)이란 단체를 만들었다. 하지만 이것은 식민지의 농민들을 더욱 수탈하려는 방편의 일환이었다.

한편 일본 제국주의자들은 만주에서 무려 1,934,500여 섬의 좁쌀을 수입하여 조선의 가난한 농민에게 비싸게 팔아 차액을 챙겼다. 삶과 현실의 부조리에 대한 불평과 모순의 인식이 늘어나자 일제는 치안유지법을 더욱 강화시켜 이른바 '국체변혁을 목적으로 하는 결사조직 자와 그 역원(役員), 또는 지도자는 사형·무기에 처할 것'을 규정하였다.

이 숨가쁜 격동의 시기에 시인은 신간회 이념에 적극 찬동하고 그 단체의 대구지회 출판간사를 맡아서 활동하는 한편, 대구청년회, 민족운동자간담회 등을 주도적으로 개최하기도 한다. 여기서 잠시 신간회에 대해

---

6) 이상화의 문학에 대한 북한문학사의 주요 평가들을 살펴보면 다음과 같다.
　① 안함광 : 상화는 자신의 시 창작을 통하여 주제의 현실성을 확대 강화하였으며, 당대 사회제도의 근본적 부인으로 충동되는 반항의 사상을 고취하였으며, 세련된 시어의 선택 및 구조와 풍부한 서정적 리듬을 창조함으로써 조선의 시문학을 일보 전진시키었다. 「빼앗긴 들에도 봄은 오는가」는 빼앗긴 조선 인민 생활의 진실을 반영하였으며 새 세계를 갈구하는 인민들의 절절한 소망과 동경을 깊은 서정의 도가니 가운데서 사실주의적으로 노래하였다(『조선문학사』, 연변교육출판사, 1956, 160~161면).
　② 정홍교·박종원 : 이상화의 시문학은 비록 시대적 및 세계관적 제한성에서 오는 일련의 약점과 미숙성을 나타내고는 있으나 당대 사회 현실에 대한 비판과 항거정신으로 일관된 주제사상적 내용과 세련되고 완미한 형식이 조화롭게 결합된 높은 사상예술성으로 하여 조선시문학의 발전풍부화에 적극적으로 기여하였다(『조선문학개관』 1, 평양 : 사회과학출판사, 1986, 338면).

서 살펴보기로 한다. 1920년대 반일 민족운동전선에는 두 가지의 큰 과제가 제기되었다. 그 하나는 일본 제국 내에서의 자치를 주장하는 이른바 '자치론'이었고, 다른 하나는 사회주의운동이었다.

그런데 이 두 운동 세력 사이에는 분열이 확산되었다. 이를 해결하지 않고서는 일제에 대항하여 민족의 해방을 이룰 수 없었기 때문에 반일 민족운동전선의 통일과 단결을 도모하려는 노력이 진행되었고, 그 결과가 신간회였다. 여기에 참가한 세력은 정우회·서울청년회·민홍회 등의 민족주의 세력과 사회주의 세력들이었다. 1927년 창립되어 1931년 해소된 신간회는 일제강점기 민족운동전선의 양대 세력이었던 민족주의 계열과 사회주의 계열이 민족 해방을 달성하기 위한 투쟁 방법과 해방 후 건설할 신국가 수립 구상의 차이를 극복하고, 민족의 해방이라는 공동의 목표를 실현하기 위해 통일전선을 형성했던 획기적 민족운동 조직이었다.

그들의 활동 목표는 주로 ① 완전 절대 독립 노선의 옹호, 자치론과 일제에 대한 타협주의 배격, ② 민족의 대동 단결, ③ 한국인 착취 기관의 철폐와 한국인에 대한 특수 취체법 폐지, ④ 일본인의 한국 이민 정책 반대, ⑤ 한국인 본위의 민족 교육과 한국어 교육의 실시, ⑥ 소작쟁의와 노동쟁의 지원, ⑦ 학생 독립운동 지원 등 다양한 형태의 민족운동을 전개하였다. 신간회는 전국 141개 지회와 39,410명의 회원을 가진 거대한 민족운동의 중심 조직으로 급속한 발전을 이룩했다.

상화는 바로 이 시기에 시 「비를 다고」를 써서 『조선지광(朝鮮之光)』 69호에 발표하였다. 그리고 그 후 독립운동 자금 모집을 위한 활동의 일환인 'ㄱ당사건'에 연루되어 체포되었다. 시 「비를 다고」는 5연 21행 구성으로 된 작품으로 각 연 4행씩 배분되어 있으나 3연에서 1행을 추가시키는 파격을 이루고 있다. 부제에서도 '농민의 정서를 읊조림'이라고 되어 있지만 이 시는 전편이 줄곧 농민화법(農民話法)으로 일관되고 있다.

　　사람만 다라워진 줄로 알았더니

필경에는 믿고 믿던 하늘까지 다라워졌다
보리가 팔을 벌리고 달라다가 달라다가
이제는 굶아진 몸으로 목을 댓자나 빼고 섰구나
(…중략…)
비가 안 와서 (…중략…) ─원수ㅅ놈의 비가 안 와서
보리는 벌써 목이 말라 입에 대지도 않는다
(…중략…)
다라운 사람 놈의 세상에 몹쓸 팔자를 타고나서
살도 죽도 못해 잘난 이 짓을 대대로 하는 줄은
하늘아! 네가 말은 안 해도 짐작이야 못 했것나
보리도 우리도 오장이 다 탄다 이러지 말고 비를 다고!
─「비를 다고」 부분

　오랜 가뭄에 시달리며 한 모금 비를 기다리는 농민의 현실은 곧 당시 우리 민족 전체의 정신적 정황을 그대로 직시해 낸 것이라 하겠다. 도처에서 구어체 형태의 농민언어를 감지할 수 있는데, 이 방법이 시의 실감과 현장감을 북돋우는데 중요한 기여를 하고 있다. 이밖에도 상화의 시 세계를 이해하는 데 유익한 도움을 주는 작품으로 「시인에게」를 들 수 있으며, 미래시간에 대한 낙관적 전망을 끝까지 지니고 있는 「비 갠 아침」 등도 주목할 만한 작품들이다. 이상화는 시 창작 방법에 대한 해설이나 아포리즘을 별로 남기지 않았다.

　하지만 몇 안 되는 산문들에서도 우리는 문학에 임하는 시인의 태도와 가치관을 충분히 읽어낼 수 있다. 산문 「출가자의 유서」에서는 '내 몸속에 있는 개, 돼지의 성격을 무엇보다 먼저 부숴야 한다'는 의미 있는 발언을 하였고, 「문단측면관」에서는 '남의 세상을 모방한 양적 존재를 읊조리기보다 나의 세상을 창조한 질적 생명을 부르짖어야 한다'고 역설하였다.

3. 이상화 문학이 남긴 과제

이상화는 60여 편이 남짓한 그리 많지 않은 작품을 문학사에 남겼다. 하지만 그의 시정신은 우리 민족문학사에서 몇 안 되는 거봉 중의 하나가 되었다. 무엇이 그것을 가능하게 하였을까. 첫째는 자신이 현재 추구하고 있는 문학적 관점과 방법이 객관적으로 정당하지 않다는 판단이 들었을 때 이를 신속히 바로잡으려는 적극성이 있었기 때문이다. 이 점은 상화의 시정신이 보유하고 있는 독특한 힘이기도 한데, 오늘의 우리 문학사는 무엇보다도 이것을 진지하게 배워야만 한다.

상화는 시대의 요청이 무엇인지 제대로 알았고, 동시에 그것을 실천했던 것이다. 이것이야말로 올바른 지성에서의 분별지(分別智)가 아니고 무엇인가.

한편 상화의 시 작품은 만해, 소월을 포함한 동시대의 다른 시인들이 여성화법으로 현실을 지탱하려 할 때 꿋꿋한 기상과 돌파력이 느껴지는 경상도 특유의 전통적인 남성화법으로 일관하였다. 이런 자세를 지켜나가기까지 상화의 시인적 삶은 유달리 고통스러웠다.

어쩌면 시인 이상화에게 있어서 부성(父性)의 제자리 잡기, 흔들림이 없는 요지부동, 즉 태산교악(泰山喬嶽)의 시정신은 온갖 변절과 타협이 난무하던 식민지사회에서 가장 필요했던 덕목이었으리라 여겨진다. 이런 점에서 상화의 문학에 나타난 부성성(父性性) 분석도 하나의 연구과제가 될 것이다. 흔히들 경상도 기질을 과단성과 추진력, 예와 의의 남다른 중시, 과묵함과 인내심, 절제와 화합의 지향 등으로 정리하기도 하지만 또 다른 면으로는 무뚝뚝하며 거친 성격, 반항성, 유교적 선비 기질과 그로 말미암은 지나친 보수성이 동시에 지적되기도 한다.[7] 상화의 시에는 이

---

7) 대구 지역에서 발간되는 인터넷신문인 『저스트』는 2000년 봄, 시민 666명을 대상으로 설문조사를 하였는데, 그 결과 전체의 26.1%가 대구 기질의 가장 중요한 미덕으로

러한 경상도적 기질이 두루 분포되어 있다고 볼 수 있다.

이상화는 비록 파스큘라에 이어서 카프의 맹원으로 활동하기도 하였으나 곧 조직 내부의 분열과 갈등에 심한 회의를 느끼게 된다. 자신의 근무하던 대구 교남학교에서 권투부를 조직하고, 일제와 맞서 싸워 이기려면 우선 주먹이라도 세어야 한다고 부르짖었던 시인 이상화. 일제 말 그의 삶은 방랑과 고독, 혹은 단정한 생활인으로서의 차분한 시간으로 되돌아 왔으나, 시대 현실의 모순과 부조리를 날카롭게 의식하는 정신적 울분과 중압감은 결국 건강을 지나칠 정도로 악화시켰다. 1943년, 시인은 42세의 이른 나이로 세상을 떠났다.

그의 시 작품은 퇴폐적 낭만주의라든가 저항적 낭만주의라는 어느 한 가지의 단순한 관점과 논리만으로는 결코 풀어낼 수 없다. 이상화의 시정신은 자신의 내부에 뿌리박은 모순을 찾아내고 그것을 과감하게 일탈하는 순간, 이미 당대의 문예사조와 답답한 형식 규정으로부터 동시에 해방되면서 하나의 빛나는 성취로 성큼 올라섰다. 바로 이 과정을 시인은 지금도 작품을 통하여 우리들에게 생생하게 보여주고 있질 아니한가.

'의리'를 꼽았다고 발표하였다. 또 다른 중요 미덕으로 전통(19.1%) 상부상조(17.2%) 책임감(13%) 등이 차례로 나타났다고 말했다. 이밖에 대구시민의 여타의 기질에 대해서는 25.9%가 보수성과 배타성을 지적했다. 그리고 완고성과 융통성 부재도 17.1%, 사치와 강한 허영심이 15.3%, 순진성과 투박성이 13.6%의 순으로 나타났다고 밝혔다.

제4장
우리 시의 변방 체험과 북국 정서
이찬 시의 민족문학적 성격

1. 이찬은 누구인가?

분단의 저편에서 또 다른 분단의 역사를 살다간 시인 이찬(李燦, 1910~ 1974)의 삶과 작품 앞에서 잠시 우리의 근·현대사를 생각해 본다. 일제 강점으로부터 곧장 이어진 분단의 역사, 이 비참한 역사가 만들어 놓은 이산(離散)과 불신, 분열의 모습은 이 시대의 진행형 테마이다.

20세기 전반기를 식민지로, 그 후반기를 분단의 역사로 살아온 민족의 왜곡된 현실은 생각보다 그 저변에서부터 훨씬 심각하다. 식민지와 분단이 만들어낸 심리적 거리와 소통의 부재, 근대사 전반의 분열과 단절이 역사의식의 부재로 이어지고, 이러한 부재의 상황은 민족의 의미조차도 회의하는 상황을 초래하고 있다. 그것은 민족 내면의 토착적 삶의 정서와 관습을 해체하고 가족사의 계보조차도 무의미한 것으로 변질시켜 간다.

그러나 분명 우리의 현실이 분단과 이산의 아픔이 엄존하는 역사의 한가운데임 것을 생각할 때, 역사는 하나의 거대한 집단적 경험을 의미한다. 따라서 민족의 의미는 식민지시대나 현재 우리들의 삶에서나 중요한 표상이다. 그런 의미에서 식민지시대, 질곡의 역사, 바로 그 현장에서 들려오는 시적 언어를 통해 우리는 역사의 내면 속에 면면히 흐르는 민족성 속에서 참된 삶의 근원에 접근할 필요가 있다.

흘러간 1930년대는 과연 어떠한 시대였던가?

일제의 식민통치체제가 강화된 파시즘적 억압 질서로 접어들면서 일제의 폭압 정치는 식민지 구성원의 삶을 집단적으로 파괴시켜갔다. 그리고 그 구성원의 팔십 퍼센트 이상을 차지하던 농민과 농촌의 해체, 붕괴과정은 민족의 삶의 형태와 그 내용을 바꾸어 버렸다. 1930년 한 해만 해도 대부분의 농민이 소작농으로 전락해갔고, 약 150만 명이 북만주와 시베리아 등지로 이주해갔다. 이러한 사태는 1918년 '토지조사사업'의 결과로, 27만 여 정보를 웃도는 조선인 토지의 대탈취 사건이 일어난 후 1920년대 중·후반에 이르러서는 그 정도가 극에 달해 조선 농민은 급속히 감소, 분해되어 버렸다. 그리하여 그들 대부분은 만주 시베리아 등지로 유망민이 되어 떠나고, 국내에서 유리 걸식하는 이도 생겨났다.

말 그대로 민족 말살, 경제 파탄의 위기 앞에서 민족문학의 위기 또한 극심한 것이었는데, 1930년대 후반의 민족문학은 식민지 상황의 장기화와 이념의 상실 등 현실적 고립감과 허무주의에 쌓여 그 내면적 허무를 형상화하는 체념의 세계로 빠져갔다. 이 위기의 시대에 시인 이찬(李燦)은 고향 북청을 중심으로 국경과 변방 지역을 오가며 독특한 민족의 토착 정서를 시집 『대망(待望)』(1937)과 『분향(焚香)』(1938), 『망양(茫洋)』(1940) 등을 통해 보여주었다. 흔히 북국 정서로 불리는 시적 정취를 우리는 일찍이 김소월과 백석, 혹은 이용악과 김동환의 시에서 찾을 수 있다.

이찬은 그들의 시와 일정한 정서를 교환하면서도 변방의 비극적 실체에 적극적으로 다가감으로써 식민지시대 삶의 구석과 그늘진 곳을 한 폭의 스크린처럼 보여주는, 가히 생생한 리얼리즘의 성취라 할 만한 시편들을 발표하였다. 이러한 그의 시적 형상에서 그의 정신이 늘 토착민의 생활과 함께 한 이유에서부터 민족의 시대적 상황을 아우르는 역사적인 인식으로까지 발전해간 모습을 알 수 있다. 특히 그의 시는 슬픔과 고난의 모습이 각색되지 않은 날 것 그대로의 생생한 모습으로 드러나 있어 북방의 거친 바람과 함께 독특한 아름다움으로 형상화된 미학을 보여준다. 무엇보다도 이찬의 시는 그렇게 민족의 모습과 함께 하면서 식민지 민중의 변방 생활을 구체적으로 담고 있어, 그것 자체로 일제와의 분리를 이루고 있는 민족시의 또 다른 모습을 보여준다.

사실 이찬의 시는 분단시대 오십여 년의 세월 동안 한국문학사의 어느 장에서도 찾을 수 없는 매몰의 시간을 경험했다. 이는 우리 민족사에 어떠한 굴절과 은폐와 이질적인 것들이 존재했던가를 보여주는 것인데, 그 과정은 민족주체성의 분열과 망각에 맞닿아 있는 것이다. 이제 비교적 제한된 폭이지만 몇몇 연구자들의 노력과 문제 제기가 있고, 그의 작품의 전모를 밝히려는 과정에서 우리는 다시 한번 민족주체성을 잃어버린 일제 강점의 시대를 생각해본다. 더불어 다시금 민족주체성 확립의 이름으로 잃어버린 모국어와 민족문학의 모든 것들의 복원을 생각해야할 것이다.

그러나 여기엔 여전히 몇 가지 문제점이 남아 있다. 우선 남북한 정부 당국의 지배체제 내적 통일 정책에서 기인한 미해금 조치가 그 하나이다. 이찬과 조영출 등은 아직까지 해금이 되고 있지 않은 것은 우리들의 인식의 한계를 보여주는 것이기도 하다. 그리고 연구자들의 시각과 연구 방법이 작품과 일정한 거리를 두고 연구자의 기호에 따라 평가가 이루어지는 것이나, 과거의 이데올로기적 환영에서 벗어나지 못한 반문학적 일도양단의 시점은 우리 문학 연구에 아직까지 치명적인 모습으로 남아 있다.

따라서 몇 안 되는 자료들에서 시인 이찬을 여전히 좌익적 사회운동가, 정치인 등으로 이해하는 것이나, 이찬의 작품에 대한 편향적인 배척

등은 관점의 철저한 교정이 요구되는 부분이다. 다시금 통일시대를 앞두고 우리 문학에 대한 진정한 자세와 편향되지 않은 탐구의 모습이 절실하다 하겠다.

이찬은 경성제2고보 4학년 재학 시절인 1927년 9월부터 작품 활동을 시작하여 1946년 해방 직후 「피난민 열차」를 『중앙일보』에 발표한 후 남한의 지면에서 사라져 북한에서 주요 활동을 한 것으로 알려져 있다. 극한적인 식민지 상황의 1930년대를 고스란히 그 속에서 살아야 했던 민족 성원과 개인으로서의 시인 이찬은 식민지의 모습을 그대로 닮아 있다 해도 과언이 아니다.

특히 이찬의 고향 체험과 변방 지역 주민들의 삶의 모습은 가난과 추위와 뿌리를 잃어버린 반인간적 반민족적 식민지 상황에 더욱 대응되는 것이었다. 이찬의 이러한 현실에 대한 대응은 우리에게 이미 반세기 동안 잊혀진 북극의 풍경과 변방의 생활을 담은 시 작품에서 쉽게 찾을 수 있다. 그것은 식민지 시절 국경 지역이라는 특수한 현실에서의 구체적인 삶의 또 다른 위치에서 보여주는 충실한 문학적 보고서이기도 하다.

그 동안 이찬의 시에 대한 평가는 우선 당대의 절친한 문우였던 박세영과 박아지 그리고 권환, 임화를 통해 단편적 언급이 있었다. 그들은 이찬의 시에서 북국 정서와 호연(豪然)한 작품의 스타일을 이야기한 바 있다. 또한, 당대 젊은 시인들의 공통의 정서인 애상의 물결과 그 구조의 다양성이 독특하다는 평가를 전하고 있다.

2. 식민지의 비극적 정서와 시정신

이찬의 시작에서 그의 카프 경력과 관련한 몇 작품을 제외하면 대부분의 작품이 비극적 정서를 담고 있음을 볼 수 있다. 식민지 당시 전 민족에 걸친 비극적 운명론은 생활의 당연한 표현이었다. 이러한 시대적 비극을 가장 첨예하게 읽어낸 사람들은 바로 당대의 시인들이었다. 그들에게 이러한 비극 읽기는 당대의 비극적 상황에 대응하는 또 다른 예술적 구조로서 시대적 질곡에 대한 저항 장치로서의 의미가 있다. 사실 우리는 비극적 세계관을 그 역사적 배경에서 고려하지 않고 단순히 허무주의적 감상으로 가볍게 보아 넘긴 측면이 있다. 그러나 그 비극적 상황이 주체의 선택적 상황이 아니라 강제된 것이었다는 역사적 맥락을 전제로 할 때, 폐쇄적 허무주의는 결코 우리 문학의 본질적인 면이 아니라 현실의 강압적 분위기에 의해 부과된 것임을 알·수 있다.

이찬의 시는 이러한 비극성과의 정신적 생활적 조우를 통해 비극에 대한 문학적 해석과 저항의 일정한 시각을 형성하게 된다. 여기서 비극은 식민지에서의 진실의 분열, 그 불일치에 대한 질문이며 대항의 개념으로 시인의 내면에 자리잡게 된다. 그리고 시인은 그 비극적 상황을 시 작품 전면에서 생생한 대화체를 적극적으로 활용하는 등 입체적으로 제시하고 있어 시대 정서와 직접적인 만남을 생생히 느끼게 한다. 이러한 시적 형상화는 시인의 삶에 대한 깊은 애착을 통해 얻어지는 바 시인 이찬의 당대 민중에 대한 관심의 일단을 읽을 수 있겠다.

비극에 대한 시인의 태도는 비극적 상황 제시를 통해 시인의 운동성을 보이는 작품에서 찾을 수 있다.

우선 이러한 성격을 보이는 대표적인 작품은 시 「가구야 말려느냐」·「출범(出帆)」·「대망(待望)」·「아내의 죽음을 듣고」 등이다.

현실의 사실적 장면 제시와 구체적인 인물을 통한 시적 화자의 운동적 지향을 보여주는 다음 작품에서 구체적으로 살펴보자.

가구야 말려느냐
순(順)아

너는 참 정말 가구야 말려느냐

산길로 삼백 리 물길로 육십 리
저 낯선 마을 낯선 거리 실 뽑는 공장으로
가구야 가구야 말려느냐

응―가난한 네 집을 위해서거든
가난한 네 집 살림을 위해서거든
칠순에 풍 나 누은 네 아버지와
육순에두 품팔이하는 네 어머니를 위해서거든
(…중략…)
네가 가려는 그 공장이
그의 말같이 그 모집원의 말같이
'일 헐하구 돈 많이 나구 대우야 아주 좋구―'하면야
했으면야
(…중략…)
오오 샛별 같은 네 눈초리
붉은 네 볼―조그만 네 손길
일후일후 만나도 다시 볼 수 없겠구나 찾아볼 수 없겠구나
오오 가구야 말려느냐

　　　　　　　　　　　　　　　―시 「가구야 말려느냐」 부분

정말이냐
정말이냐

옥순아 옥순아
네가 죽다니
오 이게 참 정말이냐
(…중략…)
오 가난에서 나서 가난에서 자라
열넷의 늦은 봄에 두 어버이 다 여의구

행길가 주막집의 머슴이 되어

(…중략…)

사 년의 기나긴 동안 뻿살이 늘어나게 불리우든 너

오 시집이라구 잔치두 없이 온 뒤론들

네게 며칠이나 편한 날이 있었드냐

와서 한 달두 못 가 파업으로 공장을 쫓겨난 나

(…중략…)

왼 집안의 목숨을 호을로 둘러메구

허덕여온 너

(…중략…)

언문으로부터 틈틈이 가르친 글이

반밤에두 일어나 하는 가긍한 열성에

겨우나마 ‘팸플릿’ 한 권까지 뜯어보게 되었었지

실상 나는 아내만으로의 너에게 만족지 못하여

은근히 너를 동무로

그렇다한 사람의 동무로 맨들려 했구

이 훗날 너는 그리 되기에 어김이 없었다.

— 시 「아내의 죽음을 듣고」 부분

　일제하 빈민 여성의 고달픈 삶을 시적 화자의 직접적 서술을 통해 보여주는 위의 시들은 이찬의 시에 자주 등장하는 여성 인물의 리얼리즘적 전형들이다. ‘순이’라는 어린 여공을 주인공으로 등장시킨 시 「가구야 말려느냐」에서 현실은 “풍 나 누운 아버지”와 “육순에 품팔이하는” 어머니의 모습 등에서 확인된다. 이 비극의 현장은 당시로 볼 때 전 민족에 걸친 것이며, 동시에 일제 강점의 상황과 맞물린 상징들이다. 그 현장에서 시인은 가난한 집안 살림을 위해 낯선 방직 공장을 찾아가는 ‘순이’를 찾아낸다.

　식민지적 조건과 계급적 구조에 결부되어 현실의 비극적 삶의 형태가

'순이'라는 어린 여공을 통해 드러나고, 시인은 안타까운 장면 연출로 시대적 상징을 말하고 있다. '순이'라는 식민지적 존재를 통해 시인은 모든 식민지적인 것들이 비극적 공감 속에 놓여 있음을 보여준다. 여기서 순이로 상징되는 민족 구성원들의 삶의 모습이 분명히 드러나면서 시인은 그 삶의 실체를 파헤친다. 그 실체의 확인 과정에서 이 비극의 원인은 자연히 들추어지는데, 그것은 반인간적 정치 권력에 맞닿아 있다는 것이 시인의 판단이다. 반인간적 정치 권력이란 일본의 자본적 제국주의이다.

결국 시인은 식민지 민족의 삶의 모습을 구체로부터 확인하고, 곧 이 비극의 결절점(結節點)에 일본 제국주의의 전횡이 있음을 확인한다. 그런 인식 과정에서 시인은 또 다른 세계적 정치 구도의 하나인 사회주의적 이해와 정치적 투쟁을 선언하게 된다.

지극한 감정적 절제와 이를 정치적 이해로 전환시키려는 노력이 노골화 된 시 「아내의 죽음을 듣고」는 이러한 선언의 하나이다. 흔히 시의 객관화, 정치화가 확연한 작품이다. 이찬의 시에서 이러한 인물의 객관화를 통해 정치적 선전을 보여주는 작품은 위 작품 이외에도 「사과(謝過)」・「지구야 말다니」・「이 꼴이 되다니」 등이 있다.

그러나 이러한 이찬의 정치시가 지닌 독특함은 무엇보다도 지나친 구호보다는 비극적 정조 속에서 프로시를 전개하는 비극적 낭만성에 그 기초를 두고 있다는 것이다. 이러한 비극성은 이찬 시 전반을 흐르는 품격 같은 것인데, 시대적 정서의 실체이기도 하다.

시 「출범」에서 시인은 자신의 고향 북청에 돌아와 당시 식민지 백성들 공동의 피폐상을 변방민의 어두운 삶의 편린을 통해 생생히 묘출해 내고 있다.

  물새도 한잠 자는 이르나 이른 새벽
  망망한 동해 바다 배 떠나간다

그물 싣고 뱃줄 감고 돛을 올리고
어슬렁어슬렁 노 저어 배 떠나간다

오 떠나는 뱃사공들의 잔교(棧橋)에 던지는 침통(沈痛)한 일별(一瞥)이여
묵묵히 이를 받는 저 여인들은 어미넨가 아내들인가
해풍에 탄 검푸른 얼굴들에 그윽히 떠도는 일말의 애수여

오 어젯낮 폭풍에 간신히 생환한 저들
게다가 아직도 십여 척 묘연한 뱃소식에 공포 감 도는 이

바다
오 떠나고픈 이 누구리 보내고픈 이 누구리

눈물겨웁다 제 배 가진 사공은 모두 쉰다는 오늘
오호 고용살이 저네들의 가슴 아픈 정경이여

─시 「출범」 전문

　북만주에 이웃한 북청 땅은 지리상 국경에 인접해 있고, 동해에서도
멀지 않은 한반도의 북방 지역이다. 시는 북청에서 가까운 동해를 배경
으로 "고용살이"하는 어민들의 비극적인 삶을 그리고 있다. 당대 민중들
의 궁핍한 삶을 시화한 비슷한 유형의 시 작품에서 독특한 어촌 분위기
를 보여 주는 위의 시는 특히 서경 묘사를 통한 서정성이 돋보인다.
　이 시에서 시적 자아는 이른 새벽 위험한 뱃길을 떠나는 뱃사람들과
그들의 가족이 보여주는 가슴 아픈 정경을 응축해 보여주면서 타인과의
대화와 공감을 이루어낸다. 즉 '옆으로의 자기 초월'을 통한 소중한 공존
의식이 드러나는 것이다. 공존의식이란 생존의 개념이며 공동체정신의
본질이다. 이러한 긴박한 현실의 삶과 죽음 그것의 집단적 불안이 자아
내는 식민지 백성의 정서는 당대의 주요한 정서 중의 하나였다.
　시에서 또한 "오호" 등의 집단적 감탄사는 시적 자아의 비탄적 시선

속에 모든 장면이 비극적 비명을 지르는 모습이다. 특히 4연의 생사여탈의 공포스러운 바다와 애절한 가족들의 이별은 현실의 무게에 밀착된 극적 효과를 보여주고 있다. 이때 "제 배 가진 사공"과 "고용살이" 어민의 대조는 시인의 사회적 모순을 바라보는 구체적인 일례이다. 비록 위의 시에서 모순의 본질을 밝히지는 않았지만 그것은 오히려 시인의 비극적 세계에 대한 분명한 시각을 보여주고 있어, 비극이 빚어내는 시대적 의미를 민족 동질성 속에서 인식하는 보다 상승된 비극적 공동체를 자연스럽게 보여주고 있다. 그러므로 비극 정서를 동질로 하는 공동의 모습, 즉 비극적 공동체란 일제 강점의 비극 상황을 극복하는 민족의 튼튼한 주체를 세우려는 역설적 대응력을 말하는 것이다.

불의 공간 집중과 종합을 통해 이러한 비극적 생활을 더욱 환기시키고 있는 시 「대망(待望)」은 비극 정서를 더욱 분명히 보여준다.

함경도 동녘 바다 조그만 어촌
어촌의 늦은 가을 시월 중순 밤

중천에 뚜렷이 걸린 명랑한 달
달빛 아래 망망히 뻗은 하이얀 백사장

백사장에 기어드는 잔잔한 파도
파도 가까이 충천하는 검붉은 우둥불.

우둥불 뒤에 옹기종기 모여 앉은 사람들
늙은이 젊은이 아낙네 어린이 애기품은 시악씨……

누구 하나 말도 않고 까딱도 않고
멍 하니 바라만 보는 머언 수평선

수평선에 한들거리는 금파·은파뿐

아아 수평선에 난들거리는 금파·은파뿐

한 시간 두 시간……밤이 깊어 달이 기울고
문득 우렁차게 울려오는 남행차의 고동

고동 소리에 놀랜 듯이 외치는 한 시악씨
'애구 오늘 밤에두 아니 오는 겠슴메'

뒤받아 '죽었다니까 죽어 그 바람에 어찌 사니'하고
엎드러져 와앙— 우는 이웃 아낙네

아낙네 따라 그 시악씨 울고……마침내 모두들 운다
목놓아 '○○야……' '○○아바!' '난 어찌람메'
'이 아아덜 어쩌겠슴메'……에 부르짖기도 하며

그리면도 간간히 부비고 바라다들 보는 머언— 수평
선 사흘래 바라다들 보는 머언

수평선엔 난들거리는 금파·은파 뿐
아아 수평선엔 난들거리는 금파·은파 뿐

—시 「대망」 전문

앞의 시 「출범」에서 연장된 비극적 상황을 시화한 이 시에서 시인은
시적 대상에 보다 밀착하여 있다. 비극의 현장에서 직접 들려오는 비통
한 목소리는 그 장면과 함께 상황을 피부로 실감케 한다. 어느 어촌 마
을 백사장에서 돌아오지 않는 남편을 기다리는 "아낙네"와 "시악씨"의
모습은 동시대 민중적 인물에 대한 집단 이미지를 선명하게 보여주는
것이다. 이들의 대화는 그네들의 삶의 비극과 그 극점에서 지르는 비명
이며 또한 시적 상황을 극적으로 보여주는 장치가 된다.

시는 전체적으로 정적 이미지와 동적 이미지를 결합하여 보여주고 있으며, 동적인 울부짖음으로 정적 이미지로의 반전은 오히려 극단의 절규로, 절망의 시적 효과로 되살아나고 있다.

그러나 이 시는 비명과 절규의 비극적 포즈만이 아니라 보다 소중한 집단적 의식의 일단을 보여주고 있어서 매우 주목된다. '우둥불' 뒤에 모인 사람들의 모습에서 우리는 전통적인 굿의식의 그것과 매우 닮아 있음을 느끼게 된다. '우둥불'을 중심으로 동일한 상황과 감정과 목소리로서 집단적인 소망과 원(願)을 바라는 공간 즉 무의식적 동일성과 현실적 상황이 일치함으로써 모든 것들이 합일의 공간 속에 놓여지는 것이다. 이 공간은 '우둥불'이 본질적으로 수직의 역동적 이미지로서, 삶을 넘어 삶을 연장시키는 초생명적인 비약의 의미를 지니고 있을 때, '우둥불' 둘레에서 이루어지는 집단적인 기원의 모습은 원시적인 집단 비원의 원초적인 공동체를 느끼게 한다. 초생명적 희원체로서의 '우둥불'은 개체와 개체의 근원적 동질성을 환기시키며 시 작품 전반에 투사된 비극적 이미지를 보다 집중시키는 효과로 기능하고 있다.

식민지시대 일제의 어촌에 대한 악랄한 수탈 정책은 농촌 수탈에 다를 바 없었다. 더욱이 영세한 어업 현실은 그 자체로 생계가 곤란한 것이었다. 선주와 하루살이 어부들의 착취 구조에 식민지적 조건은 이중적인 생존의 위기를 초래했으며, 결국 죽음과 같은 저주의 바다를 만들어 버리고 만 것이다.

위의 시는 이러한 비극 발생의 근본적인 구조에 접근해 있지는 않다. 조금은 가족공동체 내부의 혈연 지정에 시적 감정이 치우쳐 있음도 볼 수 있다. 하지만 이 작품은 선명한 상황 묘사 등을 통해 당대의 삶에 밀착해 있고, 비극이 만들어낸 공간의 동질성을 확인하는 의미에서 매우 소중한 작품으로 여겨진다. 결국 식민지시대의 비극적 동시대성은 민족적 개념으로서의 승화를 의미하는 것이며, 비극적 공동체의 역동적 힘의 논리는 거기에서 비롯된 것이라 하겠다.

다음의 시편들은 식민지 조선의 변방과 북만주로 이주해간 유망민들을 소재로 한 작품들이다. 이들 작품에서 우리는 민족사의 삶의 파괴 과정을 보게 될 것이며, 아울러 동시대적 아픔과 민족이란 동질 구조 속에서 비극의 전면을 눈물로 확인하게 될 것이다.

산새도 흥미 잃는 진잿빛 하늘 밑
만목일도(滿目一圖) 높고 낮은 산정이여 좁고 넓은 영복(嶺腹)이여
산정마다 영복마다 깎아 붙인 화전·화전·화전
화전가에 옹기종기 거리 없는 촌·촌

봄·여름
보낼 곳 없는 시악씨의 애달픈 하소연이 장강을 흘러
칠백리 압록강 흐르고 흘러
이름 없는 연변(沿邊) 계곡
애꿎은 물방아만 목메게 울리고
(…중략…)

감자·조귀리·각영의 잡곡 조석도
그 어느 위대한 절미정책(節米政策)임을 들은 바 없고
근로(勤勞)·검의(儉衣) 국민적 미풍도
그 어느 현명한 두뇌의 하루 아침 장광설도 요구한 적
없고
                                   ─시 「북방도(北方圖)」 부분

"산정마다 영복마다 깎아 붙인 화전"에다 목숨을 걸고 살아가는 화전민들의 애달픈 삶을 극히 냉소적인 톤으로 읊고 있는 이 시는 일제의 농업 정책에 내몰린 식민지 백성들의 고난한 행군을 암시한다. 가혹한 식민지 수탈에 부쳐먹던 '소작'마저 걷어치우고 백두산이나 그 기슭으로 쫓겨간 식민지시대 화전민의 적빈한 삶이 눈앞에 선연하다. 일본인 지주

나 동척의 소작인, 또는 값싼 농업 노동자로 전락한 조선 농민이 마침내 집단적인 유이민이나 이른바 '작대걸인(作隊乞人)'의 모습으로 북만주나 시베리아 어느 광야를 헤매고 있는 모습은 단지 일개인의 비운만은 아니다.

일본은 군국주의를 위한 물적 기반의 대부분을 조선인의 가혹한 노동으로 형성한다. 그것은 일제의 물적 기반 구축이 곧 식민지 백성의 고난한 삶에 정비례한다는 것이다. 그러므로 저선 농민은 절명의 상태에서 결국 '흰 옷자락'의 다사로운 고향을 떠나 척박한 산밭을 일구며 '산 위에서 떨고' 있는 식민지 농민의 일그러진 삶의 모습에 이르고 만다. 이러한 민족과 민족 구성원 사이의 비극적 개연성을 그대로 식민지시대 백성을 잃어버린 민족의 모습과 같은 것이었다.

위의 시는 일종의 '정치적 난민'인 화전민의 비극적 상황을 "근로 겸의"나 "국민적 미풍"과 같은 반어를 통해 역설적으로 드러내고 있다. 시적 화자는 화전 지대라는 특수한 지대에 상황을 설정하고, "시악씨의 애달픈 하소연"도 절연된 적빈한 화전민 생활을 서정적으로 보여주고 있다. 그리고 후반부에서 하향식 '근검'에 강제되었던 식민지 상황을 응축해 보여주는데, 이는 화전민의 생활 그 자체가 '절검(節儉)'의 실천임을 생각할 때, 매우 역설적인 풍자이다. 화전민은 결코 시대와 민족의 외부에 존재하는 것이 아니다. 오히려 민족적 현실의 비극적 전형으로 형상화된 것이라 볼 수 있다. 비극적 관계는 개인의 비극적 경험을 둘러싼 한 사회의 맥락에서 주어진 것이다. 결국 화전민의 모습은 민족적인 것과 동시적인 것이며 민족과 관련된 삶의 파편들이다.

시의 전반부에서 보여주는 각각의 영상적 이미지들은 삶의 구체적인 원형들이다. 그러나 그것은 이미 파괴된 삶의 모습으로 파괴된 시대를 말하고 있다. 언뜻 정감 어린 장면 속에서 고통과 애환의 삶들이 극적으로 담겨져 있는 것이다. 삶 자체가 극적이었던 시대에서 생활의 극적인 표현을 통해 시대의 전형적 삶을 집중적으로 보여주고 있는 것이다.

가구야 말려느냐 가구야 말어
너는 너는 참 정말 가구야 말려느냐

이민이라 낼 아침 첫차에 실려
이역 천리 저 북만주 가구야 말려느냐

아 잡아보자 네 손길 이게 마지막이냐
이리도 살뜰한 널 내 어이 여히는가

야속하다 하늘도 물은 왜 그리 지워
너희네 부치든 논밭뙈기 다 빼낸다 말이냐

허드라도 행랑살이 내집 살림 저덕지 않다면
내 너를 보내랴만 꿈속엔들 보내랴만

아아 다없고 황막한 그 땅 네 얼마나 괴로우랴
철철 추위 혹독한 그 땅 네 얼마나 쓸쓸하랴

사시장장 가여운 네 생각 내 어찌 견디리
자나깨나 그리운 네 생각 내 어찌 배기리

　　　　　　　　　　　—시 「북만주로 가는 월(月)이」 부분

　　이 시는 1930년대 이른바 '국책이민(國策移民)'이 조선 전역을 휩쓸고 있을 때, 물난리 까탈에 소작지를 빼앗기고 북만주로 떠나가는 '월이네'의 슬픈 삶의 내력을 생생하게 진술하고 있다. 황막한 북만주 벌판에서 추위에 떨고 있는 식민지의 어린 딸 '월이'는 이찬 시의 다른 여성들, '쏘냐'와 '옥순'과 이름 모를 국경 주점 여인의 또 다른 모습이다.
　　식민지 시기 지주의 고율 착취와 제국주의 식민 정책에 압도된 경제적 농민 생산의 궤멸은 조선 농민을 급속히 전락시켰다. 일제와 토착 지주의 수탈적 횡포, 그리고 불의의 천재지변 등으로 농민들의 생활은 더욱 악화되고 결국 이민을 떠나는 이농민이 속출하게 된다.

그리하여 선조들의 뼈가 묻혀 있는 그리운 고향을 떠나온 조선 농민들은 북만주나 시베리아, 또는 멕시코 등지에서 고향 땅에서 겪었던 것과 조금도 다를 바 없는 고통을 또다시 겪게 된다. 특히 만주 유이민의 생활은 중국인 지주의 수탈과 마적들의 난입, 중국 관헌의 압박 등으로 극히 비참한 상태였다. 이찬은 이러한 유이민의 삶을 북만주에서 만난 '쏘냐'의 비극적 삶을 그린 시 「해후(邂逅)」나 마적떼의 습격에 긴장감 도는 북간도 어느 소촌을 묘사한 「국경의 밤」에서 형상화하고 있다.

민중적 감수성의 밀도가 돋보이는 이들 작품에서 우리는 민족의 고난과 비극의 역사를 인간적 연대로 심화시켜간 이찬의 시정신을 확인하게 된다.

3. '북방'의 문학사적 의미

우리 현대시에서 향토 서정은 한국적 정서의 일부를 보여준다는 점에서 의미하는 바가 크다. 그러므로 지금까지 향토 서정이라 하면 김영랑을 대표로 하는 남도 서정이 대부분을 차지하고 있는 상황에서 북방 토착민의 삶을 독특한 시어로 묘출해 낸 백석과 '침울한 북방의 정서'를 남다르게 형상화시킨 이용악 등의 작품에서 나타나는 북국 정서는 우리의 주목을 끄는 것이다. 특히 백석은 식민지시대에 모국어의 의미를 복원코자 했던 주체적 시정신을 평북지방 방언으로 잘 드러낸 바 있다.

북방 정서는 김소월과 백석이 보여준 평안도 정서와 한반도 최북단의 두만강 지역의 변방민의 삶을 표현한 이용악, 김동환의 시 세계로 크게 대별된다. 우리에게 북방은 잃어버린 민족의 일부이며 그리움의 지역이다. 지금 우리가 이찬의 시를 통하여 북방 정서를 재복원하고자 하는 남다른 뜻은 반세기 동안을 아무런 변화 없이 지속되고 있는 분단 때문이다. 때문에 이찬의 시 세계에 싱싱하게 나타나는 북방 지역의 독특한 정서는 현재의 말할 수 없이 위축되고 섬약해진 민족 정서를 강건하게 재구축하고 되살려 가는 일에 매우 유익한 자료가 된다고 확신한다.

이찬은 『별나라』 잡지 사건으로 삼 년 간의 옥고를 치른 후 곧장 고향 북청에서 생활하게 된다. 이러한 고향 체험에서 그는 북국지방의 토양과 북국민들의 삶의 전면을 생생히 보여주는 중요한 시적 형상화에 착수하게 된다. 당시 이찬의 이러한 활동은 오늘날 지역문학의 의미와 그 당당한 주체적 자세와 과제를 일깨워주기에 충분하다.

이찬의 시에 담긴 북방 정서는 침울한 북국의 정경 묘사와 유랑 체험을 통한 국경 지역의 삶의 애련을 담은 작품에서 찾을 수 있다. 그의 시 세계는 북국의 차가운 대지 속에 민족공동체를 희원하는 시인의 비감한 민족적 영감으로 일제 통치의 변두리에서 민족언어를 통해 솟구쳐 오른 민족시의 자리에 있는 것이다 그러면 이찬의 시에서 북국 정서는 구체적으로 어떻게 나타나는가. 그것은

① 북방의 풍경에서 방출되는 원색의 이미지
② 북방의 침울한 배경 속에 나타난 비극적 미감
③ 북방민의 끈질긴 생명력이 보여주는 민중성

등으로 나눌 수 있다. 우선 북방의 원색적 이미자와 연변 지역의 고적한 분위기를 가장 밀도 있게 다루고 있는 작품 「북국전설」을 그 첫째로 들 수 있겠다.

기적도 얼어붙은 북국의 마을
남행차는 용케도 구울러 밤마다 지냈다

글먹이는 창구멍에 거듭 침 바르는
그 처녀의 심사는 무엇이겠느냐

휘연한 차창·차창
미처 그 속의 정경은 식별 못해도 좋았다

다만 그때마다 그는
아련한 남방의 한 개 걸녀(乞女)였어도 가(可)하였나니

기―인 긴 겨운
북국은 눈으로 밝고 눈으로만 어둡고

그리운 말방울 기억조차 멀어지는
그 세월과 함께
처녀는 언제까지 소녀가 아니었다

은근히 자랑삼던 머리채
내 생 처음 밉살스럽던 저녁이 있었나니
뭇강아지의 벌룩한 코도 도시 오늘을 예각(豫覺)치 못했도다

함박눈 나리는 동구 앞에 무덤이 두 개
어설픈 전설의 무덤이 두 개

순(順)아 그 한 개 작은 무덤의 이름은
그러나 전설도 모르더구나

―시 「북국전설」 전문

　이 시는 북국을 유랑하는 시인의 천진한 시선을 통해 북국 마을의 정취를 고스란히 보여준다. 차창으로 보이는 고적한 북국의 정취 아래 처녀의 심사가 한껏 다정한 느낌을 준다. 북방은 "기적도 얼어붙"는 원시

적인 추위와 "눈으로 밝고 눈으로만 어두"운 원색의 색채감으로 가득하다. 그 속에서 정겨운 소녀의 이미작 연변의 고적한 분위기와 함께 드러나 있다.

시인이 북방을 방황하면서 보여주는 북방의 이미지는 시 「북방도(北方圖)」・「빙원(氷原)」의 우울한 정조나 침엽수림의 날카로운 이미지로도 나타난다. 특히 「북방도」는 원시림의 눈바람이 빚어낸 강렬한 시각적 이미지와 청각적 이미지가 어우러진 북방의 정조가 잘 나타나 있다. '얼음', '눈', '침엽수림'의 시각적 이미지와 '눈바람 소리'와 '그리운 말발굽' 소리에서 느껴지는 청각 이미지는 얼어붙은 듯한 북만주 대륙의 눈보라 속에서 말 달려오는 독립군 용사들의 영상을 왈칵 느끼게 한다. 그리고 이러한 시 작품의 밑바닥에는 어딘가 비극적 색조가 깔려 있어 특별한 이채를 보여준다. 그것은 식민지체제하에서의 한 지식인의 감금된 자기 시대를 대응해가는 과정에서 나타난 방황의 고뇌가 담겨 있기 때문이다.

시 「대안(對岸)의 일야(一夜)」는 시대사의 파시즘적 체제에 완강히 거부하는 시인의 자기 극복의 몸부림과 그 정열마저 허물어지는 과정이 북방의 원색적 이미자와 함께 특이한 아픔으로 다가온다. 북방의 이미지는 위의 원색적 이미지에서 광활한 대륙의 황폐감으로 이어진다.

시인이 방랑 체험에서 보여주는 북국 정서의 황폐한 이미지와 그것의 현실적 의미를 시 「북방(北方)의 길」에서 알아보자.

영(嶺)이 영을 불러 밀어를 주고받는 곳
길이 눈꼴 틀려 비꼬기만 하고

차는 갓 시집 온 새악시같이
그 서슬에 옮겨놓는 자욱도 조심겨워……

북으로 칠백 리 나른한 여로에
시름은 조름인 양 살포시 안겨드노니

아하 가도가도 무건 눈두던 거들어주는 청신(淸新)한 풍경도 없고
가도가도 막막한 가슴 열어주는 호활(浩闊)한 전야(田野)도 없고

울고 싶다 이 울울히 '먹이 쫓는 북방의 길'이여
그러나 차륜(車輪)은 아무렇지도 않은 듯 제 의무를 반복하는구나
　　　　　　　　　　　　　　　　　—시 「북방(北方)의 길」 전문

　이 시는 생존 문제가 절박한 시인과 무심한 차의 운행이 대비되어 '북
방행'의 서글픈 여심(旅心)을 보여주고 있다. 유객(遊客)의 무거운 눈을
"거들어주는 청신한 풍경"도 "막막한 가슴 열어주는 호활(浩闊)한 전야(田
野)도" 없는 북방의 삭막한 정경에서 비정한 세계의 일단을 보는 듯하다.
외로운 시혼(詩魂)이 북방의 어느 영(嶺)을 넘으면서 바라본 풍경은 시인
의 심경처럼 황폐한 것이다.
　이러한 북국의 풍경은 연대한 대상과 목표를 잃어버린 한 식민지 지
식인의 단순한 '생존의 길'을 절망과 슬픔의 정조로 몰아간다. 절망과 슬
픔의 정조는 시적 자아의 세계에 대한 동일화의 과정에서 드러난 것으
로 "먹이를 쫓는" 시인과 세계는 동시에 비극적 상황에 놓여 있음을 말
한다. 그것은 식민지시대에 지식인의 궁색한 생활을 토로하는 자조적인
성격으로 치부될 것이 아니라 시적 자아가 식민지라는 시대적 압박 속
에서 비정한 현실을 살아가는 모습으로 시인의 감금된 현실이 시적 서
정에서 드러난 것으로 볼 수 있다.
　우리가 여기서 주목할 것은 이 유랑 생활의 의미와 비극적 정조의 현
실성의 문제이다. 위의 시가 철저한 비조(悲調)를 바탕으로 하고 있으면
서도 감상의 토로에 빠지지 않는다는 것은 바로 이 유랑의 의식 단절의
현실에서 시인이 거쳐야 하는 필연적 모색의 과정이라는 점에 있다. 왜
냐하면 유랑은 의식의 끝이 아니며 오히려 상반되는 욕망의 의지로부터
도출되는 것이기 때문이다.

따라서 부유(浮游)의 과정에서 만난 현실이 비록 피폐되고 결핍된 것일지라도 그것은 극복의 과제이며 현실 길항의 대상이 된다. 그러한 문학적 태도에서 비극적 상황은 객관적으로 인지되고 표현될 때 비현실적인 전망을 제시하는 혁명성보다 더욱 현실에 천착한 시적 리얼리티가 구현되는 것이다.

이것은 방랑하는 시적 화자를 통해 식민지 현실이 보다 구체적으로 드러남으로써 그 역사적 배경을 명확히 이해할 수 있게 됨을 의미한다. 여기서 북국의 서정은 비극적 상황을 보다 서정화 하는 기능을 함으로써 시 전체의 비극성을 더욱 강하게 환기시키고 있다.

둘째로, 변방에 흩어진 식민지 백성들의 삶을 북방의 침울한 정조 속에 보여주는 작품들로는 「결빙기(結氷期)」·「북방도」·「눈밤의 기억」·「눈나리는 보성(堡城)의 밤」·「국경의 밤」 등을 들 수 있다.

북국의 적설(積雪)과 삼엄한 국경대지를 묘사한 시 「결빙기」를 통해 우리는 북국의 침울한 정조와 그 비극적 삶들에 다가갈 수 있다.

　　끊이락 이으락 분분한 백설 속에
　　얄누장 팔백 리 얼음이 맺어
　　인마의 통행도 금명(今明)에 다가왔다

　　도도한 물결 소리
　　유장한 뗏노래와 함께 씻은 듯 사라지고
　　대륙의 침울한 하늘 밑에 강변은 적적
　　때로 북만의 거센나희 성난 듯 놀랜 듯 휩쓸어칠 뿐
　　(……)
　　연변의 농가 점점한 오막살이엔
　　수심 겨운 아낙네들의 수군거림 높아가고
　　가가호호 보채는 어린이 타일러 가로대
　　'그러믄 ○○당이 온단다'

(……)
이러구러 해가 기울어
연엄(延崦)·태백의 준령을 넘어 어둠이 깃들면
별 없는 대지에 경비등이 장사(長蛇)를 그리고
호궁(胡弓) 소리도 못 듣는 외로운 여창(旅窓)이
몇 번이나 쏘는 듯한 수하(誰何) 소리에 소스라쳐 경련한다

오호 진통을 앞둔 시악씨 맘같이
얄누장안(岸) 팔백 리 불안한 지역이여

— 시 「결빙기」 부분

　국경인 압록강을 배경으로 북만주 대륙의 침울한 적요(寂寥)와 삼엄한
국경 지역의 긴장감을 동시에 보여주는 이 시는 북국의 쓸쓸한 정조 속
에 불안한 시대 상황을 자연스럽게 그리고 있다. 압록강은 두만강과 함
께 한반도 최북단에 위치한 국경 지대로 식민지시대 수많은 조선 민중
의 간고한 삶의 상관물이며, 애통함의 강이기도 하다. 정든 고향과 사랑
하는 부모를 떠나 바람 차고 인정 낯선 만주 벌판으로 들어가기 직전에
조선의 북녘 끝에서 만나는 두만강과 압록강은 바로 유태인의 '애통의
벽'에 상응하는 아픔의 지역이었다.
　시 「결빙기」에서 만나는 압록강의 얼음과 침엽수림으로 뒤덮인 북만
주의 겨울 눈바람은 눈과 얼음의 직조하는 압록강변의 독특한 이미지로
북국의 정경과 서정의 일면이다. 특히 이찬 시에서 늘 등장하는 생명의
모습은 북만주의 냉한 속에서 오히려 따뜻하다. 눈과 바람만이 휘몰아치
는 대륙의 한 켠에서 끈질긴 생명력으로 살아가는 식민지 백성들의 불안
과 외로움이 남다른 서정을 일으키고 있다. 이것은 이찬 시의 독특한 서
정이며, 북국 정서의 일면이라 하겠다. 이러한 서정은 시 「눈밤의 기억」
에서 비극적 상황이 눈물겨운 영상으로 나타나 비극적 파토스를 보여 비
극의 극점을 보여준다.

국경의 조그만 마을 으슥한 주점
주점의 샛녘 호젓한 뒷방
끄므럭이는 소남포 으스름한 등빛 아래 연달아 넘는 잠을 들고 또 들고
즐거워야 할 남은 밤도 한숨으로 지새든 애처로운 기억의 그 여인이여

생이별한 그 년석은 꿈에 기두려워도 아홉살 난 중대가리 그 아이 생각
이렇게 눈 나리고 스산한 밤엔
의붓어미 등쌀에 웅크리고 덜덜 떨며 잠 못 드는 상싶어
잊으려도 잊으려도 미칠 듯싶다 미칠 듯싶다……

오 북국의 밤은 노을도 눈이 나리고
게다가 샛바람마저 이—잉 잉 휩쓸어치고……
(…하략…)

—「눈밤의 기억」 부분

　　이 시는 북방의 고적하며 침울한 배경 속에 한국 여성의 인생 역정이
집약된 대표적인 페미니즘 시로 고도의 비극적 아름다움을 시 전면에서
보여준다. 온갖 풍상을 겪었으리라 짐작되는 여인의 한 맺힌 사연과 북
국의 눈 내리는 스산한 밤의 정취와 국경 지대 떠돌이들의 무언의 애환
이 주점이라는 공간 속에서 합일되어 있다.
　　이찬은 자신이 나타내려고 했던 시적 대상으로서 여인과 어린 아들의
개인사적 내력을 간단한 묘사와 전개로 놀라우리 만치 리얼하게 그려내
고 있다. 또한 이찬 시에 선명히 나타나는 유랑민의식의 일단이 북국의
서정적 이미지 속에서 나타나고 있어 시인이 가지고 있는 민중적 감수
성의 밀도를 더욱 느끼게 된다.
　　시 「백두령상부감도(白頭領上俯瞰圖)」는 민족의 영봉인 백두산 정상에
서 식민지 백성들의 피폐한 삶을 비극적 어조로 보여주고 있다. 「북만주
로 가는 월이」·「해후」 등은 이러한 비극적 미감을 북방 지역의 구석구
석에서 보여주는 작품들이다.

셋째로, 북방 지역의 식민지 백성들의 끈질긴 생명력이 보여주는 민중적 저력으로서 「소묘, 북국어항(北國漁港)」·「우후(雨後)」 등을 들 수 있다.

> 북국의 일어항(一漁港)
> 오 리 백사장
> (…중략…)
>
> 오 반짝이는 눈알들은 무엇을 생각는고
> 이무 폐장 가까웠건만 올해도 겨우살이 못할 회젠가
> 일금 몇십 전 밤대거리에 오늘 밤도 잠 안 자고 뻐테볼 궁린가
> (…중략…)
>
> 이로부터 한 마장씩 떨어져 수일경(數日耕) 논·밭에 열지어 널린 가마스·가마스
> 그 위에 뭉텅이 유박(油粕)·유박
> 그것을 곰뱅이로 까는 여공
> 오 울긋불긋 단장도 가애로운 십오·십육칠의 낭잔군이여
>
> 오가는 행인에 낯 부끄러운 듯 고개 숙이고
> 그래도 가슴속 서른 회포 못이기는 듯 연달아 종알대며
> 때로 목놓아 쌍쌍이 노래들 하는 애련한 가조(歌調)여
> (…하략…)
>   ―시 「소묘·북국어항」 부분

이 시는 이찬이 민중의 생활사와 민족사에 관한 보다 확실하고도 구체적인 감각을 가지고 있음을 보여준다. 예부터 많은 전쟁의 경험과 자연조건의 험준함 등으로 강한 생활력이 요구되었던 북방 지역은 식민지 시기 이농민들의 유입으로 더욱 치열한 생활난의 현장이 되었다.
이러한 북방을 배경으로 모든 생산적 기반이 부서져 버린 시대에 강

력한 생존에의 의지를 이찬은 당시 민중들의 노동 풍경을 통해 보여주고 있다. 그것은 가족 구조의 붕괴와 유망민으로 이어지는 삶의 전면적 전이 과정에서 생겨나는 생존에 대한 본능이라 할 수 있다. 북방의 어느 항구에서 눈물겨운 영상으로 그려진 북방 유이민들의 이러한 삶의 끈질긴 생명력은 강력한 민중적 감수성의 밀도를 더해주는 것이다.

시 「우후(雨後)」에 이르러서는 그 민중적 생명력이 경쾌한 리듬 속에 나타나 특이한 형태의 북방 정조를 느끼게 한다.

한편 이찬의 시에는 백석이나 이용악 등이 보여준 북방의 풍물이나 토착 방언을 별로 찾아볼 수 없다. 다만 '아바이'·'아니오겠슴메'·'난 어찌랍메'·'우둥불'·'넌들창' 등에서 확인되는 기본적인 시어들만 몇몇 보일 뿐이다.

이찬의 시에는 오히려 인접 국가들의 다양한 언어를 사용하여 북방 지역을 둘러싼 당대의 혼란한 정황을 보여주고 있다. 대표적인 시어로 '장꼬로'·'워드까'·'샹들리에'·'노스데키'·'페치카' 등이 있다.

그리고 이찬 시에 나타나는 한문투의 현학적이고 관념적인 시어 사용은 민감한 민족 감정을 단절, 추상화시킴으로써 합일적인 감정 동화를 확보하지 못하는 한계를 지니고 있기도 하다.

1930년대 후반으로 접어들면서, 이찬의 자조적 감정과 시대에 대한 절망은 결국 친일이란 극단의 상황으로 이어진다. 「어시 너의 키타를 들어」·「병정(兵丁)」·「전사(餞詞)」 등의 시와 「보내는 사람들」과 같은 희곡 작품에서 이찬 문학의 친일성을 확인하는 것은 참으로 가슴 아픈 일이다. 이찬은 이 시가 쓰여진 대부분의 작품 속에서 일제의 태평양전쟁을 미화하고 있으며 징병에 대한 특별한 감격과 흥분을 보여주고 있다. 이와 같은 그의 반민족적 친일 행위는 비록 그의 문학이 민족문학의 지평 위에 있다 할지라도 결코 배제할 수 없는 얼룩임은 분명하다.

다만 이 당시 이찬의 친일 행위가 반민족적인 것이긴 하지만 이후의 그의 문학 활동에 비추어 볼 때, 소위 내적 논리에 의한 친일이라 보기는 어렵다. 그는 내선일체의 황국화나 대공아 공영론에 입각한 특별한 논리를 전개한 적이 없고 이에 대한 직접적인 언급을 한 바가 없다.

서정주가 자신을 '가장 객관적인 관찰자'로서 당시의 세계 정세를 파악한 결과, 일본 중심의 대동아공영권을 강력하게 주장한 것이나,[1] 김용제의 적극적인 친일 행위와 작품의 노골성에 비한다면 이찬의 그것은 친일의 질과 양에 있어 분명히 구별된다. 이는 단순한 정도의 차이를 넘어 변별의 시선을 확보하여 친일문학의 개념을 올바르게 찾자는 것이다. 그럼으로써 친일문학을 단순히 시대의 전반적 상황으로 돌리고 희석화하려는 논리를 극복하자는 것이다.

최근 민족문학작가회의와 민족문제연구소 공동 작업으로 제출된 친일문학인 42인에 대한 보도는 앞에서 말한 변별의 시선에 다소 문제가 있음을 보여주고 있다.

첫째, 이찬의 작품과 그 외 작가들을 비교해 보면 작품의 양과 그 내용에 있어 친일에 대한 확연히 구분이 있다. 특히 김용제 등이 배제된 자리에 이찬의 이름이 실렸다는 것은 친일문학인 선정에 신뢰를 떨어뜨리는 부분이다. 김용제는 「내선일체의 가(歌)」와 같은 노골적인 친일시를 다수 창작한 것은 물론이며 「조선문화운동의 당면임무」와 같은 논설을 통해 내선일체와 대동아공영의 논리를 펼친 바 있는 대표적인 친일파시즘 문학인이라 할 수 있다. 그 외 김종한·이광수 등도 다수의 친일시를 창작한 바가 있다. 이에 비해 이찬의 친일시는 그 양과 내용에서 현격한 구별을 보인다 이 기회에 친일문학에 대한 보다 엄격한 정리와 섬세한 구별이 요구된다.

둘째로는 친일문학인 선정 근거로 제시한 친일문학 작품목록(『실천문학』, 2002년 가을) 중 이찬 부분이 일부 잘못 기록되었다는 점이다. 이찬의 친일문학 목록에 쓰여진 「어서 너의 키타를」은 「어느 너의 키타를 들어」

---

1) 『서정주 문학전집』 3, 일지사, 1972, 238~239면.

가 원제목이며, 이는 논설이 아니라 시 작품이다. 또한 목록에 있는 「잔사」 역시 원제가 「전사」이며 논설이 아니라 시 작품이다. 이와 같은 작품목록의 부정확성에 기초한 친일 문인 선정 작업은 그 자체에 문제적인 시각을 던질 수밖에 없다. 특히 이러한 오류는 친일문학 연구작업이 가지는 특별한 의미를 희석시키고 결국 친일문학에 대한 본격적인 논의를 방해할 수도 있다.

이찬의 친일문학 행위는 민족문학사의 엄중함 위에서 다시 한번 정리되어야 할 필요가 있다. 이는 이찬의 친일에 면죄부를 주고자 하는 것이 결코 아니다. 오히려 친일문학을 일반화시키거나 추상화하는 논리를 깨고 친일문학의 내부로 본격적인 연구를 진행하기 위해서는 엄정한 판단의 기준과 이를 위한 정확한 기초자료 작업이 요구된다는 말이다.

4. 생산적 터전으로 선택된 북한

감상적 습작기와 재일본 시기 프로문학운동, 그리고 카프시대의 여러 계급시와 북방 정서를 드러낸 시작들, 다시 모더니즘적인 내면화 경향과 친일시로 이어진 이찬의 시적 행보는 해방과 함께 그의 정치적 향방과 맞물려 새로운 방향으로 나아간다.

해방을 함남 혜산에서 맞이한 이찬은 1945년 9월에 잠시 상경하여 예맹파(조선프로레타리아예술동맹)에 가입한다. 그러나 곧 북의 프로레타리아예술동맹 함남 지역 위원으로 활동하면서 북한에서의 본격적인 활동을 시작한다. 함남도 혜산군 인민위원회 부위원장, 함남인민일보사 편집국장을 거쳐 1946년 3월에 창설된 북조선문학예술총동맹의 서기장이 되면서, 그는 북한 문학의 정치적 중심으로 자리하게 된다. 그리고 조쏘 문화협회 부위원장, 문화선전성 군중문화국장 등을 역임하면서 북한의 문화행정 관료로서도 주요한 역할을 담당한다.

그리고 이러한 정치적 활동 속에서도 그는 왕성한 작품 활동을 보여줌으로써 북한시문학을 실질적으로 주도하게 된다. 1946년 『화원』, 1947년 『승리의 기록』, 『쏘련시초』, 1958년 『리찬시선집』, 그리고 그의 사후에 그의 문학을 기념한 『태양의 노래』가 1982년 문예출판사에서 발간되는 등 1960년대 초·중반까지 그의 시작 활동은 계속되었던 것으로 보인다. 이는 그의 문학적 생산이 곧 북한시문학의 토대가 되었던 북한문학사의 흐름 속에서도 충분히 이해되는 대목이다.

이와 같이 이찬은 북한의 정치계와 문학계에서 나름의 위상을 확보하고 다른 카프작가들의 숙청과 탈각과는 달리 북한문학의 중심에서 활동하였다. 이는 다양한 이유에서 찾아볼 것이지만, 그의 출신과 지리적 기반이 북한의 중심으로 이루어지면서 서울 중심의 문단의 주류로부터 일정한 거리를 유지한 것 등은 그 주요한 요인이었을 것으로 보인다.

북한문학은 그 시원부터 꽤 풍부한 작가들을 확보하고 있었다. 우선, 기존의 카프 시기부터 활동을 해왔던 박팔양·이찬·박세영·임화 등의 카프 출신 시인들의 월북, 카프 출신은 아니지만 이후 북한 시단의 핵심적 역할을 담당했던 민병균·안용만·김우철 등과 오장환·조벽암·이용악 등이 북한 시단의 큰 대오를 형성되면서 북한시문학은 시작하게 된다. 물론 이 과정에서 민족문학 건설의 의지가 작가들의 내부에 깊이 자리하고 있었으며 이를 위한 각고의 노력 또한 진행되었다.

1945년 11월 중순 무렵 이기영과 한설야 등 예전의 카프작가들이 평양으로 올라와 본격적인 민족문학 조직 건설을 논의하였던 것도 그러한 노력의 과정이었다. 이 무렵 서울에서는 조선문화건설중앙협의회와 조선프로레타리아예술동맹 간의 대립으로 민족문학전선 내부의 심각한 분열현상이 나타나고 있었다. 이에 한설야 등 문학예술가 18명이 서울을 떠나 민족문학 건설의 전망을 찾고자 북으로 향했던 것이다.

그러나 정치적 현실은 이들의 민족문학 조직건설의 노력을 좌절시켰다. 북한은 북조선임시인민위원회 결성 등 북한만의 독자적인 조직을 결성하면서 소위 '민주기지론'을 주창하게 된다. 이 과정에서 북한만의 문학예술조직이 결성되었는데, 그 조직이 바로 북조선문학예술총동맹이다. 이찬은 이 조직의 주체로 활동하면서 북한시문학의 주요인물로 등장하게 된다. 그러면서 이찬은 북한시문학에서 본격적인 활동을 시작한다.

그러면 북한문학사에서 "수령형상문학의 새로운 단계를 열어" 놓은 시인이었던 이찬의 북한에서의 작품세계를 살펴보자. 이는 북한에서 이찬의 위상으로 볼 때, 결국 북한문학의 형성과정과 그 내면을 살피는 작업과 무관하지 않다.

지금까지 편자들은 확보한 이찬의 시 작품들은 북한에서 나온 시집 『승리의 기록』(1947), 『리찬시선집』(1958), 추모시집 『태양의 노래』(1982)와 『조선문학』 등 잡지류, 『문학신문』 등 신문과 공동시집 등에서 확보한 작품들이다. 이외에도 그가 북에서 펴낸 시집 『화원』과 『쏘련시초』는 그 주요 작품들을 『승리의 기록』과 『리찬시선집』에 다시 수록하고 있어, 이찬의 문학세계 전모를 밝히는 데는 큰 무리가 없을 것이다.

특히, 연변과 미국의 대학 도서관 등에서 찾아낸 위 세 권의 시집들은 제각기 북한문학사에 관한 자료로서 매우 의미로운 것이다. 그 중에서도 『승리의 기록』은 이찬이 함흥에서 소량 한정본으로 펴낸 시집 『화원』의 주요 작품을 함께 수록하고 있는데, 1945년 해방 직후 북한의 모습과 그 문학적 형상화 과정을 직접 접할 수 있어 참으로 반가운 자료가 아닐 수 없다. 1945년 8월 15일 해방에서부터 북조선예술총동맹이 결성되는 1946년 3월 25일을 지나 1947년 소련군이 철수하는 시기까지를 다루고 있는 이 시집은 말 그대로 해방 직후 시기에 대한 시적 기록이라 해도 과언이 아니다.

시집 『승리의 기록』은 1945년 8월 16일 시인이 해방을 맞은 바로 다음날, 북의 혜산진에서부터 그 감회와 상황을 작품화하고 있다.

두번다시 불러보지못할것만같었노라
祖國이여 네이름을
(…중략…)
코끼운 소의 삶이였었다
행길가 장승의 나날이였었다

아 까닭없이 뺨맞은날에도 한숨하나 있을수없든
인고의 반세기여 너는 갔느냐!
(…중략…)
이역만리 머ㅡㄴ 해외에서 햇빛못보는 '비애의 성사'에서
춘풍추우 허다성상 오로지 너를위하야 피흘리고 너를위하야 매마른
수많은 형제들게 무엇으로 사례하리!

아 태극긔ㅅ발이 하늘을 뒤덮고
독립 만세ㅅ소리 산천을 뒤흔들고
(…중략…)
아아 이환히 이감격위에
祖國이여 빛나는 네이름 영원히 빛나기위하여
어서 얺어다우 '인민공화' 의 그 화려한 화려한 면류관을!
————九四五·八·一六 於·혜산진
—시「祖國이여」 부분

이 시는 1945년 8월 16일에 쓰여진 것으로 기록되어 있다. 해방된 다음날, 시인은 민족해방을 위해 이역만리에서 온몸으로 투쟁했던 이들을 위로하면서 해방된 조국이 분명 '인민공화'국이어야 함을 역설하고 있다. 곧 민족해방은 인민공화국 건설로 이어져야 하며 그것이 조국의 미래를 약속하는 것이라 말한다. 이것은 민족해방은 곧 인민해방임을 분명히 하고 어떤 외세나 자본적 침입도 거부한다는 해방에 대한 첫 발화였던 것이다.

그리고 그것은 구 카프작가였던 그가 일제 말 친일시까지 썼던 과오로부터 벗어날 수 있는 가장 확실한 언어로써 자신의 입장을 분명히 밝히고 정치적 표현이기도 했다. 이것은 그에게 하나의 전환점이자 새로운 출발의 모토가 될 수 있었던 것이었다. 이후 누구보다도 빨리 인민공화국 건설을 역설한 그는 실제로 '인민공화국' 건설에 대한 다양한 시적 표현들을 보여준다.

　이와 같이 인민공화국 건설을 주창한 이찬은 이후 남북한의 정치적 일정 속에서 남북한에 대한 각기 다른 시선을 제시한다. 그것은 1946년을 기점으로 남북이 독자적인 정치 형태를 갖추고 나름의 노선을 걷게 되는 것과 관련된다. 즉 민족 전체의 통일된 인민공화국 건설이 아닌 '민주기지'로서 북한의 독자적인 인민위원회가 결성되었던 과정에서 이찬은 이미 '정치적 북한'을 선택했던 것이다. 이는 이 시기 한설야·이기영 등과 같은 민족문학가들의 전 민족을 하나로 하는 민족문학 건설의 기치와는 일정한 거리가 있는 것으로 보인다. 그것은 이후 북한문학사의 진행과정에서 이찬의 역할을 통해서도 충분히 확인할 수 있다. 그가 북한문학예술총동맹의 서기장에 피선되고 인민위원회 부위원장을 맡는 등 북한의 정치적 전위에 서게 된 것도 이와 무관하지 않다.

　이찬은 북한의 정치적 틀이 구체화되기 전인 1945년 9월에 서울을 다녀가게 된다. 그는 이 때 조선프로레타리아예술동맹에 가입하게 되는데 그러나 곧 북으로 돌아가 버린다. 그가 이 때 피력한 서울에 대한 소감은 이 시기 그의 입장과 관련하여 의미롭다.

　　이제 진정 우리것인 鐘路네거리에서
　　그러나 우리 그女人은 누구를 맞어야하느냐

　　激浪 激浪 群衆의 激浪위에
　　不安 焦燥의 灰雲만 低廻하고

이 世紀의 盛饌과 寢室은 準備된지 오래이나

기다리는 그이는 오지않는다

(…중략…)

오늘도 헛되히 저므는 거리를

캬바레—호노르르의 땐싱뮤—직이 조롱하고

하마 앗질헌 삘딩 삘딩에선

여태 偉大(!)한 會議들이 續行될뿐

(…하략…)

　　　　　　　　　　　　　　　　—시 「鐘路네거리에서」 부분

이찬이 서울에 와서 본 것은 해방의 기쁨과 환희, 희망 같은 것이 아
니었다. 그는 종로 네거리가 '불안'과 '초조'의 회색빛 암울함으로 가득
차 있음을 보았다. 그리고 그 거리에는 인민들을 해방시켜줄 영웅적 존
재도 없었다. 다만 카바레의 현란한 춤과 높이 솟은 빌딩, 이기적인 논쟁
만이 해방된 서울을 가득 채우고 있었던 것이다. 이것이 이찬이 서울에
서 본 것들이다. 그리고 그는 곧 북한으로 돌아갔다.

그리고 이 시기 북한은 상대적으로 토지개혁 및 사회주의 건설의 활
력이 넘치고 있었다. 그리고 인민의 영웅이 시대를 이끌어 가고 있었다.
시 「土地는 드듸여 農民에게」·「떨쳐나오라 祖國創業 무르녹는 大途
로」·「더욱 굳게 뭉치리 그대두뤼에」·「歡迎, 金日成將軍」 등에서 이러
한 북한의 모습이 열정적으로 잘 표현되고 있다.

이외에도 시집 『승리의 기록』에는 소련군에 대한 환영과 스탈린에 대
한 찬사 등 해방군으로서의 소련군에 대한 감사와 존경을 표하고 있다.

그리고 이 시기 이찬 시의 특이한 점으로 인민들의 삶의 모습을 매우
생생하게 보여주고 있어 그가 해방 전 북방 지역에서 보여준 작품들의
품격을 다시 만나는 감동을 받게 된다.

이와 같은 그의 문학적 역량은 이후 여러 작품들에서 북한문학을 주

도하면서 보여주고 있다. 이를 전체적으로 정리해 보면 아래와 같다.

　①해방 직후 북의 제도적 개혁과 관련된 삶의 전환
　②해방 직후 북한의 민주기지론 노선의 구체적 형상화
　③수령형상화와 관련된 시

　1945년 10월 10일부터 13일까지 진행된 서북5도 당 책임자 및 열성자 대회에서 제기된 민주기지론은 북한문학의 형성과정에서 매우 중요한 대목이다. 민주기지론은 소련을 배경으로 한 북한이 남한이 비해 전반적으로 혁명을 건설하기에 유리한 조건임으로 우선 북한에서 민주기지를 건설하고 이를 기초로 하여 한반도 전체를 해방시키자는 논리이다. 곧 먼저 북한의 민주개혁을 실시하자는 것이다.

　이찬의 시는 이러한 해방 직후 북한의 사회주의적 혁명사업을 적극 찬양하면서 그 구체적인 과정을 시화(詩化)하였다. 토지개혁·인민경제· 로동법령 등 북한의 여러 혁명적 사업은 삶의 전면적 변화를 가져오는 제도적 장치들이었다. 일제의 파시즘과 노동 착취로부터 해방을 맞은 감격이 구체적인 제도의 개혁으로 이어지는 벽찬 상황을 당대 북의 시인들은 경험하고 있었던 것이다. 특히 농촌에서의 토지개혁은 가장 큰 관심을 끄는 것으로 당대 시인들은 이를 자신의 시적 대상으로 삼았다.

　김우철의 「농촌위원회의 밤」, 김광섭의 「감자 현물세」 등은 당시 농민들의 생활감정과 국가에 대한 감사의 마음을 표현하고 있다.

　이찬의 시편들 중에서도 이러한 토지개혁과 제도 개혁과 관련된 작품들이 다수 등장한다. 토지개혁과 관련된 벅찬 감격을 보여주는 시 「새소식」은 이러한 경향의 대표적인 작품이다.

　이 소식 받아들고
　층계를 오른다
　이리도 이 층계가 높았던가

내 마음은 바쁘다

연필끝을 빨지 않아도 좋았다
치받쳐오르는 감동이 저절로 적는
감격의 불도가니, 감사의 선풍!
"토지는 드디어 밭갈이하는 농민들에게……"

뜨거워하는 눈두덩
내 살던 마을 마을
맨발로 얼음장우를 거닐던 그 어린이들이
떠오른다
물길이에도 누덕치마를 돌려 앞을 가리던
그 아낙네들이 떠오른다

그 저녁 발버둥치며 술집으로 팔려가던
열여덟 순이의
헬쑥한 얼굴이 떠오른다

그 새벽 보따리 지고 북만주로 흘러가던
류순 박첨지의 하얀 머리털이 떠오른다
그 아침 낫자루 호미자루 틀어쥐고
놈들과 맞서던 숱한 얼굴이 떠오른다
(…중략…)

꿈아닌 이 현실, 거짓 아닌 이 사실
진정 오늘을 난생처음 넘치는 웃음으로
맞을 농민들이여
이 기쁨 굳게 뭉쳐
그 고마운 인민조선 길이길이 지켜가자

—시 「새소식」 부분

과거 일제하의 농촌과 토지개혁이 시작된 농촌의 모습이 교차하면서 시는 희망과 기쁨으로 가득 차 있다. 1930년대 유이민들의 삶을 비감하게 보여준 바 있는 시인에게 해방 후 토지개혁이 실시된 북의 농촌은, 그가 1929년에 '잃어버린 화원'이었으며, 북만주로 떠난 '월이'가 그토록 그리던 '꿈의 현실'이었던 것이다.

토지개혁은 북조선임시인민위원회가 중심이 되어 진행된다. 이러한 인민위원회의 혁명적 개혁은 비단 농촌뿐 아니라 노동현장 곳곳에서 일어난다. 그것은 8시간 노동제 등을 통한 노동에 대한 인식의 전환이었다. 시인들은 이러한 노동 현실에도 주목한다. 작품으로는 이찬의 「그날아침」, 이정구의 「노동법령송」, 김북원의 「용광로 앞에서」 등을 들 수 있다.

이와 같은 북한의 여러 제도의 혁명적 전환은 인민위원회가 주창하던 민주기지론에 대한 인식을 널리 확산시켰다. 그리고 이 민주기지론으로부터 북한문학의 독자적 출발이 이루어졌다는 것은 큰 의미가 있다. 해방 이후부터 1947년 3월 '고상한 리얼리즘'이 주창되기 이전까지 북한문학은 그 내부에서 일어난 다양한 제도적 개혁을 문학화하면서 남한과 다른 독자적인 문학적 방향을 향하고 있었던 것이다. 이 과정에서 민주기지론은 통일을 전제로 한 '민족문학조직건설' 논의에서 비판의 소지를 안고 있었지만, 내부에서는 그 논의가 구체화되어 가고 있었던 것으로 보인다.

결국 토지개혁을 중심으로 한 삶의 변화기 실제로 일어난 해방 후 북의 모습은 시인들에게 깊은 인상과 미래에 대한 가능성으로 읽혀졌다. 또한 그것은 남한과의 변별과 독자적 행보를 낳는 기초로 작용하게 되었던 것이다.

해방 직후 북한 시문학의 또 다른 흐름은 소련과의 친선 등 국제주의 노선이었다. 이와 관련하여 소련과 북한의 관계를 크게 두 가지 측면에서 찾을 수 있다. 첫째는 소련을 일제의 압제로부터 해방시켜 준 존재로 인식한다는 것이고, 다른 하나는 선진적 근대로서의 소련에 대한 인식이었다. 이찬의 시는 이 중에서 전자의 성격을 강하게 보이면서 다소 추상적이며 감정적인 표현을 보여준다.

이찬은 시「축연」에서 일제의 '항복조인'과 함께 민족 해방의 중요한
역할을 담당한 소련의 붉은군대를 감격적으로 환영하고 있다. 그리고 시
집『쏘련시초』를 통해 소련과의 친선을 구체적으로 그리고 있다. 특히,
시베리아의 초원과 흑해, 볼가 운하 등 구체적인 풍물을 배경으로 양국
간의 유대와 친선을 특징적으로 보여준 작품들이 많다.

> 원동 변강 무연한 초원에도
> 전원은 무르녹아 해바라기 란만하고
> 이름모를 들꽃도 꽃마다 마음껏 피여
> 인민의 나라 드높은 향기 목메게 풍겨 든다
> (…중략…)
>
> 아, 굴욕과 인고로 뼈저리던 세월
> 쏘련 그대는 언제나 마음의 고향
> 날에 날마다 늘어만 가는 피비린 무덤 우에서도
> 한 줄기 그리운 '그대의 길'은 언제나 언제나 잊지 못했다
> ─시「원동 초원에서」 부분
>
> 백사도 저마다 저를 빛내는 해맑은 해변을
> 아열의 향기 목메는
> 아름드리 파초여, 야자수여, 종려나무여,
>
> (…중략…)
>
> 여기는 인민은 누구나
> 말가니 피로를 씻고, 새 힘을 기르고,
> 오, 자애로운 휴양의 터여,
> 한없이 따사로운 쏘련의 품이여,
> ─「흑해의 달밤」 부분

다소 추상적이며 관념적인 위의 시작(詩作)들은 인민 해방의 상징이자 전형인 소련에 대한 송가(頌歌)의 성격이 강하다. 그러나 이러한 작품들은 이후 북한의 국제주의사상과 관련하여 다양한 형태로 발표된다. 그 중에는 시 「조야」나 「레닌그라드 고아원」과 같은 작품들은 좀더 구체적인 상황과 내용을 확보하고 있어, 이 경향의 시적 흐름을 잘 보여준다.

1946년에 발표된 시 「조야」는 소련의 여성영웅 '조야'의 정신과 혁명적 활동을 추모하며 기리는 작품이다. 여기서 확인할 수 있는 것처럼 이미 북한은 이데올로기적, 정치적 기준을 소련에 두고 연대와 친선을 창작의 주제를 설정하고 있는 것이다. 레닌그라드 고아원에서 만난 한 고아의 사연을 담은 시 「레닌그라드 고아원」은 반파쇼, 반게르만의 기치와 인민들의 삶의 역사를 교차시키고 있다. 2차 세계대전 전쟁중에 부모를 잃은 아이의 처지와 아이를 국가에서 직접 길러주고 있는 소련의 현실을 보면서 이찬은 다시 한번 스스로의 의지를 다지고 있다.

이러한 국제친선은 세월이 흐르면서 정치적 이데올로기적 연대를 넘어 생활상의 교류와 교감으로 이어진다. 1950년대 중·후반으로 접어들면서 이찬은 소련과의 연대의식을 인민들의 삶의 구체적인 모습 속에서도 찾아낸다.

> 어린아이가 있었다
> 모쓰크바―평양 국제 렬차에
> 방을 이웃하여
> 고수머리 노란 어린아이가
>
> 나이는 여섯일가, 일곱일가
> 잘 돼야 그만작 되염직한데.
> 오다가다 만나는 그 어디에서나
> "드라스위쩨"(안녕하세요)
> (…중략…)

정겨워 두 팔 벌리면
덥석 품속으로 안겨 드는 그
그때마다 너 어디 가느냐 물으면
언제나 은방울 같은 목소리로 "후 까레유"

아버지는 오래인 바다의 기술자,
조선 간 지 벌써 三 년 철인데,
보구퍼 보구퍼 오시라 해도
바빠 못 간다는 그를 만나러.

　　　　　　　　　　　　　—시 「후 까레유(조선으로)」 부분

　단순한 친교를 넘어 삶의 공동체를 확인하는 대목이다. 다른 유사한
경향의 작품들이 소련에 대한 직접적인 찬가나 감정의 지나친 노출을
보이는 반면, 이 작품은 감정의 절제와 시적 긴장을 유지하면서 연대의
내적 교감을 보여주고 있다. 소련─평양 간 국제열차에서 만난 소련 아
이는 조선으로 일 떠난 아버지를 만나러 가고 있다. 시인은 정감어린 시
선으로 아이를 바라보고 아이 또한 시인을 향한 예의나 태도가 애살스
럽다. 이는 소련과 북한의 관계를 바라보는 시인의 시선이다. 국제열차
로 연결된 지리적 연대 속에 삶의 내용을 교류하면서 서로에게 정마저
느끼는 차원의 연대성. 이것이 이찬이 갖는 소련과의 연대인식이었다.
　이와 같은 소련과의 연대와 친선은 냉전체제가 심화되면서 반미의식
이 고조될수록 소련에 대한 과장과 미화로 이어진다. 결국 국제사회주의
는 추상적인 구호로 남아 새로운 국제연대의 창작적 활력으로 나아가지
못했다.
　이찬 시에 대한 북한문학사의 대표적인 평가는 "수령형상문학의 새로
운 단계를 열어 놓았다"는 것이다. 1946년에 이찬이 작사하고, 김원균이
작곡한 「김일성장군의 노래」는 수령형상문학의 첫 번째 꼽히는 작품이
다. 한국전쟁기에 많이 불려진 이른바 '송가적 가요'로서 이 작품이 가지

는 의미는 단순히 '노래'의 차원을 넘어선 것이었다.

소위 민주개혁이 북한 전역에서 진행되던 해방 직후, 토지개혁으로 대표되는 사회주의 정책은 북한 인민들에게는 해방의 구체적인 모습으로 이해되었다. 그리고 이러한 해방을 인민들에게 가져다 준 존재로서 김일성의 위상은 그 정치적 이해관계와 맞물려 문학의 새로운 주제로 등장하게 된다. 곧 고통스러운 일제로부터 인민을 해방시킨 항일혁명운동의 연장선 위에서 현실의 나은 삶으로 인민을 이끌어 주고 있다는 믿음은 김일성에 대한 숭배로 이어졌던 것이다. 또한 1967년 이후 주체문학이 들어서는 데에 이러한 김일성에 대한 숭배는 결정적인 역할을 하게 된다.

이찬은 이와 같은 수령형상시를 해방 직후부터 1974년 자신의 죽음 전까지 계속해서 발표한다.

시 「김일성장군의 찬가」(1946.4), 「밀림의 홰불」(1964), 「수령님의 광망 일월과 함께」, 「몸과 마음 다 바쳐 우리는 받들리」 등 다수의 작품이 창작되었는데, 작품의 내용은 김일성에 대한 일방적 숭배는 물론, '고난의 행군길'이나 '류환선' 건설 장소 등 인민들의 생활 곳곳에서 의지와 신념의 절대적 존재로서 김일성을 등장시킨다.

이외에도 남한에 대한 시적 형상화나 산업화 과정의 여러 모습을 다룬 작품들, 외국기행에 관한 시들 또한 북한문학사에서 인정받고 있다.

이찬의 북한에서의 활동은 이찬 시 세계에 있어 또 하나의 과정이다. 그것은 남한문학, 북한문학의 구분 선에서 보면, 경계의 문학 내지 적대적 문학으로 읽혀질 뿐이다. 그러나 한 개인의 삶의 총체성과 동시대적 의미를 생각할 때, 우리의 문학은 구분보다 연속, 단절보다 생산과 창작의 시각에서 보아야 할 것이다. 그러므로 이찬은 분단 이전의 시인이자 통일 이후의 시인으로 마땅히 재해석되어야 하는 우리 시대의 문학인인 것이다.

제 **5** 장

혼돈과 동경으로부터의 길 찾기

조벽암 시 세계의 변모와 현실인식

1. 갈등과 반성의 시적 여정

월북 문인들은 이제 더 이상 우리 문학사에서 소외된 집단이 아니다. 해방 전부터 활동한 시인들은 물론이고 해방 이후 등단한 시인들까지 활발한 연구의 대상이 되어 왔다. 그러나 조벽암(趙碧岩, 1908~1985)의 경우는 작품에 대한 연구는 물론이고 작품조차도 잘 알려져 있지 않은 현실이다. 여기에는 여러 원인이 있겠지만 그의 해방 전 작품들이 독자들을 끌어당기는 힘이 다소 부족하다는 점과 작품의 성격들이 우리들이 피상적으로 알고 있는 좌익 계열의 시인 조벽암과 차이가 있다는 점도 작용했을 것이다.

시집 『지열(地熱)』(1948) 이전의 작품에 나타나고 있는 사춘기적 정서와 그 이후의 웅건하고 분명한 사회의식 사이의 거리감은 독자를 무척 당혹스럽게까지 한다. 이런 괴리감은 양 시기의 작품들이 한 시인의 작품이 아닌 것 같은 의심이 들만큼 큰 것이다. 그래서 그의 시 세계의 변모를 살펴보는 것은 더욱 흥미롭다.

청년 조벽암이 문학 활동을 시작한 1930년대는 전 세계적인 경제공황과 정치의 파쇼화 이에 따른 문화 위기의식이 팽배하던 시대였다. 일제는 만주사변(1931) 이후 중일전쟁(1937)을 일으켜 대륙 침략을 하고 태평양전쟁(1941)을 통하여 철저한 군국주의 파쇼체제로 바꾸어 갔다. 군사력과 경찰력의 증강을 통하여 식민지 조선의 파쇼체제를 강화한 일본은 더 나아가 이른바 조선사상범보호관찰령(1936.11.2)이란 것을 만들어서 철저한 사상통제를 가하였다.

이런 상황에서 누구도 현실적이고 실제적인 혁명을 생각할 수 없었다 사람들은 침묵하거나 내면으로의 정신적 혁명만을 꿈꿀 수밖에 없었다. 내면으로의 지나친 몰두는 자칫 정신적 유희로 떨어지기 십상이었다. 1935년 카프 해산 후 시의 내면화 경향도 이런 시대적 분위기와 무관하지 않을 것이다.

한편 조벽암의 가정환경도 시인 조벽암의 작품을 이해하는 데 중요한 단서가 된다.

조벽암은 1908년 5월 19일 조태희(趙兌熙)의 아들로 태어났다. 그의 가계는 충북 진천군(鎭川郡) 벽암리(碧巖里)에서 열두 고을을 장악하며 살았다는 지주이자 그의 증조부가 청주부사와 의정부 좌찬성을 조부가 통훈대부행인동부사(通訓大夫行仁同府使) 겸 대구진영병마 동첨절제사(大邱鎭營兵馬 同僉節制使)를 지낸 선비의 가문이었다.

그의 아버지는 4형제 중 셋째로서 통정대부 육군부관(通政大夫 陸軍副官)을 지낸 무관이었고, 잘 알려진 대로 포석 조명희는 그의 숙부이다. 아들이 없었던 큰아버지 공희(公熙)는 동생 태희(兌熙)의 아들인 중흡(重洽, 조벽암의 본명)을 양자로 삼는다.

삼촌 포석은 중흡의 인생과 문학에 큰 영향을 끼친다. 아버지 형제 중 유일하게 신교육을 받은 포석 삼촌은 조카인 벽암의 교육문제, 생활문제

로 형들과 자주 대립적인 입장을 취했었다고 하는데 이런 문제가 결국
은 구도덕과 신도덕 사이의 충돌로까지 이어졌다고 벽암은 회고하고 있
다. 이런 신구의 충돌은 한참 가치관의 형성 시기에 있던 예민한 벽암에
게 영향과 충격을 주어 보통학교 시절 이 주제로 신소설을 흉내낸 작품
을 썼다고 한다.

대지주에서 소지주로, 소지주에서 빈농으로 점점 몰락해 가는 집안 형
편, 그가 너무도 가까이서 본 문학하는 삼촌의 빈궁함 이런 것들은 청년
벽암에게 이상과 현실 간의 엄청난 괴리감을 가지게 했을 것이다. 그의
아버지는 포석과 같이 될라치면 진작에 순사나 면서기라도 하여 호구지
책하는 것이 낫다고 나무라곤 하였다 한다.[1]

암울한 시대 분위기와 이런 가정환경은 이상과 현실, 혁명과 안주 사
이에서 청년 조중흡을 방황하게 했을 것이다. 이런 갈등은 자신의 존재
에 대한 갈등과 거부로까지 이어지고 있음을 그의 초기 작품을 통하여
볼 수 있다 자신의 존재에 대한 갈등과 거부는 동경(憧憬)으로 이어지고
있다. 낭만주의의 정신적 기조인 동경은 수다한 미지의 세계에 직면하여
자신을 '이질적 존재'로, 그러한 세계에 소속되어 있지 않은 '외인(外人)'
이라고 자각하는 데서 동경심은 대두된다[2]고 말할 수 있다.

> 오 — 내가 차라리 공장의 아들였던들
> 나는 벌써 변또끼고 기름옷 입고
> 황혼의 저자를 걸었으리라
> 이 슲직(悲的)한 지새는 아침에
>
> 내가 차라리 물레방아지기였던들
> 돌고도는 물레방아간
> 쌀 찧기에 머리가 희였으리라

---

1) 조벽암, 「나의 수업시대─작가의 올챙이 때 이야기」, 『동아일보』, 1937.8.19~21.
2) 지명렬, 「낭만주의와 동경의 문제」, 『문예사조』, 문학과지성사, 1977, 51면.

보리닦기에 땀이 흘렀으리라
이 맑어가는 새힘의 새벽에

그러나 나는 농부의 아들도
그러나 나는 방랑의 나그네도
아니다 아니여
따뜻한 이불 속에서 등글고 잇는
어리석은 자—

그만치 불쌍한 아들
흡혈귀의 권화(權化)
망상의 기계
나는 너만을 생각하는 순열정자(純熱情者)!
허영의 창조자—

—시 「妄想」 부분

이 작품은 1931년(10월 5일~11일) 『조선일보』에 「구고를 살으며」라는 부제가 붙은 연작 10편 중 한 편이다. 지면으로 발표된 시 작품으로는 최초의 것들이고, 그만큼 습작기의 수준을 벗어나지 못한 것이기도 하다.

그러나 우리는 이 작품에서 창작 활동 초기의 그의 정신적 편린을 엿볼 수 있다. 그는 대대로 흙만 파먹고 살았던 농부의 아들도 노동자의 아들도 아니었다. 지금은 몰락했지만 양반관료의 자손이자 조선 말기의 장교였던 아버지의 아들이었다. 벽암의 회고에 의하면 그의 아버지는 삼촌 포석과는 달리 전형적인 소시민적 사고방식을 가졌던 분이었던 것 같다.

몰락한 집안의 아들에게 흔히 부과되는 집안 부흥의 무거운 사명은 문학청년 중흡에게 자신의 현존재에 대한 부정과 거부를 낳게 했을 것이다. 자신의 현존재에 대한 거부는 자신에 대한 성찰과 이상형이 있을 때에만 가능하다. 문학청년 조중흡이 가졌던 삶의 이상은 그의 아버지가 소망했던 건실한 생활인의 길은 아니었을 것이다. 그렇다고 현실의 모순을 온몸으로 거부할 수 있는 투사가 될 용기도 없었고, 또 그가 그렇게 되게 놓아두는 현실 상황도 아니었다. 이런 상황에서 그의 모든 에너지는 내면으로 향하게 되었다.

내면으로 향한 여정에서 그가 제일 먼저 찾고자 한 것은 자신의 자아였다. 자아를 찾는 것은 고독과 혼돈으로부터 해방될 수 있는 첫 번째 길이기 때문이다. 그래서 시인은 자신이 차라리 어부의 아들, 공장 노동자의 아들, 물레방아지기이기를 동경하는 것이다. 어부, 공장노동자 등의 노동이 '따뜻한 이불 속에서 뒹굴'면서 어리석은 고민이나 반추하고 있는 자신보다 훨씬 신성하게 느껴졌기 때문이었을 것이다.

그러므로 자신을 '흡혈귀의 권화', '망상의 기계', '허영의 창조자'라고 반성하게 된다. 이러한 반성은 진정한 현실인식을 바탕에 깐 반성은 아니다. 단지 혼돈 속에서 길을 찾으려는 작은 몸부림의 일환에 불과하다.

현재의 자신에 대한 부정은 타락한 현실과는 다른 세계에 대한 동경을 낳게 된다. 이러한 동경은 정신적 고향으로의 귀향이기도 하다. 조벽암에게 정신적 고향이란 현실과 같이 타락한 곳이 아닌 고단한 정신과 육신을 누일 수 있는 공간이다.

해만 저물면 바닷물처럼 짭조름이 저린 여수
오늘도 나그네의 외로움을 차창에 맡기고

언제든 갓 떨어진 풋송아지 모양으로
안타까이 못잊는 향수를 반추하며

아늑히 살 어둠 깃드린 안개 마을이면
따스한 보금자리 그리워 포드득 날러들고 싶어라

—시 「향수」 전문

식민지시대 특히 1930년대의 시인들은 고향 상실감을 혹독하게 경험하였다.

1930년대의 우리나라 현실이 이런 징후를 낳게 했는데, 이들에게 있어 고향은 단순히 그들의 육신이 나고 자란 장소만을 의미하는 것이 아니라 민족공동체가 허물어지기 이전 그들 정신 속의 안식처이다. 그러므로 이들 시인에게 있어 고향이란 그들의 정신 속에 숨어 있는 과거의 어느 지점에 대한 그리움인 것이다.

그러나 조벽암에게 고향은 이들과 달리 동경 속의 가상적 공간인 것이다. 백석의 시에 나타난 고향처럼 어린 시절의 유희와 입맛이 생생하게 살아 있는 현실적인 공간이 아니라 현실에 안식할 수 없는 자가 꿈꾸는 상상적 공간인 것이다. 현실에서 조벽암은 '나그네'와 같은 존재이다. 그러므로 그가 느끼는 향수는 나그네의 여수(旅愁)와도 같은 것이다. 하지만 조벽암은 언제까지나 동경의 세계에서만 머무르는 것이 아니라, 차차 식민지 조선의 현실을 직시하기 시작한다.

> 벌거벗은 산모롱이
> 떼 못 입힌 무덤에는
> 굶주림과 헐벗음의
> 도안 같은 세상사가 어지러워
> 봄빛조차 쓸쓸하고
> 어머이마자 묻고 떠난 총각
> 어데메서 젖어 있노
> (…중략…)
>
> 그여히 오고만 봄이어든
> 쌌트는 가지만 휘여잡고 흐느낄 것이 아니라
> (…중략…)
> 인애로운 어머니의 사품에 뛰여안겨
> 힘끝 자라지 않으려니
> 굳세게 싸우지 않으려니
>
> ─시 「봄」 부분

암울한 시대와 갈등할 수밖에 없는 가정환경에서 진정한 자아를 확립하기 위하여 조벽암은 오랜 여정을 거쳐왔는데, 그 모든 것이 동경과 관념 속에서는 극복될 수 없음을 깨닫게 된다. 현실을 직시하고 현실의 모순을 극복하는 것만이 고독과 혼돈으로부터의 진정한 해방임을 깨닫게 되는 것이다.

그런 깨달음 끝에 바라본 식민지 조선의 봄 풍경은 굶주림과 헐벗음, 어버이를 잃은 자식의 흐느낌이 있는 풍경이다. 시인은 바라보는 데서 더 나아가 '눈물 속에서 마음을 가다듬'고 '굳세게 싸워'보기를 권유하고 있다.

조벽암 초기 시에 나타난 존재에 대한 갈등과 거부, 이에 따른 동경은 현실에 대한 도피가 아니라 자신이 처한 현실에 대해 근본적인 반론을 제기한 것이다. 이런 과정은 현실인식의 한 과정이기도 하다. 이런 여정을 거친 조벽암은 해방 후 사회의식이 분명한 작품을 창작하게 된다.

2. 혼란에서 찾아낸 새로운 대안

해방 시기는 36년 간의 식민지 억압에서 해방된 기쁨과 독립국가를 수립하려는 민족의 노력이 결국 수포로 돌아간, 희열과 비극이 교차하던 시기였다. 역사가 너무나 가까이 다가올 때 사회 집단 내부에서는 막연한 희망과 이데올로기가 넘쳐 오른다. 이런 사회적 분위기에 힘입어 조벽암의 작품은 일대 변신을 하게 된다.

시집 『향수』가 젊음의 방황과 진정한 자신의 길을 찾기 위한 모색과 동경의 세계였는 데 비해 『지열』은 '인민적 진실과 조국적 진실이 한 덩어리가 되어 가는 데서' 시의 의미를 찾고자 하고 있다. 『향수』의 작품들을 꼼꼼히 살펴보면 단지 젊음의 방황과 자기 중심적 관념만으로 칠해져 있는 것이 아니라 그 내면에는 자신이 처한 현실에 대한 강렬한 반론과 거기로부터의 탈출을 시도하고 있음을 알 수 있다.

그러나 그의 이러한 변모가 비록 갑작스러운 것은 아니라 하더라도 그 정신적 변화의 폭은 너무나 큰 것이다. 해방이라는 역사적 사건이 그에게는 그만큼 큰 영향을 미쳤고, 어떤 확신을 가져다 준 것이라 볼 수 있다. 그의 작품을 살펴볼 때, 해방이라는 구체적 역사적 사실이 주어지기 전에는 확실한 역사적 전망을 가진 것 같지는 않다.

『지열』에 실린 작품 중 해방 전에 창작된 몇 편의 작품은 여전히 추상적임이 이를 증명해 주는 것이기도 하다. 조벽암은 『지열』 후기에서 이렇게 말하고 있다.

> 恐怖와 침울의 동굴에서 躍出한 8·15의 아침은 너무도 찬란하였다. 惶忙한 「감격의 과잉」이었기에 외적 세계와 내적 세계의 국경도 撤廢ㅎ지 못한 채 경이의 와중에 뛰어든 詩心은 육체적이 아닌 影像的 造花이기도 했다. 그러나 意外로 南朝鮮의 환경은 또다시 殘滓된 魔影이 침침히 潺動再影하여 더러운 진수렁으로 분노의 지대에서 荊棘의 투쟁을 감행케 하고 있다.
>
> 시인은 이 不安의 계절에서 예언적인 돌을 던지기도 했고, 이 暴風의 暗夜에서 미망적인 태양을 찾기도 했고, 이 偉大한 前夜에서 용감한 英雄을 부르기도 했으며 때로는 沈靜의 深淵 속에서 울분의 눈물을 먹음기도 했다. 이러한 우연적이 아닌 당위에서 內界와 外界는 生理的 融解로서 藝術的 創意를 복돋웠다. 이러한 과정이라서 나의 詩는 아직도 불이 아닌 熱의 密度 속에 있음을 솔직히 고백한다.
>
> 이것이 도리어 나의 위치를 속이지 않는 진실일는지도 모른다. 이것을 아는 것이 나에게는 도리어 앞이 환해지기도 한다. 그리하여 인민적 진실과 조국적 진실이 한덩어리가 되어 가는데서 나의 詩的 餘白이 미여져 가고 있다.

조벽암은 8·15의 들뜬 감격과 환희를 노래한 시를 '육체적이 아닌 영상적(影像的) 조화(造花)'라고 표현하고 있다. 해방이 우리 스스로 획득한 것이라기보다는 외부로부터 어느 날 갑자기 주어진 것이라는 점에서 볼 때 넘치는 감격과 환희는 진정한 기쁨과 환희라기보다는 실제로 잡을 수 없는 그림자에 불과하고 향기 없는 조화일 따름이다.

그래서 조벽암은 해방기를 '불안의 계절', '폭풍의 암야', '위대한 전야'라고 규정한다. 이런 상황에서 쓰여진 자신의 작품은 아직 '불이 아닌 열의 밀도 속에 있음'을 고백하고 있다. 조벽암에게 '불'이란 지금까지의 관념의 세계, 탐색과 방랑의 세계가 아닌 '인민적 진실과 조국적 진실'이 한덩어리로 육화된 현실의 세계이다.

조벽암은 해방이 되고 나서 조선프롤레타리아문학동맹과 조선문학가동맹에 가입한다. 그리고 1939년 「요동들의 새벽」(『작품』 6월호) 이후 6년 만에 『해방기념시집』(중앙문화협회, 1945), 『삼일 기념시집』(1946년 3월 문학가동맹 시부) 등에 작품을 발표하게 된다.

남로당은 8월 테제에서 조선의 객관적 정세를 부르주아 민주주의혁명 단계라 규정하였는바, 문학운동상에서도 부르주아 민주주의혁명의 내용을 문학운동상에서 실천하는 것이 요구되었다. 이러한 임무는 인민이 주체가 되어 문학통일전선의 방식으로 수행된다는 점에서 인민성에 기초한 전선적 성격이 조선문학가동맹의 문학론의 핵심이라 볼 수 있다.

인민성의 문학이란 노동계급에 의해 주도되지만 그것이 한갓 노동계급의 문학에 머무르지 않고 농민, 지식인, 도시인민에 확산되어 명실상부 민족문학이라 규정될 수 있다는 것이다. 조벽암이 시집 『지열』 후기에서 말한 '인민적 진실과 조국적 진실'이 문학가동맹의 이런 노선을 막연하게 반영하고 있는 것이다. 그만큼 그가 해방 전에 비해 현실에 대한 확실한 전망을 가지게 되었음을 뜻한다.

조국해방에 대한 조벽암의 반응은 단지 감격과 환희만이 아닌 그 후에 일어날 여러 문제를 예언하고 있다. 해방 사흘 뒤인 1945년 8월 18일에 쓴 「기러기」는 해방정국에 대한 그의 탁월한 현실인식을 보여주고 있다.

붉은 처녀지의
새로운 세계의
젊은 적위대

네가 끼-욱 하고
먼- 남국의 길을 떠나 올 제
아-니
우다루니크(赤衛隊)의 대오를 맞출 때

초가을의 밤
왼 남국의 하늘을 엄습할 제
너의 사랑스런 콤미니씀
굳세인 그대들의 거룩한 임무
귀한 우리들의 먼-손님
다와라시지-오-동무여!

그는 이 미적지근한 온대의
참깨같이 짜이고
북어같이 마르는
주검같은 침묵 속에
황소의 울음 소리만이 엄메-하고 나는
오' 침체의 고장에
깨우처 주는
얼마나 아리따운 선물이냐

그러나
우리에게도
화약보다도 무서운 불평과 불만
의분과 눈물이 있다.

우리에게도

반만년 역사의 오랜 전통과
남부럽지 않은 높은 문화가 있다.

우리에게도
붉은 피를, 아니 빨간 피를 흘릴 수 있는 용기가 있다.
　　　　　　　　　　　　　　　　　—시 「기러기」 부분

　소련군은 8월 16일 트루만~스탈린 간에 한반도 분할 점령이 합의된
이후 본격적인 북한 진출을 시작하였다. 북한에 진주한 소련군은 치스차
코프(Ivan M. Chistiakov) 장군 휘하의 제25군이었는데, 이 부대의 주임무는
만주침공이었으며, 부차적 임무로서 일본군의 조선 방면과의 연락을 단
절시킬 것이 부과되어 있었다. 갑자기 북한 진주군으로 그 임무가 변경
된 제25군 주력은 8월 17일에서 18일에 걸쳐 만주의 전구(戰區)로부터 급
거 남진 육해공로를 따라 북한에 잠입하게 된다.

　소련군은 「치스차코프 대장의 포고문」과 「붉은 군대는 무슨 목적으로
조선에 왔는가」라는 게시문을 통하여 조선인들은 자유와 독립을 찾았으
므로 이제는 모든 것이 조선인의 손에 달려 있고, 붉은 군대들은 역량과
위력은 위대하지만 다른 나라 인민들을 정복함에 이용하지 않을 것임을
선언하였다.[3]

　민족 분단의 원인을 전적으로 외세에 의한 것으로 보기는 어렵지만
미소 양국의 한반도 분할 점령이 분단에 큰 책임이 있다 할 때 소련군,
미군 모두 우리 민족에게는 해방을 가져다 준 고마운 군대, 귀한 손님으
로 생각할 수 없는 것이다.

　조벽암은 이 작품에서 해방의 감격과 희망을 들뜬 숨결로 노래하고
있지만 이런 외세의 속성을 간파하고 있다.

　그에게 소련은 '붉은 처녀지', '새로운 세계', '젊은 적위대'의 나라이

---

　3) 정일준, 「해방직후 분단국가 형성과정에 대한 일고찰」, 『해방전후의 민족문제와 사
　　회운동』, 문학과지성사, 1988, 108~110면 참조.

다. 소련은 새로운 나라 세우기의 표본이 되는 나라이자 그에게 가장 큰 정신적 영향을 미친 삼촌 포석이 간 나라이기도 하다. 그러므로 그에게 있어 소련은 이념적 이상으로 와 닿기보다는 막연한 그리움의 대상인 '북국의 나라'이다.

이 북국의 나라를 상징하는 것으로 '바이칼', '볼가-강', '페치카', '웍카-', '마홀카(卷煙)', '루바시카' 등 이념적이고 정치적인 것이 아닌 단순한 이국적 풍물들만 나열한 것을 보아도 그것을 짐작할 수 있다. 그러나 시인은 단지 소련을 그리움의 나라로 생각하는데 멈추지 않는다. 그들이 멀리서 온 '귀한 손님'이지만 우리 민족에게도 '반만년 역사의 오랜 전통'과 '남부럽지 않은 높은 문화' '용기'가 있음을 천명함으로써 민족의 자존을 높이고, 귀한 손님의 이면에 도사리고 있는 제국주의적 속성에 일침을 가하고 있는 것이다.

구체적인 현실 전망을 가지게 된 시인은 그의 시에 이야기를 도입하기 시작한다.

시인의 현실인식이 치열해질수록 모순된 현실을 이야기하고자 하는 욕망은 강해지기 마련이다. 더 나은 세상을 위한 변혁에의 의무를 자신의 정조나 느낌만으로 노래하기는 부족함을 느낀 결과일 것이다. 그래서 지금까지와는 다른 형식적 변모를 하게 되는데, 단편서사시 양식의 차용이 그것이다.

> 그대도 말이 없고
> 나 역시 말이 없으나
> 다-안다
> 병들어 누운 이 고장을
> 찾아 와 준 그대의 뜻을……
>
> 저녁이나 얻어 먹었느냐-니까
> 어름 어름 대답 없는 양

도리어 미안하구나
나에게는 지금 그대를 대접할 아무 것도 없다

전등불 마저 꺼진 어둠 속에
빈 화로를 끼고 서로 앉았으면서도
야웠으련마는 그립든 얼굴도 볼 수 없구나
(…중략…)

눈보라 치는 어둠 속을
서슴지 않고 뛰어 나가는
나 어린 동무의 뒷 모양
때 맞추
산 비탈에 매여 달린
이 도시 변두리 오막살이를
뒤흔들고 지나가는
기관차 소리

무거운 짐을 실고 허덕이는 소리
어둠을 뚫고 달리는 소리
눈보라를 허치고 내닫는 소리

그대의 발자국 소리와 함께
괴로워 누운 이 병든 가슴 위를
연신 지나간다
자꾸 자꾸 지나간다

— 시 「찾아온 동무」 부분

팔봉은 단편서사시의 요건으로 소재가 사건적 소설적이어야 하고 시어
(詩語)는 프롤레타리아의 언어 즉 소박하고 생경하고 '된 그대로의 말'이
어야 하며, 리듬은 낭독에 알맞게끔 창조되어야 한다는 것을 들고 있다.

그는 시도 소설과 마찬가지로 새로운 사실주의의 태도로 창작해야 된다고 하며 프롤레타리아의 의식프롤레타리아의 생활로써 실제 재료를 삼는 것이 최선의 방법이고 그러함에 있어서는 실제적 구체적 사건의 제시 혹은 암시의 방법을 취하라고 부연하고 있다.

그러나 팔봉의 대중화론은 다시 종래의 공식주의적 예술이론이 끝내 극복되지 못한 채, 아지프로 서술시가 프로시의 큰 맥을 이루면서 사라지게 되었다. 이러한 연유로 단편서사시 양식이 임화에 국한된 개인적 양식으로 논의되기도 했는데, 실제로는 1930년대의 안용만·박아지·박세영을 거쳐 해방기의 시인들도 단편서사시 계열의 작품을 창작하고 있다.

최석두의 「손」(『문학』, 1948.4), 상민의 「여직공」(『옥문이 열리던 날』, 1948), 여상현의 「보리씨를 뿌리며」(『칠면조』, 1947), 김상훈의 「소을이」·「북풍」(『가족』, 1948) 등이 그것이다.

현실주의 시 작품에 유독 단편서사시 양식과 같이 서사지향성이 강하게 나타나는 것은 단편서사시가 가지는 내적 구조 때문일 것이다. 단편서사시는 어느 특정한 인물의 입을 통해 표현하는데, 이런 시를 배역시(Rollengedichte)라고 한다. 시인은 시의 심층 속에 숨어서 퍼스나로 하여금 어떤 역할을 하게 하는 것이다.

그러므로 배역시를 읽는 독자는 시인의 말에 종속되는 것이 아니라, 시적 화자로 개성화된 목소리에 귀를 기울이게 된다. 즉 시인의 권위적인 목소리에 의존하지 않고 독자와 정서적인 호흡을 통한 감정의 전이가 이루어진다. 독자는 작품을 읽음으로써 시인이 의도한 현실의 본질적 모습에 다가갈 수 있는 것이다.

또 단편서사시는 팔봉이 '소설적 사건적 소재'라 한 바 있는 사실성을 통하여 집단 속의 구체적 개인의 생활을 형상화함으로써 궁극적으로 독자로 하여금 어떤 행동을 유발할 수 있게 한다.

엄홍섭이 지적한 바 있듯이[4] 조벽암 초기시의 가장 큰 결함은 작가의 인생 체험이 작품에 자연스럽게 용해되어 있지 않고 대개가 관념에 머물러 독자에게 큰 감동을 주지 못한다는 점이다. 이런 결함은 시인이 아직 자신의 확고한 세계관을 확보하지 못한 데서 생긴 결과라 할 수 있다.

이렇게 볼 때, 단편서사시 양식의 차용은 단순히 새로운 문학 양식에의 탐닉이 아니라 그의 정신적 변모 때문이라 볼 수 있다. 다시 말하면, 역사적 격동기에 부여된 지식인의 소명에서 도피하지 않고 현실과 맞섰을 때 생기는 갈등과 현실의 모순점을 본격적으로 작품에 담아 보려는 내적 충동 때문이라 볼 수 있다.

「찾아온 동무」는 모종의 임무를 띠고 밤에 몰래 찾아온 손님을 초라한 밥상으로나마 대접도 못하고, 불을 끄고 몰래 만나는 입장이므로 그립던 얼굴도 서로 바라볼 수 없는 처지를 노래한 작품이다. 그만큼 그들이 하는 일은 금기시된 일이고, 중대한 일이기도 하다. 그러나 비록 불을 끄고 앉아서도 그들 '가슴속에 피 끓는 소리'는 서로 느낄 수가 있다. 그들의 가슴을 끓게 만드는 것은 새로운 세상의 건설과 관계 있는 일일 것이다.

해방기만큼 한 사람의 운명을 이념이 규정시킨 적은 아마 없었을 것이다. 그들 가슴속에 자리잡은 이데올로기가 무엇이든지 간에 그 출발은 새로운 조국 건설에 대한 희망에서 기인하였고 이 시를 쓴 조벽암도 그러한 심정으로 작품을 썼을 것이다. 그러나 해방된 조국의 현실은 여전히 '눈보라 치는 어둠 속'이다.

이런 조국을 바라보는 시적 화자의 마음을 '무거운 짐을 실고 허덕이'며 가고 있는 기관차의 소리에 비유하고 있다. 아무리 힘겹더라도 '어둠을 뚫고', '눈보라를 헤치고' 가야 함을 알고 있는 것이다.

구체적 현실을 작품 속에 담기 시작한 조벽암은 좀더 넓은 화폭의 이야기를 하고자 하는 욕구가 생긴다. 「가사(家史)」가 그것이다. 제목 그대로 한 가족의 36년 간의 역사를 노래한 작품이다.

---

4) 엄흥섭, 「조벽암군에게 보냄」, 『신동아』 44호, 1935.6.

아베는 두더지 닮아 / 어느 때는 금점판 / 어느 때는 절간 / 어느 때는 일터로 / 어느 때는 감옥 / 두루 두루 / 돌아 다닌다는 소문

집안은 나날이 파 뿌리 같이 문드러져 / 일가 붙이 하나 돌보지 않고

어메는 적수공권 / 어느 때는 바느질 품 / 어느 때는 바비아치 / 어느 때는 방물 장사 / 두루 두루 / 천덕궁이

소박더기라 비웃는 소리 / 못생겼다 꾀우는 소리 / 그러나 / 청실 홍실 늘인 / 붉은 밀초 녹아 나리던 밤 / 새 명주 이불 냄새가 / 여껴워 풍기던 날 밤 / 정이 든 듯 만 듯 / 한사코 / 그 밤을 지켜 온 마음

철 없은 적에 / 얻은 듯 / 열적게 낳은 / 도토리 같은 남매 / 기어이 길러 놀 결심
(…중략…)

이렇도록 / 무럭 무럭 커가는 딸 아들 / 탐탁하기 그지 없어 / 아베는 영 영 / 잊어버리고도 살 것만 같았던 때 / 하늘이 무너지고 / 땅이 꺼지는 듯 / 아들은 징병으로 / 딸은 징용으로
뻔질 뻔질 놀고만 있는 / 면장집 딸과 / 술도갓집 아들은 / 고스란히 그대로 두고
(…중략…)

이런 저런 소문이 / 홍수 모양 사뭇 밀려오던 며칠 후 / 딸은 하이얀 얼굴로 돌아왔고 / 또 며칠이 지난 후 / 아들은 우리 군대에 있다는 소문 / 또 며칠 후에는 / 아베는 연해주에 있다는 소문
(…중략…)

이제껏 싫어했던 사람이 친절한 척하고 / 이제껏 무시하던 구장이 다 찾아오고 / 이제껏 푸대접하던 일가가 아른 척하고
— 시 「家史」 부분

해방과 더불어 새로운 국면을 맞이한 문인들에게 가장 큰 과제로 제

기된 것이 일제시대 자신의 삶에 대한 반성의 문제였다. 이 문제는 일제에 직접적으로 부역을 하고 하지 않고의 문제를 떠나 자신의 내면 깊숙이 자리 잡고 있는 양심의 문제와 관련된다.

가령 해방이 되고 등단한 김상훈의 경우 일제 말 친일의 문제에서는 비교적 자유로울 수 있었지만 지주의 아들이라는 사회적 위치가 사회 경제적 모순의 담지자로서의 자리임을 깨닫고 이 점을 통렬히 비판하는 데서 그의 시가 출발하고 있다. 이는 이념의 문제를 떠나 도덕적인 것이므로 이 문제는 더욱 중요시되어야 하는 것이다.

그러나 우리의 경우 해방 후 곧 불어닥친 좌우 이데올로기의 문제로 이 점은 간과되고 마는데 해방 후 여러 가지 사회적 부조리들이 여기서부터 싹텄다고 보아도 과언은 아닐 것이다. 조벽암의 경우 1930년대 후반부터 해방될 때까지 붓을 꺾은 상태이고 문인으로서 별다른 친일의 자취는 보이지 않는다.

하지만 어떤 식으로든지 간에 일제 36년 간에 대한 정리와 반성의 필요성을 느꼈을 것이다. 그것은 "이제껏 마차 탈 차비도 못 차렸는데' 역사의 '말발굽 소리 점점 가차워"(「지새는 새벽」) 오는 데 대한 첫 채비이기도 하다. 「가사(家史)」는 그러한 정리와 반성의 내적 필요성에 의해 지어진 것 같다.

이 작품에서 통렬한 자기 비판은 보이지 않는다. 다만 민족의 한 구성원으로서 36년 간 고통받고 소외당한 이들에 대해 공동의 책임을 느끼고 있는 것이다. 이 시에 나타난 가족의 모습은 폭압적인 일제 식민 통치에 희생된 전형적인 기층 민중의 모습이다. 아비는 어떤 연유에선지 고향에서 가족을 지키지 못하고 사방으로 떠돌아다니고 어미는 온갖 질시와 구박 속에서도 자식을 바라보며 가족을 지키고자 한다.

일제는 어머니의 이러한 소박한 소망마저 빼앗아 아들은 징병으로 딸은 징용으로 강제 징집하여 간다. 그러나 조벽암의 비판의 화살은 일제의 잔혹성에 있는 것이 아니라 면장집 딸과 술도갓집 아들로 표상되는 친일 세력에 있다. 아울러 이들을 무시하고 푸대접하던 사람들도 결국 일제의 식민통치에 길들여 있었음을 시사하며 일제 잔재의 청산을 암묵적으로 말하고 있는 것이다. '파뿌리 같이 문드러져' 버린 한 가족의 비극에 우리 민족 전체가 책임을 느끼고 반성을 해야 된다는 것이다.

바로 이 점이 조벽암이 「가사(家史)」에서 노래하고자 하는 점이므로 사실상 이 작품은 여기에서 끝나 버린다 그러나 어느 시인이 노래했듯이 해방은 "벅찬 가슴에 칼자욱만"(임학수, 「다시 8·15에」, 『한성일보』, 1947.8.15) 남기게 된다. 이런 역사의 희생자들이 결국은 해방된 조국에서도 희생자로만 남게 될 수밖에 없었던 것이다 이 문제에까지는 그의 반성의 깊이가 이르지 못하고 있는 것이다.

조벽암은 1949년 6월 북행한다. 대학 졸업 후 화신산업 전무, 동아직물 사장 등 겉으로는 건실하고 평탄한 생활을 해 온 것처럼 보인다.

그러나 그의 내면은 초기 작품에서 나타나고 있듯이 현실에 대해 강렬하고 근본적인 반론을 제기하고 있으며 현실에 안주하기보다는 민족의 미래를 고민하며 살아간 격동기의 지식인이었다. 1939년 6월 이후부터 해방될 때까지의 절필은 이점을 뒷받침해 주고 있다.

해방 후 건설출판사 등을 설립하고 조선프롤레타리아문학동맹·조선문학가동맹 등에 가입하면서 내면에 머물고 있던 현실에 대한 비판의식이 본격적으로 표출된다. 그의 북행은 이런 연장선상에서 이루어졌을 것이다.

3.

1949년 월북 후 조벽암은 어떤 월북작가보다도 활발한 작품 활동을 펼친다. 북한문학작품 연구에 대한 여러 가지 제한된 조건 속에서도 1957년 출간된 『벽암시선』과 『조선문학』 등 북한 일간지 월간지를 통해 100편에 가까운 작품들을 확인할 수 있었다.

『조선문학』· 『문학신문』 주필, 평양문학대학 학장, 제2차 작가대회(1956. 10) 이후 조선작가동맹 중앙위원회 상무위원으로 활동한 점으로 미루어 보아, 벽암은 1985년 사망할 때까지 비교적 순탄한 삶을 살았던 것으로 짐작이 된다.

북한문학작품은 당의 문예정책 테두리 속에서 이루어진다. 북한의 문예정책은 각 시기마다 차이를 보여주고 있지만 주로 남조선 해방과 조국통일의 투쟁과 관련된 것, 사회주의 확립을 위한 계급의식의 고취, 김일성과 그 가계의 영웅화 및 항일투쟁의 전통을 그 내용으로 하고 있다. 조벽암의 작품도 이러한 당 정책의 테두리 속에 있는데, 그중 남조선 해방과 조국통일의 투쟁에 관한 내용이 수적으로도 제일 많을 뿐만 아니라 작품의 성취도에 있어서도 단연 돋보인다.

이 계열의 작품들은 남한과 북한의 문학을 바라보는 시각차를 고려하지 않고서도 대체로 공감할 수 있는 내용이기도 하다. 이 주제가 수적으로 많은 까닭은 조벽암 자신이 남쪽에 고향을 둔 월북시인일 뿐만 아니라 북한의 문예정책과 문학의 자율성 사이에서 대립과 긴장이 제일 적게 일어나는 부분이기도 하여서 일 것이다.

　　헐떡이며 내닫는 것은 너 뿐이랴
　　가까이 다가 올수록에
　　벅차만 지는 나의 숨결,

　　미역내 구수히 풍겨 오고
　　동백꽃 붉게 타는
　　남쪽 바닷가

그리운 내 고향은 이 길 따라
부산으로도 가지
려수로도 가지

기관차야!
숨죽이지 말고
그대로 가자꾸나.

덜커덩 선 다음
왜 꿈적도 않느냐
달려 오던 그 기세 어따 두고,

너도 안타까우냐
들이 울어쌋는 기적소리
김 빼는 소리,

여기가 오늘의 종점이란다
꿈에서 깨여난 사람처럼
나는 또 짐을 내려야 하나,

— 시 「서운한 종점」 부분

이 작품은 벽암이 북한에서 쓴 작품 중 대표작이자 그의 시적 기량이
가장 원숙한 경지에 이른 작품이다. 시인이 개성과 평양을 오르내릴 때
마다 개성에서 기차가 머무르는 것을 몹시 서운하게 생각하여 이 작품
을 구상하게 되었다고 한다.[5]

시적 화자의 진술처럼 '헐떡이며 내닫는 것은' 기차뿐만 아니라 우리
근대사 자체라 할 수 있을 것이다. 특히 일제강점기와 해방기를 거쳐 분
단시대를 살아온 벽암 같은 지식인의 삶은 그야말로 '헐떡이며' 내달려

---

5) 조벽암, 「나는 시를 이렇게 썼다」, 『청년문학』, 1965.9.

온 삶이라 해도 과언이 아닐 듯싶다.

조벽암 초기 작품에 나타나고 있는 막연한 동경과 그리움은 해방기를 거치면서 구체적 현실 곧 새로운 나라 세우기로 이어지고, 새로운 나라 세우기의 일환으로 월북이 이루어졌을 것이다. 그의 월북이 과연 그의 믿음과 이상을 만족시켜 주는 후회 없는 선택이었는가 하는 것은 우리로서는 섣불리 판단할 수 없는 일이지만 그의 선택을 단지 좌·우라는 이데올로기적 잣대로만 판단해서는 곤란할 것이다.

고향과 가족을 남에 두고 단신 월북한 시인으로서는 통일에 대한 열망이 남달랐을 것이다. 기차를 타면 단지 몇 시간이면 닿을 수 있는 지척에 고향을 두고 있지만 갈 수 없는 이산의 한을 시적 화자는 마치 '꿈에서 깨여난 사람처럼 나는 짐을 내려야 하나'라며 절규하고 있다. 그러나 이산의 한에 머물지 않고 '이곳에서 우선 행장을 펴 네 앞길을 닦으며 손꼽아 기다리'겠다고 다짐하고 있다.

> 누구를 부르는 듯
> 밤이 이슥토록 울리는 손풍금 소리
> 숙영차 앞 마당엔
> 금시에 춤판이 벌어질 듯
> 곡조도 멋들어진데
> 어쩐 일이냐
> 마당은 휑뎅그레하고
> 숙영차 안도 텡 비였으니,
>
> 진종일 전주를 세우고
> 철'길을 다지며
> 허공중에 전선을 늘인 몸
> 저녁이면 의례껏 한참씩
> 춤판으로 피로를 펴기로 했건만
> 이 밤에도 또 허사인가

손풍금 타던 손 멈추니
와글 끓어 오르는 개구리 소리
온 들판을 뒤흔드누나.

손풍금수 손풍금 걸머 메고
총총히 철'길 따라 걸어 간다.
땀에 흠씬 젖어 닳은 일터에선
와 터지는 동무들의 웃음소리
춤판에 못 나가 미안쩍다는 듯이
용히도 찾아 왔노라 반기는 듯이,

이런 밤에는 저 혼자만 따 돌리는 것 같아
섭섭도 하건만 또한 어쩌랴
애써 휴식을 권하는 당의 뜻이나
몰래 일'손 다그치는 동무들의 마음이나
모두다 한 가닥 뜨거운 정성의 강물인데야,

―시 「손풍금수의 경우」 부분

앞에서 언급한 바 있듯이 문학의 대중화의 한 방편으로 주창된 단편
서사시 양식은 일제강점기와 해방기를 거쳐 남북한 시에 중요한 영향을
미친다. 남한의 경우 현실 참여적 작품에서 단편서사시 양식을 쉽게 찾
아 볼 수 있듯이, 단편서사시 양식은 주로 현실의 모순이나 현실과의 갈
등을 표현할 때 즉 시의 리얼리즘 획득을 위한 방편으로 많이 차용되어
왔다.

북한의 당기관지인 『조선문학』 등을 통해서 본 북한 시 작품들 중에
서도 단편서사시를 상당수 발견할 수 있었다. 8·15 직후 북한 문단의
중심적 역할을 했던 사람들이 대부분 과거 카프 출신의 문인이라는 점,
또 이 시기 북한문학이 프로문학의 비판적 계승을 문학 유산으로 하고
있다[6]는 점으로 미루어 볼 때 1967년 주체문예론이 대두되기 전까지 카

프문학이 북한문학에 끼친 영향은 상당한 것이라 볼 수 있다.

이런 점에서 북한 시 작품에 단편서사시 양식이 많다는 것은 당연한 귀결이라 할 수 있다. 그러나 북한의 단편서사시 양식은 체제에 따라 전통의 수용 양식이 달라짐을 보여주고 있다.

해방 이후부터 벽암의 작품은 서사지향적인 경향을 보이고 있다. 벽암의 경우도 남한에서의 서사지향적인 작품들이 현실의 모순을 노래하는데 집중되고 있는 반면 북한에서의 서사지향적인 작품은 사회주의 건설에 이바지하는 긍정적 인물의 형상화에 집중되고 있다.

1959년 이후 공산주의의 전망이 북한사회에 공표되면서 문학에 있어서도 공산주의자의 전형을 창조하는 과제가 주어졌다. 공산주의 전망에 입각해서 작품이 이루어지기 때문에 작품에 표현되는 인물들에게 현실적 갈등이라든지 문제점은 관심의 대상이 되지 않는다.[7] 1964년 『조선문학』에 발표 된 위의 인용 작품도 이와 같은 북한 문학의 역사적 전개 위에 있다.

이 작품의 주인공은 전기철도 공사장의 노동자로서, 낮에는 전기철도 건설에 전념하고 밤으로는 손풍금을 켜서 노동에 지친 동료들의 피로를 풀어주는 인물이다. 동료들은 밤낮으로 애쓴 그를 쉬게 하기 위해 그 몰래 야간작업을 하고 주인공은 조국 건설에 박차를 가하겠다는 맹세를 새롭게 다진다는 이야기이다. 고된 노동에서 오는 피곤함이나 개인과 개인, 사회와 개인 사이에서의 어떤 갈등도 내비치지 않고 있다. 자아와 세계와의 균열이 일어나지 않은, 자아와 세계의 합일을 노래하고 있는 것이다.

루카치에 의하면 서사시는 외면과 내면, 주체와 객체, 현상과 본질 사이에 간극이 없었던 고대 그리스사회에서나 가능한 문학 양식이다. 현대적 삶은 세계를 무한히 확장시킴과 동시에 서사시의 시대에는 존재하지 않았던 자아와 세계 사이의 간극을 만들어 냈기 때문에 서사시는 가능

---

6) 김재용, 『북한문학의 역사적 이해』, 문학과지성사, 1994, 130~133면.

7) 김재용, 위의 책, 26~27면 참조.

하지 않다고 보았다.[8]

신동엽의 「금강」과 같은 남한의 서사시 작품이나 서사지향적인 작품에는 세계와의 합일을 노래하기보다 역사와의 관련 속에서 개인과 집단, 주체와 객체를 총체적으로 인식하고자 하는 서사정신이 들어 있다. 여기에 비해 북한의 서사지향적인 작품들은 세계와 자아, 좀더 축소해서 이야기하자면 사회와 개인, 개인과 체제 사이에 어떤 갈등도 내비치지 않는다. 전근대적인 그리스적 서사시의 세계가 작품 속에 펼쳐지고 있다. 근대의 시간 속에 전근대적인 인식을 하고 있는 것이다.

그런데 작품 외면상으로는 자아와 세계 사이의 간극이 없는 듯 보이지만 작품의 내적 구조를 살펴보면 하나의 특징을 발견할 수 있다. 카프 이래로 단편서사시 양식은 주로 배역시인 데 비해 벽암이 북한에서 창작한 단편서사시의 서술자는 주로 흐뭇한 미담을 소개하는 전지적 인물이다. 이점은 시적 대상의 찬양에 시인 자신도 내면적으로 완전히 동화되지 못한 결과일 것이다. 북한 문학 작품의 숨겨진 얼굴인 셈이다. 위에 인용된 작품도 사실 작품의 기량 면에서는 상당히 원숙한 경지의 작품이지만 문학의 진정성이 보이지 않는 것은 필자가 남한체제에 순응적이어서 만은 아닐 것이다.

초기 시부터 1980년대 작품에 이르기까지 벽암의 작품을 통해 확인할 수 있었던 것은 현실에 안주하기보다는 끊임없이 부조리한 현실과 싸우는 성실함과 치열함이었다. 조벽암은 빛나는 감성으로 시를 쓴 시인이라기보다는 노력하는 시인이었다. 이는 그의 부지런한 창작생활과 해방 이후의 작품들 중에서 돋보이는 작품이 많다는 점이 이를 입증해 주고 있다.

조벽암은 이산의 한을 안고 세상을 떠났지만, 남아 있는 그의 작품들은 지금 이 자리가 '서운한 종점'이 아니기를 기원하고 있을 것이다.

---

8) 루카치, 반성완 역, 『소설의 이론』, 심설당, 1985 참조

조명암 문학의 복원과 그 의미

제 **6** 장

1. 조명암 시인의 존재성과 전집 발간의 의의

시인 조명암(趙鳴岩, 본명 趙靈出, 1913~1993)의 존재는 우리에게 그리 낯설지 않다.

만약 낯설게 느껴진다면 분단 이후 그가 월북시인이라는 단 한 가지 이유만으로 한국문학사에서 무조건적 배제가 되어 왔기 때문에 우리에게 분단 반세기가 넘도록 잊혀진 시인이 되어 버린 탓일 것이다. 그러나 알 만한 사람들에겐 시인 조명암이 일제강점기를 시대 배경으로 우울한 분위기의 모더니즘 시를 창작하였고, 엄청난 분량의 가요시 작품을 발표했으며, 또 해방 시기엔 역사의식이 강한 시를 썼던 중요한 시인으로 기억되고 있다.

실제로 조명암의 문학은 현대시와 가요시 작품, 그리고 희곡 창작 활동 등 세 가지로 대별된다. 시인 조명암의 이름이 현대시 장르보다 훨씬 크게 부각되고 있는 곳은 바로 가요시 분야이다. 해방 전 시인은 이미 오백여 편을 상회하는 노래가사를 작사함으로써 식민지 대중문화의 방향성 설정과 가요시 위상의 정착에 커다란 공적을 쌓아올렸다.

하지만 분단은 그가 이룩한 모든 성과를 남한의 문학사에서 거부와 외면 속에 방치되도록 하였고, 금지의 오랜 족쇄에서 자유롭게 유통될 수 없도록 하였다. 말하자면 분단이라는 엄청난 산사태에 매몰된 여러 납월재북(拉越在北) 시인들의 경우와 마찬가지로 조명암 문학의 존재성도 금단(禁斷)의 음습한 영역에서 오랜 기간 동안 방기되어 왔던 것이다.

1988년 서울올림픽이 열리던 해, 당시 정부는 납월재북 문학인들에 대한 해금조치를 단행한 바 있는데, 이때 시인 조명암은 다른 일부 문학인과 더불어 해금자 명단에서 제외되었다. 그로부터 다시 15년 세월이 흘러 이제 조명암 문학의 전모는 우리 앞에 전집의 형식을 갖추어 모습을 드러내게 되었다. 유족을 비롯하여, 조명암 문학을 사랑하는 학계 비평계 예술계 관련인사들의 적극적 노력과 우여곡절이 있었음은 물론이다. 여러 힘든 과정을 거쳐서 조명암 문학의 전모가 어느 정도 정리될 수 있었고, 변조 개작된 작품들은 원형을 되찾아 수록할 수 있었다.[1]

무릇 진정한 문화유산의 유통이란 어떤 이념적 구속과 제약도 있어서는 아니 되거늘, 조명암 문학의 경우 혹독한 분단의 금제(禁制)를 강요받으며 항시 음성적 유통과 변조의 상태로 험난한 세월을 통과해 왔던 것이다. 이제 전집이 발간됨으로써 우리가 조명암 문학의 전모를 마음껏 자유롭게 분석 연구하고, 그의 문학이 지니는 민족문화사적 의미를 본격적으로 규명 정리하는 일이 앞으로 관심자들에게 하나의 과제로 떠맡겨지게 되었다.

참으로 만시지탄(晚時之歎)이 아닐 수 없으나, 이제라도 우리 앞에 그

---

1) 정확한 발표작품의 수를 확인할 길 없는 가요시의 경우 앞으로도 계속 새로운 작품이 발굴될 것으로 예견된다. 이 가요시 작품들은 주로 SP음반과 가사지 등의 형태로 남아 있기 때문에 지속적인 수집 활동이 요청된다.

본모습을 나타낸 조명암 문학에 대하여 우리 모두는 일단 안도와 감격스러움을 느낀다. 한국문학과 한국문화사, 대중가요를 연구하는 학자 비평가들, 전체 문학예술인들, 대중음악에 종사하는 음악예술인들, 조명암의 가요시 작품을 사랑하는 고정 팬들에 이르기까지 앞으로 이 전집에 대하여 관심과 사랑을 두루 얻어가게 될 시간을 생각하면 엮은이로서 커다란 보람과 행복감을 동시에 느낀다.

이제 이 글에서는 조명암 문학에 대표적 두 장르인 현대시와 가요시 분야의 성과에 대한 분석과 정리를 다루고자 한다.[2] 이러한 비평적 활동이 통일시대 민족문학사의 새로운 정리와 위상정립에 작은 밑거름이 되기를 바라는 마음 간절하다.

2. 조명암 시문학의 방법과 특성

1) 모더니즘 계열의 시

(1) 식민지적 근대에 관한 시적 해석

조명암이 남기고 있는 60여 편의 일제강점기 발표 시 작품은 거의 대부분 모더니즘적 취향을 강하게 나타내 보인다. 시인이 모더니즘에 그 작품들은 표현이나 작품 효과의 특성상 대개 세 갈래로 나눌 수 있다. 그것은 식민지적 근대라는 공간성 인식과 과거 현대로 이어지는 시간성

---

2) 조명암의 시 작품에 대한 종래의 연구 성과로는 윤여탁의 논문 「모더니즘에서 리얼리즘에로의 선택—조영출론」(출전 삽입)이 유일하다. 최근 두 편의 논문이 추가되었는데, 김효정(金孝貞)의 「조명암의 대중가요 연구」(『낭만음악』, 2001년 봄호)와 김효정(金孝姬)의 「조영출 시 연구」(영남대 석사논문, 2002) 등이 그것이다.

인식에 관한 시적 표출이다. 그리고 이러한 모든 작품인식들은 대개 다채롭고 현란한 언어와 이미지의 교직으로 이루어져 있다.

먼저 식민지적 근대에 관한 시적 해석을 살펴보기로 하자.

시인 조명암은 근대의 속성을 대단히 병적이고 불안한 빛깔로 읽어내고 있다. 이는 식민지적 근대가 지니는 허위와 야욕의 공간, 더불어 그 불건강한 징후에 대한 매우 정확한 관념적 투시이기도 하다. 다음에 인용하는 시 몇 편은 이러한 불안감을 짙게 반영하고 있다.

① 천 킬로 혹은 만 킬로미터
　　깊이 모를 허리에 움직이는 전차 자동차
　　잡혀온 포로들인 전신주의 행렬
　　유리알같이 말간 육체 클레오파트라의 後裔들
　　　　　　　　　　　　　　　—시 「海底의 환상」 부분

② 종각, 룸펜의 검은 그림자는 남루한 심장에서 녹색을 찾는다
　　알콜에 젖은 위험신호
　　(…중략…)
　　오오, 광인의 都城의 출발은 신호는
　　녹색의 가면인 녹색의 스파이임을 그 누가 알랴
　　　　　　　　　　　　　　　—시 「녹색의 3시」 부분

③ 아스팔트엔 많은 시체들이 구물거린다
　　　　　　　　　　　　　　　—시 「위험신호」 부분

④ 검은 그림자의 홍수
　　軍神의 만찬회에 초대받은 젊은 병사의 여윈 망령들의 행렬
　　하느님의 시체 하나 노변에 뒤둥그러져 있으니
　　오오, 敗殘한 역사 쓰라린 환상의 끊어진 토막 토막이여
　　　　　　　　　　　　　　　—시 「斷片」 부분

⑤ 꽃잎이 푸들들들 나르는 화장장

—시 「해골과 장미」 부분

⑥ 나라도 없는 집시의 자손

—시 「북행열차」 부분

인용시의 주요 배경은 대부분 도시공간이다.

당시 일제 침략주의자들은 도시와 농촌의 급속한 붕괴를 목적으로 계획적 식민지 정책을 펼치기 시작하였다. 이러한 정책은 대개 강제적 수탈과 착취를 근본 취지로 하는 식민지 약탈경제의 형태로 펼쳐졌다. 근대화라는 미명으로 파괴적인 도시계획과 강압적 인구 조절 정책이 실시되었으며, 이에 따라 기회주의, 황금만능주의 풍조가 무제한적으로 확산되기 시작하였다. 일본에서 생산된 근대적 신문물이 대량으로 유입되기 시작하였고, 주민들은 이 물품의 소비를 촉진시키는 각종 광고와 충동에 휘말려들기 시작하였다. 그로 인하여 가치중심은 점차 분해되고, 목적을 이루지 못한 인간의 절망과 비관주의가 팽배하는 회의적 분위기로 가득차게 되었다.

위의 인용시편들은 당시 식민지 도시공간의 이러한 사회적 풍토를 여실히 보여주는 전형성을 지니고 있다 하겠다. 암담하고 방향조차 가늠할 수 없는 미몽(迷夢)의 현실은 시 ①에서 '해저(海底)'로 표현되고 있으며, 이동이 부자유스런 전신주에 비유된 시민들은 포로의 심상으로 표상되고 있다. 수상한 현실의 속내를 알아차리지 못한 군상들을 시인은 '유리알같이 말간 육체 클레오파트라의 후예들'로 나타낸다.

시 ②는 검은 색과 녹색의 대비를 통해 서로 다른 현실의 양극단을 극명하게 대비시키고 있다. 검은 색의 영역은 실직한 룸펜 프롤레타리아와 알콜 중독, 광인, 남루한 심장 따위의 이미지 군락을 끌어안고 있다. 녹색은 이와 마주선 원격 공간에 떨어져 있다. 이때 시인이 표상하고 있는 검은 색이란 바로 식민지 조선의 사회 공간, 그 자체이다. 하지만 심해의 어둠 속과 같은 사회를 살아가고 있는 시민들에게 녹색은 전혀 도달이 불가능하며, 아득한 곳에 격리되어 있다.

이처럼 우울하고 암담한 비극적 분위기는 인용시 ③에서 극단화되어 나타난다. 시인은 도시공간의 주민들을 시체로 표상하고 있다. 살아 있어도 정상적인 삶을 영위하지 못하고 있는 죽음의 존재로 인식하는 것이다. 이러한 인식은 인용시 ④에서 볼 수 있는 '검은 그림자의 홍수'로 연결된다. 거리를 가득 메우고 있는 시민들의 행렬을 이렇게 표현하고 있는 것은 당시 사회의 기류를 얼마나 정확하게 문학적으로 측정해낸 것인가.

이 작품에는 식민지 운영주체자들을 나타낸 것으로 짐작되는 대목이 나타난다. '군신(軍神)의 만찬회'가 바로 그것이다. 절망의 극단으로 치달아가고 있는 일제강점기의 사회 분위기를 이처럼 극명하게 나타내기란 결코 쉽지 않은 일이다. 현실의 비극적 정황에 대한 지시는 ⑤와 ⑥에서도 과감하고 극명하게 나타나고 있다. 앞서 살펴본 「동방의 태양을 쏘라」와 비견될 수 있는 작품이다.

조명암의 시적 모더니즘에 대하여 당시 문단은 두 가지의 상반된 견해를 보이고 있었다. 조명암의 시가 지니고 있었던 시적 모더니티와 그것이 내포하고 있는 위트의 특성을 높이 평가한 비평가는 바로 김기림(金起林)이다.

기다(幾多)의 시를 통하야 조영출씨가 우리에게 보여준 것은 한 개의 큰 희망이며 약속이며 야심이다. 도회라고 하는 것이 단편적이 아니고 한 시의 당당한 주제로써 노래되기 시작한 것은 내가 기억하는 범위에서는 벨-하렌으로써 남상(濫觴)이 아닌가 한다. (…중략…) 그런데 우리는 조영출씨에게서 도회시인으로서의 비범한 소질을 발견하였다. (…중략…) 조영출씨의 시 속에서 또한 남달리 빛나는 것은 위트의 편린(片鱗)이다. 그런데 위트는 실로 새로운 시의 큰 특징의 하나다. (…중략…) 우리들의 조영출씨는 이 위트의 편린을 많이 가지고 있다. (…중략…) 그렇다. 그는 한 큰 소재다. 그가 시인으로서 큰 족적(足跡)을 남기고 안 남기는 것은 오로지 금후 그의 노력과 공부에 있다고 생각한다.
— 김기림의 평론 「1933년 시단의 회고와 전망」 부분3)

이러한 긍정적 관점이 있었던 반면에 다음과 같은 부정적 견해도 있었다.

1920년대의 대표시인 황석우(黃錫禹)는 조영출의 시 작품 「단편(斷片)」을 비평하는 글에서 시적 비유와 형용에 있어서의 많은 결점을 발견할 수 있다고 하였다. 그는 김기림과 조영출을 상호 비교하면서 전자를 형용부족(形容不足)이라 한다면 후자는 형용기만(形容欺瞞)으로 명명할 수 있다고 혹평하였다. '비유의 대상 착오에서 원인된 실패한 묘사' 등으로 부정적 평가를 하면서도 황석우는 한편으로 조영출에 대하여 '전체 시단의 주목을 그을 만한' 재기와 시인적 소질을 높이 인정하였다. 심지어는 '영롱한 옥괴(玉塊)'란 표현까지도 서슴치 않았다.4) 이처럼 신진시인 조영출의 존재에 대하여 문단 중심부에서는 그 가능성을 인정하고 기대하는 분위기가 뚜렷하였던 것이다.

(2) 과거와 현대−갈등과 동경의 문제

조명암의 시 세계에 나타나고 있는 시간성의 표상은 어떠한가.

그에게 있어서 모든 시간은 우울하고 병적인 기류를 머금고 있는 부정적 대상이다. 사실 이러한 시적 인식은 비단 조명암뿐만이 아니라 당시 모더니즘 시 작품에서 공통적으로 나타나고 있던 보편적인 현상이었다. 서구모더니즘이 일본을 통하여 유입되면서 주로 과거의 낭만적 기질에 대해선 냉소적으로 비판하고 현대 물질문명은 일단 수용적이며 예찬

---

3) 『조선일보』, 1933년 12월 12일자.
4) 황석우, 「최근시단개별(最近詩壇槪瞥)」, 『조선시단』 8호, 1934.9.

하는 태도를 보였던 것이니, 조명암의 경우도 이와 연결된다.

다만 그는 '식민지적 근대'라는 현실인식에 대하여 다른 모더니스트들과는 뚜렷하게 변별되는 자세를 보였다. 즉 조명암은 일제식민지 담당층에 의해서 주도되는 강제적 근대가 파괴와 유린, 해체와 붕괴로 이어지는 위험을 갖고 있다는 판단을 하고 있었던 것 같다.

> 검은 굴뚝
> 아스팔트를 다지던 억센 발
>
> —「GO, STOP」 부분

> 광적인 재즈의 어지러운 교향
> 철없는 늙은 낙천자의 음분한 눈
>
> —「탄식하는 가로수」 부분

> 도성의 검은 괴물은 무엇을 싣고 달음질치는가
> 불안의 베개 모서리
> 마수의 광란이 굵은 리즘의 세레나드를 짓밟는 거리
>
> —「都城의 밤에 이상 있다」 부분

인용된 부분에 나타나는 배경은 대개 식민지 도시공간이다.

더불어 그곳의 분위기는 전반적으로 어둡고 저설하며 비관적이다. 이것은 시인의 비관적 물질관 세계관을 말해주는 방증이다. 동시에 이 대목들은 근대에 대한 시인의 관점을 그대로 엿보게 해주는 중요한 단서가 된다. 조명암은 식민지적 근대에 대하여 일단 수상하고 불안한 눈길을 보내고 있었던 것이다.

시인은 불안한 시간성을 당장 구출시킬 수 있는 그 어떤 대안도 마련하지 못하고 있다. 과거의 전통성에 대해서도 처음에는 '죽은 세계의 송장'이란 표현으로 별다른 기대감을 갖지 않았었다.

하지만 그는 틈틈이 민요형 시 작품을 창작하면서 민족적 음률감각을 익히는 노력을 게을리 하지 않았으니 「사군(思君)」·「눈물의 부두」·「남포(南浦)의 비가」·「국경의 소야곡」·「은하수」·「서울노래」·「청춘곡」·「압록강」·「등롱(燈籠)의 항로」 따위가 바로 그것이다. 이런 부류의 정형시 작품들은 가요시 형태의 효시(嚆矢)로서, 조명암이 나중에 가요시 장르에 대한 강한 애착을 갖게 되고 본격적 가요시 창작 활동을 펼쳐가게 되는 시발점에 놓여 있다고 하겠다.

시인은 식민지적 근대가 내포하고 있는 허위의식과 야욕의 특성을 인식하는 한편 그것을 극복하는 대안이야말로 전통과 민족사에 대한 연민과 신뢰라는 판단을 하고 있었던 것 같다. 이러한 의식은 그의 초기작 중에 하나인 시 「이 동굴 안을 거니는 자여」에서부터 이미 나타나고 있었던 것으로 보인다.

조명암의 초기 정형시에서는 전통적인 민요가락과 후렴구 기능을 적절히 구사하고 있다. 때로는 「국경의 소야곡」에서 보듯 시조 형태에 대한 애착을 나타내기도 한다. 그런데 이 작품을 비롯하여 시 「압록강」 등에서는 식민지가 되어 버린 조국과 고향 마을에서 살지 못하고 강제에 의해 유랑민의 신세가 되어 버린 백성들에 대한 심정적 서러움이 반영되어 있다. 현대시에서 관념적인 포즈로 표시하던 불안감이 정형시에서는 매우 구체적이고 직접적인 언술(言述)로 나타나고 있었던 것이다.

실제로 「서울 노래」의 발표 원본을 자세히 관찰하면 '2행략'으로 표시된 부분이 확인된다. 그것은 분명한 검열 흔적이다. 식민지 검열당국에 의해 특정 부분이 삭제되고 정형시의 본래 의도는 현저히 훼손되었다. 「청춘곡」에서는

삼천리 하늘에 붉은 피 흐른다

라는 형태로 매우 대담한 표현을 시도하고 있다. 이런 표현은 상당한 위

험을 감수해야만 하는 행동이다. 이것은 시 「등롱의 항로」의 경우도 마찬가지다.

　　영원히 돌아간
　　견우 직녀의 노래여
　　이 밤 이 곳 붉은 핏줄기에 용솟음쳐 울으라

　　　　　　　　　　　　　　　　　　　　—「등롱의 항로」 부분

　자유시 형태에서 관념적인 표현으로 머뭇거리던 현실감각이 정형시에 이르러 오히려 대담하고 완강한 표현을 주저하지 않았던 것은 무슨 까닭인가. 그것은 다름 아니라 과거라는 시간성, 즉 민족의 전통과 역사에 대한 강한 연민과 신뢰에 기인한다 할 것이다. 당시 조명암의 작품의식이 바로 이와 같았으므로 이후의 창작에서 나타나는 밤·죽음·시체·홍수·환상·신기루 따위의 이미지들을 도저히 단순한 관념 취향으로 읽어낼 수는 없을 것이다.

(3) 다채로운 언어와 이미지의 현란한 교직

　조명암의 추구했던 모더니즘 계열의 시 작품에서 가장 돋보이는 작품들은 일제강점기 후반에 창작된 「마을정거장」·「칡넝넝」 등이다. 이 작품들은 마치 김기림과 정지용(鄭芝溶)의 특성을 완벽하게 조화를 시켜 놓은 효과를 자아내고 있다. 도시적 감수성과 재치로 번뜩이는 김기림의 작품성과 향토적 서정과 민족언어의 음률감각을 적절히 배합하여 구사했던 정지용의 시적 기법은 제각기 장단점을 일정하게 내포하고 있다.

　　하늘이 하도 높아 땅으로만 기는
　　강원도 칡넝쿨이
　　절깐 종소리 숙성히도 자라났다

메뚜기 베짱이들이
처가집 문지방처럼 자조 넘는 칡넝쿨

넝쿨진 속에 계절이 무릎을 꿇고 있다
여름의 한나절 꿈이 향그럽다
줄줄이 벋어간 끝엔 뾰죽뾰죽 연한 순이 돋고

어린 少女의 사랑처럼 온칡
모르게 모르게 무성해 간다

袈裟를 수한 젊은 女僧이
혼자 다니는 호젓한 길목에도
살금살금 기어가는 칡넝쿨이언만

해마두 오는 가을을 넘지 못해
목을 움츠리고 뒷걸음을 치는 식물

—칡넝쿨이 안보이면
먼뎃절엔 들불이 한 개 두 개 열린다

—시「칡넝넝」 전문

　이 시의 기법적 특성에 대해서는 지면을 달리하여 비유와 심상의 구
사 등을 자세히 분석 해볼 만하다. 조명암의 경우, 그들 두 선배의 장점
을 함께 이어받는 동시에 단점들을 넉넉히 극복하여 하나의 시정신으로
통합시킨 세계에 도달하고 있다는 점이다. 우리는 조명암의 시 작품에서
바로 이런 사실을 눈여겨 지켜보아야 할 것이다. 조명암의 모더니즘 시
를 제대로 읽어내기 위해서는「운명장(運命章)」·「유리의 방」·「백촉(白
燭)의 심야」·「청결」·「청풍의 상자」·「청풍의 산협」 등의 작품들을 새
롭게 분석 검토하는 비평적 작업이 앞으로 필요하다.

일찍이 김기림에 의해서 조명암의 시적 재능을 인정받은 바 있거니와 시인 조명암의 전체 작품에서 보편적으로 나타나고 있던 특성은 어떻게 정리될 수 있는가.

행 구분과 연 구분이 모호한 경우가 빈번하고, 또 행의 언어분량도 균제미(均齊美)를 상실한 경우가 많아서 자칫 형태적 산만성으로 규정될 우려가 있는 것이 사실이다. 그리고 줄곧 관념적 분위기로 일관되는 서술이 과도하여 황석우의 지적처럼 비판의 표적이 될 우려가 없지 않다. 그것은 독자들이 작품 속에서 시적 중심을 찾지 못하고 헤매느라 고통을 겪기 때문이다.

일제강점기 전반을 통하여 조명암이 발표한 작품 중 가장 절창으로 여겨지는 작품으로는 시 「동방의 태양을 쏘라」를 손꼽을 수 있다.

> 동방이 얼어붙었다
> 태양의 붉은 피가 얼어붙었다
>
> 젊은이여 이 고장 백성의 아들이여!
> 손에 든 화살을 힘주어 쏘아 보내라
> 태양의 가슴의 붉은 피를 쏘아 흘리라
> 백성이 광명에 굶주리고
> 강산의 줄기줄기 숨죽여 누었으니
>
> 허물어진 옛터
> 님의 꽃잎 하나 둘
>
> 아 젊은이들아
> 함정에 빠진 사자의 포효만이
> 광명 잃은 譜表우에 달음질칠 이 날은 아니다
>
> 화살을 쏘라

동방의 태양을 뽑아내라
피끓는 심장에 불을 붙여
낡은 봉화 재 우에 높이 들고 서서
산과 들 곳곳에 이 날의 레포를 아뢰우자
                                —시 「동방의 태양을 쏘라」 전문

　이 시 작품은 1934년에 발표되었던 바, 그 직전인 1933년 11월 4일에
시행된 조선어학회의 활동에 크게 격려 고무된 바가 있는 듯하다. 전국
의 고무공장, 제사공장 등에서 노동쟁의가 잇따라 일어나고, 작가 이기
영(李箕永)과 현진건(玄鎭健)이 장편소설 「고향」과 「적도(赤道)」를 각각 신
문에 연재하기 시작한 직후에 발표하였다.
　이 작품의 압권을 이루는 부분으로는 '백성이 광명에 굶주리고 / 강산
의 줄기줄기 숨죽여 누었으니'라는 대목이다. 식민지체제의 무단적(武斷
的) 통치와 각종 유린에 대한 문학인으로서의 정면 대응이면서, 동시에
민족집단으로 하여금 근원적 변혁을 촉구하는 강렬하고 대담한 선동성
이 발산되고 있다. 마치 민족 대상을 향하여 준엄하게 제기하는 주체성
회복의 선언문적 성격처럼 느껴진다. 이처럼 과감한 표현은 실로 엄청난
용기가 수반되는 위험한 행동이었다.
　조명암의 모더니즘 계열의 시 작품들이 지니는 공통점은 불분명성이
다. 하지만 이 관념성과 모호성은 민족주의적 색채와 결합하면서 일견
강한 어조와 토운으로 표시되어 나타난다. 시 「동방의 태양을 쏘라」는
그러한 관념성을 일거에 초탈하고 있는 매우 특별한 작품이다. 조명암의
시 세계가 비록 관념성과 모호성을 내포하고 할지라도 작품공간과 심리
적 반응을 조금만 주의해서 살펴보면 시인이 지향하는 가치중심과 지향
점을 어렵지 않게 알아챌 수 있다.
　뿐만 아니라 작품 요소 요소에 보석처럼 박혀 있는 깔끔한 표현과 다
채로운 이미지의 구사는 당시의 모더니즘 기법 수준이나 표현 솜씨에

있어서도 놀라움을 금치 못하는 경우가 많다. 조명암의 시를 읽는 재미와 즐거움은 바로 이런 점에서 찾아야 한다.

청년기 특유의 우쭐거림도 발견되는데, 이것은 젊은 모더니스트들의 작품에서 흔히 나타나던 일반적인 모습에 다름 아니다. 다만 조명암의 경우 시적 모더니티에 대한 자의식이 지나치게 강한 나머지 포즈에 치우치는 현상이 빈번하게 발생하는 것이 하나의 흠으로 지적될 수 있다.

2) 가요시

(1) 역사 현실의 충실한 반영

조명암은 자유시 장르만이 아니라 가요시 장르에 대한 남다른 애착과 심혈을 기울었다. 전 생애를 통하여 무수한 가요시를 창작하였는데, 현재까지도 그 정확한 작품 수를 확인하지 못하고 있다. 조명암이 가요시를 창작하게 된 배경에는 서상(敍上)의 내용과 같이 모더니즘 시의 관념적 분위기를 돌파하기 위한 하나의 대안으로서 마련된 창작공간이었던 것으로 보인다. 이를 통하여 우리는 현실의 직접적인 면을 다룰 수 있다는 측면과 민족과 역사의 전통적 시간을 비교적 자유롭게 다룰 수 있는 작가의 정신적 출구이기도 했다는 점을 들 수 있다.

가요시를 창작하는 시인으로서 조명암이 가장 즐겨 다루었던 소재와 주제는 역사와 현실에 관한 것이었다. 가장 대표적인 작품 중 하나인 「어머님전 상백(上白)」은 현실의 중압감을 이기지 못하고 가족이산으로 말미암아 헤어진 이별의 슬픔과 서러운 심정을 대변하고 있는 작품이다. 시적 화자의 가슴에 맺힌 한을 시인은 훌륭하게 대변해 내고 있다.

어머님 어머님
이 어린 딸자식은 어머님 전에

피눈물로 먹을 갈아 하소연합니다
전생의 무슨 죄로 어머님 이별하고
꽃 피는 아츰이나 새 우는 저녁에
가슴 치며 탄식하나요

— 가요시 「어머님전 上白」 2절

이와 주제상의 쌍벽을 이루는 작품으로는 「잃어버린 아버지」가 있다. 이 작품에서는 20대 초반의 딸이 아버지를 찾아서 헤매는 절규를 담아내고 있다. 돈 벌러 가서 소식이 두절된 어머니를 애타게 그리워하는 소년의 심경을 그리고 있는 「아주까리 등불」, 기타 「동생을 찾아서」·「집 없는 천사」 등도 뼈저린 가족이산의 현실을 다루고 있다. 이 작품은 1930년대의 시인 백석의 「여승(女僧)」이나 「팔원(八院)」 등이 지니고 있는 시적 정서와 그 배경을 연상케 한다. 시인은 이 작품들을 통하여 강요된 가족이산의 원인과 당시 식민지사회의 총체적 부조리에 대한 인식을 환기시키고자 한다.

「울며 헤진 부산항」도 사회적 관점에서 읽어낼 수 있다.

이 가요시 작품은 일제강점기 후반 군국주의의 발악이 극에 달하던 시절에 발표된 작품이다. 독자들은 결코 떠나고 싶지 않았던 고국을 떠날 수밖에 없었던 당시 시적 화자의 비극적 현실과 애처로움, 혹은 갈등의 심리를 실감나는 비애의 정서로 떠올리게 된다.

직접적으로 민족사적 소재를 다룬 작품도 있었으니 「꿈꾸는 백마강」과 「낙화삼천(落花三千)」 등이 그것이다. 이밖에도 이러한 주제의식을 담아낸 작품의 분량은 대단히 많다.

(2) 탁월한 생활 정서의 묘사

다음으로 조명암의 가요시에 있어서 뚜렷하게 느껴지는 개성적 세계는 생활 정서 묘사의 탁월함이다. 시인은 정통적인 모더니즘 시보다도 대중에게 훨씬 직접적으로 다가갈 수 있는 장르로써 가요시를 선택한 듯하다. 이 가요시를 통하여 조명암은 대중들로 하여금 즐거움과 위로, 현실과 사회에 대한 공감력의 확대를 이루려 했던 것으로 보인다.

그리하여 시인은 일반 대중들에게 가장 어필할 수 있는 구체적 방안으로 생활 정서 묘사를 과감하게 채택하였다. 「신접살이 풍경」・「별일이 다 많아」 등과 「수박행상」・「담배집 처녀」 등이 이 계열에 속하는 작품이다. 이 부류의 작품들에는 다른 작품들보다 상대적으로 구어체, 속어체 어투를 완강하게 구사함으로써 현장의 실감을 고조시키려는 배려를 하고 있다.

토착 정서를 환기하고 있는 작품들도 많이 창작하였다.

「황해도 노래」와 「서귀포 칠십리」 등이 그것으로, 여기에는 구체적 지명을 작품 속에 제시하거나 작품의 중심 소재를 아예 토착적인 것으로 선택하는 방법이 사용되었다. 이 두 작품들은 1943년 작품으로 일제 말 혼돈과 암흑의 상황에서 발표되었다. 또한 민족의 전통적인 세시풍속과 관련된 내용들도 즐겨 다루었다. 뿐만 아니라 식생활 문화, 각종 유희, 우리 민족 고유의 독특한 애정담 따위가 이 항목에서 다루어졌다. 우리는 시인 백석(白石)이 일찍이 시도했던 바와 마찬가지로 작가가 왜 이러한 소재에 대하여 특별한 애착을 지니고 있었던가에 대하여 다시금 주목해야만 한다.

이국 정서를 다룬 것도 여기서 함께 이야기될 수 있는 바 「호궁처녀」・「홍사등 푸념」・「청춘 썰매」・「하르빈 다방」・「만주 뒷골목」・「융수건 길손」・「국경의 다방」・「소주(蘇州) 뱃사공」 등이 그것이다. 이 작품들을 검토해 보면 비록 표면적으로는 이국 정서를 다루었으나 시적 화자의 갈망은 항시 고향, 고국이라는 대상을 지향하고 있음을 발견하게 된다. 이와 더불어 정신적 긴장 속에 시달리고 있던 식민지 대중들의 억압심리로 하여금 잠시나마 위로를 얻을 수 있는 작은 공간을 제공해 주고자 하는 시인의 의도를 엿볼 수 있다.

이 계열에서 파생되어 나온 주제 양식이 유랑을 다루고 있는 적지 않은 분량의 가요시 작품이다. 「황야에 해가 저물어」·「무정곡」·「울리는 만주선(滿洲線)」·「방랑극단」·「고향우편」·「사막」·「곡마단」·「이별」·「코스모스 탄식」·「무정천리」·「유랑의 나그네」·「진주라 천리 길」·「고향설(故鄕雪)」 등이 바로 그것이다. 이 가운데 「울리는 만주선(滿洲線)」의 한 대목에서는 새로 찾아가는 그 장소에 대하여 시적 화자는 '나도 나도 나도 나도 모른다 모른다'라는 반복어구를 구사함으로써 극에 달한 불안과 미래시간에 대한 불안감, 불투명성을 직접 화법으로 표시하고 있다.

푹푹칙칙 푹푹칙칙 뛰이 —
건넌다 검정다리 달빛어린 응 철교를
고향에서 못살 바엔 아 타향이 좋다
달려라 달려 달려라 달려
크고 작은 정거장엔 기적 소래 남기고
찾어 가는 그 세상은 나도 나도 나도 나도
모른다 모른다

— 가요시 「울리는 滿洲線」 3절

(3) 전통 양식과 풍자의 활용

조명암은 자신의 가요시 창작의 과정에서 민족의 전통적 문화유산인 잡가·타령·노랫가락·메나리 등을 적극적으로 활용하고 있다. 이것은 조명암의 자유시 작품에 대한 분석에서 이미 말한 바 있거니와, 자신의 창작 방향과 가치관에 대하여 구체적으로 제시된 해답이라 할 수 있다.

비교적 초창기의 작품인 「서울 노래」는 개작의 과정을 거쳐서 정형시로 다듬었다. 이 작품에서는 역사의식, 현실의식을 비롯하여 삶의 비극성을 환기하려는 의도를 나타내고 있다. 「야루강 춘색」도 같은 맥락에서 이해될 수 있다. 「바다의 청춘」은 유랑과 설움에 시달리고 있는 민족 현실을 반증한다.

조명암이 즐겨 활용하고 있는 민요형은 주로 노랫가락·타령·메나리조 등이다.

이런 가락들은 대체로 민중들에 의해 널리 향유되던 잡가 형식에서 그 힌트를 얻고 있는 것으로 보인다. 시인은 이러한 계열의 작품을 통하여 일그러지고 부조리한 현실을 풍자하고 민족집단을 유랑으로 내몰고 있는 정책을 간접적으로 비판한다.

「금노다지 타령」·「이 강산 저 강산에 바람이 났네」·「모던 관상쟁이」·「나무아미타불」·「엉터리 대학생」·「요즈음 찻집」·「돈 타령」·「당기당 타령」·「앵화폭풍(櫻花暴風)」·「개고기 주사」·「활동사진 강짜」·「세상은 요지경」·「춘풍신호」·「유쾌한 봄소식」·「앵화춘(櫻花春)」·「인생선(人生線)」 따위가 현실을 풍자한 작품 계열에 속한다.

이 중 「요즈음 찻집」은 흥미롭다.

> 요즈음 찻집은 뿌로카 세상
> 요즈음 찻집은 기업가 세상
> 이 구석에 금광이 왔다갔다
> 저 구석에 중석광(重石鑛)이 왔다갔다
> 천원 만원 주먹구구 뻘건 눈이 돌아갈 때
> 전화통은 찌릉 찌릉 찌릉 찌릉
> 찌릉 찌릉 찌릉 찌릉 운다 울어 운다 울어
>
> ─가요시 「요즈음 찻집」 1절

이 작품에는 뿌로카, 기업가, 금광, 중석광 따위가 비판과 풍자의 대상이 되고 있다. 혼탁한 세태풍자의 장면 묘사가 대단히 훌륭하다. 「돈 타령」은 돈 바람, 전차 바람, 담배 바람, 런치 바람, 돈 사태, 돈 홍수 따위로 상징되는 혼탁한 식민지사회를 신랄하게 고발하고 풍자한다. 이는 식민지사회 전반의 총체적 위기 상황을 가요시 작품을 통하여 나타내고자 하려는 시인의 의도를 엿보게 한다.

「당기당 타령」은 아편쟁이를 빈대, 쏘는 사냥꾼을 벼룩, 말 잘 하는 채상꾼을 앵무새, 다리 긴 우편배달부를 황새, 맵시 고운 기생을 제비, 뚜쟁이를 쉬파리, 굴뚝쟁이를 까마귀, 목도쟁이를 까치에 비유함으로써 당시 사회의 구성체가 지니고 있는 특징을 풍자적 수법으로 그려내고 있다.

이 계열의 작품은 조명암의 창작 가요시 중에 그 빈도수가 비교적 높은 편이다. 「조선의 처녀」·「복덕장사」·「팔도 장타령」·「삽살개 타령」·「온돌야화」·「관서신부」·「아리랑삼천리」·「가거라 초립동(草笠童)」·「신곰배타령」·「비둘기 소식」·「양산도 봄바람」·「제3아리랑」·「총각진정서」·「풋난봉」·「바다의 자장가」·「꼴망태 목동」·「님 전 화풀이」·「달 같은 님아」·「동그랑 땡땡」·「쌍쌍타령」·「쌍도라지 고개」 따위가 모두 여기에 속한다.

이 작품들은 대개 시인이 전통적 민요와 잡가의 가락을 직접 응용하거나 적절히 변용하고, 그 과정에서 변화된 시대 사회의 현실을 반영하는 수법으로 창작되었다.[5]

---

5) 조명암이 남기고 있는 대부분의 주옥같은 가요시 작품들은 현재까지도 대중들의 사랑을 광범하게 지속적으로 받고 있다. 하지만 조명암 가요시의 원형은 분단 반세기를 거쳐오면서 개작이라는 이름으로 상당 부분이 왜곡, 손상되었다. 이는 월북작사가 작품에 대한 유통의 금지라는 제약적 환경 속에서 남한의 일부 작사가에 의해 부분 개작, 혹은 전면 개작이 되었고, 작사자 본명마저 은폐된 이후로 발생하게 된 현상이다. 하지만 이것은 한국의 가요와 가요사를 연구하는 전문연구자들에 의하여 시급히 그 원형이 회복되어야 할 중요과제로 떠오르고 있다.

3) 해방 시기 및 월북 이후의 시 작품

(1) 사회주의적 현실관의 반영

조명암의 문학적 지향이 사회주의적 현실관을 선택하게 된 구체적 계기는 뚜렷하게 밝혀져 있지 않다. 조명암의 시인적 경로는 모더니즘적 방법론을 지니고 시를 써오는 한편으로 거기서 충족되지 않는 갈증을 가요시 창작을 통하여 해소하는 과정을 나타내었다. 다만 그의 창작 심리 저변에 은연중 깔려 있었던 민족주의적 가치관에 대한 선호도가 해방 직후 좌파의 문학조직과 연결되면서 표면적으로 드러나는 양상을 보이고 있다.

이런 점에서 본다면 일제강점기 전반을 통하여 시인이 지녔던 민족주의적 가치관은 매우 소박한 성향으로 여겨진다. 모더니즘 방법론에 의한 글쓰기 작업이 1940년대로 접어들면서 한결 위축되고, 오히려 가요시 창작 활동에 전념하는 모습을 나타내 보인다. 일제 말기로 접어들면서 친일적 성향의 적지 않은 가요시를 창작하게 되는데, 이 과정에서 시인은 처음엔 번민과 갈등을 했었던 것 같다. 그러다가 거의 자포자기의 심정에 이르게 된 것으로 보인다. 해방은 시인으로 하여금 모든 정신적 속박과 억압으로부터 일시에 풀려나게 하였다.

조선문학가동맹에 참여하게 되면서 조명암의 문학적 행보는 급격히 사회주의적 가치관을 선택하고 그쪽으로 경도되었다. 아마도 이것은 하나의 내적 갈등 극복 대안으로서의 선택으로 추정된다. 이 시기에 발표한 다음 세 작품은 당시 시인의 정신적 상황을 그대로 보여주고 있다.

① 오호 이 치욕 이 울분
    종로 한복판에서 누구나 다 한번 소리치고 싶었으리라
    「일본아 조선을 내놓아라」

그러나 조선은 죽어있지 않았고
조선의 맥박은 세월을 따라 쥐고
화려강산의 모든 강물은 바다로 흘렀다
                    —시「모든 강물은 바다로 흐른다」부분

② 지금 오오 지금
  이 슬픈 역사의 밤이 새다

  보라 저 푸른 하늘
  저 태극이 꽂힌 지붕을 넘어오는
  흰 비둘기
  붉은 태양

  오호 붉은 태양아
  슬픈 역사의 밤은 영원히 밝았느냐
                    —시「슬픈 역사의 밤은 새다」부분

③ 이 푸른 밤에
  바람은 조용하고
  골목안엔
  强盜가 들어 담을 넘고

  그보다 더
  무서운 총알이
  피붉은 心臟을 찾아 눈을 떴으니

  어제처럼
  獄에서 풀린 사람들이
  다시 미쳐야 하겠느냐

  별들아

오오 朝鮮의 별들아
그렇게 높이 매달려만 있을게 아니다
— 시 「총총히 백인 별들아」 전문

①에서는 하늘에서 떨어진 작은 물방울 하나가 강물을 이루고 마침내 바다로 흘러가게 된다는 대자연의 섭리와 그 필연성을 노래하고 있다. ②는 민족해방이라는 역사적 사실에 대한 감동과 찬탄을 다루는 한편으로 역사적 존재에 대한 실감을 서사적 분위기로 다루고 있다. 특히 이 작품에서는 사회주의적 가치관을 지닌 한 시인으로서 인공기 대신 태극기에 대한 예찬을 하는 대목이 보이는데, 아직 분단체제가 완전히 고착되기 직전의 상황을 흥미롭게 보여주고 있다. 가요시 「울어라 은방울」도 이와 같은 양상을 보인다.

해방된 은마차에 태극기를 날리며
누구를 싣고 가는 서울 거리냐
울어라 은방울아 세종로가 여기다
삼각산 바라보니 별들이 떴네
— 가요시 「울어라 은방울」 1절

③은 해방 시기에 발표된 작품 중 가장 서슬 푸른 현실감각을 다루고 있는 작품이다.
'골목 안엔 강도가 들어 담을 넘고'와 같은 부분이 암시하는 시적 상징성은 새로운 제국주의 세력의 내습에 대한 각별한 경고이다. 이 시를 발표할 당시 조명암은 이미 사회주의 이데올로기에 대한 깊은 신뢰를 지니고, 또 다른 변화에 대한 준비에 돌입하고 있었던 것으로 보인다. 같은 시기에 발표한 가요시 작품으로는 위의 「울어라 은방울」 등을 비롯하여 「몽고의 밤」·「고향초(故鄕草)」 등이 있다. 이 가운데 「몽고의 밤」은 일제강점기 후반에 창작된 작품으로 추측된다.

시 「그리운 거리에서」와 「공화국」·「령을 넘어」와 「한 자루 백묵을 쥐고」에 이르러서는 매우 구체적인 체제 의탁과 그에 대한 신념을 표방하고 있다. 「령을 넘어」는 가요 형식으로 쓰여진 김일성 찬가이다. 「한 자루 백묵을 쥐고」는 해방 시기 좌파 지식인 청년의 내면 풍경을 그리고 있다. 이 수 편의 작품을 발표한 뒤 조명암은 삼팔선을 넘어 월북을 결행한다. 하지만 이것은 개인의 선택이 아니라, 좌파 조직을 통하여 이미 결정되어 있었던 경로이자 지령에 따른 행동이었다.

조명암은 월북 이후 적지 않은 분량의 시 작품을 발표하였다.

「조국을 지키리라」·「산으로 간 나의 아들아」·「북조선으로」 등은 북을 선택한 자신의 결연한 의지와 월북과정의 심리적 긴장을 증언 형식으로 생생히 담아낸 작품들이다. 특히 「산으로 간 나의 아들아」는 어머니의 화법으로 사회주의자 아들을 향한 처절하고 곡진한 심정을 그리고 있다. 하지만 이 시기의 작품들에 나타난 충성심의 표현, 선택에 대한 강한 신념의 표방 따위는 월북자로서의 심리적 불안감을 동시에 반증하고 있는 것이기도 하다. 「북조선으로」를 위시하여 「자랑스러운 이곳」·「한없이 그립던 여기」·「새날의 행복」 따위가 바로 그러한 사례이다.

한국전쟁이 발발한 직후 조명암은 「락동강 전선」을 비롯한 여러 작품을 발표하는데, 여기엔 극단적 증오, 분노, 적개심, 복수심으로 일관되어 있다. 당시 북한 문학인들의 6·25관과 아무런 차이를 보이지 않는다. 한국전쟁 중에는 진중가요를 창작하여 인민군대 내부에 보급하기도 하였다. 가장 널리 알려진 가요시로는 「조국보위의 노래」와 「청년유격대」·「압록강 이천리」·「물레야 동무야」·「철령이라 높은 고개」 등이 있다.

월북 이후의 시 작품에서 나타나는 공통적인 특성들은 해방전 가요시 창작 과장에서 터득된 민중적 서정성과 생활 정서의 활용이 크게 돋보이고 있다는 점이다. 인민군, 광부, 착암수, 탄부, 단야장 처녀 등 노동계급을 예찬하는 시 작품들을 창작하여 당시 북한 인민들의 사랑을 받았던 것으로 전해진다.

기타 작품으로 해외여행 경험을 다룬 시 작품들이 있는데, 크게 괄목할 만한 수준은 아니다. 주로 분단 시기 동부 독일을 방문하여 그곳 문인들과의 각종 회합과 교유에 참석하고, 명소를 관광한 후일담에 불과한데, 여전히 나타나는 맹목적 감격벽(感激癖), 공연한 장형화(長型化)현상 따위가 작품의 전체 수준을 현저히 감소시키고 있다.

조명암은 북한에서 『조령출시선집』(1957)을 발간하였다.

이 시집에는 월북 이후의 작품과 식민지시대 발표 형태를 개작한 시 작품을 함께 수록하였는데, 월북 이후 시인의 내면적 심경을 엿볼 수 있는 작품으로 「밤」을 들 수 있다. 이 작품에서 시인은 북한에서 발표한 작품으로는 보기 드물게 실향민의식, 고향 생각, 현실의 부담과 고통 따위를 간접적 암시화법으로 은근히 드러내고 있다. 하지만 이 작품도 일제강점기에 발표한 작품을 다시 개작한 형태를 활용하였다.

눈발은 어둠을 때리며 날린다
창문을 닫고 나는 차디찬 자리에 눕는다

어디메쯤 단침이 돌아갔는고
이 밤은 어린 시계도 잠들었구나

이따금 분풍지 울어 흔들면
바람에 불리어 누웠다 다시금 일어서는 촛불

언제부터 내 고향을 잃었드뇨
님이여 대답을 하소 어디메 계신가

눈은 내리고
눈은 쌓이고

쌓이는 시름을 견디어 새자니

삼동 추운 밤이 더욱 길구나

—시「밤」전문

　　시선집 후반부에 수록된 작품들은 거의 대부분 과거에 발표한 작품을
개작한 것이다. 우리는 조명암의 월북 이후 작품을 검토하는 과정에서
이 시기의 개작 행위와 그 의미에 대하여 면밀히 분석해 보아야 한다.
이것은 대체로 다음과 같은 심리 배경이 전제되었으리라 여겨진다.
　　첫째로는 월북 이후 북한체제 내부에서 조화를 이루고 인정을 받으며
살아가기 위해서는 무엇보다도 새로운 문학적 각오와 다짐을 보여주어
야겠다는 생존을 위한 시인의 의도이다. 둘째로는 극도의 충성심을 표현
하면서, 이를 통해 사회주의자로서의 완전한 환골탈태를 인식시켜 주어
야겠다는 강박관념이다. 이 때문에 월북 이후의 시 작품은 쓸데없이 장
형화되고, 필연적으로 요청되는 감동적 서사성은 함유하지 못하는 불구
성 시 작품으로 전락되고 말았다. 대체로 이러한 시 작품들은 어김없이
교조주의적 한계를 드러내고 있다.6)
　　이런 열악한 조건과 환경 속에서도 시「푸른 하늘에 취해 보자」와
「가야금」 등은 북한 시 특유의 정치성이 배제된 순수하고 담백한 인간본
연의 마음으로 돌아간 정서를 다룬 예외적인 작품이다. 전자는 조명암이
북한에서 발표한 가장 아름다운 시 작품의 하나로 여겨진다.「가야금」은
당시로선 보기 드물게 시조 형태로 쓰고 있다.

(2) 장르 확산 및 장르기능의 적극적 변용

　　조명암은 일제강점기 전반을 통하여 모더니즘과 민족주의적 색채가

---

6) 시「동방의 태양을 쏘라」의 경우도 북한에서 개작한 제목은 「동방의 태양을」로 바
　뀌어졌다. '태양의 상징성'이 이미 김일성의 표상으로 굳어진지 오랜 현실에서 '태양
　을 쏘라'라는 어구는 자칫 엄청난 오해를 불러일으킬 수 있는 위험성을 내포하였을 것
　이다. 이것이 '쏘라'를 삭제한 이유일 것이다.

혼합된 작품의식으로 시를 창작하였다. 그 과정에서 가요시라는 장르를 개발하고, 이를 통하여 시문학 장르를 대중들의 삶과 가장 가깝게 아무런 심적 부담 없이 일치시키며 다가갈 수 하려는 혁신적 활동을 펼쳤다. 문학과 음악이라는 서로 다른 예술 장르를 하나의 작품공간 속에 조화시키고자 하는 그의 시도는 커다란 성공을 거두었으며, 피로한 식민지 대중들에게 크나큰 위안과 격려를 주었다.

장르 확산에 대한 조명암의 관심과 노력은 거기에 그치지 않고 희곡 작품이 지니는 강력한 환기력과 사회성 담보에 눈을 돌리도록 하였다. 이미 일제 말에 희곡 「목련화」·「영 넘어 팔십리」·「현해탄(玄海灘)」 등을 통해 극작의 경험을 가진 조명암은 해방 후 시 장르보다도 희곡 장르에 더욱 높은 선호를 나타내 보이면서 다수의 작품을 써내었다.

해방 후에는 「독립군」·「논개」·「위대한 사랑」 등을 비롯하여 다수의 희곡작품을 발표하였다. 그가 주로 즐겨 다루었던 주제들은 해방 이후의 새로운 사회건설과 사회주의적 의욕, 김일성 예찬, 민족 고전 작품의 새로운 변용 등이었다. 이러한 공로를 인정받아 조명암은 북한 문화계에서 공연예술 분야의 중진이라는 반열에 오르게 되었다.

4) 친일작품이 지닌 문제점들

이제 우리는 조명암의 전체 생애를 통하여 끝내 지울 수 없는 얼룩으로 남게 될 친일작품에 대한 검토를 할 차례가 되었다. 이것은 시인의 개인적 상처이자 우리 문학사가 안고 있는 우울함이기도 하다. 일제 말을 통과해온 문학인들에게 나타나는 친일성 문제에 관한 시비는 비단 어제오늘의 일이 아니다. 하지만 이 문제는 우리가 언젠가는 반드시 명쾌하게 정리하고 넘어가야 할 매우 어려운 과제중 하나이다.

조명암 시인의 경우, 자유시로 발표한 친일적 성향의 작품으로는 「교

실의 커튼(學びの窓巾)」한 편뿐이다. 이것은 일문시(日文詩)로 발표되었다. 학교를 졸업하는 학생의 심경을 피력한 것으로 졸업 후 진로를 고민하는 벗들이 일본군에 지원하여 삶의 포부를 실현하라는 간곡한 의도를 나타내고 있다.

시인은 자유시보다도 가요시 장르를 통하여 친일적 성향을 적극적으로 나타내었다.

가요시 「해 저문 황포강」의 한 대목에서 '오늘도 가고 싶은 나가사끼' 라던가, '사나히 그 희망에 꽃이 피면은'이라는 부분은 맹목적 일본 지향성과 희망의 수상쩍음이 발견된다. 하지만 이 정도는 그나마 소박한 수준이라 할 수 있다. 「앵화춘」에 이르러서는 '흥아(興亞)의 봄'이란 어법을 사용하여 일제의 이른바 대동아공영권 시절의 단골 용어를 아무런 여과 없이 그대로 도입하고 있다. 그러나 시인은 이 작품을 통하여 무엇인가 가치와 상식이 전복되고 일그러진 사회 현실에 대한 비판의식을 드러냄으로써 반어법과 건강한 풍자 효과로 귀결되도록 이끈다.

「사나이 행복」(1941)은 일제의 만주 이주정책을 권장하고 예찬하는 작품이다.

이 작품 이후로 못생기고 어리석었던 과거를 모두 잊자고 강조하는 「더벙머리 과거」(1942)가 발표되고, 이어서 지원병에 지원하는 한 청년의 선택과 결정을 높이 기리는 「아들의 혈서」(1942.2)가 발표된다. 이 작품은 조명암이 쓴 본격적 친일가요시의 첫 작품이라 할 수 있다. 이를 필두로 해서 시인은 「목단강(牧丹江) 편지」·「만주신랑」·「즐거운 상처」·「낭자 일기」·「일자상서」·「소년초(少年草)」·「조선의 누님」·「누님의 사랑」· 「결사대의 아내」·「어머님 안심하소서」 등을 1942년 한해 동안 잇따라 발표한다.

1943년으로 접어들어서 친일가요시는 더욱 체제 옹호의 수단으로 활용되는데, 발표되는 전체 3절 형식 중 한 절은 반드시 일본어로 발표할 것을 강요받는다. 「정든 땅」의 3절, 「알쌍급제」의 3절, 「인생가두(人生

街頭)」·「남아일생(男兒一生)」의 2절 등은 모두 일본어로 창작해야 한다는 식민통치자의 강요가 뒤따랐다. 「황포돛대」·「고향소식」·「아름다운 화원」·「낙동강 손님」·「난화선(蘭花扇)」·「떠나갈 해항(海港)」·「미풍의 항구」·「동백꽃 피는 망루(望樓)」 등의 본문 속에도 친일적 성향의 내용을 내포시켜야만 하였다.

이 친일가요시 계열의 가장 극단적인 작품은 「혈서지원」과 「그대와 나」·「이천 오백만 감격」 등이다. 일제의 지원병제도에 적극 부응하는 식민지 백성의 벅찬 감격을 담아내고 있다. 1941년에 1편, 1942년에 12년, 1943년에 16편이 발표되어 현재까지 확인된 작품만 도합 29편 가량 된다. 이처럼 문학의 기능이 군국주의체제 옹호를 위한 수단으로 전락되어 버린 상황 속에서도 조명암 시인은 「낙화유수(落花流水)」·「목포는 항구」 등과 같은 토착성에 의탁하고 주체의식을 포기하지 않는 비교적 예술성 높은 가요시 작품을 틈틈이 발표하고 있다.

모더니즘과 민족주의를 결합한 시를 써왔고, 가요시와 희곡을 비롯한 새로운 문학의 장르확대를 꿈꾸었던 한 시인의 일제 말 행적은 오늘날 우리들에게 우울한 그늘을 드리우고 있다. 아무리 관대하게 해석하고자 하여도 그가 남기고 있는 친일가요시의 분량은 너무 많다.

이런 전비(前非)가 있음에도 불구하고 월북 이후 조명암은 임화(林和)·이태준(李泰俊)을 비롯한 다른 여러 월북문학인들이 과거 친일 경력을 성토당하고 무참하게 숙청될 때도 그 흉흉한 사태의 틈바구니에서 무사하였다. 뿐만 아니라 북한에서 그의 쓰임새는 소중한 존재로 우대를 받았다. 북한 정권은 해방 후 친일파 숙청에 있어서도 이용가치에 따라서 선택적 결정을 하였음이 분명하다. 우리는 민족문학사에서 조명암·박영호(朴英鎬) 등을 비롯한 일제 말 친일가요시 작품들을 과연 어떻게 다루어야 할 것인가?

3. 맺는 말

이 글은 지금까지 분단시대의 잊혀진 매몰시인 조명암 문학의 복원과 그 의미 전반에 대하여 두루 검토하였다. 문학사 활동은 한 나라와 민족의 총체적인 문학 내용과 그 전모를 조망하게 해주는 매우 중요한 비평적 영역이다. 우리가 분단시대를 살아가면서 망실되고 훼손된 문학사 자료를 되찾아 재구성하고 이를 문학사에 반영하려는 뜻은 오로지 제대로 된 민족문학사를 만들어 보려는 충정에서 비롯되었다.

납월재북 문학인들의 경우 분단이라는 정치적 회오리에 휘말려 거의 대부분 잊혀졌거나 고의적 외면과 방치 속에 내던져져 왔다. 조명암 문학의 경우도 이러한 대표적 사례의 하나라 할 수 있다. 우리가 『조명암 시전집』을 발간하는 목적도 바로 머지않아 다가올 통일시대를 앞두고 시급히 요청되는 문학사 바로 쓰기와 직결된다고 할 것이다. 이번 시 전집 발간의 의미는 이처럼 막중하다.

아무쪼록 이 시 전집을 통하여 우리는 잊혀진 한 시인의 문학적 성과와 그 전모가 우리 문학사에 제대로 복원되기를 소망한다. 그와 동시에 시인 조명암이 여전히 우리에게 던지고 있는 중요한 문학적 화두(話頭), 이를테면 시 창작에서의 장르확장 문제, 문학과 대중성의 조화와 일치 문제, 문학을 통한 대중문화운동의 실천 및 활성화 문제 등에 대하여 시 전집 발간을 계기로 창작과 학술 분야에서 진지하게 관심을 가지고 연구 성찰하는 분위기가 이어지기를 바라마지 않는다.

제 **7** 장

고은 시의 작품성과 존재의 끝없는 이동

1. 질곡과 속박에 대한 부정, 그리고 해방정신

1960년 6월, 문단에는 노란색 하드 카바의 조촐한 시집 한 권이 제출되었다. 『피안감성(彼岸感性)』이었다. 가야산 퇴설당(堆雪堂) 앞 뜰 커다란 파초 나무를 배경으로 찍은 한 납자(衲子)의 사진이 실려 있었으니 그가 이 시집의 발간자인 일초(一招) 스님, 즉 시인 고은이었다.

대체로는 그의 첫 시집을 이 『피안감성』으로 일컫고 있으나, 이 시집의 말미에 실린 시인 자신의 후기에 의하면 『피안감성』이 발간되기 한 해 전에 『불나비』란 제목의 첫 시집이 발간될 뻔했었다고 한다. 그 시집이 발간되지 않은 경위를 단지 파판(破版)이란 말만으로 자세히 알 수는 없으나 시인은 '나의 20여 편의 주지적인 계열의 것들을 비롯해, 정주(廷柱) 선생의 경건한 서(序), 긴 로마네스끄로 이루어진 형갑(亨甲)형의 발(跋)을 그때 다 잃었'으며, 다만 그 『불나비』에 애착이 갈 뿐이라고 상당한 미련을 표시한다. 그러나 1958년『현대문학』지에 실렸던 추천시「봄밤의 말씀」·「눈길」·「천은사운(泉隱寺韻)」 등이 고스란히 수록되어 있는 점으로 보아, 『불나비』에 편집된 웬만한 시편들이 대부분『피안감성』에도 실렸을 것으로 여겨지므로, 이『피안감성』은 사실상 그의 실질적인 첫 시집인 셈이다.

1951년 전쟁의 와중에서 그가 만 열여덟의 나이로 출가하여 가야산 해인사의 대교과를 마치고 1957년에는 선(禪) 과정을 이수하였으며, 1959년에는 이미 대덕 법계(大德法階)를 품수하였으니 승려로서 거쳐야 할 어렵고 힘든 과정을 모두 거쳤다. 이 과정에서 우리가 눈여겨보아야 할 대목은 그가 대덕 법계를 품수하기 한 해 전인 26세의 나이에 어느덧 한 사람의 관조적이며 사려 깊은 시인으로서 등단하고 있다는 사실이다. 여기서부터 어느 한 곳에 고정되어 있지 않으며 무한한 법열을 꿈꾸는 시인 고은의 문학적 방랑이 시작되고 있었던지도 모른다.

시집『피안감성』이후 현재까지 권수만으로도 거의 서른 권에 가까운 방대하고도 의욕적인 창작 활동을 전개해 온 그의 시 세계가 일관되게 보여 주는 성과들은 다각적으로 이야기되고 있지만, 그 중에서도 우리는 인간이라는 존재를 억제하고 억압하는 그 모든 질곡과 속박에 대한 끝없는 부정, 용솟음치는 해방정신, 드디어는 눈부신 해탈(解脫)의 세계를 획득하는 시정신을 맨 먼저 손꼽고 싶은 것이다. 기실 고은의 문학은 인간 존재에 대한 집요한 탐구 그 자체이다.

그러나 그의 문학세계는 존재론적 문학론의 한 가지 방향으로 결코 고정되지는 않는다. 존재라는 개념에 대하여 우리는 한 사물이 그 자체의 성격과 법칙을 가지고서 다른 사물의 영향 밑에서도 변함 없이 유지하고 있는 독자성이라고 풀이한다. 이렇게 볼 때 구체적인 문학 작품도 하나의 존재로서의 테두리를 벗어나지 못한다. 하지만 시인 고은은 존재의 내부에서 흡족한 표정을 짓고 있는 시속(時俗)의 모든 시인들을 경멸하면서, 그의 시를 존재의 바깥 영역으로까지 이끌고 나가서 확대, 탈출시키려 한다. 그가 1986년에 펴낸 시집 『시여, 날아가라』의 서문 끝 대목은 이 점에서 그의 시를 읽는 독자들에게 크게 시사해 주는 바가 있다.

시여 시여 날아가라. 이 시집 속의 억제로부터.

그는 어떤 경우를 막론하고 시인 자신과 작품을 포함한 총체적 의미에서의 '존재'를 다른 장소나 공간으로 이동시키고자 한다. 그곳은 다름 아닌 일반성과 상투성, 범속성이 소멸된 세계이다. 그의 이러한 태도를 우리는 우선 '존재의 전이(轉移)'라고 명명해 둔다.

'존재의 전이'를 지향하는 그의 의지에 찬 노력과 성과는 그와 같은 시대를 함께 살아가는 우리나라 문단의 그 어떤 누구보다도 단연 독보적이다. 사실 대부분의 문학인들에게 있어서 '존재의 전이', 또는 이동은 하나의 높다란 이상으로 여겨지고는 있지만, 그것을 실제로 성취하는 과정상의 어려움, 힘겨움, 의욕의 부족, 소극성 따위로 말미암아 '병풍 속에 그려진 닭'에 지나지 않는다. 존재의 전이는 그만큼 불가능에 가까운 것이라고 생각한다. 이것은 어떻게 보면 현실에 안주하고 있는 범속한 시인들이 자신의 정신과 예술 세계를 거듭 태어나도록 하는 일에 참으로 무관심할 뿐만 아니라, 부단한 자기 탈각, 자기 극복을 감행해가지 않으면 안 되는 시인으로서의 책무를 방기해 버리는 현상과 무관하지 않다. 시인은 모름지기 자신의 창조적 열정과 정신세계가 노후하지 않도록 늘 새로운 모습으로 자신을 끊임없이 물갈이하고, 탈바꿈해 가야만 한다. 예술적 전위성이니, 신사상 새 방법의 획득이란 것도 결국은 '존재의 전이'는 현실(현재)에 대한 시인 자신의 강력한 불만이 전제되지 않고서는 도저히 불가능한 정신의 경지라 말할 수 있다.

대부분의 소극적인 시인들은 그들 자신의 문학세계에 대하여 존재를 방기 상태로 내평개쳐두거나, 이로 말미암아 초래되는 존재의 위축, 존재의 답보, 심지어는 존재의 조로(早老)현상까지도 흔하게 나타내고 있는 것이다.

그런데 시인 고은은 이 현상들을 모조리 극복했다. 그것도 자기와의 용맹스럽고도 필사적인 싸움 끝에. 바로 이 점이 시인으로서의 고은의 일차적 우월성이 아닌가 한다.

사실 눈부신 '존재의 전이'를 우리나라 민족문학사에서 하나의 성과로써 보여 준 시인의 경우가 그다지 흔치는 않다. 김기림·김광섭·김규동 그리고 고은 등이 이에 해당될 것이다. 해방 시기의 여상현(呂尙現)도 여기에 포함할 수 있을 듯하다. 공교롭게도 '존재의 전이'에 성공한 시인들이 하나같이 출발의 초기에는 모더니즘의 된 세례를 받았던 점이 이채롭다. 편석촌 김기림의 경우는 그 자신이 1920년대 식민지 조선의 시단을 가득 채우고 있던 로맨티시즘의 주정적(主情的) 기류를 우울한 병실의 공기로 비판함으로써 '존재의 전이'에 대한 우월감, 자기 도취 따위가 작용했다.

그러나 김기림은 해방 이후 역사와 현실에 대한 깊은 고뇌의 시간을 경험한 끝에 시집 『새노래』를 통하여 빛나는 '존재의 전이'를 이룩하고야 말았다. 구체적인 경과가 다르긴 하지만 김광섭·김규동의 경우도 편석촌의 경우와 크게 다르지 않다. 다만 여상현의 경우는 일제 말에 발표되었고, 또 작품 성향의 친일적 색조가 다소간 의심받고 있는 시 「공작(孔雀)」을 해방 후에 민족시의 분위기로 개작 발표함으로써 자신의 과거 혐의를 극복하려 했던 점이 논난의 대상에 오르고 있으나, 해방 시기에 그가 지속적으로 나타내 보인 '존재의 전이'에 대한 집요한 노력이 상당한 성과로 나타났으므로 그의 경우도 비교적 성공한 사례로 평가될 수 있을 것이다.

이처럼 '존재의 전이'는 어디까지나 진실성에 기초한 끊임없는 자기 부정의 실로 처절할 정도의 공력(功力) 끝에서만 이룩될 수 있는 예술적 성과이자 경지의 아름다움이라 하겠다.

2. 행려의식(行旅意識)

그러면 고은의 시가 그 동안 펼쳐 보인 '존재의 전이'와 그 문학적 경과는 어떠한 것이었던가.

초기 시에서부터 지금까지 고은 문학의 밑바닥을 줄기차게 꿰뚫고 흐르는 것은 행려의식(行旅意識)이다. 어느 곳이건 한 군데 머물지 못하고 끊임없이 그 무엇인가를 찾아 헤매는 나그네의 정신적 갈증이라 할 것인가. 고은의 시는 첫 시집 『피안감성』에서부터 이미 그것을 보여 주고 있다.

> 그러면 떠나겠어요
> 새하얀 모래 한두 줌 쥐어 보며
> 이 섬나라를 떠나겠어요
> 봄이 오시는 먼 물가에
> 아지랑이의 하늘이 내려오고,
> 이제 헤어질 것이라고는 하나도 없이
> 외로움을 털고 일어나는 봄의 마음으로야
> 내 눈 눈물바람을 개어 주실까요
> 그러면 떠나가야겠어요
> 아주 작은 노을 저으며
> 물 그림자 이루어 타 보내며
> 구슬피 지는 노래도 될 테지요
> 끝없었듯이 눈감고 떠나가야겠어요
> (…중략…)
> 내 조각배는 잠을 싣고 어느 바다나 되겠지요
> ─시 「새 봄의 航行」 부분

이 무렵의 시에서 그는 자신이 '섬 나라'에 갇혀 있다고 생각한다. 사방이 바다로 온통 둘러싸인, 수평선에 감금된 세계. 설령 그가 구도의 길을 걷고 있는 사미(沙彌)의 신분이라 할지라도 그곳에서의 생활은 궁극적인 정신의 충족을 주지 못한다. 마냥 거기서 버티고 살아간다는 것은 시인 자신에게 있어서 정신의 죽음, 고요, 황폐한 시간의 반복일 뿐이다.

그는 우선 떠남부터 결행하고자 한다. 하지만 그가 현재의 처소를 떠나서 어디를 행해갈 것인가. 적어도 이 시에서는 그의 행려가 일단 목적하는 피안의 장소가 '어느 바다'로 극히 암담하며 불투명하다. 아무튼 그곳은 매우 광활하고, 무한한 고통이 예비된 시련의 공간임에는 틀림없다.

『선가귀감(禪家龜鑑)』의 첫머리에서 '여기에 한 물건이 있는데, 본래부터 한없이 밝고 신령하여, 일찍이 나지도 않고 죽지도 않았으며, 이름지을 수도 없고, 모양 그릴 수도 없음이로다[有一物於此 從本以來 昭昭靈靈 不會生不會滅 名不得相不得]'가 말하는 '한 물건'이란 필시 그가 찾아 헤매는 대상이 아닌가 한다. 그것이 무엇인지 확연히 지적할 수는 없으나, 첫 시집 중 「밤의 법열」에서 어머니의 자식 생각과, 아들의 어머니에 대한 그리움이 서로 만나 하나의 물소리를 이루는 정교한 시적 일치를 우선 떠올릴 수 있고, 또한 더불어 겨울 남강을 뒤덮고 다가오는 봄을 눈물겹게 묘사한 시 「진주 남강」의 슬픈 아름다움을 연상할 수 있겠다.

아 어머니는 안 자고,
밤으로야
밤 낮으로야
흐르는 것 다 고요가 되니
가으내 간 물소리는 어느만큼 가 자는지.
아아 춥고 기꺼워라. 이러하다가
어느덧 나의 마음으로부터 나아가는 물소리 앞에야,
어두움아 나의 마음을 비치어 보아라.
— 시 「밤의 法悅」 전문

맨 처음 '물소리'를 따라가던 그의 그리움은 드디어 붙박여 있던 처소를 떠나, 일체의 머무름을 거부하는 행려자의 의식으로 상승 표출된다. 고은이 첫 시집 이후에 펼쳐간 화려한 세계들도 사실상 행려의식의 다각적인 변용에 다름 아니다. 이처럼 떠남에 대한 끊임없는 내적 탐구와 고뇌는 고은의 문학세계 전반을 꿰뚫고 흐르는 가장 중요한 중심 주제로 제기된다. 그는 이미 첫 시집에서부터 「어린 시절의 기행(紀行)」·「증언(證言)」·「눈의 이별」 등의 시가 보여 주는 바와 같이 길, 나그네, 고향, 이별 따위의 중심 주제 형성에 관한 구체적인 징후를 나타내 보이고 있다.

첫 시집 『피안감성』 이후 그의 행려의식이 하나의 새롭고 신선한 생명력을 머금고 넉넉한 가능성으로 되살아나게 되는 것은 다섯 번째 시집인 『문의(文義) 마을에 가서』(1974)이다. 첫 시집 발간 이후 13년 동안 그는 『해변의 운문집』(1966), 『신(神), 언어, 최후의 마을』(1967), 『여수(旅愁)』 등의 시집을 발간한다. 이 과정에서 그는 「한국대인사(韓國待人詞)」·「슬픈 씨를 뿌리면서」·「밭두렁에서」·「여수」 등과 같은 주목할 만한 시편들을 생산하기도 했다. 그의 행려의식은 이 시편들의 정서 공간을 통과해 가면서 역사 현실과 민족성, 그 속에서의 자아의 깨달음 따위를 점차 확대 보강시켜 간다.

① 너무나도 내 말을 잘 듣는 보섭이 지나간 밭을
　 이 싱싱한 領洗의 흙이 마르기 전에
　 절름발이 갑돌아 콩을 뿌려라
　 우리 나라 햇빛 속에는 臨終이 들어 있다.
　 갑돌아 어서 콩을 뿌려라

　　　　　　　　　　　　　　　—시 「밭두렁에서」 부분

② 할아버지는 우리 나라의 가락을 여기저기 찾아다녔습니다.
　 (…중략…)
　 아버지는 짤랑짤랑 방울 흔들며 소금사려 외우는 소금장수였습니다.

하동 광양땅 백운산이 아득하고
바람이 하염없이 부는 아무데서나 머물었습니다.
(…중략…)
日帝 때 내 가오리연은 새처럼 사라졌습니다.
흐린 하늘에 대고 내 작은 주먹은 슬픔을 쥐었습니다.
(…중략…)
할아버지도 찾다 찾다 만 가락, 아버지도 떠돌다 버린 가락
결코 내 음악이 될 수 없게 깊이깊이 물길 끊긴
그 가락을 나는 양코쟁이 노래 은덕으로 찾을 수 없었지요
지금 노래해야 합니다. 우리 나라의 꽃다운 가락을 찾아야 합니다.
　　　　　　　　　　　　　　　　　—시 「슬픈 씨를 뿌리면서」 부분

①에서 우리나라 햇빛 속에 들어 있다는 '임종'의 표현은 놀라운 발견
이자 깨달음이다. '임종'은 슬픈 과거와의 결별, 그것으로부터의 이탈, 혹
은 현실 안주의 위기감에 관한 자기 각성과 동의어이다. 고은 시인의 문
학적 행려는 이러한 의지를 굳건히 깔고 전개되어 간다. ②는 연대기적
(年代記的)인 가족사, 혹은 민족사의 슬픔과 그 굴곡 많았던 내력이 훌륭
히 정리되어 있다. 이 단계에 이르러 시인은 그가 앞으로 이끌고 가야
할 평생 과업이 무엇인가를 확연히 깨닫는다. 그것은 바로 '우리나라의
꽃다운 가락'을 재현, 회복하는 일이었던 것이다.
　　그러나 이 시기 그의 시에서 「애마(愛馬) 한스와 함께」와 「저녁 숲길에
서」가 드러내는 정서의 빛깔은 어딘가 모르게 서구풍의 엑조티시즘 따
위가 느껴진다. 1960년대 중·후반의 전형적인 시단 분위기에 흡수된 경
향으로 볼 수도 있으나 안정될 만하며 불쑥불쑥 고개를 들고 나타나는
이국적 감수성은 그의 행려의식이 머금고 있는 놀라움과 기대에 한 가
닥 불안의 그림자를 드리운다. '사세마(四歲馬) 한스', '물 건너 종소리',
'주홍(朱紅) 꽃신', '하얀 띠의 길', '캐비지밭', '미자르별' 따위가 주는 느
낌은 일단 토속성, 주체성과 거리가 밀착되지 않는 것이 사실이다.

더욱이 「저녁 숲길에서」는 구어체의 전개임에도 불구하고 그것의 번역조를 방불하게 하는 다변, 부연, 공연한 우회, 의미 없는 말 이어가기 따위의 징후가 우려를 느끼게 한다. 이러한 수다스러움에 가까운 다변, 혹은 장광설은 고은 시에서 최근까지도 극복되지 못하고 있는 부정적인 요소들이라 하겠다.

다시 『문의 마을에 가서』를 주목하기로 한다. 시집의 제목도 그러하거니와, 이 시집에는 유달리 처소격 조사인 '～에서'가 붙은 제목이 많다. 그것은 때로 섬진강, 문의 마을이기도 하고 연희동, 청수장, 죽사(竹寺), 제4한강교, 청진동, 광화문, 일선사, 남한, 용인 절터, 수유리, 돌배나무 밑, 영월, 라일락 앞, 추풍령, 정릉 등 하고 많은 국내의 여기 저기를 표랑해 다니는 시인의 처소이기도 하다. 하지만 그 처소들 중에서 시인은 어느 한 곳에 결코 머무르지 않는다. 그럼에도 불구하고 이 시기 고은의 시 세계가 보여 주는 행려의식은 매우 특별한 광채로 번뜩이기 시작한다. 그것은 아마도 그가 시집의 후기에서 천명하고 있는 것처럼 드디어 자신이 '사람과 사람 사이로 되돌아 왔다는 확신을 갖고서 시 창작에 그 확신을 적극적으로 반영하고 있기 때문이다.

> 나는 일종의 시 정신사의 매듭으로써 내가 언어의 편인가, 사물의 편인가 또는 허무의 편인가를 분명하게 결단할 수 없는 근본 유랑(根本流浪)가운데서 떠돌지 않으면 안 된다는 것을 확신해 오고 있습니다. 이런 생활이 나 자신의 동시대 진실을 지향한 것인지도 모릅니다.
> 그리하여 나의 지난 날에 천착했던 자연, 선(禪), 사자(死者)의 풍경으로부터 나는 역사의 절벽과 상황 또는 민족 이데아, 사람과 사람 사이의 삶의 감동에 돌아왔습니다.
> ─「독자에게」(시집 『문의 마을에 가서』의 후기 부분)

이 시집에 대하여 시인 자신은 '중기시의 1차 정리'라는 의미로 고백한다. 생각하건대 이는 사실일 것이다. 그의 시는 이 시집에 이르러서 드디어 하나의 획기적인 반전(反轉)을 이루는 형상을 보인다. 이 형상이 다름 아닌 존재의 전이, 바로 그것이다.

① 이제 살아 있는 것과 죽은이가 하나로 되어 강물은 求禮 谷城 누이들의
   界面調 소리를 내는구나
                                                    ―「강에서」 부분

② 겨울 文義에 가서 보았다.
   죽음이 삶을 꽉 껴안은 채
   한 죽음을 무덤으로 받는 것을
                                                    ―「문의 마을에 가서」 부분

③ 보아라 새벽마다
   어금니를 갈아
   가난이와
   풀린 흙을 삼켜서
   우리 나라의 오랜 삶은 이루어졌지만
   그것이 여기 진달래로 피어서
   눈 못뜨고 마른 하늘조차 흐득흐득 우는구나
                                                    ―「진달래」 전문

　①과 ②는 하나의 분명한 깨달음의 경지이다. 모든 '살아 있는 것과 죽은 이가 하나로 되어' 있는 광경과 '죽음이 삶을 꽉 껴안은' 모습은 다름 아닌 생사일여(生死一如)의 깨달음이요, 부증생 부증멸(不曾生 不曾滅)의 초월적 경지이다. 생과 사를 분별하고 거기에 별도의 가치를 두는 것은 세속적인 판단에 지나지 않는다. 무릇 삶과 죽음에 관한 분별, 또는 편향을 차단하기 위해서는 모름지기 그 분별을 일시에 깨트리는 폭지일파(爆地一破) 이외엔 달리 방법이 없으니, 시인은 생사의 편향을 극복하는 방향으로 또다시 그에게 친숙한 선가(禪家)의 힘을 의지하게 된 것이다.

항상 무명(無名)에 덮여서 어둡고 검은 칠통(漆桶)과 같은 마음, 아무리 세월이 경과해도 깨뜨려지지 않는 마음속의 어둠, 시인은 드디어 그의 네 번째 시집 『문의 마을에 가서』(1974)에 이르러 그 갑갑하고 불편한 칠통을 단숨에 깨뜨려 버렸다. 이제 그는 이승의 생과 저승의 죽음을 하나로 엮어서 종횡무진 감당할 수 있는 참 시인의 정신적 경지를 터득하게 되었다. 이제 그는 한 경지를 깨닫게 되었으나 그의 판단, 그의 안목이 과연 얼마나 정당하고 올바른 것인지를 결택(決擇)해 줄 더 밝은 눈을 지닌 스승을 만나야 할 단계에 이르렀다. 과연 그 스승은 누구인가.

3. 민족과 민중의 발견, 그리고 민족문학

네 번째 시집이 출간되던 해에 시인은 유신독재정권의 반민주적 폭압, 더욱 골이 깊어져 가는 분단체제의 수렁, 질식 직전으로 느껴질 정도의 경직된 사회 분위기에 적극적으로 대응하여 이 음모를 분쇄해 보려는 의지를 갖게 되었으니, 그 첫 번째의 성과가 자유실천문인협의회의 창설과 민주회복국민의회에 문인 대표로 참가하게 된 것이다.

이후 1980년대 초반까지 그의 군사독재정권에 대한 적극적인 응전과 투쟁은 실로 처절할 정도의 혈전이었다. 대통령 긴급 조치 9호 위반으로 투옥(1977), 한국인권운동협의회 부회장(1978), 민주주의민족통일국민연합 중앙상위 부위원장(1978), YH사건으로 국가보위특별법 위반으로 투옥(1979), 『실천문학』 창간(1979), 노동학교 교장(1980), 내란음모죄, 계엄법 위반으로 15년 선고 복역(1980) 등 일일이 예거하기조차 힘들만큼 잘못된 현실 정치와 역사의 파행에 대하여 정면으로 맞서 싸우고, 투옥, 고문, 감금 따위의 이루 형언할 길 없는 모진 고통을 치렀다.

이 숨가쁜 과정 속에서 그는 문학을 통해 소중하게 터득한 생사 일여에 관한 안목과 경지, 또한 그것의 정당성을 시험받을 수 있는 스승을 만났으니, 그 스승이란 다름 아닌 '민족'과 '민중'이었던 것이다. 민족과 민중이야말로 그의 스승이며, 스승으로서의 민족과 민중은 그의 깨달음을 결택정안(決擇正眼)하는 가장 매서운 시험장이었다.

> ① 어버이도 아들도 벗도 베허라
> 만나는 것들
> 어둠 속의 칼날도 베허 버려라
> 다음날 아침
> 天地는 죽은 것으로 쌓여서
> 내가 할 일들은 그것들을 묻는 일
>
> —「살생(殺生)」 전문

> ② 임이여 나는 십만억토 지나는 서방정토에 가지 않으렵니다
> 죽어도 이 나라 한 점으로 있으렵니다
> 죽어서 몸뚱이야 흙이 되건만
> 물과 바람 하나 되건만
> 그것으로 이 나라의 산들바람도 되건만
> 내 뜻이야 중음신 신세 박차고 그대로 남으렵니다
> 남아서 이 나라 강산 전내기로 취하렵니다
>
> —「임종(臨終)」 부분

①은 시집 『문의 마을에 가서』에 실린 작품으로 세속적인 모든 분별에 대한 일체의 거부와 타파를 표시하고 있다. ②는 이후의 시집 『입산』에 수록된 작품인 바, 지금까지의 모든 고정 관념, 미련, 세속적인 환상, 미몽(迷夢) 따위로부터의 완전한 결별 선언이다. 그러므로 이 시에서의 '임종'은 과거 자아의 단절이며, 또한 앞으로 만에 하나로도 나타날 수 있는 낡은 관습성에 대한 매서운 자기 차단의 표시이다.

시집 『입산』에 실린 작품으로 시 「뜻」을 우리는 주목하고 싶다. 이 작품은 불과 12행밖에 되지 않는 소품이다. 그러나 이 시의 문체는 정신적 표류, 떠돌이의식을 일단 정리하고 민족과 민중의 총체성에 거처를 정한 이후의 고은 시가 확보해 가는 강건하고 호방하며 자유 자재한 문체의 정격(正格)을 보여 준다고 할까. 그런 뜻에서 특별히 의미 있는 작품이다.

> 韓半島 씨잉! 하는 乾겨울 좋아라
> 바람 한 점 없이도
> 천지에 꽉 찬 얼음이라 혼이라
> 흐지부지 살지 말라
> 어느 댁 마고자 태평성대 말하는구나
> 우는 사람 앞으로
> 춤추는 날 오지말라
> 울다가
> 울다가
> 그 울음 얼어 붙어
> 이 악문 大關嶺 동태로 맛 들어라
> 이 나라 쓴 맛 단 맛 들대로 들어라
>
> ──「뜻」 전문

이 시의 첫 행부터가 그러하지만 한창 말 배우는 어린아이의 전진스런 눌변처럼 도처에서 서술의 축약(縮約)이 주는 멋진 효과를 재치 있게 활용하고 있다.

> 韓半島 씨잉! 하는 乾겨울 좋아라.

이 대목은 4음보격을 느끼게 한다. 이를 서술적 문장으로 풀어보면 다음과 같다.

韓半島(의 전체 상공을) 씨잉! 하는 (세찬 소리를 내며 삭풍이 불어가는 바싹) 마른 겨울(철이 나는)좋아라.

원래 이런 서술 형태였을 문장을 조사도 과감히 없애고, 반드시 따라 붙어야 할 필연적 서술도 제거함으로써 장소와 상황의 긴장성을 훨씬 고조시키는 일에 성공하고 있는 것이다. 심지어는 서술 축약을 위해 '마른 겨울'도 '건(乾)겨울'로 한 음절 줄였다. 이런 눌변(訥辯)의 시학은 지난 시기의 시 「밭두렁에서」·「십삼야(十三夜)」 등에서 일찍이 그 잠재력을 구사해 보인 바 있으나, 작품 전체에까지 파급된 이러한 민중 언어태가 훗날 그의 시정신의 탁월한 한 경지를 획득한 것으로 평가되는 연작시 「만인보」, 민족 서사시 「백두산」 등에서 호방하고도 신선한 생명력을 지니고 효과적으로 구사되어졌음은 물론이다.

4. 반성과 극복의 변증법

시인 고은이 그 자신을 결택정안하는 스승으로 민족과 민중을 의탁하게 되고서도 그의 이른바 '근본 유랑'은 한참 동안 안정된 자세를 얻지 못한다. 어느 해 여름 그는 큰 강물로 불어난 한강의 도도한 흐름 앞에서 심한 두려움과 주저, 자포 자기마저 느끼게 된다.

한강 장마 그 드넓은 황토 강물에
나 天涯孤兒 몸뚱이 부들부들 떨린다
일언이폐지하면 거기 뛰어들어 떠내려가고 싶을 뿐
나 모르겠다

—「표류(漂流)」 부분

역사는 말 그대로 하나의 도도한 흐름을 이루며 언제나 불변의 몸피를 유지한다. 특히 격동기에 있어서의 삶은 한 지식인에게 있어서 갈등과 주저를 강요하는 것인가. 시인은 자신을 '천애고아'에 비유하며, 넘실거리는 강물의 흐름 속에 무작정 투신 충동을 느끼기도 하고, 급기야는 자아의 방기 상태에 빠지기도 한다.

그러나 시인은 한 순간의 이러한 무력감과 당혹, 또는 맹목성을 냉철한 자기 비판과 의지로 극복을 하고 드디어 시집 『문의 마을에 가서』 이후 또 하나의 획기적인 반전이라 할 수 있는 시집 『새벽길』을 펴내게 된다. 이도 역시 존재의 전이 지향이 이룩한 성과이다. 이 시집에서의 압권으로 단연코 「화살」을 손꼽는데 우리는 주저하지 않는다. 이 시는 너무도 널리 알려진 고은 시의 대표작이다. 1970년대를 살아가면서 심한 좌절과 갈등, 무력감에 빠져 방황하는 전체 민중들에게 아마도 시 「화살」만큼 가슴을 격동 고무시키는 절창은 그리 흔치 않았던 듯하다.

> 우리 모두 화살이 되어
> 온몸으로 가자
> 허공 뚫고
> 온몸으로 가자
> 가서는 돌아오지 말자
> 박혀서
> 박힌 아픔과 함께 썩어서 돌아오지 말자
> 우리 모두 숨 끊고 활시위를 떠나자
> 몇십 년 동안 가진 것
> 몇십년 동안 누린 것
> 몇십 년 동안 쌓은 것
> 행복이라던가
> 뭣이라던가
> 그런 것 다 넝마로 버리고
> 화살이 되어 온몸으로 가자

허공이 소리친다
허공 뚫고
온몸으로 가자
저 캄캄한 대낮 과녁이 달려온다
이윽고 과녁이 되 뿜으며 쓰러질 때
단 한 번
우리 모두 화살로 피를 흘리자
돌아오지 말자
돌아오지 말자

—「화살」 전문

　그런데 이 작품을 다시금 꼼꼼히 읽어보게 되면 한 선지식(善知識)으로서의 시인의 절규에 가까운 호소가 과연 당대 현실과 이후의 역사에서 얼마만큼의 효력으로 담보될 수 있었던가 하는 점에 자못 의문이 든다. 이 시에서의 화살은 3연에서의 진술처럼 '저 캄캄한 대낮'을 수십 년 동안 지배해 온 민중에 대한 억압 세력을 단적으로 겨냥하고 있다. 그 억압 세력은(파쇼라고도 이름할 수 있는) 2연의 서술과 마찬가지로 '몇십 년 동안 누린' 위선적인 명예, 호사, 부귀가 결코 보통이 아니며, '몇십 년 동안 쌓은' 허망한 지위, 학문 따위로 둘러싸여 있다. 이른바 기득권이라고 하는 것을 모조리 장악해 온 독점 세력들이다. 그런 그들에게 스스로를 모두 파괴 부정하기를 바라고, 포기를 요구하는 것이 얼마나 무리이고 비현실적인가. 화살이 가서 꽂힐 목표는 이미 분명히 설정되어져 있다. 심지어 그 목표는 '저 캄캄한 대낮 과녁이 달려온다'에서 보듯, 표적 스스로가 확대되어서 도저히 피할 수 없는 긴절한 당면 과제로 우리 앞에 제기되고 있음을 일깨운다.
　시인은 결국 '우리 모두 숨 끊고'라든가 '박힌 아픔과 함께 썩어서' 또 '그런 것 넝마로 다 버리고'의 문맥들이 발산하고 있는 메시지처럼 과감한 자기 포기, 자기 희생, 자기 부정의 정신을 종용하고 있는 것이다. 그것은 주로 기득권 계층을 위시해서 '캄캄한 대낮'을 걷어내려고 애쓰는 모든 민족, 민중 전체를 향해 던져 보내는 격문이기도 하다. 그러나 우리는 '온몸으로'라고 시인이 힘주어 말하는 대목에서 오늘날의 민중, 민주화운동, 분단극복운동, 민족문학운동이 지니고 있는 미온적인 소극성, 현실 안주적 성격, 정체성 따위의 부정적 요소를 호되게 꾸짖는 경구(警句)의 느낌을 받는다.

한편 고은의 시 '화살'을 읽으며 이 작품에서의 활 이미지가 불교사상에서 기초된 것이 아닌가라는 추측도 한다. 『선가귀감』 10장에는 활과 활시위에 관한 다음의 비유가 나온다.

> 부처님은 활같이 말씀하시고, 조사(祖師)들은 활줄같이 말씀하셨다.
> [諸佛說弓 祖師說絃]

> 활같이 말씀하셨다는 것은 굽다는 뜻이요, 활줄같이 말씀하셨다는
> 것은 곧다는 뜻이며……
> [說弓曲也 說絃直也]

이 대목에서 '굽음'과 '곧음'은 무엇을 의미하는 것일까. 아마도 사물과 현상, 혹은 불법에 대한 풀이의 방법과 관련된 것이 아닌가 한다. 즉 굽음이란 제유, 풍유, 인유, 암유의 방법적 총체성일 디이고, 곧음이란 굳이 비유에 의거하지 않은 상태, 즉 무비유, 초비유의 경지일 것이니 굽음과 곧음이 함께 조화를 이루어서 불경의 오묘한 선적(禪的) 문체를 형성하는 것이다.

이런 관점에서 볼 때 시 「화살」은 온통 경전적인 선(禪) 비유로 가득찬 구성 방식을 나타낸다. 정서 리듬의 기하학적 도형은 굽음보다 오히려 직선형의 곧음으로 일관되고 있으니 그만큼 조사적 설법(祖師的 說法)에 가깝다 할 것이다. 격하고 거친 느낌이 그것이다. 거칠지만 읽기에 거부감을 주지 않고 도리어 독자들이 작품의 정서 공간 내부로 자연스럽

게 흡입되는 느낌을 받는 것은 시에서 초비유의 경지가 독자의 감정 속으로 아무런 장애 없이 곧바로 돌입해 와서 즉시 일치를 이루는 일조의 정신적 수혈 작용을 하고 있기 때문이다. 시 「대웅전(大雄殿)」과 「새벽길」이 주는 느낌도 바로 이러한 효과 그대로이다.

시집 『새벽길』 이후 시인은 다시 한번 시인은 자신의 시혼에 불을 지피니 그것이 시집 『조국의 별』(1984)이다. 1980년대 초반 광주민중항쟁을 무력으로 짓누르고 등장한 군사독재정권에 의해 잔혹한 영어(囹圄)의 고통을 치르고 나온 직후 펴낸 이 시집에는 도합 90편의 시 작품이 수록되어져 있는바, 시인은 후기에서 '이 시집의 대부분은 사실은 최근 두어 달 사이의 것'이라고 밝힌다.

하지만 실제로 이 시집에 실린 상당수의 작품은 옥중시절부터 그 상상력을 키워 온 것이다. 고은은 이 무렵부터 신들린 듯한 창작 시간, 질풍 노도와 같이 밀어닥치는 시적 영감으로 시를 써 가는 범상을 초월한 다작의 시간으로 돌입한다.

> 이 시집의 대부분은 사실은 최근 두어 달 사이의 것이다. 못견디도록 시가 자꾸 씌어지는 그런 경우였다.
>
> —『조국의 별』 후기 부분

> 나는 시를 위해 태어났다.
>
> —시집 『눈물을 위하여』 후기 부분

> 내가 지금 죽어 버린다 한들 1천년 뒤에도 내 마음은 살아남아서 그 시대의 모국어를 통해서 시를 지어낼 것임이 틀림없다.
>
> —시집 『아침 이슬』 중 시인의 말 부분

> 왜 이렇게도 시가 좋은 지 모르겠다.
>
> —시집 『해금강』 중 시인의 말 부분

이 인용문들은 대개 시인이 이무렵 자신의 시집에서 엄청난 다작에 관한 심경을 밝힌 변(辯)의 일부이다. 시에 관한 애착, 집념, 무한한 사랑의 마음을 곡진하게 고백하고 있다. 사실 문학인이 이렇게 자신의 문학에 대하여 당당하게 말할 수 있기란 쉽지 않다.

시집 『문의 마을에 가서』가 고은 중기시의 1차 정리라면, 그 2차 정리라 할 수 있는 성격의 시집 『조국의 별』에 잠시 눈길을 멈추어 본다. 초기 시에서부터 시종 일관 고은 시의 밑바닥 힘으로 작용해온 근본 유랑, 또는 행려의식은 이 시집에서도 마찬가지로 저층(底層)을 이룬다.

우리에게 너무 많은 것들이 체류하고 있다
우리에게 너무 많은 것들이 주둔하고 있다
이제 모든 것이 항구에서 떠나는 날을 위해서 나는 버글버글한 타락을 지나서 항구로 가야겠다
(…중략…)
저것들을 거절하기 위해서
나는 아무래도 항구로 가야겠다

—시 「항구(港口)」 부분

이 시에서의 '떠남'의 주체는 자아가 아니라, 객체이다. 그 객체란 이질성, 박래성(舶來性), 비주체성 따위이다. 이들이 지난날 왕조 말기 이래로 민족사에 얼마나 큰 상처와 아픔을 주어왔던 것인가. 고은의 초기 시는 대체로 근원적인 가치를 찾아서 표랑해 다니는 정신적 떠돌이의식의 표현이었으므로 떠남의 주체는 어디까지나 시인 자신이었다.

하지만 시집 『조국의 별』에 이르러 떠남의 양식은 사뭇 달라진다. 민족사의 중심부에 튼튼히 자리잡고 있는 시인은 민족사의 회복과 순조로운 발전에 장애를 주고 있는 모든 객체를 결단코 떠나 보내려는 갈망으로 가득 차 있다. 이 시집은 대개 이런 갈망과 의지로 넘실거리고 있으며 시 「길」·「먼 길」·「자작나무 숲으로 가서」·「한천을 따라」 등의 계

열에서 특히 이런 지향이 두드러진다.

① 길을 보면
　나에게 부랴부랴 갈 데가 있다
　(…중략…)
　길을 보면
　나는 불가피하게 힘이 솟는다
　나는 가야 한다
　나는 가야 한다
　어디로 가느냐고 묻지 말아라
　저 끝에서 길이 나라가 된다
　　　　　　　　　　　　　　　　　―시 「길」 부분

② 찬란한 동지들이여 우리에게는 몇 년으로 다할 길은 없습니다
　내일 모레 당장 다다를 데가 한반도의 아무데도 없습니다
　작은 땅에서 길은 가장 먼 길입니다
　몇십 년을 걸어온 우리에게는
　아직도 몇십 년 몇백 년이 걸리는 먼 길 뿐입니다
　　　　　　　　　　　　　　　　　―시 「먼 길」 부분

③ 나는 광혜원으로 내려가는 길을 등지고 삭풍의 칠변산 험한
　길로 서슴없이 지향했다
　　　　　　　　　　　―시 「자작나무 숲으로 가서」 끝부분

④ 典型! 전형이 사상에서 해라 마라의 명령으로 전락한다면
　그것을 단호하게 버리기 위해서는 우리는 더 걸어야 한다
　　　　　　　　　　　　　　―시 「한천을 따라」 끝부분

　이 시 작품들의 인용 부분에서 '길'의 의미는 자못 의미심장하다. 쉼과 지침을 모르는 이 무한표랑(無限漂浪)의 힘은 과연 어디로부터 분출하

는가. 그 힘은 전적으로 다른 무엇보다도 끊임없이 '존재의 전이'를 꿈꾸고, 어떤 악조건 속에서도 그것을 실현해 왔던 시인의 기질과 노력 덕분이다. 그의 보행은 늘 한결같지 않고 갈수록 그 보행의 속도를 더해간다. 그만큼 시인 자신에게는 그것이 행복이자 동시에 고통의 시간들이다.

그 길의 막다른 끝(이러한 끝이 과연 있을는지 의문이지만)은 완전한 나라, 완전한 민족의 수립이니, 결코 초조와 성급한 의욕으로 해결이 불가능한 것임을 시 ②는 알려 준다. '작은 땅에서 가장 먼 길'인 이 길에서는 순조로움과 평탄한 시간이 단호히 거부된다. 그것은 시 ③에서처럼 광혜원으로 내려가는 쉽고 편한 길이 아니라 삭풍이 휘몰아치는 칠현산 쪽의 가파르고 험한 길이다. 더불어 우리가 완전한 나라, 완전한 민족을 이룩하기 위해 고투해가는 과정에서 노력이나 운동의 성질이 깨닫지 못하는 사이에 지나치게 도식주의로 빠진다거나, 다분히 기하학적 인식으로 전락되는 사례들을 ④에서 경계하고 있는 모습도 특이하다. 도식주의의 경직성은 목적의 성취를 돕는 것이 아니라 도리어 장애를 초래할 뿐이니, 이로 말미암아 우리가 그렇게도 타파 청산하려 했던 획일주의가 어느 틈에 우리들의 삶 깊숙이 침투해 들어오게 되는 것이다. 그것은 결코 발전이 아니라 전락이요, 퇴보라는 인식을 시인은 보여 준다. 봉건적 관습의 굴레와 그 되풀이를 사정없이 끊어버리기 위해서도 '존재의 전이'를 위한 각고의 노력은 항시 지속되어야 한다.

이 경우 '존재의 전이'가 의미하는 것은 철저한 자기 점검, 자기 극복 바로 그 자체이다. 시인은 이 무렵 민족문학과 관련된 이론적 모색과 활동을 겸하면서 새로운 '존재의 전이'를 성취하기 위한 적극적인 자기 극복을 시도한다.

　　평론집 『문학과 민족』을 낸 직후 나는 그것으로부터 떠나야 했습니다. 그 논리의 기득권에 안주한다는 것은 원칙에 대한 停滯가 될지 모르기 때문입니다. (…중략…) 문학이 누구의 것이냐 라는 본질적인 질문이 우리에게는 민족 내지

민중 자체의 시대적 정의를 요구하는 현실적인 질문이기도 한데 바로 여기에
서 민족문학의 명확한 과제가 발생합니다. 이른바 식민지 문학과 전후문학의
허상에 이의를 제기한 이래 '창비'의 참여문학 → 시민문학 → 농민문학 → 민족
문학의 거듭된 진전, 자유실천문인협의회의 민족문학 내지 실천문학, 80년대의
민중문학의 양적 발전에 이르는 오늘의 민족문학은 그 발전 자체가 끊임없는
자기 비판의 결실이라는 점에 주의해야 합니다.

─ 평론 「민족문학은 실천이다」 부분

5. 우리 시의 진정한 외세 극복

이로부터 시인은 시집 『시여, 날아가라』(1986), 『전원 시편』·『만인보』
(1986), 『아침 이슬』(1990.6), 『눈물을 위하여』(1990.11), 『해금강』(1991), 서사시
『백두산』의 집필 및 발간 시작, 시집 『내일의 노래』(1992) 등을 잇달아 발
간하며 종횡 무진, 민족 시인으로서의 숨가쁜 행보를 스스로 재촉해 간
다. 이 시기는 고은의 중기 시에 해당하는 제3기로서의 의미를 지닌다.

그 동안 시인 고은이 악전 고투로 펼쳐왔던 '존재의 전이'와 그 눈부
신 해탈이 거둔 성과는 일단 문학사에 깊이 뿌리 박혀 하나의 요지부동
하는 전통 그 자체의 위상으로 확정되고 있다. 고은 시인은 동시대의 그
어느 누구보다도 변증법적인 자기 비판과 자기 극복으로 앞질러간 가장
대표적인 민족 시인으로서 도저히 그의 시정신을 뛰어넘기가 힘든 경지
에 이미 그는 가 있었다.

이 시기의 작품들은 우선 형태적으로 장시형과 단형 소품의 계열로
뚜렷이 구획되어진다. 면밀하게 읽어 볼 때에 장시형보다는 단형 소품이
훨씬 작품으로서의 높은 성취에 도달하고 있음을 발견하게 된다. 장시형
은 주로 특정한 인물, 사건에 대하여 쓴 일종의 행사시의 성격을 지닌

것이 많다. 장시형은 대체로 길게 반복되며 늘어지는 서술 형태가 서사성에 의해 극복되지 않은 한 독자들에게 일단 시각적 효과를 집중시키기에 부적절하다. 반복되는 중언 부언, 감정의 격앙을 풀지 않은 문맥의 과도한 긴장성, 잦은 영탄 등이 경우에 따라서 작품의 원래 의도를 감소시키는 사례들이 잦다. 낭송용으로 쓰여지는 행사시로서의 효과는 어느 정도 기대할 수 있을 것이다.

　이 시기에 시인은 너무도 잦은 행사시를 거의 혼자서 전담하다시피 하였고, 이 경험은 결과적으로 시 작품이 확보해야 할 서정적 긴장을 상쇄시키면서 하고 싶은 말을 우선적으로 앞세우는 습관을 발생시키게 되었다. 공연한 장광설, 느닷없는 감정의 고조, 필요 이상으로 독자들을 시 작품에 묶어두는 불편과 번거로움, 설명으로 풀어지는 부분 따위가 그 표본적인 사례들이다.

> 보라 우리가 가는 큰 길이여
> 큰소리 치며 뻗은 큰 길이여
> 대저 민중으로 가는 길이여
> 민중은 그 누구도
> 제가 죽어도 그것으로 끝나는 것이 아니라
> 그 뒤를 이어 준다고 칵 죽으며 믿는다
> 대지 위 끝없는 길이 그것을 열번이나 말하고 있다
> 　　　　　　　　　　　　　─「우리는 큰길에 이르렀다」 부분

　진정한 가치의 모색을 위해 끝없는 근원 유랑의 흐름에 실려서 정리되던 팽팽한 정서의 긴장이 별반 느껴지지 않을 뿐 아니라, 시인은 무언가를 자꾸 해설하지 않으면 안 될 것처럼 스스로 행동한다. 마구 쏟아지는 감정의 분비를 억제를 통한 자기 조절로 이끌지 않고, 오히려 조절 장치를 의식적으로 풀어버린다. 독자를 줄곧 납득시키려는 어투도 은연 중에 불편하게 느껴진다. 초기 시 「애마 한스와 함께」·「저녁 숲길에서」

가 드러내는 장광설과 공연한 다변주의(多辯主義) 및 그것들과 관련된 우려가 이 시기에 이르러 사뭇 방만성을 띠고 나타났으니 시인은 언어의 고삐를 너무도 느슨하게 쥐고 있었던지도 모른다.

이러한 창작상의 한 분위기에 젖어 있다는 사실은 시인이 그토록 집요하게 노력해 온 자기 점검, 자아 극복의 태도와는 정면으로 대립된다. 시인은 한시 바삐 이로부터 또다시 떠날 채비를 갖추지 않으면 안 된다. 단형 소품들이 한 출구로서의 가능성을 넉넉히 보여 준다. 단형 소품의 경우 「땀」·「죽음」·「함박눈」 등이 비교적 선명한 인상으로 우리들의 기억에 각인되어 있다. 그 가운데서 특히 「함박눈」 같은 작품은 매우 강렬한 감동을 준다.

> 함박눈 내리는 날
> 짐승들도
> 출출 시장끼 무릅쓰고
> 조용히 제 집에 들어가 있다
> 나도 집에 있다
>
> 함박눈 내려
> 우리 나라에는 종교가 필요없다
>
> 아휴 징그러워라 우리 나라 종교라니
>
> ─「함박눈」 전문

이 시의 행 형식은 도합 3연 8행에 불과하다. 그럼에도 불구하고 이 작품이 내포하고 있는 사상적 공간은 서사시 한 편에 거의 필적한다. 축약형의 문장들이 도처에서 광채를 발하고 있을 뿐 아니라, 5행 → 2행 → 1행으로 구성된 연 형식도 깊은 의미를 담고 있는 듯하다. 집·함박눈·종교 등의 의미들도 범상하지 않다. 자연의 순리와 그 질서를 조용히 받아들이는 이 세상 모든 존재들에 대한 축복의 의미로 읽혀지기도 한다. 그러나 '우리나라 종교'로 표상되는 권력, 독점자본, 독재, 사대주의, 총체적인 매판성 따위에 대한 형언할 길 없는 경멸과 혐오감의 표시를 시인은 '징그러워라'라는 가장 짧은 한 마디 말로 압축하여 웅변적인 효과를 거두기도 한다.

시집 『아침 이슬』(1990.6)의 발문에서 비평가 김명인이 고은 시의 특성으로 '선시적(禪詩的) 울림', '사상의 즉물적 완성'을 들고 있거니와 이는 단형 소품의 경우에만 해당하는 적절한 지적이다. 이 시기에 시인은 『전원 시편』과 『만인보』를 집필하여 민족문학사에 서사적 풍요를 더하였을 뿐만 아니라 민중이 역사의 중심이자 주인이라는 확고한 역사의식을 일관되게 보여 주었다. 백낙청의 지적대로 『전원 시편』은 어딘지 모르게 장황한 대목, 농민의 일하는 경험을 자기 것으로 삼으려는 어떤 착심 따위를 극복하지 못한 것이 사실이었다. 하지만 『만인보』는 이러한 불균형성을 일거에 극복하면서 민족언어의 구사를 통한 훌륭한 민족시의 경지에 도달하였으니 염무웅은 이를 두고 '우리 시의 진정한 외세 극복'이라고 평가하였다.

한 시인으로서의 '존재의 전이'에 관한 성찰과 탐구가 고은만큼 열정적인 경우는 말 그대로 전무후무했던 것 같다. 시집 『내일의 노래』(1992)에서 소설가 송기숙이 쓴 발문의 제복처럼 고은은 그야말로 모든 문인들로 하여금 무기력을 느끼게 하는 '속수무책(束手無策)의 사나이'인가. 하지만 우리는 그가 존재의 본질을 찾아 길 위에서 헤매 다니는 행려자, 떠돌이, 나그네의 구도자적인 모습만을 높게 우러러본다.

존재의 끝없는 전이를 이룩하기 위해 시인은 항상 머무름, 현실 안주, 고정, 정체, 나태, 관념 인식의 도식적 경향 따위와 맞서 싸우고 비판하며 그것을 극복해 간다. 그러므로 시인 고은은 역설적으로 그의 '길' 위에 있을 때만 시인이다. 만약 그가 자신이 선택한 길 위에서의 행보를 벗어나게 될 때 그것은 곧 시인의 문학적 죽음이자 동시에 지금까지 쌓아온 모든 축적이 무의미로 전락되어 버린다. (우리는 지난 시기의 문학사에서 이러한 의미의 소멸 사례를 무수히 보아왔다.) 이 길은 시인이 몸소 길 위의 무수한 장애물을 걷어 내며 가야 할 숙명적인 길이지만, 그가 혹시 길 위에 멈추어서서(혹은 길 밖으로 나와서도 자신이 길 위에 있다는 착각을 가지면서) 길에 관한 문제를 관념적으로 떠올리며 득의 양양해 있다면 그것은 자못 우려할 만한 사건이다.

이제 다시 일어서서 가자
무거운 짐 꾸짖고
신들메 고쳐 매고
붉어진 얼굴 서로 새로워라
아직 우리는 무덤으로 갈 수 없다

— 시 「오늘」 부분

떠나라
떠나는 것이야말로
그대의 재생을 뛰어넘어
최초의 탄생이다 떠나라

— 시 「낯선 곳」 부분

우리는 가지 않으면 죽는다
가자
우리를 홍야항야 에워싼 것으로부터

— 시 「가자」 부분

길이 없다!
여기서부터 희망이다
숨막히며
여기서부터 희망이다
길이 없으면

길을 만들며 간다
여기서부터 역사이다

———시 「길」 부분

  비교적 근래의 시 작품 가운데서 옮겨본 것으로 가야 할 길의 필연성, 길에 관한 강박 관념 같은 것이 여전히 관념적인 분위기로 느껴진다. 개인이나 역사라는 존재가 필연적으로 전이(변화, 발전, 현상의 극복)를 향해 가지 않으면 안 된다는 관념에 시인 자신이 너무 과도하게 집착해 있다. 이 놀라운 전이의 성취는 관념마저도 극복한 순간에 달성되는 것이 아닌가.

  『피안감성』에서『새벽길』·『조국의 별』시기에까지 작품 전반을 감싸고 있던 정서의 따뜻함, 심리적 안정을 부여하면서도 자연스럽게 유발시켜 가던 미학적 긴장이 보이지 않는다. 고조된 목소리와 곤두선 현실의 긴장만 있고 따뜻함, 부드러움의 정서가 없다. 우선 딱딱하다. 이러한 아쉬움은『만인보』의 작업 과정을 통하여 대부분 보상되고 있긴 하지만 우리는 단형 소품에서도 아울러 그러한 즐거움을 함께 경험하게 되기를 소망한다(독자는 시인에게 자신의 요구를 늘 가혹하게 요구할 수밖에 없다).

  모순과 부조리에 관한 깨달음이 민족문학에서 요구되는 가장 최대의 기초 인식이라 할 때에 시인 고은의 일관된 노력은 자기 성찰, 자아의 비판과 극복으로 항시 열려져 있었으니, 민족문학의 이면과 시인 고은의 문학적 삶은 거의 완전한 일치를 이루어 왔다고 하겠다. 인간 존재를 억제 억압하는 그 모든 질곡의 환경과 속박에 대한 끝없는 부정, 용솟음치는 해방정신, 드디어는 눈부신 해탈의 세계에 도달하는 시정신이 고은 문학이 보여 주는 존재의 총체적 전이, 바로 그것임을 이미 앞에서 확인 정리한 바 있거니와 우리는 여느 민족시인과 구별되는 그의 시의 방법적인 특이성을 새삼 주목할 필요가 있겠다. 끊임없이 거품처럼 밀려드는 일반성, 상투성, 범속성을 소멸시킨 시인이 자신의 존재를 힘겹게 이동시켜 간 그곳은 과연 어디인가.

우리는 왜 자주 그곳을 가지 못하는가.

혹시 우리 스스로가 자신을 그곳으로 이끌고 옮겨가기를 속으로 꺼리고 있는 것은 아닌가. 그보다도 나태와 무관심의 포로가 되어 있는 자신의 광경을 우리가 미처 깨닫지 못하고 있다는 판단이 옳다. '존재의 전이'를 향해 끝없이 휘저어 가는 한 시인의 놀라운 행적은 우리가 멍한 눈을 비비고 있을 때 벌써 부지런히 흑두루미의 비상처럼 저만큼 앞서서 바쁜 걸음을 재촉해 가고 있는 것이다.

> 그렇게도 집착없이
> 혹은 죽고
> 혹은 태어나고
> 몇천 킬로를 곧장 날아가는
> 저 흑두루미떼의 힘은 무엇인가
>
> ―시 「저 흑두루미떼」 부분

제8장
1980년대의 시인과 시

해방 후 우리 사회는 일제 식민통치의 잔재들을 말끔히 씻어내지 못하고 말 그대로 격동의 세월을 펼쳐왔다. 권력을 장악한 역대의 지배자들은 부도덕한 통치 방법이나 원리를 고스란히 제국주의자들로부터 물려받아 민중을 억압하기에 여념이 없었고, 민중들은 해방 이전과 조금도 진배없는 모진 핍박의 시간을 겪어야 했다. 4·19정신을 압살하고 등장한 군부정권의 마지막 단말마적 현상들을 배경으로 부마민중항쟁(1979)이 있었고, 10·26정변도 이에 병존하였다.

1970년대 이래로 줄기차게 전개되어 온 민주와 독재간의 대립, 미국 및 매판 세력을 겨냥한 민중의 자각과 싸움은 군부의 하수인과 계승자들로 하여금 그들의 존립에 위기를 느끼게 했으니 12·12사태의 핵심은 바로 이 점과 직결된다 하겠다. 반민족·반민중 세력이 점차 역사의 표면에 떠오르게 되자, 외세에 대한 방어적 인식도 아울러 정비되기 시작하였으니 1980년 5월 광주민중항쟁은 1980년대 우리 사회의 역사적 성격을 규정하는 가장 중요하고도 상징적인 의미를 지닌다.

이른바 '피의 오월'로 불릴 만큼 민중의 요구를 잔인하게 진압하고 권력을 틀어쥔 신군부 세력들은 비상계엄선포, 언론통폐합, 노동관계법 개악, 민주인사들에 대한 각종 비열한 탄압과 고문, 테러 등 오히려 지난 시기 일제보다 더욱 잔학한 수법으로 그들의 무단적 통치를 강화해나갔으니, 민중들은 실로 해방 후 35년만에 또다시 '암흑기'라는 우울하고 음침한 용어와 맞닥뜨리지 않으면 안 될 욕된 운명에 처하게 되었다.

해방 전에 겪었던 고난이야 차라리 '왜(倭)'라는 이민족의 흉포한 방망이에 시달린 기간이었지만 해방 후 수십 년 동안, 특히 1980년대의 벽두에 겪은 피의 참극은 진정 동족이라 칭할 수 없는 자들이 휘두른 무도한 창검이었다 어이없이 도륙당한 그 처절함과 아픈 상처를 역사는 과연 어떻게 설명해갈 것인가. 이 모두가 진작에 청산했어야 할 일제잔재를 청산하지 못해서 빚어진 일이기에 우리들 자신도 이에 대한 책임을 등골이 서늘하도록 엄중히 자문해야만 한다.

민주정부수립 기회를 도척(盜拓)에 의해 탈취당하고, 덤으로 어처구니없는 춘사(椿事)까지 겪은 민중들은 사태의 본질을 뒤늦게나마 깨닫고 민족, 민주, 민중운동의 격렬한 싸움판으로 뛰어들게 된다. 이에 대하여 잔악한 지배자들은 무차별적인 탄압으로 대응했으니, 그야말로 "숨이 붙어서 살아 있는 것이지, 내가 살아가는 것이 진정 사람이 살아가는 삶이 아니"던 일제 말 어느 지식인의 고백과 조금도 다름없는 수치스런 시기였다.

무침히 깨뜨려지고 짓밟힌 민주조직은 1983년 후반기부터 차츰 그 역량을 복구하고 재정비를 시작하였으니, 1986년을 전후하여 격렬히 전개된 민주화 투쟁은 가히 이의 결집으로 피워낸 꽃이라 하겠다. 하여간 1980년대로 접어들어 민중이 겪은 역사적 경험은 한국사회의 변동 중에서 가장 획기적이고 급격한 변화의 경험이라 할 만한 것으로 상하 양층의 계급적 대결에서 하층의 분명한 자극을, 이끌어내는 계기가 되었고, 역사의 주체에 대한 확고한 인식을 가지는 기회가 되었던 것이다. 삶에 대한 뜨거운 열정은 보다 강화되었으며, 모든 틀에 박힌 사고방식과 관습화된 인식 체계를 근본적으로 각성하게 된 중요한 시기였다.

가장 기본적인 표현 욕구마저 검열 통제당하는 시대에서 문학은 어떤 대응을 보였던 것인가. 각종 정기간행물이 폐간되고, 출판물들이 빈틈없이 조절되는 상황에서 소설은 위축되고 상대적으로 시의 발표가 팽창하는 현상이 생겨났다. 흔히들 1980년대를 '시의 시대'라고 일컫는 것은 단순히 소설의 침체로 말미암은 결과로 보기보다는 채광석의 지적처럼 능동적인 문화전략 개념으로 이해하는 것이 마땅하다. 당시 사회 현실에서 문학이 해낼 수 있는 최대의 항변역할은 길로 큰 형식의 소설보다 짧고 긴절한 서정을 농축한 시의 형식이 훨씬 유효적절하다는 문학인들의 심사숙고와 냉철한 판단에 의한 것이었다.

1970년대 후반의 『반시』·『자유시』·『목요시』 등의 동인지가 표방한 정신을 발전적으로 계승하면서 결성된 『오월시』·『시와 경제』·『삶의 문학』·『분단시대』 등의 앤솔로지운동은 1980년대의 시대 상황을 적극적으로 수용하는 한편 능동적인 문화전략 개념에 충실한 그들의 성격과 문학적 지향을 유감 없이 발휘했다. 일종의 부정기간행물인 무크 형식의 출판물과 르뽀문학의 융성도 이러한 문화전략 개념의 한 차원으로 이해될 수 있겠다.

이와 같은 현실을 배경으로 1980년대의 시의 전반적인 흐름을 볼 때 우선 민중시, 노동시, 통일지향시, 농촌시, 부조리한 교육 현실을 다룬 해직교사 시인들의 시, 억압받는 여성문제를 다룬 여성시 등을 함께 아우르는 민족시의 계열이 정신적인 주류를 형성하고 있다.

또 한편으로는 사상과 이데올로기를 극단적으로 부정하며 소위 문학의 자율성을 옹호한다는 유파들도 생겨났으니, 그들은 주로 경직된 정서, 화석화된 관념이 그 특징인 후기 산업사회의 삶의 제 양상을 극복하겠다는 기치를 내걸고 주로 모든 문법 체계의 통사성을 해체시키는 형식실험에 골몰하였다. 그러나 그들 중의 상당수는 일찍이 1930년대의 이상·이시우·신백수 등 '3·4문학' 그룹이 진작 실험한 바 있었던 '강력한 해사성(解辭性)의 밀어붙이기' 수준에서 크게 진전된 세계를 이룩하지 못하였다.

그밖에 해방 이전부터 역사와 현실을 초탈하고 줄곧 예술성 일변도로 지속되어 오던 순수서정시의 계열이 있었고, 공전의 대히트로 파격적인 밀리언셀러의 대중적 명성을 휘감은 대중적 연시 계열들이 속출한 것도 이 시기 문단의 한 특징이라면 특징이다.

시 작품에 비쳐진 1980년대의 빛깔은 대체로 어둡고 우울한 색조이며, 기상은 밤낮 없이 오리무중의 안개가 자욱히 끼어 있는 상황이었으니, 다음의 시를 다시금 읽어볼 때 우리는 새삼스럽게 깊은 인상을 받는다.

> 아침저녁으로 샛강에 자욱이 안개가 낀다.
> (…중략…)
> 이 읍에 처음 와본 사람은 누구나
> 거대한 안개의 강을 거쳐야 한다.
> 앞서간 일행들이 천천히 지워질 때까지
> 쓸쓸한 가축들처럼 그들은
> 그 긴 방죽 위에 서 있어야 한다.
> 갇혀 있음을 느끼고 경악할 때까지
> (…중략…)
> 안개는 그 읍의 명물이다.
>
> ─기형도, 「안개」 부분

이 작품에서 기형도는 '1980년대'라는 시대 상황의 분위기를 슬픈 수묵화의 색조로 매우 적절히 그려내고 있다. '일제히 하늘을 향해 젖은 총신(銃身)을 겨누고 있는 공장의 검은 굴뚝들'하며, 샛강을 요지부동으로 가득 채우고 있는 '안개의 군단(軍團)' 따위는 당시의 정치 현실과 개체적 삶의 주변을 직핍하게 도려내어 보여주는 자못 명징한 시적 장치이자 소도구들이다.

김정환의 「철길」도 이와 유사한 계열의 작품으로 손꼽을 수 있는바, 압제자가 민중에게 가했던 억압과 이로 말미암은 과부하 현실을 비교적 구체적으로 그린 작품이다.

> 철길이 철길로 버텨온 것은
> 그 위를 밟고 지나간 사람들의
> 희망이, 그만큼 어깨를 짓누르는
> 답답한 것이었다는 뜻이다.
>
> — 김정환, 「철길」 부분

기형도의 '안개', 김정환의 '철길' 이미지는 곽재구의 시에서 오지 않는 막차를 기다리는 '기다림'의 이미지로 변용되어 나타난다. "내면 깊숙이 할 말들은 가득해도 / 청색의 손바닥을 불빛 속에 던져두고 / 모두들 아무 말도 하지 않"는 그 한없는 기다림, 애 타는 기다림, 넋을 놓고 맹목적으로 하염없이 기다리는 그 비감한 정서는 오히려 수천 년을 중첩해온 역사적 슬픔과 직결되는 울음의 정서를 내포하고 있는지도 모른다. 곽재구의 「전장포 아리랑」은 이 정서를 지속적으로 담아내고 있다. 김사인의 시 「주왕산에서」가 슬쩍 보여주는 기다림도 어쩌면 1980년대식 기다림의 적절한 표상이 아닌가 한다.

> 바지랑대도 닿지 않는 아슬한 꼭대기
> 혼자 남아 지키는 감처럼
> 닥쳐올 그 어느 시간의 예감을 지키며
> 기다려야 한다면
> 나는 이 맑음 속에 어떤 자세로 앉아야 하리
>
> — 김사인, 「주왕산에서」 부분

이러한 계열보다 다소 구체적인 현실의 비극성, 즉 외세와 분단에 의

한 참상을 보여주는 시들이 남파공작원들의 처참한 생애를 한없이 굴러 떨어지거나 모진 발에 밟혀죽는 달팽이의 목숨에 견주어서 비유한 최두석의 「달팽이」, 굴뚝새 이미지로 표현된 고광헌의 「검문소를 지나 출근하면서」, 이국종 들소 이미지에 비견된 윤재철의 「아메리카 들소」, 강형철의 「아메리카 타운 7」 등이다. 대체로 차분한 음미와 오랜 관조의 과정에서 성취된 세계들이다.

풍자와 냉소와 파격성을 주무기로 구사하는 황지우의 시 「서벌(緖伐), 셔볼, 셔볼, 서울, SEOUL」은 소외된 노동, 고도화된 자본의 논리, 의식의 사물화, 지배이데올로기의 탄력성 있는 억압 체계 등을 특징으로 하는 후기 산업사회에서 인간의 타락과 가치 붕괴, 지리멸렬한 삶, 또는 그것을 감싸고 있는 극도의 불안의식을 매우 코믹하게 그려내고 있다. 그의 시 「새들도 세상을 뜨는구나」 역시 1980년이라는 더할 나위 없이 통제된 사회에서 자유로운 해방을 꿈꾸는 사람들의 무력함과 현실적 삶의 불가항력적인 한계를 보여주는 인상적인 작품이다.

위의 시인들이 한 시대의 전반적인 국면을 분위기나 음영으로 그리고 있다면 박노해·박영근·백무산·김해화 등의 노동시가 담아내는 세계란 가히 충격적이고 가슴 찢는 듯한 고통의 현실을 곧바로 독자들의 눈앞에, 혹은 심장 저 깊은 곳까지 서늘하게 전달해주는 가장 구체적인 시 작품들이다

> 투쟁이 깊어갈수록 실천 속에서
> 나는 저들의 찌꺼기를 배설해낸다
>
> —박노해, 「이불을 꿰매면서」 부분

> 두드리는 공장문마다 울음만 남고, 이미 지워져버린 이름들 위로
> 무심히 눈은 쌓이고
> 아무도 우리를 부르지 않았다.
>
> —박영근, 「새벽길 2」 부분

피가 도는 밥을 먹으리라
펄펄 살아 튀는 밥을 먹으리라
먹은 대로 깨끗이 목숨 위해 쓰이고
먹은 대로 깨끗이 힘이 되는 밥
쓰일 데로 쓰인 힘은 다시 밥이 되리라
살아 있는 노동의 밥이

— 백무산, 「노동의 밥」 부분

공사가 끝나고 나면
시뻘겋게 녹이 슬어 공사장 한 구석에 파묻혀보리거나
운좋으면 고물상으로 팔려가는
철근 기레빠시들
우리 철근일하는 노가다들도
기레빠시 신세와 다를 게 뭐냐?

— 김해화, 「늙은 철근쟁이의 죽음」 부분

　　1970년대 후반부터 체험수기, 혹은 생활작문의 유형으로 서서히 제출
되기 시작한 노동자의 목소리가 드디어 1980년대에 이르러 이처럼 노동
자계급을 역사의 주체로 등장시키려는 노력, 노동조합과 노동운동의 총
체적인 과정, 긴장감과 구체성이 더욱 높아진 세계를 그려내는 일에 성공
하고 있는 것이다. 특히 박노해의 시는 투쟁의 상징적 차원에 만족하지
않고 전형화의 차원으로까지 발전시키고 있는 주목할 만한 성과를 이룩
했다.
　　노동시에 비해서 농민시는 1980년대를 통틀어 이렇다 할 결실을 이룩
하진 못했다. 그러나 민요·설화·비나리 등의 전통적 구비문학의 잠재
력을 현대시에 접목시키는 일에 성공을 거두고 있는 김용택의 연작시
「섬진강」 시편들은 우리의 각별한 관심을 집중시키기에 충분하다. 「섬
진강 24」와 같은 형식의 실험은 앞으로도 다각적인 측면에서 검토의
대상이 될 만하다. 고재종의 「설움에 대하여」에서 묘사된 '한때는 번성

했을 녹슨 가마솥'의 이미지는 만신창이로 황폐해진 1980년대 농촌의 참담한 붕괴상과 그 과정을 그대로 보여주는 하나의 시적 상징물에 다름 아니다.

> 그 한솥밥 삶던 검은 가마솥
> 시방은 새암가에 나앉아
> 말간 뜨물이나 받고 빗물이나 받고
> 밤이면 그 위에 별빛이나 띄우는
> 그 녹슨 가마솥
>
> — 고재종, 「설움에 대하여」 부분

1980년대 중·후반으로 접어들면 극도로 경직된 사회의 분위기에 지치고 시달린 대중들의 감각을 센티멘탈한 정서의 늪으로 함몰시켜 중추적 자아를 건잡을 수 없이 뒤흔든 대중적 연시풍의 시 작품들이 출현하기 시작했거니와 그들 가운데의 대다수는 독자들의 말초적·찰나적 감정에 눈치를 살피는 경박한 작품들이었다.

이 계열에서 도종환의 경우는 대중성과 민중적 예술성, 현실감각을 적절히 조화시킴으로써 자칫 위기로 빠져들 수 있는 자신을 훌륭히 극복해간 두드러진 시인이었다. 사실 우리는 「접시꽃 당신」 계열보다도 「지금 비록 너희들 곁을 떠나지만」과 같은 교육시 계열에서 한층 그의 독특한 세계를 구축하는 창조적 열정을 발견하게 된다.

기형도·장정일 등의 시 작품은 소위 해체시 그룹들, 나아가서는 포스트모던한 분위기에 심취하는 시인들에 의해 맹목적인 추앙을 받고 있으나, 이 두 시인들이 현실을 해석하는 창작의 능력과 거기에 기초한 별항의 정신을 그들은 옳게 눈여겨보지 못하고 있는 것이다. (일찍이 김수영 문학에 대한 해석의 오류들도 이와 유사한 것이었다.)

아무튼 '1980년대'라는 깊고 길며, 자욱하게 안개 낀 우울한 터널 속에서 어느 요절시인은 일제 말 윤동주처럼 '별'을 자신의 삶 속으로 일치시키지 못한 채 "안개 깊은 이 밤 별은 아득타"라고 절규하며 외롭게 침몰해갔다. 그러나 절대 다수의 시인들은 차분히, 혹은 역동적으로 자신의 삶을 정리하며 다가올 불안한 시간에 대한 응전력을 키워왔다.

1990년대로 접어들고서도 여전히 안개는 걷히지 않는다. 그러나 해는 이미 중천에 떠 있고, 요지부동일 것 같던 '안개의 군단'도 차츰 물러나게 될 것임을 우리는 믿는다.

민족시의 발전적 기틀과 역량은 신문학 초창기 이래로 1980년대에 이르기까지 근 일백 년 동안 안갖 우여곡절을 겪으며 축절될 만큼 축적되어 왔다. 이미 1980년대의 시에서 우리는 새롭게 번뜩이는 도약의 징후를 여럿 보아왔다. 그런 까닭으로 시의 장래에 대하여 우리는 섣불리 절망할 필요도 없으며, 그렇다고 또 낙관만 해서도 아니 될 것이다.

제 9 장

건전한 비평 풍토의 정착을 위해

비평의 위기를 우려하는 목소리는 비단 어제오늘의 일이 아니다. 일찍이 비평이 제대로 된 체계를 갖추지 못했던 전통시대에도 그러한 우려는 있었고, 일제강점하에서도 비평위기론은 있었다.

이번에 『작가』편집위원회가 우리 문학비평의 당면 문제에 관한 분석과 비판을 위하여 제시했던 설문의 응답을 읽으면서, 우리는 먼저 지난 시기에 우리가 수없이 반복해온 사례를 또다시 되풀이하고 있다는 안타까운 소감을 가질 수밖에 없었다.

이번 설문에 응답해온 전체의 내용을 새로 간추려보면 비평의 미숙성과 분파주의적 경향 등 크게 두 가지로 양대별할 수 있다.

설문의 내용을 읽고 나서 먼저 떠오른 것은 지난 1920년대의 평단에서 신시, 자유시에 관한 뜨거웠던 논쟁이다. 황석우(黃錫禹)·현철(玄哲)·김유방(金惟邦) 등이 참여한 이 논쟁에서 현철은 치밀한 논리, 간명한 문장으로 논쟁에서의 논점을 분명히 파악하고 있는데 이 점이 특히 우리의 눈길을 끈다.

「비평을 알고 비평을 하라」(『개벽』 제6호, 1920.12)라는 글을 통하여 현철은 당시 평단에서 전통에 대한 최소한의 이해나 주체성도 없이 서양 이론을 맹목적으로 추종하는 현상에 대해 날카롭게 지적하고 있다. 이 글을 통하여 현철은 상대방의 의견을 비판하는 방법을 설명하고, 논쟁의 과정에서 비평가가 취해야 할 하나의 모범적 자세를 보여주고 있다. 이런 점에서 현철의 이 글은 비평사적 의의를 일정하게 지니고 있는 것으로 평가된다.

그런데 문제는 70여 년 전 한 비평가에 의해 던져진 화두가 지금도 여전히 우리에게 유효한 화두라는 점이다. 오늘날 우리 평단에서 지난 시기 현철이 고통스럽게 제기했던 고언(苦言)을 제대로 수긍하고 실천해가려는 비평가는 과연 몇이나 되는가?

비평이란 무엇보다도 권위 있는 의견이 되어야 한다. 특히 오늘날과 같은 위기의 시대에 있어서 비평은 권위를 지닌 의견으로 독자들에게 친근하게 다가가야 한다. 위기의 개념은 항시 어떤 절박성을 거느리고 있다. 비평가는 우리 주변에 곤두서 있는 위기의 실체가 무엇인지를 누구보다도 명확히 판단해서 그 위기를 이겨갈 수 있는 대안을 제시할 수 있어야 한다.

비평가는 결코 아무나 할 수 있는 것이 아니다.

비평가야말로 현실의 위기를 정확하게 감지하고 읽어내는 능력, 작품이 지닌 미의식과 그 단점을 비수같이 적출해낼 수 있는 능력, 작품의 가치를 제대로 평가해낼 수 있는 기술 등을 기본적으로 갖추고 있어야 한다. 비평가의 자질 문제는 항시 문제가 되어 왔다. 전문가로서의 밝은 귀와 날카로운 눈을 가지고 있어야 함에도 불구하고, 그렇지 못했던 것이 그 동안의 정황이었다.

지금은 작고한 어느 비평가의 경우 무자비하게 남의 흠집만을 들춰내어 잔혹하게 난도질해대는 것이 비평의 능사인 것처럼 행세하는 경우도 있었다. 적어도 그의 경우는 남의 장점을 파악하고 판단하는 일에 전혀 숙달이 안되어 있었음을 말해준다.

그의 악평을 경험한 작가들은 오랜 시간이 흐르도록 수모와 모독감을 기억하고 있으며, 그의 모든 비평 활동에 대해 혐오를 갖게 된다. 이를 두고 보더라도 비평가는 모름지기 남의 작품을 평가하는 자세에 있어서 일단 정중하고 겸허해야만 한다. 비평가가 지닌 고유의 비판력과 창작인의 창작력은 언제 어디서건 서로 협력하고 조화를 이루는 공존 공영의 우호적 관계를 지녀야만 한다.

현재 우리 문단의 비평 활동은 거의 대다수가 어떤 특정한 이념이나 주장, 노선이나 성격 따위로 끼리끼리 모인 동류적 집단으로 형성되어 있는 느낌이 짙다. 이를 비평의 당파성이라고 부를 수 있을 것인데, 이를 주축으로 해서 그동안 우리 민족문학의 번성한 발전이 이룩될 수 있었다고 해도 과언이 아니다. 하지만 무수한 당파성에 대해서 우리는 그것을 일단 인정하지 않을 수 없다. 어차피 현대는 무수한 당파들이 존립할 수밖에 없는 시대인 것이다.

그러나 이 비평의 당파성이 너무 편중적 편향적 성격으로 치우쳐 왔음도 반성해야 할 부분이다. 가령 A와 B, 그리고 C라는 세 문학지가 있는데 제각기 표방하는 노선이나 방법론은 서로 다를 수 있다. 그런데 이 세 잡지들의 운영방식을 곰곰이 지켜보면 매우 상호배타적, 상호불인정적인 경우가 일반적이다. 왜 그럴까? 그 잡지들의 산하에는 다수의 시인 작가 비평가가 운집해 있지만, 매달 발표되는 서평, 월평, 기타 본격 평론 작품들은 흡사 자신들의 축제 마당에 참석한 듯한 관점의 편협성과 옹졸성이 단박 눈에 들어온다.

자기가 소속한 문학지에 발표되는 작품들이나 계열을 함께 하는 문인들만 진정한 시인, 진짜 소설가의 부류로 다루어질 뿐이다. 자신들과 계열을 함께 하지 않는 문학인들의 작품에는 너무도 쌀쌀맞고 냉담하다. 자기 계열이 아니면 아예 문학인으로 취급조차 하지 않는다.

이런 당파성을 어찌 양질의 당파성이라 부를 수 있을 것인가?

이런 불구적 비평을 어찌 참된 비평이라 할 수 있을 것인가?

일제강점하에서 이민족의 눈치나 슬금슬금 보면서 문학을 하던 시절부터 우리는 문학하는 사람끼리의 배타적 태도, 질시 폄하의 고질적인 악습을 키워 왔다. 이것이 일제 말에는 당시 조선문인보국회에 적극적인 사람과 그렇지 못한 사람을 옥석을 가리듯 엄격히 나누어 구분했었다. 그러다가 해방 후에 다시 불붙은 좌우 대립의 혼전 양상 속에서 서로를 말할 수 없이 사갈시했다. 드디어 분단 체제가 고착이 된 이후에는 이러한 현상이 더욱 활개 돋친 듯이 두드러졌다.

편중성이나 편향성은 대개 이념적 성격으로의 편향이거나 방법론, 혹은 문학적 노선의 편향이었다. 분단이 문학사의 순조로운 발전에 나쁜 영향을 주었던 표본적인 케이스이다. 문학하는 사람들끼리 어찌 서로를 용납하지 못하는 빙탄

(氷炭)의 관계로 대립해야 하는가? 독선적인 비평을 비판하기 위한 이른바 메타비평이란 것이 1980년대 이후 더러 전개된 적이 있었지만 이렇다 할 뚜렷한 성과는 거의 없었다. 오히려 메타비평이란 이름으로 자기가 소속된 집단의 이익을 방어하고 대립적 현상을 더욱 확대 강화시켜간 징후마저 느껴진다. 우리 비평가들의 상당수는 실제로 자기 계열뿐만 아니라 모든 작품에 대해서조차 일단 수용적인 태도를 갖지 않는 경향이 있다.

이 대목에서 우리는 지난 시기 단재 신채호(申采浩)가 나타내 보였던 역사에 대한 비평의식을 주의 깊게 되짚어볼 필요가 있다. '아(我)'와 '비아(非我)'에 관한 대비적 진술이 바로 그것이다. 단재는 이 항목을 설명하면서 결코 이분법적인 단순논리에 빠지지 않았다.

즉 '아'를 옹호하되 '아' 속에 뿌리 박혀 있는 '비아'를 먼저 발견해서 그것을 소멸시키지 않으면 진정한 역사 발전이 없다고 보았다. 이와 더불어 '비아' 속에 감추어져 있는 '아'를 발견해서 그 참된 가치를 제대로 평가하고 '아'의 체계 속에 통합시켜야 한다고 하였다. 이러한 단재의 주장은 반드시 역사 해석의 이론에만 적용되는 것은 아닐 것이다. 문학을 포함한 문화 전반에 걸쳐서 이 상대성 논리는 폭넓게 적용되어야만 한다.

단재의 이러한 논리를 신중하게 되새기면서 우리는 그 동안 민족문학론의 전개 과정에서 '아'의 내부에 깊이 뿌리박고 있었던 모든 '비아'적인 요소를 적출하여 그것을 소멸시키는 일에 우리 자신이 과연 얼마나 적극적이었던가를 먼저 반성해볼 필요가 있다. 지나친 공격성, 배타성, 저돌성, 냉소주의, 허무주의, 상업주의와의 불순한 결탁 따위는 우리가 단호히 배격해야 할 '비아'적 요소임에 틀림없다. 아직도 우리는 이처럼 구시대적인 '비아'의 요소가 습관적으로 몸에 밴 비평가들이 있는 것이다.

한편 자신과 동일한 계열이 아니라고 간주해왔던 모든 '비아'에 대해서도 우리는 상대를 무조건적으로 무시하는 경멸적 태도를 버려야 한다. 우리가 '비아'라고 일컫는 구조 속에도 '아'적인 요소는 반드시 깃들여 있게 마련인 것이다. 그 '비아' 속의 '아'를 견하여 화합하고 일치하며 '아'를 발전시켜갈 수 있는 저력으로 이끌어 들인다면 그것이야말로 문학의 진정한 대승적 정신이요, 화쟁적(和諍的) 정신이 아니고 무엇인가.

작품이란 작품을 만들어낸 작가와 독자 사이의 정신적 매개물인바, 비평가가 이러한 매개를 충실히 수행한다. 비평가는 독자의 작품 감상력에까지 일일이 개입하여 문제를 제기하고, 독자들의 올바르지 못한 문학적 교양과 태도를 지적할 수 있다. 이와 마찬가지로 작가에게도 창작과 관련된 충실한 조언을 할 수 있다. 그러기 위해서 우선 비평가 자신이 다양한 방법론의 개발과 시야의 확대를 위한 다각적 노력이 필요하다.

모름지기 비평가는 주변 방계 학문과 지식에 대한 깊은 이해를 갖추고 있어야 한다. 더불어 광범하고 깊이 있는 경험과 수양을 쌓아가야만 한다.

이와 관련하여 우리는 일찍이 비평가 임화에 의해 제기되었던 비평 수준 향상에 관한 주장을 상기할 수 있다.

임화(林和)는 「비평의 시대」(『비판』 제66호, 1938.10)라는 글에서 당시의 평단이 단순한 이론의 시대에서 진정한 비평의 시대로 옮겨가고 있지만, 비평이 작품에 대한 가치 판단에 대해서 너무도 소극적인 자세를 보이고 있음을 우려하고 있다. 가치 판단은 고사하고라도 대개 격렬한 증오의 표현이나 저급한 인상비평의 차원에 머무르고 있는 현실을 개탄한다.

임화의 표현에 의하면 '교통 순사가 행인을 정리하는 작품의 해석'과 '현상 정리에만 머무르는 죽은 비평'이 병존하고 있음을 비판하고 있는 것이다. 이 두 가지는 서로 분리될 성질이 아니라 엄연히 조화되고 통일을 이루어야 함에도 불구하고 두 가지로 분열되어 있음을 지적하면서 당시의 비평을 통매하고 있다.

설문의 응답으로 나온 논리적 일관성의 결여, 문제의식의 빈곤, 미숙한 해석과 잦은 오독, 불성실한 독서 등은 모두 우리 시대의 비평가들이 통렬하게 반성해야 할 대목들이다. 이러한 문제점들은 모두 비평가 자신의 자질 결핍과 관련된 현상이라 할 수 있다. 전문 용어를 부적절하게 남용하는 것이라든가 비평적 담론 자체를 지나치게 현학적인 분위기로 끌고 가는 것도 사실상 지적 오만과 방종에 기인된 것이라 하겠다.

이런 비평은 형식만 비평의 체계를 유지하고 있을 뿐 작가와 독자 사이를 돈독하고 긴밀하게 연결해주는 매개 역할을 결코 수행하지 못한다. 비평가는 절대로 고립적 존재가 아니다. 또 그렇게 되어서도 안 된다. 작가와 독자와의 사이에서 항시 상관적이고 상대적인 존재이다. 비평가의 비평 행위가 기실 개인의 입장에서 그 활동이 이루어지는 듯하지만 실은 하나의 사회인, 공적 인간으로서 활동이 그 주축을 이룬다.

최근 『작가』지에 발표된 몇몇 평론 작품만 하더라도 1980년대적인 상투성을 크게 벗어나지 못하고 있다. 시 작품에 관한 사적 통찰과 그 담론을 펼치고 있는 글들을 읽어 가면 과거에 우리가 무수히 접했던 상투적 체계를 거의 그대로 답습하고 있다는 느낌을 금할 길 없다. 그러한 평론을 대하는 다수의 독자들은 "또, 그렇고 그런 뻔한 이야기들이로군!"이라고 말하며 식상한 표정을 지을 것이다. 인상비평으로 전개되는 평론들이 매우 수준 높고 고매한 덕성을 함축하고 있는 것이라면 우리는 그 글을 통해서 많은 감명을 얻게 될 것이다.

하지만 최근 다수의 문학지에 발표된 상당수의 평론들은 무계획적으로 마구 써내려 간 경박하고 상스러운 작품들이 많다. 차라리 엄격한 보편적 기준이 적용되는 객관주의 비평에 노력을 쏟는 자기 수련의 과정에 비평가들이 더욱 성실한 자세를 보여야만 할 것이다.

모든 비평 작품에는 비평가 자신의 취미나 개성, 교양과 기질이 고스란히 드러나는데 최근에 발행되는 계간지의 비평들이 주는 실망은 이만저만 큰 것이 아니다. 아직까지도 그 무슨 헤게모니라든가 혹은 자신들의 현실적 욕망을 쟁취하기 위한 결사대로서의 공격성, 파괴성 따위를 내재한 비평들이 흔히 눈에 띤다. 혼자 몽롱한 정신으로 횡설수설하는 듯한 문체, 엘리트적인 폐쇄성, 독자와 작가들에게 일방적으로 지시하고 호령하는 듯한 문체, 국문학 초창기에 활동한 학자들의 고답적이고 의고적 취향을 흉내내는 듯한 문체 등은 모두 지양되어야 할 문제점들이다.

문단에 데뷔한 햇수가 그리 많지 않은 신진 평론가라면 한 편의 비평 작품에 혼신의 전력을 투구한 고뇌의 흔적이 역력히 보이는 작품을 내어놓아야만 할 것이다. 그런데 우리의 신진들은 비평 작품을 마구 남발하는 경향이 있다. 자성해야 할 부분이다.

문학의 위기론을 주장했던 또 하나의 인물로 우리는 최재서(崔載瑞)를 기억할 수 있다. 그는 일제 말 자신에게 주어진 시대를 살아가면서 「문학 정신의 전환」(『인문평론』 제16호, 1941.4)을 외쳤다. 그가 주장한 문학정신의 전환은 당시 총체적 위기론으로 집약되었고, 이는 결과적으로 민족정신의 집단적 파괴와 함몰로 떨어져 갔다. 하지만 최재서의 글은 그런 위험을 내포하고 있었음에도 불구하고 오늘의 우리 비평계에 시사하는 바가 있다. 그는 자신이 제기했던 문학 위기론 속에서 오늘의 우리와 마찬가지로 올바른 비평정신의 상실, 비평의 사변적(思辨的) 위험을 직시하고 있는 듯하다.

당시 최재서가 열거했던 현대 문학의 여러 위기적 양상들은 개성의 분열, 무력화된 지성, 반항적 풍자의 기호, 암흑색의 우세, 주제의 빈곤, 모랄의 상실, 성격의 용해, 묘사정신의 이완, 기타 헤아릴 수 없이 많은 비규율성 따위이다.

이른바 국제화시대라고 일컬어지는 오늘의 위기적 국면은 어떠한가? 한 비평가에 의해 정리된 구체적 당면 과제는 허무주의, 몰가치한 이윤제일주의, 복고주의, 국수주의, 배타주의, 가부장적 편견 등이었다. 문제는 이러한 현상들이 독립적 분리적으로 나타나질 않고 세기말적 증후군의 복합성으로 결합되어 나타나고 있다는 점이다. 우리는 지난날 최재서에 의해 제기된 당시 문단의 위기적 국면들이 오늘의 그것과 크게 다르지 않다고 믿는다.

문제는 우리가 그 총체적 위기론을 어떻게 인식하고 감당하며, 극복해

가는가에 앞으로의 구체적 해결 방향이 열리게 될 것이다. 최근에 민족
문학론의 갱신을 위한 공동 심포지엄에서 논의된 비평적 담론들도 이러
한 도전과 위기론을 올바르게 돌파해 가려는 모색과 몸부림일 것이다.
이와 같은 논의들이 한층 왕성하게 전개되어야 함에도 불구하고, 우리는
그러한 논의에 매우 소극적이고 방관자적 자세로 일관해온 것이 아닌지
반성해 볼일이다.

　세기말에 이르러 우리는 새삼스럽게 제기된 비평 위기론과 그 과정에
서 도출되는 의견들을 매우 소중하게 각자의 마음속에 담아야 한다. 비
평가들뿐만 아니라, 어떤 에꼴을 가지고 집단화되어 있는 각종 문학지와
또 그 책의 출판에 참여하고 있는 모든 문학인, 출판 관계자 전체가 이
비평 위기론에 관한 논의들을 겸허하게 경청하고 진지하게 수용해야만
할 것이다. 어차피 비평 위기론은 비평가들에게만 떠맡겨진 문제가 아니
라 문단 전체가 나서서 해결해야 할 과제이기 때문이다.

백석과 한국문학사

제 1 장

백석의 시는 우리에게 무엇인가

인간의 말이라고 하는 것이 요즘처럼 그 품격을 잃어버린 적은 일찍이 없었던 것 같다. 말이 스스로의 품격을 잃어버리게 된 모습을 우리는 말의 타락이라고 한다. 말이란 원래 인간의 것이니 말의 타락은 곧 그 시대 그 사회를 살아가고 있는 인간 생활, 인간정신의 타락과 다름 아니다.

이러한 말의 타락현상은 여러 가지 모습으로 나타난다.

우선 가장 첫 번째로 손꼽을 수 있는 것은 식언(食言)일 것이다. 앞서 행한 자신의 말이나 약속을 지키지 않거나 다르게 말하는 경우가 이에 해당한다. 이것은 실천보다 목적이 더 급했기 때문에 나타나는 현상이다. 특히 모든 분야에서 책임자의 위치에 있는 사람의 식언은 뭇 사람의 도덕성을 마비시키고 근원적인 교란을 불러오기에 충분하다.

감언이설도 말의 타락현상 중의 하나이다. 남의 비위에 맞도록 꾸민 달콤한 말과 이로운 조건을 내세워 꾀는 말이니 식언의 앞 단계에 해당하는 것이오, 식언 이후에도 무더기로 확산되는 현상이다. 이처럼 말의 타락현상의 하위 개념들로 이어지는 것은 실속 없이 오버액션으로 떠들어대는 훤사(喧辭), 남의 환심을 사려고 아첨하며 교묘히 둘러대는 교언, 껍질의 아름다움에만 집착하는 미사여구, 그 성질 자체가 천하고 더러운 비어, 난폭하게 내뱉어 버리는 폭언 따위라 할 수 있다.

러스킨이 말한 바 '가면을 쓴 외교관', '교활한 외교관', '표독한 독살자' 따위는 모두 이 말의 타락현상을 풍자하는 말일 것이다. 인간의 말이 요즘과 거의 버금갈 정도로 극심한 타락현상을 보였던 것은 나라의 주권을 강도 일본에게 빼앗겨 유린당하던 일제 말기가 아니었던가 한다. 전통적 가치를 포함한 기존의 모든 민족적 가치가 일제의 계획적 조직적 파괴로 깡그리 무너져 가던 어둡고 암울한 시대에서 우리는 시인 백석(1912~?)의 민족언어를 위한 고결한 노력을 다시금 떠올리지 않을 수 없다.

우리가 잘 알고 있는 바처럼 당시 식민통치자들의 주된 목표는 제국주의적 규격화, 규범화, 구별화의 강압적 개편으로 한반도에서 진작부터 살아온 토착민들을 일본 국민으로 동화시켜 버리거나, 아예 점령지 밖으로 추방해 버리는 것이었다. 이런 열악한 상황 속에서 상당수의 기회주의적 지식인들은 일제의 정책을 고분고분 접수하여 자신들만의 살길을 찾으려고 시도했다. 그 극단적인 모습들이 일제 말 친일 문인들의 행각으로 표상된다.

이러한 상황 속에서 시인 백석은 민족의 주체적 자아를 문학 쪽에서 보존할 수 있는 가장 적절한 활동 영역을 농촌공동체의 생활과 그 정서에서 찾으려 했다. 그 무렵 도시공간에서는 이미 말의 타락현상이 극심하게 일어나 인간의식의 붕괴 및 파탄으로 점차 확대되고 있었다. 민중들이 믿어왔던 지식인들은 참으로 그 모습이 말이 아니게 달라져서 소일본인화되어 버리고, 그들이 내뱉는 말이라곤 지원병 참가를 독려하는 강연, 전시체제에 적극 협조해야 한다는 선무성(宣撫性) 시국강연 따위로 분주하던 시절이었다. 세상에 믿을 사람 없었고, 신뢰할 수 있는 한 마디 말이 없었다. 하지만 이런 가운데서도 농촌만큼은 제국주의자들의 극악한 농촌파괴 정책에도 불구하고 혈연과 거주지로 함께 엮어지는 생활공동체의 끈끈한 유대를 여전히 갖고 있었던 것이다.

시인 백석의 본명은 백기행, 평안북도 정주군 출생이다. 역시 동향인 시인 김소월과는 당시의 유명했던 사학 오산고보의 선후배 사이로 백석은 선배시인 소월의 문학세계를 매우 흠모하고 존경했다. 그러나 둘은 서로 만난 적이 없는 채로 소월이 먼저 요절하고 말았다. 소월의 문학에는 민요적 틀에 실어서 표현하는 관서지방 특유의 정서가 있지만 백석은 소월보다 어쩌면 더 짙게 마천령 서쪽 지역인 평안도 주민들의 일반적인 정서를 특이한 문체로 담아내고 있다.

　새끼오리도 헌신짝도 소똥도 갓신창도 개니빠디도 너울쪽도 가락닢도 머리카락도 헌겊 조각도 막대꼬치도 기와장도 닭의 깃도 개터럭도 타는 모닥불

　재당도 초시도 문장(門長)늙은이도 더부살이 아이도 새사위도 갓사둔도 나그네도 주인도 할아버지도 손자도 붓장사도 땜쟁이도 큰 개도 강아지도 모두 모닥불을 쪼인다

　모닥불은 어려서 우리 할아버지가 어미아비 없는 서러운 아이로 불쌍하니도 몽둥발이가 된 슬픈 역사가 있다

—「모닥불」 전문

이 시의 첫 연에 나오는 사물들은 생물, 무생물의 구분을 따로 나눌 것 없이 우리들의 유년 체험과 친숙하게 맞닿아 있는 모닥불의 재료들이다. 하지만 여전히 요긴하고 쓸모 있는 것이 아니라 실생활에서 거의 쓸모 없게 되어 삶의 뒷전으로 물러나 있거나 아예 버려진 하찮은 사물들끼리 모여서 이처럼 따뜻한 모닥불의 광휘와 온기를 이루어내고 있는 것이다. 1~2연에 등장하는 각 낱말 끝에 '~도'라는 특수조사가 낱낱이 붙어 있는 것은 모닥불이라는 공간이 애틋한 소외존재들이 서로 만나는 평등한 장소임을 일깨워주는 하나의 시적 장치로 여겨진다.

백석의 시 세계에서 또 하나 돋보이는 것은 농촌적 정서를 아주 현장감이 느껴지도록 묘사하고 있다는 점이다. 다음 시는 관서지방 농촌공동체의 여름, 저녁 풍경을 실감나게 그려내고 있다.

당콩밥에 가지 냉국의 저녁을 먹고 나서
바가지꽃 하이얀 지붕에 박각시 주락시 붕붕 날아오면
집은 안팎 문을 횅하니 열젖기고
인간들은 모두 뒷등성으로 올라 멍석자리를 하고 바람을 쐬이는데
풀밭에는 어느새 하이얀 대림질감들이 한불 널리고
돌우래며 팟중이 산 옆이 들썩하니 울어댄다
이리하여 하늘에 별이 잔콩 마당 같고
강낭밭에 이슬이 비 오듯 하는 밤이 된다

— 「박각시 오는 저녁」 전문

백석은 분단 이후 대부분의 시간을 금지에 의해 인위적으로 매몰되어 온 시인이었다.

백석의 경우는 그 자신이 무슨 사회주의사상을 가졌거나 꼭 북쪽의 정치체제를 선택할 만한 어떤 필연성 같은 것이 전혀 없었다. 단지 있었다면 그의 고향이 평안북도 정주라고 하는 사실, 해방 이후에 만주에서 돌아온 그가 줄곧 고향의 가족들과 기거해 왔다는 사실, 굳이 서울 쪽으로 월남해 내려와야 할 어떤 특별한 이유가 있을 리 없었다. 그는 그냥 고향에 눌러 앉았었고, 이 때문에 남쪽의 문학사에서는 '북쪽을 선택한 시인'의 명단에 올라 있었으며, 심지어 어떤 자료에서는 백석이 프로 문인들의 몇 차 월북 때 북으로 올라갔다느니 어쩌느니 하는 실로 어처구니없는 기록들까지도 나타나고 있는 것이다.

그러나 북쪽에서의 백석의 시인으로서의 생활은 항시 불안정한 것이었다. 체제 정비를 끝낸 다음 김일성이 맨 먼저 착수한 것이 언어의 통일이라는 명제였다. 이것은 함경도와 평안도 두 지역 간의 뿌리깊은 알

력과 갈등이 사회주의체제의 발전에 막대한 장애를 줄 것이라는 판단 때문이었다. 이로 말미암아 두 지역에서 오랫동안 지방 토호로서 대대로 살아오던 많은 주민들이 대량으로 집단 이주를 하지 않으면 안 되었다. 함경도 주민과 평안도 주민을 서로 적절한 배수로 섞바꾸어 살게 하는 인위적 강제였던 것이다. 이러한 배경 속에는 지역성을 가장 농도 짙게 포괄하고 있는 방언을 소멸시킴으로써 지역 감정을 무화시킬 수 있다는 판단이 작용했을 것이다. 이 과정에서 그들은 소위 문화어 정책이라는 것을 실시했는데 이것이야말로 방언의 구획과 변별성을 일거에 무너뜨리고자 하는 시도였다.

정황이 이러하니 백석의 시 세계가 지녀오던 방언주의가 제대로 지탱하기 어려웠을 것이라는 사실은 자명하다. 백석은 실제로 1960년대 초반까지 북한의 각종 문학자료에 아주 드물게 작품 활동을 하고 있었던 것으로 나타났다. 그러나 더 계속되지는 못했던 것이 바로 백석 특유의 방언주의와 그것을 가로막는 문화어정책 간의 충돌 때문으로 여겨진다.

이렇게 해서 백석은 북에서도 비운의 시인이었지만 남에서도 마찬가지로 비운의 금지시인이었다. 그러던 것이 1987년 『백석시전집』(창작과비평사)이 발간된 이후 백석의 시는 문학인에 대한 금지가 얼마나 어처구니없는 조치인가를 그대로 일깨워 주었다. 동시에 백석의 문학에 대한 경탄과 더불어 백석처럼 그 동안 금지라는 강제에 매몰되어 왔던 월북 문인들의 작품에 대한 관심이 봇물 터지듯 일거에 터져 나오게 되었다.

전후 세대들의 상당수는 백석을 비롯한 이찬·오장환·임화·이용악·설정식·정지용·김기림·박아지·여상현·조벽암·조영출·권환 등 많은 금지 시인들의 작품은 물론 그들의 존재조차 모르고 살아왔으며, 이런 분위기 속에서 분단시대 남한의 문학인들은 개별적인 작품 활동에 종사했다(위의 시인들 가운데 권환 같은 시인은 고향인 마산에서 살다가 1950년대 초반에 세상을 떠났음에도 불구하고, 월북시인으로 간주해 버리는 난센스까지 있었다).

그들의 학생 시절에 배우고 영향을 받았던 문인들이라곤 대부분이 중고등학교 국어 교과서에 수록된 작품들이 가장 주된 모범적 교본이었고, 이들 작품의 상당수가 일제 말의 황민문학 계열이나 순수문학 계열, 또는 분단 이후의 반공 이데올로기 계열이었다. 사정이 그러했으니 해금 문인들의 작품을 대하는 전후 세대들의 정서적 충격이 어떠했으리라는 것은 가히 짐작하고도 남음이 있다. 분단 이후 냉전시대의 남한 문학이 나타내 보여왔던 작품의 성향이란 대개 이러한 분위기의 연속이요, 악순환의 반복이었다.

이제 백석의 문학작품은 당당하고 자연스럽게 문학사에 편입되고 있다. 전국에서 많은 신진 문학연구가들에 의해 백석의 작품은 주요 단골 연구 테마로 각광받고 있으며 전집 발간 이후 가장 근년에 발간된 『백석전집』(김재용 편)에 이르기까지 무려 100여 편이 넘는 연구논문, 학위논문, 또는 평론들이 학계와 문단에 제출 발표되었다. 이와 동시에 문단에서 현역으로 활동하는 전후 세대 시인들에 의해 백석의 문학 작품과 시정신은 깊은 영향의 수수관계로 재창조되어서 계승되어 가고 있다.

우리가 잘 알고 있는 백석 문학의 특징은 상실되어 가는 고향의식의 회복, 이를 통한 제국주의 문화의 극복, 전통 문화유산에 대한 따뜻한 긍정, 백석 특유의 방언주의와 북방 정서 등으로 정리될 수 있다. 백석의 시는 우선 문체상의 개성이 다른 시인들에 비해 매우 뚜렷하다. 그가 즐겨 쓰고 있는 방법들은 대개 회고체, 방언체, 구어체, 의고체, 연결체, 만연체, 아동 어투의 독백체 등이며, 이는 민중적 정서를 농도 짙게 풍겨나게 하는 기대를 갖고서 구사된다. 시인 자신의 유소년 시절의 체험과 고향 정서로써 추억을 떠올리게 하는 방법들이 어김없이 회고체를 채택하게 하는 것이며, 시인의 고향인 평안북도 정주 지역의 방언이 그의 시 작품의 방언적 토대가 되고 있다.

특히 구개음화가 되지 않은 구어체를 그대로 표기함으로써 생생한 현장감을 드높이고 있다. '금덤판, 겨울밤 쩡하니 닉은 동티미국, 녕감, 니차떡, 석박디, 데석님, 디운구신, 녀귀' 따위가 그 사례이다. 더불어 작품의 서사적 구조로 독자들을 이끌어 들이는 하나의 장치로써 연결형이 구사되고 있는 듯하다. ~고, ~며, ~는데, ~도 등이 가장 빈도수가 높은 연결형 어미와 조사들이다.

백석의 시에서만 나타나는 독특한 표기 형태는 '슳븐'·'업섯다' 등의 분철(分綴)과 '옰다'·'앉다'·'닭' 등에서 보여주는 ㄹ과 ㄴ의 자음 겹침 형태이다. 이는 작중 화자가 사투리로 직접 말하는 듯한 생동감을 드높이기 위해 시도하는 형태로 여겨진다. 이러한 표기법들은 정서법의 체계가 제대로 갖추어 있지 못한 시기에서 의고적 분위기를 고조시키려는 시인 자신의 의도와 배려가 강력히 담겨 있는 부분이다.

백석의 시는 형태면에서도 독특한 변별성을 나타내고 있다.

그의 시가 대체로 서사성을 담보하고 있는 사례가 많으므로 담시, 서술시, 이야기시의 형태로 자연스럽게 구체화된다. 그러므로 그 외적 양식이 줄글 형태의 산문적 성격으로 구현되는 것은 당연하다.

띄어쓰기도 시 작품의 내용이나 분위기에 따라서 낭송하기에 편리하도록 한 차례의 낭송호흡에 필요한 일정한 어절을 서로 통합하여 띄어쓰기 규칙성을 일부러 무시하고 있다. 백석 시의 원문을 주의해서 지켜보면 이런 점들이 당시 정서법 체계의 무질서가 아니라 시인 자신의 세심한 배려에 기인된 것임을 금방 알아챌 수 있다.

연(聯)에 관한 부분에서도 아예 연 구분이 없는 비연시 형태와 분명하게 연 구분을 획정하고 있는 연시 형태가 거의 반반씩 균형을 이룬다. 비연시 형태에서는 시 「비」의 경우처럼 단 2행으로 전체 형태가 완결되는 것이 있는가 하면, 「청시(靑柿)」·「산비」처럼 3행 형태도 있다. 그런가 하면 4행형과 5행형 이상도 다수 있다.

연시 형태는 시 「초동일(初冬日)」처럼 특이한 2연형이 있고, 기타 3연형에서 5연형 이상까지 다양하게 시도되고 있으나 이 가운데 단연 압도적으로 많은 것은 3연형이다. 줄글 형태는 행 구분과 연 구분을 모두 벗어난 산문시의 형태인데 백석은 이러한 형태도 더러 구사하고 있다. 백

석의 시를 곰곰이 읽다 보면 그의 시가 조선 후기의 서정적 분위기가 감
도는 사설시조의 형태를 방불하게 한다는 생각이 들 때가 있다.

> 황정을 캐어들고 집으로 돌아 들제 방경에 나는 꽃은 의견을 침노하고 벽수
> 에 우는 새는 유수성을 화답한다 문앞에 다달아는 막대를 의지하여 사면을 살
> 펴보니…… 뜰 가운데 들어서니 섬돌밑에 어린 난초 옥로에 눌러 있고 울가에
> 성긴 꽃은 청풍에 나부낀다…… 대수풀 우거진데 이슬바람 서늘하다
>
> ―안민영의 사설시조 중 일부

> 한 십리 더 가면 절간이 있을 듯한 마을이다 낮기울은 볕이 장글장글하니 따
> 스하다…… 뒤울안에 복사꽃 핀 집엔 아무도 없나보다 뷔인 집에 꿩이 날어와
> 다니나 보다 울밖 늙은 들매남ㄱ에 튀튀새 한불 앉었다 …… 어데서 송아지 매
> ―하고 운다 골갯논드렁에서 미나리 밟고 서서 운다.
>
> ―백석, 「황일」 부분

장면을 따라서 포커스가 서서히 공간 이동을 해 가는 관찰자의 시점
도 그렇거니와 형태와 분위기에 있어서 유사한 부분이 서로 많이 느껴
진다. 백석이 사설시조에 평소 애착을 가졌다는 그 어떤 자료나 기록도
남아 있지 않지만 전통적인 문학의 영향을 알게 모르게 체득하고 있었
던지도 모른다.

백석의 시를 율격면에서 고찰해보더라도 여러 가지 흥미로운 요소들
을 발견할 수 있다. 그의 시전집을 두루 일별해 보면 대체로 다음과 같
은 행의 율격 형식들을 볼 수 있다.

① 장 ― 단 ― 장
② 단 ― 장
③ 장 ― 단 ― 장 ― 단 ― 장 ― 단
④ 장 ― 단 ― 단 ― 단 ― 장 ― 단 ― 단 ― 단

이러한 율격 형식들은 무작위로 형성된 것이 아니라 작품의 효과를 예견하고 있는 시인 자신의 치밀한 배려가 깃들여 있음이 느껴진다. 그리고 이것들은 나름대로의 어떤 질서를 갖고서 유지되고 있는 듯하다. 예컨대 ①은 「산비」와 같은 전형성을 지닌다. ②는 「청시」에서 그 본보기를 발견할 수 있다. ③은 긴 행과 짧은 행을 규칙적으로 교체 반복해가는 방법이다. ④는 한 줄의 긴 행 다음에 짧은 행을 세 줄 반복하고 나서 다시 긴 행으로 돌아가는 방법이다. 행 형식의 단조로움을 극복하려는 의도가 깃들여 있고, 더불어 주제를 환기시키는 방식으로 적절한 형태를 선택하고 있다.

「연자간」과 같은 시는 2행 반복율이 특징이고,「바다」는 3행 반복율로 보인다. 운율법으로는 일종의 각운 형식을 방불하게 하는 것이 가장 많다. 「대산동(大山洞)」·「물닭의 소리」·「넘언집 범같은 노큰마니」·「안동」·「목구(木具)」·「수박씨 호박씨」·「적막강산」 등의 시 작품에서 그러한 운율 형식을 느낄 수 있다. 또 하나 특이한 점은 시 「황일(黃日)」의 결말 부분처럼 줄글 형태의 끝에 부분적 정형율을 삽입하는 경우이다. 줄글을 곧장 읽어내려 갈 때 발생될 수 있는 분위기의 따분함이나 단조로움을 극복시키려는 의도적 장치로 여겨진다. 이러한 계열의 한 갈래로서 「오리 망아지 토끼」·「오금덩이라는 곳」 등의 시 작품처럼 작중 화자나 등장 인물들의 대화를 삽입한 형태도 있다.

한편 백석 시의 특징적인 분위기 가운데는 이미지의 구사가 유난히 독특한 면이 느껴진다는 점이다. 추억을 환기시키거나 토속적 분위기를 강렬하게 불러일으킬 때 주로 사용하는 이미지는 회고적 상상적 이미지이다. 이와 더불어 시각·청각·후각·미각·촉각 등의 다섯 가지 감각 기관의 민감한 반응을 작용시켜 현장의 생동하는 느낌을 더욱 실감나게 고조시킨다.

시 「동뇨부(童尿賦)」와 같은 경우는 1연의 '누어 싸는 오줌이 넓적다리를 흐르는 따끈따끈한 맛 자리에 펑하니 괴이는 척척한 맛'으로 표현된 촉각적 이미지, 2연의 '첫여름 이른 저녁 터앞에 밭마당에 샛길에 떠도는 오줌의 매캐한 재릿한 내음새'로 표현된 후각적 이미지, 3연의 '새끼오강에 한없이 누는 잘 매럽던 오줌의 사르릉 쪼로록 하는 소리'로 표현된 기발한 청각적 이미지, 4연의 '막내고무가 잘도 받어 세수를 하였다는 내 오줌빛은 이슬같이 샛말갛기도 샛맑았다는' 색채 형용의 이미지가 한 편의 시 작품 속에서 절묘하게 어우러져 기이한 조화를 이루고 있는 것이다.

시 「북관(北關)」에서 명태창란젓을 '시큼한 배척한 퀴퀴한 이 내음새'라는 후각적 이미지와 '얼근한 비릿한 구릿한 이 맛'이라는 미각적 이미지로 연결 통합시키고 있는 부분들은 백석 시만의 독특한 방법이라 아니할 수 없다.

백석의 시 작품세계에 전반적으로 자주 등장하고 있는 이미지는 고향과 관련된 이미지와 바다와 관련된 이미지이다. 이것은 시인 자신의 고향이 정주(定州)라는 작은 포구이기도 한 사실과 시인이 교사 생활을 하던 곳도 함흥 바닷가 연안 지역이라는 사실과 무관하지 않을 것이다. 그리하여 그는 자신도 모르게 자연스러운 관심이 바다 쪽으로 쏠리게 되었을지도 모를 일이다. 이것은 자신의 경험세계와 그 분위기가 가장 일치되는 공간에 있을 때 심리적 안정감을 얻게 된다는 설명과도 관련된다. 「가키사키(柿崎)의 바다」・「이즈 코쿠슈(伊豆國湊) 가도」・「통영」・「바다」・「삼천포」・「함주시초(咸州詩抄)」 등의 작품에서 이러한 사실을 확인할 수 있다.

이와 더불어 계절 이미지도 빈번히 등장하는데 봄・여름・가을・겨울 모든 계절은 시인 백석에게 있어서 그리움과 애틋함, 아름다움, 슬픔, 쓸쓸함 등으로 그 맥락이 닿아 있다. 따라서 백석의 시는 어떤 고정된 계절 이미지에 구속되어 있질 않고 모든 것이 온유함과 쓸쓸한 분위기로 연결되어 있다. 작품의 시제들도 대다수가 과거 시간이거나 현재의 시점을 지키고 있는 것들이 많은데 특히 유소년 체험을 회상하는 과거 시제가 월등히 두드러진다. 현재 시제를 지키는 작품들은 대개 방황과 좌절을 표현하는 경우로 한정된다.

백석 시의 소재 제재적 측면은 어떠한가?

백석의 시에서 다른 소재들에 비해 가장 빈번하게 나타나는 소재는 음식물과 관련된 사례들이다. 그의 시전집을 통틀어 음식물 소재는 대략 150여 종이나 된다. 이 음식물들을 살펴보면 별반 특이한 음식이 많은 것은 아니나 아무튼 우리의 토착적인 음식 문화를 느끼게 하는 부분들이 있다. 이는 외래 문화, 즉 제국주의적인 일본 문화의 침탈을 시인이 의식하고 더욱 적극적으로 민족적 분위기가 강렬히 풍겨나는 토속 음식들을 열거하고 집착을 보이기까지 했을 것이다. 그 주된 음식물이나 기호물, 또는 그 재료들의 이름은 다음과 같다.

막써레기, 돌나물김치, 백설기, 제비꼬리, 마타리, 쇠조지, 가지취, 고비, 고사리, 두릅순, 회순, 물구지 우림, 둥굴네 우림, 도토리묵, 도토리 범벅, 광살구, 찰복숭아, 반디젓, 인절미, 송구떡, 콩가루차떡, 두부, 콩나물, 뽑운 잔디, 도야지비게, 무이징게국, 찹쌀탁주, 왕밤, 두부산적, 소, 니차떡, 쇠든 밤, 은행여름, 곰국, 조개송편, 죈두기 송편, 밤소, 팥소, 설탕든 콩가루소, 내빌물, 무감자, 시라리타래, 개구리의 뒷다리, 날버들치, 호박잎에 싸오는 붕어곰, 미역국, 술국, 추탕, 엿, 송이버섯, 옥수수, 노루고기, 산나물, 조개, 김, 소라, 굴, 미역, 참치회, 청배, 임금알, 벌배, 돌배, 띨배, 오리, 육미탕, 금귤, 전복회, 해삼, 도미, 가재미, 파래, 아개미젓, 호루기젓, 대구, 건반밥, 명태창란젓에 고추무거리에 막칼질한 무이를 뷔벼 익힌 것, 힌밥, 튀각, 자반, 머루, 꿀, 오가리, 석박디, 생강, 파, 청각, 마늘, 노루고기, 국수, 모밀가루, 떡, 모밀국수, 달재생선, 진장, 명태, 꽃조개, 물외, 꼴두기, 당콩밥, 가지냉국, 싱싱한 산꿩의 고기, 김치가재미, 동티미국, 밤참국수, 게산이알, 취향이돌배, 만두, 섭누에번디, 콩기름, 귀리차, 칠성고기, 쏘가리, 35도 소주, 시래기국에 소피를 넣고 끓인 술국, 도야지 고기, 기장차떡, 기장쌀, 기장차랍, 기장감주, 기장쌀로 쑨 호박죽, 보탕, 식혜, 산적, 나물지짐, 반봉과일, 오두미, 수박씨, 호박씨, 멧돌, 겨울밤, 쩡하니 닉은 동티미국, 얼얼한 댕추가루, 수육을 삶는 육수국 내음새, 감주, 대구국, 닭의 똥, 연소탕, 원소라는

중국떡, 고사리, 가지취, 빽꾹채, 게루기, 약물, 깨죽, 문주, 송구떡, 백중물

도합 148종이 넘는다. 이 음식물들의 종류를 가려 뽑아서 보면 백석의 시에서 동원된 음식들이 모두 일반 서민들이 먹는 생활 음식들의 명칭이라는 사실을 알 수 있다. 이 가운데는 시골 아이들이 어릴 적에 주위 먹던 길바닥의 닭똥도 있고, 젓갈에 가자미식혜 등의 지역 음식도 보인다. 거의 대다수가 민중적 향취가 느껴지는 음식물들이며, 동물성보다는 식물성 음식이 압도적으로 많은 것도 특징이다.

백석의 시에 등장하는 동물과 식물의 구체적인 명칭도 상당수인 바 야생 동물, 가축, 물고기, 곤충 따위의 동물적 소재와 과수, 야생초, 약초, 해초, 채소, 과일, 곡식 등의 식물적 소재를 모두 추출하여 대비해보면 식물성이 약간 많다. 동물적 소재는 모두 72종 가량이 된다.

지렁이, 박각시, 주락시, 개구리, 자벌기, 거미, 찰거머리, 버러지, 노랑나비, 벌, 딱장벌레, 파리떼, 노루(복작노루), 곰, 멧도야지, 승냥이, 배암, 산토끼, 잔나비, 여우, 쪽재피(복쪽제비), 다람쥐, 도적괭이, 땅괭이, 호랑이, 당나귀, 오리, 개(강아지), 도적개, 얼럭소새끼, 도야지, 닭, 말(망아지), 토끼, 노새, 게사니, 쇠송아지, 멧새, 물총새, 짝새, 까치(까막까치), 꿩(덜걱이), 멧비둘기, 어치, 제비, 물닭, 뻐꾸기, 갈새, 뫼추리, 갈매기, 물총새, 백령조, 꼴두기, 붕어, 농다리, 게, 굴, 소라, 조개(가무락 조개), 참치, 꼴두기, 전복, 해삼, 명태, 호루기, 대구, 칠성고기(칠성장어), 가재미, 도미, 반디, 미꾸라지, 쏘가리

대부분의 동물들이 맹수류가 아니라 평화스러웁고 양순한 성질의 동물들이다. 이러한 동물들의 선택에서도 시인의 기질이나 품성을 엿볼 수 있을 것이다.
여기에 비해 식물적 소재들은 도합 79종이나 되는데 거의 모두가 시골 생활에서 흔히 대할 수 있는 것들이다.

돌나물, 제비꼬리, 마타리, 쇠조지, 가지취, 고비, 고사리, 두릅순, 회순, 도토리, 살구나무, 찰복숭아, 배나무, 무이, 찹쌀, 왕밤, 천도복숭아, 콩가루, 섭구슬, 박, 감나무, 산뽕, 땅버들, 석류, 수리취, 송이버섯, 도라지꽃, 옥수수, 아카시아, 미역, 수무나무, 아주까리, 밤나무, 머루넝쿨, 재래종의 임금나무, 돌배, 벌배, 다래나무, 갈부던, 복사꽃, 들매나무, 삼, 숙변, 목단, 백복령, 산약, 택사, 금귤, 파래, 동백나무, 진달래, 개나리, 당콩, 머루, 쑥국화꽃, 자작나무, 바구지꽃, 강낭, 귀리, 모밀, 피나무, 버드나무, 호박씨, 수박씨, 이깔나무, 바구지꽃, 오이, 마늘, 파, 감자, 쉬영꽃, 뻑꾹채, 게루기, 고사리, 갈매나무, 싸리, 이스라치, 가지, 함박꽃

이러한 식물들의 성격은 조용하고 평화스러운 동물들의 이미지와 어울려서 작품세계의 아늑하고 민중적인 삶의 분위기를 한층 고조시키는 데 이바지하고 있다. 적어도 시 작품 속에서는 동물성과 식물성의 구별이 느껴지지 않는 합일 공간을 형성하고 있는 것이다.

시인으로서의 백석은 천부적으로 참된 슬픔의 의미와 진정한 가치의 고귀함 등을 타고난 시인적 기질의 소유자이다. 백석이 자신의 문학적 아포리즘을 구체적으로 밝힌 글은 거의 없다. 이런 가운데 만주의 신경에서 거주하던 시절 『만선일보(滿鮮日報)』(1940.5.9~10)에 발표한 하나의 짧은 시평은 그의 문학적 지향이나 기질을 짐작하게 해주는 매우 소중한 자료이다.

당시 시인 박팔양이 함께 신경에 와서 거주하고 있었는데 그 무렵 발간된 박팔양의 시집 『여수시초(麗水詩抄)』에 대한 서평을 위의 신문에 발표하였다. 이 글에서 백석은 '시인이란 세상의 온갖 슬프지 않은 것에 슬퍼할 줄 아는 영혼을 지닌 사람'이라는 의미 있는 말을 하고 있다.

진실로 높고 귀한 것이 무엇인지를 알고 이것이 마음을 제사들어어 이것이 아니면 안심하지 못하고 입명(立命)하지 못하고 이것이 아니면 즐겁지 않은 때에 밖으로 얼마나 큰 간난(艱難)과 고통이 오는 것입니까? 속된 세상에서 가난하고 핍박을 받어 처량한 것도 이 때문입니다. …… 높은 시름이 있고 높은 슬

픔이 있는 혼은 복된 것이 아니겠습니까? 진실로 인생을 사랑하고 생명을 아끼는 마음이라면 어떻게 슬프고 서름차지 아니하겠습니까? 시인은 슬픈 사람입니다. 세상의 온갖 슬프지 안흔 것에 슬퍼할 줄 아는 혼(魂)입니다. '외로운 것을 즐기는' 마음도, 세상 더러운 속중을 보고 '친구여!'하고 부르는 것도, '태양을 등진 거리를 다떨어진 병정 구두를 끌고 휘파람을 불며 지나가는' 마음도 다 슬픈 정신입니다. 이렇게 진실로 슬픈 정신에게야 속된 세상에 그득찬 근심과 수고가 그 무엇이겠습니까? 시인은 진실로 슬프고 근심스럽고, 괴로운 탓에 이 가운데서 즐거움이 그 마음을 왕래하는 것입니다.
　　　—백석의 서평 「슬픔과 진실」(여수 박팔양 씨 시초 독후감)의 부분

이 글 속에서 백석이 말하는 '슬픈 정신'은 무엇일까?

아마도 세상과 뭇 사물에 대한 크나큰 연민이 아닐까 한다. 모든 것을 다 내 마음속에 애틋하게 수용하고, 특히 모든 소외된 사물들에 대하여 따뜻한 가슴으로 끌어안으려는 불교적 자비심, 혹은 기독교적인 긍휼이나 사랑과 관련이 있을 것이다. 이렇게 해서 '높은 시름이 있고, 높은 슬픔이 있는 혼', '진실로 인생을 사랑하는 마음', '생명을 아끼는 마음' 등은 모름지기 시인이 가져야 할 가장 기본적인 필수 덕목이자 품성인 것이다.

백석의 시가 유난히 작고 가냘프고 여린 것, 외롭고 못난 사물과 가여운 생명들에 대하여 남다른 관심과 애착을 가지는 이유도 바로 이러한 점에 있을 것이다. 잘나고 거만하고 자신을 뻐기는 존재나 화려한 사물들은 적어도 백석의 문학적 관심에서 일단 벗어나 있다.

다음으로 백석의 시 작품에서 많이 나타나는 것은 아동 유희 및 무속적 의식이나 민속 행사, 민중 의약 등을 소재로 한 것들이다. 백석의 시가 주로 농도 짙은 설화성을 지니고 있는 것도 주로 이러한 소재들을 표현하고 결합하는 과정에서 형성된 분위기라 하겠다. 거의 25종이 훨씬 넘는 아동 유희와 의식, 의례, 행사들이 도입되어 있는 바 그 구체적인 사례는 다음과 같다.

① 즘생을 쫓는 깽제미 소리
② 한 밤에 섬돌아래 승냥이가 왔었다는 이야기
③ 어느메 산골에선간 곰이 아이를 본다는 이야기
④ 내가 날 때 죽은 누이도 날 때 무명필에 이름을 써서 백지 달아서 구신간 시렁의 당즈깨에 넣어 대감님께 수영을 들였다는 가즈랑집 할머니
⑤ 자신을 신장님 딸년이라고 하는 가즈랑집 할머니
⑥ 뒤울안 살구나무아래서 광살구를 찾다가 살구벼락을 맞고 울다가 웃는 나
⑦ 밑구멍에 털이 몇자나 났나 보자고 한 가즈랑집 할머니
⑧ 하로에 베 한 필을 짠다는 신리고모
⑨ 손자아이들이 파리떼같이 모이면 곰의 발같은 손을 언제나 내어두르는 귀먹어리 할아버지
⑩ 어려서 우리 할아버지가 어미 아비없는 서러운 아이로 불상하니도 몽둥발이가 된 슬픈 력사
⑪ 날기멍석을 저간다는 닭보는 할미를 차 굴린다는 땅 아래 고래같은 기와집에는 언제나 니차떡에 청밀에 은금보화가 그득하다는 외발가진 조마구, 조마구네 나라, 조마구 군병의 새까만 대가리, 새까만 눈알
⑫ 이불우에서 하는 광대넘이
⑬ 인두불에 구어먹는 은행여름
⑭ 돌다리에 앉어 날버들치를 먹고 몸을 말리다 물총새가 되어 버린 산골아이들
⑮ 빨갛게 질들은 팔모알상 그 상우에 새파란 싸리를 그린 눈알만한 술잔
⑯ 달밤에 목매 죽은 수절과부
⑰ 섣달 내빌날 밤에 내리는 눈을 정한 마음으로 받어서 눈세기물을 만들어 고뿔, 배앓이, 갑피기에 쓰는 내빌물
⑱ 남편은 행방불명, 딸은 병으로 죽고, 혼자 남아 기어이 여승이 되고만 여인
⑲ 병이 들면 풀밭으로 가서 풀을 뜯는 소 제 병을 낫게 할 약을 알고 있는 소
⑳ 어스름 저녁국수당 돌각담 수무나무 가지에 녀귀의 탱을 걸어놓고 비난수하는 새악시
㉑ 여우가 주둥이를 향하고 우는 집에서는 다음날 으레히 흉사가 있다는 무서운 말
㉒ 사람이 물에 빠져 죽었다는 소문

㉓ 아홉명이 회를 쳐먹고도 남아서 한 깃씩 나눠가지고 갔다는 크디큰 꼴뚜기
의 이야기
㉔ 방안의 성주님, 토방의 디운구신, 부뜨막에 조앙님, 고방시렁에 데석님, 굴통
의 굴대장군, 뒤울안 곱새녕아래 털능구신, 대문간의 수문장, 연잣간의 연자
방구신, 발뒤축의 달걀구신
㉕ 칠월백중, 쥐잡이, 숨굴막질, 꼬리잡이, 가마타고 시집가는 노름, 장가가는
노름, 조아질, 쌈방이, 바리깨돌림, 호박떼기, 제비손이 구손이

무속의식, 구비문학적 설화, 민간 요법, 생활 설화, 유희, 노동과 관련
된 서사, 자녀 교육과 관련된 훈계, 식민지의 험한 세월로 말미암아 겪게
되는 가정의 불행, 속담, 전설 등으로 구성된 이 소재들에는 모두 우리
민족의 삶에서 발효와 숙성의 과정을 거쳐서 형성된 정서들이 짙게 배
어 있다 하겠다.

그리하여 백석의 시는 독자들로 하여금 이제는 잃어버린 옛 추억의
시간을 회상시키고, 동시에 현실의 각박한 세태로부터 자신을 반성하게
하는 묘한 작용력을 가졌다. 백석은 앞서의 아포리즘에서 '낮고 거즛되
고 겸손할 줄 모르는' 세태를 비판하였는데, 세상 사람들이 이처럼 추억
의 회상과 연민을 경험하고 나면 훨씬 맑고, 그윽하고, 슬퍼할 줄을 알
며, 따스한 가슴을 회복하게 될 것이라고 믿었던 듯하다.

다음으로는 백석의 시에 나타나는 인물의 유형과 그 성격에 대하여
알아보자. 이것은 백석의 문학이 지니고 있는 지향과 가치관을 보다 확
연히 꿰뚫어 알아볼 수 있는 중요한 경험이다. 앞의 소재 탐구에서도 알
아본 바 있거니와 백석의 시는 민중적 삶의 정서와 그 분위기를 환기하
는 일에 혼신의 문학적 정열을 기울였다.

그것은 인물 유형에서도 마찬가지이다. 거의 절대 다수가 낮고 평범한
민중적 신분들이며, 하나같이 외롭고 쓸쓸하며 가난한 서민들이다. 시인
이 굳이 이러한 인물들과 그들의 구체적 생활을 담으려 했던 데는 그만
한 이유가 분명히 있었을 것이다. 시인은 가장 다수의 사람들의 처지를

대변하며 그들의 아픔과 고통을 위로하는 역할에 대한 자각을 분명히 갖고 있었던 듯하다. 친족 집단이나 혹은 그와 유사한 방계 집단을 중심 인물로 등장시켜서 우리 모두가 공동체적 삶을 영위하던 민족이었음을 강력히 환기하고자 하는 데도 그 목적이 있다.

특히 식민지시대의 제국주의 침탈과 문화적 유린 속에서 민족의 주체성이 완전히 말살되어 가는 위기에 직면하여 시인의 자기 인식은 더욱 적극적으로 이러한 관심을 극대화시키도록 추동했을 것이었음에 틀림없다. 이 점에서 동시대의 비평가 박용철이 누구보다도 먼저 시인 백석의 작품에 대한 평가를 제대로 정확하게 했던 것 같다. 박용철은 백석의 시를 '전반적으로 침식 받고 있는 조선어에 대한 혼혈 작용 앞에서 민족의 순수를 지키려는 의식적 반발의 표시'로 보았던 것이다.

최원식 교수는 백석의 시가 방언을 다루되 그 방언에 머물러 있질 않고 오히려 방언의 경계를 넘는 보편성을 지적한 바 있다. 더불어 그는 섣부른 관념이 좀체 투과하기 어려운 놀라운 개체성, 즉물적 육체성으로 견고하기 때문에 백석의 시가 들큰한 낭만주의의 고향 타령이 결코 아니라는 점. 둘째 모더니즘에 의거하면서도 그 모더니즘을 도리어 비판하는 특이한 방법으로 식민지 자본주의의 여러 문제들을 침통히 응시하고 있다는 점을 들어서 백석 시를 높이 평가하고 있다(「지방을 보는 눈」, 『실천문학』 40호, 1995년 겨울, 225면).

한편 백석의 시를 근대인으로서의 절실한 내면적 목소리로 해석한 김재용의 분석도 눈길을 끄는 해설로 평가된다(「근대인의 고향상실과 유토피아의 염원」, 『백석전집』, 실천문학사, 1997).

백석의 시에 등장하는 인물 유형들은 어림잡아 100여 사례가 훨씬 넘는데, 다음에 정리한 인물 유형들을 분석 정리하는 작업도 꽤 의미 있는 활동이 될 것이다.

1) 쇠메든 도적, 2) 예순이 넘은 가즈랑집 할머니, 막써레기 피우는 무당, 구

신의 딸, 3) 곰이 돌보는 산골 아이, 4) 진할머니 진할아버지, 5) 얼굴에 별자국
이 숨숨난 곰보 말수, 6) 하루에 베 한 필 짠다는 신리 고모, 7) 신리 고모의 딸
李女, 작은 이녀, 8) 열여섯에 사십이 넘은 홀아비의 후처가 된 포족족하니 성
이 잘 나는 살빛이 매감탕같은 입술과 젖꼭지는 더 까만 예수쟁이 마을 가까이
사는 토산 고모, 9) 토산 고모의 딸 승녀, 아들 승동이, 10) 육십리 해변에서 과
부가 된 코끝이 빨간 언제나 흰옷이 정하든 말끝에 설게 눈물을 짤 때가 많은
큰골 고모, 11) 큰골 고모의 딸 홍녀, 아들 홍동이, 작은 홍동이, 12) 배나무접을
잘하는, 술주정을 하면 토방돌을 쑥 뽑아놓는, 오리치를 잘 놓는, 먼섬에 반디
젓 담그러 가기를 좋아하는 삼춘, 13) 삼춘엄매(숙모), 사촌누이, 사촌동생들, 14)
밤늦도록 유회하고 노는 친척 아이들, 15) 이른 아침에 부엌에서 함께 의좋게
일하는 시누이 동세, 16) 한번 찾아와선 갈 줄 모르는 늙은 집난이, 17) 술을 밥
보다 좋아하는 삼춘, 18) 귀먹어리 할아버지, 19) 재당, 20) 초시, 21) 문장 늙은
이, 22) 더부살이 아이, 23) 새사위, 갓사둔, 24) 나그네, 25) 주인, 26) 손자, 27)
붓장사, 28) 땜쟁이, 29) 어려서부터 어미 아비 없는 서러운 아이로 자라나 불쌍
하게도 몽둥발이가 된 할아버지, 30) 먼 타관으로 가서 돌아오지 않는 아배, 31)
산비탈 외딴 집에 사는 모자, 32) 소를 잡아먹는 노나리꾼, 소도적놈, 33) 닭 보
는 할미, 34) 밤오줌 마려워 잠깬 아이, 35) 시집갈 처녀, 막내 고모, 36) 마을의
소문을 퍼뜨리는 일가집 할머니, 37) 오리치를 놓으러 간 아배, 38) 물코를 흘리
며 흙담벽에 붙어 서서 물감자를 먹는 아이들, 39) 논두렁에서 개구리 뒷다리를
구어먹는 아이들, 40) 장고기를 잘 잡는 앞니가 뻐드러진 주막집 아들 아이 범
이, 41) 말을 몰고 이 장 저 장 옮겨다니는 장꾼들, 42) 첫아들을 낳은 나이 어
린 산부, 43) 컴컴한 부엌에서 미역국을 끓이는 늙은 홀아비, 44) 새벽에 우물가
에서 물을 긷는 물지게꾼, 45) 도야지를 몰고 시장으로 가는 사람, 46) 떠돌아
다니는 순례중(객승), 47) 벌판의 간이역에서 경편철도의 열차를 막 내려서는 젊
은 새악시, 48) 달밤에 목매 죽은 수절 과부, 49) 거적장사, 50) 남편은 행방불명,
딸은 병사하고 혼자 남아 비구니가 되어 버린 여인, 51) 방안으로 들어온 거미
새끼를 바깥에 버리고 불쌍한 생각에 젖는 시인, 52) 집터 치고 달구질하고 달
밤에 노루고기를 구어 먹는 산골사람들, 53) 산나물캐는 수양산의 늙은 노장스
님, 54) 미역오리같이 말라서 굴껍질처럼 말없이 사랑하다 죽는다는 천희, 55)
어스름 저녁 국수당 돌각담 수무나무 가지에 여귀의 탱을 걸고 나물매 갖추고
비난수를 하는 새악시들, 56) 벌개늪 옆에서 바리깨를 두드리는 동네사람들, 57)

방뇨를 하는 잠없는 노친네들, 58) 물기에 젖은 왕구새 자리에서 저녁상을 받은 가슴 앓는 사람, 59) 얼굴이 핼쑥한 병든 처녀, 60) 메기수염을 한 청배장수 늙은이, 61) 머루넝쿨 속에서 키질하는 산골 여인, 62) 너무도 가난하여 열다섯 어린 나이에 늙은 말꾼에게 시집간 정문집 가난이, 63) 물에 빠져 죽은 건너마을 사람, 64) 작두를 타며 굿을 하는 애기무당, 65) 나무뒝치 차고 싸리신 신고 비에 젖어 약물을 받으러 오는 두메 아이, 66) 앓는 아비, 67) 무당의 딸, 68) 어장 주인, 69) 일본말에 능한 황화장사 영감, 70) 마산 객주집의 어린 딸, 71) 더꺼머리 총각, 72) 주막집 앞에서 품바타령 부르는 문둥이, 73) 당홍치마 노란 치마입은 새악시, 74) 시골마당에 볏짚같이 얼굴이 누우런 사람들, 75) 노루새끼를 팔러 장에 나온 산골 사람, 76) 자박수염난 공양주, 77) 저고리에 남색 깃동을 단 돌능와집의 안주인, 78) 산골여인숙에서 목침에 새까만 때를 올리고 간 사람들, 79) 석가여래같은 얼굴을 하고 관공(관우)의 수염을 드리운 북관의 늙은 의원, 80) 북관의 계집, 81) 봄날을 즐기려 길거리에 나온 사람들, 82) 맑고 가난한 친구, 83) 빚을 얻으러 온 사람, 84) 허리도리가 굵어가는 중년여인, 85) 꼴뚜기 회를 나누어 먹는 뱃사람들, 86) 여름밤 멍석자리에 나와 앉아 바람을 쐬는 사람들, 87) 밤참국수를 받으러 간 아배, 88) 플렛폼에서 기차를 기다리며 귀이리차를 마시는 여행객들, 89) 옹기장사, 90) 부처를 위하는 정갈한 노친네, 91) 털도 안뽑은 도야지 고기를 맨모밀국수에 얹어서 꿀꺽 삼키는 사람들, 92) 닭의 똥을 먹을 것으로 알고 주워 먹는 산골 아이, 93) 목욕탕에 앉아서 혼자 소리를 꽥꽥 지르는 중국사람, 94) 마음씨 좋은 중국인 지주 노왕, 95) 적막강산을 느끼는 작중화자, 96) 아내와 집을 잃고 부모형제마저 모두 이별한 외로운 사람, 97) 소수림왕, 98) 광개토대왕, 99) 일본인 주재소장, 100) 일본인 주재소장의 집에서 식모살이를 하다가 손등이 갈라터진, 삼촌을 찾아가는 어린 소녀, 101) 제사를 지내는 늙은 제관, 102) 수박씨와 호박씨를 익숙하게 까먹는 중국인들, 103) 시인의 친구 정현웅, 허준, 104) 도스토옙스키, 죠이쓰, 105) 촌에서 온 아이

몇몇 역사적 인물을 제외하고는 거의 대부분이 농민들이거나 중심에서 비켜난 주변적 인물 유형들임을 알 수 있다. 그들은 하나같이 착하고 남에게 피해를 끼치지 않으며, 오히려 남에게 고통과 상처를 받았으면서도 그것을 호소하거나 드러내려 하지 않는다. 그저 평범하게 자신의 일

상적 삶을 묵묵히 살아가는 민초들인 것이다.

시인 백석은 영문학을 공부한 일본 유학생 출신이었지만 귀국 후 그의 활동은 이처럼 민족언어를 통한 민족본체성의 유지와 확보를 위한 노력에 바쳤다. 그의 시는 단 한마디도 민족 주체를 말하지 않았으나 동시대 어느 누구의 시보다도 더욱 진한 민족 주체의 정신적 토양을 확고히 끌어안고 있었다. 그의 시에서는 1930년대 중·후반에서 1940년대 초반까지의 황량한 시대를 배경으로 전형적인 한국인의 표상들이 그려져 있다.

즉 메기수염을 한 늙은 과일장수, 앓는 아버지를 위하여 약물을 받으며 오는 갸륵한 산골소녀, 굿판에서 날이 시퍼런 작두를 타는 애처로운 애기무당, 민물고기를 잘 잡는 뻐드렁니 소년, 주막집에서 왁자지껄한 떠돌이 장사꾼들, '여우난골'이라고 불리는 지역마을의 주민들, 객주집의 병들어 누운 창백한 소녀의 표정, 달밤에 고민을 이기지 못해 결국 목매어 자결한 수절과부, 타관 가서 돌아오지 않는 가장, 또 그를 애타게 기다리는 고향집의 아내와 아들, '가즈랑집'이라는 택호로 불리는 혼자 사는 할머니, 오리덫을 놓고 기다리는 아버지와 아들, 초겨울 양지바른 흙담 벽에 붙어서 코를 흘리며 감자를 먹고 있는 산골 소년들, 논두렁 개구리를 잡아서 구어 먹는 소년들, 평안도의 어느 금광 입구에서 옥수수를 파는 한 여인의 슬픈 생애와 그 내력, 산골 여인숙에서 반들반들하게 기름때가 오른 목침을 베고 하루 밤을 자고 간 한없이 마음이 참담했던 식민지의 백성들, 일본인 순사의 집에서 설움구덩이로 식모사리를 하면서 손들이 거북등처럼 얼어터진 불쌍한 소녀 등등.

이루 헤아릴 수 없이 많은 이 사람들은 일제강점하의 공간을 살아갔던 민중들의 전형적인 모습이요, 또한 현재를 살아가고 있는 바로 우리들 자신의 원초적인 모습이기도 하다.

백석이 처음 등단했을 때의 작품은 소설 「그 모(母)와 아들」이었다.

이 작품 속에 등장하는 인물도 대감이라고 불리는 아들과 과부인 그의 어머니에 관한 이야기이다. 생활고를 이기지 못한 과부가 온 동네 사람들의 손가락질을 받으며 미곡상을 하는 양고새의 아이를 배지만, 양고새가 바라던 아들을 낳지 못하고 딸을 출산함으로서 끝내 버림받은 몸으로 마을에서 멀리 쫓겨가서 살게 된다는 이야기이다.

그 이후에 발표한 소설 「마을의 유화(遺話)」에 등장하는 다리를 못쓰는 지체장애자 덕항녕감과 앞을 못 보는 소경 저척노파에 관한 이야기도, 그리고 그들을 버리고 달아난 양아들 부부도 시인의 말로 표현하자면 '낮고 거짓되고 겸손할 줄 모르는 우리 주위'에 대한 시인의 신랄한 비판의식의 표현이다. 닭을 매개물로 하여 욕심 많은 디평령감과 농촌 청년 시생이 사이에 벌어진 묘한 갈등과 암투, 그리고 어부지리로 닭을 얻은 걸인 노파 바발할망구의 이야기가 펼쳐지는 「닭을 채인 이야기」도 「마을의 유화」와 같은 계열로서 가난하고 못생긴 사물, 소외된 존재를 따뜻하게 감싸 안고자 하는 백석 문학의 기본 정신을 그대로 보여준다 할 것이다.

백석은 이처럼 항상 힘없고 사는 것이 어려우며 고통스러운 사람들 편에 서서 그들의 삶의 아픔과 애환을 생생하게 그리고 정감이 감도는 필치로 그리려 하였고, 또 그것을 정감이 담뿍 감도는 필치로 그려서 보여주었다.

요즘같이 말이 타락할 대로 타락해서 말이 지닌 본래의 질서, 본래의 기품이 현저히 상실되어 버린 시대에 우리는 지난 날 민족언어의 질서를 회복하려고 혼자서 안간힘을 쓰던 한 시인의 눈물겹고도 아름다웠던 시정신을 다시금 가슴으로 느끼며 오늘의 우리를 새로운 긴장으로 가다듬고 추슬러 갈 수 있을 것이라 믿는다.

백석의 작품세계와 합일주의적 시정신

제2장

1. 무너진 시대에서의 모국어의 의미

1930년 한해 동안 대부분의 농가가 소작농으로 전락하여 약 40만 명의 농민들이 일본으로 살길을 찾아 도항해 갔고, 약 150만 명이 만주 및 시베리아로 이주해 갔다.

전국 도처에서 발생한 소작쟁의의 건수는 726회였고, 13,012명의 소작 농민이 이 쟁의에 참가했다. 산업별 경제 활동 인구의 백분율을 보면 농업에 종사하는 사람이 전체 인구의 81.1%를 넘었다. 식민통치하에서의 조선 농촌과 농민은 거의 완전히 붕괴되고 해체되었다 해도 과언이 아니다. 일제는 1934년의 전국 쌀 생산량 1,672만 석 중 891만 석을 이른바 수출이라는 명목으로 강탈하여 일본으로 반출해 갔다.

경제뿐만 아니라, 조선의 민족 문화에 대한 일제의 고의적인 망실(亡失) 또한 심각한 것이었고, 1933년 11월 4일, 조선어학회는 한글 반포 487

돌 기념식을 개최하고 이에 때를 맞춰 '한글맞춤법 통일안'을 발표했다.

이러한 시대를 배경으로 하여 1936년 1월에 발간된 백석(白石)의 시집 『사슴』은 동시대의 다른 어느 전문 시인들의 시 작품과도 구별되는 묘한 토착 정서의 세계를 갖고 있었다. 이질적 정서들이 시의 본질과 정통의 자격으로 행세하던 시기에서 백석의 시정신은 매우 비범하게도 우선 시 작품에 구사된 언어의 성격과 의도적으로 채택해 가는 주제 설정에서부터 주체적 토착적 정서 세계에 기반하고 있었으므로, 그의 시 세계는 역설적으로 가장 정상적이고 당위성을 지니게 된다.

이러한 그의 작품세계와 지향은 식민지 조선의 민족 문화를 고의적으로 말살시키려는 일제의 통치 자체에 대한 근원적인 우려와 완강한 거부에서 출발하는 것이므로 우리는 백석의 시 작품을 당당한 민족시의 성격으로 규정하지 않을 수 없다.

필자는 백석의 첫 시집 『사슴』 이후의 세계가 궁금하여, 시집으로 한 번도 묶여진 적이 없이 도처에 가랑잎처럼 흩어져 있는 그의 발표시 작품 수십 편을 찾아 정리해 보았다.[1] 그 과정에서 다시금 확인할 수 있었던 것은 그가 일제 강점 시기를 배경으로 하여 민족문학에 대한 매우 비범한 자각을 가진 특이한 감수성의 시인이었다는 사실이다.

우리나라의 민족시 정신사에서 가장 개성적이고 독보적인 가치로 인정받아야 할 백석 시의 정서적 특이함이 분단 이후 수십 년 동안 도저한 매몰 속에 묻혀 있는 이유는 무엇인가? 그것은 모든 주체적 기능이 부서진 시대에서, 마비된 주체적 기능이 무려 반세기를 경과한 오늘날에도 아직껏 제 기능을 온전히 펴내지 못하고 있는 여러 정치적 사회적 문제들과 관련되는 것일 터이다. 이것은 식민지시대에서 곧장 분단시대로 이

---

1) 이동순 편, 『백석시전집』, 창작과비평사, 1987.11(이후 인용시에는 『백석시전집』으로 통일함). 이 전집에는 『사슴』 수록시 33편과 미발굴 61편의 시를 모아 도합 94편의 시 작품을 실었다. 7편의 창작 산문과 해설, 백석의 연보, 백석 관계 참고문헌, 낱말 풀이를 뒷부분에 추가하여 전집으로서의 체제를 갖추었다.

어진 우리나라 현대사에서 도저히 납득할 수 없는 제반 국면들 중의 하나이기도 하다.

그가 진작 한 권의 시집을 펴내고, 결코 적지 않은 분량의 작품을 발표한 전문 시인이었음에도 불구하고, 남북 분단 이후 40여 년 이상을 우리들의 기억 속에서 사라져 버린 시인이었으므로, 우리는 그를 민족시인의 범주에 넣어서 그의 작품세계에 나타난 시정신을 다시금 튼튼한 위상으로 제자리에 복원시키려고 하는 것이다. 모국어의 힘을 끝끝내 신뢰한 시인 백석에게 있어서 모국어로 시를 쓴다는 행위는 단재의 용어로 말하자면 모든 비아(非我)로부터 아(我)를 옹호하고 회복하는 힘의 총체성이 된다.

백석의 작품 활동 시기는 아마도 그의 『조선일보』 입사 시기인 1931년 이후 「남신의주 유동 박시봉방」이 발표된 1948년까지의 대략 14년 정도가 아닐까 한다. 가장 혹심한 고통이 가해졌던 일제강점기의 격동적 전환기에 그의 대부분의 창작 활동이 놓여져 있다. 조선농지령(朝鮮農地令)이 제정 공포된 1934년 4월 이후의 사회사는 식민지의 지배 형태가 한층 가혹하고 무단적인 것으로 바뀌어가고, 민족의 주체적 자아가 극도로 위기 국면에 봉착하는 모습으로 나타나던 시기이다.

제국주의적 혼혈 정책이 강요되던 엄청난 소용돌이 속에서 가장 먼저 위해를 받게 된 것은 무엇보다도 민족언어로서의 모국어였다. 이것은 일제가 식민지 피지배 민중들에게 강요한 가장 폭력적인 우민화 정책의 일환이었다. 이 막다른 상황에서 이 땅의 지식인들은 삶의 고통을 극복해 가는 다양한 방법은 전혀 허용되질 않았고, 단지 타협과 순응이라는 한 가지 방법만의 선택을 강요당하였다. 이처럼 굴욕적인 생존 양식의 비극성은 이루 말할 수 없이 참담한 것이었다.

이러한 시대에서 왕성하게 발표된 백석 시의 문체와 창작 방법은 지식인으로서의 백석의 현실 대응 태도를 보여 준다고 할 것이다. 백석은 민족의 주체적 가치를 옹호하고 고수하는 마지막 방법으로서 모국어를 생각하였다. 모국어의 세계야말로 민족이 당면한 현실적 비극성을 극복하게 해주는 가장 커다란 잠재력이 내재해 있다고 믿었다. 그것은 곧 시인이 오직 모국어 속에서만 비로소 시인일 수 있다는 절대적인 믿음과도 같은 것이었다.[2]

백석에게 있어서의 모국어의 성격은 동시대의 시인 박용철의 지적처럼 '전반적으로 침식 받고 있는 한국어에 대한 혼혈 작용에 대해서 그 순수를 지키려는 의식적 반발의 표시'였다.[3]

문체의 독특함은 아일랜드의 문호 제임스 조이스적인 문체의 정확성과도 무관하지 않다.[4] 조이스적인 문체의 정확성은 역사의 실제성을 이해하는 태도와 결부된 것이지만 동적인 유물주의와는 구별된다. 사실상 백석의 시가 시적 정경을 선명하게 그려낼 수 있었던 것은 문체의 정확성에 대한 체험 때문이라 할 수 있으며, 이 정확성의 경험은 제임스 조이스를 번역했던 영향으로 여겨진다.

2. 시집 『사슴』의 세계와 합일 지향성

백석의 시에 나타나 있는 가장 중요한 정신은 시적 대상으로서의 자연과 행위 주체자로서의 인간(自我)이 결코 분리될 수 없는 통합된 '하나'

---

2) 유종호, 「시인과 모국어」, 『오늘의 책』, 1984년 가을, 특집 「민족공동체와 모국어」, 145면.
3) 박용철, 「백석시집 『사슴』평」, 『박용철전집(평론집)』, 1940, 124면.
4) 백석은 실제로 1934년 8월 10일부터 9월까지 『조선일보』에 「죠이스와 애란문학」(띠·에스·밀-스키-)을 도합 8회에 걸쳐 번역 연재하고 있다. 이 글에서 특히 강조되고 있는 것은 제임스 조이스의 문체적 정확성과 아일랜드 문학의 민족적 자주성과 독립성에 관한 것이다.

라는 사실이다.

여러 개의 서로 다른 사물들이 공동의 터전에서 공동의 운명을 겪으며 살아간다는 것은 바꿔 말하면 삶의 소중한 친교의식(親交意識), 즉 공동체의식과 다름 아니다. 백석의 시에는 무수히 많은 계층과 사물들의 명칭이 출현하지만, 이들은 서로가 분리 개념이 아니다. 오히려 그것은 합일(合一)을 기다리며 모여 있는, 혹은 현재 합일되고 있거나 이미 오래 전에 합일된 사물들이다.

이 사물들의 배경은 주로 농촌공동체적인 것으로 한정되어 있다. 왜냐하면 이 합일의 정신적 양식은 이미 정략적으로 계층간의 구별과 생활 공간의 구획을 완전히 식민 통치자의 뜻으로만 묶어놓았던 식민지의 도시 환경보다도 농촌공동체에서 오히려 짙게 유지되고 있기 때문이다.

이는 일제의 제도적 문화혼혈 정책 과정에서 도시보다 농촌이 생활 문화의 전통적 특수성을 비교적 온존할 수 있는 여건을 튼튼하게 가지고 있었음을 나타내 준다. 식민지의 규범화·규격화·구별화의 강압적 개편이 농촌 쪽으로 차츰 침식되어 가는 현실 속에서 백석은 농촌공동체의 합일 지향적 정서를 문학에서 재구성해내는 작업이야말로 시인이 민족의 주체적 자아를 보존할 수 있는 가장 적절한 활동 영역이라 믿고 있었다.

백석이 생각한 주체적 자아 보존의 방법은 특정한 관념을 환기하기보다는 오히려 시인이 도려낸 장면을 아무런 수식 없이 선명하게 보여줌으로써 장면에서 풍기는 정감과 분위기를 독자 스스로 끌어안도록 한다. 그러므로 백석의 시들은 대부분 자신의 삶의 터전에 대한 깊은 애착에서 시작되는 것들이 많다. 이러한 태도는 시인 자신이 모든 동족적 사물들과의 융합을 꿈꾸는 합일 의례(合一儀禮, Communion)적 성격을 나타낸다.[5]

---

5) 원래 종교의례에서 사용되는 말로서 합일의례는 미개사회의 토테미즘에 있어서 어느 집단이 그 토템과의 공생감을 더하기 위하여 행하는 의례, 또는 일반적으로 신과의 융합을 목적으로 하는 의례이다. 종교의례의 중핵을 이루는 이 의식을 친교(親交) 혹

백석의 시가 꿈꾸는 합일의 세계는 구체적으로 무엇과 무엇의 합일인가?

그것은 곧,

① 균등과 원형 보존의 정신을 대전제로 한 삶과 죽음의 구별이 느껴지지 않는 합일
② 모든 살아 있는 것끼리 더욱 하나가 되는 합일
③ 계층간의 구별을 완전히 허물어뜨리는 합일
④ 주체와 객체 간의 구별을 완전히 허물어뜨리는 합일
⑤ 식물성을 위주로 하되 동물질의 폭력성까지도 식물성에 흡수시키는 합일
⑥ 사소한 사물에 대한 깊은 애착에서 보여주는 합일

등으로 나눌 수 있다.

백석 시의 전편을 통하여 이 합일 의례의 정신을 가장 성공적으로 밀도 있게 다루고 있는 작품은 아마도 「모닥불」이 아닌가 한다.

새끼오리도 헌신짝도 소똥도 갓신창도 개니빠디도 너울쪽도 짚검불도 가락잎도 머리카락도 헌겊조각도 막대꼬치도 기와장도 닭의짖도 개터럭도 타는 모닥불

재당도 초시도 문장(門長)늙은이도 더부살이아이도 새사위도 갓사둔도 나그네도 주인도 할아버지도 손자도 붓장사도 땜쟁이도 큰개도 강아지도 모두 모닥불을 쪼인다.

모닥불은 어려서 우리 할아버지가 어미아비없는 서러운 아이로 불상하니도 몽둥발이가된 슬픈 력사가 있다[6]

_____

은 영적(靈的) 교섭(交涉)이란 말로 나타내기도 한다.
6) 「모닥불」의 전문, 『백석시전집』, 25면.

이 시는 '모닥불'이라고 하는 합일 의례의 공간 속에서 작품에 등장하는 모든 개체적 사물들이 혈연 관계로 결합된 가족의 집합체, 즉 하나의 확대 가족(extended family) 개념으로 군단화(群團化)되어 가는 과정을 보여준다. 즉 혈연 관계가 없는 헌신짝·붓장사·땜쟁이 등의 합성 집단(Composite band)까지도 조부와 부모, 그리고 손자에 이르는 단계적(單系的) 친족 집단(unilineal band)으로 수렴되고 있는 것이다.[7]

이 시에서의 '모닥불'은 공존과 공생의 장소이다. 작품의 1연과 2연에 등장하는 사물들에는 제각기 특수 조사 '~도'가 붙어 있는데 이것은 이 사물들 중 어느 것도 모두 모닥불을 전제로 해서 하나 같이 소중하고 평등한 존재임을 말해준다. 첫 연에서는 생물과 무생물의 구별이 없되, 유년 체험과 가장 맞닿아 있는 사물들이 모닥불(合一儀禮)의 질료가 된다.

새끼 오라기, 헌신짝, 소똥, 갓신창, 개니빠디, 너울쪽, 짚검불, 가락잎, 머리카락, 헌겊조각, 막대꼬치, 기와장, 닭의짗, 개터럭 따위는 실제 생활에서 거의 쓸모 없게 되어 버린 것들이다. 가장 하잘 것 없고 사소한 것들이 모여서 이처럼 따뜻한 모닥불을 이루어낸다는 것이다.

2연은 이러한 모닥불의 따뜻함을 골고루 나누어 갖는 분배 존재의 나열이다. 주체와 객체, 계층 간의 위화감이 조금도 느껴지지 않는다. 재당, 초시, 문장 늙은이, 더부살이 아이, 새 사위, 갓사둔, 나그네, 주인, 할아버지, 손자, 붓장사, 땜쟁이, 큰개, 강아지 따위의 열거는 단순한 나열이 아닌 평등사상의 암시이다.[8]

백석의 시 작품에 등장하는 거의 대부분의 인물 유형은 사실상 이러한 사상성과 관련해서 읽어야 한다. 그들 대부분이 빈농 출신이거나 혹

---

7) 이광규, 『문화인류학』, 일조각, 1974, 633면.
8) 백석 시집 『사슴』에 등장하는 75종의 구체적 인물 유형은 사실상 이러한 사상성의 암시와 관련해서 설명이 되어져야 한다. 그들 대부분이 빈농(貧農) 출신이거나 혹은 농업공동체에 기반한 소외계층들이라는 점에서 주목해야 할 것이다. 그들 군단(群團)의 성분은 대개 혈연 관계로 결합된 가족의 집합체인 단계 집단과 혈연 관계가 없는 합성 집단으로 나누어진다.

은 농업공동체에 기반한 소외 계층이라는 점에 우리는 주목해야 할 것이다.

시 「모닥불」의 2연의 세계는 모든 살아 있는 존재들끼리 모닥불을 피우고 그 불의 따뜻함을 함께 분배받으며 그것으로 더욱 하나가 되어 가는 세계이다. 백석은 이 제2연을 통하여 물질 공유(物質共有)의 사상을 슬그머니 풍기면서 합일 의례라는 행위의 극치를 보여준다.

이어서 3연은 역사의 비극성과 그 내력에 대한 비유를 내포한다. 3연에서는 2연까지 유지되던 합성 집단의 개념, 즉 피아(彼我)를 구별하는 의식이 완전히 소멸되고 이미 확대 가족 개념으로 모든 존재가 군단화되고 있다. 그러한 의도를 '우리'라는 시어의 대목에서 확연히 느낄 수 있다. 식민지적 조건과 결부된 현재의 비극적 삶이 웃대의 그것과 결코 무관한 것이 아님을 알려준다.

하지만 우리가 이 시에서 결코 가볍게 보아서 아니 될 것은 '어미아비 없는 서러운 아이'로 '불쌍하니도 몽둥발이'가 되어서, 즉 그토록 모질고 고단했던 비극적 시간 속에서도 할아버지의 세대는 꿋꿋이 살아왔고 또 지금도 여전히 불구 상태이긴 하지만 묵묵히 살아가고 있다는 끈질긴 생명력의 암시이다.

이 시에서 '모닥불'의 상징성은 합일 의례의 공간이자 동시에 민족 집단원 공유의 영역이었다. 원시 농경사회에서 이 고유의 영역만큼은 그 누구에게도 침해받을 수 없는 집단 공용(共用)의 소중한 개념이었다. 이것은 어떤 특정한 개인이나 집단이 다른 특정한 개인이나 집단에게 양도할 수 있는 성질의 것이 아니며, 또한 다른 집단원들의 약탈이나 점거는 즉각 부당하고도 불법적인 폭거로 규정된다.

이러한 이해와 분석을 근거로 해서 우리는 백석 시의 정신을 가장 대표할 만한 작품을 바로 이 「모닥불」로 규정하기에 아무런 주저를 느끼지 않는다. 이 '모닥불'의 따뜻한 사상을 통하여 백석은 식민지체제의 불법성과 강압적 문화 혼혈 정책의 불법성에 맞설 분명한 근거를 스스로 마런하게 되었던 것이다.

그러면 시집 『사슴』에 나타난 합일의례적 성격의 유형이 작품에서 어떻게 나타나는지 알아보자.

첫째로, 생사의 구별이 완전히 소멸된 합일 의례의 분위기를 짙게 풍기는 작품으로는 「가즈랑집」·「흰 밤」·「쓸쓸한 길」·「여승(女僧)」·「오금덩이라는 곳」·「여우난골族」·「정문촌(旌門村)」·「삼방(三防)」·「모닥불」 등이 있다.

> 언제나 병을 앓을 때면
> 신장님 단련이라고 하는 가즈랑집 할머니
> 구신의 딸이라고 생각하면 슬퍼졌다[9]
>
> 녯城의 돌담에 달이 올랐다
> 묵은 초가집지붕에 박이
> 또 하나 달같이 하이얗게 빛난다
> 언젠가 마을에서 수절과부 하나가 목을 매어 죽은
> 밤도 이러한 밤이었다[10]
>
> 섶벌같이 나아간 지아비 기다려 十年이 갔다
> 지아비는 돌아오지 않고
> 어린 딸은 도라지꽃이 좋아 돌무덤으로 갔다[11]
>
> 어스름저녁 국수당 돌각담의 수무나무가지에
> 녀귀의 탱을 걸고 나물매 갖추어놓고 비난수를 하는 젊은 새악시들
> ─잘 먹고 가라 서리서리 물러가라 네 소원 풀었으니 다시 침노 말아라[12]

---

9) 「가즈랑집」의 부분, 『백석시전집』, 22면.
10) 「흰밤」의 전문, 『백석시전집』, 19면.
11) 「여승」의 부분, 『백석시전집』, 39면.
12) 「오금덩이라는 곳」, 『백석시전집』, 43면.

우선 위의 대목들만 해도 이승계와 저승계의 구별이 그다지 절박한 것으로 느껴지지 않는다. 자신을 귀신의 딸이라 생각하면 마음이 편해지는 '가즈랑집 할머니' 달밤에 잠시 외출나간 듯 몰래 자결해버린 '수절과부', 생사조차 모르는 지아비를 하염없이 기다리는 한 지어미와, 도라지꽃을 캐러 가듯 죽어서 돌무덤에 묻힌 그녀의 '어린 딸', '젊은 새악시'들이 짓궂은 행인에게 맞대거리로 소리치듯 여귀(女鬼)에게 당부하는 모습이 있다.

「모닥불」의 첫 연도 이 계열에 속한다.

둘째로, 모든 살아 있는 것들끼리 더욱 하나가 되게 하는 합일 의례이다. 이 계열의 작품으로는 「주막(酒幕)」・「적경(寂境)」・「성외(城外)」・「여승(女僧)」・「수라(修羅)」・「광원(曠原)」・「모닥불」 등을 들 수 있다.

　　신살구를 잘도 먹드니 눈오는 아츰
　　나어린 안해는 첫아들을 낳었다

　　인가 멀은 산중에
　　까치는 배나무에서 즛는다

　　컴컴한 부엌에서는 늙은 홀아비의 시아부지가 미역국을 끓인다
　　그 마을의 외따른 집에서도 산국을 끓인다[13]

　　흙꽃 니는 일은 봄의 무연한 벌을
　　경편철도(輕便鐵道)가 노새의 맘을 먹고 지나간다

　　멀리 바다가 뵈이는
　　가정거장(假停車場)도 없는 벌판에서
　　차는 머물고

---

13) 「적경(寂境)」의 전문, 『백석시전집』, 43면.

젊은 새악시 둘이 나린다[4]

어데서 좁쌀알 만한 알에서 가제 깨인 듯한 발이 채 서지도 못한
무척 적은 새끼거미가 이번엔 큰거미 없어진 곳으로 와서
아믈거린다

나는 가슴이 메이는듯하다[5]

어두어 오는 성문밖의 거리
도야지를 몰고가는 사람이 있다[6]

이 작품들에서 공통되는 것은 강력한 생존 의지이다. 그것은 후사(後
嗣)의 소중한 가치에 대한 인식과 다름 아니다. 고적하고 절박한 상황(즉
하나의 가정거장(假停車場)도 없는 벌판)에 첫발을 내딛는 두 사람의 '젊은 새
악시'는 벌판의 황량함을 풍요롭게 변화시킬 수 있는 생산적 존재의 상
징이다.

모든 전통적 민족적 기반이 비정하게 부서져가던 시대에서 백석은 모
든 살아 있는 것들끼리 하나로 더욱 합일되어야 함을 그의 시에서 한 폭
의 정갈한 풍경화로 보여준다. 물론 이러한 정경의 내부에는 시 「광원」
에서 볼 수 있는 휴머니즘이 바탕하고 있다.

셋째로, 계층간의 구별을 허물어뜨리는 합일 의례적 성격의 작품으로
는 「여우난골族」·「고방」·「고야(古夜)」·「오리 망아지 토끼」·「가키사키
(柿崎)의 바다」·「모닥불」 등을 지적할 수 있다. 여기에서 매우 특이한 것
은 생물과 무생물까지도 합일시키고 있다는 점이다.

넷째로, 주체와 객체 간의 구별을 허물어뜨리는 합일 의례의 세계이다.

---

14) 「광원(曠原)」의 전문, 『백석시전집』, 33면.
15) 「수라(修羅)」의 부분, 『백석시전집』, 40면.
16) 「성외(城外)」의 부분, 『백석시전집』, 31면.

그것은 「초동일(初冬日)」·「하답(夏畓)」·「노루」·「산비」·「비」·「미명계 (未明界)」·「추일산조(秋日山調)」·「주막(酒幕)」·「적경(寂境)」·「모닥불」 등 에서 볼 수 있다.

　다섯째, 식물질을 위주로 하되 동물질의 폭력성까지도 식물성의 세계 로 흡수시키는 합일의 세계이다.[17)

　이러한 계열로는 「석류」·「머루밤」·「통영(統營)」·「여승」·「정주성(定 州城)」·「절간의 소 이야기」·「창의문외(彰義門外)」 등을 들 수 있다.

　　아카시아들이 언제 흰 두레방석을 깔었나
　　어데서 물쿤 개비린내가 온다[18)

　　무이밭에 힌나비나는집 밤나무 머루넝쿨속에 키질하는 소리만이
　　들린다
　　우물가에서 까치가 자꼬 즞거니하면
　　붉은 숫닭이 높이 샛더미 우로 올랐다[19)

　　병이 들면 풀밭으로 가서 풀을 뜯는 소는 人間보다 靈해서 열 걸음안에 제

---

17) 실제로 『사슴』 시집에 나타난 백석의 언어 감각은 동물질보다 식물질이 훨씬 강세 를 보인다.
　① 동물질(음식명 포함) : 승냥이, 소, 도야지, 닭, 개, 멧도야지, 곰, 토끼, 강아지, 여우, 쥐, 제비, 파리, 새끼오리, 고래, 다람쥐, 오리, 망아지(매지), 토끼새끼, 짝새, 개구리, 게, 배암, 물총새, 까치, 나귀, 꿩, 버들치, 산새(어치), 흰나비, 숫닭, 족제비, 꿀벌, 자벌기, 산까마귀, 도적개, 거미새끼, 큰거미, 조개, 소라, 굴, 잘거머리, 푸른고기, 참치, 버러지, 반딧불, 매기, 뫼추라기, 붕어, 장고기, 반디젓, 추탕(미꾸라지), 노루고기, 생선까시(54종).
　② 식물성(음식명 포함) : 돌나물김치, 백설기, 제비꼬리, 마타리, 쇠조지, 가지취, 고 비, 고사리, 두릅순, 회순(산나물), 물구지우림, 둥굴네우림, 도토리묵, 도토리범벅, 살 구, 복숭아, 배, 인절미, 송구떡, 청밀, 쇠든밤, 찹쌀, 탁주, 왕밤, 두부산적, 쌀, 니차떡, 은행여름, 조개송편, 달송편, 죈두기송편, 떡, 밤소, 팥소, 설탕, 콩가루소, 무감자, 산뽕 잎, 수리취, 뜨물, 석류, 미역국, 산국, 술국, 박, 푸른감, 시라리타래, 호박잎, 신살구, 산 약, 머루, 송이버섯, 옥수수, 도라지꽃, 아카시아, 풀, 나물매, 아주까리, 재래종 임금, 꿀, 호박떡, 벌배, 돌배, 다래나무, 싸리, 막써레기(73종).
18) 「비」의 전문, 『백석시전집』, 14면.
19) 「창의문」의 부분, 『백석시전집』, 45면.

병을 낫게 할 약이 있는 줄을 안다고

　首陽山의 어느 오래된 절에서 七十이 넘은 로장은 이런 이야기를
　하며 치마자락의 산나물을 추었다[20]

　시 「비」는 시각적 이미지와 후각적 이미지의 절묘한 융합 구조이다. 비온 뒤 풍우에 아카시아 꽃들이 땅바닥에 낙화된 광경이 마치 하얀 도래방석을 깐 것처럼 보이는데, 그 순간 아카시아 꽃의 향내가 젖은 개의 몸뚱이에서 풍기는 비린내를 연상시키듯 왈칵 느껴진다고 한다. 그림 같은 장면의 시각적 이미지와 냄새라는 후각적 이미지를 재치 있게 배합시켜 매우 독특한 효과를 자아낸다. '개비린내'가 '아카시아들'에 슬그머니 흡수되고 있다.

　'두레방석'은 곡식을 담아서 햇살에 말릴 때 쓰는 농기구의 일종이다. 농촌공동체의 생활 소도구들이 비유의 직접적인 사물로 제시되는데, 시 「창의문외」에서는 시골의 매우 범상한 농촌 가옥 주변의 정경에 관한 묘사이며, 시 「절간의 소 이야기」에서는 농촌과 가까운 사찰과 관련된 불교적 설화성으로 재생산되어 나타난다. 소의 설화성이 산나물을 캐는 행위의 내부로 흡수되는 것을 느낄 수 있다.

　여섯째, 사소한 사물에 대한 깊은 애착의 태도에서 보여주는 합일의 세계는 백석의 거의 모든 시 작품에서 두루 찾아볼 수 있다. 대개 이상에서 말한 여섯 가지의 합일 지향적 정서와 그 조건이 모두 함께 통일되어 나타나는 시가 「모닥불」인 것이다.

　백석 시에서 확인되는 합일 지향의 정서는 결국 모국어의 존립마저 위기에 처한 상황에서 민족의 주체적 자아를 재구성하려는 작업을 통하여 이질적 도전과 파괴 공작에 정면으로 맞서려는 노력이었다. 그것은 백석이 모국어의 내재율과 모국어 속에서만 호소적일 수 있는 고토(故土)

---

20) 「절간의 소 이야기」, 『백석시전집』, 42면.

의 소도구로써 각별한 호소력을 발휘할 수 있음을 확신하고 있었던 데서 비롯된 것이라 하겠다.

3. 유랑의식과 토착적 방언주의의 확대

백석 개인사에 있어서의 문단 활동 시기는 대략 14년 정도로 압축되는데, 편의상 우리는 이 기간을 시 작품의 활동 양상에 따라 전성기, 방황기, 망각기의 세 단계로 대별할 수 있을 듯하다.

전성기는 시인의 『조선일보』 입사 시기인 1934년부터 함흥에서의 교원생활 시기인 1938년까지의 4년 간이다. 이 기간은 시인이 자신의 시적 방법과 관심에 대한 구체적 방향을 모색하고 이를 심화해가던 시기이다.

방황기는 백석의 재상경과 더불어 다시 『조선일보』에 몸담았다가, 곧 만주의 각 지역으로 옮겨 살게 되고, 해방 후 드디어 신의주로 돌아오게 되는 시기이다.

망각기는 분단 이후 북한의 고향 땅에 잔류하게 된 시기이다.

우리는 이 글에서의 고찰의 범위를 백석의 문학적 전성기와 방황기로 대상을 한정하려 한다. 그것은 식민지체제하에서의 한 지식인이 자기 시대의 파시즘적 분위기에 대응해 가는 방법이 매우 흥미로울 뿐 아니라, 그 과정에서 민족의 합일 의례적 정서로써 부서져 가는 모국어와 공동체의 질서를 복구하고자 몸부림친 노력이 특별한 생기와 이채를 띠고 있기 때문이다. 그러므로 백석의 방황기의 시 작품들은 시대사의 굴곡이 한 시인의 자기 극복과 그 정열마저 허물어뜨리는 과정을 보여주고 있다는 점에서 검토해볼 만한 대상이라고 생각된다.

우리는 앞에서 백석 시에 나타난 합일 의례의 정서를 「모닥불」을 비롯한 『사슴』 시집의 시편들에서 확인해 보았거니와, 이제 다음에서는 모국어를 통한 공동체적 질서 회복의 노력이 한층 심화되던 함흥에서의 교편 생활 시기에 쓰여진 시 작품부터 우선 고찰해 보기로 한다.

> 달빛도 거지도 도적개도 모다 즐겁다
> 풍구재도 얼럭소도 쇠드랑볕도 모다 즐겁다
>
> 도적팽이 새끼락이 나고
> 살진 쪽제비 트는 기지개 길고
>
> 햇냥닭은 알을 낳고 소리치고
> 강아지는 겨를 먹고 오줌 싸고
>
> 개들은 게모이고 쌈지거리하고
> 놓여난 도야지 둥구재벼 오고
>
> 송아지 잘도 놀고
> 까치 보해 짖고
>
> 신영길 말이 울고가고
> 장돌림 당나귀도 울고가고
>
> 대들보우에 베틀도 채일도 토리개도 모도들 편안하니
> 구석구석 후치도 보십도 소시랑도 모도들 편안하니[21]
>
> 돌각담에 머루소이 깜하니 익고
> 자갈밭에 아즈까리알이 쏟아지는
> 잠풍하니 볕바른 골짝이다.
> 나는 이 골짝에서 한겨울을 날려고 집을 한 채 구하였다

---

21) 「연자간」의 부분, 『백석시전집』, 55면.

집이 몇집 되지 않는 고안은
모두 터앞에 김장감이 퍼지고
뜨락에 잡곡낟가리가 쌓여서
어니 세월에 뵈일 듯한 집은 뵈이지 않었다
나는 자꼬 골안으로 깊이 들어갔다[22]

낡은 나조반에 흰밥도 가재미도 나도 나와 앉어서
쓸쓸한 저녁을 맞는다

흰밥과 가재미와 나는
우리들은 서로 미덥고 정답고 그리고 서로 좋구나
우리들은 맑은 물밑 해정한 모래톱에서 하구 긴 날을 모래알만 헤이며 잔뼈
가 굵은 탓이다[23]

산골집은 대들보도 기둥도 문살도 자작나무다
밤이면 캥캥 여우가 우는 산도 자작나무다
그 맛있는 모밀국수를 삶는 장작도 자작나무다
그리고 감로같이 단샘이 솟는 박우물도 자작나무다
山넘어는 평안도땅도 뵈인다는 이 산골은 온통 자작나무다[24]

『사슴』 시집 무렵의 시들이 어린아이의 천진한 시선을 통해 조명된
합일의 세계라면 위에 인용한 시들은 한층 성숙해진, 보다 현실과 결합
된 합일의 세계이다. 시 「연자간」은 연자방아간 내부의 광경을 묘사한
것이다. 그의 초기 시 「모닥불」을 방불하게 하는 점이 있다.
'모닥불'이라는 합일 공간 속에서 모든 질료(質料)와 존재들이 결코 분
리될 수 없는 통합적 사물임을 암시하지만, 시 「모닥불」의 작품 밑바닥
에는 어딘가 우울하고 비극적인 색조가 깔려 있다. 그러나 '연자간'이라

---

22) 「산곡」의 부분, 『백석시전집』, 67면.
23) 「선우사(膳友辭)」의 부분, 『백석시전집』, 65면.
24) 「백화(白樺)」의 전문, 『백석시전집』, 72면.

는 합일 공간 속에서 '달빛', '거지', '도적개', '풍구재', '얼럭소', '쇠드랑볕', '대들보위의 베틀', '차일', '토리개', '후치', '보십', '소시랑'들은 경쾌하고 안락한 행복감으로 합일되고 있는 것이다. 백석의 함흥 시기의 시들은 이전의 시 세계에 비하여 분명히 이러한 여유를 확보하고 있다.

시 「산곡」에서 시인의 합일 지향의식은 한층 확대되고, 심화되어 감을 느끼게 한다. 시 「선우사」의 첫 행과 둘째 행의 색채적 이미지, 역동적 이미지는 기발하다. 그리고 그것은 시인의 합일 지향이 어느덧 완전 합일에 도달한 느낌을 준다. 이 시에서 설정된 합일 공간은 '낡은 나조반'이고 시제는 '쓸쓸한 저녁'이다. 이 장소에서 '밥'과 '가재미'와 '나'가 아무런 세속적인 욕망을 갖지 않은 정갈한 단일 존재로 완벽하게 합치되고 있다. 이 시가 완전 합일의 감각을 보여줄 수 있는 것은 이 시가 무엇보다도 구체적 생활의 바탕에서 이루어지고 있기 때문이다.

이 시기의 백석의 시에서 더욱 완전한 합일을 문맥 전체에서 맛보게 하는 작품은 아마도 시 「백화(白樺)」가 아닌가 한다. 이 작품에서 모든 개별적 사물들은 외부 세계에 아무렇게나 횡뎅그렁하게 내버려져 있지 아니하고, 이미 '자작나무'라는 합일 공간으로 일제히 도란거리며 모여드는 정감 어린 사물들이다. 이 시기 백석의 시 작품이 나타내 보이는 매우 특기할 만한 현상은 그가 민중 생활사와 민족사적 감수성에 관한 보다 확실하고도 구체적인 감각을 가지게 되었다는 점이다.

이와 더불어 당시의 시단 풍토로 보아선 매우 보기 드물게 민요적 율조에 관심을 갖고 비록 적은 분량이긴 하지만 실제로 창작 민요의 형태를 만들어 내기까지 했다는 점이다. 전자의 경우로 시 「산숙(山宿)」을 손꼽을 수 있고, 후자에 해당하는 것은 「대산동(大山洞)」 계열을 들 수 있다.

旅人宿이라도 국수집이다
모밀가루포대가 그득하니 쌓인 웃간은 들믄들믄 더웁기도 하다
나는 낡은 국수분틀과 그즈런히 나가누어서

구석에 데굴데굴하는 木枕들을 베여보며
이 산골에 들어와서 이 목침들에 새까마니 때를 올리고 간 사람들을
생각한다
그 사람들의 얼골과 生業과 마음들을 생각해본다[25]

숙박과 요식을 겸하는 산골 주막방에 투숙하면서 시인은 '모밀가루 포대'와 '낡은 국수 분틀'과 또 그것들을 다루며 투박하게 살아가는 사람을 생각한다. 그리고 까맣게 기름때로 절어 있는 방안의 목침들과 그 목침을 베고 이 방에서 하룻밤을 자고 떠났던 무수한 사람들의 고달픈 내력을 생각하고, 또 그들의 용모, 생업, 온갖 서러운 심정들까지 낱낱이 짚어가고 있는 모습이 보인다.

방황기 시에서 흔히 나타나던 유랑민의식의 일단이 시 「산곡」의 무렵에서부터 조금씩 나타나고 있기도 하지만, 민중적 삶을 지향하는 시인의 보다 긴밀한 연대를 이 작품에서 비로소 확실하게 갖게 된 것으로 보인다. 이 시에서 그가 『사슴』의 세계에서 이끌어 오던 합일 지향의 정서를 식민지 피지배 민중의 현실과 삶 속으로 더욱 긴밀히 자리잡아 감으로써 「산숙」 이후의 시들이 훨씬 민중적 감수성의 밀도를 더하게 되었다고 할 수 있겠다.

「산숙」과 더불어 1938년에 발표된 민요시 「대산동」에서는 민요 가락의 활용과 더불어 암암리에 현실의 부조리를 겨냥하는 듯한 풍자적 호흡이 나타난다.

비애고지 비애고지는
제비야 네 말이다
저 건너 노루섬에 노루 없드란 말이지
신미두 삼각산엔 가무래기만 나드란 말이지

---

25) 「산숙(山宿)」의 전문, 『백석시전집』, 71면.

비애고지 비애고지는
제비야 네 말이다
푸른 바다 흰 한울이 좋기도 좋단 말이지
해맑은 모래장변에 돌비 하나 섰단 말이지

비애고지 비애고지는
제비야 네 말이다
눈빨갱이 갈매기 발빨갱이 갈매기 가란 말이지
승냥이처럼 우는 갈매기
무서워 가란 말이지26)

제비 소리의 의성(擬聲)인 듯 여겨지는 '비애고지'는 북방 지역에서 제비를 일컫는 방언으로 여겨진다. 모두 3연 13행으로 구성된 이 시의 각 연 첫머리 두 행은 모두 '비애고지 비애고지는/ 제비야 네 말이다'로 발단된다.

특히 각 연의 둘째 행이 대상을 강하게 환기시키는 효과가 있다. 첫째 연의 3행은 남도 민요 「농부가」의 가락을 연상시킨다. 각 연 후반부의 의문형 종결 의미 '~말이지'의 되묻는 듯한 반문 어법의 되풀이로써 현상의 안타까움을 도리어 강조하고 있는 특이한 형태의 민요시이다.

비교적 초기작에 속하는 「여승」・「성외」 등의 시편에서 간간이 배음(背音)으로만 느껴지던 식민지 상황이 빚어낸 가혹한 가족 구조의 붕괴와 유망민(流亡民)적인 참담한 슬픔이 시 「산숙」의 세계에 와서 한층 구체화 되고, 드디어 시 「팔원(八院)」에 이르러서는 한 토막의 스크린처럼 참으로 감동적이고 눈물겨운 영상으로 그 슬픔을 애틋하게 그려내고 있다.

차디찬 아침인데
묘향산행 승합자동차는 텅하니 비어서

---

26) 「대산동」의 전문, 『백석시전집』, 81면.

나이 어린 계집아이 하나가 오른다
옛말속같이 진진초록 새 저고리를 입고
손잔등이 밭고랑처럼 몹시도 터졌다
계집아이는 자성(慈城)으로 간다고 하는데
자성은 예서 삼백오십리 묘향산 백오십리
묘향산 어디메서 삼촌이 산다고 한다
쌔하얗게 얼은 자동차 유리창 밖에
내지인(內地人) 주재소장 같은 어른과 어린아이 둘이 내임을 한다
계집아이는 운다 느끼며 운다
텅 비인 차안 한구석에서 어느 한 사람도 눈을 씻는다
계집아이는 몇해고 내지인 주재소장집에서
밥을 짓고 걸레를 치고 아이보개를 하면서
이렇게 추운 아침에도 손이 꽁꽁 얼어서
찬물에 걸레를 쳤을 것이다[27]

이 작품을 읽으면서 우리는 그 동안 국토의 남쪽에서만 살아온 우리의 생활에서 거의 잊혀져 가고 있는 이른바 '북방 정서'라는 것에 대하여 다시금 깊이 생각해보지 않을 수 없다. 분단 40여 년이 가져다준 가장 안타깝고도 몹쓸 악성 부산물 중의 하나가 국토를 생각하는 심정적 자아 위축일 것이다.

식민지 시절에 씌어진 백석의 풍물시가 지니고 있는 가치는 바로 이 북방 정서의 생생한 진실성이 오늘의 시점에서도 여전히 신선하게 다가오는 점에 있다. 백석의 시에는 그 동안 우리 시가 거의 다루지 않았거나, 설령 다루고자 해도 경험의 제약과 자료의 궁핍 때문에 엄두조차 내지 못하고 있던 방언학·민속학·식물학·조리학·생태학 분야의 생생한 자료들과 북방 정서의 실체가 풍부하게 담겨져 있다.

우리는 백석의 시 작품을 통해서 잃어버린 고토와 민족 주체의 튼튼

27) 「팔원(八院)」의 전문, 『백석시전집』, 94면.

한 정신세계에 간접적으로나마 도달해볼 수가 있는 것이다.

> 거리눈 장날이다
> 장날거리에 녕감들이 지나간다
> 녕감들은
> 말상을 하였다 범상을 하였다 쪽재피상을 하였다
> 개발코를 하였다 안장코를 하였다 질병코를 하였다
> 그 코에 모두 학실을 썼다
> 돌체돈보기다 대모체돈보기다 로이도돈보기다
> 녕감들은 유리창 같은 눈을 번득거리며
> 투박한 북관(北關)말을 떠들어대며
> 쇠리쇠리한 저녁해 속에
> 사나운 즘생같이들 사러졌다[28]

　매우 희극적이고도 코믹한 영화의 한 장면을 보는 듯한 느낌이 드는
이 시에는 그러나 실팍한 민중 생활의 구체적 정서가 마디마디 서리어
있다. 제각기 우스꽝스러운 표정을 한 북관지방의 노인들이 장날 거리에
서 그들 지역의 투박한 방언을 한바탕 와자지껄하게 지걸이며 지나간
뒤의 쓸쓸한 적막감 …… 백석 시의 기법은 시 「석양」에서 보는 바와 같
이 다분히 현장적 생동감을 중시하면서 여러 유형의 이미지들을 다채롭
고도 능란하게 구사한다.
　그러나 그것은 결코 귀족적이거나 현란한 묘사가 아니다. 아무튼 2년
남짓한 함흥에서의 교편 생활은 백석의 시가 시집 『사슴』의 단조로운 동
심의 세계를 보다 농도 짙은 현실의 체험과 순조롭게 합일시킬 수 있는
계기가 되었고, 또 이것은 그의 문학적 생애에서 분명히 하나의 진전이
며 성과였다.
　1938년 말 그가 함흥 생활을 청산하고 다시 서울로 돌아오게 되는 이

---

28) 「석양」의 전문, 『백석시전집』, 74면.

유는 분명치 않다. 함흥 시절 「산숙」에서 보이던 유랑민의식 혹은 민중
적 삶과의 연대를 의식하는 어떤 책임감과 관련된 심경의 변화가 아닌
가 한다. 하지만 그는 다시 시작한 서울 생활에서 별다른 합일 체험을
확보하지 못한 듯하다.[29]

백석은 그해 말 만주로 거처를 옮기기까지 『여성』지의 편집 업무를
보면서 여섯 편의 시를 발표한다. 「내가 생각하는 것은」・「넘언집범같은
노큰마니」・「동뇨부(童尿賦)」・「함남 도안」・「가무래기의 낙(樂)」・「멧새
소리」가 그것이다. 이 작품들은 대개 유년 체험의 회상이거나 『사슴』 시
절의 연장 혹은 함흥 시절의 써둔 소품들이다.

서울 생활이 그에게 안겨준 낭패감과 실의는 이미 걷잡을 수 없게 된
그의 혼미한 마음과 초조감을 나타내게 된다. 백석이 만주로 떠나기 직
전에 발표한 「함남 도안」에서 우리는 그의 방황의 예고를 만날 수 있다.

> 高原線 종점인 이 적은 정거장엔
> 그렇게도 우쭐대며 달가불시며 뛰어오던 뿡뿡차가
> 가이없이 쓸쓸하니도 우두머니 서 있다
>
> 해빛이 초롱불같이 희맑은데
> 해정한 모래부리 플랫폼에선
> 모두들 쩔쩔 끓는 구수한 귀이리茶를 마신다
>
> 칠성고기라는 고기의 쩜벙쩜벙 뛰노는 소리가
> 쨋쨋하니 들려오는 호수까지는
> 들죽이 한불 새까마니 익어가는 망연한 벌판을 지나가야 한다.[30]

---

29) 1936년부터 1939년까지의 백석의 행적에 관해서는 필자의 다음 글을 참조. 이동순,
  「백석, 내 가슴속에 지워지지 않는 이름─子夜여사의 회고」, 『창작과비평』, 1988년 봄,
  331~349면.
30) 「함남 도안」의 전문, 『백석시전집』, 91면.

'우쭐대며 달가불시며 뛰어오던' 모습으로 살아온 백석은 더 이상 앞으로 나아갈 수 없는 '고원선 종점'에서 또다시 피할 길 없는 숙명과도 같은 '망연한 벌판'을 바라보는 것이다.

과연 1939년 말 백석은 탈출하듯 서울을 떠나 만주 신경(新京)으로 옮겨갔다.

백석의 만주 이주라는 사실은 그의 시의 독법(讀法)에서 매우 큰 의의를 지닌다. 호흡의 질식마저 강박해 오던 서울 생활로부터 다시금 놓여나 그의 시가 색다른 이국 체험을 수렴하게 되면서부터, 백석이 함흥 시절에 도달하였던 합일의식의 심화된 세계가 한층 굵은 역사의식으로 바뀌어지고 있기 때문이다.

우선 그가 만주로 이주한 후 맨 처음 발표한 시 「목구(木具)」만 하더라도 백석은 자신이 시에서 다루어야 할 뜨겁고 구체적인 대상을 이미 확보하고 있음을 본다.

> 구신과 사람과 넋과 목숨과 있는 것과 없는 것과 한줌 흙과 한점
> 살과 먼 뱃 조상과 먼 훗자손의 거룩한 아득한 슬픔을 담는것
>
> 내손자의 손자와 나와 할아버지와 할아버지의 할아버지와
> 할아버지의 할아버지의 할아버지와 …… 水原白氏 定州白村의 힘세고
> 꿋꿋하나 어질고 정많은 호랑이같은 곰같은 소같은 피의 비같은
> 밤같은 달같은 슬픔을 담는 것 아 슬픔을 담는 것[31]

이 시에 나타난 것처럼 백석 시의 방법들은 반드시 합일되어야 할 — 운명적으로 합일되도록 이미 마련되어 있었던 — 사물들을 매우 순조롭게 합일시키는 것이 대부분이다.

시 「목구」에서는 특히 투박한 직유로 합일화된다.[32]

---

31) 「목구(木具)」의 부분, 『백석시전집』, 96면.
32) 우리나라의 시사에서 백석만큼 직유로 일관하는 시인도 드물다고 보는 견해가 있다.

그의 만주 시절의 작품들이 이국 체험의 외피(外皮)에 의존하면서도 바탕에 여전히 민족적 감수성과 역사의식을 함유한 것은 사실상 합일 지향을 추구하는 주제의식 때문이 아닌가 한다. 이 계열의 작품으로 「북방에서」·「수박씨, 호박씨」·「국수」·「흰 바람벽이 있어」·「조당(藻塘)에서」·「두보(杜甫)나 이백(李白)같이」·「귀농(歸農)」 등이 있다. 그러나 중국 사람의 습성인 수박씨와 호박씨 까먹는 법을 배우면서, 그 습성 속에 깃들였다는 '밝고 그윽하고 깊고 무거운 마음'을 생각하고, 또한 세월과 지혜와 인정을 떠올린다는 「수박씨, 호박씨」와 같은 작품에서는 지나치게 이국 정서에 경도된 느낌이 없지 않다.

이보다는 도리어 타국에서 쓸쓸한 명절을 보내는 중에 우연히 「원소(元宵)」라는 중국 떡을 먹어보면서 역사의식을 짙게 느끼고 있는 「두보나 이백같이」라든가, 혹은 함께 목욕하는 중국인들에 대한 코믹한 풍자를 통하여 인간의 생존과 관습의 소중함을 떠올리는 「조당에서」쪽이 한결 돋보인다.[33]

그러나 이런 이국적 관습이 두드러지는 것에서도 「안동」류의 엑조틱한 분위기와 어투는 이미 장난스러움마저 띠고 있다. 오히려 이 계열보다 한결 자연스러운 것은 「국수」·「흰바람에서」쪽이다. 이국에서도 고향의 풍습을 잊지 않으며, 그 풍습을 더욱 지켜냄으로써 심신의 고달픔을 해소해 가는 모습을 '국수'라는 음식을 통해 보여준다.

또한 홀몸으로 살아가는 타국의 쓸쓸한 방, '하얀 바람벽'이 스크린처럼 바뀌어 행복과 슬픔의 두 대조적 장면이 그 위에 나타난다. 슬픔과 숙명의 암시가 자막(字幕)처럼 펼쳐지는 「흰 바람벽이 있어」는 참담하고

이숭원, 「풍속의 시화와 눌변의 미학─백석론」, 『한국 시문학의 비평적 탐구』, 삼지사, 1985, 260면.

33) 「조당에서」의 어투의 특징은 1948년의 시 「남신의주 유동 박시봉방」의 어법을 연상케 한다. "~라든가" 등의 열거투, "~는 것인데" 등의 연결형 서술투에서 특히 그러하다. 비극적 정서의 발상은 「흰 바람벽이 있어」에서 진작 기반이 조성되었던 것으로 볼 수 있다.

고절한 유랑민의식의 표현으로서 후기의 「남신의주 유동 박시봉방」으로 이어져 민중적 민족적 슬픔을 더욱 확대 승화시켜 가는 비극적 파토스의 통로이다.

백석이 만주 시절에 발표한 시 작품 가운데 압권은 역시 「북방에서」와 「귀농」이 아닌가 한다. 북방 유목민의 후예로서 자각과 합일적 기반을 상실하고 있는 현실에서의 갈등을 짙게 나타낸 경우가 전자라면, 후자는 농경사회에서의 인간적 자각과 비록 타국이긴 하지만 생활 속에서 회복된 합일 의례의 기쁨까지 보여주고 있는 것이다.

아득한 옛날에 나는 떠났다
부여를 肅愼을 勃海를 女眞을 遼를 金을
興安嶺을 陰山을 아무우르를 숭가리를.
범과 사슴과 너구리를 배반하고
송어와 메기와 개구리를 속이고 나는 떠났다.
(…중략…)
이리하야 또 한 아득한 새 녯날이 비롯하는 때
이제는 참으로 이기지 못할 슬픔에 시름에 쫓겨
나는 나의 녯 한울로 땅으로—나의 胎盤으로 돌아왔으나
(…중략…)
아, 나의 조상은 형제는 일가친척은 정다운 이웃은 그리운 것은
사랑하는 것은 우러르는 것은 나의 자랑은 나의 힘은 없다 바람과
물과 세월과 같이 지나가고 없다.[34]

白狗屯의 눈 녹이는 밭 가운데 땅 풀리는 밭 가운데
촌부자 老王하고 같이 서서
밭최뚝에 즘부러진 땅버들의 버들개지 피여나는 데서
볕은 장글장글 따사롭고 바람은 솔솔 보드라운데
나는 땅임자 老王한테 석상디기 밭을 얻는다

---

34) 「북방에서」의 부분, 『백석시전집』, 101면.

(…중략…)

날은 챙챙 좋기도 좋은데

눈도 녹으며 술렁거리고 버들도 잎트며 수선거리고

저 한쪽 마을에는 마돌에 닭 개 즘생도 들떠들고

또 아이어른 행길에 뜨락에 사람도 웅성웅성 흥성거려

나는 가슴이 이 무슨 흥에 벅차오며

이 봄에는 이 밭에 감자 강냉이 수박에 오이며 당콩에 마눌과 파도

심그리라 생각한다.[35]

앞서 함흥 시절의 시 「산숙」에서의 정서가 '산골여관방 목침의 때를 새까맣게 올리고 간 사람들이 얼굴과 생업과 마음들'에 대한 생각이 어디까지나 '생각'으로 한정된 것이었다면, 「귀농」의 세계는 비록 중국인 지주의 땅을 소작하는 방식이긴 하지만 직접 경작의 준비를 완전히 갖추고 있는 점에서 다르다.

『사슴』 발간 전후의 전성기에서 함흥·서울·만주 등지의 방황기 후반부에 이르러 드디어 농토의 직접 경작 체험과 맞닿게 됨으로써 식민지 지식인 청년으로서의 백석은 대지와의 보다 긴밀한 합일을 경험하게 되는 것이다. 시인은 흙과의 합일 이전의 생활을 '귀치 않는 측량(測量)'과 '문서(文書)에 매달려온 아전 노릇'이었다고 돌이킨다. 그가 이제 이러한 과거의 방황과 불행을 청산하고 드디어 노동의 세계에 입문하였다는 사실을 충왕묘(蟲王廟)와 토신묘(土神廟)에 고하러 가는 것이 이 시의 대단원을 이룬다.

그러나 이 시에서 아쉬운 점이 지적된다면, 백석이 이른바 '문서', 즉 지식인의 세계를 벗어나서 홀가분해진 감격이 노동의 본질적 성격을 다소간 중농주의적 여유로 이끌어가고 있다는 점이다.

수박이 열면 수박을 먹으며 팔며

---

35) 「귀농」의 부분, 『백석시전집』, 105면.

감자가 앉으면 감자를 먹으며 팔며
까막까치나 두더쥐 돌벌기가 와서 먹으면 먹는 대로 두어두고
도적이 조금 걷어가는 대로 두어두고
아, 老王, 나는 이렇게 생각하노라
나는 老王을 보고 웃어 말한다

아마도 이러한 포즈는 도가적(道家的) 여유와 무위 자연(無爲自然)사상과
의 연관에서 해명되어질 수 있겠지만, 아무튼 이 시는 매우 소박한 대로
백석의 농민 문학적 의식의 한 면모를 나타내주는 것이기도 하다. 「귀농」
의 세계에서 백석은 시집 『사슴』 시기의 유년적 시야를 완전히 벗어나 격
렬한 시대사의 굴곡과 맞닥뜨리게 된다.

시 「귀농」이 발표된 1941년 4월 이후 약 3~4년 간의 작품 활동은 아
직 분명하게 알려진 것이 없다. 아마도 그는 만주에서 측량보조원, 측량
서기, 안동세관의 사무원을 지내기도 하고,36) 한때 중국인 소유의 토지
를 부치기도 하다가37) 해방을 맞았는데, 그 후 다시 신의주로 옮겨와 살
았던 것으로 추측되지만 정확한 것은 알 수 없다.

백석은 1947년 12월에 매우 고절한 심경을 나타낸 시 「적막강산(寂寞江
山)」과 「칠월백중」이 발표되고, 이듬해 1948년 10월에 아름다운 절창 「남
신의주 유동 박시봉방(南新義州 柳洞 朴時逢方)」을 발표한다. 이 시는 백석
의 37세 때의 작품으로서, 국토가 완전히 분단되기 직전에 인편을 통해
보내온 것으로 추측되기도 하지만,38) 일제 말 해방 직전에 쓰여진 작품

---

36) 백석의 영생고보 교사 시절의 제자인 김희모(면담 당시 77세, 현재 충북 청주시 거
   주)는 자신이 하얼삔 의과대학 재학 중이던 1943년 겨울방학이 되어 귀국할 때 한만
   (韓滿) 국경 지역인 안동 세관의 사무원으로 근무하고 있던 그의 스승 백석을 찾아가
   서 직접 만났던 사실을 필자와의 담화에서 회고했다.
37) 1940년 판 『문예년감』(조선일보사刊)의 문인주소록에 실린 백석의 주소가 '新京市
   東三馬路 市營住宅三五 黃氏方'으로 된 것을 볼 때 그가 오직 토지경작에만 몰두했
   던 것으로 보기는 어렵다.
38) 최두석, 「1920년대 시의 표현에 관한 고찰」(『현대문학연구』 49), 서울대 석사논문,
   1982, 116면.

으로 보는 견해도 있다.[39]

> 어느 사이에 나는 아내도 없고, 또,
> 아내와 같이 살던집도 없어지고,
> 그리고 살뜰한 부모며 동생들과도 멀리 떨어져서,
> 그 어느 바람 세인 쓸쓸한 거리 끝에 헤메이었다.
> 바로 날도 저물어서,
> 바람은 더욱 세게 불고, 추위는 점점 더해오는데,
> 나는 어느 木手네 집 헌 샷을 깐,
> 한 방에 들어서 쥔을 붙이었다.
> 이리하여 나는 이 습내 나는 춥고, 누긋한 방에서,
> 낮이나 밤이나 나는 나 혼자도 너무 많은 것 같이 생각하며,
> 딜옹배기에 북덕불이라도 담겨 오면
> 이것을 안고 손을 쬐며 재 우에 뜻없이 글자를 쓰기도 하며,
> 또 문밖에 나가디두 않구 자리에 누어서,
> 머리에 손깍지벼개를 하고 굴기도 하면서,
> 나는 내 슬픔이며 어리석음이며를 소처럼 연하여 쌔김질하는 것이었다.
> 내 가슴이 꽉 메어 올 적이며,
> 내 눈에 뜨거운 것이 핑 괴일 적이며,
> 또 내 스스로 화끈 낯이 붉도록 부끄러울 적이며
> 나는 내 슬픔과 어리석음에 눌리어 죽을 수밖에 없는 것을 느끼는 것이었다.
> 그러나 잠시 뒤에 고개를 들어,
> 허연 문창을 바라보든가 또 눈을 떠서 높은 턴정을 처다보는 것인데,
> 이때 나는 내 뜻이며 힘으로, 나를 이끌어 가는 것이 힘든 일인 것을 생각하
> 는 것인데, 이렇게 하여 여러 날이 지나는 동안에,
> 내 어지러운 마음에는 슬픔이며, 한탄이며, 가라앉을 것은 차츰
> 앙금이 되어 가라앉고

---

39) 백석과 가장 가까운 인물이었던 자야(子夜) 여사는 해방 후 허준에 의해 발표된 다
섯 편의 시 작품들을 모두 일제 말기에 쓰여진 것으로 단정하면서, 허준이 만주에서
백석에게 직접 건네 받은 작품을 보관해오다가 해방 후에 서울에서 발표하게 된 것이
라고 단정한다.

외로운 생각만이 드는 때쯤 해서는,
더러 나줏손에 쌀랑쌀랑 싸락눈이 와서 문창을 치기도 하는 때도 있는데
나는 이런 저녁에는 화로를 더욱 다가 끼며, 무릎을 꿇어보며,
어니 먼 산 뒷옆에 바우섶에 따로 외로이 서서,
어두어 오는데 하이야니 눈을 맞을, 그 마른 잎새에는
쌀랑쌀랑 소리도 나며 눈을 맞을,
그 드물다는 굳고 정한 갈매나무라는 나무를 생각하는 것이었다.[40]

다소 긴 인용의 시는 진작 비평가 유종호에 의해 우리나라 사람의 생
활 철학과 인생관이 그대로 집약된 대표적인 사상시로 평가된 바 있을
만큼 고도의 비극적 아름다움을 작품 전면에 머금고 있다. 이 시의 형성
은 「조당(藻塘)에서」의 터득된 어투와, 「흰 바람벽이 있어」의 비극적 미
감(美感)이 어우러져 이룩된 것이다.

시인은 드디어 험한 시대의 온갖 풍상을 다 겪고 나서 홀로 저녁 눈을
맞고 있는 '그 드물다는 굳고 정한 갈매나무'의 정신세계에 도달한다. 바
꾸어 말하면 이 한 편의 시를 기다려 『사슴』 이후의 그 숱한 모색과 서
성거리는 방황의 시절이 백석에게 마련된 것인지도 모른다.

과연 백석은 우리나라의 민족문학사에서 한 편의 뛰어난 절창을 남기
었고, 동시에 민족 분단의 어처구니없는 격랑은 한 맑은 정신의 시인을
문학사의 표면에서 아주 지워버리고 그를 보잘것없는 무명 시인의 위치
로 전락시켜 버렸다.

이것은 결코 백석이라는 시인 한 사람에게만 국한되는 의미가 아닐
것이다.

이용악·오장환·설정식·박아지·조벽암·이찬 등 다수의 월북, 혹
은 재북 시인 작가들의 경우에도 마찬가지로 적용되는 문제이다. 그것은
곧 일제의 식민 통치가 이 땅에 끼치고 간 영원히 지워지지 않는 낙인과

---

40) 「남신의주 유동 박시봉방(南新義州 柳洞 朴時逢方)」의 전문, 『백석시전집』, 122면.

도 같은 역사의 상처이다.

백석의 시는 민중적 설화성의 수용과 그것에 걸맞는 문체를 가지고 있다. 그가 자신의 시에서 익숙하게 사용하는 '시골사람이 쓰는 말 그대로'의 어법은 결코 단순한 시도가 아니다. 그 어법은 모국어의 지역성과 향토성을 매우 농도 짙게 풍기는 것이었고, 이러한 어법을 강조하는 것이야말로 일제 식민 통치의 폭력 구조에 길항해 나갈 수 있는 독자적 방언이 되었다.

그러므로 백석 시에서의 토착어의 세계를 '가장 한국적이긴 하지만 너무 작위적인 구사'라고 평한 것과,41) '눌박한 민속담, 소박한 시골 풍경화'42) 정도로 가볍게 보아 넘긴 견해에는 쉽게 동의할 수 없다.

백석 시의 진면목을 일찍부터 가장 정확히 읽어낸 사람은 시인 박용철(朴龍喆)이었다.

백석은 자신이 나타내려고 했던 시적 대상으로서의 장소와 인물을 '놀라울만치 「리얼」'하게 그려내었다. 그것이 그가 번역의 대상으로 채택한 바 있었던 아일랜드의 작가 제임스 조이스의 정확한 문체로부터 받은 영향임을 이미 앞에서 지적한 바 있다.

『사슴』 시집 전체를 통해서 흔히 볼 수 있지만 그 중에서도 인물 묘사가 탁월한 부분은 「여우난골족」에서의 '큰고모'의 서술 대목이다.

'해변에서 과부가 된 코끝이 빨간 언제나 흰옷이 정히든 말끝에 설게 눈물을 짤 때가 많은' 큰골 고모의 파란 많은 개인사적 내력이 묘사의 전개 과정에서 선연하게 부각된다.

「고야(古夜)」에서는 아버지가 타관으로 떠나게 된 슬픈 내력에 대한 암시가 있고, 어린 아들과 어머니가 단둘이 살아가는 산비탈 외딴 집 뒤

---

41) 김윤식, 『한국근대문학사상비판』, 일지사, 141면. 이 평자는 자신의 두 권의 저서에서 백석의 고향을 황해도로 잘못 기록하는 실수를 범하고 있다. 백석은 평안 북도 정주군 갈산면 익성동 출생이다.
42) 백철, 『조선신문학사조사(현대편)』, 1948, 백양당, 291면.

에는 소를 밀도살하는 노나리꾼들이 등장한다. 「주막」에서는 목탁 소리가 '서러웁게' 들리는 해원(解寃)의 정서와, 나귀의 눈에 종이등이 비치어 반짝거리는 배경 속에서 새벽길을 총총히 떠나가는 장꾼들의 생기 있는 삶의 활력을 대비시킴으로써 사실을 그림같이 극명하게 떠올려준다.

이러한 방법은 일단 감정의 용출을 억제하는 과정에서만 가능할 터이므로 백석 시의 창작 방법은 일단 사상파(寫像派)의 영역에 속한다 할 것이다. 가장 격렬한 축약으로 대상의 리얼리티를 확보한 시는 「성외」라 하겠다.

어두워오는 城門밖의 거리
도야지를 몰고 가는 사람이 있다

엿방앞에 엿궤가 없다

양철통을 쩔렁거리며 달구지는 거리끝에서 江原道로 간다는 길로 든다

술집문창에 그느슥한 그림자는 머리를 얹었다[43]

이 시는 불과 5행밖에 안 되지만 삶의 고달픔, 가난의 고통, 유랑의 혼곤함 등이 압축 구조 속에서도 리얼하게 확대되어 나타난다.

백석의 시들 중에서 비교적 성공을 거둔 작품들은 대개 격렬한 축약 과정에서 마련된 것이다. 한 예를 들면 시 「산지(山地)」는 1935년 『조광』 창간호에 발표한 처음의 형태가 7연 14행의 구성이었다. 그런데 이것을 다시 시집 『사슴』에 수록하는 과정에서 제목이 바뀌어지고, 참으로 격렬하다고 할 정도의 축약이 가해졌다. 그 결과 7연 14행의 시 「산지」는 3연 3행의 「삼방(三防)」으로 탈바꿈하였다.

두 작품을 다음에서 직접 비교해 보면 그가 자신의 작품을 얼마나 격

---

43) 「성외」의 전문, 『백석시전집』, 31면.

렬하게 축약시키고 있는가를 알 수 있다.

    갈부던같은 藥水터의 山거리
    旅人宿이 다래나무지팡이와 같이 많다

    시냇물이 버러지소리를 하며 흐르고
    대낮이라도 山옆에서는
    승냥이가 개울물 흐르듯 울ㄴ다

    소와 말은 도로 山으로 돌아갔다
    염소만이 아직 된비가 오면 山개울에 놓인 다리를 건너 人家 근처로
    뛰여온다

    벼랑탁의 어두운 그늘에 아츰이면
    부헝이가 무거웁게 날러온다
    낮이되면 더 무거웁게 날러가 버린다

    山넘어 十五里서 나무뎅치 차고 싸리신 신고 山비에 촉촉히 젖어서
    藥물을 받으러 오는 山아이도있다

    아비가 앓는가부다
    다래 먹고 앓는가부다

    아랫마을에서는 애기무당이 작두를 타며 굿을 하는 때가 많다[44]

    갈부던 같은 藥水터의 산거리엔 나무그릇과 다래나무지팡이가 많다

    山넘어 十五里서 나무뎅치 차고 싸리신 신고 山비에 촉촉히 젖어서
    藥물을 받으려 오는 두멧 아이들도 있다

---

44) 「산지(山地)」의 전문, 『백석시전집』, 12면.

아랫마을에서는 애기무당이 작두를 타며 굿을 하는 때가 많다[45)

「산지」의 첫 연이 「삼방」의 첫 연에서도 유지되고 있으나, 후자에서는 행 구분을 해체시키고 있다. 여인숙 이미지를 소멸시키는 대신 '~가 많다'라고 하는 물량의 풍성함을 나타내는 분위기가 강조되고, 이를 보조하는 수단으로써 '나무그릇'이란 새 어휘가 영입되었다. 「산지」에서의 2연, 3연, 4연, 6연과 같은 비교적 서술성이 짙은 장황한 설명 부분이나 추측은 「삼방」에서 아예 삭제되어 버렸다. 결국 「산지」의 1연을 변형한 것과, 나머지 5연, 7연만으로 간신히 골격만이 유지되어 시 「삼방」으로 재구성되었다. 이 과정에서 알 수 있는 것은 대표적 이미지가 될 만한 것 이외의 모든 설명을 적극적으로 배제하고 있다는 점이다.

백석의 시에서 짧은 행으로 토막 지은 구분보다는 오히려 행 구분을 무시해버린, 즉 하나의 매우 긴 행 자체를 하나의 독립된 연의 구실로 이끌어가게 하는 방법이 더욱 자연스러운 느낌을 준다. 이것은 행 구분을 소멸시키는 방법이 그 반대의 경우보다 산문성과 설화성을 감당할 수 있는 형식으로 보다 적절하기 때문이다.

백석의 시에서 또 하나 특기할 만한 것은 그가 일련의 연작시들을 묶어내고 있다는 사실이다. 그의 연작시 체험은 '남행시초(南行詩抄)', '함주시초(咸州詩抄)', '산중음(山中吟)', '물닭의 소리' 등 4편으로 정리된다.

'남행시초'는 경상남도 창원·통영·고성·삼천포 등 네 곳의 봄 풍경을 스케치풍으로 쓴 기행시이다. '함주시초'는 그의 함흥 거주 시절의 애틋하고 다사로운 생활 체험으로서 「북관(北關)」·「노루」·「고사(古寺)」·「선우사」·「산곡(山谷)」 등 5편 구성이다. '산중음' 「산숙」·「향락」·「야반(夜半)」·「백화」 등 4편으로서, 역시 함흥 시절의 생활 체험을 바탕으로 엮은 것이다. "물닭의 소리"도 함흥 시절의 작품인 바 「삼호(三湖)」·

---

45) 「삼방(三防)」의 전문, 『백석시전집』, 48면.

「물계리(物界里)」·「대산동(大山洞)」·「남항(南鄕)」·「야우소회(夜雨小懷)」·「꼴두기」 등 6편으로 구성되어 있다.

백석은 함흥 시절에 주로 수 편의 연작시를 쓰고 있는데, 그의 연작시 체험은 어떤 측면에서 다양한 사건이나 의미 있는 단상(短想)들에 일관성과 통일성을 부여해 보려는 방법의 시도로 볼 수 있다.

이런 맥락에서 보면 그의 첫 시집 『사슴』에 수록된 4부 구성의 33편도 일종의 연작시 형태로 생각해 볼 수 있지 않을까 한다.

그의 시가 모국어를 전제로 한 시대 감응력에 기민했음에도 불구하고 무너진 시대를 복구 건설해 가려는 민중적 잠재력과의 깊은 연대가 없었다는 사실은 백석 시의 한계로 지적된다. 대다수의 시 작품들이 일제 식민 통치하에서의 민중적 생활 체험의 테두리 안에 있으면서도 시인 자신은 여전히 고독한 존재로 맴돌고 있을 뿐이다.

「산숙」의 민중적 실체의 발견에서부터 「귀농」의 구체적 노동 정서를 확보하기까지 물경 3년이란 세월이 필요했지만, 이 3년이란 시간의 경과는 일제 강점하의 우리 민족 전체에게 있어서 너무도 가혹하고, 비정한 절대 고통의 세월이었다. 이 고통의 시간은 정당한 양심과 고뇌를 가진 사람에게 심리적 안정과 생존 및 정착의 노력마저 사실상 거부 박탈하였던 것이다.

4. 백석 시의 정신사적 의의

이상에서 알아본 바와 같이 백석의 시 작품은 민족 주체적 가치의 붕괴가 날로 가속화되어 가던 1940년 전후의 시대를 배경으로 언어의 주체성과 토착적 방언주의에 몰두하는 노력이야말로 모든 이질적인 외압으로부터의 가장 확실한 문학적 파수(把守)임을 깨닫고 있었다. 꺼져 가는 모국어의 생명을 부둥켜안고 거기에 붙들어 따뜻한 숨결을 불어넣으며, 그것을 기사회생시키는 작업에 몰두함으로써, 민족 정서의 합일과 공동체의식을 제고(提高)시키려 하였는데, 이러한 그의 노력은 오직 모국어에 대한 그의 불변의 신념과 철저한 예술적 정서에 바탕한 것이다.

어떤 의미에서 제국주의의 조직적 파괴 공작이 점차 가중되던 혹독한 시대와의 맞닥뜨림은 백석 시의 독자적인 개성을 오히려 더욱 튼튼하게 꽃피워낼 수 있게 한 하나의 훌륭한 토양일 수 있었다.

열악한 환경 속에서의 모국어의 기능은 모든 피학적 존재들간의 정서적 공감과 매개의 끈으로서 소중한 자산이며, 또한 우리들 자신이 곧 민족공동체, 문화공동체로서의 매우 중요한 구성원이라는 사실을 강력하게 일깨워 준다. 모국어를 사용하는 주체는 다름 아닌 그 나라 민족공동체의 구성원인 것이다.

백석의 시는 민족주체성이 망가뜨려진 시대에서 고향의식과 그 끈질긴 생명력을 팽팽히 응집하여 나타냄으로써 꺼져 가는 우리나라의 순정한 모국어 시의 아름다운 명맥을 되살리고 복원시켰다. 이러한 그의 노력은 온갖 풍상을 겪을 대로 다 겪고 나서 홀로 저녁 눈을 맞고 서있는 "그 드물다는 굳고 정한 갈매나무"(「남신의주 유동 박시봉방」)의 시대 정신으로 훌륭히 표상된다.

백석은 무너진 시대 안에서의 주체적 정서와 자아를 모국어로써 견결히 유지하려 하였고 이러한 그의 어법은 실제로 청록파를 비롯한 『문장』지 계열의 시인들과, 윤동주를 비롯한 당대의 유수한 젊은 시인들에게 깊은 영향을 주었다.[46] 그의 시가 비록 당대 민중 생활과의 직접적이고 긴밀한 연대 및 민족공동체 회복의 능동적 실천력은 결여되어 있지만,

---

46) 윤동주의 아우 윤일주의 회고에 의하면, 연희전문 시절 윤동주는 백석의 시집 『사슴』을 평소에 매우 탐독했으며, 가장 아끼는 책의 목록으로 맨 먼저 손꼽을 정도였다고 한다.

모국어와 생사를 함께 하려는 집요한 주체적 의지와 자아 복원의 시정신은 그것이 일제강점기라는 민족주체성 상실(喪失)의 시대를 배경으로 이루어지고 있다는 점에서 새로운 평가를 받아야 한다.

근 일백 년에 가까운 우리나라 민족시의 전개 과정에서 본질적 토착적 가치보다도 외래적 이질적 가치가 기승을 부려온 종래의 문단 풍토를 반성할 때, 백석 시가 지녔던 주체적 시정신은 매우 신선하고도 비범한 감수성으로 새롭게 떠오르게 된다. 그는 일제 말 동시대의 그 어떤 시인보다도 분명하고 튼튼한 모국어 감각과 역사의식을 갖고서 비극적 현실을 극복하려는 계기를 문학 작품 속에서 마련하고자 적극적으로 몸부림하였고, 그 결과 오늘날 100여 편 가량의 시 작품을 우리들 앞에 남겨놓고 있다.

그 어느 때보다도 민족언어의 질서와 이질 문화의 오탁(汚濁)이 심각하게 우려되는 오늘날, 우리는 가장 주체적이고 순정한 모국어의 생명을 지키려고 혼자 무너진 시대를 버티어가던 한 시인의 노력과 시정신을 다시금 생각해보게 되는 것이다.

제3장
문학사의 영향론을 통해서 본 백석의 시

1. 영향의 의미

한 개인이 산출해내는 창작물로서 완전히 독창적인 것은 이 세상에 없다.

인간은 기나긴 시간 속에서의 어느 한 지점을 살아가고 있는 통시적 존재이기 때문에 그의 심신에는 전대로부터의 정신적 문화적 유산과 유전학적 인자들이 계승 전달되어져 있을 것이다. 이렇게 두고보면 현실에서의 한 개인의 활동은 대체로 전대로부터의 영향에 기반해서 자리하고 있는지도 모른다.

가령 어떤 사람이 수원 백씨 가문의 아무개 파라고 할 것 같으면 그 신체와 정신 속엔 수원 백씨 아무개파 고유의 독자성과 그와 같은 어떤 무엇이 분명히 작용하고 있다고 보아야 한다. 물론 이러한 인자적(因子的) 요소만이 그의 오늘을 모두 결정하는 것은 아니다. 그의 오늘을 결정하는 것은 이러한 전대로부터의 바탕 위에 오늘의 사회와 환경 등 여러 공시적 요인들과의 관련에 의한 형성이 더욱 큰 비중을 차지하는 것이 사실이다. 이런 제반 요소들을 토대로 해서 문학사 영향론의 중요성과 그 의미는 일단 성립이 된다.

2. 문학사와 영향론의 관계

문학인의 창작이라는 것도 그의 창작 행위와 그 과정을 꼼꼼히 들여다보면 그가 습작 시기에서 과연 어떤 선배 문인을 특히 좋아했으며, 선배 문인의 작품 경향에 얼마나 오랫동안 심취했었던가가 중요한 관심이 될 수 있다.

실제로 한 문인이 기성 문인으로 성장하기까지 그에게 영향을 미친 것은 사회와 환경의 영향이 그 첫 번째일 것이지만 선배 문인으로부터 받은 영향이야말로 그 다음의 부피로 작용하였을 것이다. 우리는 습작 시절에 대개 어느 특정한 선배 문인들에게 깊이 심취해본 경험들이 있다. 선배 문인의 창작 세계와 그의 정신적 통로를 기쳐 나옴으로써 우리들의 창작에 대한 안목은 놀랍도록 발전적인 변화를 가져올 수 있었다. 어떻게 보면 선배 문인들의 작품세계와 정신은 후배 문인들에게 있어서 하나의 훌륭한 교본이나 창작을 위한 나침반 역할을 한다.

가령 고려시대의 작품들은 신라의 그 화려했던 향가문학의 형식과 내용, 문학정신 따위를 고스란히 이어받아 그것을 자기 시대에 맞게 개량하고 발전시켜서 독자적이고 주체적인 문학 형태를 만들었다. 조선시대의 작품들도 고려시대의 작품에서 계승된 요소들이 상당히 많다.

황진이와 기녀들의 시조작품만 하더라도 이별을 주제로 한 신라의 향가와 고려가요에서의 「만전춘 별사」·「가시리」 등에서 배달된 요인과 잠재력이 매우 강렬하게 느껴진다. 조선시대 기녀들의 작품에 나타난 이별 정서는 김소월 한용운 등 현대 시인들의 시 작품에 깊은 영향을 주었다. 또 소월 만해의 시 작품은 그 이후의 전통적 서정시의 출현에 커다란 자극과 충동을 주고 있는 것이다.

이런 관점에서 살펴보면 모든 개별적인 작품들은 결코 그 자체가 평지에서 돌출한 듯이 독불장군으로 생성된 것은 불가능하다는 사실이 확인되는 셈이다. 사실상 문학사란 거의 모두가 이러한 영향을 토대로 해서 형성되어 가는 문학의 한 영역이다.

한 작가의 작품 속에는 그 작품을 가능하게 했던 '어제'의 요소, 즉 전통성이라든가 역사성 따위로 풀이될 수 있는 과거 시간의 요소가 들어 있고 그 기반 위에 '오늘'의 요소, 즉 현재성, 사회성 따위로 풀이될 수 있는 공시적 요소가 상호 배합되어 있다.

그러고 보면 춘원 이광수가 일찍이 20세기 초반, 그의 문학적 견해를 나타낸 글 「문학이란 何오」에서 말한 '우리들에게 있어서 과거란 없다 함이 가하다. 앞으론 오직 양양한 미래만이 있을 뿐이다'라고 말한 지나간 시간에 대한 전면부정, 전통단절론 따위가 얼마나 무리하고 반이성적인 것이었던가를 새삼 깨달을 수 있다.

이러한 영향의 심각성은 의식, 혹은 무의식적으로 후배 문학인들에게 그대로 흡수 전달되고 또 통합된다. 정지용·이병기 등의 시 작품 형성에 영향을 주었던 것은 조선 중엽 이후의 서간문들이 지니고 있던 이른바 아어체(雅語體)의 높은 품격이라는 지적이 있었다. 한용운의 시집 『님의 침묵』을 관통하고 있는 독특한 여성적 어투와 그 화법은 충청도 경상도 일대에서 하나의 관습처럼 널리 유포되어 있었던 내방가사(규방가사)의 문체로부터 받은 영향이라는 설도 있다.

채만식의 소설에 깊은 영향을 주었던 것이 바로 남도 특유의 판소리 가락이라는 설은 거의 확실하다. 실제로 채만식은 어려서부터 들었던 판소리 가락에서 자신의 창작 심리의 토대를 찾고자 했고, 직접 판소리 연창을 듣는 것을 즐겼다고 한다.

이 점은 김영랑·서정주 등의 호남 출신 시인들의 작품 경향에서도 뚜렷이 확인할 수 있다. 특히 채만식은 그의 풍자적인 소설 「태평천하」·「치숙」 등의 작품 속에서 판소리 특유의 문체인 아니리조(調), 추임새의 삽입 등 전적으로 판소리 형식이 아니면 찾아볼 수 없는 방식을 원용 채택하고 있다. 김영랑은 전남 강진의 고향집에서 기거할 때 아예 판소리 가객을 초빙해다가 연창을 듣기 위해 커다란 대청마루가 딸린 건물까지 일부러 지었다고 한다.

이러한 판소리의 영향은 오늘날 호남에서 배출된 시인들의 작품 속에 상당한 영향을 끼치고 있는바 특히 김지하의 담시 계열의 작품들 「오적」·「소리내력」·「비어」 등의 작품이나 1980년대 초반부터 집필되기 시작한 이른바 '대설(大說)「남(南)」 연작에서도 짙게 나타난다. 고은의 「만인보」 연작 시리즈와 최근에 완성한 그의 서사시 「백두산」에서도 남도 판소리 가락의 영향은 쉽게 찾아볼 수 있다. 기타 김준태, 김용택, 그리고 '오월시' 동인들의 작품 속에서도 마찬가지의 특징을 확인할 수 있다. 그들의 창작물은 대개 상당한 부분이 전통문화의 유산에서 받은 영향이라고 말할 수 있다.

그러면 선배 문인이 후배 문인에게 끼치는 영향은 어떠한가.

우리는 한때 시인 정지용의 작품세계는 물론 그의 이름조차 기억하지 못하던 시절이 있었다. 왜냐하면 정지용이 월북 시인으로 늘 낙인 찍혀 있었기 때문에 그의 작품과 경력 일체가 정치적인 금지 속에서 매몰되어 있었다. 오죽하면 채동선 작곡 정지용 작시의 「고향」이란 가곡도 분단 이후 이은상·박화목 등에 의해 개작된 노래로 불려지게 되었을까. 그러나 정지용이 일제 후반기 『문장』지에서 추천위원으로 활동하면서 배출해낸 조지훈·박목월·박두진·박남수·이한직 등은 그들 문학 작품의 초기 성과들에서 자신을 뽑아준 정지용의 작품을 방불하게 하는 요소가 있다.

물론 이런 경우 후배가 존경하는 선배 시인의 작품에 깊이 심취하고 경도된 나머지 선배 시인의 창작 방법을 흉내낸 아류 작품을 산출해 낼 수도 있는 것이다. 이른바 '청록파' 삼가시인이라고 불리우는 조지훈 박목월 박두진의 경우가 더욱 정지용적인 요소가 있다. 그들 세 사람이 펴낸『청록집』을 보면 이름을 가리고 보았을 때 이것이 과연 조지훈의 것인지 정지용의 것인지를 분간하기 어려운 작품들마저 있는 것이다.

1920년대 후반 카프 계열 시인들의 작품에는 일본 프로문학 작품의 영향이 짙게 반영되어 있다. 또 김석송의 작품에 끼친 미국의 민중시인 월트 휘트먼의 영향도 명백한 사실로 인정된다. 김안서 김소월의 작품세계에 영향을 준 전래 민요의 독특한 가락의 재창조도 인상적이다. 김소월의 학교 후배로서 선배인 소월의 문학을 흠모했던 백석의 문학에는 소월적인 분위기가 짙게 깔려 있다고 할 수 있다.

그 외에도 백석의 문학에 간접적인 영향을 주었을 것으로 짐작되는 국내외 문학인은 제임스 조이스, 프랑시스 잠, 이시카와 타쿠보쿠(石川啄木), 이사코프스키 등을 들 수 있다. 서정주의 초기 시에 영향을 준 프랑스 상징주의 시인 보들레에르의 영향도 지적할 수 있다.

김팔봉의 시에 깊은 각인을 주었던 일본의 국민시인 이시카와 타쿠보쿠의 영향, 황석우의 시에 영향을 주었던 일본 아나키즘 시인들의 흔적, 김춘수에게 영향을 주었던 독일시인 라이너 마리아 릴케 등등 여러 사례들을 들 수 있다.

우리는 이 가운데서 시인 백석의 영향에 관한 이야기를 보다 심도 있게 논의하고자 한다.

3. 백석의 영향을 받은 후배 시인들

백석의 민중적 문학정신은 후대의 문학에 어떤 영향을 주었는가?

그의 맑고 고결한 시정신과 간결한 형식의 작품이 주는 선명한 인상
은 후대의 많은 시인들에게 참으로 깊은 영향을 심어 주었다. 청록파 시
인들과 윤동주, 그리고 해방 후의 신경림·박용래·이시영·김명인·송
수권·최두석·박태일·안도현·심호택·허의행 등이 바로 그 대표적인
경우이다. 이밖에도 여러 시인들이 있을 것이나 여기서는 백석 시의 영
향이 확실히 논의될 수 있는 시인으로 제한하여 그 몇몇 본보기들을 중
심으로 검토해 보고자 한다.

우선 일제 말의 시인 윤동주(尹東柱)를 들 수 있다.

윤동주는 진작 습작기에 백석의 시집 『사슴』(1936)을 읽은 감동을 가슴
에 깊이 새기고 자신의 창작에 상당한 응용을 했던 시인이었다. 윤동주
의 일본 유학 시절, 시인되기를 지망하는 고향의 아우 일주에게 보낸 편
지에서 무엇보다도 백석 시집 『사슴』을 필독서로 권유하고 있을 만큼 백
석 시에 관한 몰입의 경험을 피력한다. 실제로 윤동주의 시집 『하늘과
바람과 별과 시』(1948)를 백석의 시와 관련하여 검토해 보면 상당한 부분
에서 백석的인 호흡과 기법이 나타나고 있음을 볼 수 있다. 시 「위로」의
서술 구조는 백석시의 산문시적 서술 형태와 그 성격을 상당히 방불케
한다. 「돌아와 보는 밤」·「병원」 등의 시는 백석 시의 3연 줄글 형태와
매우 흡사하다. 「슬픈 족속」도 2연 행 구분의 형태로서 백석의 시에서
이미 시도된 바 있는 형태이다. 「별 헤는 밤」의 여러 가지 이름들의 열
거투라든가 「유언」에서의 4연의 분위기는 매우 흡사한 바가 있다.

별 많은 밤
하누바람이 불어서

푸른 감이 떨어진다 개가 짖는다

— 백석, 「청시」 부분

외딴 집에 개가 짖고
휘양찬 달이 물살에 흐르는 밤

— 윤동주, 「유언」 부분

　윤동주의 시 「밤」의 고요는 백석의 시 「연자간」과 아주 닮아 있다. 윤동주 시의 문체와 형태, 율격, 이미지 구사 등은 습작기의 윤동주에게 깊은 영향을 준 것임에 틀림없다.

　다음으로는 신경림(申庚林)을 들 수 있다.

　신경림의 시에서도 우리는 시집 『농무』(1970) 이후 그의 여러 시편들에서 주요한 힘의 바탕이 되고 있는 것으로 다분히 백석적인 영향을 지적할 수가 있다. 신경림은 첫 시집 이후 『새재』(1979), 『달 넘세』(1985), 『가난한 사랑노래』(1988), 『길』(1990), 『쓰러진 자의 꿈』(1993) 등의 시집을 펴내었다.

　그의 시의 가장 큰 특징이라 할 수 있는 이야기시의 성격과 그 서사성을 선연한 장면으로 그려내는 기법, 농촌적 배경의 상황 묘사 등은 주로 백석 시에서 받은 영향으로 짐작된다. 그가 백석의 시로부터 받은 감동은 주로 「주막」·「여우난골족」·「오리 망아지 토끼」·「청시」·「산비」·「모닥불」·「남신의주 유동 박시봉방」이었다고 한다. 신경림의 시 「씨름」에서의 파장 무렵의 장터 묘사는 백석의 「성외」를 연상시킨다. 「장마」에서의 장면 묘사와 「그날」의 분위기는 백석의 시 「적경」·「미명계」·「쓸쓸한 길」과도 흥미 있는 대조를 보인다. 「그 겨울」은 백석의 「남신의주 유동 박시봉방」의 서두와 흡사한 데가 있다. 「친구」는 백석의 시 「주막」과 비슷하다.

　시집 『쓰러진 자의 꿈』(1993)에 수록된 「새벽눈」에서 '새벽장 보러가는 장꾼들을 실은 시골버스는 늙은 당나귀처럼 잠이 덜 깨어'라는 부분은 백석의 시 「적경」·「성외」가 보여주는 장면 서술 효과와 유사하다. 이러한 사실은 시인 자신도 인정하고 있는바, 그는 습작기에서의 백석 시집을 읽은 놀라운 감동, 특히 백석의 시 「주막」에서 '호박잎에 싸오는 붕어곰', '뻐드렁니를 가진 나와 동갑인 주막집 아이', '주막집 마당에서 어미말의 젖을 빨고 있는 망아지'를 묘사한 정경에서 받았던 감동을 고백하고 있다(『창작과비평』 86호, 1994년 겨울, 201~203면). 그 일단을 옮겨보면 다음과 같다.

> 가장 먼저 뽑아든 책이 당연히 『사슴』인 것은, 내가 우리 시에서 단 하나만 꼽으라 해도 서슴치 않고 꼽는 시인이 백석이었기 때문이다. 젊어서 내가 소중하게 간직하고 있던 시집도 『사슴』이었다. 방학 때 시골집에 갈 때도 다른 책은 다 두고 가면서도 이 시집만은 꼭 짐 속에 챙겨가지고 길을 떠났다. 동대문헌 책방에서 이 시집을 구했을 때의 감격을 나는 아직 잊지 않고 있다. 매일처럼 눈을 뜨기가 바쁘게 책상서랍에서 시집을 꺼내 확인하는 나를 보고 방을 쓰던 외숙이 그 다 떨어진 책이 무슨 신주단지라도 되느냐고 핀잔을 주던 일도 기억이 난다. 내가 백석을 좋아한 것은 훨씬 이전부터다. 한 중학생 잡지의 시 창작법 비슷한 글에서 「주막」 「여우난골족」 「오리 망아지 토끼」 같은 시를 읽고 나는 한동안 잠을 이루지 못했었다. 그 얼마 뒤 책방에서 『학풍』이란 잡지를 뒤적이다가 거기서 「남신의주 유동 박시봉방」이라는 시를 읽었다. 그 감동이 얼마나 강렬했던지 나는 책을 그 자리에 떨어뜨리고 말았다. 그렇게 좋아하던 시인이었는데, 어렵게 구한 그의 시집을 어이없이 잃어버리고 말았다.
> ─독서 수상 「다시 책읽기에 재미를 붙이기까지」 부분

백석의 시에 몰입했던 모든 경험이 신경림 시의 중요한 바탕으로 정착되고 형성되었을 것임은 물론이다.

다음으로는 박용래(朴龍來, 1925~1980) 시인이다.

첫 시집 『싸락눈』(1969) 이후 『강아지풀』(1975), 『백발의 꽃대궁』(1979) 등을 내었고 별세 후에 시전집 『먼 바다』가 출간되었다. 그의 시는 전통적 서정을 즐겨 다루되 결코 범박하지 않고 민족 정서를 환기시키는 효과

를 지녔다.

박용래의 시는 여러가지 면에서 백석의 영향을 깊이 수용하고 있는 듯하다.

특히 「부여」·「사역사(使役詞)」·「군산항」·「폐광근처」·「먼 곳」·「삼동(三冬)」 등을 유심히 살펴보면 마치 백석의 시를 읽는 듯한 느낌이 들 때가 있다. 이 가운데 「삼동」을 백석의 「적경」과 비교해 보면 두 작품의 장면 효과와 분위기가 매우 유사함을 발견할 수 있다.

　　신살구를 잘도 먹드니 눈오는 아츰
　　나어린 안해는 첫아들을 낳었다

　　人家 멀은 山중에
　　까치는 배나무에서 즞는다

　　컴컴한 부엌에서는 늙은 홀아비의 시아부지가 미역국을 끓인다
　　그 마을의 외따른 집에서도 산국을 끓인다
　　　　　　　　　　　　　　　　── 백석, 「적경(寂境)」 전문

　　어두컴컴한 부엌에서 새어나는 불빛이여 늦은 저녁
　　床 치우는 달그락 소리여 비우고 씻는 그릇 소리여
　　어디선가 가랑잎 지는 소리여 밤이여 섧은 盞이여

　　어두컴컴한 부엌에서 새어나는 아슴한 불빛이여
　　　　　　　　　　　　　　　　── 박용래, 「삼동」 전문

그 다음으로 백석의 작품에 영향을 받은 것으로 추정되는 시인은 이시영(李時英)이다.

그는 일찍이 시집 『만월』(1976)을 통하여 근대화 정책으로 형편없이 붕괴되어 가는 농촌공동체와 그 주변 사람들의 삶의 애환을 노래하였다.

그 후로 시집 『바람 속으로』(1986), 『길은 멀다 친구여』(1988), 『이슬 맺힌 노래』(1991), 『무늬』(1994), 『사이』(1996) 등을 잇따라 내어놓으면서 과도한 서사성을 점차 절제하고 형태적인 긴축을 통해 정서의 긴장을 극대화시키려는 시도를 보이고 있다.

첫 시집에서는 「백조」 같은 작품이 6행의 소품으로 완결되고 있으며, 「밤길」은 백석의 시 「적경」과도 좋은 대비를 이루는 작품이다.

두 번째 시집에서는 「고모」를 들 수 있는데, 이는 백석의 시 「여우난골족」에 나오는 고모 이미지를 연상시킨다.

네 번째 시집에서도 「잎」·「여우비」·「아기바다」 등이 보여주는 절제와 담백함, 압축을 통해 보여주는 관조의 세계가 다분히 백석의 영향을 느끼게 한다.

다섯 번째 시집에서는 「교감」·「풍경」·「아카시아」·「초여름」에서 백석 시의 호흡과 표현 기법을 상기시키는 부분이 역력하며, 특히 「옛 마을에 들러」는 백석의 시 「적경」의 발상법과 유사함을 보인다. 「신록」도 백석의 시 「자벌레」·「산뽕잎」과 좋은 대비를 나타낸다. 근간에 발간된 시집 『사이』에서는 「집안에서」 같은 작품들이 백석 시의 영향을 느끼게 하는 작품이다. 위의 여러 작품들 가운데 「초여름」을 비교해 보자.

아카시아늘이 언제 흰 두레방석을 깔았나
어데서 물쿤 개비린내가 온다

— 백석, 「비」 전문

압구정동 한양아파트 앞길
아카시아꽃이 활짝 피어
노오란 꽃잎들을 와르르 포도위에 쏟아 놓는다
그 위를 아무 것도 모르는 계집년 둘이
허연 다리를 허벅지까지 드러낸 채
검은 선글래스를 끼고 걸어간다

어디서 혹 풀비린내가 스쳐온다

— 이시영, 「초여름」 전문

　이 두 작품을 대조해보면 작품 내부의 발상법과 구조가 매우 유사함을 알 수 있다. 그것은 후배시인 이시영이 선배시인 백석의 시를 읽은 감동을 마음속에 깊이 각인하고 있다가 가장 긴장된 정서의 정점에서 시인 자신도 모르게 표출되어 나온 것이 아닌가 한다.
　이시영은 근년에 백석의 위의 작품과 같은 짧은 형태의 단형 소품을 매우 적극적으로 실험하고 있다. 다른 여러 시 작품에서도 백석의 시와 비교 검토할 만한 사례들이 많이 확인된다.
　그 다음으로는 김명인(金明仁)이다.
　그는 『동두천』(1979), 『머나먼 곳 스와니』(1988), 『물 건너는 사람』(1992) 등의 시집을 내었고, 근년에 『푸른 강아지와 놀다』(1994)를 펴내었다. 그는 진작부터 백석의 시 작품에 대한 남다른 애정을 가지고 백석의 시를 비평적으로 연구하여 그 성과가 이미 정평이 나 있다.
　그의 시 작품에 나타난 흐름들도 다분히 백석적인 영향이 깔려 있음을 쉽게 알아챌 수 있다. 시집 『푸른 강아지와 놀다』에는 그가 러시아 연해주에서 수개월 동안 체류하면서 당시의 경험을 바탕으로 쓴 연작이 수록되어 있다. 그 가운데 「연해주 시편 5」는 다음과 같다.

　　고딕식의 빛바랜 건물, 시간이 만드는 유적앞에 서성거리면서
　　"조상은 형제는 일가친척은 정다운 이웃은 그리운 것은 사랑하는 것은 우러르는 것은 나의 자랑은 나의 힘은 없다 바람과 물과 세월과 같이 지나가고 없다"
　　없으므로 더욱 그리워지는 날이 있다, 무작정
　　낯선 거리를 헤매야만 하는 날에는 이곳의 전차가
　　안성마춤이다, 궤도를 따라 갔으므로

— 김명인, 「연해주 시편 5」 부분

김명인은 작품의 말미에서도 밝히고 있지만 작품 본문 중의 " "를 친 부분은 백석의 시 「북방에서」의 한 부분을 그대로 인용하고 있는 형태의 작품이다. 말하자면 작가가 러시아의 쓸쓸한 거리를 헤맬 때 느끼는 적막감과 백석이 북만주의 어느 황량한 거리를 방황하던 때의 적막감을 일치시키고 싶은 시인의 의도가 반영된 부분이다. 김명인은 이 작품 이외에도 백석의 작품 정서에서 조성된 창작의 분위기를 적극적으로 수용하려 애쓴 시인이다.

다음으로는 송수권(宋秀權)을 들 수 있다.

송수권도 남도 사투리에 의탁해서 독특한 지역 정서를 뽑아내는 시인으로서 그는 이러한 자신의 분위기를 백석의 창작 방법에서 상당한 힘을 원용하고 있는 듯하다. 첫 시집 『산문에 기대어』(1980), 『꿈꾸는 섬』(1983), 『아도』(1985), 『우리나라 풀이름 외기』(1988) 등의 시집을 발간하였고, 그의 작품 가운데 상당한 부분에서 우리는 백석 시의 흔적과 그 영향을 발견한다.

여승은 合掌하고 절을 했다
가지취의 내음새가 났다
쓸쓸한 낯이 넷날같이 늙었다
나는 佛經처럼 설어워졌다

평안도의 어늬 山깊은 금덤판
나는 파리한 여인에게서 옥수수를 샀다

여인은 나어린 딸아이를 따리며 가을밤같이 차게 울었다
— 백석, 「女僧」 부분

겨울 청량산에 가서 만났다
소복단장하고 뒷머릿채도 치렁치렁

버선발 내밀고 살냄새 피며
사뿐 큰 절 올리는
고 비릿한 처녀 계집애
두 눈에 눈물 잔뜩 고여 할 말 있다며
불쑥 내 잠자리 파고 들었다

— 송수권, 「겨울 청량산」 부분

송수권의 시 작품에서는 「대숲 바람소리」가 백석의 「모닥불」과 대응을 이루며, 「망월동 가는 길 4」는 백석의 「마을은 맨천 구신이 돼서」와 호응을 이룬다. 위의 「겨울 청량산」이 백석 시의 「여승」과 「죽부인」이 백석의 「여우난골」과 유사한 영향의 흔적을 느끼게 한다. 시 「방울꽃 웃음」에서는 '~같고'로 이어지는 어투가 백석 시의 열거투를 그대로 연상시킨다.

한편 최두석(崔斗錫)의 시 작품도 백석 시의 영향을 느끼게 하는 부분이 많다.

그는 시집 『대꽃』(1984), 『임진강』(1986) 등을 펴내었고, 1990년에 『성애꽃』을 발간하였다. 그 시집의 제2부에 수록된 산문시의 줄글 형태와 작품 소재의 취사선택이 백석시의 「가즈랑집」·「여우난골족」·「넘언집 범 같은 노큰마니」 등과 매우 흡사한 작품 정서를 나타내 보인다. 이러한 계열의 시 작품으로 「파라티온」·「영산포 고모」·「연봉이 아재」·「유촌댁」·「누룩바위」 등이 있다. 그러나 「영산포 고모」나 「파라티온」은 너무 풀어져서 시가 지녀야 할 최소한의 산문율마저 완전히 해체되고 있는 것이 다소 아쉽게 느껴진다. 「빈집」은 백석의 시 「황일」과 좋은 대조를 이루고, 「동두천 민들레」는 3연 줄글형으로 백석적인 호흡을 먼저 떠올리게 한다.

이밖에도 「고순봉」·「달팽이」·「고창득」·「한장수」·「고슴도치」·「전태일」 등의 작품들이 백석의 영향과 관련해서 분석될 수 있는 형태로 여겨진다. 최두석은 일찍이 백석이 그러한 방법을 쓴 것과 같이 유년 시절의 인상깊었던 집안 친척들이나 이웃 사람들을 작품 소재로 즐겨 채택하고 있다.

> 얼굴에 별자국이 솜솜난 말수와 같이 눈도 껌뻑걸이는 하로에 베한필을 짠다는 벌 하나 건너집엔 복숭아나무가 많은 新里고무 고무의 딸 李女 열여섯에 사십이 넘은 홀아비의 후처가 된 포족족하니 성이 잘 나는 살빛이 매감탕같은 입술과 젖꼭지는 더 깜안 예수쟁이마을 가까이 사는 土山고무 고무의 딸 承女 아들 承동이
>
> — 백석, 「여우난골族」 부분

> 꿈을 깨고난 그녀는 어둠 속에 누워 자기가 지어준 딸의 이름을 불러 본다. 덕순, 정례, 삼남, 정순, 덕남, 혜숙, 명님, 소학교도 못마치고 식모로 공장으로 이곳저곳 풀씨로 흩어져간 자기의 분신을 어둑한 천장에 시집간 딸이나 외손주들의 얼굴을 그려보다가 봉제공장에 다니면서 동거에 들어간 덕남이를 그려보다가……
>
> — 최두석, 「유촌댁」 부분

이 두 작품이 공통되는 점은 구체적인 인명을 하나하나 열거하는 방식을 쓰고 있다는 점이다(이 방법은 윤동주가 백석을 통해 배운 방법을 그대로 살려서 쓰고 있음을 앞에서 보았다). 뿐만 아니라 작중 화자인 유촌댁이 그리운 외손주들의 얼굴을 누워서 천장에 그려보는 대목은 백석의 시 「흰 바람벽이 있어」에서 작중 화자가 흰 바람벽에 쓸쓸한 추억과 그리운 얼굴들을 그려보는 대목과 너무도 유사하다. 시인 자신은 이를 느끼지 못하지만 후배 시인은 알게 모르게 선배 시인들로부터 그 영향을 수용할 뿐만 아니라 표현으로까지 이어지게 되는 것이다. 더구나 백석의 시를 비평적으로 분석하고 연구한 경험은 그의 창작 세계에까지 깊은 영향을 주는 것이다. 이러한 시인의 한 사람으로 박태일을 들 수 있다.

박태일(朴泰一)은 시집 『그리운 주막』(1984)에 이어 『가을 악견산』(1989)

에 이어 『약쑥 개쑥』(1995)을 펴내었다. 그의 두 번째 시집은 그야말로 백석 시 작품의 영향이 시집 전반에 나타나고 있다고 볼 수 있다. 박태일도 김명인·최두석·안도현 등과 마찬가지로 백석의 시에 심취하여 연구의 경험을 창작에 응용한 시인으로 알려져 있다.

> 바람재 너머 점골
> 쇠부리터 옛적 불무질 소리
> 저녁마다 검은 먼지 생철수레가 바람재를 넘어갔다
> 돌아오지 않았다 첫 아이를 밴 옥녀
> 귀밥 엷은 남편은 돌아오지 않았다
> 옥녀, 터밭 구르던 막사발
>
> 초겨울 눈발이 드문드문 바람재를 내려설 때
> 옥녀 가랑잎 밑에서 두근거렸다
>
> ─박태일, 「점골」 전문

이 작품은 백석의 시 작품 중에서 「여승」의 이미지와 작품 정서를 방불케 한다. 그러면서도 독자적인 여운이 묘하게 형성되고 있다. 「경주길」이 보여주는 절제의 아름다움, 「가을 악견산」이 지니는 음률 감각의 즐거움, 「주먹밥」의 결구 처리 방식, 「명지 물끝」에서의 줄글 형태와 작품 소재, 「점골」이 포괄하고 있는 서사성, 「용호농장 4」·「후박나무」 등이 보여주는 3연 형식의 줄글 형태, 「남들은 가령영감이라 했다지만」이 보여주는 '~는 ~는 ~는'을 반복 열거하는 연결형 문체 따위는 백석의 시가 진작 보여준 바 있는 경험의 축적들을 언어적 측면에서 한층 더 확대시켜 간 성과로 인정된다. 특히 「구만리」는 백석의 시 「여우난골족」과 「저녁에」는 백석의 「연자간」과 흥미 있는 대응을 이룬다 할 것이다. 다음의 인용시 「감밭」이 나타내 보이는 민족언어의 탁월한 음률 감각은 놀라웁다.

도포기리 지은 두자 두치 넉넉
뒤품 지은 대자 넉넉
수장 한자 넉넉
압품 다섯치 넉넉
긴동 한자 넉넉 압깃
다서치 답푼 넉넉

할아버지 젯날 아침
까치 또 까치

— 박태일, 「감밭」 전문

다음으로는 안도현(安道鉉)을 들 수 있다.

그는 시집 『서울로 가는 전봉준』(1985), 『모닥불』(1989), 『그대에게 가고
싶다』(1991), 『외롭고 높고 쓸쓸한』(1994) 등을 펴내었는데, 그 어떤 시인들
보다 백석적인 시정신에 영향을 받고, 백석의 창작방법론을 깊이 수용하
려 애쓰는 시인이다. 백석을 필시 경험하지 못했을 첫 시집에서부터 이
미 백석의 분위기가 느껴지는 작품이 있으니 「밥 2」가 그것이다.

두 번째 시집에서는 백석적인 영향이 구체적으로 나타나고 있음을 보
여준다. 이 무렵에 출간된 『백석시전집』을 탐독한 경험의 충격과 감동을
이 시집은 그대로 반영하고 있다. 이를테면 「1960년대」 같은 작품은 백
석의 「넘언집 범같은 노큰마니」에서의 무당할머니와 유사한 인물을 등
장시키고 있다. 「수박」의 어법에서 ~것이었다, ~는데, ~고 등의 형태들
은 백석 시의 전형적인 방법이었다. 「비 그친 뒤」에서의 눈부신 빨래의
묘사, 「지평선 너머」의 고즈넉한 풍경 효과에서도 백석 시의 독특한 풍
격을 느끼게 하는 점이 있다.

백석 선생을 만나러 간다
흰 붕대같은 산길을 밤새 걸어

(…중략…)
눈발 그치기 십분 전에
나는 북방의 새벽 마을 어귀에 도착하였다
(…중략…)
살아 있다면, 일흔 아홉의 노인
시간이 빨리 썩어 흐르는 남쪽에서는 다들
선생은 죽었거나 폐인이 되었을 거라고,
(…중략…)
손때로 윤이 나는 나무책상 하나와
늙지 않은 그 사내는 있었다, 백석 선생이었다
(…중략…)
서울서 나온 『백석시전집』을 먼저 보였더니
먼 옛날이 신천지였다고
처마끝 고드름이 평안도 사투리로
뚝뚝 떨어지고 있었다
　　　　　　　　　─안도현, 「白石 선생의 마을에 가서」 부분

　이 시는 백석의 시 「남신의주 유동 박시봉방」의 문체와 호흡 비유 등
을 그대로 방불케 하는 특징을 지니고 있다. 이러한 가락에 의탁하여 후
배 시인 안도현은 비운의 선배 시인 백석을 꿈속에서나마 만나는 경험
을 갖게 된다. 문학사 속의 한 아름답고 높고 외로운 시정신을 소유한
선배 시인을 사숙하여 그를 흠모하며 작품의식의 큰 기반으로 의존하고
기대려는 분단시대 남한의 한 청년시인의 정신은 갸륵하기까지 하다.
　근년에 나온 그의 시집 『외롭고 높고 쓸쓸한』은 백석의 시 「흰 바람
벽이 있어」의 한 부분을 그대로 차용해서 쓴 표제이다. 이 시집에 수록
된 「자작나무를 찾아서」와 「군산 동무」의 한 대목에는 다음과 같은 부분
이 있다.

　①그 높고 추운 곳에서 떼지어 산다는

자작나무가 끝없이 마음에 사무치는 날은
　눈 내리는 닥터 지바고 상영관이 없을까를 생각하다가
　어떤 날은 도서관에서 식물도감을 뒤적여도 보았고
　또 어떤 날은 백석과 예쎄닌과 숄로호프를 다시 펼쳐 보았지만
　자작나무가 책 속에 있으리라 여긴 것부터 잘못이었다
　　　　　　　　　　　　　　　　　　　—「자작나무를 찾아서」 부분

② 내 등줄기를 때리는 서해 파도 소리 같은
　깊은 밤 슬픈 성경의 한 귀절 같은
　백석의 시처럼 가난하고 외롭고 높고 쓸쓸한
　한 편의 서정시 같은
　　　　　　　　　　　　　　　　　　　　　—「군산 동무」 부분

　①은 백석의 시 「남신의주 유동 박시봉방」의 문체와 발상법이 유사하
다. 백석의 시에 등장하는 갈매나무의 상징성은 눈 덮인 산 속에서 머리
위에 하얗게 눈을 얹고 있으면서도 꿋꿋한 삶의 의지를 결코 잃지 않는
데에 있다. 이러한 상징성이 안도현의 시에서는 자작나무 이미지로 변용
되어 나타나고 있다.
　②는 이 작품이 실린 시집의 표제로 선택되기도 한 백석 시의 한 부분
으로서 이를 통하여 우리는 안도현이 얼마나 선배 시인 백석의 작품세
계와 시정신에 깊이 경도되어 있는가를 파악할 수 있다. 그것은 다름아
니라 백석적인 작품 정서에 의탁해서 자신의 창작 공간을 구축해 가려
는 뜻과, 존경하는 선배 시인과의 직접적인 교감과 일치를 이루려는 후
배 시인의 열망이 구체화되어서 나타난 사례가 아닌가 한다.
　다음으로는 심호택(沈浩澤) 시인을 들 수 있다.
　그는 시집 『하늘밥도둑』(1992)과 『최대의 풍경』(1995)을 펴내었다. 첫 시
집에 실린 「배아픈 약」에서 한약재의 명칭을 열거하는 '갈근, 창출, 진피,
계피, 염생이똥 비슷한 향부자며'라는 부분은 백석의 시 「탕약」에서 '삼

에 숙변에 목단에 백복령에 산약에 택사의 몸을 보한다는 육미탕'이라는 대목과 흥미 있는 대조를 이룬다.

이밖에도 「밥그릇 농사」에서 펼쳐지는 고모에 대한 추억담은 백석의 시 「여우난골족」을 언뜻 연상하게 한다. 「똘가에서」의 부분을 통해 시냇물에 멱감는 시골 아이들의 정서를 표현한 부분은 백석의 시 「하답」이 지니는 작품 정서와 매우 유사하다. 두 번째 시집에 실린 「먼 불빛」은 백석의 시 「고야」·「외가집」·「개」 등에서 나타나는 호젓한 분위기와 좋은 대조를 이룬다. 심호택의 시의 커다란 힘이 되고 있는 호남 방언의 정감어린 구사와 그 서사성은 백석의 시에서 영향을 받은 부분이 필시 작용하고 있으리라 여겨진다.

여기에 대해서 전정구는 두 시인의 유사성과 개별성을 나누어서 지적한 바 있다. 즉 백석이 공동체 생활의 구수함을 강조했다면, 심호택은 그 구수한 삶을 엮어낸 향토민의 그윽한 정신세계를 독특한 개성으로 구현했다고 말한 부분이 그것이다(전정구, 「마음의 풍경」(서평), 『창작과비평』, 1995년 가을, 292면).

다음으로는 허의행(許義行) 시인을 들 수 있다.

그는 우리들에게 그다지 익숙한 시인은 아니나 모국어를 다루는 솜씨나 언어의 음율 감각이 매우 비범하다. 그리고 그가 첫 시집 『걸어온 길이 모두 젖었다』에서 보여주는 비범성은 거의가 백석의 시 형태를 통해서 터득한 듯하다. 시 「민들레」가 지니고 있는 구체적 장면 묘사와 특유의 줄글 형태, 「빈 장독이 놓여 있다」와 「파라다이스 뒤쪽」·「단풍잎」·「벌레 소리」·「옥상에 지은 집」 등등 그의 시에서 3연, 혹은 4~5연에 이르는 줄글 형태의 산문시는 백석의 시적 호흡과 형태에서 받은 상당한 영향을 느끼게 한다.

3층 옥상 가건물에 세들어 사는 사람들, 낮에는 아무도 없고 빈 집만 있다 빨래줄에 식구들의 옷가지가 옷깃을 서로 비비며 있고 잠가 놓은 출입문은 틈이

벌어지고 작은 바람에도 덜컹거리고 삐걱거린다

　　금이 간 벽을 등지고 전리품처럼 서 있는 선인장 화분, 손도 댈 수 없는 가시 바늘로 사방을 찌르고 있다 빈 소주병도 시멘트 바닥에 뒹굴다 햇빛에 파란빛을 내뿜고 신문지를 깔고 널어 놓은 호박고지, 무말랭이, 빨간 고추가 마르면서 독이 오르고 있다

　　솟아오르는 철탑과 교회의 십자가와 고층아파트와 승용차 행렬을 바라보면서 옥상에 사는 사람들이 집으로 올라가는 철계단은 경사가 급하고 녹이 슬어 간다

— 허의행, 「옥상에 지은 집」 전문

4. 맺는 말

　　무릇 영향이란 선배가 후배에게 주는 것이기도 하지만 대개는 이미 세상을 떠난 선배의 작품에 몰입한 후배의 적극적인 학습과 수용에 의해서 이루어진다고 볼 수 있다. 우리는 앞에서의 검토와 분석을 통하여 백석의 시가 문학사에 끼친 영향과 재생산의 경로를 알아보았다. 이런 점에서 보면 영향론이란 한 나라의 민족문학사와 그 품질을 규정하는 매우 중요한 영역이 아닐 수 없다.

　　아무쪼록 선배 문인들은 그들의 작품을 눈여겨 지켜보는 후배 문인들을 위해서 늘 좋은 작품을 써내려고 노력해야 한다. 그들의 일거수 일투족이 모두 후배들에게 하나의 영향으로 작용하므로 활동 하나 하나에 각별한 신경을 써야 할 것이다.

　　후배 문인들도 선배 문인들의 좋은 점만 본받으려고 노력해야 하며,

이를 위해서는 항상 좋은 작품을 가려낼 수 있는 안목을 키우려는 비평적 감각과 노력을 게을리 하지 말아야 한다. 선배들의 좋은 점은 후배들에게 좋은 영향으로, 나쁜 점도 고스란히 나쁜 영향으로 전달 계승되어 가기 때문이다. 또 후배들은 곧 세대 교체에 의해 그들 자신이 어느 틈에 선배의 대열에 끼어서 후배들의 주목을 받는 시간이 다가오므로 늘 방심을 하지 말아야 할 것이다.

제 4 장

새로운 세기에 보내오는 백석 시의 메시지

회복의 정신을 중심으로

1. 머리말

인간의 삶을 극단(極端)으로 내몰았던 통한의 세월은 드디어 서쪽 바다 밑에 있다는 깊고도 깊은 함지(咸池) 속으로 침잠해 들어가는가? 금세기 중반에 태어나 금세기의 온갖 영욕을 통해 삶과 세계를 배우고, 나의 몸과 마음은 드디어 새로운 세기를 향해 나아간다. 컴퓨터를 켜고 지식과 정보의 대양이라는 인터넷으로 들어가 '세기말'이라는 세 글자를 입력해 본다. 검색 프로그램인 한글 알타비스타(Altavista)는 즉각 2,672개의 세기말 관련 자료를 찾았다고 결과를 모니터에 알려준다.

나는 그것들에 대하여 별반 흥미를 갖지 않은 채 이것저것 건성으로 헤매어 다니다가 문득 인상적인 화면 하나를 발견했다. 그것은 온통 붉은 색조가 바탕에 깔린 한쪽 귀퉁이에서 섬뜩한 해골 하나가 턱뼈를 움직이며 줄곧 어떤 불길한 메시지를 열람자를 향해 보내고 있는 장면이었다.

다시 화면을 클릭해 보니 이른바 우리가 그 동안 자주 들어온 세기말적 징후와 관련되는 죽음, 종말, 멸망, 미스테리, 불가사의, 예언, UFO, 초자연, 재해 이상현상 따위의 흉물스런 단어들이 크게, 혹은 작게 서로 얼기설기 뒤섞여 정지된 꼴로 부각되어 온다. 화면의 해설에 나타난 잔글씨가 워낙 눈에 침침해서 안경을 벗고 자세히 보았더니, 거기에는 도합 아홉 가지의 세기말적 징후가 정리되어 있었다.

첫째 현대 문명의 찬란한 깃발 아래 무참히 파괴되고 있는 자연
둘째 인간 복제의 환호 저 편으로 추락해 가는 생명에 대한 경외감
셋째 전근대적 가부장적 권위와 극도의 개인주의 속에 흔들리는 정체성
넷째 마약, 집단 광기, 탐욕의 나락과 자아분열에 빠져드는 무모한 대중
다섯째 엄청난 생산적 잉여를 주체하지 못하고, 폭발 직전에 이른 물질적 욕구
　　　와 소비의 과시
여섯째 자본주의적 풍요와 제3세계의 굶주림이라는 콘트라스트
일곱째 정보만 남고 진리는 사라져 버린 학문
여덟째 멈추기를 거부하고 끝없이 폭주하는 통제 불능의 첨단 과학 기술
아홉째 그 뒤편으로 드리워지는 인간성 피폐의 그림자

대체 누가 정리한 것인지, 어떤 자료에서 요약 발췌한 것인지 출전조차 밝혀져 있지 않았지만, 이 내용은 세기말이라는 시간성 속에서 우리가 직면하고 있는 제반 어려움과 위기의 실상을 매우 정확하게 전달해 주고 있다는 점에서 보는 이의 눈길을 끌기에 충분했다.

이 내용을 본 뒤 나는 다른 자료들을 군이 열람할 필요성을 느끼지 않았다.

그리고 나서 좀더 시간을 두고 위의 내용들에 대한 사색을 거친 뒤 호흡을 가다듬고 1930년대의 대표적인 시인 백석(白石, 1912~?)의 시집을 차분히 읽어보았다. 만약 백석이 오늘까지 생존해 있어서 위에 예시된 여러 징후를 접했다면 어떤 반응을 나타내었을까? 자신이 그토록 문학작품

을 통해서 강렬하게 내뿜었던 인본주의적 유토피아의 밑그림과 아름다움의 정서가 너무도 참담하게 무너져 버린 것에 대하여 우선 깊은 탄식을 하였을 것이다. 그런 다음 시인 백석은 여전히 맑고 순정한 눈빛으로 자신의 시 작품을 다시금 찬찬히 읽어보아 주기를 요청했을 것이다.

백석을 텍스트로써 읽는 것이 여전히 금지되어 있었던 지난 1987년, 『백석시전집』(이동순 편, 창작과비평사)이 출간되는 것을 계기로 이듬해 납월재북(拉越在北) 시인들에 대한 해금 조치가 발표되었다. 그로부터 12년 세월이 흐른 지금 백석이라는 시인의 존재는 비단 여러 사례를 들지 않더라도 이미 분명한 문학사적 자리 매김을 하고 있는 것으로 보인다. 이것은 그만큼 작품의 대중적 호소력과 독특한 환기의 효과 등이 백석의 시를 매우 자연스럽게 문학사에서의 복원으로 이끌었다는 점을 말해준다.

『백석시전집』이 처음 나왔을 때만 하더라도 일반 독자들의 반응은 가히 폭발적이었다. 왜냐하면 1930년대의 한국 시에서 꽤 허전한 부분이라고 할 수 있는 민족의 풍속사라든가, 포괄적인 전통문화, 혹은 북방 정서에 대한 강렬한 일깨움이 단순히 신선하다는 차원을 넘어서는 어떤 심적인 충격으로 다가왔기 때문이다. 백석의 시 작품이 표방하고 있는 슬픔의 정신, 혹은 넉넉한 관용의 시학은 지금도 여전히 우리의 삶을 떠받쳐주는 튼튼한 버팀목 역할을 담당하고 있는 것이다.

2. 백석의 시는 어떤 메시지를 보내오고 있는가?

1) 해체된 고향의식의 회복과 생태주의적 시정신

현대인에게 있어서 고향은 어떤 의미를 지니는 것일까? 그들에게 과연 돌아갈 고향은 있는 것인가? 우리 모두는 언제부터인가 자신도 모르게 고향을 잃어버린 정신적인 실향민이 되어 버렸다. 정처와 지향이 사라져 버린 사람들에게 고향은 이제 아련한 옛 추억의 박물학적 지식일 뿐이다.

하지만 그들은 언젠가 돌아가야 할 근원적인 고향에 대한 연민을 갖고 있다. 그것은 바로 어머니로서의 대지, 즉 자연이다. 백석의 시 전집에서 고향 모티브와 관련된 작품을 찾기란 너무도 쉽고 흔하다. 거의 모두가 고향 이미지와 깊은 맥락을 지니고 있다. 백석의 시 작품에 나타난 고향은 주로 20세기 초 중반 한국 농촌, 특히 관서 관북 지역의 전형적인 풍물과 소재들이지만, 그것은 이미 발표될 당시부터 일정한 시간의 구획이나 지정을 초월하는, 말하자면 민족의 영원한 고향으로 고정되었다.

많은 한국인들은 백석의 작품세계를 통해 자신이 몽매간에도 잊지 못하던 아름다운 고향을 발견하였고, 그 완벽하게 재생된 공간적 이미지에 공감하였다. 그리하여 백석의 시 세계에서 그려진 고향은 시간과 공간을 초월하여 영원불변의 고향으로 우리의 마음속 깊이 각인되었다. 1930년대 당시 많은 시인들이 고향을 노래한 시 작품을 제출하였지만 백석의 시처럼 지속적, 집중적으로 고향 이미지를 천착해 들어간 경우를 발견하기란 쉽지 않다. 또한 고향을 소재로 다루었다 해도 단지 소박하고 애상적인 추억의 대상물로서만 이해되었을 따름이다.

이런 사실을 생각할 때 백석의 시 작품에 그려진 고향은 바로 언젠가는 우리가 돌아가지 않으면 안 될 근원적인 고향이며 자연 그 자체이다. 그리고 그 고향은 어떤 악조건 속에서도 필히 우리 스스로가 그것을 지켜내어야 하며, 가슴속에서 고향의식을 회복해야만 한다. 인간의 삶은 근원적으로 돌아가야 할 고향, 바로 그것을 생각하고 거기에 의지할 때 비로소 안정적 자세를 지닐 수 있는 것이다.

이러한 고향의 이미지는 오늘날 우리가 문학에서 매우 중요한 담론의 하나로 떠올리는 생태주의적 인식과 밀접한 관련성을 지니는 것으로 보인다. 적어도 백석의 시에서 파노라마처럼 전개되는 고향의 광경은 하나같이 싱싱하고 때묻지 않은 순정하고 고결한 민족적 정체성을 담뿍 지니고 있을 뿐 아니라, 그 자체가 하나의 거대한 자연으로서의 체계이다. 이 거대한 자연이 해체되게 된다면 인간은 곧 음울한 죽음의 공간으로 이어질 수밖에 없다는 사실을 시인은 우리들에게 일깨운다.

산턱 원두막은 뷔었나 불빛이 외롭다
헌겊심지에 아즈까리 기름의 쪼는 소리가 들리는 듯하다

잠자리 조을든 문허진 성터
반딧불이 난다 파란 혼들 같다
어데서 말 있는 듯이 크다란 산새 한 마리 어두운 골짜기로 난다

헐리다 남은 성문이
하늘빛같이 휜하다
날이 밝으면 또 메기수염의 늙은이가 청배를 팔러 올 것이다
— 「정주성(定州城)」 전문·

이 작품은 백석이 시로써 데뷔한 첫 작품이다.

그런데 범상치 않은 구석이 있다. 앞의 두 연은 어둡고 우울한 분위기로 전개되다가 마지막 연에 가서는 일시에 그 우울한 색조가 걷히고 있다. 세 번째 연에서 물론 하나의 예측과 가능성으로 제시되고 있긴 하지만 '하늘빛'이란 시어를 중심으로 고달픈 상황에서도 삶에 대한 애착을 잊지 말아야 함을 시인은 독자들에게 은근히 알려주고 있는 것이다.

'청배를 팔러올 메기수염의 늙은이'는 전형적 서민의 한 표상이다. 그런데 이 작품에서 그 상인의 삶에 대한 끈질긴 애착은 우리들에게 얼마나 애틋한 연민을 자아내게 하는가? 세기말의 여러 문제들과 관련해서 읽을 때에도 이 작품은 적절한 반응을 우리들에게 일으켜준다. 이런 점

은 시 「산지(山地)」의 경우도 마찬가지다. 이 작품은 『조광(朝光)』지에 처음 발표되었을 때 도합 6연으로 구성된 풍경화였다. 하지만 나중에 시집 『사슴』을 엮을 때에 가혹할 정도의 압축에 정련을 더하여 3연으로 개작하였고, 제목도 「삼방(三防)」으로 바뀌었다. 1연을 그대로 두고 5연과 6연에서 약간의 개작을 하여 1연 바로 뒤에 갖다 붙였다. 그리고 나머지 부분은 모두 삭제했다. 백석이 자신의 창작과정에 임하는 엄정성을 고스란히 보는 듯해서 흥미를 불러일으키는 작품이다.

이러한 배경을 담고 있는 「산지」를 꼼꼼히 읽어보면 너무도 싱싱하게 살아서 약동하듯 숨쉬는 자연을 고스란히 느낄 수 있게 된다. 버러지 소리로 우는 시냇물, 대낮 산 옆에서 개울물 소리처럼 우는 승냥이, 앓는 아비를 위하여 비가 오는 데도 시오리 길을 걸어서 약수터에 약물을 받으러 온 소년의 비에 젖은 모습, 작두를 탄다는 마을의 애기 무당 등등. 대체로 이런 아름다운 삽화의 적절한 배합이 보인다.

시 「나와 지렝이」는 대체로 앞의 작품들과 유사한 세계를 그리고 있으나 보잘것없는 미물에 불과한 지렁이를 통하여 악조건 속에서도 우리가 끈질기게 우리의 삶을 이어가야 한다는 어떤 필연성, 당위성 따위를 일깨우고 있는 듯하다.

> 내 지렝이는
> 커서 구렝이가 되었습니다
> 천년 동안만 밤마다 흙에 물을 주면 그 흙이 지렝이가 되었습니다
> 장마지면 비와 같이 하늘에서 나려왔습니다
> 뒤에 붕어와 농다리의 미끼가 되었습니다
> 내 리과책에서는 암컷과 수컷이 있어서 새끼를 낳았습니다
> 지렝이의 눈이 보고 싶습니다
> 지헹이의 밥과 집이 부럽습니다
>
> ─「나와 지렝이」 전문

지렁이는 토양·늪·호수·지하수·동굴 등에서 살아가는 유익한 환형동물이다. 한자어로는 흔히 지룡(地龍)이라고 한다. 지렁이란 말은 한자말 지룡에서 유래된 것이다. 끊임없이 구멍 바닥의 흙을 삼키고 상층으로 옮기고 있으므로 토지를 경작하는 셈이 된다고 한다. 그래서 지렁이는 매우 유익한 존재로 인식되며, 인간의 삶에서 매우 가까운 곳에 존재한다. 지렁이의 재생력은 고대인들에게 가히 불사신의 생명력으로 간주되었다고 한다. 영웅탄생 설화와도 깊은 관련이 있는 이 지렁이는 소멸을 모르는 생명체이다.

오죽하면 시인이 이러한 지렁이의 끈질긴 생명력을 나타내면서 '천년 동안 밤마다 흙에 물을 주면 그 흙이 지렝이가 된다'라는 동화적 상상력으로 그려 놓았을까? 동화적 상상력으로 펼쳐낸 지렁이의 광경은 인간의 삶에서 가장 애틋하고 그리운 대상물의 실재에 다름 아니다. 백석이 자신의 시 작품을 통해 그려낸 지렁이 설화는 어쩌면 우리 민족이 처한 곤경, 우울, 고통을 해학과 우화적 표현을 통해 극복해가려는 시도를 했던 것은 아닐까? 사실 이 작품은 『조광』지에서 정규 시 작품의 형태로 발표되질 않고 일반 독자들이 가장 대면하기 쉬운 짧은 이야기 토막으로 만들어 눈에 띄기 좋은 공간에 수록해 놓았던 것이다.

> 낡은 실동이에는 길 줄 모르는 늙은 집난이같이 송구떡이 오래도록 남아 있었다
>
> 오지 항아리에는 삼촌이 밥보다 좋아하는 찹쌀탁주가 있어서
> 삼촌의 임내를 내어가며 나와 사춘은 시큼털털한 술을 잘도 채어 먹었다
>
> 제삿날이면 귀머거리 할아버지 가에서 왕밤을 밝고 싸리꼬치에 두부 산적을 꿰었다
>
> 손자아이들이 파리떼같이 모이면 곰의 발같은 손을 언제나 내어 둘렀다

구석의 나무말쿠지에 할아버지가 삼는 짚신이 둑둑이 걸리어도 있었다

옛말이 사는 컴컴한 고방의 쌀독 뒤에서 나는 저녁 끼때에 부르는 소리를 듣
고도 못들은 척하였다

—「고방」 전문

이 시의 밑그림이 되고 있는 페이소스는 천진성과 장난스러움이다.
그것이 추억의 공간을 바탕으로 해서 세대간 연속성으로 자연스럽게
조화를 이루고 있다. 늙어서 이롱증(耳聾症)이 심한 할아버지, 술을 밥보
다 좋아하는 삼촌, 그리고 장난꾸러기 손자 등의 이야기는 강한 설화성
을 띤 구도로 독자들에게 다가온다. 그것은 다시 독자의 기억 밑바닥에
가라앉아 있는 추억의 토막을 재생시켜주는 장치로 되살아난다. 이러한
모든 시적 장치의 형성 배경은 농경시대 주민들의 정감이 물씬 풍기는
정서이다.

농경적 정서를 바탕으로 하는 시적 공간의 정착은 이 시를 읽는 독자
들의 마음을 한결 따뜻하고 편안한 분위기로 이끈다. 줄곧 아동의 시각
을 따라 이동하는 카메라의 앵글처럼 장면은 시시각각 이동하며, 다양한
공간의 배경은 서로 긴밀한 관련을 지닌 친족적(親族的) 성격을 지닌다.
마치 흘러간 시절의 무성영화를 보는 듯 즐거움과 눈물겨움이 동시적
포괄로 엮어져 있음을 보게 된다. 낡은 질동이에 오래도록 보관되어 있
는 송구떡을 '갈 줄 모르는 늙은 집난이'에 비유한 대목은 슬픈 아름다
움마저 느끼게 한다.

이처럼 낡은 이야기와 작품 소재가 숨가쁜 세기말에 과연 무슨 의미
를 지니는가? 우리는 이러한 일련의 백석 시 작품을 통하여 지금으로부
터 약 70년 전에 시인이 강력하게 외쳤던 주체적 고향의식의 환기에 다
시금 귀 기울일 필요가 있다고 본다. 위기의 시대에 시인이 주창했던 고
향의식의 환기는 인간의 근원적 주소가 현저히 상실되어 가는 세기말에
도 여전히 일정한 호소력을 지니고 있는 것으로 보인다.

타국에서 겪는 고독감 속에서 쓴 「두보(杜甫)나 이백(李白)같이」, 조상 대대로 전달 계승되어 오는 민족적 가치성에 대하여 쓴 「목구(木具)」, 전통적 민간 음식의 하나인 국수를 먹으면서도 기나긴 시간성을 느끼는 「국수」, 여름밤 더위를 피하려 바깥에 나와 바람을 쐬는 동네사람들의 이야기를 적어놓은 「박각시 오는 저녁」 등의 작품군에서도 이러한 고향의식의 환기를 강하게 느낄 수 있다.

우리는 이런 계열 중에서 시 「고향」을 의미 있는 작품으로 다시 기억하고자 한다.

> 나는 北關에 혼자 앓어 누어서
> 어느 아침 의원을 뵈이었다
> 의원은 如來같은 상을 하고 關公의 수염을 드리워서
> 먼 옛적 어늬 나라 신선 같은데
> 새끼손톱 길게 돋은 손을 내어
> 묵묵하니 한참 맥을 집드니
> 문득 물어 고향이 어데냐 한다
> 평안도 정주라는 곳이라 한즉
> 그러면 아무개씨 고향이란다
> 그러면 아무개씨-ㄹ 아느냐 한즉
> 의원은 빙긋이 웃음을 띠고
> 莫逆之間이라며 수염을 쓴다
> 나는 아버지로 섬기는 이라 한즉
> 의원은 또다시 넌즈시 웃고
> 말없이 팔을 잡어 맥을 보는데
> 손길은 따스하고 부드러워
> 고향도 아버지도 아버지의 친구도 다 있었다

―「고향」 전문

이 시에서 고향은 하나의 혈연적 가치로 나타나고 있다.
북한에서 관서와 관북 지역은 서로 조화롭지 못한 관계였다고 한다.

시인은 관서 출신으로 현재 관북 지역에 가서 거주하고 있다. 여러 가지 지역적 고정관념들이 불편한 시간을 강요할 수 있음에도 불구하고 시적 화자는 이른바 '아무개씨'라는 세간의 존경받는 인물을 내세워서 관북 지역의 의원 노인과 심정적 공감과 따뜻한 유대감을 느끼게 된다. 의원 도 젊은 시적 화자에게 먼저 출신 지역을 물어본다. 이것은 우리 민족의 가장 기초적이고 전통적인 심적 통교 수단이다. 처음 만나는 사람들끼리 맨 먼저 서로 확인하는 것이 고향과 성씨인 것이다.

그러면서 자신의 경험적 기억 속에서 떠오르는 관련 인물을 화제로 삼고, 그 관련 인물과의 어떤 구체적 유관성을 가지게 되면 즉시 혈연적 동지로 상호간의 마음의 장벽을 허물게 되는 것이다.

이 작품에서 백석이 아버지처럼 섬기던 '아무개씨'는 아마도 고당(古堂) 조만식(趙萬植) 선생으로 짐작되지만, 그 매개인물을 통하여 의원 노인이 맥을 잡는 손길은 더없이 부드럽고 따스하다. 시인은 그 부드럽고 따스한 손길 속에서 고향의 실체를 감지하고 있다.

이 시에서 고향은 마음속의 고독감을 극복하는 중요수단이요, 나아가서는 개별적 인간을 공동체적 인간으로 결속시키는 조화로움의 표상으로 나타나는 것이다. 우리는 혼란한 세기말의 정점에서 근원적 자연으로서의 고향에 돌아가야만 하고, 또 인간은 그 고향에 의존해서 살아야만 한다는 시인의 메시지를 시 작품을 통해서 읽어낼 수 있게 되었다. 시인이 이처럼 강력하게 외쳤던 고향정신의 회복을 상정해 볼 때, 지금 우리에겐 돌아갈 고향이 있는 것인가?

2) 잃어버린 인간성의 회복과 생명공동체의 부활

우리는 흔히 20세기의 끄트머리를 극단적 위기가 밀집되어 폭발할 수 있는 아슬아슬한 시간으로 예측하고, 이를 일러 세기말이란 관념의 복합적 용어로 나타낸다. 하지만 우리가 그토록 우려해 마지않는 세기말은 사실상 아무 데도 없다. 달력이란 제도를 인간이 고안해 내었지만, 인간은 자신이 만들어낸 숫자의 마술에 매우 철저한 포로가 되어 있지는 않은가? 최근 터키와 대만 등지에서 잇따라 발생했던 지진을 일컬어서 세기말의 필연적 사태라고 해석하는 사람은 일부 극단적 종파의 말세론자들 뿐이다.

그럼에도 불구하고 우리 모두가 가슴속에서 세기말과 관련한 일말의 불안감을 갖고 있는 것도 사실이다. '뉴 밀레니엄'이니, 혹은 그것의 서양적 개념의 일탈을 꿈꾸는 '새 즈믄 해'라는 용어를 사용하는 광경을 보면서 그것이 모두 한 세기를 급격히 마감한다는 불안한 심적 부담에서 결코 자유롭지 않다는 사실을 느끼게 된다. 2000년 1월 1일을 앞두고 사람들은 공공연히 시간에 대한 카운트다운을 하고 있는 것이다. 이러한 광경들은 아마도 21세기 초반이 되면 그 무엇이 획기적으로 달라질 것이라는 기대를 염두에 두고 있기 때문에 나타나는 현상들일지도 모른다.

하지만 세기 초가 되어도 현실의 정황은 우리가 기대하는 만큼 획기적으로 달라지지 않는다. 우리는 시간을 산술의 개념에 적용하여 우리 스스로를 부자유하게 만들었다. 그럼에도 불구하고 일각에서는 새로운 세기를 준비하려는 이른바 전위파들의 모험적 플랜이 과감한 실천 단계에 들어간 것으로 보인다. 우리는 한 시대를 정리하고 새로운 시대의 가치를 형성해 가려는 그들의 창조적 열정에 대하여 찬사를 보낸다.

아무튼 우리가 그 동안 태어났고, 악전고투의 삶이 펼쳐졌던 20세기는 끊임없이 이어진 전쟁과 대량살상, 인권의 유린과 착취, 집단적 굶주림 등으로 말미암아 인간에 의한 인간 가치의 부정과 말살이 가장 커다란 문제가 되었던 시기였다. 세기말이라는 시간성은 앞에서의 해체된 고향의식과 마찬가지로 인간성 상실을 가장 심각한 삶의 위기로 떠오르게 하였다. 이른바 새로운 세기에서 가장 시급한 과제로 떠오르게 될 것이 인간성 회복의 문제일 것이라는 사실을 확신한다.

백석은 우리가 점차 잃어가고 있는 인간성 문제와 그것의 회복에 대하여 위기의 시대를 배경으로 자신의 시적 언술을 펼쳐 보였다. 사람들은 당시 이러한 시를 통해 나타내 보인 백석의 사상에 대하여 그다지 커다란 반향을 보였던 것 같지는 않다. 다만 일정한 시간이 경과한 뒤에 우리는 시인이 과거 그토록 열망했던 꿈이 과연 무엇이었던가를 깨닫고 새삼스럽게 놀라고 있는 것이다.

시인 백석이 자신의 시를 통하여 나타내고자 했던 강렬한 주제의식은 바로 풋풋하고 건강한 삶의 원형질 회복과 관련된 문제였으며, 이것은 결국 인간성 회복과 생명공동체 부활의 정신으로 나타난다고 볼 수 있다. 그의 대표작 중의 하나로 흔히 일컬어지는 시 「여우난골족(族)」을 비롯해서 다수의 시 작품에 이러한 주제의식이 엿보인다.

　　명절날 나는 엄매아배 따라 우리집 개는 나를 따라 진할머니 진할아버지가 있는 큰집으로 가면

　　얼굴에 별자국이 솜솜 난 말수와 같이 눈도 껌벅거리는 하로에 베 한필을 짠다는 별 하나 건너집엔 복숭아나무가 많은 新里고무 고무의 딸 李女 작은 李女
　　열여섯에 사십이 넘은 홀아비의 후처가 된 포족족하니 성이 잘 나는 살빛이 매감탕 같은 입술과 젖꼭지는 더 까만 예수쟁이마을 가까이 사는 土山고무 고무의 딸 承女 아들 承동이
　　육십리라고 해서 파랗게 뵈이는 산을 넘어 있다는 해변에서 과부가 된 코끝이 빨간 언제나 흰옷이 정하든 말끝에 설게 눈물을 짤 때가 많은 큰골고무 고무의 딸 洪女 아들 洪동이 작은 洪동이
　　배나무접을 잘하는 주정을 하면 토방돌을 뽑는 오리치를 잘 놓는 먼섬에 반디젓 담그려 가기를 좋아하는 삼춘 삼춘엄매 사춘누이 사춘동생들

　　이 그들히들 할머니 할아버지가 있는 안간에들 모여서 방안에서는 새옷의 내음새가 나고
　　또 인절미 송구떡 콩가루차떡의 내음새도 나고 끼때의 두부와 콩나물과 뽂운

잔디와 고사리와 도야지비게는 모두 선득선득하니 찬것들이다

저녁술을 놓은 아이들은 외양간섶 밭마당에 달린 배나무동산에서 쥐잡이를 하고 가마타고 시집가는 노름 말타고 장가가는 노름을 하고 이렇게 밤이 어둡도록 북적하니 논다

밤이 깊어가는 집안엔 엄매는 엄매들끼리 아르간에서들 웃고 이야기하고 아이들은 아이들끼리 웃간 한 방을 잡고 조아질하고 쌈방이 굴리고 바리깨돌림하고 호박떼기하고 제비손이구손이하고 이렇게 화디의 사기방등에 심지를 몇 번이나 돋구고 홍게닭이 울어서 조름이 오면 아릇목싸움 자리싸움을 하며 히드득거리다가 잠이 든다 그래서는 문창에 텅납새의 그림자가 치는 아침 시누이 동세들이 욱적하니 홍성거리는 부엌으로 샛문틈으로 장지문틈으로 무이징게국을 끓이는 맛있는 내음새가 올라오도록 잔다

— 「여우난골족」 전문

이 시 작품을 읽는 독자들은 우선 이 시의 전면을 가득 채우고 있는 풍성한 인간미에 감동을 받고, 그것이 곧 자신의 경험 세계에 내포된 삶의 미학이라는 사실에 다시금 놀라움을 갖게 될 것이다.

이 시는 명절날 모든 친척들이 일제히 종가(宗家)에 함께 모여 조부모를 중심으로 어른은 어른끼리 아이들은 아이들끼리 어울려 즐거운 시간을 보내는 광경이 잘 그려져 있다. 전통적 농경사회의 전형적인 대가족 풍경이라 하겠다.

도입부와 전반부에서 친척들의 프로필을 묘사하는 대목을 읽으며 우리는 시인이 자신의 문학을 통하여 담아내고 싶어하는 지향이 어디에 있는가를 암암리에 느껴보게 된다. 즉 거기에 등장하는 인물들은 하나같이 서민들이다.

천연두를 앓아서 얼굴이 얽은 곰보가 된 사촌, 베 짜기에 대단히 능숙한 솜씨를 갖고 있는 신리 고모, 열여섯의 어린 나이에 마흔 넘은 홀아비의 재취로 들어간 토산 고모, 일찍 과부가 된 서러움을 가슴에 안고 있어 말끝마다 눈물을 흘릴 때가 많은 큰골 고모, 또 그들의 아이들에 대한 서

술은 우리의 가슴을 찐하게 한다. 이들은 굴곡 많았던 현대사를 살아온 우리들의 고모·숙모·형수 등 친족 내부에서의 여성들의 표상이다.

세 번째 연은 앞 연에서 서술한 여러 인물 유형들의 행동 양식과 그 범위로 나타난다. 이 연의 시작이 '~이 그득히들 할머니 할아버지가 있는 안간에들 모여서 방안에서는 새옷의 내음새가 나고'로 구성되고 있다. 이것은 주격 조사를 대담하게 행의 서두에 배치함으로써 이 대목이 앞의 연에서의 내용을 그대로 수식하며 뒤의 연으로 자연스럽게 연결시켜주는 장치로 해석된다. 명절 전야의 즐거운 풍경은 특히 각종 아동유희에 관한 서술과 집안 여성들의 담소 장면에서 잘 나타나고 있다.

> 밤이 깊어가는 집안엔 엄매는 엄매들끼리 아르간에서 웃고 이야기하고 아이들은 아이들끼리 웃간 한 방을 잡고 조아질하고 쌈방이 굴리고 바리깨돌림하고 호박떼기하고 제비손이구손이하고 (…중략…)

얼마나 아름다운 한 폭의 그림 같은 장면인가?

이 대목은 이상적인 가족공동체가 보여주는 최고의 경지가 아닌가 한다. 지난 날 우리는 실제로 이런 삶을 살았던 것이다. 그것이 언제부터인가 점진적으로 와해와 붕괴의 과정을 밟아서 마침내는 이기적이고 편협하게 위축된 삶의 양식으로 변모해버린 것이다. 설화에도 흔히 대립과 반목의 관계로 설정되어 있는 시누이 동서의 사이도 백석의 시에서는 화목과 조화의 표상으로 승화되어 있다.

> 문창에 텅납새가 치는 아침 시누이 동세들이 욱적하니 흥성거리는 부엌으로 샛문틈으로 장지문틈으로 무이징게국을 끓이는 맛있는 내음새가 올라오도록 잔다

새로운 세기의 인간관계는 지금까지 우리가 전혀 경험해보지 않은 획기적인 양식이 아니라 지난날 우리가 향유했던, 하지만 지금은 상실해버

린 아름다움의 성격을 지닌 것이 되어야 하리라 믿는다. 우리가 꿈꾸는 관계 양식은 결코 지난날의 것을 고스란히 되살리자는 단순한 복고 지향이 아니라, 전통 속에 깃들여 있는 정신적 아름다움의 계승에 관한 것이다. '욱적하니 홍성거리는'이라는 대목에서 물씬 풍겨나는 사람의 체취에도 주목해야 한다.

서로 다른 개성을 지닌 많은 사람들이 함께 한 자리에 모여 있지만 그들은 결코 갈등하거나 질시하지 않는다. 오히려 '맛있는 무이징게국'의 냄새가 부엌에서 샛문 틈, 장지문 틈으로 스며들게 하는 일에 동시에 참여하고 노력한다. 이러한 모든 시적 장치와 표상들은 모두가 상실된 인간성 회복을 향한 갈망에 다름 아니다.

시 「여우난골족」에 나타난 인간성 회복의 사상과 유사한 시 세계를 보여주는 것으로 우리는 「고야(古夜)」를 들 수 있다. 이 작품도 「여우난골족」과 마찬가지로 명절 전야의 즐거운 떡 반죽과 각종 떡 이야기가 정취를 돋운다. 「고야」의 시 세계는 「여우난골족」에 비해 단독적이고 고립적인 면모가 있다. 그러나 이 작품이 인간성 회복의 염원으로부터 벗어나 있는 것은 결코 아니다.

소박하고 단출하긴 하지만 가장이 타관으로 돈벌러 가서 오지 않는 적적한 가정에도 혼사를 앞둔 막내 고모가 와서 어머니와 밤늦도록 바느질에 열중하고, 송편 만들기는 마을의 일가집 할머니가 와서 담낭하브로 이른바 정중동(靜中動)의 정서구조가 보인다.

　　닭이 두 홰나 울었는데
　　안방 큰방은 홰즛하니 당등을 하고
　　인간들은 모두 웅성웅성 깨여 있어서들
　　오가리며 석박디를 썰고
　　생강에 파에 청각에 마눌을 다지고

　　시래기를 삶는 훈훈한 방안에는

양념 내음새가 싱싱도 하다

밖에는 어데서 물새가 우는데
토방에선 햇콩두부가 고요히 숨이 들어갔다
　　　　　　　　　　　　　　　—「추야일경(秋夜一景)」 전문

　이 재미있는 시는 과거 1930년대 관서 지역의 주민들이 김장을 담그기
위해 미리 여러 가지를 준비하는 전야(前夜)의 광경을 그린 것이다. 「여우
난골족」과 「고야」에서 보았던 공동체의식이 한결 정돈된 형태로 가다듬
어져 있다.
　이 시에는 특히 청각적 이미지가 시적 흥취를 유발시키는 즐거운 장
치로 배치되어 있다. 새벽을 알리는 닭소리, 미명 속에서 들려오는 일하
는 사람들의 웅성거리는 소리, 오가리 석박디 써는 소리, 생강 파 청각
마늘을 다지는 소리, 밖에서 들려오는 밤 물새 소리, 햇콩두부에 고요히
숨이 들어가는 소리 등등. 이처럼 잔잔하고 아늑한 삶의 소리를 들으며
우리의 가슴은 한층 훈훈한 정감으로 데워져 온다. 이것은 고달픈 삶에
생기를 불어 넣어주고 생의 의욕과 따뜻한 정감을 발생시켜주는 시적
장치에 다름 아니다.

여인숙이라도 국수집이다
메밀가루 포대가 그득하니 쌓인 웃간은 들믄들믄 더웁기도 하다
나는 낡은 국수분틀과 그즈런히 나가 누어서
구석에 데굴데굴하는 木枕들을 베여보며
이 산골에 들어와서 이 木枕들에 새까마니 때를 올리고 간 사람들을 생각한다
그 사람들의 얼굴과 生業과 마음들을 생각해본다
　　　　　　　　　　　　　　　—「산숙(山宿)」 전문

　「추야일경」·「고야」·「여우난골족」 등의 작품에 기본적으로 깔려 있
는 인간성 옹호와 회복을 지향하는 휴머니티가 비록 소품이지만, 이 시

에서도 고스란히 잠재되어 있다. 간단히 요약하자면 시적 화자가 산골 여인숙에 하룻밤을 묵으며 새카맣게 때가 낀 목침을 바라보다 생각에 잠기는 장면을 그린 것이다.

그런데 정작 주목해야 할 요소는 3행이다.

시적 화자는 낡은 국수 분틀과 함께 '나란히' 누워있다는 자각을 느낀다. 보잘것없는 무기물과의 동질적 인식. 이것은 깨우침이란 측면에서 매우 중요한 의미를 지닌다. 국수 분틀은 그 도구가 제작된 이후로 무수한 분량의 국수를 뽑아내었을 것이다. 그 국수 분틀에서 뽑아낸 국수로써 또한 많은 사람들이 허기를 면했을 것이다. 이제 국수 분틀은 자기에게 맡겨진 역할을 훌륭히 수행하고 방 한 구석에 놓여 있다. 시인은 국수 분틀에 얽힌 시간성과 존재성을 깨닫고 있는 것이다. 낡은 국수 분틀에서 발단된 하나의 각성은 여인숙 빈 방 구석에 굴러다니는 때묻은 목침까지도 특별한 사물로 인식하도록 이끈다.

나아가서는 그 목침을 베어보며, 산골 여인숙까지 흘러 들어와 목침에 고단한 머리를 눕혔을 많은 서민들의 삶의 고뇌까지도 자상하게 헤아리고 있는 것이다. 깊은 산골의 여인숙에 들어와 하룻밤을 묵고 간 사람들의 생업은 무엇이며, 그들의 얼굴 표정은 어떠했을까?

이 시 작품이 제작된 시대적 배경은 1930년대 중반이다. 식민지 파시즘의 발호(跋扈)가 극에 달해 있던 시절이었다. 민족 전체의 가슴에는 어두운 먹구름이 끼어 있었고, 자고 나도 아침은 여전히 캄캄한 밤의 연속이었을 것이다. 산판 하던 사람, 벌목부, 황아장수, 생선장수, 소금장수, 땜장이, 금광에 미쳐서 전국의 산야를 헤매고 다니는 사람, 범죄를 저지르고 도피해 다니는 사람, 막연히 살길을 찾아서 이곳 저곳을 기웃거리며 다니는 사람, 남사당 패거리, 무당 등등. 그들은 하나같이 어두운 얼굴에 지치고 피곤한 심정으로 하루살이와도 같은 삶의 위기의식에서 허우적거리는 떠돌이 서민대중의 군상이었을 것임에 틀림없다.

그로부터 어언 70년 가까운 세월이 흘러 세상은 엄청나게 변하고 물

질에도 풍부해졌으나, 느닷없이 들이닥친 경제적 환난으로 말미암아 사
람들은 시 「산숙」의 등장인물들처럼 부유적(浮遊的) 삶을 사는 사람들이
늘어나게 되었다. 이 간고한 세기말의 시간성을 배경으로 백석의 시 「산
숙」이 새삼 우리의 가슴에 젖어드는 까닭을 이해할 수 있을 듯하다.

이밖에도 인간성 상실과 회복을 염원하는 시적 지향을 가진 작품으로
수절 과부의 죽음을 다룬 「흰 밤」, 아버지와 함께 야생 동물을 사냥하러
나갔던 즐거운 경험을 다룬 「오리 망아지 토끼」, 막막한 들판에서 막 전
동차를 내린 두 여인을 통하여 생산적 상징성을 암시한 「광원(曠原)」, 방
안에 든 어린 거미새끼에서도 생명 있는 것에 대한 연민을 느끼는 「수라
(修羅)」, 성문 밖의 쓸쓸한 새벽 풍경을 그린 「성외(城外)」, 민간의료법과
지역 샤머니즘을 다룬 「오금덩이라는 곳」, 고아 소녀의 처참한 광경을
그린 「팔원(八院)」, 다정한 벗에 대한 무한한 신뢰와 애정을 다룬 「허준(許
俊)」, 산골 소년에 대한 연민과 장래의 가능성을 서술한 「촌에서 온 아
이」 등을 들 수 있을 것이다.

이 가운데서 우리는 시 「팔원(八院)」의 중심 세계를 살펴보고자 한다.

> 차디찬 아침인데
> 묘향산행 승합자동차는 텅하니 비어서
> 나이 어린 계집아이 하나가 오른다
> 옛말속같이 진진초록 새 저고리를 입고
> 손잔등이 밭고랑처럼 몹시도 터졌다
> 계집아이는 慈城으로 간다고 하는데
> 자성은 에서 삼백오십리 묘향산 백오십리
> 묘향산 어디메서 삼촌이 산다고 한다
> 새하얗게 얼은 자동차 유리창 밖에
> 內地人 주재소장 같은 어른과 어린 아이 둘이 내임을 낸다
> 계집아이는 운다 느끼며 운다
> 텅 비인 차 안 한구석에서 어느 사람도 눈을 씻는다

계집아이는 몇해고 내지인 주재소장 집에서
밥을 짓고 걸레를 치고 아이보개를 하면서
이렇게 추운 아침에도 손이 꽁꽁 얼어서
찬물에 걸레를 쳤을 것이다

—「八院」 전문

'서행시초(西行詩抄)'란 부제가 달린 연작시의 세 번째 작품이다.

우리는 이 시를 읽으며 이러한 광경을 포착한 시인의 시선을 먼저 발견해야만 한다. 하고많은 시적 사물과 대상 앞에서 가볍게 흘려버릴 수 있는 장면임에도 불구하고 시인은 오히려 거기에서 깊은 연민을 느끼고 있다. 이 시의 중심인물은 물론 묘향산행 승합자동차에 오른 나이 어린 계집아이다. 시의 흐름으로 보아 어린 소녀는 부모를 잃은 고아인 듯하다. 현재 소녀가 처한 현실은 최악의 조건이다. 소녀의 비극적 현실을 정리하면 다음과 같다.

　①손등이 밭고랑처럼 몹시도 터졌다
　②묘향산 어디메서 삼촌이 산다고 한다
　③몇 해고 일본인 주재소장 집에서 밥을 짓고 걸레를 치고 아이보기를 하면서, 추운 아침에도 손이 꽁꽁 얼어서 찬물에 걸레를 쳤을 것이다
　④하지만 소녀가 몸을 붙이고 일을 하던 주재소장의 집도 떠나게 되었다
　⑤소녀는 운다. 흐느끼며 운다
　⑥그 광경을 지켜보는 차안의 어느 승객도 눈물이 젖는다

①과 ③은 서로 관련되어 있다.

②는 부모의 죽음과 이어져 있고, 유일한 친척인 삼촌이 묘향산 어딘가에 살고 있다고 하지만 조카딸의 고생을 별반 돌보지 않고 있다. 삼촌도 극도의 빈농으로 짐작된다.

④가 가장 참담하고 절박한 심정의 발단이 된다. 고생스러움 속에서

우선 연명이라도 할 수 있었으나, 이제 그 주재소장이 일본으로 돌아가게 되었는지도 모른다. 그래도 자동차 유리창까지 하얗게 얼어붙는 혹한의 계절에 자기 집에서 일하던 소녀를 배웅하는 일본인 주재소 소장은 그다지 심성이 악한 사람으로는 보이지 않는다.

⑤는 ⑥과 대응된다. 가장 절박한 심정이 되어 있을 소녀의 광경을 바라보며 눈물짓는 차안의 승객은 바로 시인 자신이 아니었을까? 백석의 시에 광범하게 분포되어 있는 휴머니즘과 존재에 대한 연민의 시학이 시 「팔원」에서 가장 절정을 보여주고 있는 것이 아닌가 한다.

바뀌는 세기에서 가장 긴요한 것은 아마도 이러한 인인애(隣人愛)와 연민의 마음일 것이다. 그런 점에서도 백석의 시 작품이 표방하고 있는 특유의 사상적 공간은 다음 세기까지 이어져 인간성을 회복시키고 생명공동체를 부활시키는 작용을 하게 될 것임이 분명하다.

3) 삶의 생기와 낙천성의 회복, 그리고 건강한 주체의 건설

우리가 백석의 빼어난 시 작품을 읽으며 마음속으로 찬탄해 마지않는 까닭은 그토록 참담하던 위기와 붕괴의 시대에서 시인은 한 순간도 넉넉한 웃음과 정신적 여유를 잃지 않았다는 점 때문이다. 시인이 만약 위기의 현실 속에서 슬픔과 눈물로써만 자아를 드러내었다면 우리는 그의 작품을 대다수의 평범한 수준들과 그 어떤 차별성을 느끼지 못했을 것이다.

하지만 백석은 고통의 시대에 시인이 해야 할 일은 핍박을 받은 사람의 마음을 신선한 삶의 생기와 즐거움이라는 감성, 따뜻한 정서의 온기를 느끼게 하는 일이 급선무라고 여긴 듯하다. 그리하여 백석의 시 작품 전편에는 밝고 쾌활하며 건강한 시어와 정감 어린 표현들로 넘치고 있다. 그러면서도 백석 시의 표현구조는 결코 경박성으로 떨어지지 않고, 근원적 세계를 갈망하는 인간 본연의 욕구를 충족시켜주고 있다. 우리는 이런 계열의 시 작품으로 「모닥불」·「개」·「연자간」·「내가 생각하는 것은」·「귀농(歸農)」 등을 손꼽을 수 있다.

> 달빛도 거지도 도적개도 모다 즐겁다
> 풍구재도 얼럭소도 쇠드랑볕도 모다 즐겁다
>
> 도적괭이 새끼락이 나고
> 살진 쪽제비 트는 기지개 길고
>
> 홰냥닭은 알을 낳고 소리 치고
> 강아지는 겨를 먹고 오줌 싸고
>
> 개들은 게모이고 쌈지거리 하고
> 놓여난 도야지 둥구재벼 오고
>
> 송아지 잘도 놀고
> 까치 보해 짖고
>
> 신영길 말이 울고 가고
> 장돌림 나귀도 울고 가고
>
> 대들보 우에 베틀도 채일도 토리개도 모도들 편안하니
> 구석구석 후치도 보십도 소시랑도 모도들 편안하니
>
> —「연자간」 전문

이 시 작품의 아름다움은 시에 등장하는 모든 사물이 '즐거움'과 '편안함'으로 집중되고 있다는 점이다.

연잣간 주변에 배열된 사물들은 제각기 나름대로의 존재 의의를 지니면서 연잣간을 훌륭하게 꾸미고 떠받쳐주는 역할을 한다. 달빛·거지·

도적개·풍구재·얼럭소·쇠드랑볕 등은 모두 연잣간을 배경으로 그들의 존재성이 부각된다. 날카로운 발톱이 돋아나는 도둑고양이, 기지개 켜는 족제비, 산란 후에 소리치는 암탉, 겨를 핥아먹고 그 자리에 오줌을 누는 강아지 등은 연잣간 내부에 배치된 생명들이다.

연잣간 앞에는 서로 싸우는 동네 개들, 달아난 돼지가 잡혀오는 광경이 있고, 혼자 노는 송아지와 줄곧 짖어대는 까치소리가 들리며, 연잣간 앞을 울고 가는 새신랑이 탄 말, 장돌뱅이의 당나귀도 보인다.

다음으로는 다시 연잣간의 내부로 카메라의 앵글을 옮겨가 본다.

대들보 위에는 베틀이 놓여 있고, 햇볕을 가리는 차일과 목화의 씨를 빼내는 토리개가 있다. 쟁기와 비슷한 훌칭이도 있고, 보습이라는 농기구와 쇠스랑도 보인다.

그런데 이 모든 것들이 현재 즐겁고 편안한 상태에 있다는 것이다. 즐거움과 편안함이라니? 이 대목을 역사의식의 부재나 착각, 혹은 망언으로 보아서는 안 된다. 연잣간의 연자방아가 제대로 돌아갈 여건이 전혀 마련되지 못했던 수탈과 착취의 절대 빈곤 속에서 당시 농민들의 심정은 오직 비통함뿐이었다는 사실은 시인은 누구보다도 훤하게 알고 있었다.

이러한 농민들의 가난하고 메마른 삶에 백석은 시인으로서 할 수 있는 최상의 방법으로 생기를 불어 넣어주고 싶었을 것이다.

시 작품에 그려진 낙천적 세계는 하나의 갈망이다. 모든 사물과 생명들이 원활하게 가동되고, 순탄한 시간 속에서 건강성을 얻어 가는 세계를 시인은 꿈꾸고 있었는지도 모른다. 그런 점에서 본다면 시 「연자간」은 불교적 원융(圓融)의 이상을 표현한 것이요, 조화를 지향하는 시정신의 극치를 보여준 것이라 하겠다.

접시 귀에 소기름이나 소뿔등잔에 아즈까리 기름을 켜는 마을에서는 겨울 밤 개 짖는 소리가 반가웁다

이 무서운 밤을 아래웃방성 마을 돌아다니는 사람은 있어 개는 짖는다

낮배 어니메 치코에 꿩이라도 걸려서 산 너머 국수집에 국수를 받으러 가는
사람이 있어도 개는 짖는다

김치가재미선 동치미가 유별히 맛있게 익는 밤

아배가 밤참 국수를 받으러 가면 나는 큰마니의 돋보기를 쓰고 앉어 개 짖는
소리를 들은 것이다

— 「개」 전문

이 시 작품에서의 주된 기조는 사물을 바라보는 여유로운 시각이다.
'무서운 밤'인 데도 불구하고 개 짖는 소리가 있어 반갑고 무섭지 않다
는 것이 대체적인 내용이다. 접시 귀에 켜는 소기름 불이나 쇠뿔 등잔에
피마자 기름을 담아서 켜는 등불도 하염없는 정감이 느껴진다.

'아래웃방성'의 풍습에 대해서는 아는 사람이 많지 않을 것이다. 마을
에 긴요한 소식을 알리려고 대표자가 동네방네 돌아다니며 큰소리로 외
치는 행위를 말한다. 요즘은 이것이 마을마다 설치된 확성기로 바뀌었지
만 아직도 그 흔적은 남아 있다. 필자는 어린 시절 시골집에서 새벽에
아래웃방성 다니는 사람의 외침소리를 잠결에 어렴풋이 들은 적이 있다.
문 창호로 스며 들려오던 그 아련한 정감은 지금도 잊을 길이 없다. 거
기에다 삽살개 짖는 소리까지 어우러진다면 그 자체가 한국의 전형적인
소리가 되기에 손색이 없을 것이다.

틀을 놓아서 꿩을 잡고, 그 고기를 다져서 꿩고기 국수를 밤참으로 먹
는 일은 얼마나 가슴을 두근거리게 하는 즐거운 일인가? 가자미를 넣어
서 잘 발효시킨 식혜와 살얼음이 살짝 끼어 있는 동치미는 꿩국수와 함
께 곁들여 먹을 수 있는 소박하고 멋진 식품이다. 아버지가 밤참 국수를
받으러 간 동안 장난기 많은 어린 아들은 할머니의 돋보기를 끼고 앉아

서 노인의 흉내를 내며 놀고 있다. 이런 시간에 개 짖는 소리가 들려온다. 이 시의 전편을 가득 채우고 흘러 넘치는 것은 삶의 낙천성과 생기이다.

이 시에 등장하는 인물들은 결코 사회의 지배층이 아니라 가난하고 평범한 농민 계층에 속하는 사람들이다. 그리고 그들은 사회구조적으로 식민지라는 가혹한 수탈체제 아래서 여러 가지 고통을 받고 있는 것이다. 그럼에도 불구하고 시인은 고통의 직접 표현에 의탁하지 않고 오히려 낙천적 세계관으로 승화시켜서 고통으로부터의 일탈을 꿈꾸고 있다. 물론 고통의 실체는 즉시 탕감되지 않고 고스란히 남아 있지만, 그 생활고에 임하는 자세가 초조와 탄식 일변도가 아니라 생기와 여유로써 서서히 시간을 두고 이겨가려는 삶의 태세를 느끼게 한다. 이런 점은 다음 인용시 두 편에서도 함께 나타나고 있다.

> 밖은 봄철날 따디기의 누굿하니 푹석한 밤이다
> 거리에는 사람도 많이 나서 흥성흥성할 것이다
> 어쩐지 이 사람들과 친하니 싸다니고 싶은 밤이다
> —「내가 생각하는 것은」 부분

> 내가 이렇게 외면하고 거리를 걸어가는 것은 잠풍 날씨가 너무 좋은 탓이고
> 매고 고은 사람을 사랑하는 탓이다
> 얼마나 고마운 탓이고
> 이렇게 젊은 나이로 코밑수염도 길러보는 탓이고 그리고 어늬 가난한 집 부엌으로 달재 생선을 진장에 꼿꼿이 지진 것은 맛도 있다는 말이 자꾸 들려오는 탓이다
> —「내가 이렇게 외면하고」 전문

백석의 시에 나타난 특유의 낙천적 세계관은 위의 인용시에서 보듯 세상 모든 사람과의 친교(親交)도 서슴없이 받아들일 수 있을 것 같은 여

유, 작고 사소한 일에도 스스로 만족하며 살아가는 수분(守分)의 자세 등과 관련된 형태로 나타난다. 사람이 자신의 삶을 살아가면서 때에 따라 마냥 기분이 유쾌하고 좋을 때도 있지만 그것이 한결같기는 어렵지 않을까 한다. 인간의 감정이기에 혹독한 변화 속에서 시달리게 되는 경우가 비일비재할 것이다. 시인을 둘러싸고 있는 주변적 정황이란 항시 고통과 빈곤의 연속이 아닐까?

그러한 환경 속에서 현실에 대한 불평과 불만에 휩싸이지 아니하고, 자신을 억제며 통어할 수 있다는 것이 얼마나 어려운 마음의 경지인가? 현실에 대한 맹목적 만족의 강요는 자칫 몰역사성으로 흐르게 할 위험도 있는 것이 사실이다.

하지만 이 시의 세계에서는 맹목적 만족의 강요가 아니라 지혜로운 삶의 선택과 연관되어 있다. 우리는 많은 것을 소유하고 있으면서도 늘 불만족 속에 찌푸리고 살아가는 사람들을 주변에서 쉽게 볼 수 있다. 그런가 하면 물질의 빈곤 속에서 삶의 해학과 여유를 잃지 않는 경우도 종종 본다. 그런 점에서 친교와 안분지족(安分知足)을 유난히 강조하고 있는 이 시의 세계는 다분히 유교적 가치관을 반영하고 있는 것으로 보인다. 더불어 이 작품에서 엿볼 수 있는 시인의 감정이 보여주는 미학은 고달픔과 서러움으로 가득 찬 현실의 시간에서 이러한 친교와 수분의 감각을 하나의 깨달음처럼 가질 수 있다는 사실에 있다. 이러한 감각성은 다음 시에서 훨씬 확대된 세계로 증폭되어 나타난다.

> 날은 챙챙 좋기도 좋은데
> 눈도 녹으며 술렁거리고 버들도 잎트며 수선거리고
> 저 한쪽 마을에는 마돗에 닭 개 즘생도 들떠들고
> 또 아이어른 행길에 뜨락에 사람도 웅성웅성 흥성거려
> 나는 가슴이 이 무슨 흥에 벅차오며
> 이 봄에는 이 밭에 감자 강냉이 수박에 오이며 당콩에 마늘과 파고 심그리라
> 생각한다

수박이 열면 수박을 먹으며 팔며
감자가 앉으면 감자를 먹으며 팔며
까막까치나 두더쥐 돗벌기가 와서 먹으면 먹는 대로 두어두고
도적이 와서 조금 걷어가도 걷어가는 대로 두어두고
아, 노왕, 나는 이렇게 생각하노라
나는 노왕을 보고 웃어 말한다
이리하여 노왕은 밭을 주어 마음이 한가하고
나는 밭을 얻어 마음이 편안하고
디적디적 눈을 밟으며 터벅터벅 흙도 덮으며
사물사물 햇볕은 목덜미에 간지로워서
노왕은 팔짱을 끼고 이랑을 걸어
나는 뒷짐을 지고 고랑을 걸어

―「歸農」 부분

이 시를 통해서 분명히 확인할 수 있는 사실은 작품의 중심인물이 보여주는 행동이 전업농(專業農)으로서의 자세가 아니라는 점이다. 농사에 대한 어떤 계획을 갖고 있긴 하지만 그것은 수익성을 전제로 한 계획과 실천이 전혀 아니다. 그러기에 각종 병충해와 도난에 대한 염려도 전혀 하지 않고 있다. 전업농의 관점으로 이 작품을 접하면 바보스럽기 짝이 없는 낭만적 치기(稚氣)에 불과한 내용이다.

이 작품에서 농사는 시인의 세계관과 물질관을 드러내는 하나의 보조적 장치에 불과하다. 벌레와 동물과 도적과 일년 농사를 주도한 주체자가 함께 골고루 나누어 먹는 물질의 균형 있는 배분에 대하여 시인의 표현 의도는 오히려 더욱 쏠려 있는 것이다. 시인은 혹시 땅의 소유 문제에 대하여 지주를 인정하지 않고 관리자로서의 역할을 더욱 지지하고 있는 것은 아닐까?

그보다도 시인은 이 작품을 통하여 생기 있는 삶의 회복과 낙천성에 대하여 이야기 하고자 한다. 지주와 소작인과의 수직적 종속관계도 이 시의 세계에서는 무의미할 뿐이다. 땅의 임자인 중국인 노왕은 채마밭

가꾸는 일도 늙어서 힘이 들고, 하루종일 백령조(百鈴鳥) 소리나 들으려고 땅을 내어주고, 땅을 부치게 된 시적 화자도 '귀치 않은 측량과 문서 다루는 일에 싫증이 날 뿐만 아니라 마음놓고 낮잠이라도 자고 싶은 생각으로 그 동안의 아전노릇을 그만두고 밭을 얻었다고 토로한다. 일단 절박한 생존과는 무관하다.

시적 화자는 정신의 휴식과 대지와의 친화력 증대를 위해서 이른바 '땅'을 얻게 된 것이다. 이런 관점으로 시 「귀농」을 읽어야만 비로소 작품의 중심에 다다를 수 있을 것이다. 가파른 세기말의 언저리에서 백석의 시는 이처럼 삶의 생기와 즐거움, 혹은 따뜻함을 느끼려 하는 낙천적 자세의 회복과 그 필요성을 독자들에게 일깨워주고 있다.

4) 생명력의 회복과 불확실한 시간 속에서의 살아남기

백석 시의 다양한 얼굴을 대하며 우리는 반세기도 훨씬 이전에 천재적인 한 젊은 시인에 의해 쓰여진 문학적 보고서가 세기말을 지나서 다음 세기의 전반에 이르도록 어떤 포즈의 권유와 방법의 제시를 훌륭하게 해 주게 될 것이라는 사실에 놀란다.

그만큼 백석의 시 작품은 물질 위주로만 추구되어 온 20세기 문명의 비속성에 대하여 은근한 비판과 충고를 게을리 하지 않는 충실한 정신적 보고서의 성격을 지닌다.

백석의 작품 전체에 나타난 시적 지향은 대개 훼손되고 망실된 것에 대한 회복에의 갈망이다. 그의 시는 고향을 잃어버린 시대에 고향의식의 회복을 외쳤으며, 파괴와 불안의 시대에서 풋풋한 인간성 회복을 설파하였다. 나아가서는 메마른 인간의 삶에 신선한 생기와 낙천성이 회복되기를 진심으로 원하였으며, 그와 더불어 어떤 악조건 속에서도 인간 본연의 생명력을 마치 대를 이어가듯 줄기차게 계승하고 회복해가야 한다고 생각하였다.

우선 다음 시편을 보자.

짝새가 발뿌리에서 날은 논드렁에서 아이들은 개구리의 뒷다리를 구어먹었다

게구멍을 쑤시다 물쿤하고 배암을 잡은 늪의 피같은 물이끼에 햇볕이 따가왔다

돌다리에 앉어 날버들치를 먹고 몸을 말리는 아이들은 물총새가 되었다

—「하답(夏畓)」 전문

시골 아이들의 여름 일과가 재미있게 정리되어 있다. 시조의 형태를 연상시키는 3행 형식에 각 행의 마무리가 '~다'로 끝이 나는 각운 형식을 염두에 두고 쓴 듯하다.

각종 유희를 즐기는 산골 아이들의 간식이 주로 개구리의 뒷다리, 참게, 뱀, 날 것으로 삼키는 버들치 등속이며, 이렇게 자라는 아이들은 모두 물가의 물총새로 환생해 있다. 3행의 문맥상의 의도는 아이들이 돌다리에서 개울물로 뛰어드는 광경을 나타낸 듯하다.

하지만 또 다른 문맥의 반응은 물총새와 산골 아이들의 윤회적(輪廻的) 출생 구도이다. 물가에는 끊임없이 물총새가 날아다니고, 이런 곳에는 어김없이 물놀이를 하는 산골 아이들이 있게 마련이다. 이처럼 천진난만한 아이들이 밝게 뛰노는 사회란 바로 우리가 갈구하는 낙원이자 복된 땅이 아니던가?

대를 이어갈 귀한 생명의 출생에 대하여 특별한 시적 의미를 함유하고 있는 시 작품이 바로 「적경(寂境)」이다.

신 살구를 잘도 먹드니 눈오는 아침
나어린 안해는 첫아들을 낳었다

인가 멀은 산중에
까치는 배나무에서 즞는다

컴컴한 부엌에서는 늙은 홀아비의 시아부지가 미역국을 끓인다
그 마을의 외따른 집에서도 산국을 끓인다
— 「적경(寂境)」 전문

　이 작품에서 가장 중요한 의식의 근간을 이루는 것은 출산과 거기에
따르는 부수적 정황이다. 첫아들을 출산한 감격을 위하여 아침에는 서설
(瑞雪)도 내리고, 까치는 마치 축복의 기쁜 소식을 전하는 듯 요란하게 짖
어댄다. 산골의 외딴 집 컴컴한 부엌에서는 늙은 홀아비의 처지인 시아
버지가 미역국을 끓인다. 이 모든 장면들은 출산의 기쁨을 위하여 마련
된 시적 장치들이다.
　예로부터 우리 민족은 첫아들의 출생에 대한 의미를 매우 크게 부각
시켰다. 그것은 자자손손 가문의 대를 이어갈 씨앗이 생겼다는 안정감의
표현이기도 했고, 나아가서는 번성과 영화의 초석이 마련되었다는 벅찬
감격의 표현이기도 했다.
　산골의 보잘것없는 외딴 집일지언정 집안의 대를 이어갈 아들이 태어
남으로써 주변의 모든 것이 축복의 인사를 전하고 있는 광경이다. 남아
선호(男兒選好)에 대한 기대와 희망은 가히 전통적인 삶의 인식으로 정착
되어 왔으며 근대의 물결이 조금씩 밀려들기 시작하던 20세기 초반에는
절대적인 것이었다. 이러한 추세와 가치관이 백석의 시에도 그대로 반영
되어 있다.
　시 「가즈랑집」에서는 곰이 아이를 돌보는 민간설화를 시적 삽화로 다
루는 장면도 나온다. 시적 화자가 어린 시절 살구나무 밑에서 살구벼락
을 맞고 울 때 가즈랑집 할머니가 다가와 '밑구멍에 털이 몇 자나 났나
보자'라고 서술하는 대목이 있다. 가즈랑집 할머니의 이 말은 우는 아이

의 울음을 그치게 하기 위해서 하는 말이지만, 그 배경에는 남아 선호에 대한 기대와 희망이 깔려 있는 것이다.

시 「넘언집 범같은 노큰마니」에도 이와 유사한 시적 서술이 발견된다.

> 우리 엄매가 나를 가지는 때 이 노큰마니는 어느 밤 크다란 범이 한 마리 우리 선산으로 들어오는 꿈을 꾼 것을 우리 엄매가 서울서 시집을 온 것을 그리고 무엇보다도 내가 이 노큰마니의 당조카의 맏손자로 난 것을 대견하니 알뜰하니 기꺼이 여기는 것이었다
>
> ―「넘언집 범같은 노큰마니」 부분

시 「오리 망아지 토끼」에서 유난히 흐뭇하게 부각되어 보이는 자상한 부정(父情), 시 「절간의 소 이야기」에 서술된 신비한 소의 능력도 범상치 않은 대목으로 여겨진다. 소는 제 병을 낫게 할 약을 열 걸음 안에서 찾아내는 신령한 능력에 관한 구전설화를 중심소재로 채택하고 있다.

그런가 하면 시 「구장로(球場路)」에서 엿볼 수 있는 생존에 대한 강인한 애착도 위의 관점에서 우리의 눈길을 끈다.

> 三里 밖 강쟁변엔 자갯돌에서
> 비멀이한 옷을 부숭부숭 말려 입고 오는 길인데
> 산모퉁고지 하나 도는 동안에 옷은 또 함뿍 젖었다
> (…중략…)
> 이젠 배도 출출이 고팠는데
> 무엇보다도 몬저 '주류판매업'이라고 써붙인 집으로 들어가자
>
> 그 뜨수한 구들에서
> 따끈한 삼십오도 소주나 한잔 마시고
> 그리고 그 시래기국에 소피를 넣고 두부를 두고 끓인 구수한 술국을 뜨끈히 몇사발이고 왕사발로 몇사발이고 먹자
>
> ―「球場路」 부분

이 인용시의 후반부를 유심히 주목해볼 필요가 있다. 왜냐하면 생에 대한 의욕과 애착을 남달리 강조하는 시인의 의도가 바탕에 깔려 있기 때문이다.

백석의 시 작품 중 악조건 속에서 인간 본연의 생명력을 강하게 이어가는 내용을 다룬 것으로는 시 「남신의주 유동 박시봉방」을 들 수 있겠다. 시적 화자는 낙백한 삶의 벼랑 끝에서 죽음의 길밖에 다른 도리가 없다고 생각한다. 그러다가 자신의 삶을 이끌어 가는 주체가 자기 외부의 어떤 더 크고 높은 것이라는 사실을 깨달으며 차츰 어지러운 마음이 정돈되고 생의 애착을 느끼게 되는 것이다.

> 더러 나줏손에 쌀랑쌀랑 싸락눈이 와서 문창을 치기도 하는 때도 있는데,
> 나는 이런 저녁에는 화로를 더욱 다가 끼며, 무릎을 꿇어보며,
> 어늬 먼 산 뒷옆에 바우 섶에 따로 외로이 서서,
> 어두어오는데 하이야니 눈을 맞을, 그 마른 잎새에는,
> 쌀랑쌀랑 소리도 나며 눈을 맞을,
> 그 드물다는 굳고 정한 갈매나무라는 나무를 생각하는 것이었다.
> ―「남신의주 유동 박시봉방」 부분

시 「구장로」에서 '따뜻한 술국을 몇 사발이고 왕사발로 먹자'라는 대목과 시 「남신의주 유동 박시봉방」에서 싸락눈이 치는 추운 저녁에 화로를 바싹 끌어다가 껴안는 행동은 상호 동질적인 요소가 있다고 하겠다.

특히 인용시의 결말부에서 먼 산 뒷옆 바위 섶에서 눈을 맞고 있을 '그 드물다는 굳고 정한 갈매나무'의 정신세계를 떠올리는 대목은 이 시를 하나의 우뚝한 절창의 수준으로 이끌어 올리는데 결정적 기여를 하고 있는 것이다.

백석의 시가 어두운 매몰 속에서 발굴되어 뒤늦게나마 독자 대중들의 많은 사랑을 받고 있는 까닭은 바로 우리가 줄기차게 이어가야 할 생명력의 회복에 대하여 끊임없는 시적 암시를 보내오고 있기 때문일 것이다.

어둡고 우울한 세기말은 무한 경쟁의 가파른 절벽으로 우리를 내몰고 있다. 이러한 위기의 시대를 배경으로 해서 백석의 시는 굴곡 많은 역사적 시간 속에서 우리가 꿋꿋하게 살아남을 수 있는 방법이 무엇인지를 작품을 통해 구체적으로 말해주고 있다.

5) 대화엄(大華嚴) 세계의 시적 구상과 진정한 조화정신의 회복

이십세기 전체를 살아오면서 우리 민족이 겪어온 가장 고통스런 삶의 시련은 민족의 분열과 그로 말미암은 일체감의 상실이 아닌가 한다. 이른바 분단모순이라는 현상 속에서 일정한 기간을 억눌려 살아오면서 과거 우리 민족이 지녔던 전통적인 생활공동체문화들이 속속들이 붕괴 해체되었다. 원래 하나였던 모든 실체들이 조각조각 나뉘어져 분단과 이산의 고통을 겪고 있는 것이다.

분단 55년을 살아오면서 우리는 생활 속으로 파고 들어와 원래 제집이었던 것처럼 보금자리를 틀고 앉은 각종 분단의 독소들을 하루빨리 털어 내어야 하지 않을까? 이 작업을 이십 세기의 내부에서 실천하기란 이미 때가 늦은 듯하다. 우리는 이 우울하고도 비극적인 문제들을 어차피 새로운 세기의 초반까지 끌고 가야 한다. 회피는 결코 능사가 아니다. 왜냐하면 또 다른 엄청난 부작용을 몰고 오기 때문이다. 백석이 남기고 있는 시 작품을 주의 깊게 읽어보면 식민지 시절부터 분단의 위기는 존재하고 있었으며, 제국주의 파시즘이 뒤에서 그것을 조장하였다. 그러한 분단의 싹은 제국주의자들이 물러가고 새로운 제국주의가 도래하면서 더욱 확대되었다.

백석의 시 작품 중에서 모든 나뉘어진 사물의 실체가 하나로 따뜻한 조화를 이루어 대화엄의 미학적 장관을 연출하는 작품이 있으니 그것이 바로 시 「모닥불」이 아닌가 한다. 필자는 이미 기회가 닿을 때마다 주장한 바 있거니와 시 「모닥불」이야말로 백석 시의 사상적 총화(總和)를 이루고 있는 최고의 작품이 아닌가 한다.

> 새끼오리도 헌신짝도 소똥도 갓신창도 개니빠디도 너울쪽도 짚검불도 가락 닢도 머리카락도 헌겊조각도 막대꼬치도 기와장도 닭의 깃도 개터럭도 타는 모닥불

> 재당도 초시도 門長 늙은이도 더부살이 아이도 새사위도 갓사둔도 나그네도 주인도 할아버지도 손자도 붓장사도 땜쟁이도 큰개도 강아지도 모두 모닥불을 쪼인다

> 모닥불은 어려서 우리 할아버지가 어미아비없는 서러운 아이로 불상하니도 몽둥발이가 된 슬픈 역사가 있다

> ──「모닥불」 전문

이 시의 첫 연에 나오는 사물들은 생물 무생물의 구분을 따로 나눌 것 없이 우리들의 유년 체험과 친숙하게 맞닿아 있는 모닥불의 재료들이다. 하지만 여전히 요긴하고 쓸모 있는 것이 아니라 실생활에서 거의 쓸모 없게 되어 삶의 뒷전으로 물러나 있거나 아예 버려진 하찮은 사물들끼리 모여서 이처럼 따뜻한 모닥불의 광휘와 온기를 이루어내고 있는 것이다. 온갖 재료들이 모닥불을 피워내는 일이란 바로 대화엄세계의 조화 정신이 아니던가?

둘째 연은 모닥불의 온기를 나누어 가지는 분배자(分配者)들이다. 그 어떤 구별이 없다. 주체와 객체의 대응이 있고, 양반과 상민의 대응이 있으며, 노소의 대응관계에다 인간과 동물의 대응까지 있다. 심지어는 동물들 간에도 어미와 새끼의 대응관계가 보인다. 범상한 듯 보이지만 이 작품은 그 범상한 세계를 단숨에 뛰어넘은 경지에 도달하고 있다. 거기엔 깊은 사상성이 무르녹아 있는 것이다. 1, 2연에 등장하는 각 낱말 끝

에 특수조사 '~도'가 낱낱이 붙어 있는 것은 모닥불이라는 공간이 애틋한 소외존재들의 평등한 만남의 장소라는 사실을 알려주며, 더불어 이 시적 장치를 통하여 시 작품의 특수 효과를 증폭시키고 있는 것이다. 우리 주위에서 흔히 만날 수 있는 뭇 사람들과 유난히 작고 가냘프고 여린 것, 외롭고 못난 사물들과 소외된 가여운 생명들이 한데 어우러져 그야말로 생명공동체를 이루는 것이다.

셋째 연이야말로 이 시 작품의 핵심을 이루는 부분으로써 모닥불의 내력과 역사를 일깨워주려는 의도가 담겨 있다. 이 작품을 통하여 시인이 의도하는 주제의식은 사실상 제3연에 집중되어 있지만, 이 결말도 1, 2연의 통과 과정을 거친 다음에 비로소 되살아나고 있는 것이다. 백석의 문학은 시 작품이 중심 대종을 이루지만 사실상 그의 문단 데뷔는 소설을 통해서였다. 등단 작품인 「그 母와 아들」도 불쌍한 과수댁에 관한 주변설화였다. 그 이후에 발표된 산문도 지체장애자의 불구적 삶에 관한 이야기였다.

말하자면 백석 문학의 기본적 지향은 가난하고 못생긴 사물, 소외 존재를 따뜻하게 감싸안고자 하는 대승적 자비정신(慈悲精神)으로 연결되어 있다.

시 「탕약」에서 더듬어 볼 수 있는 조화의 정신은 다음과 같다.

눈이 오는데
토방에서는 질화로 우에 곱돌탕관에 약이 끓는다
삼에 숙변에 목단에 백복령에 산약에 택사에 몸을 보한다는 六味湯이다
약탕관에서는 김이 오르며 달큼한 구수한 향기로운 내음새가 나고
약이 끓는 소리는 삐삐 즐거웁기도 하다

그리고 다 닳인 약을 하이얀 약사발에 밭어놓은 것은
아득하니 깜하야 만년 옛적이 들은 듯한데
나는 두손으로 고이 약그릇을 들고 이 약을 내인 옛사람을 생각하노라면

내 마음은 끝없이 고요하고 또 맑아진다

—「湯藥」 전문

약탕관 안에서 한창 끓고 있는 육미탕의 재료는 삼·숙변·목단·백복령·산약·택사 등 여섯 가지이다. 일찍이 우리 시에서 한약의 처방 그 자체가 하나의 시 작품으로 된 희귀한 사례는 백석의 「탕약」이 처음이 아닌가 한다.

서로 다른 각각의 이질적인 재료들이 같은 약탕관 안에서 배합되어 끓는 광경을 묘사해 놓은 대목은 아름다운 조화의 정신을 상징하고 있다. '김이 오르며 달큼한 구수한 향기로운 내음새가 나고 약이 끓는 소리는 삐삐 즐거웁기도 하다.' 기쁨과 감격에 겨운 감정의 표출이라 하겠다. 다 달인 까만 약의 빛깔에서 '아득한 만년 세월'을 느끼며, 약그릇을 두 손바닥으로 받쳐들고 이 약 처방을 만들어낸 옛사람을 생각하다보면 어느 틈에 몸과 마음의 질병조차 완쾌되는 기분을 느끼게 된다는 것이다. 사물을 신뢰하고 수용하는 긍정적 사고가 생명력의 근원이 될 수 있음을 말해주는 대목이다. 시인은 사소한 약 처방 하나에서도 시적 영감을 느끼고 그 과정에 내포되어 있는 조화와 화엄 철학을 발견해 내고 있다.

백석의 또 다른 시 「마을은 맨천 구신이 돼서」에 등장하는 여러 귀신들의 열거도 「탕약」의 작품성과 유사한 경우로 보인다. 방안에 버티고 있는 성주님, 토방을 관장하는 지운(地運) 귀신, 굴뚝을 지키는 굴대장군, 뒤울에는 철륜(鐵輪) 귀신, 대문의 수문장, 연잣간의 연자당 귀신, 길바닥의 달걀귀신 등등, 마을은 온통 귀신 투성이라고 시적 화자는 마치 질겁이라도 한 듯한 어투로 시적 서술을 쏟아 놓는다.

그런데 성주님을 일컫는 앞 대목의 어투를 보면 '자~'로 시작되는 부분이 보인다. 이것은 떠돌이 약장수들이 약을 팔고 선전할 때 통상적으로 사용하는 재미있는 어투이다. 듣는 이의 흥미와 기대를 잔뜩 유발시키는 화법이다.

그러므로 각종 귀신의 이름을 열거하면서 시적 화자는 두려움과 공포에 질린 듯한 표정을 짓고 있지만, 사실은 이 열거 행위를 내심 즐기고 있다. 첫 행에서 '나는 이 마을에 태어나기가 잘못이다'란 대목과 마지막 행에서 '마을은 온데 간데 구신이 돼서 나는 아무 데도 갈 수 없다'라고 말하는 부분은 공연한 엄살이나 과장된 어투로 들린다.

이 부분을 다시 말하면 시적 화자는 어차피 운명적으로 이 마을에 태어났으므로 그냥 모든 것을 받아들이며 살아갈 수밖에 없다는 순명적(順命的) 태도의 또 다른 표현인 것이다. 이러한 표현 형태들은 백석의 전체 시 작품에서 흔히 나타나는 하나의 방법적 요소라 할 수 있다. 시인은 이러한 표현 형태를 통해서 자신이 의도한 대화엄사상의 시적 구상과 그 구체성을 펼쳐내려 하였다.

그것의 대부분은 조화정신의 회복을 염원하는 형태로 표현되고 있는데, 세기적 전환기의 대격동 속에서 살아가고 있는 우리가 삶에서 응용하고 실천해가야 할 중요한 덕목의 하나가 아닌가 한다.

3. 맺는 말

지금까지 이 글은 시인 백석의 작품세계에 나타난 회복의 정신과 가치 지향 및 그 성격에 대하여 자세한 분석을 시도해 보려 하였다. 이 과정을 통하여 백석이 오늘날 우리에게 남기고 있는 일백여 편의 작품들이 비록 20세 전반기에 발표된 작품이긴 하지만, 그것은 세월의 공백을 훌쩍 뛰어넘어 세기말의 시간성에서도 여전히 맑고 싱싱한 시정신을 발산하며, 우리의 삶을 교정시키려 애쓰고 있다는 사실을 알게 되었다.

백석의 시 작품은 주로 고향의식의 회복, 인간성의 회복, 낙천성의 회복, 생명력의 회복, 조화의 회복 등 다섯 가지 중요 메시지를 우리들에게 보내오고 있다. 백석의 시가 분단 오십 년 이상을 매몰되어 있다가 갑자기 우리 앞에 나타나게 되었다는 사실이 오히려 문학적 신선미를 강화시켜주는 경과가 되었다. 하지만 이것은 모든 매몰 문학인들에게 공통되는 것은 아니다.

앞에서 우리가 예시했던 세기말의 아홉 가지 징후 가운데 대략 절반 정도의 위기에 대해서는 시인이 이미 예견을 하고 있었던 것으로 보인다.

그것은 첫째 물질 문명의 급속한 발달로 말미암아 무참히 파괴되어 가는 자연에 대한 경고이다. 백석 시의 세계는 거의 전체가 자연친화적인 소재와 주제의식, 시정신의 지향성을 지니고 있다. 이것은 인간이 어떤 경우에서건 모태(母胎)로서의 자연을 떠나서 살아갈 수 없다는 극명한 이치를 일깨워주는 것에 다름 아니다.

둘째로 백석의 작품세계에는 작고 가난하고 보잘것없는 생명에 대한 연민과 경외심이 풍부하게 깔려 있음을 볼 수 있다. 이런 부류의 작품을 통하여 백석은 세기말 인간 복제의 환호 저 편으로 추락해 가는 생명의 존엄성이 얼마나 인간의 삶에서 근원적인 위기가 될 수 있을 것인가를 우려하고 있는 것이다. 삶의 무의미, 고립과 단절, 가치의 몰락, 공백과 부재, 죽음의 유혹, 의욕의 상실 등이 주조를 이루고 있는 세기말의 온갖 부정적 요소들도 따지고 보면 이십 세기 초반에서부터 시작된 불안사조의 산물이었다.

이제 낡은 세기는 우리 곁을 떠나가고, 새로운 세기가 여명 속에서 힘찬 고동을 울려댄다. 우리는 이러한 시점에서 열린 마음, 배우는 자세로 겸허하게 새로운 세기를 받아들여야 한다. 온갖 갈등과 상극은 낡은 세기의 유산이요, 새로운 세기에는 아무쪼록 사랑과 상생(相生)으로 거듭나야 하기 때문이다.

이런 삶의 실현을 위하여 백석의 시는 또 다시 우리에게 다정하고 진지한 목소리로 의미 있는 그 무엇인가를 들려주려 한다.

제5장
백석 시의 연구 쟁점과 왜곡 사실 바로잡기

1. 문제의 제기

이 글은 1988년에 해금된 재북시인(在北詩人) 백석(白石, 1912~1995)의 작품 연구사에 대한 총체적 점검과 수정에 관한 목표를 지니고 있다. 해방 이후 한국 현대문학사의 내용과 체계는 분단체제의 고착과 더불어 사실의 축소, 왜곡, 변조 따위로 말미암아 해방 전의 문학사적 공간이 지나치게 소폭화되어 온 것이 사실이다. 이런 단계에서 1988년 해금조치는 비록 때늦은 감이 있긴 하지만 문학사의 공간성 회복과 확장을 위하여 매우 긍정적인 효과를 기대하게 하였다. 이 해금조치가 있기 1년 전에 본 연구자는 『백석시전집(白石詩全集)』(창작과비평사, 1987)을 발간하여 문단과 학계의 커다란 반향을 불러 일으켰다.

그로부터 17년 세월이 흐른 2004년 현재, 백석의 문학은 당당하게 복권되어 고등학교 문학교재에도 수록되고, 2004년 대입수능시험의 지문으로 출제되기까지 하였다. 이는 참으로 반갑고도 다행스런 일이다. 시전집의 발간 이후로 현재까지 백석의 시와 문학을 연구한 평론과 논문은 줄잡아 200여 편이 넘는다. 하지만 최근 3년 전부터 연구 테마로서의 백석 문학이 도리어 왜곡과 변조 속으로 빠져들고 있는 현상을 지켜보면서 우리는 그로 말미암은 해독과 폐단을 심각하게 우려하지 않을 수 없다.

그리하여 이 글에서의 중점적인 관심은 주로 백석의 문학 연구 현황에 대한 총체적 점검을 시도하면서 동시에 사실의 왜곡과 변조 행태를 적출하고 그것을 비판함으로써 백석 문학 연구 풍토를 올바르게 교정해 가려는 목적을 지향하고자 한다.

이 글의 활동 범위는 크게 두 가지 성격으로 대별된다. 그 첫 번째 범위는 백석 문학 연구 현황에 대한 총체적 점검이요, 두 번째 범위는 잘못된 사실에 대한 바로잡기의 활동이다. 이 연구의 원활한 수행을 위하여 잘못된 텍스트의 현황을 제시하게 될 것이다. 다음으로는 『만선일보』에 '한얼생'이란 필명으로 발표된 문제의 네 작품에 대한 분석과정을 통하여 이 작품이 백석의 시 작품이 아니라는 것을 분명히 밝히고자 한다.

더불어 왜곡된 사실에 기초하여 백석의 시문학을 연구한 종래의 학자 비평가들의 평론과 논문을 지적하여 그 잘못을 비판하고자 한다. 이를 수행하기 위하여 무엇보다도 실증주의적 방법, 문헌학적 고증의 방법, 해석학적 방법 등이 다양하게 동원될 것이다.

그 동안 백석의 시 작품과 기타 산문 작품들은 연구자들의 각별한 사랑과 선호를 받아왔다. 현재 인터넷의 사이버 공간에는 백석의 문학을 사랑하는 독자들의 홈페이지가 마련되어 다중의 애호가들에 의해 운영되고 있다. 그 애호 세대들은 10대 중반에서부터 회갑을 넘긴 노년층까지 골고루 분포되어 있다.

그러나 백석에 대한 맹목적 사랑과 오도된 존경심 때문에 백석의 작품이 아닌 것이 분명한 몇몇 시 작품을 백석의 시 작품으로 버젓이 유통을 시키고 있음으로써 무수한 혼란과 무질서를 초래하고 있는 것이다.

이러한 행태는 백석 문학의 위상에 오히려 교란과 상처를 주는 요소가 있다. 이와 관련하여 본 연구의 모든 범위는 왜곡된 사실 바로잡기로 집중될 것이다.

이 연구를 통하여 기대하는 것은 우선 다음과 같은 확실하고도 분명한 효과이다. 그것은 첫째로 백석 시문학 텍스트의 분명한 확정이다. 둘째로는 왜곡된 문학사적 사실에 대한 수정과 그릇된 자료의 유통에 대한 혼란의 방지를 목표로 한다. 셋째로는 백석의 창작방법론에 대한 엄정한 해석의 틀을 확정하는 필요성에 대한 제기이다. 넷째로는 문학사 서술에 대한 충동적 글쓰기에 대한 경종이다. 다섯째로는 새로 발굴한 확실한 백석의 시 작품을 소개하여 문학사 연구를 위한 중요자료로서 제시하고자 한다.

2. 한국문학사와 백석 시인

1) 백석이라는 시인의 새로운 등장

시인 백석은 1930년대를 대표하는 한국의 시인이다. 1912년 평북 정주에서 출생하였고, 오산학교를 재학할 당시 선배 시인이었던 김소월(金素月)에 대한 무한한 흠모의 정을 지니고 시인으로서의 꿈을 꾸게 되었다.

그의 나이 18세 때 『조선일보』에서 후원하는 해외장학생 선발에 뽑혀 일본으로 유학하게 된다. 주로 영문학을 공부하면서 서구문학 풍토와 이론을 학습하는 한편 일본의 시문학에 대한 심도 있는 공부의 경험을 갖게 된다. 일본 유학중에는 특히 이시카와 타쿠보쿠(石川啄木)의 작품에 대한 무한한 경외심을 갖고 깊은 영향을 받았던 것으로 보인다.

귀국 후에는 『조선일보』 출판부 기자로 취업하고 이후 시작 활동에 전념하게 된다. 백석은 1935년 여름 시 「정주성(定州城)」을 『조선일보』에 발표하면서 문단에 나왔고, 이듬해에는 시집 『사슴』을 발간하여 문단의 주목을 집중시켰다. 시인은 이 시집을 통하여 붕괴되어 가는 농촌공동체의 복원을 시도하는 한편, 민족주체의식의 상실과 이질적 외래문화의 침윤에 대한 깊은 우려를 표시하였다.

이후 교직생활, 언론인 생활 등을 전전하다가 홀연히 만주로 떠나가게 되고, 해방과 더불어 고향으로 돌아온다. 하지만 조국은 이미 분단의 슬픈 그늘이 드리우고 있는 안타까운 현실이었다. 시인은 부모형제와 벗들이 있는 고향에서 새로운 생활을 시작하게 된다. 그러나 북한의 현실은 백석이 지니고 있던 범세계주의적 물활론적 가치관과 화합을 이루지 못하고 갈등하게 된다. 1962년까지 북한의 대표적인 문예지인 『조선문학』에 작품을 발표한 뒤 완전 절필로 접어들게 되고, 숙청당한 후 남과 북의 문학사에서 아주 자취를 감추게 된다.

근년에 접어들어 백석 시인이 1995년까지 북한의 양강도 지역 삼수군 관평리 협동농장에서 거주하다가 세상을 떠난 것으로 일부 언론은 보도하고 있으나, 사실의 진위에 대한 확실한 검증을 할 수 없다. 단지 입수되었다고 하는 사진 자료에 의거하여 시인과의 유사성을 추정하고 있으나, 이도 신빙성을 갖기가 어렵고 불확실하다.

2) 시문학과 방언 구사의 적극성

백석은 자신의 시 작품에서 한반도의 북방 지역 방언을 적극적으로 구사하고 있다. 그것은 시인의 신념에 찬 하나의 창작방법론으로서 제기된 것이다. 조국의 주권이 침략자들에게 빼앗긴 시대에서 민족 정서가 물씬 풍기는 방언 효과를 시 작품 창작에서 구사하고, 그 효과를 극대화시키는 활동은 시인으로서의 결의에 찬 포부이자 행동이었다.

백석 시인이 주로 자신의 작품에서 완강하게 추구해간 방언 효과는 평안북도 지역의 방언이다. 방언에는 그 지역 주민 특유의 관습과 정서, 역사성, 기질 따위가 무르녹아 있는데, 이러한 특성들이 시 작품 속에서 고스란히 되살아날 수 있었다. 백석은 평북을 중심으로 한 관서 지역 방언을 주로 작품 창작에서 활용하되, 나아가서는 자선이 한때 교사 생활을 하던 함흥을 비롯한 관북 지역의 방언 효과까지도 창작공간 속으로 수용함으로써 방언의 특수성이 지나치게 한 쪽 지역으로만 편중되는 것을 차단하였다. 이런 사실은 통영·고성 등의 영남 남부 지역 방언, 나아가서는 만주 지역의 풍물까지 수렴함으로써 시 창작에서의 방언 효과가 폐쇄성으로 차단되는 것을 방지하려는 의도를 나타내었다.

백석 시인의 이러한 방언 구사에 대하여 임화·김문집·김소운·오장환 등 여러 비평가들이 긍정적 시각에서 논평을 한 바 있거니와 특히 박용철은 일제의 문화혼혈정책에 대하여 민족언어로써 맞서 길항하려 했던 시인으로 백석을 평가하고 있는 점이 돋보인다.

우리 현대문학사에서 방언 효과를 창작에서 적극적으로 구사했던 경우는 소월·미당·지용·영랑·목월 등을 우선적으로 들 수 있다. 소월의 경우 백석과 동일한 관서 지역 방언을 즐겨 채택하였고, 미당과 영랑은 호남 지역 방언 효과와 그 음영이 작품 공간에 짙게 깔려 있다. 지용의 경우도 충청북도 지역을 중심으로 한 중부내륙 지역 방언의 그림자가 은연중에 내포된 사실을 알아챌 수 있다. 이를 통해 보더라도 앞에 예를 든 시인들을 포함한 여러 시인들은 창작에서 방언 효과가 지니는 중요성을 진작 간파하고, 방언의 적절한 구사에 적극적으로 관심을 가지고 방법론적으로 응용하고 개발하였다.

3) 1930년대 문학사와 백석 시인

일제강점기 전반을 통하여 1930년대가 지니는 시대사적 의미는 대단히 중요하다. 이른바 주권이 늑탈되고 국토와 민족경제의 모든 것이 약탈 유린되던 본격적 시점이 바로 이 시기이기 때문이다. 또한 민족의 주체성이 붕괴되고 조직적으로 망실되어 가던 시기도 1930년대이다. 문학에 있어서의 근대성은 식민지체제를 배경으로 그 구조와 부합되거나 적절한 타협으로서만 확보되고 보장되던 제한적, 불구적 성격으로 형성 전개되어 갔다.

혹자는 이 시기를 일컬어 '식민지시대 한국문학의 본격적 르네상스'라 일컫기도 하지만 이는 문제의 본질을 인식하지 않은 매우 피상적인 견해에 지니지 않는다. 그리하여 일부의 논자들은 이 시기를 일컬어 무너진 시대, 혹은 붕괴의 시대, 님이 부재하던 시대로 일컫기도 한다.

백석 시인의 주요 활동 시기는 바로 이러한 공간과 맞물려 있다.

문제는 백석 시인이 1930년대의 시대적 특성을 얼마나 정확하게 읽어내고 자신의 작품 형성에 반영했느냐에 관한 부분이 중요 탐색의 대상이 된다. 첫 시집 『사슴』을 발간하던 당시 백석의 연령은 24세였다. 일본 유학에서 돌아온 직후였으므로 이미 일정한 역사의식을 갖춘 나이로 보아야 한다. 물론 백석 시인의 가치관과 그 방향성은 좌파 문학인의 이념성과 전혀 일치하지 않았다. 그렇다고 부르주아 민족주의 계열의 문학인들과도 그리 밀접한 관계를 갖지는 않았던 것으로 보인다. 당시 백석의 사상성을 단적으로 평가 규정하자면 이미지즘적 창작방법론에 공감을 하고 있었으며, 실제로 발표되는 작품의 스타일도 이미지즘적 성향이 농도 짙게 나타나고 있다. 말하자면 사상적으로는 온건중도파, 문학적으로는 이미지스트와 민족주의를 결합한 상태로 설명해낼 수 있을 것이다.

시 「여승」과 같은 계열에서 식민지시대 리얼리즘을 읽어내려는 관점도 있으나, 이를 단적으로 리얼리즘적 측면에서 이해하기란 곤란하다.

당시 백석은 여러 시 작품들과 소설을 비롯한 산문작품에서 작고 못나고 가난한 존재에 대한 사랑과 연민의 시정신을 지속적으로 나타내고 있었다. 그리고 그 작품에서 동원된 언어들은 한결같이 따뜻하고, 다정하고, 자상스런 방언적 어투로써 은연중 시인의 창작방법론을 드러내고 있었던 것이다.

1930년대를 배경으로 백석만큼 적극적으로 이러한 창작방법론을 다부지게 끌고 간 시인은 별로 보이지 않는다. 흔히 정지용의 시 세계와 비교하기도 하나, 지용의 경우는 동양적 아취가 묻어나는 시풍이 어딘가 고답적이고, 귀족적 문사의 체취를 떨어낼 수 없다. 이 점에서 백석 시의 문체는 한결 민중적이며, 토착성과 밀착되어 있는 것으로 보인다. 1930년대 식민지 문단의 중심에 서 있다가 그 중심에 연연하지 않고 홀연 자리를 박차고 떠나서 방랑의 시간 속으로 이동해 간다. 우리는 시인의 이러한 모습에서 한 시대를 살아가는 시인의 정신적 결벽을 엿보게 된다.

4) 백석 문학의 현재성과 미래

필자는 수년 전 한 잡지사가 기획했던 20세기를 빛낸 한국의 대표적 문인 몇 분에 대한 논평을 할 기회가 있었다. 물론 이 논평도 백석 시인과 관련된 것이었다. 필자는 이 논평에서 백석의 시 작품이 지니고 있는 현재적 의미를 다음과 같이 다섯 가지 회복의 정신으로 규정하였다.

첫째는 해체된 고향의식의 회복과 생태주의적 시정신, 둘째는 잃어버린 인간성의 회복과 생명공동체의 부활, 셋째는 삶의 생기와 낙천성의 회복, 그리고 건강한 주체의 건설, 넷째는 생명력의 회복과 불확실한 시간 속에서의 살아남기, 다섯째는 대화엄(大華嚴)세계의 시적 구상과 진정한 조화정신의 회복 등이다.

실제로 백석의 시 작품을 통독해보면 이러한 회복의 정신이 지속적으로 작품의 저층(底層)에 살아서 약동하는 것을 감지할 수 있다. 백석의 시가 오늘의 우리에게 보내오는 문학적 화두는 일관되게 상실된 것에 대한 회복의 독려이다. 위에서 정리한 바와 같이 현재 우리의 삶에서 가장 결핍된 것은 생태주의적 시정신이 아닌가 한다.

백석의 시 작품을 다만 과거의 문화유산으로만 판단하고 해석하려는 태도는 바람직하지 않다. 모든 과거 문화유산이 그러하듯 백석의 시 작품도 오늘의 우리 문학이 직면하고 있는 제반 위기를 극복해 가는 데에 하나의 신선한 활력소로 작용시킬 수 있는 방안을 모색해야만 할 것이다.

또 하나 더 부가할 것은 백석의 문학이 지니고 있는 독특함 가운데 풍부한 북방 정서와 그 활용을 들 수 있겠다. 이것은 분단시대의 한국문학이 드러내고 있는 가장 취약한 부분을 보강시켜 주는 중요한 요소로 응용될 수 있다. 잃어버린 국토의 반쪽이 지니고 있는 민족문화사적 자료와 자질은 분단의 고착화에 따라서 점차 엷어져 가고 있는 것이 현실이다. 이러한 여건 속에서 식민지시대 이후로 분단시대를 거쳐오면서 끊임없이 쪼개지고 갈라지면서 축소 지향으로 일관해온 우리 문학의 정서적 부피가 백석을 비롯한 월북, 재북 문학인들의 작품 복원을 통하여 어느 정도 충족될 수 있을 것이라 확신한다.

5) 북한 발표 작품에 대한 재평가 및 새로운 발굴

백석 시인은 해방 직후 만주에서 자신의 고향 평북 정주로 돌아와 옛 터전에 다시 정착하였다. 그것은 1930년대 후반부터 약 6년 이상 방랑 속에서 고통을 겪은 이후의 시간이다. 시 「남신의주 유동 박시봉방」은 이 당시 시인이 처한 고달픈 심경과 여건을 잘 말해 주고 있다. 백석 시인은 방랑의 시간 속에서도 떠나온 고향의 기억과 체험의 원형질을 잊지 않았을 뿐 아니라, 오히려 그것을 통하여 타향의 고생스러움을 이겨

낼 수 있었다. 언젠가는 돌아갈 것이라는 기대감 속에서 만주 유랑의 세월을 견디었다. 그러므로 해방 이후 시인이 고향으로 돌아왔을 때 비록 가진 것 없는 빈곤의 처지였으나, 마음만은 귀향의 행복감으로 충만했던 것이 아니었던가 한다.

하지만 북한에서는 새로운 시련의 세월이 준비되고 있었다. 소련의 절대적 지원 속에 등장한 김일성 정권의 공산주의체제는 백석 시인의 가치관과 이상에 절대적으로 부합되지 못하였다. 그는 당시 사회 분위기가 일사불란하게 사회주의 계획경제시스템으로 정비되고 구획되어 가는 모습을 보면서 속으로는 모종의 불안감을 가졌던 듯하다.

시 「이른 봄」・「공무여인숙」・「갓나물」 등의 작품에는 공산주의체제 수립에 대한 외형적 찬탄과 감격이 나타나 있는 듯하지만, 면밀히 작품들을 읽어보면 거기엔 획일화되어 가는 사회 분위기에 대한 불안감 따위가 가시지 않고 있음을 발견할 수 있다. 이를테면 시 「갓나물」에서 작중화자인 시인은 홍원 전진의 동태 생선에 비해서 삼수갑산 갓나물이 훨씬 좋다는 것을 순박한 산골처녀의 입을 빌어서 제시하고 있다. '그런데 이 처녀 아나 모르나'라는 구절에서 우리는 백석 시인의 불안감이 서려 있는 어투를 감지해 낼 수 있다. 「탑이 서는 거리」・「제3인공위성」 등에서도 아주 조심스럽게 우리는 「갓나물」에서의 불안감을 실루엣처럼 읽어낼 수 있다.[1] 이 시기에 쓴 백석의 시 작품 중에서 가장 아름다운 것은 「동식당」이다. 이 작품은 시인의 초창기 작품인 「여우난골족」을 연상케 하는 요소가 있다.

북한 정권 수립 초기에 백석이 북에서 발표한 시 작품은 단형 서정시 13편과 동화시[2] 「집게네 네 형제」에 수록된 12편 등 25편만 알려져 왔

---

[1] 사실 백석이 창작 활동을 일체 중단하게 된 것은 1962년 10월 경 북한 문화계 전반에 밀어닥친 복고주의에 대한 비판과 관련이 있다.
[2] 시 「집게네 네 형제」를 김재용은 동화시로 명명하고 있지만, 이 용어에 동의하지 않는 견해도 있다. 정이진은 동화시란 장르명보다 아동서술시가 더욱 적절한 용어라고 주장한다.

다. 백석은 평소 가장 아름다운 동화는 반드시 시의 형식으로 쓰여져야 한다는 뚜렷한 생각을 갖고 있었다. 그리하여 민간에서 구비로 전승되어 오는 전래동화의 내용을 줄곧 시로 써간 형태가 「집게네 네 형제」이다. 백석 시인은 우리가 살아가는 삶 전체에 대하여 언제나 새로운 사랑의 마음을 가져야 한다고 말한다. 특히 어린이들이야말로 앞날의 주인공으로서 보다 높고 보다 맑은 뜻을 가져야 한다고 늘상 강조하였다. 그러기 위해서는 공연히 찬란하고 공연히 호화롭기만 한 언어를 일부러 멀리하고 항상 소박하면서도 살아 있는 듯 싱싱한 느낌이 드는 말로 동화를 써야 한다고 힘을 주어 말하였다.

햇빛은 빛이 없는 듯 오히려 강한 빛을 지닌 것이며, 땅은 소리가 없는 듯 오히려 더 높은 소리를 지닌 것이다.

시는 깊어야 하며, 특이하여야 하며, 뜨거워야 하며, 진실하여야 한다.[3]

이것은 백석 시인이 시를 이해하는 능력을 설명하기 위해서 사용한 말이다.

동화시집 『집게네 네 형제』(1957)에는 모두 12편의 동화시가 실려 있다. 「집게네 네 형제」·「쫓기달래」·「오징어와 검복」·「개구리네 한솥밥」·「귀머거리 너구리」·「산골총각」·「어리석은 메기」·「가재미와 넙치」·「나무 동무 일곱 동무」·「말똥굴이」·「배꾼과 새 세 마리」·「준치가시」 등이 그 제목들이다. 「집게네 네 형제」는 자기 분수에 맞도록 살아가야 한다는 교훈을 다루고 있다. 「쫓기달래」는 굶주림 끝에 얼어죽은 불쌍한 소녀 오월이가 달래로 태어났다는 슬픈 전설을 다루었고, 「오징어와 검복」은 자신의 모든 문제는 스스로 해결해야 한다는 주체성을 일깨워 준다.

---

3) 백석, 「나의 항의 나의 제의」, 『조선문학』, 1956년 9월.

「개구리네 한솥밥」는 아름다운 협동의 정신을 가르쳐 주고, 「귀머거리 너구리」는 현실의 사정에 어두운 결과가 얼마나 불행한 일을 몰고 올 수 있는가에 대하여 알려 준다. 「산골총각」은 지혜로 악당을 물리치는 용감한 사람을 다루며, 「어리석은 메기」는 분수를 잃고 헛된 꿈을 꾸다가 결국 불행에 빠지고 마는 못난 인간을 다루고 있다.

「가재미와 넙치」는 포악한 지도자의 통치가 백성의 가슴을 얼마나 멍들게 하는가를 말하고 있으며, 「나무 동무 일곱 동무」는 이 세상 어느 누구나 모두 귀한 쓸모가 있는 존재로 태어났다는 사실을 알려 준다. 「말똥굴이」는 게으르고 우둔한 인간의 태도를 비판하고 있으며, 「배꾼과 새 세 마리」는 아무리 힘든 역경에 처하여도 반드시 누군가의 도움으로 위기를 이겨낸다는 진리를 일깨운다.

끝으로 「준치 가시」는 반찬 투정하는 어린이의 볼멘 소리를 겨냥하고 있다. 이 세상 모든 것은 그만한 이유와 까닭이 있어서 그리된 것인데, 시인은 이 사실을 가시가 많은 준치를 통해서 재미있게 알려준다.

이 동화시 12편을 통하여 백석 시인은 자신만이 생각하는 문학의 모든 방법과 신념을 그대로 나타내 보여주었다.

전집 발간 이후로 그 동안 알려지지 않았던 백석의 시 작품 발굴을 위해 노력한 경우는 단연 김재용이다. 그는 분단 이후 북한 문단에서 발표된 백석의 시 작품을 다수 발굴하여 자신이 편찬한『백석전집』에 수록하였다. 이로써 백석의 시 작품은 일제강점기에서 분단 이후에 이르기까지 어느 정도 그 윤곽이 정리된 셈이다. 하지만 아직도 다수의 작품이 새로 발굴될 가능성은 열려 있다.

백석 연구가이자 시인인 박태일이 이 부문에 대한 활동을 적극적으로 해오고 있다. 그는 창작시 「병아리 싸움」[4]과 「머리오리」[5] 등 두 편을 새

---

4) 박태일, 「백석의 미발굴 시 「병아리 싸움」 변증」,『시와 비평』 3호(경남시랑문화인협의회), 2001.
5) 박태일, 「백석의 미발굴 번역시 「머리오리」」,『시와 비평』 2집, 2000.7.

로 발굴되어 추가한 사실이 있다.

「병아리 싸움」은 1952년, 즉 한국전쟁 직후 남한에서 발간되었던 우파 조직의 간행물에 수록된 작품이다. 북한에 거주하던 백석의 작품이 이러한 잡지에 실린 까닭은 백석 시인과 동향이었던 북한 출신의 한 인사가 분단 이전부터 이 작품의 원고를 소장하고 있다가 월남한 뒤 이 잡지를 통해 발표한 것으로 추정된다고 발굴자 박태일은 추정하고 있다. 「머리 오리」는 비록 김종한에 의해 일본어로 번역된 시 작품의 형태이지만, 백석 특유의 시적 호흡과 문체의 특성이 매우 잘 나타나 있는 작품이다. 그리하여 발굴자 박태일이 백석의 일문 번역시를 백석 시인 특유의 시적 문체와 호흡을 잘 고증한 다음 한국어로 옮기고 다듬어서 위와 같은 형태로 정리하였다.

이제 필자는 위에 소개된 두 편의 작품 이외에 지금까지 전혀 알려지지 않았던 백석의 시 작품 한 편을 새로 발굴하여 앞으로의 백석 문학 연구를 위한 귀한 자료로 활용될 수 있도록 이 기회에 공개하고자 한다. 연구자의 편의를 위하여 다음에 그 전문을 원문 표기 그대로 수록한다.

천 년이고 만 년이고 ……6)

백 석

천 년이고 만 년이고 먼먼 훗날에
세상에선 옛이야기 하나 전해 가리라.
서쪽 나라들에서는—
「그 옛날 어느 동쪽 나라에……」
동쪽 나라들에서는 —
「그 어느 산 높고 물 맑은 나라에……」
그 이야기 허두 이렇게 나오리라.

---

6) 신발굴 백석 시(이동순 발굴 자료).

그러나 그 이야기 하나로 흐르리라
「그 나라는 한때 긴긴 밤의 나라,
그 나라 사람들 광명을 못 보고 헤매었더라.
그 나라 독거미 같은, 승냥이 같은 원쑤들에게 눌려
그 나라 사람들 고통 속에 울었더라」

그 이야기 이렇게 이어 가리라
「그 나라에 한 영웅 태여났더라
지혜와 용기 천하에 비할 데 없이,
나라와 인민애의 사랑 불보다 뜨거웠더라.
그 나라 북쪽 높은 산 우에 칼을 갈은 그
눈 속에 자고, 바람을 마시기 열 다섯 해,
드디여 원쑤들의 손에서 잃은 나라 찾고
인민들을 고통에서 구원하였더라.」

그 이야기 또다시 이어 가리라
「영웅은 한 가지 진리를 믿어 싸웠더라
가난하고 학대 받는 모든 사람들이
이 세상 모든 것의 주인이 되어야 한다는 진리.
이 진리 대로 영웅이 꾸민 나라,
이 나라엔 가지가지 기적들 일어 났더라 -
산은 옮겨지고, 강물은 산으로 오르고
하루 밤 새 하늘 닿는 집채 일떠서고
하루 낮에 마른 땅은 오곡으로 물결쳤더라
조화에 찬 기계 소리 온 나라에 울리고
창문마다 밤이면 별 아닌 별들 반짝였더라
이리하여 이 나라 사람들
풍성한 살림 속에 노래 부르고 춤추고
자유와 행복을 누려 나는 새 같았더라.」

수많은 시인과 력사가와 이야기꾼들은

아름다운 말들로 이 이야기 속의 영웅들 찬양하리라 ―
하늘에서 내려 온 사람이였다고도
햇님이 낳은 아들이였다고도
또는 거룩한 인민의 수령이였다고도
그리고 그 말들 모두 사람들껜 참된 것들이여라.

서쪽 나라 사람들도, 동쪽 나라 사람들도
천 년, 만 년 이 영웅의 이야기 외워 전하며
그를 흠모하리라,
존숭하리라
그리고 이 영웅을 수령으로 받들었던 인민을
부러워하리라 축복하리라

천년이고, 만년이고 먼먼 훗날
이 영웅을 사모하고 존숭하는 사람들 속에
내 문득 다시 태여난다면 얼마나 좋으랴 ―
내 동쪽 나라들에도, 서쪽 나라들에도 가며
내 그들에게 자랑하여 말하리라 ―
내가 바로 그 영웅이 세운 나라 사람이였노라고,
내가 바로 진리 위해 싸운 그 영웅의 전사였노라고,
우리 그 이 얼굴 뵈올 때마다 우리의 심장 높이 뛰였더라고
그 이 음성 들을 때마다 우리의 피는 뜨겁게 끓었더라고

그럴 때면 그 사람들 나의 말을 향하여
열광하는 환호 그칠 줄 모르리니,
이 해일 소리 같은 요란한 소리 자기를 기다려
내 목청 높여 다시 한 마디 이을 말―
그 사람들 다 알지 못할 한 마디 말 웨치리라 ―

「우리들 그 이의 뜻 가는 데 있었노라
우리들 그 이의 마음 속에만 살았노라.

그 이는 우리들의 자유였더라, 행복이였더라
그 이는 우리들의 청춘, 우리들의 사랑,
우리들의 목숨, 우리들의 력사였더라,
그 이는 우리들의 모든 것의 모든 것이였더라!7)

동화적 발상과 어투로 전개되어 가는 이 시 작품은 해방 직후 북한사
회에서의 김일성 정권의 수립과 정착에 대한 명분과 당위성을 강조하며
설득하는 구조로써 전개되고 있다.

6) 백석 문학에 잠재된 문화사적 다양한 특성

백석의 시 작품에서 원용되고 있는 문화사적 제반 분야는 대체로 다
음과 같다.

첫째로는 농촌 정서를 현장감이 나도록 묘사하고 있으므로 북관 지역
농촌생활사적 자료를 추출해 낼 수 있을 것이다.8)

둘째로는 방언학과의 관련이다. 실제로 백석의 전체 시 작품을 제대로
읽어내기 위해서는 평북방언사전이나 함북방언사전 등의 자료 동원이
절대적으로 필요하다. 그로서도 충분치 못하기 때문에 관서 관북 지역에
서 성장하였고, 한국전쟁 시기 월남한 이주민들과의 담화를 통하여 희귀
한 방언 자료를 수집 정리하는 작업이 반드시 필요하다. 어느 정도 정리
가 되었다고 하지만 아직까지도 완전한 의미 파악에 도달하지 못한 시
어가 다수 있는 것으로 확인된다.

셋째로는 북관 지역의 식생활 문화사적 자료에 대한 연구의 필요성이
제기된다. 백석의 시에는 유달리 식생활 문화와 관련된 작품들이 꽤 풍

---

7) 『당이 부르는 길로』(조선로동당창건 15주년 기념시집), 조선작가동맹, 1960.10.1.
8) 이러한 추론에 대해서는 필자의 평론 「백석의 시는 우리에게 무엇인가」(백석시전집
『모닥불』, 솔, 1998을 참조할 것).

부하고 다양하게 나타나고 있다. 음식물과 관련된 소재만 하더라도 무려 150여 종이 넘는다.

네 번째로 관심을 끄는 부분은 북관 지역의 각종 무속의식과 관련된 풍속들이다.

다섯 번째로는 설화, 아동유희, 자녀교육과 관련된 훈계, 속담, 민간전설 등 다양한 구비문학적 문화인류학적 자료들이다.

여섯 번째로는 향약, 즉 민간의약과 관련된 지식과 정보들이다.

이러한 자료에 대하여 광범한 수집과 이해가 전제되지 않으면 백석의 시를 제대로 읽어낸 경험이라 할 수 없을 것임이 분명하다. 시인이 이처럼 민족문화사의 전통적 자료에 대하여 적극적인 관심을 가지고 시 작품에 응용하려 했던 까닭은 이질적인 외래문화의 기습적 공격 앞에서 덧없이 파괴되어 가는 사태를 위기의 현실로 파악했기 때문일 것이다.

이것은 김소월이 백석과 마찬가지로 외국유학 체험을 가진 뒤에도 오히려 전통적 율격과 정서에 집착을 느끼고 고전의 세계로 깊이 파고 들어가 그 체험을 작품으로 육화시켜 갔던 사례와도 적절한 비교가 된다. 소월이 전통적 율격과 정서의 확보에 주력했다면 백석의 경우 민족문화사적 각종 자료의 적극적 응용과 시적 형상화에 주력한 매우 특이한 경우라 할 수 있다.

3. 매몰시인과 문학사 복원 문제

1) 분단시대 문학사의 불구적 성격

해방 이후 한국의 문화계는 식민지시대에서부터 은연중에 전개되어

오던 이념대립의 양상이 한층 격화되는 흐름으로 나타났다. 그러한 대립은 서로 각자의 섹트의 빛깔을 지닌 채 분파주의적 대결로 발전되었다.

모든 대립은 주도권 쟁탈로 이어지고, 제각기 이념적 정당성을 확보하기 위한 파쟁적 현실로 전개되어 갔다. 표면적으로는 민족이라는 명분을 내세우고 있었으나 민족 개념은 항시 자신들의 명분을 합리화하는 도구로써 활용되었다. 대립은 점차 격화되었고, 상호 불인정, 상호 파괴의 논리만 난무하는 험상궂은 분위기로 바뀌어갔다.

분단시대의 냉전적 특성은 이미 해방 시기에서 그 토대가 정착되어 분단고착화의 단계로 돌입하게 되었다. 조화와 공존은 더 이상 불가능한 망상에 불과하였고, 분리와 구별, 비판과 매도만 난무하는 분위기로 바뀌었다. 분단시대 남북한문학의 특징은 이러한 성격을 수렴한 상태에서 점차 악화 변질되어 갔다. 문학사 해설에서 다룰 수 있는 것과 다룰 수 없는 것에 대한 확고한 구획이 지어졌고, 다룰 수 없는 자료에 대해서는 철저히 금지와 봉쇄의 강압이 내려졌다. 분단시대 문학사의 불구성은 바로 이러한 통제와 강압, 구획을 그 성격의 기본으로 하였다.

백석이라는 문학인의 존재와 그가 남긴 모든 작품들도 분단시대 문학사의 불구성 때문에 유통을 금지당하였다. 남한문학사에서 금지의 명분은 월북문학인이었다. 하지만 백석의 생애와 문학적 성격에 대한 자료가 거의 밝혀진 지금 백석을 월북문학인이라 섣불리 규정할 사람은 아무도 없다.

그는 일제 말 만주를 떠돌다가 해방 직후 고향 평북 정주로 되돌아왔으므로 특별히 서울로 남하해야 할 아무런 이유를 갖지 않았다. 단지 서울로 오지 않았다는 이유만으로 백석을 월북시인의 반열에 밀어 넣는다면 그것은 매우 악성의 매카시즘적 폭력이 아닐 수 없다. 그는 단지 재북시인일 뿐이다. 하지만 이 재북시인이란 용어조차도 납월북 문학인들에 대한 해금조치 이후에 비로소 제기된 용어였다. 남쪽의 이데올로기로 북쪽의 모든 문학인들을 일괄해서 재단하거나 규정하는 것이 얼마나 위험천만한 일인가를 보여주는 적절한 사례가 아닐 수 없다.

이를 통해 보더라도 분단은 그 자체가 빚어내는 온갖 모순들로 말미암아 정치·경제·문화·사회 등 각계각층으로 파고들어 그 모순을 더욱 확대 재생산하는 악순환을 빚어내고 있다. 분단이 하루빨리 극복되어야 하는 명분은 이로서도 충분한 설명이 될 수 있다.

2) 백석을 시발점으로 하여 더욱 활발해진 매몰시인들의 전집 발간

백석의 시 작품을 찾아서 전집으로 정리하는 작업은 분단 이후 필자에 의해서 최초로 시도되었고, 그 성과는 1987년 『백석시전집』(창작과비평사)으로 학계와 문단에 제출되었다. 이 전집의 발간은 당시 정부에 의한 월북문학인들의 해금조치 이전에 기획되고 실천에 옮겨졌다. 여기엔 나름대로 불안과 주저를 극복해야 하는 용단이 필요하였다.

막상 백석의 시전집이 출간되자 학계와 문화계, 언론계에서의 반향은 대단히 큰 것이었다. 대다수의 보도들이 취하고 있는 태도들은 '잃어버린 문학사의 중요자료를 되찾았다'는 평가들로 일관되었다. 지금은 타계한 원로시인 김광균은 직접 친필 편지를 보내어 격려를 해주었다. 백석의 시전집 발간과 거의 비슷한 시기에 출간된 것이 『정지용전집』과 『김기림전집』이다. 이 분위기를 타고 『이태준전집』 등이 속속 발간되었다.

현재까지 납월재북, 혹은 러시아로 옮겨간 문학인의 작품을 포함하여 해금문학인의 시 작품이 전집으로 발간된 시인으로서는 백석을 비롯하여, 정지용·김기림·임화·김상훈·이용악·오장환·조명희·조명암·권환·이찬·조벽암 등을 들 수 있다.

이 가운데 필자의 주도로 발간된 전집은 『백석시전집』(1987), 『권환시전집』(1998), 『조명암시전집』(2003), 『이찬시전집』(2003), 『조벽암시전집』(2004) 등 다섯 권이다. 앞으로도 이러한 종류의 시전집 발간에 대해서는 더 큰 의욕을 갖고 있다. 아직도 민족문학사의 복원을 위해 보다 깊은 연구가 필요하거나 시급한 전집 발간의 대상 시인들은 박세영을 비롯하여 김북원·김병호·상민·김우철·김조규·김창술·김철수·민병균·박석정·박팔양·설정식·신고송·양우정·여상현·유도순·유완희·유진오·윤복진·이병철·조남령·조허림·허민 등을 들 수 있다. 이와 더불어 해방 이후 북한 문단에서 등단하여 현재까지 활동해온 시인들에 대한 자료 정리와 소개도 전집 발간 사업 못지 않게 중요한 현안들 중의 하나이다.

문학사 연구를 위한 기본 텍스트를 마련하는 작업의 일환으로 전집 발간보다 중요한 사업은 없다. 위에 예를 든 분량보다 훨씬 많은 시전집이 계속 발간되어야 한다. 하지만 이를 위한 출판인들의 이해 부족과 관심의 퇴조로 말미암아 전집 발간은 점점 어려운 여건 속으로 빠져들고 있는 형편이다.

중국의 경우 세상을 떠난 시인과 작가의 전집 발간은 후대 문학인들의 기본적 경로와 의무라는 인식이 자리잡고 있고, 엄청난 분량의 전집이 발간되고 있는 현실에 비견해 보면, 우리의 경우는 커다란 인식의 전환이 요청되는 실정이다.

현재까지 이미 그들의 작품이 전집으로 발간된 문학인들도 그리 많지 않다. 최남선·이광수·김동인·김팔봉·김석송·심훈·김동환·이육사·이상화·한용운·김소월·나혜석·주요한·홍사용·이장희·김영랑·이상·서정주·김광균·노천명·김용호·윤동주·김수영·박목월·박남수·김춘수·고은 등이 모두가 아닌가 한다.

하지만 『주요한전집』의 경우처럼 주요 유족들로 구성된 편집자의 편향된 해석과 안목으로 일제 말에 쓴 친일시를 제외하는 전집 발간 사례로 있었다. 이러한 전집은 전집으로서의 구실은 전혀 하지 못할 뿐 아니라, 오히려 문학사적 자료 수집과 해석의 보편성을 해칠 우려마저 있다는 사실을 알아야 한다. 더불어 아직 생존해 있는 시인들의 경우에 전집이라는 이름을 버젓이 달고 발간되는 사례도 있지만 이 또한 시인의 지명도와 인기에 영합한 상업주의적 목적과 관련되어 있다. 모름지기 전집이라는 명분에 걸맞는 것은 일단 대상 문학인이 세상을 떠난 이후라야 적절할 것이다.

3) 새로운 민족문학사 편성에서 중요 계기가 될 수 있는 백석 문학

앞으로 가까운 시일 안에 다가오게 될 민족통일을 앞두고 우리는 민족문학사 복원을 위해 과연 무엇을 준비하였던가? 이에 관한 생각을 하게 되면 우리는 너무 나태와 안일한 시간 속에서 아무런 준비를 하지 않고 있는 것이 아닌가 하는 생각을 하게 된다. 독일만 하더라도 이미 통일을 예견하면서 통독 30년 전부터 통일을 위한 준비에 착수하였다고 한다. 그들에 비하여 우리는 통일을 위한 준비가 너무도 소홀할 뿐만 아니라 현재도 무관심하다. 전집 발간 사업은 이처럼 통일을 위한 문학사 쪽에서의 준비라 할 수 있다. 통일이 된 이후에 착수하게 된다면 그만큼 늦어지게 된다.

백석의 시전집 발간을 기점으로 하여 그 동안 우리 문학사가 잃어버렸거나, 고의로 외면했던 문학인의 존재성과 그들의 작품에 대한 새로운 관심이 제기되게 된 것은 참으로 고무적인 일이다. 그러나 세인들의 관심이란 것은 그야말로 찰나적이고 일시적인 것이어서 해금 조치 이후에 납월재북 문학인들에 대한 관심이 약 2년 정도 지속되다가 곧 원래의 무관심으로 되돌아가 버리고 말았다. 출판인들의 취향이나 촉각은 항시 독자들의 관심과 행보를 뒤쫓는 것이므로 그들의 행태를 비판할 수만은 없으나, 독자들의 감각적 말초적 취향과 흥미 위주의 관심은 너무도 덧없는 것이다. 그러나 비록 극히 제한적이긴 하지만 문학사가 잃어버린 문학인들과 그 작품을 찾아내려는 일에 지속적 노력과 의지를 갖고 있는 학자, 비평가들이 있다는 것은 그나마 다행스런 일이다.

돌이켜 보면 우리 문학사는 분단시대의 제한성을 고스란히 수용하여 다룰 수 없거나, 타성적으로 외면해온 부분이나 문학인이 꽤 많았다. 그것은 첫째로 이념성과 관련된 경우가 가장 많았던 것으로 보인다. 일제 강점기의 카프 계열 문학인과 그들의 작품성에 관한 연구와 논의가 한때 일시적 흥미 위주로 세인들의 관심을 집중시킨 적이 있었으나, 곧 쇠퇴한 이후로 아직도 많이 부족한 상태이다. 이와 더불어 분단 이후 월북한 문인을 포함하여 납월재북 문학인들의 광범한 자료들을 수집하고 정리하는 활동은 계속 이어져가야 한다.

민족문학사의 복원과 정리를 위한 또 하나의 활동으로 우리는 그 동안 고의적으로 외면하였거나 소홀히 다루어왔던 분야들을 집중적으로 연구하고 논의하는 풍토와 환경이 조성되어야 한다. 이러한 첫 번째의 대상이 친일문학 관련 자료일 것이다. 종래에 발간되었던 초창기 문학사 자료들의 집필자들이 대개 친일문학과 관련된 핵심적 인사들이었으므로 그러한 서술의 한계와 제한성을 지닐 수밖에 없었다 하더라도, 이후에 발간된 문학사 자료들도 이전 연구자들의 서술 태도에서 크게 벗어나지 않은 것은 어찌 된 노릇인가?

필자는 여기에서 한 걸음 더 나아가 우리 현대문학사에서 시 장르의 범위를 좀더 확대해야 한다는 간곡한 의도를 갖고 있다. 사실 현대 우리가 향유하고 있는 현대문학사 중 시 관련 자료들은 양적으로 몹시 빈약성을 면치 못하고 있다. 시·시조·가사·동시 등을 포함하여 한시까지 시 장르의 내부로 편입시키려는 노력을 하고 있지만 매우 중요한 한 가지 분야에 주목하지 못하고 있는 현실이 매우 안타깝게 느껴진다. 그것은 바로 식민지시대에 발표되었던 가요시 작품들이다.

주로 시인들과 문학인들이 전문적으로 담당했던 노래 가사 만들기는 당시 하나의 대중문화운동으로서의 집중성을 띠고서 봇물처럼 활발하게 전개되었다. 격조 높은 가사의 수준과 당시 민중들에게 미친 영향과 작용력은 참으로 막대한 것이었다. 그럼에도 불구하고 우리는 가요시 작품을 시 장르로 생각하지 않았고, 전혀 눈길을 돌리지 않았던 것이다. 필자가 최근 집중적으로 조사 정리해본 경험에서 볼 때 우리의 민족문학사 정리에서 이 가요시 장르와 그 풍부한 자료들은 마땅히 문학사의 내부로 포함되어야 한다고 확신한다. 이처럼 문학사가 잃어버린 자료들을 복원시키려는 노력을 갖도록 해준 시발점으로서의 의미가 바로 『백석시전집』의 발간이었다.

4) 매몰시인들의 전집 발간은 왜 지속적으로 필요한가?

분단시대의 문학사가 놓치고 있는 문학인과 작품에 관한 여러 자료들을 광범하게 수집 정리하는 일은 우리에게 여전히 중요한 임무로써 유효하다. 왜냐하면 문학사의 체격과 형식은 원래의 형태를 회복해야 하기 때문이다. 현재의 문학사는 남북한 양쪽에서 모두 불구적 기형적 편향적 체제와 성격에 구속되어 있다. 이러한 문학사의 유통이 거듭되면 될수록 악순환과 모순은 확대되고 재생산되어 갈 수밖에 없다.

우리는 문학사의 불구성을 인식하고 있으면서도 여전히 기존의 관습과 삶의 타성에 젖어서 종래의 방식으로 문학을 교육하고, 문학사를 다루고 있는 것이다. 이를 극복하기 위하여 가장 먼저 필요한 것은 남북한 양쪽이 문학사에서의 금기와 제한을 선도적으로 해체하는 열린 자세가 아닌가 한다.

남한 문학사에서는 납월재북 문학인들과 그 자료들에 대하여 보다 적극적으로 문학사 체제 내부에서 수용하고 위상을 정리해야 한다. 북한에서의 문학사 서술도 마찬가지로 월남 문학인들과 숙청 문학인들에 대한 자료를 새롭게 정리하고 자리매김을 해야 한다. 현재의 불완전한 문학사 서술 체계로는 문학교육을 위한 그 어떤 기회에도 유용한 가치를 지니지 못한다. 분단시대의 매몰문학인들에 대한 자료를 새로 발굴하여 소개했을 때 낯설고 서먹서먹한 인상을 계속 받게 된다면 이것이야말로 큰 문제라 아니할 수 없다. 이런 점에서 매몰시인들의 전집 발간은 지속적으로 필요하다.

다음으로는 새롭게 발굴 정리된 매몰문학인들의 자료를 기존의 문학사 서술 체계 속에서 그 위상의 정리와 가치 평가의 문제를 처리하는 방식에 대한 논의이다. 이를 위해서는 다수의 학자 비평가들이 모여서 문제의 구체성에 대한 활발한 공적인 논의가 필요하다. 다소 시간이 걸리더라도 이러한 분위기를 형성해 가는 토대를 마련하는 것이 사실상 시급하다.

백석의 시전집이 1980년대 후반 학계와 문단에 제출된 후 그 동안 경험해보지 못했던 새로운 문학사적 자료에 대한 신선한 인상과 친근감의 확대는 백석의 시문학에 대한 연구의 활성화로 이어졌다. 무려 2백여 편이 넘는 논문과 평론이 봇물처럼 쏟아졌고, 이러한 과정을 통하여 백석의 시 작품은 1930년대 문학사에 매우 자연스럽게 복원되는 과정을 겪었다. 1930년대 문학사에서 백석이라는 한 시인의 새로운 부가는 의미의 증폭과 해석공간의 확대를 가져오게 되었다. 우리는 백석의 경우에서 보듯 보다 많은 매몰시인들의 자료를 수집 정리하여 문학사의 원래 자리에 복원시키는 활동이 절대적으로 요청된다.

우리의 문학사는 식민지를 거치면서 제국주의자들의 통제와 억압에 의한 문학사 왜곡을 한 차례 강요받았고, 해방 이후에는 곧이어 전개된 분단의 폭풍 앞에서 속수무책으로 문학사의 자료가 유린과 왜곡을 또다시 강요받게 되었다. 식민지와 분단이라는 두 차례의 산사태 앞에서 문학사는 형편없이 위축되고 일그러져서 원래의 형태와 성격을 현저히 상실한 상태가 되고 말았다.

이 왜곡된 문학사를 올바르게 교정하고 바로잡는 문학사 바로 쓰기에 대한 요청이 그 어느 때보다도 시급한 시점에 우리는 다다라 있다. 사상과 이념에 대한 편견을 모두 극복한 상태에서 오직 잃어버린 모든 문학사 자료를 제 자리에 되찾아 옮겨놓고, 전체의 윤곽을 제대로 파악하고 인식하는 민족문학사를 수립하는 일이 새로운 시대의 문학인들에게 부과된 과제인 것이다.

4. 전집 발간과 그 이후 백석 문학의 연구 현황

1) 전집 발간 시기의 시대적 특성

『백석시전집』이 발간된 1987년은 분단시대 남한에서의 냉전적 인식이 차츰 해체의 조짐을 보이기 시작하던 시기였다. 그 이듬해의 국제올림픽이라는 세계적 행사를 앞두고 있던 분위기와 여건의 작용도 있었지만, 무엇보다도 자유주의에 대한 당시 민중들의 내적인 갈망과 의욕이 강렬했었던 것이다. 전통적 농경사회에서 산업화시대로 이동해 오면서 한국사회는 분단의 깊은 그늘이 드리워진 상태에서 표현의 욕구와 자유는 상당히 제약과 제한을 받게 되었다.

문학에서의 이념성을 둘러싼 대립과 갈등이 증폭되기 시작했고, 개인주의와 내면추구의 작품 인식은 종래의 안일성을 극복해갈 방안을 모색하지 않으면 안 되었다. 출판에 대한 자유의 억압과 압수, 유통의 금지, 구속, 출판사의 등록취소 따위가 잇따라 발생하였으며, 문학인 스스로가 작품의 표현 수위를 조절하고 농도를 절제하는 심리적 위축이 수반되었다.

이런 시기에 납월재북 문학인들의 자료를 소지하고, 관심을 가지며, 출판을 하게 되는 사실 자체가 주변의 따가운 시선을 받았다. 유신시대와 전두환 정권을 거쳐오면서 이러한 분위기는 더욱 강화되었다. 말하자면 냉전시대의 전형적 특성이 전개되었고, 민중들은 이 경색된 분위기에 혐오와 피곤을 느끼게 되었던 것이다.『백석시전집』의 발간은 바로 이런 시대적 분위기의 후반에 이루어졌다. 정식으로 해금되기 이전이어서 많은 용기와 위험이 수반되었지만, 발간은 결행으로 옮겨졌다.

2) 후속 전집 및 연구서들의 발표 및 발간

『백석시전집』(이동순 편)이 발간된 이후로 백석 시인 개인의 자료만 중점적으로 다룬 단행본 자료들이 속속 발간되었다. 1988년에는 백석의 시선집『가즈랑집 할머니』가 김학동 편으로 발간되었고, 이어서 1990년에는 김학동 편『백석전집』이 발간되었다. 송준은 1994년『남신의주 유동 박시봉방』이란 이름으로 백석 시인 일대기란 부제를 달아서 상하 두 권을 펴내었다. 또 1995년에는『백석시전집』(송준 편)을 발간하였다. 정효구는 1994년 기존의 전집 작품에다 이후의 여러 글들을 모으고 평전을 덧붙여『백석』을 발간하였다.

과거 백석의 20대 청년 시절의 연인이었던 김자야의 회고록『내 사랑 백석』이 1995년에 발간되었다. 이어서 박혜숙이『백석─우리 문화의 원형탐구와 떠돌이 삶』(1995)이란 제목으로 단행본을 발간하였다.

1996년에는 백석의 시전집『여우난골족』과 새로 증보한 시전집『모닥불』이 필자의 편집으로 발간되었다. 백석의 문학에 대한 대표적 비평과 논문을 수록한 고형진 편『백석』이 1996년에 발간되었다. 김재용은 북한에서 발표된 백석의 모든 시 작품을 발굴하여 1997년『백석전집』을 펴내었고, 증보판을 2003년에 다시 발간하였다.[9] 박주택은 1999년 백석의 시

---

9) 백석의 작품 텍스트 보강을 위한 김재용의 노력은 특별하다. 그는 북한에서 발표된 백석의 시 작품과 각종 산문 자료를 다수 발굴하여 자신이 편집한『백석시전집』에 수록하였다.

를 연구한 박사논문을 단행본으로 엮어서 『낙원회복의 꿈과 민족 정서의 복원』이란 제목으로 발간하였다. 김영익도 박사논문을 다시 단행본으로 편집한 『백석시문학연구』를 2000년에 발간하였다. 그리하여 현재까지 단행본으로 발간된 백석 시인 관련 연구자료들은 모두 15권 내외로 확인되고 있다.

참고로 백석의 시문학과 관련된 각종 연구사를 모두 정리해볼 필요가 있다. 물론 이 목록의 정리도 완전하지 않다. 전국의 여러 대학에서 제출된 석, 박사논문들을 모두 조사 정리하기란 결코 쉬운 일이 아니기 때문이다. 앞으로 이러한 자료들은 모두 조사하여 목록에 보완될 것이다.

5. 백석 시 연구에서의 왜곡 사실 바로잡기

1987년 백석 시인의 존재가 다시금 세상에 알려지고, 그의 시전집이 해방 이후 최초로 발간되자 각계 각층의 방향은 뜨거웠다. 대부분 진작 알려졌어야 할 자료가 뒤늦게라도 문학사에 편입되어 복원을 기다리는 격려와 고무적 의견들이 많았다. 하지만 백석의 시 세계에 대한 몰입과 흠모가 정도의 수위를 넘쳐서 인식의 균형감각마저 상실한 경우들이 생겨났다.

대표적인 사례는 송준으로서, 그는 백석을 대뜸 '세계 최고의 시인'으로 추켜세우며 맹목적 찬사를 남발하고 있다.10)

---

10) 송준, 『남신의주 유동 박시봉방』(시인백석일대기①), 지나, 1994. 이 책의 경우 본문 속표지의 부제로써 '세계 최고의 시인 백석 일대기'란 구절을 특별히 덧붙여 존경심의 극치를 드러내었다. 같은 책의 33면에서도 '세계 최고의 시인'이란 말을 서슴없이 남발하고 있다. 하지만 이러한 존경의 맹목성과 근거 없는 추켜세움은 시인의 위상에 대한 훼손으로 이어질 위험마저 내포하고 있다.

일본이 자랑하는 시인 이시카와 다꾸보꾸와 단편작가 아꾸다가와 류노스케도 감히 넘볼 수 없는 경지에 이른 물아일체의 훌륭한 문학적 수준은 가히 세계 최고의 작가라 해도 조금도 지나친 말이 아니다. 일본이 자랑하고 자랑하는 또 다른 천재작가인 다까야마 쵸규조차도 넘어본 적이 없는 위대한 문학성의 결정체인 백석은 정말 한국이 자랑할 만한 유일한 천재시인이다.11)

한국이 낳은 세계 최고의 시인이자 수필가요 소설가이며 번역가인 천재작가 백석의 이야기는 아직도 잘 알려지지 않은 어느 천재화가의 작품처럼 나의 눈자위 앞에 선연히 펼쳐지고 있다.12)

백석의 문학세계가 지닌 훌륭함에 대해서는 대다수 동감하는 바이거니와, 그 훌륭함의 까닭과 근거를 논리적 비평적 문장으로 정리하고 제시하는 것이 비평가와 문학사 연구가의 할 일일 것이다. 그러나 위 인용문의 경우는 무조건적 칭찬과 몰입으로 이어져 있고, 그 칭찬의 배후에는 아무런 합리적 근거가 마련되어 있지 않다.

그는 이런 표현 이외에도 '위대한 천재시인', '한국 최고의 시인', '한국이 내세울 수 있는 유일한 세계 최고의 시인', '생의 마지막 시련인 최후의 함정에 빠지지 않은 지혜롭고 훌륭한 세계 최고의 시인' 따위의 찬사를 마구잡이로 남발하고 있다. 진정 훌륭한 수준의 문학은 군이 이런 찬사를 늘어놓지 않더라도 그 자체로서 이미 높은 수준의 반열에 올라 있을 것이다.

개인적인 존경심과 학문적 객관적 평가는 엄정하게 구분되어야 할 것이다.

위의 평자는 백석 시에 대한 작품론 중에서도 이숭원의 글을 주로 다루면서 '본격적이고 수준 높은 연구', '맥을 정확히 읽어내는', '훌륭한 지적', '훌륭한 논문', '시적 변이와 그 전모를 최초로 밝힌 ×××의 예

---

11) 송준, 위의 책, 22면.
12) 송준, 『백석시전집』, 학영사, 1995.

지와 노고는 문학사에 길이 남을 것'이라는 따위의 편집증적 태도를 그대로 드러내었다. 이런 경우에도 여러 분석가들의 글을 다루되 균형 잡힌 서술로 이끌어가야 다루어야 마땅할 것이다. 이런 미숙함이나 허술함을 드러내고 있는 까닭은 오로지 평자 자신의 비평적 안목과 능력의 부족 때문이다. 단지 특정 시인에 대한 맹목적 존경심에 기초하여 오직 자신이 선택한 시인만이 한국문학사, 아니 세계문학사에서 가장 위대하며, 가장 발군의 문학인이라는 발상은 매우 독선적이고도 천박한 속류 민족주의 계열의 상투적 인식과 저급한 스타일과 다를 것이 없다.

이 평자는 백석 연구사에 있어서 또 하나의 커다란 왜곡을 통하여 혼란을 초래하는 중대한 실수를 저질렀다. 그것은 작자가 불분명한 타인의 시 작품을 백석의 시 작품으로 추정하여 자신이 편찬한 전집에 포함시키는 왜곡을 의미한다.

그 실수의 대표적인 사례가 바로 『만선일보』에 '한얼생'이란 필명으로 발표되었다는 「고독(孤獨)」・「설의(雪衣)」・「고려묘자(高麗墓子)」 등 3편을 백석의 시 작품으로 규정한 것이다.[13] 송준은 이 세 편의 시 작품을 섣불리 백석의 것으로 추정하여 아무런 객관적 검증 절차를 거치지 않고 대뜸 자신이 엮은 시전집에 수록하였다. 이 세 편 가운데 그래도 백석의 시 작품과 유사한 분위기로 추정할 수 있는 부분이 들어 있는 작품은 「고독」이다. 하지만 이 작품도 중반부의 문체가 아무래도 백석의 투가 아니다. 백석의 시적 문장에는 어딘지 모르게 백석적인 문체의 리듬과 호흡이 분명히 깃들여 있다.

① 우리는 아모런 警戒도 必要업시 금모래 구르는 淸流水에 몸을 담것다
— 「고독」 부분

---

13) 「고독」(『만선일보』, 1940.7.14), 「설의」(『만선일보』, 1940.7.24), 「고려묘자」(『만선일보』, 1940.8.7).

② 雪衣는

邪念업는 꼿입피런가?

오직 神仙이 사는 東方에서만 피고

그 젊은 女人은 달을 부끄릴만큼 玲瓏한

眞珠알을 품은 이바다가 가장 애끼여마지안는

貝類로다

(…중략…)

華美한 女心을 山넘으로 훔처보는 太陽의

戀情을 나는 同情해도 좋다

— 「雪衣」 부분

③ 그리다 이곳 변죽을 億萬年 두고 직히려

자랑스러운 歷史의 旗幟 꼽어두고

— 「高麗墓子」 부분

　　이 인용은 사실상 백석의 시 작품이 아니기 때문에 분석할 만한 아무런 가치가 없을 것이다. 하지만 터무니없는 타인의 시 작품을 맹목적 숭배심과 백석 자료에 대한 공연한 집착과 욕망에 의하여 백석의 시 작품으로 강제 편입시킨 악성의 사례를 보여주었기 때문에 여기에 몇 대목을 적출해서 옮겨 보았다. 위의 인용을 검토하기 전에 백석의 다른 시 작품들을 먼저 읽어본 다음 한번 찬찬히 감상해 보게 되면 이 작품들이 전혀 백석의 것이 아니라는 직감과 확신을 갖게 될 것이다.

　　이 작품들이 백석의 시 작품이 아닌 까닭을 다시금 엄밀히 분석해 보자.

　　우선 백석의 창작 스타일은 관념적이고 난삽한 한자어휘를 어떤 경우에서건 연결형으로 사용하지 않았다. 그런데 위의 인용 작품에서는 이러한 연결형 한자어투가 습관적으로 반복되고 있다.

　　①에서 '境界도 必要업시'와 같은 부분은 분명 백석의 어투가 아니다. 이런 경우에 백석은 공연히 한자를 사용하지 않았다. 언어 사용의 습관은 거의 결벽증이라 할 정도로 치밀하고 고도로 계산된 결과만 추출하

여 어떤 확신이 들 때 비로소 사용하였다.

②에서도 사념(邪念)이란 한자어가 등장하는데, 이 또한 백석의 시어가 아니다. '화미(華美)한 여심(女心)'이란 어투는 완전히 습작기 특유의 관념적 문체로 여겨진다.

③에서도 마찬가지다. '역사(歷史)의 기치(旗幟)'란 어투는 백석의 어떤 작품세계를 두루 검색해 보아도 시인의 전형적 문체를 현저히 벗어나 있다. 당시 백석은 「수박씨, 호박씨」・「북방에서」 등과 같은 세련되고 능숙한 언어의 교직을 보여주고 있던 시절이었다.

'한얼생'이란 필명은 아직 좀더 규명해 보아야 할 당시 재만(在滿) 동포 시인의 한 사람으로 여겨진다. 하지만 분명 백석은 아니다. 그럼에도 불구하고 송준이 이 한얼생의 시 작품 3편을 자신이 엮은 편저에 무모하게 편입시키게 됨으로써 이후 상당한 혼란이 발생하도록 여건을 조성하였다.

상당수의 후속 연구자들은 그 작품들에 대해서 아무런 판단력도 행사하지 않은 채 송준의 관점을 그대로 수용하여 무조건 백석의 시 작품으로 간주해 버린 것이다. 이러한 구체적 사례로는 이은봉의 경우를 들 수 있다.[14] 그는 자신이 시를 창작하는 시인임에도 불구하고 백석의 시 작품과 '한얼생'의 시 작품이 지닌 차이점에 대한 최소한의 식별력을 갖추지 않고 수용적으로 판단하였다.

김재용의 『백석전집』에 대한 서평에서 이은봉은 전집에 대한 아쉬움을 토로하면서 '여타의 전집(송준이 엮은 책—필자 주)에서 익히 찾아볼 수 있는 「고독」・「설의」・「고려묘자」 등의 시 작품 등이 빠져 있다고까지 터무니없는 지적을 감행하였다. 이은봉의 이런 그릇된 판단은 이후 혼란을 줄곧 증폭시키는 역할을 하게 된다.

박주택의 논문에서도 「고독」・「설의」 등을 백석의 다른 시 작품들과 함께 인용하여 이 작품이 마치 원래부터 백석의 시 작품이었던 것처럼

14) 이은봉, 「백석 문학의 바르고 온전한 이해를 위하여」, 『시와 생태적 상상력』, 소명출판, 2000, 180면.

슬그머니 분석 평가함으로써 더욱 심각한 혼란을 초래하고 있다.[15] 이 책의 63면에는 '한얼생'이란 필명도 전혀 언급하지 않고 해설함으로써 다음과 같은 어처구니없는 착란적 서술로 빠져들고 있다.

이 시는 「흰 바람벽이 있어」, 「북방에서」, 「남신의주 유동 박시봉방」과 같이 백석의 내면을 드러내고 있어 그의 현재적 심리를 파악하는 데 중요한 단서를 제공한다.

같은 책 193면에서도 한얼생의 「고독」을 백석의 시 「바다」·「팔원」·「목구」 등과 함께 인용하여 「고독」이 마치 백석의 시 작품인 것처럼 아무런 주석도 없이 해설하고 있다. 같은 책 208면에서는 한얼생의 「고독」과 「설의」 등 두 편을 백석의 시 작품 「멧새소리」·「정주성」 등과 함께 인용하여 앞의 경우와 동일한 혼란을 초래하고 있다. 이은봉과 박주택의 경우는 그들의 불성실한 판단과 잘못 엮어진 전집 자료에 의거하여 백석 문학 연구에 혼란을 더욱 가중시키는 대표적 사례로 평가된다.

이런 착란의 가장 절정은 오양호의 자료가 아닌가 한다. 그는 발간을 염두에 두고 집필한 백석의 평전 제목을 아예 「한얼생 백기행(白夔行)의 시와 마도강」이라 표제에서부터 고정시키고 있다.[16] 그는 이 글의 서두에서 백기행의 필명을 아예 백석과 한얼생으로 못박고 있다. 그리고 본문의 목차에서는 '소월과 한얼생'으로 표기하여 한얼생이 마치 백석인 것처럼 아무런 합당한 근거를 제시하지 않은 채 다만 소설적 상상과 심증에 의탁하여 무조건적 규정을 하고 있다.[17] 원고의 결말 부분에는 다음과 같은 참으로 납득하기 힘든 추론마저 등장한다.

---

15) 박주택, 「낙원회복의 꿈과 민족정서의 복원」, 『백석 시 연구』, 시와시학사, 1991.
16) 오양호, 『한얼생 백기행의 시와 마도강』(원고본).
17) 오양호, 「일제강점기 북방과 이민문학에 나타나는 작가의식 연구」, 『한민족어문학』 45집, 한민족어문학회, 2004.

일본식 창씨개명이 만주에까지 퍼지기 시작하던 1940년대에 백석이라는 잘 알려진 이름을 '한국의 얼'이라는 순수한 한국어로 바꾼 사실에서 단적으로 드러난다. 일제말기의 이런 시인의 처신은 지사적 행위에 해당하는 민족운동의 한 상징이 된다.

대체 무슨 근거로 이런 규정을 섣부르게 하는가?

오양호의 경우도 마찬가지로 본문에서 시 「고독」을 언급하고 있는데 백석의 시 작품 「북방에서」와 동일한 시적 발상과 고백적 형식이라는 명분으로 한얼생을 백석의 필명이라 여기는 것인가? 이는 너무 성급한 발상이다. 오양호는 『만선일보』 1940년 11월 21일자에 수록된 한얼생의 시 「아까시아」를 제시하면서 이것을 백석의 시 작품이라 규정하고 있다. 하지만 이 작품의 경우도 한자 어휘의 남발이 많고 시적 어투도 백석의 시 작품으로 보기엔 너무도 주저되는 바가 많다. 백석은 시어 선택과 결정에 있어서 지나칠 정도로 결벽한 자세를 보였기 때문이다.

> 旣往 萬年을 足히 살어왔고
> 將次 億年을 더살리라는 듯
> 둔덕위의 錚錚한 아까시아 한그루 시공을 해집고 그 한복판에서서 生과 歷史를 어제도 오늘도 諦念하다
>
> ── 한얼생, 「아까시아」 부분

백석의 다른 시 어느 대목에서 위와 같은 표현의 미숙성과 한자 어휘의 남발이 있는가?

기왕에 알려진 백석의 시 작품 분량에다 다시 발굴된 자료를 보태고자 하는 글쓴이들의 의도는 충분히 이해가 가는 바이지만, 백석의 시 작품이 아닌 것을 마치 백석의 신발굴 작품인 것처럼 소개하고 평가하는 것은 몹시 위험천만한 발상이자 행동이다. 평자에 의해 터무니없이 조작된 백석 평전의 섣부른 발간으로 말미암아 백석의 개인사와 문학성에

심각한 혼란과 무분별을 초래하는 왜곡은 이제 더 이상 계속되지 말아야 할 것이다. 그리고 이런 자료가 발간된다 할지라도 현명한 독자들은 여기에 기만당하지 말아야 할 것이다.

이 혼란들은 모두가 송준의 전집이 지니고 있는 문제점에서 맨 처음 발단된 것으로 여겨진다. 이러한 혼란은 시간이 경과할수록 자꾸만 확대되어 가는 위험성을 지니고 있다. 오양호의 경우는 그의 글에서 송준을 '한얼생의 대표 연구자'로 추켜세우며 이해를 함께 하고 있다. 그의 글은 분명히 백석의 시 작품과 관련된 연구자료 임에도 불구하고 필자를 포함한 선행연구자들의 성과와 업적을 의도적으로 참고문헌에서 배제하고 있다. 모름지기 물줄기의 근원이 맑아야 하류쪽 강물의 맑음이 보장되는 것이 아니겠는가? 이른바 선행연구자란 사람들이 이처럼 착란과 무분별로써 후속연구의 풍토를 혼탁하게 만드는 일은 가급적 삼가야 할 것이다.

백석 연구에서 또 하나의 혼란과 무분별은 저널리즘에서의 보도 내용이다. 2003년도 대입 수능시험에는 백석의 시 「고향」이 지문 중 하나로 출제되었다. 그런데 『주간조선』(2003.12.8)의 기사 타이틀은 "'수능 시인' 백석과 기생 자야의 비련의 사랑"이었다. 백석 시인의 시 작품이 대입수능시험 지문으로 출제된 것은 일단 환영할 만한 일이며, 거기엔 완전한 해금과 문학사에서의 복원이라는 두 가지 중요한 의미를 지니고 있다. 기사의 한 대목은 다음과 같다.

백석이 주목을 받는 또 다른 이유는 올 대입 수학능력시험 언어영역에서 일어난 복수정답 파문과 관련이 있기 때문이다. 언어영역 17번 문항은 백석이 1938년에 『삼천리문학』에 발표한 시 '고향(故鄕)'을 지문으로 제시하고 여기에 나오는 '의원(醫員)'과 유사한 기능을 하는 것을 보기(그리스 신화의 '미노타우로스와 미궁의 문' 대목)에서 고르라는 것이었다. 시험을 출제한 교육과정 평가원 측은 오지선다형 중 정답을 처음에는 ③으로 했으나 이후 ⑤도 정답으로 함께 인정한다고 발표했다.

그런데 왜 저널리즘에서는 하필 수능 시인이라 표시하고 있는가? 수능시험에 지문으로 출제되면 모두 수능 시인의 범주에 드는 것인가? 무엇보다도 저널리즘에서의 이런 용어 설정은 참으로 천박하고 부적절한 것이라는 느낌이 든다. 이런 용어는 아무런 의미가 없으며, 오히려 시인의 문학성을 경박하게 만들고 훼손하는 데 기여할 뿐이다. 백석의 시 작품이 처음으로 대입 수능시험에 출제되었다는 이유만으로 수능시인이라 호칭한다면 이는 난센스라 아니할 수 없다.

6. 마무리

1987년 『백석시전집』이 발간된 이후 남녘 땅 독자들에게 백석 시인의 시 작품은 선풍적인 인기를 얻게 되었다. 더불어 그의 시전집은 2004년 현재 무려 20쇄를 넘기는 발행 부수를 돌파하고 있다. 이에 따라 백석의 문학을 흠모하고 추종하려는 많은 독자들이 생겨나게 되었는데, 이것은 긍정과 부정의 양면적 성격을 지니게 되었다.

기존의 문학사가 지니는 공간의 협애성(狹隘性)을 백석이라는 매몰시인의 복원을 통하여 새롭게 확장시키게 된 것은 분명히 긍정적 의미를 지니는 것이다. 하지만 맹목적 존경심과 숭배심으로 말미암아 백석의 시 작품이 아닌 것이 분명한 작품도 백석의 작품이라 속단하여 자신의 이름으로 편집한 시전집에 버젓이 수록한 불성실하고 비양심적인 자료들의 출현과 유통은 백석문학 연구 풍토에 커다란 그늘과 수심을 드리웠다.

단적으로 지적하면 송준의 책에 수록된 「고독(孤獨)」·「설의(雪衣)」·「고려묘자(高麗墓子)」 등과 오양호에 의해 추천 소개된 「아까시아」 등 4편은 『만선일보(滿鮮日報)』에 발표된 '한얼생'의 시편으로 문체나 표현 방법, 전반적인 창작의 스타일로 보더라도 백석의 시 작품이 아닌 것이 분명하다. 그럼에도 불구하고 두 평자들은 우격다짐으로 백석의 시 작품으로 편입시켜 이후의 백석 연구 풍토에 돌이키기 힘든 혼란을 주었다.

전국의 석사, 박사논문과 단행본으로 출간되는 다수의 저서들에서 이한얼생의 작품을 백석의 시 작품으로 속단하고 분석하는 어처구니없는 일들이 금후로 계속 발생하고 있다. 그리하여 백석 시문학의 문학사적 복원을 최초로 시도한 본 연구자로서는 이에 대한 막중한 책임감을 느끼면서 부정확하고 검증이 되지 않은 그릇된 자료 유통의 혼란과 무질서를 지적하고, 동시에 이에 대한 분명한 수정을 학계와 문단에 엄중하게 촉구하고자 하는 것이다.

제 6 장

백석 문학 텍스트의 완전한 정본을 위하여

『백석전집』(김재용 편, 실천문학사, 1997)을 읽고

1. 백석이라는 시인적 존재의 현재성

시인 백석(白石, 1912~?)이 만약 지금까지 생존해 있다면 이제 아흔을 후러쩍 넘어 백수를 바라보는 연령이다. 하지만 그는 남북 분단 과정에서 고향인 평북 정주에 그대로 남아 있었고, 북한 문단에서 1960년대 초반까지 일정한 활동을 하다가 그 후 불행한 처지로 세상을 떠난 것으로 알려지고 있다.

분단 이후 1987년까지 남한의 문단에서는 거의 잊혀진 시인이 되었고, 북쪽에서도 그 어떤 간행물이나 인명록에서조차 사라진 존재였다. 그리하여 백석은 다른 여러 문학인들과 더불어 분단이라는 산사태 속에 어이없이 매몰된 매우 비극적인 인물이었다. 굳이 규정하자면 백석은 월북시인이 아니라 재북시인이었던 것이다.

그럼에도 불구하고 분단 이후 상당수의 자료들에서는 백석을 월북시

인으로 손쉽게 간주해 버림으로써 더욱 금기의 시인으로 만들어버렸다. 그러다가 지난 1987년 당시 정부에 의한 해금 조치가 발표되기 이전에 필자는 약간의 위험 부담을 안고『백석시전집』을 엮어서 발간했는데, 이 작업에 대한 사회 문화계의 반향은 예상 밖으로 매우 컸다.

그러나 그 무렵 전집 발간에 임하던 필자의 심정은 착잡했다. 왜냐하면 백석의 시와 문학세계가 소위 정치적 금지와는 전혀 상관없는 아름답고 순정한 민족적 삶의 향취로 가득 찬 것이었기 때문이다. 백석이 분단 이후 단지 북한에서 살아왔다는 오직 한 가지의 이유 때문에 반세기 동안을 매몰시인으로 어두운 금지 속에 방치되어 왔다는 사실이 너무도 어처구니없게 생각되었던 것이다.

이러한 사실에 대한 깨달음은 오히려 전집 발간에 대한 어떤 확신과 용기를 더욱 솟구치게 했다. 물론 당시 필자가 전집 발간 사업에 남다른 의욕을 가질 수 있었던 것도 백석의 문학에 대해 일찍부터 애착을 갖고 연구에 종사해온 유종호 · 김종철 · 유태수 · 이숭원 · 최두석 · 김명인 · 고형진 · 박태일 등 여러 학자 비평가들의 각별하고도 선진적인 노력과 학문적 성과에 힘입은 바 크다.

아무튼『백석시전집』(1987)이 발간된 이후 오늘까지 거의 백여 편을 훨씬 상회하는 석사논문, 박사논문 등의 학위논문과 다수의 작가작품론들이 백석의 시를 중심 테마로 설정, 글을 써서 제출하고 있고, 백석의 시와 삶을 하나의 축으로 엮어서 발간한 단행본 종류만도 수십 종에 이르고 있다.

근년에 발간된 문학사 관련 서적들은 어김없이 백석을 1930년대 문학을 대표하는 한국의 시인으로 자연스럽게 다루고 있을 뿐만 아니라, 일부 언론에서 기획물로 연재했던 한국의 현대사를 대표하는 인물 백 사람 중의 하나로 시인 백석이 선정되어 그의 생애가 화려하게 재조명되기도 했었다. 분단과 매몰의 음습한 골짜기에 내팽개쳐져 오던 시인 백석은 이제 우리의 민족문학사에 이미 자랑스럽고도 당당한 복권을 이루었다.

이러한 사실은 시인 백석의 개인적 행복함이자 우리 모두의 기쁨이다. 하지만 해금 이후에도 여전히 매몰의 상태에서 벗어나지 못하고 있는 여러 시인 작가 비평가들의 어둡고 우울한 처지를 생각하면 백석의 경우는 너무도 행운이라 하겠다.

2. 『백석전집』 출간의 의의와 문제점

뛰어난 비평가이자 북한문학 연구가로 명성이 널리 알려진 김재용이 『백석전집』을 펴내었다. 하드 커버에 520면이나 되는 중량 있는 단행본으로 단아하게 만들어진 책의 꾸밈새나 편집 방식이 기왕에 나왔던 백석 관계 서적들의 수준을 단연코 압도하고 있다. 이는 시인 백석에 대한 편집자 자신의 애착과 남다른 관심의 반영이라 해도 과언이 아니다.

필자가 1987년에 엮었던 『백석시전집』은 주로 해방 이전의 백석 시와 몇 편의 산문 작품을 부록으로 엮은 것이기 때문에 그 자체대로 최초성으로서의 의의는 있다 해도 백석 문학에 대한 전체적 조망을 하기에는 필연적 한계를 수반할 수밖에 없었다. 그 후로 몇몇 백석 연구자들이 필자가 엮은 자료에다 해방 이후의 약간의 작품을 보태어 전집류의 서적으로 출간한 바가 있으나 의욕의 과잉과 맹목성, 비평적 관점의 부족 등으로 인하여 전집으로서의 고유한 의미와 성격은 오히려 감소되고 말았던 것이다.

이런 차제에 비평가 김재용이 그 동안 북한 문학 연구에 깊이 천착해 온 과정에서 새로 입수한 상당수의 백석의 시와 비평적 산문 등의 귀중한 자료를 보태어 정성스럽게 한 권의 무게 있는 책을 엮었으니, 필자는 백석 문학의 선행 연구자의 한 사람으로서 이를 매우 기쁘게 생각하고 그 노고를 위로하는 바이다.

우선 백석의 유영(遺影)만 하더라도 네 귀퉁이를 은은한 실루엣으로 처리하여 사진의 효과를 돋보이게 만들었고, 속표지 타이틀 하단에는 백석의 친구 정현웅 화백이 북한에서 1957년에 그린 것으로 짐작이 되는 시인 백석의 46세 때의 모습이 컷으로 깔려 있는 것도 유난히 눈길이 간다. 고단하고 힘겨운 생활 속에서도 시인으로서의 정신적 기품을 잃지 않고 있는 백석의 북한에서의 광경이 눈에 선하게 들어온다.

작품이 수록된 각 페이지마다 일일이 겹선을 둘러서 작품을 돋보이게 한 것, 노오란 하드 커버의 장정에 실루엣으로 깔린 정현웅의 백석 평도 그 고급스러움이 인상적이다. 책의 구석구석까지 꼼꼼한 손길이 미친 것이 역력하다. 마치 백석이 1936년에 100부 한정판으로 발간한 호화판 장정의 시집 『사슴』의 확장된 분위기를 그대로 대하는 듯한 느낌이 든다. 시인 백석이 살아서 자신의 이 전집을 직접 대했다 해도 썩 만족스러운 생각을 가졌을 것이다.

하지만 이 전집이 보다 완전한 정본이 되기 위해서는 아직 시간이 필요하다. 더 많은 작품을 찾아서 실어야 할 뿐만 아니라, 좀더 보완을 기해야 할 부분이 있으니 거기에 대해서 몇 가지의 지적을 하고자 한다.

첫째로 작품의 누락이 당장 눈에 띤다는 점이다.

해방전의 시에서 「황일(黃日)」·「나와 지렝이」·「산지(山地)」 등 세 편이 빠져 있다. 편자는 이 세 작품을 완성된 단독 시 작품으로 인정하지 않고 있는 듯이 보인다. 누락되어 있을 뿐만 아니라 전혀 언급조차 없다. 그러나 『조광』지에 발표된 이 작품들은 분명히 시의 형태를 지니고 있다. 다른 대부분의 작품들이 독립된 시 작품으로 당당하게 발표되고 있는 반면에 앞의 두 작품은 작은 박스 안에 축소되어서 무슨 계절적인 스케치나 순간적 단상으로 여겨질 수도 있으나, 다시금 이 작품을 꼼꼼히 정독해 보면서 백석의 다른 작품들과 비교해 볼 때 이는 엄연한 시 작품이다.

「산지」도 엄연히 발표된 독립적 시 작품이나, 시집으로 묶여질 때 「삼 방(三防)」으로 대폭 축소 개작되었던 바 편자는 「삼방」만을 완성 작품으로 인정하고 「산지」를 일부러 뺀 듯하다. 「삼방」의 원작을 독자들이 비교 검토해볼 수 있도록 하기 위해서라도 「산지」는 반드시 들어가야만 한다. 그러므로 전집을 엮으면서 이들 세 작품을 빠뜨린 것은 잘못이다.

전집 발간 과정에서 작품 형태나 성격에 대한 편자의 비평적 관점이 먼저 작용되어서는 안 된다. 어떤 형태로든 있는 작품은 모두 수록하는 것이 상례라 하겠다. 해방 후의 작품에서도 기왕에 해설에서 거론한 백석의 동시 「산양」·「기린」·「감자」·「캉가루」 등의 작품들을 수록했더라면 더욱 좋았을 것이다.

수필이나 평론에서도 백석이 만주 시절 『만선일보(滿鮮日報)』에 발표한 서평인 「슬픔과 진실」 등 몇몇 산문 작품들이 좀더 보강되었더라면 하는 아쉬움이 남아 있다. 하지만 북한에서 발표한 동화시 『집게네 네 형제』에 수록된 12편의 작품을 수록하고 있는 것, 시 「제3인공위성」이 추가된 것, 7편의 비평적 산문을 새로 발굴 수록하고 있는 것은 북한에서의 백석의 문학정신과 그 구체적 세계를 파악해 볼 수 있다는 측면에서 매우 다행스럽고 이채롭다.

두 번째로 작품의 표기 형태에 관한 문제점이다. 백석의 시 작품은 그의 작품에서 방언주의라 할 만큼 어떤 의도나 목적을 갖고 평안북도 정주 지역 부근의 구어체적 방언을 그대로 작품 내부로 직접 이끌어 들이고 있기 때문에 작품 표기 형태에 대해서는 신중을 기해야만 한다. 편자는 해방 이전의 것은 '방언을 의식적으로 사용하였던 백석의 뜻을 살려 가급적 원본 그대로' 두었다고 말하고 있는데 본문을 곰곰이 들여다보면 너무 손을 많이 댄 흔적이 보인다.

그런데 편자는 모든 띄어쓰기를 현대 정서법에 맞도록 일일이 손을 대고 있다. 이것이 어떤 점에서 시인의 창작 의도가 너무 무시되고 있는 것은 아닌지, 그것이 독자들에게 지나친 과잉 친절이 아닌지를 조심스럽게 생각해 볼 필요가 있다. 이 책이 자료로서의 일차적 가치에 충실하려면 그야말로 '원본 그대로'의 형태를 살리는 방식이 가장 적절하다.

이런 점을 감안한다면 과거 필자가 펴낸 책도 너무 현대 맞춤법을 의식하고 부분적으로 손을 대었던 점을 지금 후회스러워 하고 있다. 물론 일반 독자층을 위한 시선집류라면 아주 현대 표기로 완전히 바꾸어 버릴 수도 있겠지만 학술적 자료로서의 가치를 중시한다면 원본의 최초성이 무엇보다도 가장 우선적이라 하지 않을 수 없다.

더군다나 백석의 시는 당시 특정 지역 민중들이 사용하던 생생한 구어체적 형태를 그대로 옮겨 놓았을 뿐만 아니라, 띄어쓰기에 있어서도 매우 독특한 형태를 보여주고 있다. 즉 이야기시를 독자들이 낭송하기에 편리하도록 낭송 호흡을 위한 어떤 배려를 하고 있다는 점이다. 그러한 구체적 사례는 두세 개의 어절을 띄우지 않고 연속형으로 배열하고 있는 것이라든가, 강력한 서사적 긴장으로 뭉쳐진 대목에서는 매우 긴 줄글 형태를 그대로 연속해서 늘어놓는 형태들에서 느껴진다.

시 「가즈랑집」의 한 대목에서 그 사례를 보자면,

① 예순이넘은 아들없는가즈랑집할머니는 중같이 정해서 할머니가 마을을 가면 긴담배대에 독하다는막써레기를 몇대라도 붗이라고 하며

② 예순이 넘은 아들 없는 가즈랑집 할머니는 중같이 정해서 할머니가 마을을 가면 긴 담뱃대에 독하다는 막써레기를 몇 대라도 붙이라고 하며

①은 원본의 표기 형태이다. ②는 김재용 편 『백석전집』의 표기 형태이다. ①에서 느낄 수 있는 시인의 창작 의도와 어절간에 서려 있는 묘한 정서적 긴장이 ②에서는 거의 해체되고 언어의 표면적 의도만 앙상하게 남아 있는 느낌을 지울 수 없다. 시집 『사슴』의 제1부에 해당하는 '얼럭소새끼의영각'도 편자는 '얼룩소 새끼의 영각'으로 고쳐 놓았는데 어딘지 여운의 고유성이 사라지고 싱거운 느낌마저 드는 것을 부인할 길 없다.

다음으로는 두음법칙과 관련된 표기 형태의 문제이다. 백석 시의 전반적 표기 형태에서 명사의 두음 ㄱ, ㅇ, ㅈ 등은 ㅈ, ㄹ, ㄴ, ㄱ 따위로 평북 방언의 원칙성에 맞게 그 나름대로의 통일적 형태를 지니고 있다. 이를테면 닭의깃 → 닭의짓, 역사 → 력사, 옛날 → 녯날, 영 낮은 집 → 녕 낮은 집, 이차떡 → 니차떡, 노친네 → 로친네, 영감 → 령감, 따지기 → 따디기, 앞이빨 → 앞니빨, 석상지기 → 석상디기, 응달 → 능달, 동치미국 → 동티미국, 제석님 → 데석님, 질옹배기 → 딜옹배기 따위가 그것이다.

그런데 편자는 이를 모두 현대 남한의 표기법에 맞도록 일일이 친절하게 고쳐놓고 있다. 이런 터치는 결과적으로 백석의 시를 분위기에 맞도록 읽어 가는 일에 오히려 장애를 주고 있다 해도 과언이 아니다.

또 다른 고유적 표기법 무시의 사례는 '쇠메든'(「가즈랑집」), '남길동 단'(「산곡」), '문을 연다'(「머루밤」) 등이다. 일찍이 김명인도 지적한 바가 있지만 이것은 시인이 '쇠메들은, 남길동 달은, 문을 열은다' 등의 구절을 음절축약형의 한 형태로 ㄹ과 ㄴ을 하나로 합쳐서 특이한 복자음으로 사용했던 것이 아닌가 한다. 그러므로 이 경우도 당연히 '쇠메들ㄴ, 남길동 달ㄴ, 문을 열ㄴ다' 등으로 원본의 형태를 중시하는 것이 타당하다고 하겠다.

다음으로는 분명히 틀린 부분에 관한 지적이다.

「가무래기의 악(樂)」에서 '악'은 '낙'으로 읽어야 한다. 작중 화자의 마음속에서의 흥겨움과 기쁨을 담아내고 있는 이 작품은 노래나 음악이 아니라 심정적 즐거움을 나타내는 것이기 때문이다. 그리고 본문의 표기에서도 '빛'은 부채를 나타내는 '빗'의 잘못된 표기이다. 원문에는 '빗'으로 되어 있으나 '빗'으로 고치는 것이 맞다. 그리고 「조당(澡塘)에서」의 한자 조(燥)는 불화변이 아니라 물수변 '조(澡)'로 고쳐야 한다.

셋째로는 작품 분류에 관한 것이다.

제1부와 제2부의 작품을 모두 8·15를 기점으로 이전, 이후로 나누고 있는데 이렇게 한다면 다른 작품들은 모두 무방하나 「남신의주 유동 박

시봉방」이 문제가 된다. 왜냐하면 이 작품이 8·15 이후의 작품이기 때문이다. 백석은 이 시에서 해방 직후 만주에서 낙백해 돌아와서 잠시 신의주에 기거하던 시절의 서러웁고 고달픈 삶을 절절하게 담아내고 있다. 그러므로 8·15 이전 혹은 이후라는 편의상의 분류 방식은 보다 적절한 다른 방법으로 바뀌어야 한다.

백석은 자신의 시 작품에서 여러 편의 연작시를 남기고 있는데 편자가 이를 개별적인 독립 작품으로 분류한 것은 적절한 조치로 여겨진다. 과거 필자가 엮은 전집이나 그 후의 다른 전집류에서 이들 연작시를 큰 제목 밑의 하나로 묶어서 잇따라 다룬 것은 잘못된 방식이었던 것으로 생각된다.

북한 문단에서 발표했던 비평적 산문을 굳이 평문과 정론 등으로 양대별하는 방식은 납득하기 어렵다. 평문으로 분류된 것은 문학적 평문으로서 주로 논쟁과 관련되어서 쓴 글들이다. 정론으로 분류된 세 편 글 중에서도 「부흥하는 아세아 정신 속에서」는 아세아 작가대회와 관련해서 쓴 문학적 평문이며, 「프로이드주의―쉬파리의 행장」도 제국주의 문학을 비판하는 문학적 평문에 속한다. 모두 평문으로 함께 묶어도 좋을 내용들이다.

다음으로는 작품 해석상의 태도와 방법론에 관한 것이다. 편자는 백석의 문학을 기존의 해석 모델들과는 달리 근대성과의 관련 속에서 파악하려는 시도를 보인다. 즉 백석의 시는 근대인으로서의 절실한 내면적 목소리라는 것이다. 일제하 백석의 문학은 근대인으로서의 고독과 민속적 상상력에서 우러나온 것이며, 전근대의 공동체 속에서 개인이 일체감을 가지고 살아가던 모습을 그린 것이라는 비평적 관점이다.

대개 기존의 관점들이 향토적 정감, 유년 체험의 복원, 유랑의식, 아동적 정서 등으로 부분화된 지적들이라면 근대성의 문제와 관련짓고 있는 편자의 관점은 종래의 편협하고 고식적인 관점을 일거에 벗어나서 백석의 시를 보다 확장된 관점으로 파악하고 있다는 점에서 크게 돋보인다.

하지만 파편화되고 덧없는 근대의 세계, 저편에 놓여 있는 민속적 세계를 복원하려는 백석의 시적 지향에 관한 보다 구체적이고 타당한 이유가 명확하게 설명되지 못하고 있다.

백석은 왜 그토록 민속적 세계를 복원하려는 집념 어린 노력을 가졌던 것일까? 그것이 단지 무미건조하고 텅빈 삶의 조건과 방식으로 가득차 있던 당시의 근대성에 대한 길항작용이었을까?

백석이 지향했던 세계는 편자가 해설에서 말한 바처럼 근대의 물신화된 세계로부터의 진정한 해방이었던지도 모른다. 하지만 백석은 그렇게도 염원하던 진정한 해방의 공간을 끝끝내 만나지 못하고 차디찬 북녘 땅의 한켠을 방황하다가 자신의 생을 쓸쓸히 마감하고 말았다.

어떤 측면에서 백석의 시는 모든 계층의 구분이 소멸된 유토피아의 세계를 꿈꾸는 염원으로 가득 찬 것이었는지도 모른다. 그러한 그의 정신적 문학적 공간이 아나키즘적 세계관과 어떤 관련을 갖고 있는 것은 아닐까?

3. 평가 및 앞으로 남은 과제

이번 『백석전집』에서 편자가 말한 백석 문학의 전면적 복원은 앞으로 이 책이 일정한 시간을 두고 더욱 완전한 전집을 위해 감당해가야 할 점진적 목표이다. 그러기 위해서는 일제하에서 백석이 남긴 문학적 자료도 아직 발굴되지 않은 작품을 찾아서 좀더 보완해야 할 것이고, 북한에서의 작품 활동과 자료도 더욱 광범하게 찾아서 보충해야 할 것이다.

그런 점에서 이 책은 백석 문학 연구사에서 하나의 중간결산적 의미를 충분히 지니고 있다 하겠다. 이 책의 해설에서 북한에서의 문단 활동에 대한 편자의 분석은 가장 돋보이는 부분이다. 편자의 분석에 의하면 백석은 북한에서도 해방 이전과 마찬가지로 문학의 본질적 성격과 그 중심에 대하여 확고한 신념을 갖고 있었다.

하지만 이러한 곤경 속에서도 시인은 북한 문학 전반에 대한 비판과 질타를 꾸준히 지켜가고 있었던 것으로 보인다. 그처럼 고결한 백석의 시인적 기질은 마침내 분단 이후 북한 문단의 경직된 분위기와 도식주의적 이해와의 상충을 일으켜 매우 불행한 조건을 강요받는 처지에 다다른다. 백석의 이런 활동들이 북은 물론이거니와 남에서조차 반세기가 넘는 세월을 매몰 속에 묻어왔으니 이처럼 안타깝고 억울한 일이 어디 있겠는가?

이렇게 답답한 시절에 더욱 보강된 『백석전집』이 출간되어 다시금 우리들의 해이한 정신을 일깨워주니 이보다 더 기쁜 일이 어디 있으리오! 편자의 이번 작업이 하나의 기폭제가 되어서 해금 문인, 미해금 문인의 전집 발간 사업이 새로이 활성화되고, 더불어 통일을 앞둔 시점에서 북한 문학 연구가 한층 적극성을 띠는 계기가 되기를 바란다.

제 7 장

백석의 산문에 나타난 합일지향성

백석은 자신의 시와 관련된 어떤 아포리즘도 남긴 적이 없다. 또한 그가 쓴 산문의 분량도 그리 많은 편이 아니다. 다만 다음의 몇 글을 통해서 그의 문학의 중요한 주제로 부각되는 합일지향의식을 확인해 볼 수는 있다.

① 「나와 지렝이」(1935.11, 『조광』 창간호)
② 「麻浦」(1935.11, 『조광』 창간호)
③ 「마을의 遺話」(1935.7, 『조선일보』)
④ 「닭을 채인 이야기」(1935.8, 『조선일보』)
⑤ 「가재미・나귀」(1936.9, 『조선일보』)

「나와 지렝이」는 『조광』 창간호의 '신박물지(新博物誌)'시리즈에 지렝이 편을 백석이 쓴 것이다. 전 8행으로 행 구분이 정연한 이 작품은 비록 잡지사의 기획에 의하여 소재를 지정받은 것이긴 하지만 백석의 단일

시 작품 형태로 보아야 할 것이다. 이 짧은 글 속에는 '지렝이', '지렝이', '붕어', '농다리' 등의 네 동물 명이 나는데, 이것들은 그의 시집 『사슴』의 합일의례에 등장하는 동물명과 거의 부합된다.

「마포(麻浦)」는 역시 『조광』 창간호에 실린 서울 풍물 르뽀 기사이다. 평범한 르뽀 형식의 글이지만 이 글에는 분명한 작자의 관점이 나타나고 있다. 도시 주변의 수려한 풍광을 묘사하고 있으면서도, 탈도시적 정서와 신념으로 일관되어 있다.

> 배들은 낯설은 개포에서 本과 姓名을 말하기를 싫어한다. 그들은 머리에다 크다랗게 붉은 글자로 白川, 海州, 牙山……이렇게 뻐젓한 本을 달고 金波丸, 大洋丸, 順風丸 이렇게 아름답고 吉祥한 이름을 써부쳤다. 그들은 이 개포의 맑은 한울아래 뿔사나웁게 서서 흰구름과 눈빨기를 하는 電氣工場의 식검언 굴뚝이 미워서 이 江에 情을 못들이겠다고 말없이 가별인다.
>
> ─산문 「麻浦」의 끝부분

그의 시집 『사슴』의 주조를 이루는 유랑민의식의 단서를 이 글에서 찾을 수 있는 듯하다. 후반부의 공해 물질에 대한 거부의식도 눈길을 끈다.

「마을의 유화(遺話)」와 「닭을 채인 이야기」는 백석이 『사슴』 시집의 소재·제재·풍물 등과 거의 일치한다. 이 글은 양아들 내외에게 버림받은 두 늙은 노인 '덕항녕감'과 '저척노파'의 슬픈 이야기이다. 서사적 구조, 묘사의 방법, 분위기의 암시 등으로 보아서 이 글은 소설 형식이라기보다는 산문시의 성격에 가깝다. 시집 『사슴』에서 못다 이룬 것을 이 글에서 서술하였거나, 아니면 『사슴』의 세계가 온전히 「마을의 유화(遺話)」에서 빚어진 것이 아닐까 한다. 이 글의 후반부에서 보이는 두 노인의 대화 중 '에구, 그러케 허리, 허리 압흐대면서 또 어떠케 가갓노', '눈은 왜 멀었노, 할미눈만 안멀어서두 이르틴 안캇디기리' 등의 관서(關西) 방언이 시집 『사슴』의 특이한 어법 기반이 되고 있다.

새세상이 녕감로파에게 온두로 이 산골의 물과 바위와 물속의 가제와 산새와 닭개즘생과 숩풀과 나무와 낫한울의 해와 밤한울의 별들은 가난하고 외롭고 늙어 병신이 된 이 두 불상한 생령을 무서워하고 경계하는 듯 하였다. 그것은 얼마아니 하야 이 두 생령이 무덤없는 귀신이 될 것을 알은 탓인지도 몰랐다.

시집 『사슴』에서 흔히 만날 수 있는 물활론적 합일의 세계를 윗글의 방점 친 부분에서도 발견한다. 주체적 존재와 주위 객체적 사물과의 합일이 타의에 의해 강압적으로 분리되는 현상을 우려하고, 다시금 재합일을 이루려는 소망이 이 글과 시집 『사슴』이 일관된 주제였다.

「닭을 채인 이야기」의 구조도 「마을의 유화」와 매우 흡사한 바가 있지만 이것은 후자보다 소설의 형식에 더욱 가깝다. 표제 앞에 '소품(小品)'이라 한 것은 소설로서는 작은 규모라는 뜻이 아닌가 한다. '디펑령감'이라는 심술궂은 노인과 이웃집 청년 '시생이' 사이의 불화가 그들의 닭을 통해서 전개된다. 그러니까 이 글의 표면적인 소재는 악의에 찬 닭서리이며, 이것이 농촌마을을 배경으로 한 하나의 삶의 구도로 나타난다. 이 글에서 특히 주목할 만한 점은 장면변화에 따라 주체자의 시점에서 전개되는 극히 사실적인 묘사기술이다.

　① 길가 묵은 잿덤이에 버더올라간 호박 넝쿨에서 반디불이 반긋하고 날어가는 것이 시생이에게는 마저죽은 제닭의, 그닭도 묵은 암닭의 넉시 담밋까지 못오고 한울의 지붕날랭이에서 시생이를 날여다 보고 잇다가 돌아가는 것이엇다.
　② 모두들 꿱꿱 꾸루룩, 꾹꾹쌍쌍, 뼈양뼈양 울고 불고 소리를 질르고 웅얼거리고들 하기 시작하였다. 횃대에서 발을 굴으는 군, 바람벽을 밧는 군, 수수깡바닥을 쫏는 군, 지츨내둘우는 군, 가슴팩이에다가 모가지를 파뭇고 비비는 군 ……닭의 장안은 법석이 일어낫다.

①은 농민 '시생이'가 '디펑령감'의 집으로 복수하러 길을 나서는 대목인데, 반딧불을 죽은 자기닭의 원혼으로 동일화시키면서 동시에 애착과

복수심을 한층 확대시켜 가는 장면이다.

②는 복수심에 불타는 '시생이'가 다녀간 뒤의 '디펑령감'집 닭장 내부의 묘사이다. 의성어의 다양한 구사로써 상태를 매우 정확하게 표현해 내고 있다. 백석은 아마도 위 두 편의 산문을 통하여 자기 시의 話法(화법)을 실험했던 것으로 보인다.

다음으로는 「가재미·나귀」는 백석의 함흥시절의 시를 이해하는데 도움이 되는 산문이다. 『조선일보』의 기획칼럼 '나의 關心事'의 하나로 씌어진 이 글은 가재미와 나귀에 대한 남다른 애착을 담은 내용으로 1937년의 시 「선우사(膳友辭)」의 작품 노트라 할 만큼 어물 기호에서 서로 일치된다.

① 낡은 나조반에 흰밥도 가재미도 나도 나와 앉어서 쓸쓸한 저녁을 먹는다.
—시 「膳友辭」의 서두

② 東海가까운 거리로 와서 나는 가재미와 가장 친하다. 광어, 문어, 고등어, 평메, 횃대……생선이 만치만 모두 한두끼에 나를 물리게 하고 만다. 그저 한업시 착하고 정다운 가재미만이 흰밥과 빨안 고치장과 함께 가난하고 쓸쓸한 내 상에 한끼도 빠지지 안코 올은다.
—산문 「가재미·나귀」의 일부

백석은 이 무렵 서울생활을 등지고서 '물보다 구름이 더 많이 흐르는 城川江'이 가까웁고 '씨허연 눈을 얹은 백모관봉(白帽冠峰 : 관모봉)'이 멀리 바라보이며 '넷날이 헐리지 안흔' 함흥 부근의 중리(中里)로 떠나와서 비로소 평온한 자아를 확인하게 된다.

이러한 심리 상태를 바탕으로 씌어진 이 시기의 산물작품은 시집 『사슴』 시기에서의 관념적 그리움을 더욱 구체적이고, 실제적인 합일의식으로 발전될 수 있게 하는 기초가 되었다. 이 글에서 '한업시 착하고 정다운 가재미'는 그의 시에서 매우 중요한 신분계층을 이루는 민중적 이미지와 다름 아니다.

한편 백석의 번역문을 찾아볼 수 있다.

번역물은 순수창작산문과는 다르지만 번역 대상에 대한 두드러진 관심의 내용, 선택의 취향, 선택의 이유 등을 통해서 역자의 의도를 간접적으로 파악할 수 있을 것이다. 일본 유학 기간에 영문학을 전공했고, 기자생활과 교원생활을 두루 거친 백석으로서 번역 활동에 대한 애착은 그다지 적극적으로 갖지는 않은 듯하다. 그의 번역물은 1934년『조선일보』재직시절에 옮긴 것으로 제임스 조이스에 관한 산문 1편, 체홉의 병중(病中)서간문 1편, 타고르의 산문시「불당의 등불」한 편 정도가 있을 뿐이다.

이 가운데 티 에쓰 밀스키라는 사람이 쓴「죠이쓰와 애란문학(愛蘭文學)」을 번역한 글은 백석이 민족문학과 모국어에 대한 관심이 어느 정도였던가를 암시하게 해줄 뿐 아니라, 그의 창작 방법에 지대한 영향을 주었다는 것을 알게 된다.

① 愛蘭語에 依한, 愛蘭文學은 愛蘭의 封建氏族社會의 汲落과가티 死滅하고 말엇스니 그때란 바로 愛蘭의 上流階級이 英國植民들과 提携하기 시작한 때였다.

② 그리하여 愛蘭語를 말하는 愛蘭은 오직 愛蘭의 極西地方에만 保存되엿섯다.

③ 愛蘭農夫들의 말 가운데 나오는 모든 英語의 精神과는 氷炭의 關係에 잇는 것들을 極力 強調하고 또 이런 것들을 論理的인 調和된 體系속으로 집어너어서, 그는 그 獨自의 文學的 方言을 創造하였다.

④「죠이쓰」는 外部의 世界를 寫實하는데 놀라울만치「리알」한 힘을 가진 것으로 有名하거니와 그 힘을 주는 것은 곧 이 正確性이다.

①은 애란어(愛蘭語), 즉 아일랜드 말이 사멸된 이유를 봉건씨족사회의 몰락과 영국 식민체제의 고착으로 규정하는 대목이다.

이 부분은 이상하게도 우리에게 '한국어에 의한, 한국문학은 한국의 봉건씨족사회의 몰락과 같이 사멸하고 말았으니 그때란 바로 한국의 매국적 상류계급이 일제 식민지 침략자들과 제휴하기 시작한 때였다'로 읽히게끔 한다. 백석은 일제의 식민체제야말로 모국어의 질서에 위기를 가져다 준 장본이라고 믿었던 것이다.

인용문 ②는 또한 백석의 관점에서 읽을 때, 야릇하게도 '모국어를 말하는 모국은 오직 식민지조선의 관서지방에서만 보존되었다'의 문맥으로 바뀌어져 납득된다. 백석은 모국어의 심각한 위기를 우려하면서, 모국어의 질서가 그래도 간신히 유지되고 있는 곳은 궁벽한 시골, 즉 백석의 시에서 구체적 장소가 되고 있는 농촌, 산촌, 어촌이라 보았다.

> 녯날엔 統制使가있었다는 낡은港口의처녀들에겐 녯날이가지않은 千姬라는
> 이름이많다.
> 미억오리같이말라서 굴껍지처럼말없이 사랑하다죽는다는
> 千姬의하나를 나는어늬오래客主집의 생선가시가있는 마루방에서맞났다.
> —시 「통영」의 일부

백석이 자신의 시에서 사용한 '시골사람이 쓰는 말 그대로'의 어법은 결코 단순한 시도가 아니다. 그 어법은 인용문 ③의 문맥처럼 모국어의 지역성과 향토성을 가장 짙게 풍기는 것이었고, 이러한 어법을 강조하는 것이야말로 식민문화의 폭력적 체제에 길항(拮抗)할 수 있는 백석 만의 독자적 방언이 되었다.

그러므로 백석 시에서의 토착어의 세계를 '가장 한국적이긴 하지만 너무 작위적인 구사'라고 평한 것과 '눌박한 민속담, 소박한 시골 풍경화'라고 가볍게 보아 넘긴 것은 백석의 시를 결코 성실하게 읽은 태도가 아닐 뿐 아니라 함부로 용훼하는 태도가 된다. 백석의 시를 일찍부터 정확히 읽어낸 사람은 시인 박용철이 아닌가 한다.

백석은 자신이 나타내려고 했던 시적 대상으로서의 장소와 인물을 ④

의 문맥처럼 '놀라울만치 「리알」'하게 그려내었다.

　이점 제임스 조이스적인 문체의 정확성에 영향받은 바가 있을 것이다. 시집 『사슴』 전체에서 흔히 볼 수 있지만 그 중에서도 인물묘사가 탁월한 부분은 「여우난골족」에서의 '큰곬고모'의 서술대목이다.

　·'해변에서 과부가 된 코끝이 빩안 언제나 힌옷이 정하든 말끝에 설게 눈물을 짠 때가 많은' 고모의 파란 많은 개인사적 내력이 묘사의 전개과정에서 선명히 부각된다. 시 「고야(古夜)」에서는 아배가 타관으로 떠나가게 된 내력에 대한 암시가 있고, 어린 아들과 어머니가 단둘이 살아가는 산비탈 외딴집 뒤에는 소를 밀도살하는 사람들이 다닌다. 시 「주막(酒幕)」에서는 목탁소리가 '서러웁게' 들리는 해원(解寃)의 정서와, 나귀 눈에 종이 등을 반짝이며 새벽길을 총총히 가는 장꾼들의 생기 있는 삶의 활력이 대비되어 그림같이 사실을 분명하게 떠올려 준다.

　이러한 방법은 일단 감정의 용출을 억제하는 과정에서만 가능한 것이므로 백석의 창작 방법은 사상파(寫像派)의 영역에 속한다 할 것이다. 가장 격렬한 축약으로 대상의 리얼리티를 확보한 시는 「성외(城外)」라 하겠다.

　　어두어오는 城門밖의거리
　　도야지를몰고가는 사람이있다

　　옆방앞에 엿궤가없다

　　양철통을 쩔렁거리며 달구지는 거리끝에서 江原道로간다는길로든다

　　술집문창에 그느슥한그림자는 머리를없었다
　　　　　　　　　　　　　　　　　　　　　　—시 「성외(城外)」 전문

　이 시는 5행밖에 안 되지만 삶의 고달픔, 가난의 고통, 유랑의 혼곤함 등이 압축구조 속에서도 리얼하게 확대되어 나타난다. 백석의 시들 중에

서 비교적 성공을 거둔 작품은 대개 격렬한 축약과정에서 마련된 것이다. 한 예를 들면 시 「산지」는 1935년 『조광』 창간호에 발표한 처음의 형태가 7연 14행의 구성이었다. 그런데 이것을 다시 시집 『사슴』에 수록하는 과정에서 제목이 바뀌어지고, 격렬하다고 할 정도의 축약이 가해졌다. 즉 7연 14행의 시 「산지」는 3연 3행의 「삼방(三防)」으로 바뀌었다.

두 작품을 다음에서 직접 비교해 보면 백석이 자신의 작품을 얼마나 격렬하게 축약시키고 있는가를 알 수 있다.

갈부턴같은 藥水터의山거리
旅人宿이 다래나무지팽이와같이 많다

시냇물이 버러지소리를하며 흐르고
대낮이라도 山옆에서는
승냥이가 개울물 흐르듯 운다

소와말은 도로 山으로 돌아갔다
염소만이 아직 된비가오면 山개울에 놓인다리를건너 人家근처로 뛰여온다

벼랑탁의 어두운 그늘에 아츰이면
부헝이가 무거웁게 날러온다
낮이되면 더무거웁게 날러가버린다

山넘어十五里서 나무뒝치차고 싸리신 신고 山비에촉촉이 젖어서 藥물을 받으러오는 山아이도있다

아비가 앓른가부다
다래먹고 앓른가부다

아랫마을에서는 애기무당이 작두를 타며 굿을하는때가 많다

　　　　　　　　　　　　　　　　　　　　—시 「산지」 부분

갈부던같은 藥水터의山거리엔 나무그릇과 다래나무짚팽이가많다

山넘어十五里서나무뒝치차고 싸리신신고 山비에촉촉이젖어서 藥물을받으려 오는 두멧아이들도있다

아랫마을에서는 애기무당이 작두를타며 굿을하는때가많다

—시「삼방」부분

「산지」의 첫 연이 「삼방」의 첫 연에서도 유지되고 있으나, 후자에서는 행 구분을 하지 않고 있다. 「산지」의 여인숙이미지를 소멸시키는 대신 '~가 많다'라고 하는 물량의 풍성함을 나타내는 느낌이 강조되고, 이를 위한 수단으로써 '나무그릇'이란 새 어휘가 영입되었다. 「산지」에서의 2연, 3연, 4연, 6연과 같은 비교적 서술성이 짙은 장황한 설명이라든지 추측은 「삼방」에서 아예 삭제되어 버렸다. 결국 「산지」의 1연을 변형한 것과, 5연, 7연만으로 간신히 골격만이 유지되어 「삼방」으로 재구성되었다. 이 과정에서 알 수 있는 것은 대표적 이미지가 될 만한 것 이외의 모든 설명을 과감하게 소멸시키고 있다는 점이다.

백석의 시에서 짧은 행으로 토막 지은 구분보다는 오히려 행 구분을 무시해 버린, 즉 하나의 매우 긴 행 자체가 하나의 연의 구실을 하고 있는 방법이 더욱 자연스러운 느낌을 준다. 이것은 행 구분을 소멸시키는 방법이 백석 시의 산문성과 설화성을 감당할 수 있는 형식으로 보다 적절하기 때문이다.

백석은 1940년 9월에 토마스 하디의 장편소설 『테쓰』를 번역하여 단행본으로 출판하였는데, 그의 번역 태도를 평가한 어떤 글에서도 '대체로 축자역(逐字譯)이 이루어져 외형, 내용 병중(倂重)의 풍이 갖춰져' 있다고 할 만큼 문장에서의 불필요한 자구(字句)나 설명에 대해서는 완벽한 소멸을 기하였다. 분단 이후 백석은 북한에 남아 있으면서 소련의 서정시인 이사코프스키의 『시초(詩抄)』를 번역하였다고 하지만 자세한 것은

알 수 없다.

이상에서 알아본 바와 같이 백석은 민족주체적 가치의 붕괴가 한층 가속화되어 가던 1940년 전후, 모국어의 지역성과 방언성에 몰두하는 것이야말로 이질적인 것에 대한 가장 확실한 문학적 파수(把守)임을 깨닫고 있다. 꺼져 가는 모국어의 생명을 회생시키는 작업에 몰두함으로써, 민족 정서의 합일과 민족공동체의식을 제고시키려 하였는데, 이러한 그의 노력은 모국어에 대한 불변의 신념과 정연한 질서에 바탕한 것이었다.

보론 1─백석 시인의 동화시에 대하여

어린이 여러분!

우리는 오늘 백석(白石, 1912~1995) 선생님이 쓰신 너무도 아름답고 사랑스러운 동화시 한 권을 모두 읽었습니다. 『집게네 네 형제』(1957)가 바로 그것이지요. 동화시가 무엇이냐고요? 그렇지요. 여러분에겐 참 낯설게 들리지요?

이 말은 백석 선생이 만들어낸 것으로, 가장 아름다운 동화는 반드시 시의 형식으로 쓰여져야 한다는 뚜렷한 생각에서 이렇게 쓴 것입니다. 그러니까 동화의 내용을 줄곧 시로 써간 것이지요.

백석 선생은 우리가 살아가는 삶 전체에 대하여 언제나 새로운 사랑의 마음을 가져야 한다고 말합니다. 특히 어린이들이야말로 앞날의 주인공으로서 보다 높고 보다 맑은 뜻을 가져야 한다고 늘상 강조합니다. 그러기 위해서는 공연히 찬란하고 공연히 호화롭기만 한 언어를 일부러 멀리 하고 항상 소박하면서도 살아 있는 듯 싱싱한 느낌이 드는 말로 동화를 써야 한다고 힘을 주어 말합니다.

나는 이 기회에 백석 선생이 하셨던 말씀 중에 가장 인상깊었던 대목 하나를 어린이 여러분께 들려주고자 합니다.

> 햇빛은 빛이 없는 듯 오히려 강한 빛을 지닌 것이며, 땅은 소리가 없는 듯 오히려 더 높은 소리를 지닌 것이다.
> ─「나의 항의, 나의 제의」(『조선문학』, 1956년 9월)

이것은 백석 선생이 시를 이해하는 능력을 설명하기 위해서 사용한 말입니다. 그렇습니다. 여러분들은 반드시 빛이 없는 듯 강한 빛을 지닌 '햇빛'을 닮으려 노력하십시오. 그리고 소리가 없는 듯 높은 소리를 지닌

'땅'의 울림에 귀 기울이십시오

이런 태도가 사람과 세상을 위기에서 구해내는 용감하고 올바른 삶이 될 것입니다. 백석 선생은 같은 글에서 다시 이렇게 말합니다.

시는 깊어야 하며, 특이하여야 하며, 뜨거워야 하며, 진실하여야 한다.

이 말에 달리 무슨 긴 설명이 필요하겠습니까?

동화시집 『집게네 네 형제』(1957)에는 모두 12편의 동화시가 실려 있습니다.

「집게네 네 형제」·「쫓기달래」·「오징어와 검복」·「개구리네 한솥밥」·「귀머거리 너구리」·「산골총각」·「어리석은 메기」·「가재미와 넙치」·「나무 동무 일곱 동무」·「말똥굴이」·「배꾼과 새 세 마리」·「준치가시」 등이 그 제목들입니다.

「집게네 네 형제」는 자기 분수에 맞도록 살아가야 한다는 교훈을 다루고 있습니다. 「쫓기달래」는 굶주림 끝에 얼어죽은 불쌍한 소녀 오월이가 달래로 태어났다는 슬픈 전설을 다루었고, 「오징어와 검복」은 자신의 모든 문제는 스스로 해결해야 한다는 주체성을 일깨워 줍니다.

「개구리네 한솥밥」은 아름다운 협동의 정신을 가르쳐 주고, 「귀머거리 너구리」는 현실의 사정에 어두운 결과가 얼마나 불행한 일을 몰고 올 수 있는가에 대하여 알려 줍니다.

「산골총각」은 지혜로 악당을 물리치는 용감한 사람을 다루며, 「어리석은 메기」는 분수를 잃고 헛된 꿈을 꾸다가 결국 불행에 빠지고 마는 못난 인간을 다루고 있습니다.

「가재미와 넙치」는 포악한 지도자의 통치가 백성의 가슴을 얼마나 멍들게 하는가를 말하고 있으며, 「나무 동무 일곱 동무」는 이 세상 어느 누구나 모두 귀한 쓸모가 있는 존재로 태어났다는 사실을 알려 줍니다.

「말똥굴이」는 게으르고 우둔한 인간의 태도를 비판하고 있으며, 「배꾼과 새 세 마리」는 아무리 힘든 역경에 처하여도 반드시 누군가의 도움으로 위기를 이겨낸다는 진리를 일깨웁니다.

끝으로 「준치 가시」는 반찬 투정하는 어린이의 볼멘 소리를 겨냥하고 있습니다. 이 세상 모든 것은 그만한 이유와 까닭이 있어서 그리된 것인데, 시인은 이 사실을 가시가 많은 준치를 통해서 재미있게 알려줍니다.

이 동화시 12편을 통하여 백석 선생은 자신만이 생각하는 문학의 모든 방법과 신념을 그대로 나타내 보여주었습니다.

다 읽어본 느낌이 어떠합니까?

공연히 뻐기지 않으며, 쉽고 평범한 생활의 언어로 우리 어린이들에게 좋은 말씀, 아름다운 말씀, 충고의 말씀까지 두루 들려주시는 백석 시인의 솜씨가 놀랍지 않습니까?

나는 여러분들도 백석 시인처럼 우리 생활 주변의 이야기들을 재미있게 꾸며서 쓰는 시인이 되어보라고 부탁하고 싶습니다.

전국의 어린이 여러분!

아무쪼록 밝고, 건강하고, 당당한 어린이로 살아가도록 노력합시다.

보론 2―백석 시를 읽는 안타까움

　언제부터인가 우리나라에서는 문학인이 역사의 표면에서 집단적으로 사라져버리는 일이 있었다. 특히 분단과 관련해서 그런 일이 많았다. 남한의 문학사에서는 좌파 계열의 문학인들을, 북한에서는 공산주의체제와 통치 이념에 부합되지 않는 문인들을 문학사에서 무자비하게 지워버렸다.

　분단시대의 정치적 이념이 완강하게 반영된 남북한의 문학사를 두루 읽어가다 보면 우리들의 가슴은 안타까움과 분노로 들끓어 오른다. 우리는 언제쯤 분단의 모든 분리적 대립적 관점을 걷어내고, 그야말로 벅찬 놀라움과 감동으로 기록된 한 권의 자랑스런 민족문학사를 가지게 될 것인가?

　백석이라는 한 불우했던 시인을 우리는 기억한다.

　하지만 우리가 그를 기억하게 된 것은 불과 몇 해 전의 일이다. 그의 문학은 남북 양쪽에서 소외되어 왔다. 백석은 평안도 정주 출생으로 지난 일제강점기에 순진무구하고도 아름다운 동심의 세계를 한편 두편 써 모아 『사슴』이라는 이름의 시집으로 발간했던 시인이다. 그는 주로 자신의 고향 언어(방언, 혹은 민중언어라고도 할 수 있는)로 시를 썼는데, 거기에는 그만한 까닭이 있었다.

　그 까닭이란 박용철 시인의 지적대로 "전반적으로 침식 받고 있는 한국어에 대한 일제의 강제 혼혈작용에 대해서 그 민족적 순수를 지키려는 의식적 반발의 표시"였던 것이다. 모든 것이 무너져 가던 시대에서 시인 백석은 모국어야말로 민족의 주체적 가치를 옹호하고 고수하는 마지막 방법으로 생각했었다. 그러나 이런 시인이 남북한의 문학사에서 분단 반세기 동안을 쓸쓸한 어둠 속에 유폐된 채 버림받아 왔던 것이다.

　필자는 그의 훌륭한 시정신과 문학의 품격을 따라 배우고 깨닫는 과정에서 지난 1987년에 『백석시전집』을 직접 엮어서 펴낸 적이 있었는데,

그것이 기폭제가 되어서 분단시대 매몰 문학인들의 전집과 시선, 혹은 일대기, 평전류의 책들이 잇따라 심심찮게 출간되었다.

『백석시전집』 이후로 백석시의 직접적인 영향을 수용하면서 작품을 쓰는 후배시인들이 생겨나는가 하면, 전국의 대학에서 지금까지 거의 이 백여 편 넘는 논문이나 평론, 단행본류가 작성 제출되었다. 이것은 시인 백석에게 있어서는 매우 다행스럽고 축복된 일이다. 분단 수십 년 동안 아무도 그의 이름을 기억조차 하지 않고 있다가 이제는 너무도 자연스럽고 당당한 풍모로 복권이 된 것이다. 아직까지도 분단이라는 거대한 산사태에 매몰된 채로 전혀 빛을 못보고 있는 많은 문학인들이 있다는 실정에서 백석의 경우란 사실 얼마나 복된 노릇인가?

수년 전 『남신의주 유동 박시봉방』(송준, 지나)과 『백석』(정효구 편, 문학세계사)이란 책이 발간된 것도 백석의 시인적 존재를 다시금 우리들에게 부각시켜주는 작업의 일환이다. 이 책에는 백석의 시와 소설, 생애와 문학을 다룬 평전, 수 편의 백석론 및 각종 자료들을 수록하고 있다. 백석의 시를 읽는 독자들이 그의 인간적 풍모를 함께 이해하는 데에 일정한 도움을 얻을 수 있는 책으로 보인다.

하지만 이 책들의 가장 허전한 부분은 편자가 백석의 시를 바라보는 관점의 부족과 시인에 대한 맹목적 열광주의, 혹은 애정의 결핍이다. 앞서 같은 시대의 시인이자 평론가였던 박용철의 지적에서도 확인할 수 있었지만 백석의 시정신은 꽤나 이질적이고 파괴적인 식민지 문화에 대하여 상대적 민족의식의 부각을 의도하면서 작품을 썼고, 그 결과 이것이 백석의 문학을 규정짓는 가장 중요한 기반이 될 수 있었다. 그럼에도 불구하고 앞의 저자 중 일부의 시각은 백석을 굳이 민족시인의 자리에서 끌어내리려고 애를 쓴다.

백석을 한 사람의 평범한 모더니스트나 낭만주의자로서만 본다면 이는 백석의 문학에 대한 엄청난 오독(誤讀)이 아닐 수 없다. 모든 문학은 그 시기의 현실적 상황과 전체성을 동시에 일정하게 반영하면서 형성되는 정서공간이 아니던가. 그 동안 분단의 베일에 가려 알려지지 못했던 문학인들을 중심으로 우리는 그들의 작품 전모를 정리하고 새롭게 재조명하는 활동을 앞으로 줄곧 펼쳐 나가야 할 것이다.

이런 활동이야말로 문학 쪽에서 통일을 준비하는 구체적인 작업이며, 더불어 분단된 반쪽의 문학사가 지니고 있는 불구성을 올바로 세워 가는 가치 있는 작업이 될 것이다. 각성된 안목과 식견을 가진 학자 비평가들이 문학사 복원 사업을 주로 담당해야 하고, 양식 있는 출판인들이 이러한 사업을 적극 지원해야만 할 것이다.

제 1 장
분단시대 시의 꿈과 정치적 신화
문익환, 김준태, 안도현의 신작시집

1. 분단시대의 반역사적 성격

　나는 여러 해 전 청주의 어느 고물상 앞을 지나다가 문득 들러 이것저
것 뒤지는 중에 우연히 두 장의 낡은 축음기판을 구하였다. 무수한 허섭
쓰레기와 잡동사니 고물들 틈에서 그것은 용케도 깨어지지 않은 채 곰
팡이와 먼지를 뒤집어쓰고 있었다. 집에 품고 와서 비눗물로 깨끗이 닦
아내고 본즉 그것은 놀랍게도 1945년 8월 하순 무렵에 찍어낸 이주홍(李
周洪) 작사, 김순남(金順男) 작곡의 「독립과 아침」과, 역시 김순남이 짓고
장비(張飛), 진예훈(陳禮壎)이란 가수가 노래한 「해방의 노래」, 시인 이동규
(李東珪)가 지은 「우리의 노래」, 시인 박아지(朴芽枝)가 지은 「농민가」 등
이었다.
　당시 해방이 되었다고는 하지만 SP판을 찍어낼 시설과 기술이 변변치
못하여 일본 동경의 정교(淀橋) 호총정(戶塚町)에 있었던 리베라 레코드사

에 위촉하여 이 판을 찍어 왔었는데, 이 음반에 그려진 상표가 어떤 것이냐 하면 한반도를 세계의 중심으로 그려놓은 지구 위에 여명을 알리는 새벽닭 한 마리가 목을 길게 빼고 서 있는 주홍색 그림으로 꽤 인상적이었다.

나는 그 중에서 「독립의 아침」을 나의 낡은 콜롬비아 축음기 위에 걸고 조심스럽게 태엽을 감으며, 새로 바늘을 갈아 끼운 사운드박스를 천천히 올려놓았다. 음반이 78회전의 빠른 속도로 돌아가기 시작하면서 축음기의 나무통 속에서는 지금부터 44년 전 그 날의 감격이 생생하고도 우렁차게 흘러나왔다.

> 잔학한 채쭉 밑에 울돈 사십년
> 얼어진 이 강산에 새봄이 왔네
> (…중략…)
> 높이 들어라 자유의 깃발
> 크게 불러라 해방의 노래
>
> ─ 해방기념가요 「독립의 아침」 부분

무수한 긁힘과 시간의 부대낌으로 말미암아 알아듣기가 어려울 정도로 잡음 투성이인 「독립의 아침」·「해방의 노래」를 들으며 나는 그 날의 그토록 감격 속에 순정적이던 해방과 독립의 정신이 오늘의 우리들 가슴속에 과연 얼마나 남아서 유지되고 있는지를 곰곰이 되짚어보았다. 또한 1945년 8월 중순 이후 오늘에 이르기까지의 40여 년 동안 우리가 겪었던 모진 수모와 민족사의 전반에 걸쳐 가해진 할큄과 생채기를 생각했다. 「독립의 아침」 노랫말을 지은 분은 이미 이 세상에 없고, 「독립의 아침」·「해방의 노래」에 곡을 붙인 분은 진작 우리와 함께 살지 못하니 이른바 '해방 44년'의 세월은 마치 축음기판에 가해진 긁힘과 부대낌의 상처처럼 피학적 시간들이 아니었을까.

1945년 10월 10일 시인 조영출(趙靈出)은 자신이 쓴 한 편의 시를 통하여 식민지의 '슬픈 역사'가 어느덧 끝나고 있음을 밝힌 뒤에, 과연 '슬픈 역사'의 밤은 밝았다고 할 수 있는 것인가라는 설의적(設疑的) 문체로써 해방이라는 외피 속에 감추어진 반역사적 성격을 암시적으로 지시한다.

지금 오! 지금
이 슬픈 슬픈 歷史의 밤은 새대.

보라 저 푸른 하늘,
저 태극기 꽂힌 지붕을 넘어오는
붉은 太陽.

오! 붉은 太陽아
슬픈 歷史의 밤은 永遠히 밝었느냐?
　　　　　　　　　　　　　　—조영출, 「슬픈 歷史의 밤은 새다」 부분

2. 정치적 신화를 제압하는 시의 꿈

　일본제국주의의 식민지 통치 기간보다 훨씬 더 긴, 앞으로도 얼마나 더 길어질지 알 수 없는 분단시대에 시간적 분량은 너무도 무거운 하중으로 불안한 부피로 지금 이 시간 우리들 삶의 전반을 내리누르고 있다. 해방 44년, 아니 분단 44년 동안 '분단(分斷)'이라는 불안한 그늘은 단순히 국토와 민족의 현상적 분열 상태로만 있어온 것이 아니라 우리들 개인적 삶의 구석구석까지 침투하여 모든 생명적 구조와 유기적 관계가 더 이상 제 스스로의 힘을 발휘할 수 없도록 완벽히 분리 해체 말살시키려는 역사의 초토전(焦土戰)을 감행해왔다.

이러한 분단이 남의 나라의 문제가 아니라 바로 나 자신의 문제, 우리 역사에 관한 문제이기에, 지금 우리들의 앞길을 가로막고 있는 이 엄청난 장애물로서의 분단을 청산해야 할 일차적 책임은 곧 우리들 자신에게 있는 것이다.

그럼에도 불구하고 우리들 가운데의 상당수는 분단체제 자체에 아예 무관심하거나, 또는 분단체제를 이제 더 이상 바뀌어질 수 없는 결정적·현실적 조건으로 받아들이고, 오히려 거기에 편승하여 이 불행한 역사를 연장시키는 데 이바지하고 있으니, 우리는 먼저 분단체제하에서 40여 년 이상 별다른 각성이 없이 맹목적으로 지속되어 온 문학의 현실매몰현상을 크게 우려한다.

문학의 현실매몰현상이 드러내고 있는 주된 특성은 비관주의, 체념주의, 패배주의, 냉소주의, 극단적 보수주의 따위와 소모적 가치관들이다. 분단시대 문학이 요구하는 진정한 역사의식이란 분단체제 전반에 대한 막연한 수용과 앞서의 부정적 가치관을 냉정히 뿌리치면서, 동시에 분단시대야말로 '끝끝내 청산되어야 할 시대'임을 깨닫는 가운데에서 문학적 작업을 통한 분단 극복의 구체적 방향을 모색하는 것이다.

최근에 나온 세 권의 시집은 이러한 방향모색에 대한 암시를 보여준다는 점에서 크게 주목된다. 문익환의 『두 하늘 한 하늘』(창작과비평사), 김준태의 『칼과 흙』(문학과지성사), 안도현의 『모닥불』(창작과비평사) 등이 그것이다. 이 세 권 시집의 기본인식은 정치신화는 짧지만 맑고 순정한 인간 정신, 즉 시의 꿈은 영원하다는 사실에 기초한다.

분단시대에 시의 꿈은 결코 평화로울 수가 없다. 왜냐하면 분단의식을 떨쳐버릴 수 없는 시인의 꿈이란 발자끄의 지적처럼 보다 더 큰 세계에 도달하기 위해 항상 '고통스럽게 떠도는 정신'으로 이루어지기 때문이다.

사실 시인의 정신을 고통스럽게 만드는 것은 곧 분단이라는 사실이지만, 그 분단의 구체적이고도 가시적인 형태로 떠오르는 것은 다름 아닌 허황되기 짝이 없는 신화적 사고를 펼치려 하는 새로운 정치 세력들이다. 그들이 조작하는 과학적 지식과 철저히 계산된 기술적 정복 따위가 나날이 승리를 구가하고 있는 거처럼 보이는 요즘, 이성적 사고는 현대인의 생활 저변에서 아주 빛 바랜 듯 여겨진다.

　그러나 지혜로운 사람은 정치적 신화의 중요한 부분에 깔려 있는 원시적 암매성(暗昧性) 즉 단순성을 잘 알고 있다. 이러한 정치적 신화의 단순성이 인간사회의 온갖 부조리와 통치의 모순을 만들어내고 있음을 우리는 깨달아야 한다. 인류문화사의 과도기적 전개과정에서 정치적 신호와 시의 꿈은 자주 대립하면서 서로 도끼눈을 하고 엿보는 관계를 지속해왔다. 그것은 틀림없이 신화를 창조해낼 수 있는 시의 기능에 대하여 정치권력이 지레 겁을 먹고 있었음을 말해준다. 정치는 오직 자신의 권력에 의존하여 인간을 조직화시키고 지배하려 들지만, 시는 종교와 마찬가지로 초시간적인 방향에서 인간의 혼을 압도하는 것이다.

　이러한 시의 기능을 바로 보는 정치적 신화는 매우 부러운 선망의 눈빛을 가지지만, 그것을 겉으로 나타내지 않고, 짐짓 번뜩이는 감시의 눈빛으로 불안하게 시의 일거수일투족을 지켜본다. 기실 정치적 신화는 시의 기능에 내재한 정서적 감화력을 은근히 빌리려고 한다. 언어연금술을 통해 단련된 문체의 마술성을 그들의 지배통치 수단으로 유용하려 드는 정치적 신화는 아울러 시가 지닌 집단감화력, 혹은 인간과 인간, 존재와 존재간의 매개, 공감, 감응력 따위를 별도로 떼 내어 그들의 통치구조를 강화시켜간다.

　그러므로 정치적 신화의 구축에 여념이 없는 소수 엘리트들이 즐겨 창출해내는 성명서, 담화문, 국정연설문, 미리 마련된 기자회견 내용의 원고, 표어, 구호, 선언서 따위는 얼른 보기에 대단히 현란하여 그것을 보는 대중들이 그 속에 은폐된 허상을 전혀 눈치챌 수 없도록 한다. 그들의 문체는 겉꾸밈, 내허외실(內虛外實)의 연약하고 경박한 구조물들로 가득 차 있으며, 대개 실속 없는 분식(粉飾)과 교묘한 외식(外飾)으로 꾸며져 있다.

그것을 마치 고대문명에 있어서 자주 사용되던 진실성이 결여된 변론술, 특정한 체제의 이념을 대변하는 서사시, 허황된 궤변으로 가득 찬 웅변 따위와 적절히 비교되는데 이것이 현대사회로 넘어와서는 성명서, 담화문 따위 정치적 신화의 직접적인 문체와, 또 그 교묘하게 위장된 유치한 문체들이 아무런 걸러냄이 없이 거의 전적으로 반영되어 있는 신문·방송 등 언론매체에서 그대로 나타나고 있는 것이다.

근원적으로 순정하고 맑은 인간정신을 갈망하는 시의 꿈은 이러한 불안정한 시대의 정치신화의 부조리와 은폐된 모순을 고발·폭로·비판하고, 풍자와 은유, 야유와 냉소 따위로 그들의 구조적인 악을 성토한다. 불안정한 시대에서의 시의 꿈이 이러하므로 정치적 신화는 그들이 장악하고 있는 이른바 '공권력(公權力)'이라는 물리적 힘을 총동원하여 시의 꿈과 이상을 항상 염려하고 두려워하며, 매양 흘깃거리며 눈치를 살피고 있는 것이다. 자칫 그러한 감시의 고삐를 늦출 때 시의 꿈은 매우 불손하게도 자신들의 정치적 지배에서 얻어지는 이익과 기득권 유지에 실로 막대한 손상을 끼친다고 그들은 믿고 있기 때문이다.

기실 신문·방송 등의 표면을 거의 가득 채우다시피 하는 그들의 선언문, 성명서, 포고문, 담화문 따위의 문체가 얼마나 경직된 방식의 표현인지 그들은 미처 감각하지 못한다. 경직된 문체 자체를 그들은 일종의 권위 따위로 믿고 있음이 분명하다. 실제로 위와 같은 문장들이 소기의 목적을 달성하기 위해서는 먼저 경직된 문체의 방식부터 풀어야 할 것이다. '경직'이라는 성격 자체가 이미 그들이 겨냥하고 있는 민중들의 귀와 가슴으로의 연결을 제풀에 차단해버리며, 앞서 예를 든 문체들의 이면에 가려진 내허(內虛)의 노출을 너무도 쉽게 만들어버리기 때문이다.

온갖 정치적 음모·술수·조작·집단조종술 따위가 내허의 빈약한 내용임을 웬만한 사람들은 곧 알아차리지만, 누구도 그러한 사실을 쉬 발설하려고 하지 않는다. 물리적 공권력이라는 철퇴가 늘 호시탐탐 배면에 도사리고 위협을 가해오는 것이다.

하지만 꿈과 이상을 추구하는 시인들만은 물리적 공권력 혹은 덧없는 정치적 신화를 획책하는 집단들의 가련한 수명을 진작 알아차리고 있으므로, 과감하게 정치적 모순과 비리(非理)를 고발하고 풍자한다. 이로 말미암아 문인들의 창작 활동은 늘상 탄압받고, 도서출판 검열이 계속되며, 원고·지형·간행물들은 압수를 당한다. 기습적 가택수색이 불시에 이루어지며, 문인을 연행·구속·고문하는 가혹한 유린 행위가 쉴 틈 없이 자행된다.

이러한 일은 봉건왕조시대에도 그러했고, 특히 일제강점시대에 두드러지게 나타났다. 한 예를 들면 1930년 6월 15일자로 발행된 국판 149쪽 짜리의 『언문신문의 시가(諺文新聞の詩歌)』라는 책을 들 수 있다.

이 책자는 당시 조선총독부 경무국 도서과 발행의 비밀문서 책자로서 정규출판물이 아니다. 총독부 당국이 1930년 1월부터 3월까지 불과 3개월 동안 『동아일보』·『조선일보』·『중외일보』의 세 신문에 실렸던 시 작품 중에서 검열에 적발된 134편의 시를 ① 조선의 독립(혁명)을 풍자하여 단결투쟁을 종용한 것, ② 총독정치를 저주한 배일적인 것, ③ 빈궁을 노래하고 계급의식을 도발한 것 등 세 가지 주제로 분류하여 일역(日譯)한, 하나의 식민지 통치자료로서의 성격을 지니는 책이다.

1930년은 일본의 5대 총독 사이또가 통치하던 시기로서, 이른바 기만적인 '문화정치'가 전개되던 때였다. 1910년대 일제의 식민통치정책은 오직 헌병과 경찰에 의한 전체주의체제의 무단통치였다. 그러나 이러한 강경책으로서는 도저히 계속적인 지배가 불가능했을 뿐만 아니라, 일제가 당면한 국내외의 각종 모순과 대립을 극복할 수 없었다.

그리하여 일제는 한민족의 상층부를 회유하고 민족 내부의 분열통치를 강화시켜나가는 교활한 방법을 쓰게 되었다. 그러므로 일제의 이른바 문화정치라는 것이 결코 근본적인 정치개혁이나 식민통치의 기본 방침을 수정하는 변화가 아니었음은 물론이다. 해군대장 출신의 일본군벌 사이 또는 일찍이 1919년부터 1927년 사이에 제3대 조선총독을 지내며 온갖 교활한 술수의 정책을 편 바 있다. 그런 그가 야마나시의 2년 통치 기간을 지나서 또다시 조선총독으로 부임해왔던 것이다.

군사엘리뜨인 사이또는 진작 그들이 기초한 '신문지법', '출판법', '조선인 예약 출판에 관한 법규', '조선 불온문서 임시취체령', 불온문서 '임시취체법' 등을 간교하게 이용하여 식민통치하의 언론·출판·문화 활동을 탄압하였고, 또 탄압의 기준은 대개 공공안녕질서의 문란 따위와 관계되는 이유였다. 일제는 이현령비현령식의 아홉 개 항목을 만들고, 그 항목에 조금이라도 저촉되는 사항이 발견되는 경우 가차없이 신문지법, 출판법, 보안법, 치안유지법 따위의 서슬 푸른 법령으로 가혹한 탄압을 자행했었다.

이러한 실례를 통해서도 알 수 있듯 표면적으로는 정치적 신화의 물리적 힘이 일견 시의 꿈을 제압하는 듯 보이지만, 정치적 신화는 그 자체의 누적된 모순과 부조리 때문에 얼마 못 가서 제풀에 붕괴되고 마는 한시적 체제이다. 한때 기세등등하던 정치적 신화가 무너지고 난 뒤에도 시의 꿈이 뿜어내는 무한한 생명력과 신선한 힘의 실체는 고스란히 남아 있다. 남아서 여전히 맑고 순정한 정신으로 인간의 삶의 내부에서 싱싱하게 작용하는 것이다.

결국 무엇이 문제인가 하면, 일찍이 1945년 10월 시인 조영출이 절규했던 '슬픈 역사의 밤'이 아직도 완전히 밝지 않았다는 사실과, 그 어떤 명분으로도 정당화될 수 없는 분단 44년의 세월 동안 모두가 한결같이 침묵으로 웅크리고 있을 때 시인만이 입을 열어 분단의 철옹성을 무너뜨리고 남북을 통일하는 꿈을 꾸고 있지 않았던가 하는 허전함이다.

3. 문익환의 시와 시간적 초월성

> 역사를 산다는 건 말이야
> 밤을 낮으로 낮을 밤으로 뒤바꾸는 일이라구
> 하늘을 땅으로 땅을 하늘로 뒤엎는 일이라구
> 맨발로 바위를 걷어차 무너뜨리고
> 그 속에 묻히는 일이라고
> 넋만은 살아 자유의 깃발로 드높이
> 나부끼는 일이라고
> 벽을 문이라고 지르고 나가야 하는
> 이 땅에서 오늘 역사를 산다는 건 말이야
> 온몸으로 분단을 거부하는 일이라고
>
> —문익환, 「잠꼬대 아닌 잠꼬대」 부분

시집『두 하늘 한 하늘』의 서시로서 예외적으로 목차 앞에 편집된 이 시는 시집의 전체적 성격과 지향을 온전히 대변하고 있다. 이 시집에 수록된 55편의 시 작품들은 대체로 시가 단지 아름답기만 해서는 모자라고, 사람의 마음을 뒤흔들 필요가 있으며, 듣는 이의 영혼을 뜻대로 이끌어나가야 한다는 호라티우스의 시법을 불만 없이 따르고 있는 듯하다.

시 「잠꼬대 아닌 잠꼬대」는 시적 인식과 실천적 행위로서의 완벽한 합일을 보여준 작품이다.

약력에 나와 있는 그의 경력이 목사, 신학대학 교수, 민통련 의장, 전민련 상임고문 등으로 다채로움에도 불구하고, 그를 대표할 수 있는 가장 뚜렷한 경력은 역시 시인이다.

지난 3월, 그가 자신의 시에서 예언한 그대로 평양을 방문하여 한때 세상을 깜짝 놀라게 했었는데, 많은 사람들은 그때 그의 방북을 '느닷없는' 결행이라고 말했다. 하지만 1973년에 발간된 그의 첫 시집『새삼스런 하루』에서 이번의 제4시집에 이르기까지의 작품들과 도합 세 권의 산문집을 면밀히 검토해보면 그의 방북이 결코 세간의 호들갑스런 반응처럼 '느닷없는' 돌발성이나 충동적인 것이 아니었음을 알 수 있다.

『꿈을 비는 마음』(1978)이라는 시집과 『꿈이 오는 새벽녘』이라는 옥중 서한집의 표제에서도 나타나는 바처럼 그는 '꿈'의 시인이다. 시인 문익환은 확실성과 분석을 신봉하는 지성의 소유자이지만 그러나 그의 꿈은 물신숭배의 생활 태도를 단연코 거부한다. 그는 그의 감각 속에 떠오르는 무수한 기억·상상·꿈·열병 등을 새로운 정서적 가치로서 재생산하려 한다. 그의 꿈이 지향하는 세계는 오늘날 이 땅의 오욕과 수치로 점철된 분단을 허물고 모든 참 생명들이 하나로 어우러져 합일되는 통일 세계임이 분명하다. 이러한 세계를 꿈꾸는 시인 문익환의 가슴속은 항상 따뜻하고 눈물겨우며 애틋한 이미저리들로 가득 차서 넘실거린다.

문익환의 시 작품에 나타난 꿈의 이미지들은 결코 헛되고 부박한 공상(fancy)이 아니다. 공상적 이미지의 성격은, 여러 이미지들의 결합이 우연의 일치에 불과하면서 이 이미지의 결합 자체가 아무런 변화를 가져오지 않는다. 이에 비해서 문익환 시의 이미지들은 단순한 물질적 유사성에 그치지 않고 정서적·정신적 가치를 독특하게 지니며 독자들로 하여금 현실 세계에 분명히 새로운 변화를 경험하게 한다.

그러므로 그의 시적 이미지가 형성하는 꿈은 자연스럽게 민족적 상상력의 세계로 귀착된다. 진정한 역사적 삶의 절차와 그 총체성을 안정된 호흡으로 노래한 시 「잠꼬대 아닌 잠꼬대」, 궁극적으로 아름다운 조국에의 꿈을 노래한 「일하는 사람들의 나라」 등이 바로 그러한 본보기가 된다. 시인은 뒤의 시에서 "사랑을 노래하는 나라의 꿈을 버리면 / 우리는 없다"고 단정한다. 물리적 공권력보다 한층 더 큰 힘을 민중들이 천부적으로 갖고 있음을 일깨워주는 시 「지금은 분명 거부할 때입니다」와 바위·바람 이미지의 대비를 통해 생명의 실체와 신비를 깨닫게 해주는 시 「존재의 근원」도 또한 꿈 시리즈의 한 계열이다.

도대체 꿈은 어디에서 오며 무엇 때문에 꾸어지는가. 그것이 이루어지지 못하는 절망과 낭패감은 과연 어떻게 할 것인가. 이런 질문에 대해서 시인은 몽떼를랑의 어법을 구사할는지도 모른다. '꿈은 불만족에서 나오는 것입니다. 만족한 인간이 어찌 꿈을 꿀 수 있겠습니까? 당신은 과연 이 분단사회의 현실에 만족하며 살아갈 수가 있단 말입니까? 그렇다. 시인 문익환의 꿈은 바로 분단사회의 시대 현실에 대한 온갖 불만족에서 시작된다. 분단체제가 통일조국으로 바뀌는 희망, 그것이 시인 문익환의 가장 순정한 꿈인 것이다. 그의 목숨이 죽음에 이르기까지 그는 이러한 희망을 포기하지 않으려고 한다. 그것이 또한 그의 절대적인 꿈인 것을.

> 나는 죽는다
> 나는 이 겨레의 허기진 역사에 묻혀야 한다
> 두동강 난 이 땅에 묻히기 전에
> 나의 스승은 죽어서 산다고 그러셨지
> 아―
> 그 말만 생각하자
> 그 말만 믿자 그리고
> 동주와 같이 별을 노래하면서
> 이 밤에도
> 죽음을 살자
>
> ―「마지막 시」 전문

　시인 문익환에게 사랑하는 신화가 있다면 그것은 평화·자유·정의·진리의 사랑 등속이다. 그는 인간의 마음이 만들어낸 이러한 신화 이외의 모든 정치적 신화를 거부한다. 문익환에게 있어서 시인적 직관으로서의 꿈이 오는 과정은 역시 제2시집에 수록된 「나의 별들아」에서 잘 나타나고 있다.

잠이 오지 않아
밤새 뒤척이던 어느 잠결에
너희는 내 귓속에 들어와
맑은 종소리로
새벽을 쳐대느냐

　　　　　　　　　　　　　　　　　—「나의 별들아」부분

　　조선조 이규경(李圭景)이 엮은 『오주연문장전산고(五洲衍文長箋散藁)』에
의하면, 꿈이란 사람이 잠들 때 유혼(遊魂)의 변동으로 생긴다고 한다. 대
체로 꿈의 경계는 몸이 심상(心上)에 노닐 때 생기는 것이라 한다. 그러나
그 노니는 한계가 머지않아 오장육부를 벗어나지 않고, 오직 이목시청(耳
目視聽)의 문을 출입할 뿐이라고 한다. 시 「나의 별들아」의 인용문은 시
인의 꿈이 발단 형성되어 가는 과정을 선명하게 보여준다. 시인의 '이목
시청'에서 '맑은 종소리'로 형상화되는 꿈은 차츰 "밝고 싱싱한 꿈 한 자
리 / 평화롭고 자유로운 꿈 한 자리"의 공간으로 발전해간다. 시 「꿈을 비
는 마음」의 서두는 꿈의 형상화과정을 극명히 그려내고 있다는 점에서
특별히 주목을 요하는 부분이다.

개똥같은 내일이야
꿈 아닌들 안 오리요마는
조개 속 보드라운 살 바늘에 찔린 듯한
상처에서 저도 몰래 남도 몰래 자라는
진주같은 꿈으로 잉태된 내일이야
꿈 아니곤 오는 법이 없다네

　　　　　　　　　　　　　　　　　—「꿈을 비는 마음」1연

　　시인은 이 시에서 도합 세 가지의 '어처구니없는 꿈'을 꾸어본다. 첫
번째의 꿈은 지난날 격전을 치른 휴전선의 어느 한 지점에다 국군의 피
가 젖은 북녘 땅 흙 한 삽, 공산군의 살이 썩은 남녘 땅 흙 한 삽을 함께

합장을 지내는 꿈이다. 이 꿈은 남북의 적대적 긴장관계를 해소할 수 있는 매우 실현 가능성이 높은 현실적 꿈이다. 두 번째의 꿈은 가장 깨끗한 동남동녀들의 혼례의 꿈이다. 세 번째의 꿈은 남북 양쪽 군대의 무덤을 합장한 민족 성지에서 솟구친 샘물이 큰 바다를 이루고, 휴전선 원시림은 만주로 뻗어서 웅건했던 민족상고사의 꿈을 재현하고, 사람들은 모두 깨끗한 생명으로 부활되는 꿈이다. 이 꿈의 몽상적 스크린들은 결코 허황된 것이 아니라, 생각하고 또 생각함으로써 실제로 이루어질 수 있는 민족적 이상이다.

『두 하늘 한 하늘』의 제3부로 엮어진 '밥알들의 양심'편 수록 분 아홉 작품들은 소위 '민족적 양심'이라는 문투의 내면에 깃들여 있는 진실성의 현시이다. 양심을 소재로 한 시편들의 제재는 각각 땅, 밥알, 바람, 나무, 어머님, 당신, 오월, 꽃 따위의 비근한 사물들이다.

진정한 비무장의 의미와 통일조국의 활기찬 꿈을 그린 시 「비무장지대」를 읽으며 우리는 당나라 시인 잠삼(岑參)의 아름다운 서정시 「춘몽(春夢)」을 연상한다.

> 간밤에는 봄바람 불고
> 아득히 상강의 물이 그리웠어요
> 거기에 계신 임이 몹시도 그리웠습니다.
> 그러기에 잠깐을 조는 사이에도
> 몇천 리 강남 땅을 갔다왔지요

이 시에는 대상에 대한 애타는 그리움과, 그 그리움 때문에 몽매에도 잊을 수 없던 강남 땅을 꿈결에 다녀왔다는 애틋함과 눈물겨움이 있다. 시 「비무장지대」가 그려내고 있는 국토 완전 비무장화의 꿈과 남북군대 합동축제에 관한 꿈은 분단 극복과 민족재통합의식으로 구체화되면서 자연스런 한 폭의 시적 절경(絶景)으로 되살아난다. 그러나 시인의 꿈이 이승에서 끝내 이루어지지 못할 때 그 좌절과 낭패감은 어떻게 처리되는가. 시인은 이 문제에 대해서 다음과 같은 낙관적인 회답을 들려준다.

당신은 질 수가 없어요 질 수가 없어요
정 안되면 병균과 함께 죽으면 되는 거죠 뭐
죽어 흙의 평화로 돌아가면 되는 거죠 뭐
흙의 평화로 돌아가 새봄이 되면
풀잎으로 숨쉬고 꽃잎으로
웃음을 날리면 되는 거죠 뭐
당신에게는 승리가 있을 뿐입니다
                        ─「조국이 앓고 있습니다」 부분

죽음과 부활에 관한 짙은 암시가 면면히 배어 있는 이 시는 「당신은 갔습니다」·「두 하늘 한 하늘」에서도 발전적으로 계승된다. 북녘에 두고 온 고향을 못내 그리워하다 세상을 떠난 부친에 관한 쓸쓸하고 쓰라린 상상력으로 전개되는 「두 하늘……」은 후반부의 부친 회답부분에서 "내 왼쪽 눈에서 왈칵 쏟아지는/ 남녘 하늘/ 내 오른쪽 눈에서 왈칵 쏟아지는/ 북녘 하늘"이라는 설화적 상상력의 세계로 슬픔의 고통을 이겨낸다. 그것은 마치 민간 구비전승 주문의 하나인 「축귀송문(逐鬼誦文)」의 서두에서 옥황상제가 "일광(日光)으로 우목(右目)하고, 월광(月光)으로 좌목(左目)하니" 하는 대목을 연상시킨다.
    결국 시인 문익환이 그의 시집에서 추구하고 있는 시의 꿈은 열악한 조건을 모조리 갖춘 황폐한 분단시대에서 홀로 외롭게 외치는 선지자의 꿈이다. 그의 시에서 영원한 소멸 대상으로 떠오르는 것은 칼, 죽음, 무장, 분단 따위이다. 이에 반하여 줄기찬 복원 대상으로 떠오르는 것은 땅, 흙, 밥, 비무장, 어머님, 아버님 등의 순정한 이미지이다.
    문익환은 그의 시 세계를 통하여 소멸 대상으로서의 불순성을 영원히 소멸시키려 하고, 복원 대상으로서의 순수성을 극진히 보듬고 키워가려 한다. 이런 맥락에서 문익환 시인이 자기 자신을 일컬어 순수예술론자로 여기고 있는 대목은 순리적으로 납득된다.

　나는 여전히 순수예술론자입니다. 순수를 그리워하는 마음에 조금도 변함이 없습니다. 모든 비순수와 담을 쌓고 지내는 빛바랜 순수가 아니라, 모든 불순한 것을 불살라버리는 불길의 순수 말입니다.
　　　　　　　　　　　　　　　　—시집『꿈을 비는 마음』86면, '둘째 시집을 내면서'

시간적 초월성으로 되살아나는 그의 시에서의 복원 대상은 때로 핍박받는 현실에 몹시 시달리기도 하지만, 우리는 그가 결국 웃음과 평화의 세계를 확보하여 승리를 구가하게 될 것임을 믿어 의심치 않는다.

4. 김준태 시에서의 소멸과 복원 대상

문익환의 시에서 우리가 복원 대상과 소멸 대상의 도덕적 처리를 볼 수 있었던 것처럼 시인 김준태의 시집『칼과 흙』에서도 이러한 도덕적 처리는 분명한 구도로 파악된다. 시인에게 있어서 일곱 번째가 되는 이번 시집의 77편 시 작품들은 대개 비정하고 도전적인 금속성의 세계와 풋풋한 생명력으로 넘실거리는 대지의 세계와의 대비로 이루어져 있다. 먼저 시집의 맨 앞에 수록되어 이 시집의 정신적 지향을 암시해주는 다음 작품을 보자.

　밭고랑에 —
　씨앗을 던지면 싹이 트지만

총칼을 던지면 녹슬어버린다.

— 「서시」(밭詩 1) 전문

이 시의 문맥에서 '씨앗'이란 농업의 생산성, 인간을 포함한 모든 존재의 생명력, 유기질이 내포하고 있는 창조의 잠재성 따위의 의미와 관련되어 있다. 이에 반하여 '총칼'은 차디찬 금속으로 이루어져 농업의 생산성을 망가뜨리고, 인간과 뭇 존재의 생명을 차단해버리며, 유기질의 창조적 잠재성을 소멸시켜 버린다. '총칼'의 특성은 비정하고, 잔혹하며, 냉랭하기 짝이 없다.

그러나 '씨앗'은 아무리 곤혹한 국면에 시달릴지라도 다정과 온유의 덕성을 포기하지 않는다. '무기'를 장악하고 있는 사람들은 군인이고 '종자'를 품에 안고 보듬는 사람들은 농민이다. 이 대목에서 우리는 앞서 살펴본 바 있는 정치적 신화를 기도했던 이들은 거의가 제복을 입은 군인이었고, 그들로 말미암아 '씨앗'을 품에 보듬었던 농민들은 모진 핍박을 받았다. 시인은 기실 무기와 씨앗의 대비를 통하여, 시인이 당대의 삶에서 경험했던 암울한 역사를 시적 상징으로 증언하고 있는 것이다.

첫 시집 『참깨를 털면서』(1977) 이후 그가 줄곧 지속해온 평화와 폭력 간의 갈등에 관한 일관된 주제가 제6시집 『아아 광주여, 영원한 청춘의 도시여』(1988) 이후 한창 선명한 상징으로 조정이 되면서, 절제된 관념의 극화(劇化)에 성공한다. 시인은 이 시도를 연작시 형태의 '밭시'시리즈 52편 속에 의욕적으로 압축시켜 놓고 있다. 「서시」에 나타난 시정신은 '밭시 29', '45', '52'들로 줄기차게 이어진다.

① 땅 위에
　씨앗을 뿌리면
　밭이 되지만

　땅 위에

씨앗을 뿌리지 않으면
총칼이 쌓인다.

— 「땅의 생리」(밭詩 29) 전문

② 詩는
쇠붙이의 굴뚝에선 나오지 않는다
詩는 大地의 밑창에서 태어난다.

— 「詩」(밭詩 45) 전문

③ 칼과
흙이 싸우면
어느 쪽이 이길까

흙을
찌른 칼은
어느새
흙에 붙들려
녹슬어버렸다.

— 「칼과 흙」(밭詩 52) 전문

우리는 시 ③에서 묘사된 끝끝내 '흙에 붙들려 녹슬어버린 칼'에서 칼의 완전한 패배와 흙의 당당한 승리를 꿈꾸는 시인의 이상을 미덥게 생각하고, 전적으로 그러한 상상력에 동의한다. 애초부터 '칼'의 순간성은 '흙'의 영원성에 맞설 수 없는 볼품 없는 사물이 아니던가. 예언자적 잠언풍의 호흡이 시인의 의도를 감싸고 떠받쳐 가는 작업에 훌륭한 조화를 부여한다.

김준태의 시에는 항상 일정한 관념이 규모 있게 유지되고 있지만, 결코 그 관념이 현학성에 빠지지 않고, 경박한 포즈를 전적으로 배제한다. 그것은 아마도 시 「밥」(밭詩 7)의 후반부에서 묘사되고 있는 "보리밭에 숨

은 깜부기", "논고랑에 쌓이는 들기러기의 깃털" 혹은 밭에까지 와서 누
는 참았던 "오줌 한 방울"(「아들에게 들려주는 거짓말 같은 이야기-밭詩 12」) 따
위와 같은 매우 섬세한 사물에 대한 다정다감하고도 정서적인 배려를
그가 잊지 않기 때문이다. 그러므로 「밥」시가 보여주는 분배의 평등성에
관한 선험적 각성과 「쟁기질」(밭詩 18)에서 나타나는 궁경(躬耕)의 행위에
관한 신성한 일깨움 등의 관념이 결코 생경하게 느껴지지 않는다.

　그는 자신의 시에서 묘사된 한 부분처럼 우리시대의 '어둠밭'을 가(耕)
는 시인이다. 이러한 세계를 지향하는 그의 모든 관심의 촉수는 "살아있
는 것들의 입맞춤과 그리움의 아우성"(「연가-밭詩 19」)들로 통합되기 위해
눈→ 가슴→ 뼈 →넋의 과정으로 발전되어 가는 행위의 역동성을 보여
준다. 이 불안시대에서 문학이 과연 무슨 의미를 진고 있단 말인가?

　시인은 시 「산 자와 죽은 자」(밭詩 44)에서 제 역할을 다하지 못하는 문
학이란 부당하게 죽은 자들에 대한 살아남은 자들의 '부끄러운 변명'에
불과하다고 단언한다. 왜 이러한 부끄러운 문학이 생겨나는가? 시인은
그에 대해서 문학이 '대지의 밑창'에서 태어나지 않고 '쇠붙이의 굴뚝'에
서 아무런 고민 없이 방출되기 때문이라고 여긴다(「시-밭詩 45」).

　이 대목은 우리들에게 역사의 엄숙성과 문학의 소모성에 대한 불같은
경각심을 일깨운다. '밭시 21'과 '밭시 51'이 보여주는 슬프고도 아름다
운 통합은 동시대를 고뇌 없이 살아가고 있는 우리들 모두에게 경건히
천명(天命)을 깨닫게 한다.

　왜 우리들은 밤낮 서로 미워하고 시기 질투하며, 헐뜯고 할퀴는가. 무
엇 때문에 사소한 분열을 방치 확대하여 급기야 국토와 민족의 분단에
까지 이르게 하였는가. 우리들은 원래 아름다운 통합 속에서의 '하나'가
아니었던가. 시인은 이에 대하여 깊이 탄식하며 이 미욱한 분열이 우리
를 곧 자멸로 빠뜨리게 하는 원흉임을 강변한다.

　　우리가 우리의 살덩이를 뜯어먹지 말자

우리가 우리의 노래를 구겨버리지 말자
우리가 우리의 精神을 찢어발기지 말자
(…중략…)
敵들은 밤낮으로 총구멍을 닦고 칼날을 갈고 있는데
敵들은 밤낮으로 우리의 밥과 사랑과 목숨을 엿보는데
아아, 우리여 왜 우리는 우리끼리 싸워야 하느냐 잡아먹어야 하느냐
(…중략…)
우리여 우리여, 우리들이여! 하나밖에 없는
우리들이여 눈보라여 주먹이여 깨뜨려질 수 없는 핏덩이여!
　　　　　　　　　　　　　　　　　　　─「탄식」 부분

　상쟁(相爭)이 아니라 상생(相生)의 세계로 우리네 삶의 목표설정이 있어
야 한다는 열정적 확신에서 이 시의 정신적 기초가 세워진 사실을 우리
는 알아야 한다. 그러한 열정적 확신의 표현이 결코 공연한 노호(怒號)와
시 형태의 괴기적 파괴, 인간정신의 소모적 자해 행위 따위로 방출되어
선 안 된다는 사실을 시인은 알고 있다.
　시 「나란히 살아가기 위하여」의 호흡 전체를 관류하고 있는 다정다감
한 시적 화법(말씨)에서 우리는 시인이 꿈꾸는 상생의 세계와 해원의 정
서를 동시적으로 경험한다.
　시집 『아아 광주여, 영원한 청춘의 도시여』에 수록된 시편들, 이를테
면 「이 세상에서 사라지는 것은 하나도 없다」·「나는 하느님을 보았
다」·「종달새와 손수건도 사람」·「인간은 거룩하다」·「꿈꾸는 그대」 계
열의 작품들에서 이미 상생해원(相生解寃)의 정서는 키 큰 정신의 높이로
이루어지고 있었던 것이다.

　오오, 이 세상은
　아이에게 젖을 빨리는
　어머니와 산봉우리로 가득하고
　밭고랑에 씨앗을 놓는

아버지와 봄비와 하느님으로 가득하다
— 「이 세상에서 사라지는 것은 하나도 없다」 부분

우리는 이처럼 순정한 시인의 꿈이 결코 훼손당하지 않도록 정치적
신화의 허황된 계획과 그들의 실책을 미워해야 한다. 왜냐하면 시인이
꾸는 꿈이야말로 곧 우리네 삶이 도달해야 할 가장 아름다운 궁극적인
지점이므로, 정치적 신화의 허황된 계획이 저질러놓은 단 한번의 실책
때문에 수천만의 동족들이 오랜 시간을 고통과 불행과 참담 속에서 시
달려야 하는 일은 이제 두 번 다시 되풀이되지 말아야 한다.

김준태의 시에서 소멸 대상으로 떠오르는 것은 쇠붙이, 총칼, 무기, 탄
식, 분열, 정치적 신화에 의해 핍박받는 아우성 따위이다. 이에 대립되는
복원 대상은 씨앗, 밭, 조국, 대지, 인간(농민), 그리움, 정의, 평등의 관념
이다. 그리고 이러한 따뜻한 관념들은 남도소리꾼 특유의 걸걸한 가락이
살아서 꿈틀거리는 고전적인 문체로 짙은 정감과 호소력을 지니고 우리
들의 오관(五官)을 향해 다가온다.

5. 안도현 시의 창작원리

안도현 시집을 인상깊게 읽었다. 지난 1961년 5·16 군사쿠데타가 나
던 해에 태어나서 성장한 후 시인이 된 약관의 이 젊은 시인은 문단경력
다섯 해 째가 되던 해에 그의 두 번째 시집을 펴내었다. 『모닥불』이 그
것이다.

도합 4부 구성의 55편을 수록하고 있는 이 소박한 규모의 시집은 시
집에 담겨 있는 시인의 맑고 순정한 꿈도 꿈이려니와, 오늘날 무수한 상

처로 일그러진 한국 시에 새로운 힘과 용기를 준다. 그리고 그의 시적 감수성이 보여주는 싱싱함과 애틋함은 우리 시대의 한국 시에 대한 작금의 우려를 말끔하게 씻어준다.

안도현도 문익환·김준태와 마찬가지로 꿈의 시인이다. 하지만 그의 꿈은 정치적 신화의 망상에 대한 직접진술이나 통매(痛罵)적 방법에 의존하지 않고, 우리 주변의 소외된 사물들의 애처로운 표정을 묘사하는 과정에서 반영된다. 그의 시적 묘사의 바탕에 잔잔히 깔려 있는 따뜻한 사랑은 모든 소외된 사물들을 듬뿍 감싸고 적셔준다.

정치적 신화의 구축에 여념이 없는 이른바 '소수의 대표자들'은 걸핏하면 소외된 사물들의 전체를 장악함으로써 헤겔의·말처럼 '다수의 약탈자'가 되어 위협을 가해온다. '자기가 모두이며 다른 것은 아무 소용없다'는 그들 '소수의 대표자들'은 항시 부릅뜬 눈으로 소외된 사물들을 굽어보며, 그들의 지지자들과 더불어 독재정치, 귀족정치의 아성을 굳혀가려 한다.

이 과정에서 정치는 말할 것도 없고, 사회적 삶의 모든 부면에서 금권주의, 패권주의, 실적주의 따위의 독소가 만연하여 인간정신이 병들고 죽어가게 된다. 시인이자 교사인 안도현이 특별히 남다른 관심을 갖고 있는 교육문제의 온갖 병적 증상들도 앞서 말한 정치적 모순과 부도덕, 혹은 그들의 폭란(暴亂)에서 기인한 것이다. 망실된 인간정신과 삶의 황폐화 앞에서 교육은 예외가 아니라, 다른 어느 국면보다도 훨씬 큰 충격과 상처에 시달린다. 시인은 교단에 서서 이러한 고통을 어린 학생들과 함께 겪으며, 그 자신이 온갖 풍상우로 속의 어리고 가냘픈 초목들을 넘어지지 않게 부여잡고 폭풍우를 이겨가려 하는 원정(園丁)임을 깨닫는다.

산당화야
산당화야
교장선생님한테 불려가 혼나고, 너도 숙직실 처마 밑에 나와 섰구나
할 일이 많아서

그리 많은 꽃송이를 달고
몸살난 듯 꽃잎들이
뜨겁도록 붉구나

—「산당화」 전문

이 시는 교직의 애처로운 서글픔과 고뇌를 감동적인 페이소스로 노래
한다. 학교 교정에 쓸쓸히 핀 한 그루 '산당화'는 시인을 포함한 이 나라
모든 평교사들의 모습이며, 동시에 비민주적 교육환경의 악조건에서 파
리한 실조증(失調症)에 걸려 있는 학생 전체의 모습이다. 그리고 그것은
교육이라는 이름으로 인간의 비인간화를 재촉하고 있는 서슬 푸른 관료
주의 혹은 질책주의 형태의 교육현장에 대한 고발이기도 하다.

우리나라 모든 학교가 그러하듯이
월요일 아침이면 애국조회가 열리고
펄럭이는 태극기 아래
아무것도 모르는 가슴에 손을 대는
일제 치하 어린 학동 교장선생님이 그러하였듯이
분단 나라 젊은 국군 담임선생님이 그러하였듯이
측백나무처럼 오와 열을 맞추고
조국과 민족의 무궁한 영광을 위하여
코끝이 맵고 발이 시린 겨울

—「이리중학교」 부분

그러나 시인은 이러한 늘 변하지 않는 '겨울' 속으로 '낡은 외투를 입
고' 출근하고, 그의 옆으로는 '무거운 가방'을 들고 힘겹게 등교하는 학
생들이 있다.
'겨울' 속의 그에게 부과된 일은 '한 달에 스무 시간 보충수업'과 조회
종례 때마다 전달하는 지시 사항, 그리고 수업료, 보훈 성금, 방위 성금,
불우이웃돕기 성금, 극기훈련비, 수학여행비, 졸업앨범비 등 현금 수납

행위 따위이다. 이런 자신을 향해 '누가 나를 선생님이라고 부르나'라고 쓸쓸히 반문한다. 이러한 죄의식은 「월급날」의 "서무실 가서 도장 찍고 봉투 받는 날" 더욱 깊게 느껴진다. 하지만 그에게 있어서 최후의 희망은 어린 학생들이며, 제자들에 대한 신선한 기대를 결코 포기하지 않는다.

> 점심시간 후 5교시는 선생하기 싫을 때가 있습니다 숙직실이나 양호실에 누워 끝도 없이 잠들고 싶은 마음일 때, 아이들이 누굽니까, 어린 조국입니다 참 꽃같이 맑은 잇몸으로 기다리는 우리 아이들이 철 덜 든 나를 꽃피웁니다
>
> ―「봄편지」전문

> 진눈깨비 속에서 졸업식이다
> 붉고 큰 꽃다발 가슴으로 슬프고 기쁜 기념사진을 찍는다
> 식구들과 한판 벗들과도 한판 그리고 독사진도 한판
> 발등에서 머리끝까지 밀가루 하얗게 뒤집어쓰고
> 눈발처럼 크득거리는 놈도 있다 평소에 밥먹듯이 매맞던 녀석이다
> 그래도 장차 시대구분할 임자는
> 이 흥청대는 아이들 중에 있다
> 내 눈에는 이 튼튼한 장정들의 아침의 나라가 보인다.
>
> ―「2월」전문

지금은 비록 "소금에 잘 절여진 열무김치 같은 아이들"(「보충수업」)이지만, 시인은 무싯날 운동장으로 일시에 쏟아져 나오는 "콸콸 터진 물꼬"(「운동장에서」)의 물살과 같은 어린 학생들의 무한한 잠재력을 믿는다. 이러한 튼튼한 믿음이 자리잡고 있기 때문에 시인은 짐짓 모순형용어법으로 학생들의 모습을 가리켜 "저 아름다운 폭도들"(「운동장에서」)이라고 일컫는다. 이렇듯 진실한 믿음과 확고한 교육관이 바탕이 되어 있으므로 「지평선 너머」에서 묘사된 바처럼 아무리 어려운 환경과 견딜 수 없는 절대고독 속에서도 그 고통을 주체적·능동적으로 극복해갈 수 있는 삶의 긍정이 가능한 것이리라.

힘겨워도 기어이 기어이 굴뚝이 저녁연기를 밀어올리는
지평선 너머
먼 개 짖는 소리
컹컹 들판을 건너오는 것은
아침에는 어김없이 일어나 개밥 말아줄 사람이
지평선 너머 있다는 말이구나
그 마을로 별똥별이 여럿 뛰어내리다 숨는 밤

—「지평선 너머」 전문

안도현의 이번 시집에서는 위와 같은 형태의 단형 서정시가 유난히 돋보인다. 1980년대 후반의 교단 풍속도를 솔직하고도 눈물겹게 묘사하고 있는 「봄 편지」·「2월」·「그곳」·「이리중학교」·「월급날」·「평교사」·「보충수업」·「급훈」·「청소」·「어린 조국」·「교실에서」·「빈 교실에서」·「운동장에서」·「평교사를 위한 시」 등 이러한 부류의 일련의 연작들은 그 자체가 시로 쓴 한국교육 이면사로서 손색없는 품위를 이미 확보하고 있다.

그의 시집에서 또 하나 두드러진 것은 1930년대의 개성적인 시인 백석(白石)의 시적 호흡과 창작원리를 성공적으로 계승하고 있다는 점이다. 지난 1987년 11월 『백석시전집』이 발간된 이후 근 두 해 동안 백석의 시가 지닌 독특한 창작원리를 시적 호흡을 체득하여 새로운 감수성으로 재창조해가려는 노력을 시도한 몇몇 시인들이 있었다. 그들은 백석 연구가이면서 시인인 김명인·최두석·박태일 등이었고, 시인 이시영·송수권·안도현 등이 잇따라 이 작업에 짙은 관심을 표시했다.

기실 백석 시의 창작원리는 일찍이 청록파 계열의 시인을 포함한 『문장』지 출신 시인들과 윤동주 등 당대의 상당수 젊은 시인들에게 깊은 영향을 주어왔고, 또 이 영향의 흔적은 오늘날 한국시의 저변에 방법의 보편성으로 이미 넓게 자리잡고 있다.

그러나 백석은 분단시대 한국문학사에서 오랜 기간 매몰되어 왔으므로, 『전집』 발간 이후 그의 시에 대한 세간에서의 관심은 특별한 의미를 지닌다. 그것은 첫째 백석이 분단의 비극적 정황과 그 중심에 놓여진 시인이라는 점, 둘째 백석의 시가 우리들의 기억 속에서 망실되어 가는 생생한 북방 정서를 환기시켜줌으로써 분단 극복 의지를 정서적으로 한결 고양시키고 있다는 점, 셋째 대체로 줄글 형태인 백석시의 강력한 설화성과 작품공간에 반영된 시인의 주도면밀한 구상이 1980년대 후반 한국시의 형태적 혼란과 정서의 건조 상태에 신선한 긴장과 적절한 습기를 더해줄 수 있다는 점 등이다.

안도현은 늦게나마 새롭게 정리된 백석 시의 의미와 활용 방법 및 그 가치를 제대로 알고 있는 시인이다. 그의 이번 시집에서 우리는 백석시의 직접적인 영향을 도처에서 발견한다. 우선 시집의 표제가 그러할 뿐 아니라 시인의 유년 체험을 묘사한 시 「1960년대」는 백석 시 「여우난골족(族)」·「고야(古夜)」·「가즈랑집」·「고방」·「미명계(未明界)」 등에서 잔잔히 배어 있는 총체적인 감각을 연상시킨다. 북의 선배시인 백석을 그리다 못해 결국 꿈에서나마 그를 만나기 위해 남녘에서 발간된 『백석시전집』을 들고 찾아간다는 「백석 선생의 마을에 가서」의 대체적인 줄거리 진행은 다음과 같다.

> 백석선생을 만나러 간다
> 흰 붕대 같은 산길을 밤새 걸어 (…중략…)
> 나는 북방의 새벽 마을 어귀에 도착하였다 (…중략…)
> 목이 길고, 머리를 뒤로 넘겨 빗은, 콧수염의 한 사내가
> 거기 살고 있었다 (…중략…) 백석 선생이었다.
> 서울서 나온 『백석시전집』을 먼저 보였더니 (…중략…)
> (…중략…) 날은 금세 어두워지고 무진장 폭설이 쏟아져 (…중략…)
> 모밀국수나 한 사발 말아 먹고 천천히 떠나라기에
> 나는 쩔쩔 끓는 아랫목으로

이불 속으로 못 이긴 척 엉덩이를 디밀었는데
여기서 한 백년쯤 잠들었다 일어나면
맑고 뜨거운 사랑을 노래하는 시인으로 태어날 것 같았다

「고방」·「하답(夏畓)」·「동뇨부(童尿賦)」·「넘엄집 범 같은 노큰마니」
등의 백석시에서 영향을 받은 듯한 시 「수박」은 맑고 순정한 문체를 지
향하려는 시인의 분명한 태도가 담겨 있다. 「남신의주 유동 박시봉방」에
서의 호흡이 그대로 살아 있는 시 「소시민」, 모든 나뉘어진 존재와 존재
들간의 합일정신이 작품의 모티프가 된 시 「모닥불」 등 일련의 시에서
우리는 시인 안도현이 자신의 창작작업을 통해 보여주는 순정한 정신의
꿈을 충분히 읽어볼 수 있다.

이미 안도현은 위의 인용시에서 인용한 부분처럼 '맑고 뜨거운 사랑
을 노래하는 시인'이다. 경직 일변도의 방법적 인식이 널리 만연되어 있
는 문단주변에서 조심스럽게 전통의 새로운 창조를 꿈꾸는 시인 안도현
의 존재는 돋보인다. 그가 자신의 시에서 소멸 대상으로 삼는 것은 모든
것으로부터의 소외와 그로 말미암은 참담한 고독감이다. 그들이 획책하
고 있는 허황된 정치적 신화 때문에 많은 사람들로부터 증오심의 대상
이 되고 있는 군사파시스트들에 대해서 안도현은 "군인도 원래 농민의
아들"(「농민과 군인」)이었으므로 결국에는 그들의 참마음이 양심의 세계로
복귀할 것이라 낙관한다. 그가 시에서 복원 대상으로 떠올리는 것은 인
간본연의 너그럽고 순정한 마음, 우리가 건설해야 될 참역사, 참교육, 그
리고 우리가 끝끝내 도달하지 않으면 안 될 참인간의 세계이다.

이 세상 모든 것이 어둠의 나락에서 신음하며 갈 길을 잃고 헤맬지라
도 '맑고 뜨거운 사랑을 노래하는 시인'이 곁에 있으므로 우리들의 삶은
불안하지 않다. 그 시인들의 역사 속에서 역사를 끌어안고, 그 자체가 역
사인 삶을 살아가고 있기 때문이다.

6. 맺는 말

시절은 어느덧 20세기의 세기말로 접어들고 있는 데도 분단은 조금도 극복될 기미조차 보이지 않는다. 청산되어야 할 것이 조금도 청산되지 않은 채 시의 꿈과 정치적 신화는 여전히 갈등관계에 놓여 있다. 우리는 우리시대의 총체적인 꿈인 조국의 통일을 위해서 앞으로 시와 정치와의 갈등은 더한층 심화되어 가야 하리라고 믿는다.

이러한 갈등의 심화를 바탕으로 엄정한 자기 극복을 거친 연후라야 우리는 우리가 항시 불만족 속에서 꿈꾸어 온 민족적 이상의 세계에 도달할 수 있는 것이다.

지금까지 우리가 앞에서 읽어본 세 시인들의 시 작품도 갈등의 문제에 관한 한, 앞으로 맞닥뜨려야 할 과업이 매우 많고 험난하며, 또 그러한 과정의 필연성에 대하여 동의한다. 그러나 시인을 포함하여 민족적 정의의 편에 서서 활동하고 있는 우리 모두는 모든 일과 방법의 사려 깊은 신중함을 진작 깨닫고 있다. 한비자(韓非子)가 짐짓 비유로 말하는 각삭지도(刻削之道)에 있어서, 얼굴을 조각할 때 처음에는 코를 크게 눈을 작게 다듬어야 한다는 대목[鼻莫如大目莫如小]이 곧 그것이 아닐까.

한번 작게 만든 코는 다시 크게 하기 어렵고, 한번 크게 만든 눈은 또 다시 작게 하기 어려운 법이니 우리 모두가 염원하는 민족적 이상, 즉 진정한 독립과 자유의 실현도 이와 같은 것이다.

일의 절차에 대한 깊은 깨달음을 우리는 앞의 세 권 시집들을 읽으며 눈여겨 지켜보았다. 이제 다시 한번 우리는 속으로 다짐하자. 정치적 신화는 짧고, 시의 꿈이 펼치는 시간은 영원하다는 불변의 진리를.

지역문학의 형성과 성리학의 영향

영남 지역 현대문학사를 중심으로

1. 하나의 전제

전체가 아니라 지역에 편중된 관련 문제를 다루는 일이란 몹시 조심스럽다. 하지만 우리는 이 논의가 자기 지역의 현재적 위상을 재점검해보면서, 더욱 건강하고 튼튼한 문학의 미래를 건설해 가려는 뜻으로 마련된 것이라 이해하고자 한다. 무릇 진정한 발전이란 스스로의 문제점을 고치며 극복해 가는 자기 갱신의 과정 속에서 비로소 가능한 것이다.

우리가 흔히 사용하는 지역이란 말에는 그 나름대로의 고유한 의미가 있다. 즉 유사한 성질이나 기능적인 관계에 의해 주변과 구분되는 공간적인 범위를 지역의 의미로 정리하는 데 동의한다면, 지역성이란 말도 앞에서의 해석 범위에서 크게 벗어나지 않는다. 이런 맥락에서 볼 때 지역성이란 용어 자체는 다른 지역과 구별되는 그 지역만의 고유한 성격을 지칭한다.

물론 이 단어는 시간의 경과와 교통로의 변화, 사회의 발달 등에 따라 상당한 가변성을 지니고 있다. 지역 문제를 전문적으로 다루는 관련 학문의 설명에 따르면 이 지역의 종류가 자연 및 인문현상이 고르게 나타나는 등질 지역(等質地域), 하나의 중심지와 기능적으로 연결된 공간적 범위인 기능 지역(機能地域) 등으로 나뉘어진다. 자연 지역, 문화 지역 따위가 전자에 속하고, 통학권·상권·도시세력권·교통권 등이 후자의 본보기라 할 수 있다.

우리는 지역과 지역성 개념을 해석하는 과정에서 주로 영남 지역의 현대문학 형성배경과 관련하여 성찰해 보고자 한다. 이러한 활동은 영남이라는 특정공간의 지역성 문제와 그 현재성, 나아가서는 문학의 스타일과 관련하여 분석해 봄으로써 지역문학의 정신적 뿌리와 경로를 확인하고, 나아가서는 지역문학의 현 단계 위상과 미래의 방향성을 점검 모색해보는 경험으로 이어질 수 있다.

2. 지리인성론(地理人性論)

조선시대의 지리학자들은 땅이 주민들의 심성에 미치는 영향을 다각적으로 논의한 바 있다. 이를 일컬어 지리인성론(地理人性論)이라 하는데, 곰곰이 음미해보면 꽤 흥미를 촉발시키는 요소도 없지 않다. 하지만 엄청난 변화의 시간을 거쳐 디지털시대로 접어든 현대사회에서 이러한 관점은 크게 주목을 받지 못한다.

그러나 많은 사람들은 정치·경제·사회·문화 등 각 방면의 활동에서 지리인성론을 여전히 편의적으로 거론하고 있는 것이 사실이다. 하지만 대개의 경우 이러한 관점은 지역간의 대립과 편견 및 갈등을 부추기는 요인으로 악용되는 사례가 많다.

영남(嶺南)이란 추풍령의 남쪽에 자리하고 있다 해서 생긴 말이다. 한반도에서 경상북도와 경상남도를 통칭하여 영남이라 한다. 산형지세로 볼 때 국토의 등뼈인 백두대간이 북에서 남으로 힘차게 뻗어서 내려오다가 오봉산에서 한 갈래는 낙동정맥(洛東正脈)이 되어 동해를 따라 곧장 부산 금정산으로 직행하고, 원래의 줄기는 국토의 중남부를 거쳐 지리산 자락에 모였다가 문득 좌측으로 방향을 틀어서 낙남정맥(洛南正脈)으로 이어진다. 이 또한 금정산을 향해 달려간다. 이 백두대간의 하단부와 낙동정맥, 낙남정맥으로 둘러싸인 중앙 지역에 영남이 위치해 있다. 이름 높은 산과 강들이 그 사이사이로 자리잡고 있다. 임란 때 명나라 장군 이여송(李如松)의 지리참모로 왔던 중국인 나학천(羅鶴天)은 조선에 귀화하고 눌러 살면서 조선 팔도의 형상을 인체와 동물의 형상에 비유함으로써 세인의 관심을 주목시킨 바 있다. 그 중에서 경상도 관련 서술을 보면 인체 중에서 다리에 해당하며, 동물에 비유하면 돼지로 풀이된다 하였다. 그는 이른바 우순질신(愚順質信)이라 하여, 경상도 사람의 기질과 심성에는 어리석고 순박하지만 참된 기질이 있다고 하였다.

『택리지(擇里志)』의 저자 이중환(李重煥)은 경상도 인심을 질실(質實)하다고 하였다. 성호(星湖) 이익(李瀷)은 산수가 모두 취합하고 바람소리와 풍기, 습관 또한 흩어지지 아니하며, 옛날 풍속이 그대로 지켜져 명현이 배출되는 길지로 해석하고 있다.

조선 정조 때 규장각 학자였던 윤행임(尹行恁)은 경상도 사람의 품성을 태산교악(泰山喬嶽)에 비유하고 있다. 크고 높고 험한 산을 보는 듯이 웅장하고도 때로는 거칠고 가파른 기개가 있다는 말이다. 이와 더불어 함께 일컬어지는 말이 설중고송(雪中孤松)과 추상열일(秋霜烈日)이다. 우듬지에 눈을 잔뜩 이고 있는 소나무처럼 건드리지 않으면 아무런 탈이 없고, 절의가 느껴진다는 말이 설중고송이며, 가을 서리와 여름 햇살처럼 지조와 위력이 무척 엄정한 모습을 추상열일이라 한다.[1] 이는 대개 경상도 인심의 보편성을 짧은 어휘로 강렬하게 정리해 보여주려는 의도에서 나온 것이라 하겠다.

이러한 모든 관점들을 종합하면, 영남인들의 경우 언쟁이 일어났을 때 요란하고 외대(外大)하며, 오기가 세지만 내허(內虛)하고, 결백하면서 직행성(直行性)을 지닌 것으로 정리할 수 있다. 때로는 이런 속성들을 외강내유(外剛內柔)에 비유하기도 한다.

이상의 여러 관점들은 화제가 빈약하고 각박한 삶과 피로에 지친 현대인들에게 잠시 동안의 흥미를 준다. 하지만 이것은 단순한 흥미 그 이상으로 의미를 왜곡시키거나 확대 과장이 되어서는 아니 된다. 더구나 이 부류의 관점에 절대적으로 의탁하거나, 삶의 실제적 결정이나 판단에까지 과도하게 적용하는 사례가 있다면 그것은 매우 위험천만한 일이 될 수 있다.

3. 영남학파에 관한 사념

조선 왕조를 통하여 우리는 영남 지역을 배경으로 활동했던 두 분의 성리학자를 기억해 낼 수 있다. 그들은 퇴계(退溪) 이황(李滉, 1501~1570)과 남명(南冥) 조식(曺植, 1501~1572)이다. 회재(悔齋) 이언적(李彦迪)의 활동도 있지만, 우리는 대체로 퇴계, 남명 두 학자를 일컬어 영남 성리학의 양대 산맥이라 일컫는다. 더불어 통칭하기를 영남학파(嶺南學派)라고도 부른다. 한 연구보고서의 조사 정리에 의하면[2] 영남학파를 퇴계, 남명으로 나누

---

1) 이 용어들은 남명 조식의 성리학과 개결한 정신의 특징을 설명할 때 흔히 사용하는 말이기도 하다.
2) 이수건, 『영남학파의 형성과 전개』, 일조각, 1995, 329~330면.

어 그 특성을 다각적으로 비교 검토하고 있다.

퇴계 이황을 비조로 하는 퇴계학파는 유성룡·김성일·정구 등으로 이어지고 남인 계열에 속하는 일파가 되었다. 세상에서는 그들을 일컬어 경상좌도학파, 혹은 북도학파라 하였다. 퇴계는 우선 그 성정이 온화하고 수월한 접근을 특징으로 한다. 이 학파의 활동무대와 영향권은 퇴계의 출생지인 안동을 중심으로 한 경상 좌도 및 우도의 상주권과 청량산, 소백산 등을 두루 포괄한다. 이 지역의 역사적 특징을 살펴보면 과거 삼한 시대의 진한 지역에서 신라로 발전하였고, 이후 고려 태조와 밀착하였으며, 마침내 공민왕의 피난지로 부각되기도 하였다. 고려와 조선시대를 거쳐오면서 중앙정부와 관권에 대하여 매우 수용적인 자세를 취하였다. 이 지역의 자연환경은 유난히 토질이 척박하였고, 그럼에도 불구하고 주민들은 역농근검(力農勤儉)의 삶을 살았다. 그리하여 이 지역의 토착성은 매우 강하다. 온건한 관료지향성이 있고, 학문을 숭상하는 풍조도 특히 강하다.

실제로 퇴계의 경우는 어떠하였던가. 그는 대소과를 거치고 내외과 등의 요직을 두루 거쳤다. 퇴계학파의 현실 대응과 시국관은 근신 온건한 태도를 지켰으며, 인물논평과 시정득실에는 일체 함구하였다. 외유내강의 양면성을 지녔다. 문도들은 대체로 온건하고 체제순종적인 입장에서 기득권을 향유하였다. 서인과 노론이 집권하였을 때 강력한 재야 세력으로 대두되기도 하였다. 퇴계의 학문적 뿌리는 자신의 숙부로부터 가학을 배우고, 이후 김안국·김한철·이현보 등 영남사림파의 학문적 전통을 이어받았다.

교육 및 학문적 자세는 강학과 논도(論道)에 몰두했으며, 침잠(沈潛)의 성정을 지녔고, 의리를 중시하였다. 특히 주리(主理)사상에 몰두했다. 저술에 있어서 문체는 평이하고 사상은 완곡하였다. 인간 존재와 본질도 행동적인 면보다는 이념적인 면에서 추구하였고, 인간의 순수이성은 절대선(絕對善)이라는 신념을 가졌다. 이에 따른 행동은 최고의 덕이요, 인의예지신으로 나타난다. 이 경로에 따라 인간의 도덕적 인격적 완성을 중시하였다. 인간관 내지 인생관의 확고한 인식의 기초 위에서 스스로의 도덕적 정진을 강조하며 실천하였다.

이러한 퇴계학파에 비하여 남명 조식을 중심으로 형성된 남명학파는 개방적이고 실천적이며 실용성을 중시하였다. 개혁에 관한 의지가 적극적으로 표출되었으며, 사회비판정신이 매우 강한 편이었다. 이러한 학문적 분위기는 남명의 제자 최영경·김우옹·곽재우·오건 등에 의해 계승되었다. 주로 북인 계열이 여기에 속한다. 세상에서는 남명학파를 일컬어 경상우도학파, 혹은 남도학파라 일컬었다.

남명학파의 지역적인 구분은 주로 진주를 중심으로 형성되었으며, 경상우도 및 하도의 일부 지방이 그 활동무대였다. 지리산(방장산) 자락을 둘러싼 주변 지역이 대개 남명학파의 근거지라 할 수 있다. 이 지역의 역사적 특징은 변한 지역에서 가야 및 신라에 병합되었고, 신라 멸망 후에는 후백제와 제휴하였다. 역대 정권 및 관권에 대한 비판과 반항의 사례가 빈발하였다. 지역의 자연환경은 토질이 비옥하고, 해륙산물이 풍부하였으며 귀보다는 부를 지향하였다. 과격하고 저항적이며 호강적(豪强的) 성향이 있다.

남명 조식의 학문적 뿌리는 부친으로부터 가학을 전수받았으며, 정여창·조지연·김굉필 등 영남사림파의 학문적 전통을 계승하였다. 관직의 경험은 거의 없는 편이다. 초반기 무렵 소대과 예시에 합격은 하였으나 중도에 과거를 포기하였다. 참봉 현감 등을 제수받았으나 끝내 나가지 않고 산림처사(山林處士)를 자처하였다.

남명의 교육 및 학문적 자세는 강론보다 스스로의 경험에 의한 체득을 중시하고, 이론보다는 실천을 강조하였다. 논강(論講)에 비유법을 특히 즐겨 사용하였으며, 노장사상의 영향이 강한 편이었다. 문체는 간결하고 기이한 것을 더 높이 평가하였다.

현실 대응과 시국관은 매우 적극적이었으며, 주로 척족정치(戚族政治)

의 폐단과 부조리한 통치를 맹렬히 비판하였다. 이 과정에서 인간 품성의 가벼움을 결코 용납하지 않았다. 이러한 분위기로 형성 전개된 남명 조식의 삶과 사상을 흔히 칼끝에 머문 서릿발에 비유하기도 한다. 남명의 제자들은 임진왜란 때 경상우도 및 하도의 의병 활동을 주도하였다. 임란 이후에는 남인의 영수인 유성룡을 실각시키기도 했다.

남명 조식의 삶과 사상에는 엄정한 출처의식(出處意識)이 확인된다. 이때 출처란 세상에 나아가 벼슬을 하여 경세제민의 정치에 참여하는 것과 물러나 재야에 있으면서도 정신적 지조를 지키고 후학을 가르쳐 올바른 세상이 오기를 바라는 실천론이다. 이는 후대의 우국애민사상, 현실비판과 나라사랑으로 직접 연결된다고 하겠다.

이제 영남학파의 이러한 두 성격은 조선왕조 후반기로 접어들면서 사회상과 생활상의 변화에 따라 그토록 완강하고 견고하던 인식의 틀도 조금씩 허물어지기 시작한다. 서민의식의 성장과 상공업의 발달은 관념론적 형이상학적 성리학의 급격한 퇴조를 불러오게 되었으며, 실학의 발달도 이런 분위기를 가속화시켰다. 실천론적 성리학은 오히려 새로운 발전적 변화의 기류로 가득하게 되었다.

왕조말기로 접어들면서 서구의 물질 중심적 근대가 삶의 저변에 커다란 자극을 주었다. 하지만 제국주의화된 근대의 세력이 이 땅에 유입되기 시작하면서 관념론적 성리학 가운데 반생활적 인식과 그 요소들은 제국주의적 문화의 특성과 일정한 유대를 갖고 통합을 이루어가게 되었다. 국권의 패망과 더불어 민족의 주체적 삶의 의지는 점차 약화되고 순응주의적 태도가 보편화되기 시작하면서, 형이상학적 성리학은 이러한 분위기에 편승하기 시작한다. 〈조선유도진흥회(朝鮮儒道振興會)〉 등을 비롯하여 경향각지의 유림 조직과 단체들이 속속 친일적 성향으로 돌아선 사실이 이를 말해준다.

다음으로는 서구 문예사조의 영향을 들 수 있다. 형이상학적 성리학이 왜곡되고 기형화된 요소 중 일부는 서구 문예사조가 지니는 니힐리즘,

데카당스, 센티멘탈리즘적 경향 따위와 상호 영합하여 야릇한 혼거(混居) 구조를 이루어가게 되었다. 이러한 전형적 분위기가 1920년대 식민지 조선의 감상적 낭만주의 성향으로 나타났다. 이 사조의 주된 특징은 현실의 중심을 제대로 파악하지 못하거나 일부러 외면, 도피하는 태도마저 나타내 보였으며, 일제의 비위를 거스르지 않는 범위 안에서 감정의 소모적 발산으로 표출되었다. 이 태도는 식민지 민중의 삶으로부터 분리되고 유리된 일탈의 논리로 고정되었다.

관념론적 성리학의 말기적이고 부정적인 요소는 위의 여러 현상들과 더불어 점차 형이상학적 가치관의 도그마 속으로 빠져들었다. 이 상황을 부추긴 또 다른 원인의 하나로 우리는 분단체제의 심화를 들 수 있다. 즉 분단으로 말미암은 제반 모순적 현상과 인식들이 삶의 저변에 침투하여 자신의 의도에 따라 인간의 삶을 구획하고 재편성하게 된 것이다. 이로 말미암아 서구 문예사조의 무분별한 유입과 그것의 무리하고 무절제한 해석 및 적용, 문학과 인간의 심각한 유리현상 따위가 생겨나게 되었다. 뿐만 아니라 분단체제의 부정적인 정치 상황과 그 기류에 영합하고 편승하는 기회주의적 처신과 행동까지 생겨나게 되었다. 상업주의문학과 기타 소재주의적 작품들의 출현이 이러한 사례에 속한다 할 것이다.

이에 비하여 실천론적 성리학은 왕조 말기 혼탁하고 부패한 통치에 대한 비판으로 이어지고, 제국주의 침탈과 더불어 보수적 왕권의 수호와 민족 주체의 보존을 다짐하는 복벽운동(復辟運動)의 정신적 중추로 연결되었다. 화서(華西) 이항로(李恒老) 등의 위정척사론(衛正斥邪論)에서 그 구체적 행동 양식과 대면할 수 있다. 이 사상은 동학농민전쟁을 주도했던 지도부의 반외세 반봉건사상과 의병운동에서도 그 뚜렷한 자취가 확인된다.

실천론적 성리학의 자취는 일제강점기 사회주의운동과도 밀접한 관련성을 갖고 있다. 계급주의 문학의 특징을 드러내고 있는 사회주의 리얼리즘의 문학에서 우리는 가해자로서의 식민지 종주국의 통치 본질에 대한 엄중한 책임 묻기와 비판의식, 파괴 충동을 발견하게 된다. 하지만 이

러한 성격의 문학은 궁극적으로 사상과 예술의 조화로운 통합을 이루어
내지 못하고, 사상이나 정치적 신념의 과도한 표현 충동으로 말미암아
대부분의 경우 독자 대중들로부터 전폭적 지지를 이끌어내지 못하였다.
이 정신사적 흐름은 실천론적 성리학의 사상이 일제강점기 리얼리즘문
학과 민족문학의 중추로 자연스럽게 연결되고 있었음을 알게 해준다.

4. 보수성과 진보성의 인식 문제

2000년도에 발행된 대구문인협회 회원명부에 의하면 시·시조·소설·
희곡·평론·수필·아동문학 등 7개 장르에서 전체 회원 440명 중 시와
시조를 합한 분과 회원이 249명이다. 이는 전체의 50%를 상회할 정도로
시 장르에서 활동하는 문학인이 다른 지역에 비해 압도적으로 많다. 이
에 비하여 소설은 24명, 평론 7명, 희곡 5명, 기타 나머지 문학인들은 수
필과 아동문학 쪽에 분포하고 있다.3)

그리하여 필자는 『한국문학대사전』에 수록된 영남 지역 출신 문학인4)
들을 중심으로 일제강점기에서 1990년대까지 두루 검토하는 조사 활동
을 벌였다. 하지만 부산 경남과 대구 경북을 통틀어 확인할 수 있었던
사실은 시 장르에서 활동하는 문학인들이 소설 및 기타 장르에 비해 상

---

3) 아쉽게도 부산 경남 지역 문학인들의 현재 장르분포와 구체적 명부를 확인하지 못
   하였다. 다만 짐작할 수 있는 것은 1990년대 초반에 비해 현재 문학인의 숫자가 폭발
   적으로 증가하였다는 사실이다. 각종 문학학교, 시인학교, 문학아카데미 등의 강좌와
   더불어 새로 창간된 지역 문학저널을 통하여 다수의 지역 문학인들이 배출되었다.
4) 여기서 영남 지역 문학인이란 경상남북도에서 출생한 모든 문학인들을 통칭하는 말
   이다. 이에 따라 현재 영남 지역에서 활동하고 있거나, 서울 등 다른 지역으로 이주하
   여 살고 있는 출향문학인들까지 두루 포함하였다.

대적으로 우세하였다는 점이다.

이러한 현상은 부산 경남 지역보다 대구 경북 지역이 한층 강세를 보이고 있다. 이 작업의 후속으로 필자는 영남 지역 문학인들의 창작물이 지닌 성향에 관하여 별도의 조사 정리작업을 벌였다. 즉 그들의 작품에 나타난 진보성과 보수성, 문학적 가치관과 세계관, 주요 활동 등을 주된 조사 항목으로 떠올렸다. 그 대상 문학인은 주로 문학사 자료와 언론에서 비교적 자주 거명되는 경우들로 일단 한정하였다. 물론 이 불완전한 명단을 통하여 사실의 완전성을 도출하기란 거의 불가능하다. 다만 우리는 그 과정에서 하나의 그럴 듯한 개연성과 윤곽 정도는 파악해볼 수 있으리라는 기대를 갖고 있을 뿐이다.

위의 항목 대상 중에서 먼저 보수와 진보의 인식 문제에 대하여 살펴보기로 한다.

우리가 흔히 거론하는 보수, 진보의 개념에 대해서는 물리적으로 선명한 구획을 짓기가 매우 난처하다. 개인의 자유, 정의와 평등, 물질적 복지, 사회적 안전, 평화, 깨끗한 환경 등을 비롯하여 문명적 가치를 추구하고 실현해 가려는 과정에서 필연적으로 상정되는 일체의 공동체 개념이 바로 유토피아정신이다. 대다수의 인간은 자신의 현재와 미래적 삶에서 이상향으로서의 공간을 지향해가려는 창조적 존재이다. 현재 발을 딛고 선 불합리한 현실을 한 걸음 더 이상향에 접근시켜 보려는 의지와 고뇌, 희생과 노력 따위를 통칭하여 우리는 진보라 부른다. 하지만 문명사회가 추구하는 최고의 가치들은 자주 충돌한다.

하나의 가치를 실현하는데 유효한 수단이 다른 가치의 실현을 사뭇 저해하기 때문이다. 우리는 자유와 정의, 복지와 환경, 복지와 안전, 정의와 평화 사이의 가치충돌을 일상적으로 목격하고 체험한다. 따라서 우리는 충돌하는 여러 가치들을 두루 인정하면서 동시에 그것을 절충할 수밖에 없다. 어떤 가치를 더 중시할 것인지는 시대 상황과 개인의 이해관계, 철학적 관점에 따라 제각기 다르다. 보수와 진보의 구획은 대체로 여기에서 갈라지게 된다.

시장경제를 기본질서로 채택한 사회에서 보수 또는 우파는 개인의 자유와 물질적 복지를 강조한다. 봉건 왕조시대에서는 이들이 한때 좌파였으나, 이들의 주장이 사회를 지배하는 가치로 자리잡게 되면서 세력을 지닌 보수가 되었다. 진보 또는 좌파는 평등과 사회정의, 평화와 환경의 가치를 강조한다. 개인의 자유와 물질적 복지만으로는 유토피아를 만들 수 없다고 믿기 때문이다. 그러나 보수와 진보가 다른 가치를 무시하지 않으며 서로의 존재를 인정하고 존중한다. 이러한 상호인정은 대개 민주주의라는 기본질서에 대한 합의로 표출된다.

한편 진보적 좌파와 보수적 우파에는 각각 극단주의적 기질을 나타내는 부류가 있다. 극단주의로 변질한 보수적 우파는 물질적 복지 또는 공동체의 안전이라는 가치를 절대화함으로써 정의·평화·환경 등 다른 가치를 무시하고, 인간의 기본가치인 자유를 말살하려고 한다. 반면 진보적 좌파 중에서 극단주의적 징후를 나타내는 부류는 평등이라는 가치를 절대화함으로써 마찬가지로 개인의 자유를 말살하고 다른 일체의 가치를 무시한다. 이러한 극단주의는 대부분 다양한 가치와 존재성을 인정하지 않고 있기 때문에 다원성에 근거를 둔 민주주의를 부정한다.5)

지난날 우리의 근현대사에서 보수와 진보의 개념 구분은 매우 단순하고 직정적(直情的)인 논리 구조를 나타내었다. 즉 진보는 좌파요, 보수는 곧 우파라는 평면적 등식으로서의 투박한 이해방식이다. 하지만 사회의 발전과 더불어 보수와 진보의 구분 문제는 점점 복잡다단한 양상으로 바뀌어서 현재의 당면 사회를 전향적으로 개혁하고자 하는데 얼마나 적극적으로 참여하고 실천해 가느냐에 따라 보수 세력, 온건 중도 세력, 자유주의 세력, 급진 세력 따위로 미세하게 구분하기도 한다.

이 과정에서 진보적 성격에 속하는 것으로 보이는 온건 중도 세력과

---

5) 유시민, 『우리시대 진보란 무엇인가』(교보문고 강연), 2002.7.

그 밖의 자유주의 세력, 급진 세력 사이에는 근본적인 차이가 발생한다. 특히 급진 세력은 급격한 사회개혁을 강렬하게 요구한다는 측면에서 확실한 좌파에 속한다. 하지만 이 급진 세력은 다른 진보 세력들을 진정한 좌파로 인정하려들지 않는 독선적 경향을 나타내 보인다.[6]

5. 영남 지역 문학인의 특성과 성리학의 영향

영남 지역에서 배출된 문학인의 경력과 활동을 대상으로 그들의 생애와 작품에 나타난 가치관과 제반 특징들을 감안하면서 두루 검토해 볼 때, 우리는 전체적으로 다음과 같이 두 계열의 양상으로 나뉘어진다는 사실을 발견하게 된다.[7]

1) 그룹 A

(1) 일제강점기

이장희(경북 대구, 시), 오일도(경북 영양, 시), 박목월(경남 고성, 시), 김동리(경북 경주, 시, 소설), 조지훈(경북 영양, 시), 이은상(경남 마산, 시조), 이설주(경북 대구, 시), 김달진(경남 창원, 시), 장덕조(경북 경산, 소설), 김말봉(경남 부산, 소설), 정인섭(경남 울주, 비평), 곽종원(경북 고령, 비평), 김문집(경북 대구, 비평), 장혁주(경북 대구, 비평), 홍해성(경북 대구, 희곡), 김소운(경남 부산, 수필) 등

---

6) 김비환, 『좌파와 우파』, 성신대학보, 2002.8.
7) 이러한 구분은 어디까지나 필자의 심정적이고 자의적인 구분이며, 그것이 어떤 확실한 근거에 의한 과학적 개연성을 갖고 있지는 않다는 사실을 미리 명시해둔다.

(2) 해방 이후

조연현(경남 함안, 비평), 김종길(경북 안동, 시), 신동집(경북 대구, 시), 김춘수(경남 통영, 시), 조향(경남 사천, 시), 김수돈(경남 마산, 시), 김상옥(경남 통영, 시조), 구자운(경남 부산, 시), 이영도(경북 청도, 시조), 박재삼(경남 남해, 시), 이형기(경남 진주, 시), 김구용(경북 상주, 시), 김남조(경북 대구, 시), 천상병(경남 창원, 시), 고두동(경남 통영, 시), 허영자(경남 함양, 시), 신중신(경남 거창, 시), 황선하(경북 월성, 시), 허만하(경북 대구, 시), 오규원(경남 밀양, 시), 김명인(경북 울진, 시), 이성복(경북 상주, 시), 김혜순(경북 울진, 시), 이윤택(경남 부산, 시, 희곡), 박남철(경북 영일, 시), 채호기(경북 대구, 시), 서정윤(경북 대구, 시), 김원일(경남 창원, 소설), 이문열(경북 영양, 소설), 장정일(경북 대구, 소설), 이인화(경북 안동, 소설), 박일문(경북 대구, 소설),

2) 그룹 B

(1) 일제강점기

장지연(경북 상주, 비평), 김창숙(경북 성주, 시), 이상화(경북 대구, 시), 백기만(경북 대구, 시), 권환(경남 창원, 시, 소설, 비평), 유치환(경남 통영, 시), 신고송(경남 언양, 시, 비평), 윤복진(경북 대구, 시), 이육사(경북 안동, 시), 이병각(경북 영양, 시), 현진건(경북 대구, 소설), 백신애(경북 영천, 소설), 지하련(경남 마산, 소설), 김정한(경남 동래, 소설), 이주홍(경남 합천, 소설, 아동문학), 이원조(경북 안동, 비평), 이원수(경남 양산, 아동문학), 이윤재(경남 김해, 수필) 등

(2) 해방 이후

김상훈(경남 거창, 시), 이병철(경북 영양, 시), 이호우(경북 청도, 시조), 김용호

(경남 마산, 시), 설창수(경남 진해, 시), 정희성(경남 창원, 시), 정호승(경남 하동, 시), 김명수(경북 안동, 시), 하종오(경북 의성, 시), 이선관(경남 마산, 시), 백무산(경북 영천, 시), 안도현(경북 예천, 시), 안동수(경남 마산, 소설), 박경리(경남 통영, 소설), 최인욱(경남 합천, 소설), 하근찬(경북 영천, 소설), 김주영(경북 청송, 소설), 손춘익(경북 포항, 소설), 윤정규(경남 김해, 소설), 임헌영(경북 의성, 비평), 김종철(경남 마산, 비평), 이오덕(경북 안동, 아동문학), 권정생(경북 안동, 아동문학), 이대환(경북 포항, 소설) 등

이 가운데 그룹 A에 속하는 문학인의 활동 내용과 작품 성향에서 우리는 다음과 같은 공통적인 특징들을 대체로 정리할 수 있다.

① 시인이 압도적으로 많다.
② 순수문학과 예술적 서정성이 강한 작품을 좋아한다.
③ 문학의 이념성 지향, 현실 참여 따위에 대한 거부감을 많이 갖고 있는 편이다.
④ 탐미주의, 예술지상주의적 기질이 많다.
⑤ 모더니즘과 초현실주의, 포스트모더니즘 등 서구적 취향에 대한 흥미가 상당히 높다.
⑥ 대중문학에 대한 관심이 비교적 강하다.
⑦ 문학인으로서의 자부심이 강하다.
⑧ 한문학과 불교학에 대한 관심이 다소 강한 편이다.
⑨ 자유분방한 상상력을 구사하려는 성향이 짙다.
⑩ 체제수용적이며 보수적 성향이 강하다.

그룹 A의 문학에 나타난 기질이나 성향에서 우리는 대체로 보수주의적 가치관을 읽어낼 수 있다. 이러한 관점을 지녔던 영남 지역 문단 선배들의 사례를 몇 가지 살펴보기로 하자. 1920년대라는 식민지시대의 현실적 중압감과 그로 말미암은 개인적 우울성을 끝내 극복하지 못하고, 극도의 고독과 단절감 속에서 방황하다가 자살로 생을 마감한 비운의

시인 고월(古月) 이장희(李章熙)의 문학은 후대 문학지망생들에게 과연 무엇을 유산으로 남겼을까?

그것은 문학의 몽상적 분위기에 대한 동경과 추구, 나아가서는 자살의 선택이라는 방법에 대한 신비주의적 미화로까지 이어지기도 하였다. 그의 자살이야말로 일제강점기를 배경으로 가장 아름답고 슬픈 시인의 전형적인 선택이었다는 이해할 수 없는 해석도 출현한 적이 있다. 이후 영남 지역의 문학지망생들은 더욱 섬세하고 한층 몽상적이며 점차 약체화된 창작의 감각과 취향으로 나아가는 기폭제로 고월의 문학세계를 베이스캠프로 활용한 혐의가 있다. 오일도의 섬세하고 여리디 여린 감상성, 박목월의 곱고 부드러운 향토적 서정성, 김동리의 제3휴머니즘론이 지니고 있었던 모호한 형이상학적 관념성, 아득한 고전적 취향 속으로 몰입해간 조지훈의 회고 취향, 감상성과 몽상성의 배합으로 일관되었던 김달진(이 성향은 최근 문학의 정신주의라는 명분으로 미화되고 있다), 역사의식의 구체성이 결여된 공허한 민족적 감각의 이은상, 악마주의와 탐미주의를 결합시킨 비평가 김문집, 그리고 그의 파탄적인 생애, 완전한 일본인이 되기를 갈망했던 식민지의 어설픈 문학청년 장혁주 등이 그 대표적인 사례이다. 일제강점기 영남 지역 출신 문학인들의 보수성과 소극성, 비굴성과 현실안주성은 사뭇 지리멸렬하고 산만한 상태로 전개되었다.

해방 후에도 이러한 분위기는 시간이 갈수록 확대 증폭되어 대체로 영문학적 창작 방법과 감수성에서 기본적 동력을 얻고 있었던 문학들, 일어로 번역된 휘트먼과 릴케를 읽은 독서 경험에 스스로 도취되어 순수문학의 간판을 내걸고 거침없이 위선적 세계를 펼쳐간 경우, 일본 초현실주의의 표본을 과격하게 모방하여 아무런 반성과 여과 없이 그대로 보여주었던 경우, 시조 형식에 있어서의 단순회고 취향과 복고주의 등으로 이어지게 된다.

산업화시대로 접어들어서도 이 지역 출신에 의해 제출된 창작들 가운데는 보수적 분위기와 기질에 강하게 압도된 창작 스타일을 매우 흔하게 볼 수 있다. 이러한 분위기는 영남 지역 일대에서 거의 하나의 일반적 현상으로 인식되고 있다.

우선 1970년대 이후의 창작 경향만 살펴보더라도 시에서의 감각적 언어와 서구 취향의 현란한 이미지 구사 일변도에 치우쳐 있거나 대부분 언롱적(言弄的) 치기로 표출되는 경우, 내용 없는 서정성과 외설적 표현 따위로 독자 대중을 기만하며 거대소비를 부추겼던 상업주의 문학, 외피(外皮)는 비록 민족과 역사적 소재를 채택하고 있으나 근원적 역사의식이 송두리째 결여된 작품세계, 자신을 지지하는 대중들을 의식하면서 극우파적 발상과 저돌적 행동으로 일관하고 있는 작품과 행동 따위로 다면화되면서 극단적 보수주의의 아성을 점차 확고하게 굳혀가려는 자세를 지켜가고 있다.

때로는 그룹 A가 영남 지역 문학을 대표하는 자부심으로 이어지면서 산문보다는 시, 진보적 가치보다는 보수적 가치가 더욱 월등한 세력으로 자리잡아 왔다는 사실을 강조하기도 한다. 물론 감각적 언어와 이미지의 개발, 비록 표면적 가치이긴 하지만 문학에서의 미적 가치에 충실하려는 시도를 일관되게 펼쳐감으로써 독자 확보에 일정한 성과를 얻은 점을 비롯하여 수긍할 만한 부분도 있다. 하지만 그룹 A의 문학적 관점은 어디까지나 현실과 사회성, 시대성의 틈입을 철저히 차단하며 탐미주의, 서구 지향적 자세, 문학주의적 태도를 견고하게 지켜가고 있다.

이러한 그룹 A의 문학적 성향은 과거 조선 중엽 영남학파의 두 갈래 흐름 중에서 퇴계학파의 관념론적 형이상학적 성리학이 여러 세기에 걸쳐 영남 지역 주민들의 생활 구석구석까지 축적되고 파급되어 오다가, 그 중에서 균형과 방향을 잃은 관념론과 체제수용적인 성향, 반민중적 기질이 왜곡된 상태로 잔존해온 결과의 하나라 볼 수 있다.

봉건시대의 유산이라 할 수 있는 이 부정적 잔재는 애국계몽기를 거치며, 개화파의 외세의존적 태도와 결합하게 되면서, 무분별하게 유입된 서구 문예사조에 깊이 침윤하였다. 그 결과 일제강점기를 배경으로 오히려 반역사적이고 반민족적인 문학주의, 예술지상주의가 더욱 흥성하는 분위기를 초래하였다. 해방 후 분단체제로 접어들면서 이러한 기류는 더욱 강화되어 하나의 문단권력으로까지 자리를 잡아가게 되었다.

한편 한국전쟁과 그 후의 혼란 양상은 영남 지역 문학인의 기류에 어떤 영향을 주었던가? 전쟁 직후 영남 지역 일대는 서울(중앙)에서 피난해 내려온 문학인들로 저잣거리를 이루었다. 마해송·구상·김윤성·김팔봉·박영준·양명문·최독견·장덕조·임옥인·전숙희·유주현·방기환·곽하신·이덕진·최정희 등이 바로 그 중심 인물들이다. 이들은 대개 분단 이후 남한 문단을 장악해온 중심 세력들과 전쟁 전후 북에서 월남해온 문학인들로 구성되었다. 비록 양적으로는 팽창했을지 모르지만 질적으로는 이들의 대거 유입이 오히려 문단과 창작 기질의 보수성을 한층 강화시키는 촉매적 역할을 하였다.

왜냐하면 당시 전시하에서의 국민적 생존이란 절대적으로 군대와 정부에 일방적으로 복종하는 종속적 형식과 체제에 놓여 있었기 때문이다. 피난지에서의 문학인들은 '전시종군작가단(戰時從軍作家團)'이란 이름으로 육해공군 정훈 부서에 소속되어 일정한 문필 활동을 하면서 신분의 보장을 받았고, 그것으로 제한된 공간 속에서나마 안전을 누릴 수 있었던 것이다.

그러므로 임시 수도가 부산으로 지정되어 정부가 대거 영남 쪽으로 이동해 오고, 대구와 부산을 중심으로 전국의 문인들이 대거 몰려와 집단으로 할거하며 기약 없는 생활을 하게 되자, 영남 지역 문학인의 본래적 성격은 한 순간에 자신의 개성과 중심을 상실해버렸다. 서울에서 남하해 온 문학인들의 허무주의적 기질과 패배주의적 성격, 여기에다 군부대의 조직에 소속된 문학인들의 권력순응주의적 태도가 접목되어 뿌리를 내리기 시작했다.

영남 지역의 토박이 문학인들은 오히려 서울에서 온 문인들의 주변부에 엉거주춤하게 서성이고 있거나, 자신이 마치 문단의 중심부에 있다는 착각에 빠지기도 했다. 그러므로 한국전쟁 직후 대구·부산을 중심으로 영남 지역 일대에 허약하게 형성되었던 피난지 문단은 이 지역 문학인의 의식을 더욱 패배주의적이고 부정적인 양상으로 몰아갔으며, 질적 수준을 저하시키는 결과로 나타났다. 휴전이 되고 환도 이후 서울의 문학인들이 그 동안 머물던 곳을 정리하여 급격히 떠나고 난 뒤의 영남 지역 문단은 상대적인 열패감(劣敗感)과 극도의 상실감 및 정신적 공황(恐慌) 상태에 빠지게 되었다. 결국 한국전쟁과 분단은 이 지역 문학인의 기질과 풍토를 현저히 낙후시킨 부정적 요인이 작용하게 되었던 것이다.

동인지의 경우에도 일제강점기 초반 『무명탄』(1930.1)이 영남 지역에서 발간된 이후 15년 동안 그 어떤 동인지 활동도 펼쳐지지 않았다. 해방 후 겨우 동인지 『죽순』(1946)이 창간되었고, 『시와 시론』(1952), 『시와 비평』(1955), 『낭만파』(1957) 등이 영남 일원에서 잇따라 발간되었으나 앞에서 말한 바와 같이 문단의 보수성과 퇴행현상이 훨씬 강화되어 현저히 낙후된 수준을 보여주었을 따름이다. 순수서정파와 모더니즘파, 이국정취를 맹목적으로 즐기는 서구 추종파들만 나타났을 뿐이다. 산업화시대로 접어들면서 몇 가지 종류의 동인지가 출현하였으나, 특별히 그 문학사적 의의를 부각시킬 만한 성과가 발견되지는 않았다.

한편 그룹 B에 속하는 문학인의 작품과 가치관에 대한 검토에서 대체로 다음과 같은 특징들을 추출 정리해낼 수 있었다.

①시인의 수가 상대적으로 많다.
②현실참여문학과 사회적 서정성이 강한 작품을 좋아한다.
③문학의 이념성 지향, 현실 참여 따위에 대한 상당한 동의와 지지를 갖고 있는 편이다.
④비판의식과 현실저항의식이 강한 편이다. (일제강점기에는 계급주의 문학, 해방 후에는 반봉건, 반독재 운동의 문학이 많았다.)
⑤민중문학, 노동해방문학, 통일지향문학 등 총체적 리얼리즘에 대한 관심이 상당히 높다.

⑥ 역사주의 문학에 대한 관심이 비교적 강하다.

⑦ 문학인으로서의 자부심과 사명감을 강하게 느낀다.

⑧ 한문학적 소양과 불교학 등 동아시아학 전반에 대한 관심이 다소 강한 편이다. 사고와 의식의 틀이 다소 경직되어 있는 편이며, 자신의 관점을 과감하게 변화시키지 못한다.

⑨ 체제저항적이고, 보수적 성향이 강하다.

필자는 최근 대학생들의 문학답사에 참가해본 경험이 있다. 대상 지역은 주로 경남 지역 일대였는데, 탐방 코스는 경남 산청의 남명 조식 선생 유적지(덕천서원, 산천재) 등이 가장 먼저였다. 다음으로는 남해의 서포 김만중 유배지였던 노도(老島)라는 섬이었고, 이어서 거제도의 포로수용소를 거쳐 경남 통영의 청마문학관을 방문하였다. 재현해 놓은 생가의 앞마당에서 필자는 학생들에게 청마(靑馬) 유치환(柳致環) 시인의 문학에 대하여 설명하였다. 일생을 통하여 펼쳐 보였던 문학사상 중에서 1960년 4월혁명 시기의 문학이야말로 남명사상의 영향과 그 발자취를 뚜렷이 발견할 수 있다는 견해를 밝혔다.

시집 『뜨거운 노래는 땅에 묻는다』가 바로 그것이다. 이 시집에 충만되어 있는 반독재의식과 정치적 부조리 및 모순에 대한 신랄한 비판과 질타는 바로 남명사상에서 발원된 맑고 서늘한 물줄기였던 것이다. 어떤 문학인이건 그의 생애를 통틀어 하나의 사상이나 신념을 일관되게 지속적으로 유지해 가기란 어려운 일이다. 온갖 유혹과 악조건, 나태의 시간이 신념의 지속을 방해하는 요인들이다. 하지만 이런 악조건 속에서도 가열한 자기 극복의 단계를 거쳐서 비로소 찬란한 자기 갱신의 반열에 오르게 되는 것이다. 청마의 경우도 갖은 우여곡절을 거쳐서 마침내 높고 빛나는 정신의 단계에 다다를 수 있었다. 이 무렵의 청마문학이 아나키즘사상의 영향을 받고 있었던 것으로 보는 견해도 있다.[8]

---

8) 정대호, 「유치환의 시 연구―아나키즘과 세계인식의 관련양상을 중심으로」, 경북대

통영에서 마산으로 접어들면서 답사 팀은 옛 창원군(현재의 마산시 구역)에 위치한 진전면 오서리를 들러서 그 마을이 배출한 비운의 시인 권환(權煥)의 유적지들을 답사하였다. 시인 권환이 유소년 시절 그의 부친으로부터 학습을 받았던 경행재(景行齋)를 비롯하여 시인의 생가, 월북시인으로 와전된 시인의 황량한 무덤 등을 차례로 방문하였다. 카프 중앙위원으로 활동하던 시기의 권환은 당시 식민지 지배체제가 드러내고 있었던 온갖 모순과 부조리에 대하여 매섭고 신랄한 비판과 제압의 의지를 나타내고 있었다.

하지만 그러한 의지는 사회주의 이데올로기에 기초한 혁명성의 고양이었다. 그럼에도 불구하고 시인 권환의 전반적 문학 활동은 15세기 중반 진주 산청 일대에서 발원되었던 남명사상의 현실비판적 태도와 비타협적 정신에 그 뿌리를 두고 있는 것이란 사실을 실감할 수 있었다.

이처럼 남명사상의 흐름은 마치 물이 넘쳐서 주변으로 흘러가는 것과 마찬가지로 영남 일원으로 확산되어 있음을 확인하게 되었다. 남쪽으로 흘러간 남명사상은 통영 출신의 청마, 마산 출신의 권환, 동래의 김정한(金廷漢), 양산의 이원수(李元壽) 등 그룹 B의 문학세계로 이어져 하나의 도도한 정신사적 인맥을 형성하고 있음을 확인하게 되었다.

영남의 북쪽 지역으로 거슬러 올라간 남명사상은 현풍의 면우(勉宇) 곽종석(郭鍾錫)의 실천적 유학사상으로 이어지면서, 일제강점기 경북 김천 지역에서 최초로 창간되었던 동인지 『무명탄(無名彈)』(1930.1)의 출현을 가능하게 하였다. 『무명탄』은 김갑연·함효영·우동전 등 당시로서는 제도권 문단에 그 이름이 거의 알려지지 아니한 신진 청년문학인들을 중심으로 식민지 제도권 문단의 식물적 연약성에 대하여 드센 자극과 공격의 도전적 포탄을 날린 무명 문학인들의 동인지였다. 창작으로서의 예술적 성과는 미미하였으나 이러한 그들의 주장에는 눈여겨볼 만한 부분이

박사논문, 1995.

있는 것이 사실이다.

그것은 자신의 이름에 자족하면서 현실에 안주하는 제도권 내부 유명 문학인들의 현실도피적 자세에 대한 엄중한 추궁이며 문책이었던 것이다. 성주 출신의 선각자 심산(心汕) 김창숙(金昌淑) 선생의 지사적 삶과 그 결연한 사상을 반드시 짚어야만 한다. 그의 경우 문학 창작보다도 한국의 민족사상을 심화시키는 일에 더욱 공적을 쌓았으나, 정신사적 이해의 측면에서 심산사상에 대한 탐구를 계속해가야만 할 것이다.

대구에서 우뚝한 자신의 문학적 아성을 쌓아올렸던 이상화, 백기만의 문학과 정신, 안동의 이육사, 영양의 이병각 등이 그 뚜렷한 족적을 남긴 문학인들이다.9) 해방 시기에는 거창 출신의 시인 김상훈, 영양 출신의 이병철 등이 남명사상의 영향권 속에서 자신의 문학세계를 키워간 사람들로, 그들의 작품은 새롭게 재해석될 요소를 지녔다 할 것이다.

이들 중에서 이육사의 경우는 매우 특이한 존재라 하겠다. 그는 퇴계의 후손으로 누구보다도 퇴계사상의 분위기에서 성장하였으나, 그것이 지니고 있는 부정적 요소로서의 관념적 분위기를 진작 깨닫고 수용하지 않았다. 오히려 퇴계 후손으로서 특이한 존재였던 왕조 말기 이만도(李晩燾), 이중언(李中彦) 등의 지사들과 인근 지역의 김도현(金道鉉) 선생을 비롯한 여러 의병장의 진취적 생애를 통해서 민족자존과 의기의 부활을 꿈꾸는 현실주의적 태도를 배우고 지켜가게 되었다.10) 육사는 민족주의적 사상으로, 그의 아우였던 비평가 이원조는 사회주의사상으로 제각기 자신의 문학적 신념을 형성해갔다.

섣부른 지적이긴 하지만 우리는 육사의 생애와 문학정신에서 도리어 남명사상의 영향과 흔적을 발견할 수 있다는 이 독특한 사실을 어떻게 설명해가야 할 것인가.

---

9) 필자는 이상화의 문학세계를 정리하면서 「태산교악(泰山喬嶽)의 시정신」으로 명명한 바 있다(『문학사상』, 2001.7).

10) 김용직, 「저항의 논리와 그 정신적 맥락」, 『한국현대시연구』, 일지사, 1974, 381~388면.

6. 마무리

논의의 마무리에 이르러 우리는 이 시대의 참된 진보와 진정한 보수는 과연 무엇인가에 대하여 곰곰이 성찰해본다. 우리는 험난했던 시간을 살아오면서 진보와 보수의 참된 의미를 모색할 만한 심리적 여유를 갖지 못하였다. 단지 절박한 생존을 빌미로 보수, 진보의 어느 한 편에 소속하여 철저히 상대방을 비난하고 부정하는 이분법적 구획사고에만 길들여져 왔다.

일제강점기에 도입되었던 리얼리즘과 로맨티시즘의 해석과 응용에서도 흑백논리에 따른 선택을 강요받았다. 다양한 문명적 가치에 관한 인정은 기회주의로 매도되었다. 해방 이후 불안한 시대상의 전개과정은 일제강점기에 형성된 이데올로기적 대립과 대결 양상을 한층 심화시켰다. 이제 우리에게 시급히 필요한 것은 존재의 다양성에 대한 인정과 수용이다.

이 시점에서 우리는 15세기 중반 영남 지역 일대를 풍미했던 성리학의 두 양상에 대하여 다시금 그 정신사적 맥락과 의미를 되새겨 보아야만 한다.

퇴계학파가 추구했던 사물의 존재성과 그 이치에 대한 진지한 궁구(窮究)의 자세는 오늘의 우리가 다시 되살리고 본받아야만 한다. 하지만 지나친 관념주의와 형이상학적 취향에 대해서는 적절한 자기 조절을 통하여 인식과 판단의 올바른 균형을 회복해야 한다.

이와 더불어 남명학파의 비타협적 정신과 현실비판적 자세는 제반 위기 상황에서 여전히 놓여나지 못하고 있는 오늘의 우리 삶에서 줄곧 지켜가야 할 삶의 덕목으로 되살리고 키워가야만 할 것이다. 다만 극단주의로 빠져들 수 있는 약점을 스스로 경계해야 할 것이다. 문학의 책무와 관련해서는 시간이 경과할수록 우리의 삶에 구체적 위기로 떠오르고 있는 평등과 정의, 평화와 환경보호의 문제 등을 주시하며 이를 폭넓게 실현하기 위해 문학적 정서적 노력을 기울여야 한다.

과거 냉전시대 우리 사회를 옥죄었던 좌우 극단주의는 이제 소름끼치는 배격의 대상이다. 아직도 우리 주변의 도처에 여전히 살아서 파괴적 음모를 기도하는 극우 국가주의, 집단주의를 해체하고 소멸시키는 것이 민주화를 향해 나아가는 단계에서 우리들의 당면과제이다. 만약 문단과 문학인의 의식 속에 이러한 부정적 사고가 남아 있다면 그것을 혁파해야만 한다. 이것은 정상적인 진보와 보수 양측이 모두 합의를 이루어 실천해야 할 일이다.

하지만 보수는 극우적 구질서가 남긴 제도적 문화적 이데올로기적 잔재를 활용하려는 비정상적 행동을 보이고 있다. 이 때문에 문학이 추구하는 궁극적 가치의 하나인 '개인의 자유와 인권'이라는 민주주의 기본 가치를 실현하는 임무까지도 사실상 진정한 진보의 몫으로 맡겨져 있는 것이다. 결국 우리는 그룹 A와 그룹 B가 지니고 있는 제반 특성들 가운데서 긍정적인 요소와 측면은 늘 서로 조화와 통합을 이루어갈 수 있도록 노력해야 한다. 더불어 부정적인 요소와 그 측면은 더 이상 확산되지 아니하도록 자신의 내부에서 단호하게 억제하고 소멸시켜 가는 능동적 극기(克己)의 자세가 필요하다.

보수와 진보의 아름다운 회통(會通)!

우리가 당장 착수하고 실천해가야 할 부분은 바로 이것이다.

모든 당면 문제들에 대하여 투철한 인식을 지니고, 미래로 펼쳐갈 민족문학사를 지금 올바르게 관리하며 꾸준히 성찰해 가는 것이야말로, 앞으로 다가올 통일시대의 민족문학사 내부에서 영남 지역 문학인의 위상이 차지하는 품격과 비중을 한 단계 더 높여나가는 구체적 방안이 되지 않을까 한다.

제3장
광물이미지를 통해서 본 한국시의 성격

1. 머리말

편집자가 의뢰해 온 이 글의 본래 취지는 '민중시에 나타난 공격성 광물이미지'에 관한 것이었다. 필자 또한 민중시에는 으레 '공격성 광물이미지'가 많이 반영되어져 있으리라고 여겼다. 하지만 이 글을 쓰기 위해 1920년대 이후 약 60여 년 동안의 시 작품들을 두루 검토해 본 결과 이른바 '공격성 광물이미지'라는 것이 민중시에만 나타나는 특유의 현상이 아니라는 점을 알게 되었다.

그것은 작품의 성격을 초월하여 거의 모든 시 작품들에 골고루 폭넓게 분포되어 나타나며, '공격성 광물이미지'를 표현하는 양상들도 대체로 열악한 현실의 제 조건을 묘사하기 위한 수단으로 채택되어질 뿐, 이미지의 공격성 그 자체가 시의 기본적 영역이 아니기 때문이다. '공격성 광물'로 말할 것 같으면 대체로 지배 세력의 독점적 전유물이요, 민중의 것이 아니라는 사실에서도 이 점은 납득된다.

혼히 항간에서는 1970년대 이후 한국의 민중시가 공격성 광물이미지를 특히 부각해서 표현한 것으로 생각하는데 이는 오해이다. 민중시 자체가 공격적인 것이 아니라 도리어 민중의 생존을 공격하고 있는 외세, 민중적 기반이 공격받고 있는 현실의 악조건을 심도 있게 묘사함으로써 현실의 열악성과 열악한 현실의 극복을 지향하려는 꿈과 소망을 표현하고 있는 경우가 대부분이다. 이런 표현에 의존하고 있는 민중시의 문체가 때로 거칠게 공격적인 것으로 느껴지는 것은 지배의 강압성과 악을 드러내는 일에 그들이 적극적인 의지를 가지고 있기 때문에 빚어지는 현상이다.

그리하여 이 글은 굳이 민중시의 범주에 시각을 고정하지 않고, 1920년대 이후 한국시의 광범한 영역에 폭넓게 나타나는 광물이미지의 변화 추이를 면밀히 분석 파악함으로써 광물이미지의 성격과 시적 표현과의 상호 관계상의 의미를 정리해 보고자 한다.

2. '공격성 광물이미지'라고 하는 것

인류가 철(鐵)을 사용하게 된 것은 돌과 청동으로 만들어진 각종 도구의 경도와 강인성의 모순 때문이었다. 제철 기술의 발생은 기원전 15세기에서 25세기까지 거슬러 올라간다. 경도와 강인성에서 겪게 되는 갈등은 기술의 발전을 급속히 가속시켜 물질 문명을 기반으로 하는 사회 발전을 이룩하게 하였다.

세계문명사에 나타난 철의 사용은 기원전 1천 년 경에 오리엔트 무렵의 주축을 이루었던 소아시아 지역의 히타이트 왕국이 으뜸이었다. 그들의 정치적 패권은 막강한 전차 기술뿐만 아니라 철제 무기의 개발과 독점 덕분이라 할 수 있다. 소아시아의 고원과 산중에는 은·연·동·철광 등의 광물 자원이 풍부하였고, 이 가운데서도 히타이트 사람들은 철광의 용해와 이를 단야(鍛冶)해서 철기를 만드는 기술을 습득하였다.

이 무렵 철은 거의 귀금속과도 같은 보물이었다. 철의 용해 및 단야에 관한 기술은 일급 군사 기밀로서 국외 유출이 금지되어 있었고, 철제 무기를 가진 군대를 보유한 왕은 가장 강력한 독점 지배에 성공할 수가 있었던 것이다. 야금 기술의 발달은 무기의 제조에 절대적으로 영향을 미치었고, 노동 용구의 개량의 필요상 이것은 더욱 비약적인 사회 변화를 불러오게 되었다.

철의 독점을 통한 민중 지배는 현대에도 거의 마찬가지로 고전적 원형을 유지해 오고 있는 듯하다. 특히 공격성 광물이라고 할 수 있는 무기의 독점을 통한 민중 지배는 파시즘이라는 말의 의미로 일컬어질 만큼 20세기의 대부분에서 활발히 작용되어 왔다.

이를 통해서 짐작할 때 공격성 광물이미지란 칼, 총, 폭탄 따위의 병기와 전쟁, 군대, 침략, 억압, 외세, 제국주의, 파시즘, 마키아벨리즘 따위의 총체적 상징어로 읽혀지는 듯하다. 이런 것들의 속성은 차디차고 비정하며 반인간적 반생명적이며, 언제나 대량 파괴, 집단 살상을 조직적으로 준비하고 있다.

이러한 신식 무기와 전쟁 관련 어휘들은 활, 포, 철퇴(쇠몽둥이), 등패, 철편(쇠 채찍), 사슬, 낫, 쇠도리깨, 마름쇠 따위의 구식 무기들과 그 위력에 있어서 도저히 비교할 바가 못된다. 이 가공할 만한 신문기의 개발은 자기 영역의 확보와 고수라는 단순한 범위를 어미 벗어나서 상대측을 파괴시키고, 모르는 사이에 자기 자신까지도 더불어 파멸시키는 것이다.

엄청난 파괴력을 지니고 있는 신무기의 잔혹성으로부터 최후의 인간성을 지켜 내고자 분투하는 문학을 포함한 예술 일반의 노력은, 이 때문에 노력 그 자체가 하나의 강력한 무력성을 띠지 않을 수 없게 된다.

톨스토이가 『전쟁과 평화』의 한 대목에서 말한 바처럼 '무기의 가장 강력한 무기는 인쇄물과 유포'라는 발언이 진실이라면 대량으로 인쇄되고 출판되는 문학이야말로 공격성 광물의 폭력에 대항할 수 있는 가장 강력하고도 훌륭한 무기의 역할을 수행하게 될 것이다. 실제로 무기라는 것의 소지가 신체적으로 약한 사람의 기분을 강하게 해주는 효과가 있듯이 문학이 지니고 있는 잠재적 가능성에 대한 기대도 삶의 위기로부터 인간을 구해주고 도와줄 수 있다는 마지막 보루이자 희망이라는 방어 기능과 무관하지 않다.

한자 무(武)의 구성을 곰곰이 뜯어보면 무기를 그치게 한다는 의미를 담고 있다. 『춘추좌씨전(春秋左氏傳)』에도 나오는 이 지적은 인간에게 있어서의 진정한 무력의 의미를 꿰뚫고 있는 말이다. 무(武)라고 하는 것은 결국 전쟁 충동을 제거하려는 참된 지향을 내포하고 있으므로, 무기는 그야말로 평화를 가져오게 하는 유익하고도 아름다운 도구이어야 하는 것이다.

그러나 인간의 현실에서 무의 현재성은 과연 어떠한 모습으로 놓여져 있는가. 평화를 가져오기는커녕 평화 그 자체를 아주 근본적으로 파괴 말살하려는 전쟁, 고문, 범죄 따위의 불순한 음모로 획책되거나 고통의 부가에 전적으로 이용되고 있는 것은 아닌지.

① 2.7인치 로켓포탄이며, 3.5인치 로켓포탄이며
   60미리 박격포탄, 80미리 박격포탄
   이름도 모를 포탄들의 파편과 불발탄
   뒤엎힌 탄착점과 어질러진 철조망

— 민재식, 「속죄양 II」 부분

② 갈라진 가슴팍엔
   살고 싶은 무기도 빼앗겨 버렸구나

— 박봉우, 「진달래도 피면 무엇하리」 부분

①은 공격성 광물이미지의 현재적인 위상 그대로이다. 이런 사물들은 결코 민중들의 것이 아니다. 민중이란 원래 수무촌철(手無寸鐵)의 인물들이 아닌가. 그러므로 ①의 온갖 공격성 광물들은 민중성을 파괴하고 유린하려는 매우 불길하고 위험한 사물들이다. ②는 이 위험한 흉물들이 민중의 가슴속에 내재한 삶의 마지막 의지조차 박탈하고 있다는 비극적 정황을 말해 준다.

이런 과정을 담아 내고 있는 시인들은 민중성을 뿌리째 뒤흔들고 전복시키려는 무기를 독점한 자들에 대한 비폭력적 저항, 문학적 저항을 이런 표현으로 나타내는 것이다. 거친 어조, 가쁜 숨결, 잦은 비어의 등장이 때로 독자들로 하여금 공격성을 느끼게 하나, 실은 그것이 억압 구조에 대한 반작용이며, 억압 자체를 근원적으로 분쇄 극복하고자 하는 상상력의 표현 형식일 뿐이다.

그러므로 민중시는 공격성 광물이미지의 시가 아니라고 말할 수 있다. 무기를 독점한 자들이 민중에게 총칼을 들고 유린하기 시작할 때, 민중시는 문학 속에서 보습, 조약돌, 호미, 곡괭이, 해머 따위의 노동 기구나 자연물을 들고 있을 뿐이다. 그러므로 이들의 대결은 애당초 정상적인 무력대결 구조의 싸움이 될 수 없었던 것이다.

3. 광물이미지의 시대별 전개 양상

한국문학사에서 1920년대와 1930년대의 시 작품들은 당시의 창작 풍토를 반영이라도 하듯 광물이미지 자체가 매우 환상성, 모호성의 구조를 나타낸다. 지극히 추상화된 이미지로 일관되어 있긴 하지만 드물게 토착성을 고수하려는 지향이 나타나고 있기도 하다. 그러나 이런 지향마저도 아주 소극적이고 운신의 폭이 훨씬 제한되어 있는 것이다.

이 시기의 표본적인 광물이미지들을 열거해 보면 다음과 같다.

> 쇠북, 화젓가락, 철창, 기계, 군함, 옥(돌), 쇄빙선, 흰 대리석, 바위, 괭이, 은반
> 지, 소도(小刀), 보습, 방탄 금속, 권총, 탄환, 놋요강, 은쟁반, 후치, 소시랑, 작
> 두, 양철통, 은금보화, 검(劍).

'쇠북'은 이상화의 시 「나의 침실로」에 등장하는 광물이미지이다. '사
원의 쇠북이 우리를 비웃기 전에……'로 전개되어 가는 대목에서 이 '쇠
북'의 이미지는 개인으로서의 인간, 혹은 민족에게 고통을 가해 오는 유
린적 성격임에 틀림없으나, 그것의 구체적인 역사 배경이 불분명하게 추
상화되어 있으므로 몽롱한 분위기를 극복해 내지 못하고 만다.

이상화 초기 시의 한계는 이런 종류의 모호성과 함께 시 「가장 비통
한 기욕」에 나타나는 것처럼 '인간을 만든 검아 / 하로 일즉 차라리 취한
목숨 죽여 버려라'의 자독적(自瀆的) 자해적(自害的) 허무주의로 흐르고 있
다는 점이다.

이런 모호성은 한용운의 시 「당신의 편지」에서의 '군함'의 불분명성에
서도 마찬가지로 지적된다. 군국 일본 해군의 수병으로 끌려 간 주인공
의 현실적 구체성이 모호한 표현으로 흐려져 있다.

김동환의 장시 「국경의 밤」에서 십대, 백대, 천대에 걸쳐 재가승의 씨
를 받아 전하는 순이의 처지를 '기계'라는 광물이미지로 나타내는 부분
이 다소 돋보이긴 하나, 여전히 진술의 평범성에 머무르고 있다.

박용철의 시 「밤기차에 그대를 보내고」에 나오는 광물이미지로서의
'쇄빙선'은 직설적이고 몽롱하며, 액자적 의미를 벗어나지 못한다.

김영랑, 신석정의 시에 자주 등장하는 '옥동'·'흰 대리석', 노천명 시
에서의 '은반지', 신석초의 시 「바라춤」에서의 '장검' 이미지 등은 이미
지 자체가 귀족성, 고급성, 특수성을 드러내고 있는 것이다. 김광균의 이

미지즘 시에 자주 등장하는 '양철', '철책', '근골(筋骨)' 이미지들도 비록 그것이 도시적 광물성의 색채를 지니고 있긴 하지만 신기한 감각과 재치 그 이상의 세계로까지 도달하지 못한다.

이육사의 유명한 시 「청포도」에 등장하는 '은쟁반' 이미지도 구체적인 삶의 현실과 너무도 동떨어진 현격한 환상적 거리를 두고 있다는 점에서 위의 경우와 마찬가지로 평가된다.

1930년대 후반에서 1940년대 중반 을유해방에 이르기까지의 시 작품들은 1930년대의 환상성, 추상성, 자기 혐오증, 피학성을 더욱 심하게 드러내는 경우가 많다. 이른바 '암흑기'로 불려지는 이 시기의 표본적 광물 이미지들은 청마의 시 「광야에 와서」의 '철벽' 이미지, 김광균의 시 「은수저」 이미지의 고절한 느낌, 육사의 시 「절정」에 '강철' 이미지, 윤동주의 시 「또 다른 고향」에 나타나는 '백골' 이미지, 「참회록」에 나타나는 '파란 녹이 낀 구리거울' 이미지, '운석(隕石)' 이미지 등이 될 것이다.

이밖에 별도로 자랑스럽게 덧붙일 수 있는 것은 심훈의 시 「그날이 오면」에서 머리로 들이받아서 울리는 '인경' 이미지, 북을 만들기 위해 이 몸의 가죽을 벗겨 내는 '칼' 이미지 등이 아닐까 한다.

또 한 가지 특이한 사실은 이 시기에 제출된 시로서 물량적 분량이 가장 많았던 친일시의 광물이미지에 관한 것이다.

친일시에는 의외에도 공격성 광물이미지가 매우 풍부한 영역으로 확대되어 나타난다. 그러나 그것들은 상상력 자체가 처음부터 일그러진 구조를 보이고, 더불어 민족주체성이 완전한 파탄을 드러내고 있는 것이다. 대단히 풍성한 광물이미지가 구사되어 있지만 실은 그것이 민족공동체를 향하여 칼날을 거구로 겨누고 마구 잔혹스레 찔러 댄 어처구니없는 슬픈 구도였던 것이다.

그러므로 해방 후 친일 시인들이 그들 자신 친일적 파탄 행각을 민족을 위한 친일로 호도하고 위장하려 들지만 결과적으로는 개인을 위한 친일이었고, 민족에 대한 대량 살상 행각이었던 것이다. 친일시들의 공격성 광물이미지의 표현 유형을 살펴보면 그것이 거의 천편일률적으로 획일성을 보이고 있다는 점을 발견한다.

주요한의 시 「특급 열차」에 나오는 '조약돌'·'철교' 등의 미지와 시 「새 세상」에서의 '기차', '금빛의 세계'가 지향하는 전통성의 부정, 이광수의 「지원병 장행가」에서의 '총후봉공(銃後奉公)'의 부추김, 또 다른 주요한 시 「동양해방」의 한 대목처럼 '쇠는 쇠로써, 화약은 화약으로써, 엔진은 엔진으로써' 물리치고 극복하여 마침내 건설하고야 말겠다는 대동아공영권의 망상, 시 「팔굉일우」에서 '시방 우리는 총을 들고 / 시방 우리는 칼을 잡고 싸우고 문흡니다' 따위에 제시된 군국주의적 이념의 적극적 실천을 본다.

모윤숙의 시 「지원병에게」에서 '칼빛은 태양 아래 번개를 아로삭여 황홀한 창검이나 금은의 장식', 정지용의 시 「이토(異土)」에서의 '탄약'·'화약' 이미지, 김동환의 시 「군복 집는 아낙네」에서의 '함성치며 기관총 앞으로'의 대목에 나타난 사무라이적 호전성. 이런 부류들은 김용제의 「보도시첩(報道試帖)」, 모윤숙의 「호산나·소남도」, 서정주의 「송정오장 송가(松井伍長 頌歌)」, 김팔봉의 「님의 부르심을 받들고서」 등에 너무나도 광범한 폭으로 깊게 확대되어 있음을 주시한다.

한국 시에서 공격성 광물이미지가 가장 본격적, 집중적으로 집약되어 나타난 시기는 1945년 8월 15일 이후이다.

그 이전에는 심훈·임화 등의 시에서처럼 귀족성, 특수성이 훌륭히 극복된 경우도 있었으나 대부분의 경우는 일제 식민지체제라는 제도권 내부에 안돈함으로써, 광물이미지를 표현한다 하더라도 그것이 사뭇 공격성을 띠기보다는 관념성, 추상성, 모호성으로 표현된 불투명, 비구체성에 머물러 있었던 것이다.

그러나 해방 시기 수년간 발표된 시 작품들은 민족에게 위협을 가해 오는 공격성 광물의 속성과 실체를 분명히 깨닫고 있었음이 여실히 증명된다. 해방 시기의 공격성 광물이미지들은 주로 '검은 쇠사슬',

'창끝', '무거운 쇠줄', '장총', '탄환', '군국주의제 전차', '화살', '총칼', '총뿌리', '강철', '철망', '히노마루', '쇠기둥', '다이나마이트', '추럭', '찚', '비수', '쇠넝굴', '권력', '포성', '석유', '왜병의 동상' 따위의 여전히 우울한 표본으로 추출된다. 이 모든 것들은 제국주의, 즉 구체적 외세의 상징물들이다.

이 구체적 외세의 상징물들은 시종 끊임없이 민족의 생존과 자주독립의 실천에 교란과 전복을 가해 오고 항상 폭력을 서슴지 않는다. 특기할 만한 것은 해방 시기의 좌파 시인들이 공격성 광물이미지가 지니고 있는 제국주의, 봉건주의의 속성을 날카롭게 꿰뚫고 직시하고 있었다는 점이다. 이 공격성 광물에 대항하는 민족 주체 세력들의 무기라곤 오직 '쇠망치', '화차', '조약돌', '용광로', '보삽', '삽자루', '호미', '마차', '전선', '철선', '철근', '철판', '곡괭이', '함마' 따위의 소박한 도구들에 불과했다.

이것들은 어디까지나 무기가 아니라 생활 용구이거나 농경을 위한 도구, 자연적 대상물로 제한되는 사물들이다. 외래적이고 이질적인 공격성 광물들은 민족적 전통을 단절시키고, 생명 파괴의 충동으로 가득 차 있으며 동질성 분열, 존재의 구속성을 철저히 작용시키려 한다.

위에서 보듯 한국 시에서의 공격성 광물이미지는 대체로 이원적 대립 양상을 보인다. 그것은 외세로서의 제국주의 및 거기에 야합하는 토착적 봉건 세력들과 이 모든 것에 반대하는 민족 주체 세력의 성격이다. 제국주의, 봉건주의를 나타내는 광물이미지는 주로 칼·전차·대포·찚·쇠사슬 등의 군사용 무기류이며, 민족 주체 세력의 공격성 광물이미지는 쇠망치, 보삽, 호미 따위의 농기구류, 노동 도구류로 한정된다.

해방 시기에서 공격성 광물이미지의 파괴적 현실을 적극적으로 반영한 시인들은 권환·조벽암·박세영·여상현·설정식·김상훈·유진오·김기림·이경희·안함광·송돈식 등의 좌파 시인들이다.

권환의 시 「사자 같은 양」·「그대」·「쇠사슬」, 박세영의 시 「너이들은 가거라」에서의 '용광로' 이미지, 여상현의 「석탄공」, 설정식의 「태양없는 땅」, 장시 「만주국」의 서시에 나타난 역사의식, 조벽암의 「눈 나리는 밤」, 유진오의 「눈감아라 고요히」·「3월」·「산」·「창」 등에 나타난 공격성 광물이미지의 묘사는 특히 돋보인다.

특히 시 「산」의 한 대목에서

전차, 자동차, 마차, 추럭
쩔, 쩔, 또 쩔 ……
목마른 서울 거리엔
몬지만 휘날리느냐

와 같은 부분이라든가, 시 「창」에서 '세파—트와 쇠넝쿨과 서슬 푸른 권력이 겹겹히 에워싼 창……'에서처럼 공격성 광물을 장악해서 독점 지배로 새로운 예속을 민중들에게 강요하는 부도덕한 정치 권력의 재등장을 철저히 통박하는 대목을 우리는 발견한다.

김기림의 「새나라 頌」, 이경희의 「귀환」, 박석정의 「해후」, 안함광의 「농군의 아들」, 김상훈의 「전원애화」·「회장」·「노동자」·「호롱불」, 송돈식의 「공원」에 나타난 공격성 광물이미지의 적확한 묘사는 해방 시기 시인들의 투철하고 정돈된 역사의식의 한 단면을 보여 주는 주목할 만한 표본이라 하겠다.

한국 시의 공격성 광물이미지에서 군사용 무기류가 폭발적 증가를 보이면서 일제 말에 겪었던 파탄을 다시 반복하게 되는 시기는 1950년 6·25 이후이다.

이 시기의 광물이미지가 보여 주는 최대의 약점은 존재의 주체성을 여전히 회복하지 못하고 있다는 것이다. 이것은 6·25라는 전쟁 자체가 외래적, 이질적 이데올로기의 원격 조종에 의해 발발한 매우 비극적인 대리 전쟁이자 동족상쟁이었다는 사실을 단적으로 증명해 주며, 동시에 냉전과 분단체제하에서 표현되는 공격성 광물이미지의 내용들이 주로 군사적, 파괴적인 특징을 지니고 있다는 점을 분명히 말해 주는 것이다.

1950년대 시 작품의 광물이미지들은 주로 전쟁 관련 도구들의 대거 등장으로 설명된다. 그것들은 민족동질성에 대한 강력한 파괴와 유린, 대량 살상의 폭력성, 분쇄성, 분열성을 지니고 있었다.

이 시기의 공격성 광물이미지들의 표본을 추출해 보면 대개 '바주카포', '탄환', '악마의 총탄', '헬리콥터', '금속분', '디젤 엔진', '기중기', '날라리', '녹슨 청룡도', '부서진 스피커', '총칼', '도금한 벌레', '몇백 억의 쇠', '철조망', '석탄 내음', '바리케이트', '캐터필러', '포크', '장총', '대검', '따발총성', '방아쇠', '비행기 소리', '화석', '지뢰 탐지기', '주물 공장', '탄피', '파선의 잔해', '녹슨 쇳덩이', '녹슨 레일', '총구', '기관포', '수류탄', '깡통 주막집' 따위로 열거된다. 이에 대항하는 민중들의 광물이미지는 거의 없거나, 있어도 '주물공장'의 용광로에서 모든 무기를 녹여 버리겠다는 정도에 불과하였다.

김춘수의 시 「부다페스트에서의 소녀의 죽음」에 등장하는 '쏘련제 탄환', '악마의 총탄'은 또 다른 의미에서의 이데올로기적 편향의 시각이 작품의 전면에 과격하게 깔려 있다.

전영경의 시 「선사시대」에서는 전쟁의 비극적 체험이 수만 년 전 석기시대의 원시성으로 도리어 환원되는 환상 체험이 하나의 역설적 구도로 떠오른다.

조향의 시 「바다의 층계」에 나타나는 비정한 물질 문명의 싸늘한 체온 '철조망', '캐터필러', '방아쇠'를 통해서 분단의 비극성과 전쟁의 참혹성을 강력하게 환기시키는 박봉우의 시 「나비와 철조망」, 김광림의 「다리 목」, 신기선의 「어릴 때 조국」·「탄피의 노래」, 강인섭의 「녹슨 경의선」, 신동엽의 「진달래 산천」 등이 특히 돋보인다.

이 가운데 신기선의 「탄피의 노래」가 담아 내고 있는 시정신의 진정

성은 모든 전쟁의 극복을 염원하는 동심적 상상력에 기초하고 있는 듯
하다.

산간을 누비는
배고픈 어린이의 손에서

수척한 늙은이의 지뢰 탐지기의 손에서

삼양동 주물공장으로
팔려온 탄피
……쏘련제 미국제 중공제 일본제라 쓰여 있던 탄피

녹혀진 탄피는 금물을 잡수신 부처가 되어 절로 가고
종으로 둔갑한 탄피는 교회와 마을의 지붕 위에서 울린다
— 신기선, 「탄피의 노래」

한편 반민족적 반민중적 정권으로 영구 독재를 획책하는 자유당의 야
만적인 흉계를 진작 꿰뚫어 보고, 그들의 공격성 광물을 백일하에 고발
하는 시 작품으로 송욱의 연작 장시 「하여지향」에 나타난 '윤전기', '철
면피' 등의 광물이미지, 조지훈의 시 「우리 무엇을 믿고 살아야 하는가」
(―그것을 말해 다오 1959년이여)에 등장하는 '찢어진 신문과 부서진 스피커
뒤로 난무하는 총칼, 이 백귀야행의 어둠을 어쩌려느냐'에서 '스피카',
'총칼' 따위의 광물이미지들은 공격성 광물을 동원하여 민중의 눈과 귀
를 차단 봉쇄시키려는 토착적 봉건 세력의 준동을 통렬히 경계하고 각
성시키는 의지를 담고 있는 것으로 주목된다.
1960년대의 공격성 광물이미지는 1950년대만큼 군사용 도구들의 직접
적 표현이나 묘사가 상당한 감소 추세를 보인다. 대신에 독재 권력의 야
욕을 비판하고 풍자하는 광물이미지는 오히려 격증하고 있다.

이 시기 한국 시에 나타난 광물이미지의 표본들은 대개 '윤전기', '쇠 망치 소리', '껍데기', '쇠붙이', '바리케이트', '수통', '철조망', '무차별 총 구', '총알' 등이며, 이 공격성 무기이미지에 대하여 저항하는 민중들의 광물이미지는 주로 '돌멩이', '돌알' 따위에 불과했다.

이인석의 시 「상황」은 '도금한 벌레', '몇백 억의 쇠'를 통하여 독재 권력의 부패상, 억압과 독점과 착취의 모순 구조, 양심과 타락과 반윤리 성 등을 풍자한다.

위에 열거된 표본 중에서 특히 직관적 정리와 현실 극복의 의지로 가 득 찬 신동엽의 시 「껍데기는 가라」는 광물이미지의 상반되는 두 성격을 훌륭한 대비로 보여 주고 있는 탁월한 작품이다.

> 껍데기는 가라
> 한라에서 백두까지
> 향그러운 흙가슴만 남고
> 그 모오든 쇠붙이는 가라
>
> —신동엽, 「껍데기는 가라」 부분

이 시에서 '껍데기'는 '그 모오든 쇠붙이', 즉 공격성 광물이미지의 총 체적 성격을 의미한다. 위선, 민족 모순, 외세, 제국주의, 봉건주의, 무기, 냉소, 분단, 소극적 태도 등 일체의 부정적 상징으로 내포된 의미망을 함 축한다. '그 모(오)든'이래 했을 때의 장모음 '(오)'의 의도적 장치에서 의 당 배격되어야 할 일체의 반미족적 성격에 대한 시인의 결연한 의지가 다부지게 느껴진다. '껍데기'로 상징되는 공격성 광물이미지에 저항하는 민족적 민중적 이미지의 상징은 '향그러운 흙가슴'이다.

그리하여 이 시는 선과 악이 팽팽히 대립되어 있는 이원적 현실의 구 성 원리에 기초하고 있음을 깨닫게 한다. '껍데기'들이 퍼부어 대는 '무 차별 총구'와 '총알'과 독재 권력이 문 앞에 설치된 '바리케이트'를 향하 여 퍼부어지는 민중들의 공격성 광물이미지란 고작 '돌멩이 '돌알' 따위라 했는데, 이는 '1960, 4·19의 한낮에'란 부제가 붙어 있는 신동문의 시 「아! 신화같이 다비데群들」과 황명걸의 시 「한국의 아이」에 나타나나 이미지들이다(물론 광물성으로서의 돌 이미지가 이들의 시에서 처음으로 출현한 것은 아니다. 해방 시기 이용악의 시 「나라에 슬픔 있을 때」에서 원수를 향해 던져지는 돌의 민중적 공격성을 이미 본 바 있다).

무차별 총구 앞에
빈 몸에 맨주먹
돌알로써 대결하는
아! 신화같이
기이한 다비데군들
빗살치는
총알총알
총알총알 앞에
돌돌
돌돌돌

— 신동문, 「아! 신화같이 다비데군들」 부분

배가 고파 우는 아이야
울다 지쳐 잠든 아이야
장난감이 없어 보채는 아이야
보채다 돌멩이를 가지고 노는 아이야
(…중략…)
너무 외롭다고 해서 숙부, 외숙이라는 사람을 믿지 말고 (…중략…)
그 누구도 믿지 마라
가지고 노는 돌멩이로
미운 놈의 이마빡을 깔 줄 알고
정교한 조각을 쪼을 줄 알고
하나의 성을 쌓아 올리도록 하여라

— 황명걸, 「한국의 아이」 부분

'무차별 총구', 즉 공격성 광물을 모조리 장악하고 있는 독재 권력과 '빈 몸에 맨주먹', 즉 수무촌철(手無寸鐵)의 민중들이 드디어 손바닥에 거머쥔 '돌알'과의 대결은 처음부터 대등한 무력으로서의 대결이 될 수 없었다. '돌'이 '총알'을 이겨내기란 전혀 불가능한 일이었다.

그러나 민중의 '돌'은 독재 권력의 '총알'을 이겨내었다.

어떤 힘이 약한 민중으로 하여금 독재 권력을 이겨내게 하였던 것일까.

그것은 바로 진리의 힘, 양심의 힘, 선(善)의 힘이었던 것이다. 평시에 아주 섬약한 듯 보이는 이 민중의 힘은 좀처럼 분노하는 법이 없지만, 만약 분노하게 되었을 때는 그 어떤 총칼로도 당해낼 수 없는 무한한 잠재력과 막강한 전투력을 줄기차게 솟구쳐 낸다. 이러한 사실을 기적으로 부르기도 하지만 이것은 현실에서 도저히 불가능한 기적이 아니라, 엄연한 현실이자, 역사적 진리 그 자체이다.

신동문 시인은 4 · 19에서의 민중들의 승리를 이스라엘 땅의 베들레헴 마을에 살던 목동 다윗과 블레셋 땅의 거인 골리앗 사이의 대결에서 거인을 쓰러뜨린 다윗의 승리에 견주어서 표현한다. 황명걸의 시에서도 다윗을 승리로 이끌게 한 '돌멩이'에 대한 기대가 여전히 문체적 긴장으로 묘사되어 있다.

한국 시에서의 1960년대 이후의 광물이미지는 그 이전에 비해 훨씬 억압적 파괴적인 성격으로 고착되어 가며, 그것의 발단은 어디까지나 외래적, 군사적인 것이 특징이다.

혁명적 지향으로서의 4 · 19가 5 · 16군사쿠데타로 말미암아 강압적 좌절로 돌아가게 되면서부터 공격적 광물이미지의 시적 수용은 폭발적 증가를 보인다.

이런 현상은 이후 1980년대의 가치도착적(價値倒錯的) 공간을 지나 현재까지 여전히 계속되고 있다. 이 공격적 광물이미지에 대립하는 민중들의 저항적 광물이미지는 별다른 변화가 없이 지난날과 마찬가지로 농경문화적이며, 민족 원형적 특성을 나타내 보인다.

1980년대 후반으로 접어들면서 약간의 외형적 변화가 있다면 공업적 광물이미지가 다소간 출현하고 있다는 점일 것이다.

1970년대 공격성 광물이미지의 표본들은 '철조망', '탱크', '신무기', '철길', '철삿줄', '미군 찦차', '총부리', '칼날', '기름 불꽃', '호르락 소리', '총검 소리', '프로펠러', '휴전선', '쇠창살', '워키토키', '헬리콥터', '무장경찰', '화약냄새' 등이었고, 이에 대항하는 민중들의 공격성 광물이미지는 '곡괭이', '죽창', '낫(조선낫)', '쇠', '징', '괭이' 따위였다.

곡괭이 · 죽창 · 낫 따위는 농경을 위한 연모였고, 쇠 · 징 따위는 역시 농경을 위한 악기였다. 독재 권력의 폭력에 맞서서 전통적 농악기가 일종의 대항적 이미지로 등장하고 있는 것은 1970년대 신경림의 시집 『농무』가 처음일 것이다. 비무장지대의 삼엄한 무장성, 철모, 가늠쇠, 크레모아 지뢰, M-16 자동소총이 특유의 공격성 광물로 등장하는 것도 1970년대이다.

이러한 1970년대는 통제성, 구속성, 억압성, 감시성, 차단성, 폭력성, 분열성, 민족공동체의 통일을 염원하는 동질성 회복 의지의 근원적 파괴가 자행된 시기였다.

1960년대의 황동규의 시 「태평가」에 묘사된 '김해에서 화천까지 / 방한복 외피의 수통을 달고 / 도처철조망 / 개유(皆有) 검문소'의 병영화된 국토의 경직된 분위기, 이성부의 시 「철거민의 꿈」에서 들려 오는 살풍경한 '부르도자'의 굉음, 김광규의 시 「어린 게의 죽음」에서 '군용 트럭'에 깔려 죽는 어린 게의 등껍질 터지는 소리, 김지하의 시 「1974년 1월」에서 겁먹은 표정으로 등에 예리한 비수를 꽂힌 한 사내의 슬픈 광경과 죽음과도 같던 그 어두웠던 공포시대의 빛깔과 시 「비녀산」에서 '낡은 삽날에 찢긴 밤바람' 울부짖던 1970년대의 우울한 풍경, 시 「타는 목마름으로」에서 들려 오는 골목길의 '호르락 소리'의 소름끼치는 쭈뼛함, 최민의 시 「잔인한 꿈」에서 묘사된 '군가소리 총검소리 발자국소리'로 가득 찬 1970년대 정희성의 시 「비무장지대」에서

전쟁의 시간들은
구멍난 철모 속에 엎드려서 쥐새끼처럼 내다보고 (…중략…)
나는 그 섬쩟한 눈알 속에서 (…중략…)
모든 것을 잃고
모든 것을 다시 찾는다

는 시인적 예지의 날카로움, 「어두운 지하도 입구」에서 들려오는 '워키토키로 주고받는 몇 마디 암호'·'군가와 호루루기와 발자국소리', 시 「아버님 말씀」에서처럼 '학생들은 돌을 던지고 / 무장 경찰은 최루탄을 쏘아대'는 불길하던 시대, 정호승의 시 「종이배」에서는 풀벌레들조차도 '총 맞은 신음소리'를 내는 시대, 이것이 1970년대의 공격성 광물들로 가득 찬 시기의 전모였다.

광주민중항쟁과 더불어 개막된 1980년대는 광물이미지의 공격성이 여전히 독재 권력의 파시즘에 의해 철저히 유린, 파괴되는 민중 생존의 구체적 묘사가 자주 등장한다.

양성우의 시 「지금은 꽃이 아니어도 좋아라」에서는

총창뿐인 마을에 과녁이 되어
답답하게 휘덮은 화약냄새

와 더불어 '사냥꾼의 잔인한 군호소리'가 영구히 지워지지 않을 역사의 얼룩으로 남아 있다.

이 시기의 표본적 광물이미지는 주로 '수갑', '쇠붙이', '망치', '삽질', '낫', '깡통', '방아쇠', '계엄', '칼빈 소총', '창', '무기', '총대', '총알', '기총소사', '팀스피리트 훈련', '감옥', '사슬', '철조망', '철창', '쇠나팔 소리', '대못', '도끼날', '철근 콘크리트' 따위이다.

이러한 공격형 광물이미지에 대항하는 민중들의 광물이미지는 쟁기, 농구 따위와 함께 '미싱바늘', '식칼', '기계', '프레스', '가위질', '죽음',

'가난', '분신' 등의 공격성으로 1970년대에 비해 다소간의 증폭을 보여
준다.

김명수의 시 「헬리콥터」에 등장하는 '프로펠러'의 오만함과 제국주의
의 상징물로 표상된다. 그의 이 시는 김수영의 시 「헬리콥터」와 흥미 있
는 대조를 이룬다. 김수영은 1960년대에 이미 외세의 실체를 극명하게
깨닫고 시 「가다오 나가다오」에서 '초콜렛, 커피, 페치코오트, 군복, 수류
탄, 따발총'을 가지고 미국과 소련은 이 땅에서 '적막이 오듯이' 떠나갈
것을 강력한 위엄으로 권고하고 있었다.

1980년대 이후의 공격성 광물이미지를 알아볼 수 있는 표본적 작품들
로는 앞의 시를 비롯해서 김진경의 「오랑캐꽃」, 김정환의 「비무장 지대
에서의 하룻밤」, 이영진의 「어느 고지에서」, 고정희의 「박홍숙전」, 홍일
선의 「보릿고개는 끝나지 않았다」·「나는 미쳤는가」, 이상국의 「철조망
에 관한 명상」 등을 손꼽을 수 있다.

강세환의 「대못」, 박선욱의 「무명 열사의 노래」, 김성장의 「팀스피리
트 훈련」, 이종욱의 「가난은 우리의 무기」, 김주대의 「출근」, 신동원의
「해방 열차」, 오환섭의 「돌아오는 오월」, 이규배의 「그대가 보고 있는 책
속의 활자는」·「그대가 만드는 나라」, 이병승의 「일군의 삽질」, 류명선
의 「공사장 앞에서」, 박노해의 「소를 찌른다」, 정일근의 「적과 정의」, 김
남주의 「담 하나를 사이에 두고」·「방」·「바보같이 바보같이 나는」·
「별」·「길」·「관료주의」·「전향을 생각하며」·「아직도 우리에게 소중한
것」·「조국」 등도 함께 논의될 수 있는 작품이다.

이들 가운데에서 노동자 출신의 시인 박노해의 등장은 한국 시에서
공격성 광물이미지의 질적인 변화가 체험적 경과에 의해 이루어지는 흥
미로운 사건이었다.

> 기계 사이에 끼어 아직 팔딱거리는 손……
> 일 안하고 놀고 먹는 하얀 손들을 묻는다

프레스로 삭둑싹둑 짓찧는다 원한의 눈물로 묻는다

— 박노해, 「손무덤」 부분

이 시에서는 지난날의 시 작품들이 비교적 엉거주춤한 자세로 소극적
이던 원한에 찬 공격성 광물이미지가 '프레스'라는 사물로 환치되어서
서슴없이 공격의 대상을 향해 돌진을 감행한다. 이 시기에서 시인 이종
욱의 존재도 특이롭다.

그의 시 「가난은 우리의 무기」에서 무기는 반드시 광물성 물질만으로
한정되지 않음을 날카롭게 보여 준다.

그제나 이제나 가난은 우리의 무기
…… 영양실조는 무기
웃음은 무기 불빛은 무기 눈물은 무기
그제나 이제나 마침내 죽음은 우리의 무기

— 이종욱, 「가난은 우리의 무기」 부분

모든 다양한 삶의 수단, 적극적인 삶 그 자체, 생의 막다른 국면의 절
정 등 그 모든 것이 공격성 광물의 폭력에 저항하는 무기가 될 수 있다
는 풍자적 선언이다.

오랜 감옥 생활에서 원한의 열정을 시로 승화시킨 김남주의 시인적
위상도 특기할 만하다.

어느 날엔가 이 땅에
노동의 망치가 와서 압제의 벽을 두드리고
싸움의 낫이 와서 증오의 사슬을 끊어 버리리라

— 김남주, 「바보같이 바보같이 나는」 부분

해방의 길 이 길을 어디메쯤 가다 보면 거기 자본가와
점령군에 고용된 용병의 무리가 있고

마침내 우리가 무찔러야 할 총칼의 숲이 있다 ……
전투의 개시를 알리는 골짜기의 긴 쇠나팔 소리
들판 싸움을 재촉하는 한낮의 징소리
노동의 새벽을 여는 망치소리

　　　　　　　　　　　　　　　　　— 김남주, 「길」 부분

나는 망치가 되어
관료주의를
두들겨 패고 싶다

　　　　　　　　　　　　　　　　　— 김남주, 「관료주의」 부분

양반과 부호들에게
더는 잃을 것이 없는 우리 농민들에게 소중했던 것
그것은
돌이었다 낫이었다 창이었다

　　　　　　　　　　　　　— 김남주, 「아직도 우리에게 소중한 것」 부분

어머니 참말이제 참말이제 나는 식칼이고 싶어요 죽창이고 싶어요 총알보다
대포알보다 먼저 꺾이지만 그들보다 먼저 꺾이기도 하는……

　　　　　　　　　　　　　　　　　— 김남주, 「조국」 부분

　다소 긴 인용이지만 우리는 이 인용 부분을 통하여 시인 김남주가
1980년대 이후의 한국 문단에서 얼마나 민중적 공격성의 광물이미지에
철저한 시인인가를 다시금 확인할 수 있게 되었다. 김남주는 여전히 전
통적이고 고전적인 민중적 무기, 즉 '돌, 칼, 창' 따위의 불변하는 민중적
위력을 절대적으로 신뢰하고 있는 것이다.
　동학농민전쟁과 4·19혁명, 5·18 광주민주화운동 등의 전반적 과정
에서 김남주는 민중적 잠재력의 현화(顯化)를 똑똑히 지켜보고, 그것의
궁극적 승리를 확신한다.

4. 맺는 말

공격성 광물이미지의 시대별 유형을 통해 우리가 명확히 파악할 수 있게 된 것은 공격성 광물이미지의 표현 자체가 지배 세력의 억압성을 총체적으로 반영하고 그것을 가시화시키려는 수단이었다는 사실이다.

1970년대 이후 대부분의 민중시들이 민족의 현실 상황에 짙은 관심을 보인 것도 이러한 충동의 적극성에 기인한다. 그러나 지배 세력의 구조적 악에 저항하는 민중들의 저항은 공격성 광물이미지의 역동성을 전폭적으로 활용하지 못하고 있다.

왜냐하면 현실적인 여건과 지위가 민중 세력에게 절대적으로 불리하게 작용하고 있기 때문이다. 공격성 광물을 독점하고 있는 세력은 지배 세력이지만 민중은 공격성 광물을 더 이상 보유할 수 없도록 되어 있다. 이런 점은 일제 때부터 공포 시행되어 온 「민간인의 총포류 및 화약류 단속법」·「총포 및 화약류 소지와 금지에 관한 사항」 등의 법 제정으로 말미암아 모든 무기의 소지는 일체 신고와 등록의 대상이 되는 것이다.

이런 사항들은 문학적 표현에 있어서의 공격성에 관한 경우에도 마찬가지로 작용된다. 취체, 검열, 압수, 수색, 판매 금지, 출판사의 등록 취소, 작가의 구속, 투옥, 감금, 고문, 도청, 감시 등 문학인에 대한 사찰 강화의 온존 풍토 자체가 표현 충동을 강압적으로 제약시키려는 족쇄에 해당하는 것이다.

거듭 강조하거니와 '공격성 광물'이란 지배 세력의 독점적 전유물이지, 민중의 소유물은 결코 아니다. '공격성 광물'이란 다름 아닌 인간성 파괴의 총체적 상징을 포괄하는 의미망으로 설명되는 것들이다. 실로 엄청난 파괴력과 유린을 암암리에 준비하고 있는 저 무자비한 '공격성 광물'의 집중 공격으로부터 우리 스스로의 문학적 주체를 지켜 가기 위해서라도 문학 자체의 강력한 무력성은 더욱 회복되고 보강되어져야 한다.

민중 억압적인 '공격성 광물'에 대항하는 민중적 무력성은 아직 빈약하고 역부족의 상태이다. 모름지기 시인의 꿈이란 현실, 즉 인간의 삶에서 공격성 광물이미지의 물량을 근본적으로 감축시키고 보다 실질적인 삶의 참된 평화를 쟁취 획득하려는 노력과 실천이 아닐까 한다. 원효적(元曉的) 화쟁(和諍)정신의 문학적 수용도 이러한 작업의 실천을 위해서 매우 유익한 터전이 될 것이다. 분단시대 한국인들의 지칠 대로 지친 곤비한 인간 심리는 항상 분쟁을 유발하고, 상대방을 부드럽게 수용하지 않으며, 끊임없이 대립적인 관계를 형성해 가고 있다.

정치·사회의 민주화, 경제의 자주화, 부정부패의 원천적 제거, 지역간 불균형의 타파를 위해 우리 스스로가 주체적으로 노력해 가서 보다 실질적인 성과를 얻어낼 수 있다면 한국 현대시에서의 공격성 광물이미지는 저절로 감소하게 될 것이다.

공격성 광물이미지의 감소는 우리 모두가 추구해 가야 할 평화적 삶의 이상이자 궁극적 목표이며, 인간 심리 내부에서의 진정한 '군비축소'와 '무장해제'라는 눈부신 의미가 아니던가.

제4장

한국 현대시에 나타난 '물'

문학에서 물은 늘 상징화되어 나타나고 있다.

과학에서의 물은 언제나 H가 둘이고 O가 하나인 분석의 사물이지만 문학에 있어서의 물은 종합의 의미를 지닌다. 즉 그것이 순수를 가리키는 단어가 되기도 하고, 두근거리는 흥분과 분노의 표상이기도 하고, 또 나아가서는 균형과 조화의 정신이기도 하나니, 이처럼 물은 다양한 얼굴과 감정의 빛깔로 활용이 되고 있는 것이다.

물이 이렇게도 다면적 상징으로 문학에서 즐겨 떠올려지는 까닭은 무엇일까?

그것은 희랍의 철학자 탈레스가 말했듯이 물은 만물의 근본이기 때문이다. 다른 한편으로 물은 헤어졌다가 다시 만나고, 한번 만났다가는 또 다시 흩어지는 인간의 이합집산(離合集散)하는 삶과 너무도 흡사하기 때문에, 물을 표현하는 것은 그 자체가 곧 인간의 삶을 표현하는 것이 되었다.

물이 차가운 공기를 만나서 돌처럼 굳어버리는 단호한 변화의 과정을 통해 시인은 매섭고 개결한 결빙의 정신을 나타내었고, 뜨거운 공기를 껴안고 하늘 저 높은 곳으로 함께 솟구쳐 올라 비가 되어 떨어지니 이를 바라보며 시인은 사랑과 슬픔과 눈물의 정서로 나타내었다. 운우(雲雨)의 정이라는 말도 다 여기서 비롯된 것이다.

깨끗하고 맑은 산골 개울물과 옹달샘을 바라보며 시인들은 고결한 인간의 정신을 높이 기렸고, 거친 낭떠러지를 만나 힘차게 떨어지는 폭포를 이루니 이를 빗대어 그 어떤 불의와도 타협하지 않는 불굴의 정신을 노래하였다. 큰 강과 바다를 통해서는 대지와 어머니의 하염없는 덕성을 노래하였고, 탁하고 오염된 강물을 바라보며 인간이 만들어낸 물질문명에 의해 오히려 죽음의 길을 자초하고 있는 인간 군상의 비속함을 처절하게 노래하고 있다.

그리고 시인들이 노래한 물의 내용을 곰곰이 읽어보면 세월의 변화에 따라 그 시간의 배경을 낱낱이 전해주고 있으니 이 얼마나 우리에게 자못 흥미롭지 아니하랴? 이제 비록 한정된 지면이나마 우리 현대문학사에 나타난 물의 다양한 얼굴과 그 표정을 살펴봄으로써 시인들의 물 의식을 알아보고 여기에 대한 우리의 생각을 간략히 정리해 보기로 한다.

일제강점기에서의 물은 대체로 슬픔과 비탄과 수심으로 가득 찬 표현 공간이었다.

주요한(朱耀翰)의 「불놀이」에서 우리는 '강물의 웃음'을 본다. '물 냄새 모래 냄새 무정한 물결이 그 그림자를 멈출 리 있으리 아아 강물이 웃는다 괴상한 웃음이다 차디찬 강물이 하늘을 보고 웃는 웃음이다' 그런데 이 강물의 웃음은 20세기 초반 식민지시대 한국인들의 비통한 시대 정서와 연관되어 있다. 어딘지 모르게 몽환(夢幻)과 비현실의 분위기로 흐르고 있음을 부인할 수 없다.

이러한 추상성에 대해 분연히 반기를 들고일어난 작품이 이상화(李相和)의 「빼앗긴 들에도 봄은 오는가」이다. 상화는 이 시를 통하여 '마른논을 안고 도는 착한 도랑'을 제시하였고, 이는 곧 주권을 상실한 조국에 대한 깊은 사랑과 회복에 대한 애착으로 이어지도록 이끌었다. 시달리는 조국은 마른논이었고, 그 마른논을 구하는 애국청년들은 바로 착한 도랑이었던 것이다.

한용운(韓龍雲)은 시집 『님의 침묵』 전편을 통하여 진리의 영속성, 구도자의 진지한 자세, 사랑, 자비심 등등, 대체로 우리의 삶에서 불변하는 가치를 알리려고 하였다. "근원은 알지도 못할 곳에서 나서 돌부리를 울리고 가늘게 흐르는 작은 시내"(「알 수 없어요」)는 보잘것없는 인간 존재에 관한 환기였으며, 시 「나룻배와 행인」은 이처럼 초라한 생명도 승화된 삶을 살아갈 때 얼마나 숭고한 삶을 이룰 수 있는가를 알려주는 화두였던 것이다.

만해의 종교적 이미지의 물에 비하여 홍사용(洪思容)은 "눈물의 왕 어머니의 지우시는 눈물이 젖먹는 왕의 뺨에 떨어질 때 왕도 따라서 시름없이 울었소이다"(「나는 왕이로소이다」)에서 보듯 낭만주의와 시대적 애상성이 주조를 이루었다.

매우 직설적이긴 하지만 변영로(卞榮魯)의 시 「논개」는 '강낭콩 꽃보다도 더 푸른 물결 위에 양귀비꽃보다도 더 붉은 그 마음 흘러라'에서 보듯 절개와 충열의 얼굴로 물을 나타내고 있다. 심훈(沈薰)의 시 「그날이 오면」에서 보이는 '한강물이 뒤집혀 용솟음칠 그날'의 이미지는 혁명을 통한 자주독립의 쟁취로 근원적인 천지개벽을 이루어야겠다는 시인 자신의 열망이 강렬하게 반영되어 이루어진 절창이 아닌가 한다.

정지용(鄭芝溶)은 시 「향수」를 통해 '옛이야기 지줄대는 실개천'을 노래하였고, 이것은 결과적으로 지용의 시 작품 전체로까지 이어져 주체적 전통의식을 일깨우게 하는 저력이 될 수 있었다.

임화(林和)는 시집 『현해탄』을 통하여 사회와 현실에 대한 강한 자각, 모순적인 한일관계의 문제, 오랜 봉건적 부조리에 대한 각성을 웅변적으로 제기하고 있다. 임화가 시 작품 「현해탄」의 서두에서 '이 바다 물결은 예부터 높다'라고 말한 것은 굴곡 많았던 민족적 정치적 문제를 함축적으로 노래한 것에 다름 아니다.

백석(白石)의 시에 나오는 물 이미지는 민속과 유년 체험을 일깨우는 작용을 한다. 시 「고야(古夜)」에 나오는 '내빌물'은 섣달 그믐날에 오는 눈을 받아서 녹인 눈세기물이었던 것이다. 우리 민족에게 있어서 이 납일(臘日) 물은 매우 중요한 민간요법 중의 하나였다.

사랑과 애착과 연민의 감정을 나타낸 김영랑(金永郎)의 물 이미지, 탄식과 좌절을 시로써 드러낸 박용철(朴龍哲)의 물 이미지, 모더니즘의 충동적 기질을 나타낸 김기림(金起林)의 물 이미지, 정적과 고독과 삶의 애환을 나타낸 신석정(申夕汀)의 물 이미지, 신념과 줏대와 지조를 나타낸 유치환(柳致環)의 물 이미지 등등 식민지 시절에 제출된 절대다수의 시 작품들은 대체로 이상과 같다.

제각기 서로 다른 개성을 나타낸 것이면서 동시에 민족적 삶의 절대성을 반영하는 일에 있어서는 다소 소극적이고 위축된 면을 나타내었던 것이 사실이다.

하지만 일제 말 암흑기에 있어서 단연코 돋보이는 물 이미지는 윤동주(尹東柱)의 시 「자화상」에서 발견할 수 있는 자기 성찰과 깊은 응시의 물이다. '산모퉁이를 돌아 논가 외딴 우물로 찾아가선 가만히 들여다봅니다'라는 대목에서 시인이 보았던 것은 과연 무엇이었을까? 그것은 단순한 자아의 표상이 아니라 갈등하는 자아, 고뇌하는 자아, 그리고 그 갈등과 자아의 우물을 빠져 나오려고 몸부림치는 자아의 모습이었을 것이다. 해방 직후 수년 동안의 시 작품에 나타난 물 이미지는 격동하는 역사 현실의 적극적인 반영이었다.

오장환(吳章煥)의 시 「병든 서울」에는 '큰물이 지나간 서울의 하늘'로 묘사하여 핍박과 수난의 민족사가 눈물겹게 그려져 있으며, 이용악(李庸岳)은 시 「두만강, 너 우리의 강아」에서 '잠들지 말라 우리의 강아!'라고 애타는 절규를 보내었다.

여상현(呂尙玄)은 시 「영산강」에서 '하냥 여울져 가느다란 경련을 일으킴이여'라고 노래함으로써 핍박받는 민족사의 시간을 신체적 경련에 비유하고 있다. 해방 이후에도 물 이미지는 근본적인 변화를 나타내지 않는다. 한과 유장한 슬픔의 역사를 강에 빗대어 드러낸 것이라든가 모순 현실에 대한 비극적 인식이 지배하는 물 이미지가 대부분이다.

이런 황량한 풍토 속에서도 우리는 김현승(金顯承)의 「눈물」과 김수영(金洙暎)의 「폭포」 등 두 편의 절창을 떠올릴 수 있다.

김현승의 「눈물」은 모든 존재의 숭고함을 '옥토에 떨어지는 작은 생명'이라는 구절로 일깨워주었고, 김수영은 '곧은 절벽을 무서운 기색도 없이 떨어진다'는 말로써 폭포의 정신적 기개와 지조를 당당한 포즈로 보여주었다.

박재삼(朴在森)은 그의 초기시 「울음이 타는 가을강」을 통하여 민족사에 깃들여 있는 유장한 슬픔의 음영을 절창으로 노래하였다.

이로부터 1970년대 이후의 시대로 접어들면서 이른바 개발독재를 통한 강제적 근대화가 지닌 폭력성과 각종 혼탁, 인간성 유린 등의 관련 주제들이 물 이미지로 변용 되어 하나둘 증가하기 시작하는 추세를 보이게 된다.

'마을은 숲과 시뻘건 대지를 눈물로 입맞춘다'고 통렬한 절규로 부르짖었던 김지하(金芝河)의 시 「결별」, 샛강 바닥의 썩은 물과 그 위에 뜬 달을 보면서 썩은 물에다 하루의 지친 피로를 쉬며 삽을 씻는 노동자의 우울한 풍경이 그려진 정희성(鄭喜成)의 「저문 강에 삽을 씻고」 등의 시 작품은 누가 뭐라 해도 1970년대적 모순과 시대의식을 전형적으로 그려낸 절창들 중의 하나로 평가할 수 있겠다.

환경문제에 대한 구체적인 자각이 시 작품에 그려지기 시작한 것은 1980년대 초반부터라 할 것이다. 이하석(李河石)은 시집 『투명한 속』에서 하나의 금속성 무기물인 못을 무대위로 떠올린다. "하수구를 지나 개울가 자갈밭에 만신창이 몸으로 떠돌다가"(「못2」)라는 대목에서 만신창이된 못은 이미 용도 폐기된 노동자의 상징적 대상물이다. 이는 근대산업사회의 발전에 강제적으로 동원되었다가 산업재해로 말미암아 불구나 폐질자가 되어서 현실의 뒷전으로 밀려난 소외 노동자들의 쓸쓸한 풍경에 다름 아니다.

이러한 현실의 모순과 부조리한 상황을 자각하고 거리에서 대열을 지어 밀고 가는 시위행렬을 시인 김정환(金正煥)은 '홍수'로 비유하고 있다. "홍수의 넘치는 사랑 속에서 아우성과 이름 모를 울부짖음과 인파의 아비규환 속에서"(「비노래」)에서 우리는 1980년대 후반의 격정적 분위기를 다시금 생생하게 느껴볼 수 있다.

1970년대 정희성이 달을 보았던 썩은 샛강을 배경으로 기형도(奇亨度)는 자욱히 낀 안개를 바라보고 있다. 이것은 현실적 정황이 더욱 열악해지고 있음을 문학이 반영하고 있음을 여실히 보여주는 하나의 뚜렷한 징표이다.

그러다가 1990년대로 접어들면서부터 환경오염과 혼탁한 물질문명에 대한 고발을 물 이미지에 실어서 표현하게 시작한 시 작품이 집중적으로 나타나고 있다. 이것이 하나의 커다란 변화라면 변화이고 환경 위기와 그 극복을 삶의 중요한 테제로 떠올린 문인들의 의식의 변화를 보여주는 대목이다. 이를 생태학적 상상력의 증가로 풀이한 비평가도 있지만 위기라면 극단적인 위기이다.

신경림(申庚林)의 시 「이제 이 땅은 썩어만 가고 있는 것이 아니다」, 이형기(李炯基)의 시 「전천후 산성비」, 김명수(金明秀)의 시 「적조(赤潮)」, 최승호의 시 「물위에 물아래」, 박용하의 시 「비」 등등 환경오염의 극단적 상태를 섬뜩하게 일깨워주는 성격의 시 작품들이 하나둘이 아니다. 다가올 비극적 시간을 미리 예언으로 알려 주었던 왕조 말기 참요(讖謠)의 놀라움을 다시금 대하는 듯하다.

이 문학적 세기말에 이르러 우리는 다음과 같은 문학적 갈망이 곧 우리 시대 모든 주민들의 간곡한 갈망이라는 사실을 엄중하게 선언하고자 한다.

그 저수지에
물의 법이 물왕의 도가
아직도 순환하고 있기를 바란다
그 저수지에 왕골을 헤치며 다니는 물뱀들이
춤처럼 살아있기를 바란다

— 최승호의 시 「발효」 부분

문학 작품 속에서 물 이미지는 언제나 역사라는 시간성의 전개과정과 그 맥을 함께 해왔다. 시에서 그려진 물이 맑고 정결하면 역사도 맑고 안정되었다. 하지만 시에 그려진 물이 불행하고 비탄에 빠져 있으면 역사도 항상 고통 속에 신음하던 시절이었다.

물이 죽으면 우리도 죽고 물이 살면 우리도 산다는 이 자명한 이치를 두고 지금 오늘날 우리의 문학은 오랜 장고(長考)를 거듭하고 있다. 21세기의 시 작품 속에서 이제 물은 어떤 얼굴과 표정을 짓고 있을 것인가?

벌써부터 자못 궁금하기 짝이 없다.

제5장

민족·민중의 요구와 한국 시의 응답

'창비시선' 100권 발간에 부쳐

지난 1966년 창간된 계간 『창작과비평』이 1991년 겨울호로 통권 74호를 발간하고, 동시에 김남주 시집 『사상의 거처』를 펴내게 됨으로써 드디어 '창비시선'은 100권 째를 돌파하였다.

계간지의 창간이 올해로 25주년이고, 시선집 발간은 1975년 3월부터이니, 첫 시집 『농무』를 찍어낸 이후 어느덧 긴 세월이 흘렀다. 『창작과비평』이 스물다섯 해, '창비시선'이 열여섯 해. 사람으로 치면 스물다섯의 성숙한 체격은 이미 성인이고 정신은 한창 지적인 갈증과 자기 발전의 열정에 차 있을 때요, 열여섯의 나이는 하루가 다르게 성숙해 가는 꽃다운 방년(芳年)이라 할 것이다.

창간사를 따로 밝히지 않았던 창간호에서 사실상의 창간사를 대신하는 백낙청의 글 「새로운 창작과비평의 자세」가 천명하고 있는 문학의 사회적 기능에 대한 새로운 자각과 그 과업을 위한 노력이 그 동안 계간지 『창작과비평』이 지속적으로 담당해온 주된 노력이자 활동이었음을 인정하지 않는 사람은 아무도 없다. 문학의 순수성이라는 항목에 대한 근본적인 자각과 반성, 문학의 사회 기능과 독자층의 역할, 이 나라의 문학인으로서 그들에게 지워진 역사의 짐에 대한 각성 등이 당시 위 글의 주요 내용이었으니, 이러한 내용들은 25년이 지난 지금에도 여전히 그 생생한 효력을 발생시키고 있다 할 것이다.

우리는 그 글의 마지막 대목에서 "오직 뜻 있는 이를 불러모으고 새로운 재능을 찾음으로써 …… 기약된 땅에 다가서리라"던 감격적인 다짐을 잊지 않는다. 그 후 『창작과비평』은 실제로 학계, 문화계, 예술계, 문단의 재능 있는 인사들에 의해 집필된 품격 높은 예지로 가득 찬 글을 수록하고, 우리 시대가 당면한 첨예한 문제들을 선도적으로 고뇌하는 좌담·토론 등을 잇따라 게재함으로써 세상의 강력한 반향을 불러일으켰다.

'창비시선'의 기획도 창간사에서 밝힌 활동의 목표와 정신의 구체적인 실천으로 이룩된 결실이라 할 수 있다. 1990년의 도서목록은 다음과 같이 '창비시선' 발간의 내용과 의의를 설명한다.

1975년 3월 계간 『창작과비평』과 평단의 주역들에 의해 기획·발간되가 시작한 국내 최초의 시선 시리즈 화제의 시집 『농무』 이래 계속 간행되고 있는 '창비시선'은 지난 시대의 중요한 문학적 결실을 담은 중견 시인들의 시집과 함께 새로운 시적 흐름을 힘차게 주도해 나가고 있는 젊은 시인들의 처녀시집들을 과감히 발행, 안일과 순응주의에 빠진 한국 시단에 큰 반성을 불러일으키면서 '시의 민중 현실 발견'이라는 새 차원의 문학적 이정표를 수립했다.

'창비시선' 기획의 1호를 장식한 신경림의 시집 『농무』는 실제로는 1973년 3월에 시선 기획의 의도와는 무관하게 발간되었던 시집이다. 그 뒤 이 시집에 대한 독자들의 가히 폭발적인 호응이 잇따르게 되자 일년 만에 바로 재판을 찍었고, 다시 일년 뒤에는 이미 수록된 44편의 시 작품에다 17편을 보태고 장정도 새롭게 꾸며 여기다 '창비시선'을 명기하여 세상에 선보이게 되었다(시인 신경림은 『농무』 초판시집으로 1974년 여름 제1

회 만해문학상 수상자로 선정되었다).

이 무렵의 계간지『창작과비평』에는 '창비시선' 발간에 대한 발간사가
별도로 소개되지 않았으니, 다만 '편집후기'의 한 대목에서 시선의 기획
과 발간을 알리는 소식만을 대할 수 있을 뿐이다.

> 본사 출판부 소식 (…중략…) 신경림씨의 시집『농무』가 절판되어 아쉬웠는
> 데, 이번에 새 작품 1·7편을 보태어 증보판을 냈다. 앞으로 창비시선도 계속될
> 것임을 밝힌다.
>
> — 1975년 봄호, 「편집후기」 부분

'창비시선' 2호로 발간된 시집은 조태일의『국토』(1975.5)였고, 이 시집
이 간행된 지 한 달 뒤에는 작고한 민족시인 신동엽의『전집』이 '창비신
서'로 발행되었다.

그러나 이 무렵의 사회 상황은 1971년 당시 박정희 정권의 정치적
음모에 의해 소위 국가비상사태가 선포되고 1972년 10월에는 유신헌
법이 공포된 후 암울한 공포정치의 분위기가 전국을 휩싸고 있을 때
로서 여기에 반발하는 민주인사들의 항마적(抗魔的) 저항이 전개되었
다. 당시의 정권은 1974년 1월 드디어 긴급조치령을 발동함으로써 그
들의 통치에 대한 모든 불만과 비판 및 저항을 일시에 억압하고 잠재
우려 하였다.

1975년 2월 유신헌법에 대한 관제 국민투표를 실시하고 그 결과 미리
예상된 '압도적 지지'를 기반으로 집권자들은 공화당 일당독재의 기본틀
을 이미 마련해가고 있었다. 그 해 5월에는 소위 안보체제 강화를 구실
로 그 악명 높던 긴급조치 9호가 공포되기에 이르렀다.

『식칼론』, 연작시 「국토」(1~30) 등을 통해서 1960년대 이후의 어두운
사회 현실과 가장 과감하게 대결해온 시인 조태일의 시집『국토』와, 「아
사녀」, 민족서사시 「금강」 등으로 이미 탁월한 민족시인의 지위에 당

당히 올라선 작고시인 신동엽의 『신동엽전집』이 독재정권에 의해 설치된 억압의 그물을 빠져나갈 수 없었던 것은 어쩌면 당연한 일이었을 것이다.

1975년 『창작과비평』 가을호의 편집후기는 다음과 같이 그 내력을 전하고 있다.

> 이미 보도된 바와 같이 조태일씨의 시집 『국토』, 신동엽씨의 『신동엽전집』 및 본지 지난 여름호 등 본사의 세 간행물이 7월과 8월 사이에 문화공보부로부터 판매금지를 당했다. 염려해주시는 독자들과 불편을 끼쳐드린 여러분께 사과의 말씀을 드린다.

가혹한 출판 탄압을 당하고서도 오히려 독자들의 불편을 염려하고 겸손한 사과의 표정을 짓고 있던 『창작과비평』의 곤혹스러움, 혹은 불굴의 넉넉한 여유를 지닌 자세를 우리는 생생히 기억한다. 그 후 상당히 오랜 기간 동안 이 두 권의 시집은 서점의 진열대에서 자취를 찾아볼 수 없게 되었으니, 목록에는 언제나 '비매품'으로 찍혀 나오던 우울한 모습을 잊지 못한다.

일찍이 조국의 식민지 시절, 일본의 5대 총독 사이또(齋藤)의 통치 시기에 교묘하게 악용되던 '신문지법', '출판법', '조선인 예약 출판에 관한 법규', '조선인 불온문서 임시취체령', '불온문서 임시취체법' 따위가 각종 언론 탄압, 출판 탄압, 문화운동 탄압의 망령이 되살아난 듯한 악몽의 기억을 차마 지울 수 없었다.

아무튼 '창비시선'의 첫 테이프를 끊은 시집 『농무』(1975) 이후 10·26 정변으로 1970년대가 막을 내리던 해에 발간된 신동엽 시선집 『누가 하늘을 보았다 하는가』까지의 시집 발행 권수는 모두 20책이었다. 75년의 '창비시선' 첫 시집 이후로 1979년까지 1970년대의 5년 동안에 펴낸 시집이 도합 스무 권이니, 한해 평균 4권씩의 시집을 발간한 셈이 된다. 참고로 각 시기에 발행된 시집과 권수를 정리해 보면 다음과 같다.

연도	시집일련번호	발행권수	기간	평균발행권수
1975~1979	1~20	20권	5년	4권
1980~1989	21~80	60권	10년	6권
1990~1991	81~100	20권	2년	10권

이 표를 보면 1980년대에 '창비시선'의 시집발간 활동이 가장 활발했음을 알 수 있다. 그러나 1990년대로 접어들며 최근까지의 2년 동안 평균 발행권수가 이미 10권에 도달하고 있음을 볼 때 1990년대의 시집발행은 1980년대를 훨씬 상회할 전망이다. 이것은 오랜 침체의 늪에 빠져 있던 한국의 시가 1970년대 중반 '창비시선'의 발행 이후로 새로운 활력을 얻으면서 나타내 보여준 시의 대중화현상과 그 열기를 단적으로 말해주는 것에 다름 아니다. 실제로 민족·민중문학을 공부하는 사람들에게 계간지 『창작과비평』, '창비시선'·'창비소설선'을 포함하여 '창비시선'은 그 시기의 가장 모범적인 교과서처럼 간주되고 있었다 해도 과언이 아니다.

이것은 창간사에서 밝힌 "뜻 있는 이를 불러모으고 새로운 재능을 찾음으로써" 기약된 땅에 한 걸음 더 가까이 다가서려는 실천적 성과로 평가할 수 있을 것이다. 창간 이후에 숨돌린 틈도 없이 맞닥뜨렸던 1970년대와 1980년대의 굴곡 많고 격동하는 시대사의 전개과정과, 더불어 그것에 충실하게 응전해 온 적극성의 시대정신도 여기에서 결코 빠뜨릴 수 없으리라. '창비시선'에 대한 모든 긍정적인 평가는, 가장 진보적이며 적극적인 자세로 시인이 몸담고 살아가고 있는 삶과 동시대 사람들의 현실을 담아내려는 의욕에 조금도 그 팽팽한 긴장을 풀지 않고 걸어왔다는 점으로 모아진다.

이제 우리는 '창비시선'으로 발간된 100권의 시집을 유형별로 분류하고 그 성격을 분석해보기로 한다. 시선 100권을 찬찬히 읽어가면서 우선 짐작되는 것은, 1970년대 이후 국토와 민족의 분단 상태가 냉전적으로 고착된 채 급속히 산업사회로 변모해 가는 제반 상황 속에서 더욱 확대 증폭되어 가는 민족모순, 분단모순에 대응하며 민족·민중의 내적 갈등과 요구에 응답할 민족·민중시 계열의 시집들이 압도적으로 많았음을 알 수 있다. 이 계열의 시집으로 우리는 다음과 같은 책들을 선뜻 매거하기에 주저하지 않는다.

『국토』(조태일), 『한국의 아이』(황명걸), 『백제행』(이성부), 『새벽길』(고은), 『저 문 강에 삽을 씻고』(정희성), 『슬픔이 기쁨에게』(정호승), 『땅의 연가』(문병란), 『유리창에 이마를 대고』(이가림), 『꽃샘추위』(이종욱), 『전야』(이성부), 『봄의 소리』(김창범), 『타는 목마름으로』(김지하), 『이 가슴 북이 되어』(이운룡), 『지울 수 없는 노래』(김정환), 『가거도』(조태일), 『하급반 교과서』(김명수), 『사평역에서』(곽재구), 『조국의 별』(고은), 『무등에 올라』(나해선), 『끝끝내 너는』(나종영), 『피뢰침과 심장』(김명수), 『자유가 시인더러』(조태일), 『해청』(고형렬), 『그대의 하늘길』(양성우), 『바다가 보이는 교실』(정일근), 『지리산 갈대꽃』(오봉옥), 『고척동의 밤』(유종순), 『네 눈동자』(고은), 『사랑의 무기』(김남주), 『목숨을 걸고』(이광웅), 『어여쁜 꽃씨 하나』(서홍관), 『마음속 붉은 꽃잎』(송기원), 『떠돌이의 노래』(김윤배), 『기차에 대하여』(김정환), 『김포행 막차』(박철), 『월동추』(강세환), 『별들은 따뜻하다』(정호승), 『한 그리움이 다른 그리움에게』(정희성), 『산속에서 꽃속에서』(조태일), 『가을의 시』(김광렬)

이 시집들을 읽으며 우리는 지난날 해방 시기에 우리가 미처 이룩하지 못했던 해방의 문학사적 과제들이 '창비시선' 시집에 와서 비로소 성취된 느낌을 가진다. 즉 일제 파시즘에 유린될 대로 유린되었던 모국어의 슬픈 상처를 회복하고, 드디어 민족의 언어관습과 문학에 대한 사고방식 자체를 철저히 각성하려는 노력이 주목할 만한 성과를 거두고 있기 때문이다. 아울러 새로운 민족문학을 모색하고 민족문학정신의 재정립을 위한 시인들 자신의 노력과 내적 요구가 실질적인 결실을 거두게 된 것이다.

이러한 성과와 결실은 '창비시선'의 편집 방침이 과거 식민지 지배하에서 우리의 문학이 빠져들었던 나태와 방황을 스스로 가혹하게 비판하고, 또한 식민지의 문화정책에 의해 강요된 문학정신의 왜곡을 극복하는 일에 청교도적인 준엄성을 잃지 않았던 덕분에 가능했던 일이다. 민족문학이란 민족의 현실적 삶에 대한 총체적인 인식을 전제하지 않을 때 그 자체의 성립기반도 확립되지 않을뿐더러 민족의식에 대한 문학적 추구 또한 전혀 불가능해질 수밖에 없지 않은가.

위의 시집들 중에서 고은·김지하·조태일·정희성·김남주의 이름은 우리들에게 오래오래 기억될 것이다. 그들이 1970년대 이후로 쌓아올린 빛나는 문학적 성취는 참으로 아름다움 바로 그것이었다.

특히 1950년대 후반에 등장하여 부단히 자기 스스로를 부수고 다시 일으켜 세우면서 새로운 시인의식의 한 전형을 만들어온 고은 시인의 1970년대를 결산하는 시집『새벽길』(1978), 승려에서 시인으로, 시인에서 민중운동가로, 민중운동가에서 수인(囚人)으로, 수인에서 다시 겸허한 동심의 세계로 돌아온 감동적인 메시지를 고스란히 전해주는 시집『조국의 별』(1984)이 발산하는 뜨거운 감동을 잊을 수 없다.

우리 시대가 낳은 민중저항시인으로서 세계적인 관심을 집중시켰던 김지하 시인의 시선집『타는 목마름으로』(1982), 한국시의 심약한 여성주의와 고질적인 모더니즘 시의 병폐에 반기를 들고 시인 특유의 열려한 호흡과 강인한 현실의식을 반영한『국토』(1975),『자유가 시인더러』(1987) 등 조태일 시인의 시집. 지난 시기 시인들의 고고한 자리, 고답적인 지식인의 위치에서 과감히 떠나 이 시대의 모든 고통받는 사람들의 삶 속으로 자신의 삶을 확대해오면서 한치의 빈틈도 없는 날카로운 긴장과 진실의 언어정신을 수립한 정희성 시인의 시집『저문 강에 삽을 씻고』(1978), 그는 이 시집으로 제1회 김수영문학상을 받았다.

'남민전'사건으로 9년 동안을 옥중에서 보내고 출옥한 후 확실한 계급적 시각으로 문학의 '구체적 싸움'이 지녀야 할 본질과 서정성의 의미를 서슬 푸르게 일깨워준 시인 김남주의 시선집 『사랑의 무기』(1989)와 또 이번에 100권 째를 장식한 시집 『사상의 거처』, 그의 시는 처음부터 편벽된 위기(爲己), 즉 개인주의의 수렁으로 빠져드는 것을 경계하였다.

인간이 만들어 가는 역사, 건강하고 튼튼한 역사의 구축도 인간의 참됨됨이에서 우러나와, 인간과 함께 인간과 더불어 과거의 시간과 동시대의 모든 것을 따뜻하게 끌어안고 흘러가는 시간 속에서만 이루어지는 것이라고 그는 믿는다. 자기 시대의 문제를 회피하지 아니하고 정면으로 맞닥뜨려서 그것을 민족 내부의 주체적 역량으로 극복하려고 감옥 안에서 싸워온 김남주 시, 그의 작품 도처에 넘실거리는 꿋꿋한 남성적 톤의 시대정신은 민족문학정신사의 전통적 반열에 이제 아무런 스스럼없이 당당히 놓여지게 되었다.

두 번째로 다수를 차지하고 있는 시집 군은 농본주의적 정서에 바탕하며 현실 극복의 의지를 지니는 민족·민중시의 계열이다. 인간의 삶에 있어서 농업과 농업생산품들이 차지하는 중요함은 늘 강조되어 왔음에도 불구하고 전체 산업분포 속에서 농업과 농민의 지위는 단순히 비참한 지경을 훨씬 넘어서는 극악한 환경의 연속이었다. 구한말 농민운동의 한 원형을 찾아볼 수 있는 동학농민전쟁의 사회적·경제적 지향에서 우리는 현실적 위기 속의 농민들이 소상품 생산자로서 스스로를 확립해가려는 강한 욕구를 발견한다.

그러나 제국주의의 억압은 이러한 욕구와 운동성 자체를 원천적으로 말살해버렸으니 농업과 농민의 처지는 열악한 소작농으로 전락하여 가혹한 식민지적 조건 속에 놓이게 된다. 일제 강점하의 농민의 생활은 제국주의자들의 잔혹한 토지착취로 말미암아 토지의 품귀 및 경작면적의 영세화, 고율의 소작료 및 각종의 부과금, 농산품의 저소득성 따위의 식민지적 조건이 주는 무거운 부담에 허덕이게 됨으로써 조금도 개선되지 않은 어려운 경제 형편에서 신음하고 있었다.

이런 형편은 해방 이후 한국 농업의 구조에서도 그 역사적 동향은 별

다른 변화를 가져다주지 못했으니, 과소농 즉 농민의 극소농민화, 단순 소상품 생산자로서의 제한된 역할, 신형 소작제 방식의 확대와 강화로 인하여 1970년대 이후 절대경지면적의 감소, 농가호수의 감소가 점차 가속화됨으로써 소농민 수탈정책과 농민의 빈곤화는 한층 심화되어 왔던 것이다. 우리는 이를 동족에 의한 농촌 붕괴, 농민 해체라고 규정한다.

1973년 44편의 시 작품을 묶어서 출간한 신경림의 시집 『농무』는 타성과 안일주의에 빠져 있었던 종래의 문단에 크나큰 충격과 놀라움을 주었다. 이 시집에서 신경림은 대대로 시달릴 대로 시달려온 우리나라 농민들의 삶의 애사(哀史)를 리얼리즘의 원칙에 기초하여 훌륭히 묘사해냄으로써 민족과 민중의 현실을 적극적으로 수용하는 1970년대 민족, 민중문학의 시구가 되었다. 이 시집은 지난날 고통 속에서 신음하고 피 흘리던 민족 현실을 철저히 외면한 보수주의 문학의 종언을 알리는 웅장한 시대정신의 종소리로 우리들의 가슴속에 고동쳐왔다.

> 못난 놈들은 서로 얼굴만 봐도 흥겹다
> 이발소 앞에 서서 참외를 깎고
> 목로에 앉아 막걸리를 들이키면
> 모두들 한결같이 친구 같은 얼굴들
>
> ─「파장」 부분

그의 시가 우리들에게 깊은 울림과 감동으로 공명해올 수 있었던 것은 민중적인 소재, 민중적인 가락, 민중적인 언어를 통하여 민중적인 정서를 뜨겁게 달구어냄으로써, '민중성'이 머금고 있는 깊은 철학성과 보편주의의 원리를 시종일관 흩트리지 않았기 때문이었다. 그의 이러한 시정신은 '창비시선' 18, 51, 83번으로 각각 발행된 『새재』(1979), 『달 넘세』(1985)와 최근의 『길』(1990)에 이르기까지 줄기차게 계속되고 있다.

시집 『농무』가 이룩했던 민족, 민중문학적 빛나는 성취를 발전적으로 계승해왔던 이 계열의 시집들은 대체로 다음과 같다.

『농무』(신경림), 『만월』(이시영), 『참깨를 털며』(김준태), 『인동일기』(김창완), 『새재』(신경림), 『벼는 벼끼리 피는 피끼리』(하종오), 『사월에서 오월로』(하종오), 『섬진강』(김용택), 『고두미 마을에서』(도종환), 『달 넘세』(신경림), 『아도』(송수권), 『바람 속으로』(이시영), 『맑은 날』(김용택), 『푸른 별』(김용락), 『꽃산가는 길』(김용택), 『모닥불』(안도현), 『새벽 들』(고재종), 『길』(신경림)

이 가운데서 우리는 시인 이시영과 김용택의 이름을 기억해야만 할 것이다.

이시영이 1976년 12월에 86편의 시 작품을 엮어서 한 권의 시집으로 펴낸 『만월』은 이성부가 시집의 '발문'에서 말한 것처럼 결코 관념에 물들지 않고 오히려 관념성을 극복하면서 자기 시대의 삶을 구체적으로 형상화시키는 일에 성공한 특별한 성과이다. 그는 단순하고 평범한 농촌 풍경을 그 내부의 모순으로 밑바닥까지 응시함으로써 하나의 역사적 풍경화로 떠올려 보여주었다. 특히 1970년대라는 한 시대의 정치적 분위기를 선명한 시각적 영상으로 응축시키고 있는 시 「출분(出奔)」의 섬뜩함을 우리는 잊지 않는다.

혹석동 山허리에 시퍼런 낮달 하난 떠올라
악악 소리치며 짖 않고 있다
길 가던 사람들 死色이 된 서로의 얼굴에 놀라
가까스로 팔다리 내밀어
그림자 뒤로 걷고 있다

―「출분」 부분

시집 『만월』이 진고 있는 민중설화의 애틋한 감동은 「삼밭」·「흉년」·「마부의 꿈」·「머슴 고타관씨」·「오빠」·「만월」·「옥례」·「어느 변사」·「덕석볼이」 등에서 지속적으로 유지되고 있다. 그의 시가 현대적인 감각과 세련된 기법으로 지난날의 민중적 정서를 다듬고 있는 듯하지만, 실제로는 그것을 통하여 오늘의 아픔을 오목새김하고 있다고 말하는 신경림의 지적은 적절하다.

다음으로는 시인 김용택에 관한 경우이다. 그의 가장 큰 장점은 시의 목소리가 농촌현장의 내부에서 직접적으로 울려나고 있다는 점이라고 염무웅은 설명한다. 이 때문에 그의 시에 나타나는 농촌의식은 일체의 안일한 감상을 배제하면서 엄중한 객관적 논리를 확보하게 되는 것이다. 그는 '창비시선'으로 세 권의 시집을 내면서 농민시인으로서의 자기 세계를 구축해왔다. 『섬진강』(1985), 『맑은 날』(1986), 『꽃산가는 길』(1988) 등이 그것이다.

> 산 사이
> 작은 들과 작은 강과 마을이
> 겨울 달빛 속에 그만그만하게
> 가만히 있는 곳
> 사람들이 그렇게 거기 오래오래
> 논과 밭과 함께
> 가난하게 삽니다.
>
> —「섬진강 15」 부분

그의 시에서 기본 율조가 되어 있는 4음보의 민요적 가락은 그의 농민적 생활 정서를 담아내는 매우 적절한 그릇이다. 이 가락은 호남 지역의 속어, 방언들과 훌륭히 배합되어 그야말로 '찬란한 슬픔'의 미학적 경지에 도달하고 있다. 연작시 「섬진강」에 맥맥히 흐르고 있는 유장한 가락과 그것의 비감한 정서는 김용택으로 하여금 전형적인 농민시인으로서의 위치를 확고히 자리잡도록 하였다. 농촌이라는 억압된 세계에 관한 주제들을 삶의 근원적 순수성과 조화로움으로 포용하면서 진솔한 언어로 표출해내고 있는 그이 시 세계는 신경림 이래로 농촌적 서정을 가장 빼어나게 성취하고 있는 시인으로 평가받게 되었다.

산업사회로 변화해 가는 과정을 날카롭게 주목하면서 민족, 민중적 요구에 부응한 '창비시선'의 시집들에서 김수영 시정신의 생명력과 그것의 살아 있는 작용을 발견할 수 있다면, 농본주의적 정서에 바탕한 민족시 계열의 시집들에서 우리는 신동엽이 홀로 추구하다가 끝내 못다 이룬 시정신의 생명성과 그 활력을 느낄 수 있다.

'창비시선' 시집들에서 비록 넓은 범위는 아니라 할지라도 전통적 서정 양식의 미학적 간결성에 기초하면서 개결한 시정신을 담아내고 있는 민족·민중시의 계열들로는 대체로 다음과 같은 목록을 들 수 있을 것이다.

『용인 지나는 길에』(민영), 『소리집』(강은교), 『겨울의 꿈』(조재훈), 『먼 바다』(박용래), 『깨끗한 희망』(김규동), 『엉겅퀴꽃』(민영), 『금빛 은빛』(홍희표), 『이슬처럼』(황선하), 『조금은 쓸쓸하고 싶다』(임강빈), 『홀로 상수리 나무를 바라볼 때』(박이도), 『뿌리에게』(나희덕), 『절정의 노래』(이성선)

위의 시집들 가운데 우리는 김규동과 민영 시인의 이름을 떠올리고자 한다. '창비시선' 49번으로 발간된 『깨끗한 희망』(1985)은 시인 김규동의 37년 동안의 성과를 중간 결산하는 시선집이다. 이미 우리에게 잘 알려진 것처럼 김규동은 1950년대에 전개된 후반기 모더니즘의 대표적인 선두주자였다. 그러나 1970년대 중반으로 접어들며 정치와 사회의 민주화, 통일운동에 본격적으로 참여하면서 민족 현실의 문학적 형상화의 더욱 진전된 빛나는 성취를 보여준다. 우리는 철저한 자기 부정을 토대로 자기 극복의 진경을 이룩한 그의 경이롭고도 긍정적인 변화를 길이 기억해야 한다.

보수진영의 대다수 문인들이 변화에 대해 지극히 소극적이며 스스로를 움츠리는 데 반해 김규동은 과거의 낡은 허울을 과감히 벗어 던지고 적극적·역동적인 자기 극복의 과정을 보여주었다. 이러한 과정은 1930년대의 시인 편석촌 김기림이 해방 시기에 나타내 보여준 자기 갱신, 자기 극복의 적극성에 비교될 수 있다. 그는 문학인에게 있어서 절실히 요청되는 자기 점검, 자기 반성이 어떤 것이어야 하는가를 우리들에게 직접 실천으로 일깨워주었다.

지난날 그의 시의 대략적인 경과는 '새로움'이라는 가치에 대한 깊은 갈망을 토대로 주지적(主知的) 모더니즘에서 사회파 모더니즘으로 발돋움해온 경로를 밟아왔다. 한 시인이 진정한 새로움에 대한 깊은 갈망을 지니고 실제로 커다란 방법상의 변화를 이루었다면 이는 경이로운 문단적 사건이라 할 수 있다. 우리는 시인 김규동의 창작 방법상의 변화와 능동적인 전환을 사실로 기억하며, 그것의 참뜻을 민족문학사에 기록해야 할 것이다. 보수적 시간 속에서 진보적인 자기 변화를 쟁취하기란 사실 얼마나 힘든 일인가.

이 대목에서 우리는 역사의 진전을 위한 우리들의 싸움을 위하여 김기림, 김규동 등의 선배 시인들이 펼쳐 보인 자기 부정, 자기 갱신의 적극성을 겸허히 배워야 한다.

젊어서는
발레리도 읽고 릴케와 에세닌도 애독했으나
정신분석이니
쉬르레알리즘 선언 따위도 흥미로웠으나
지금은
쌀을 안치고 불을 켜
군말없이 밥짓는 일에 애정을 바친다
그리고 생각한다
고문과 분신과 한맺힌 싸움으로
막내아이보다 어린 젊은이들이 죽고
국토의 분단은 그대로인 채

장차 무슨 일이 벌어질지 알 수 없는 나날 속에서
시인은
무엇을 해야 할까를 곰곰 생각해본다

—「새벽」 부분

최근의 시선집 『길은 멀어도』(1991)에 수록된 이 작품을 읽으며 우리는
한 원로시인이 지천명(知天命)의 나이로 접어들면서 더욱 자신의 시정신
을 팽팽한 긴장으로 달궈 가는 감동적인 경과에 경의를 표하게 되는 것
이다.

다음으로, 날카로우면서도 강인하고 부드러우면서도 개결한 언어를
구사하여 시적 진실과 감동의 세계에 도달한 민영 시인의 시집은 『용인
지나는 길에』(1977), 『엉겅퀴꽃』(1987) 등 두 권의 '창비시선'으로 출간된
바 있다. 그의 시에서 최고의 미덕은 고도의 압축과 절제의 품격이라 하
겠다. 시 「동천」·「벗들에게」·「산비」 등에서 나타나는 민중의 애환에
대한 따뜻한 수용, 안으로 서늘하게 내재되어 있는 시적 격정을 우리는
잊지 못한다.

김흥규는 이러한 민영의 시 세계를 '억제된 분노의 언어'로 일찍이 정
리한 바 있으니, 말을 번다하게 늘어놓거나 섬세하게 치장하는 법이 없
는 시인의 창작적 관습에 대한 명쾌한 설명이라 하겠다. 모순과 허위로
가득 찬 세상, 그 안에 무력하게 끼여 있는 자신에 대한 비판적 시선이
차가운 반어나 응축된 기상(奇想)으로 구체화되면서 냉소적 여유를 유지
하고 있는 시집 『용인 지나는 길에』의 작품의식, 희망적 환상과 절망적
비탄을 모두 억제하면서 현실의 간고함을 견디어 가는 삶에 관한 시인
자신의 비전을 보여주는 시집 『엉겅퀴꽃』의 작품의식이 지향하는 시적
목표는 모두 동일하다.

김우창도 『엉겅퀴꽃』의 발문에서 "오늘날과 같이 리듬, 행, 연 등의
사용에 있어서 무정형의 장황함이 표준이 되는 때에, 이러한 단시들의

고졸한 단순성은 일단 높이 쳐서 마땅한 것"이라고 민영의 시가 지니는
형태상의 미덕을 인정하고 있다.

> 오늘은 언 땅의
> 냉이를 캐며
> 내 손톱이 여린 것을
> 서러워하네.
>
> 바람은 등에 업은
> 어린것을 후리고
> 몸 묶인 그이로부터는
> 소식이 없네.
>
> 바람은 불어라
> 쌩쌩 불어라
> 들판에 햇살 비쳐
> 새 울 때까지.
>
> ─「냉이를 캐며」 전문

이 시를 읽으며 우리는 지나날 상해판 『독립신문』의 1922년 8월 1일
자 '시 세계'란에 실린 작자미상의 시 작품 한 편을 떠올리게 된다.

> 웬일이냐
> 져 아해는 왜 우러
> 감옥에 잇난 아버지 생각
> 간절해서 운다 해요
> (…중략…)
> 웬일이냐
> 져 부인이 어듸를 급작이
> 철창 속에 잇난 남편에게

의복차입 하려고
그래 급작이 간대요

—「웬일이냐」 부분

　민영의 시는 『독립신문』 수록시의 정서적 공간을 가득 메우고 있는 비감성을 그대로 수용하고 있긴 하지만 급박한 현실 상황이 주는 긴박성은 희박하다. 『시경』의 고졸한 한시 작품들에서 느껴지는 유가풍의 걸음걸이를 방불하게 하는 데가 있다. 이 점이 아마도 김우창이 시집 발문에서 염려한 "무긴장의 평면적 단순성"과 연관을 갖지 않는가 한다. 그러나 그는 최근에 와서 이런 우려들을 훌륭히 극복함으로써 제6회 '만해문학상' 수상자로 결정되었다.

　'창비시선'으로 출간된 시집들 중에서 다음으로 다수의 높은 비중을 차지하는 것으로는 작고한 민족시인, 혹은 현재에도 왕성한 작품 활동을 전개하고 있는 원로시인들의 시집이다.

　『마지막 지상에서』(김현승), 『겨울날』(김광섭), 『황지의 풀잎』(박봉우), 『다시 광야에』(김관식), 『벌거숭이 바다』(구자운), 『누가 하늘을 보았다 하는가』(신동엽), 『먹을 갈다가』(김상옥), 『우짖는 새여, 태양이여』(이인석), 『바람 설레는 날에』(인태성), 『예레미야의 노래』(박두진), 『먼 바다』(박용래), 『물너울』(고원), 『사랑의 변주곡』(김수영), 『그 먼 나라를 알으십니까』(신석정)

　김현승 시인의 시집은 가장 순수한 정신의 목표를 가장 인간적인 것의 성취에 두고 평생을 오로지 시를 위해서만 살다 간 시인의 업적을 마무리지은 그의 마지막 개인시집이다. 이 시집에서 우리는 고독하면서도 그 고독에 지치지 않고, 오히려 고결한 시정신으로까지 승화시킨 한 원로시인이 이승에 남긴 밝고 따스한 언어들과 대면하게 된다.

　시집 『겨울날』(1975)은 『김광섭시전집』에서 고른 70여 편과 시인의 만년의 작품들을 합쳐 총 86편의 시를 수록한 일곱 번째 자선집이다. 박봉우 시인의 시집은 민족 분단의 현실과 사회적 부조리에 솟구치는 울분과 저항의 육성을 뜨거운 언어로 터뜨려 온 그의 가열한 시정신을 보여준다.

호방한 성격, 희귀한 동양적 예지와 한시적 소양을 보여주는 김관식 시인의 시집 『다시 광야에』(1976), 가난과 병고와 고독에 시달리면서도 시만을 위해 살다간 구자운 시인의 시집 『벌거숭이 바다』(1976), 맑고 개결한 성품으로 일관하면서 1960~70년대의 한국시사에 주옥같은 시 작품을 보탠 박용래 시인의 시집 『먼 바다』(1984) 등은 작고시인의 '시선집'으로 발행됨으로써 그들의 시 세계와 문학사를 연구하는 일에 있어서 매우 유익한 자료로 제출되었다.

신동엽 시인의 시선집 『누가 하늘을 보았다 하는가』(1979)는 남북 분단의 고통을 꿰뚫어보는 뚜렷한 역사의식과 민족의 앞날을 예시하는 드높은 안목뿐만 아니라, 맑은 감성과 고운 시어에 있어서도 뛰어난 민족시인의 품성을 지녔던 신동엽의 시 세계를 시기별로 정리해서 보여준다. 이 시집은 시인이 세상을 떠나간 지 20주년이 되는 1989년에 개정판으로 다시 발간되었다.

김상옥 시인의 시집 『먹을 갈다가』(1980), 박두진 시인의 『예레미야의 노래』(1981), 신석정 시인의 『그 먼 나라를 알으십니까』(1990)는 온갖 어두운 조건 속에서도 끝까지 시와 인간을 지켜온 원로시인들의 시집이다. 이인석 시인의 『우짖는 새여, 태양이여』(1980)에는 북녘에 고향을 두고 월남해 와서 단 하루도 고향과 고향의 어머니를 잊지 못하는 애절한 감개가 담겨 있다. 재미시인 고원의 시집 『물너울』(1985)도 마찬가지로 1970년대의 유신독재에 저항하면서 치열한 현실의식으로 무장된 시정신의 뜨거움 및 조국의 통일과 민주화에 대한 염원을 담고 있다.

김수영의 시선집 『사랑의 변주곡』은 시인의 작고 20주기가 되는 1988년에 진행되었다. 그야말로 '온몸의 시학'으로 참여시와 문학사의 요구를 충족시키면서 행동과 양심의 시를 마지막까지 구구해온 시인 김수영의 높고 깊은 시정신을 담아내고 있다.

'창비시선' 시집들 가운데 노동자적 정서에 기초하면서 현실 극복의 실천력과 적극성을 살려가려는 시집은 대체로 소수이다. 『해뜨는 검은 땅』(박영희), 『우리들의 사랑가』(김해화), 『맑은 하늘을 보면』(정세훈) 등이 이러한 계열에 해당된다.

우리는 지난 1980년대 중반 이후에 거센 흐름으로 제기되었던 이른바 민족문학주체논쟁을 기억한다. 민족문학의 새로운 도약을 기약하는 시험대이기도 했던 그 당시의 논쟁의 전개는 집중된 열기와 관심의 확대로 말미암아 민족문학 논의의 백가쟁명(百家爭鳴)시대로 일컬어지기도 한다. 1970년대 이래의 기왕의 민족문학론의 '소시민성'을 비판하면서 등장한 민중적 민족문학론, 민족모순의 해결을 최우선 과제로 선행시키려는 반제민족해방문학론, 계급적 위치에 가해지는 역사적 결정요인들에 주목하면서 노동자계급의 당파성과 선취성을 강력하게 주장하는 노동해방문학론 등으로 논쟁의 열도는 확대되어 갔으니 지식인문학에 대한 끊임없는 자기 비판의 감행으로 해석되기도 했다.

이런 가운데서 '창비시선'의 발간 기획과 그 결과에서 의식적이든 무의식적이든 간에 노동자문학, 또는 노동해방문학에 대한 더욱 광범한 수용과 애착에 소홀하였거나, 깊이 있게 정독하고 폭넓게 끌어안는 준비를 마련하지 못하였다. 전체 인구의 3할 이상이 노동자계층으로 되어 있는 현재의 사회구성체하에서 이 점은 '창비시선'이 떠맡아가야 할 앞으로의 지대한 과제라 하겠다.

다음으로는 민족적 문학 양식의 전통화를 시도한 연작 형태의 장시, 서사시를 한 권의 시집으로 묶은 계열들이니 고정희의 『초혼제』(1983), 『저 무덤 위에 푸른 잔디』(1989), 정동주의 『논개』(1985), 하종오의 『넋이야 넋이로다』(1986)가 그것이다. 특히 고정희의 시집은 저자 자신이 후기에서 밝히고 있는 것처럼 우리의 삶 구석구석에 스며 있는 '어머니의 혼과 정신'을 해방된 인간성의 표본으로 삼으며 역사적 수난자, 초월성의 주체인 어머니를 시적 대상으로 삼아서 형상화시키고 있는 일종의 '굿시' 형태를 시도한다.

고정희는 이 시집을 통하여 여성해방문학의 전진적 기수로서 맹렬한 활동을 펼치며 새로운 문학정신의 싹을 틔워놓고 애석하게도 불의의 사고로 세상을 떠났다. 하종오의 시집도 굿시 계열의 작품집이다.

민중적 전통 양식을 계승함으로써 민중의 현재적인 가장 절실한 문제들을 문학의 중심문제로 제기하는 것이 민족·민중문학의 이념이자 지향 목표의 하나이니 서사무가, 판소리 가락의 원용, 민요가 지니는 힘의 채택 등은 '창비시선'의 시집들에서 앞으로도 계속 추구해가야 할 중요한 실천분야에 속한다. 물론 이 과정에서 단순한 민속주의, 추상적 민중주의는 시인이 빠져들기 쉬운 함정으로서 이 점을 경계하지 않으면 안될 것이다.

이상에서 우리는 '창비시선' 100권 발간의 대체적인 경과와 시집들의 성격을 매우 거칠게 분류하여 살펴보았다. 한 출판사에서 발행하는 시집이 권수만으로 일백 권을 채운 경우도 몹시 드문 예에 속하지만, 이만한 정도의 독자적인 체제와 성격을 확보해 갖춘 경우는 아마도 한국의 출판역사를 통틀어 '창비시선'이 처음이 아닌가 한다.

그것도 1980년 계간지 『창작과비평』의 폐간, 1985년 출판사의 등록취소 사태, 출판사 이름의 강요의 창씨개명 따위의 온갖 거친 풍파를 겪어가면서 그 동안 꾸준히 발간해온 전체 시집들을 일별하면서 우리는 '창비시선'이라는 활동공간을 통하여 고은·신경림·김지하·김남주 등 민족·민중문학의 주류에 속하는 기라성처럼 걸출한 여러 시인들을 문학사의 광휘로운 무대 위로 당당히 올려보낼 수 있었던 성과를 함께 기뻐한다. 이러한 성과만으로도 민족·민중의 시대적 요청에 대한 한국시의 응답은 이미 충분하다.

그러므로 '창비시선' 100권 돌파를 지켜보는 독자들의 눈은 더없이 따뜻한 신뢰로 훈훈하고 너그러우면서도 한편으론 더 큰 요구와 기대로 싸늘하게 번뜩인다. 우리는 이 기회에 '창비시선'에 참여하는 편집진의

의식이 혹시 고정화의 틀에 스스로 갇혀 있는 것은 아닌지 냉철히 반성해야 할 것이다. 가장 진보적, 적극적인 실천으로 민족·민중의 현실을 담아내는 일에 성공하고 있으면서도 '창비시선'의 기획이 일정한 폐쇄성을 벗어나지 못하고 있다는 외부의 비판적 견해를 편집진들이 넉넉한 안목으로 받아들일 수 있었으면 한다.

아울러 문호개방에 좀더 폭넓게 적극적으로 대처하면서, 이른바 '창비 계열의 시'라고 일컫는 세평에 대하여 긍지와 각성의 양면적인 성찰을 동시에 겸허히 가지게 되기를 바라마지않는다. 새로운 자각과 반성으로 기왕의 성과를 되새기고 미비점을 극복해나가는 태도가 우리 시대의 참다운 대인적 풍모인 점을 감안할 때, 우리는 '창비시선' 100권 돌파의 기쁨을 조촐히 자축하면서 험난했던 지난 시기의 역사에서 얼마나 충실했는가의 비판적 점검에 골몰하는 것이 1990년대 이후의 '창비시선'이 걸어가야 할 좌표를 확정짓는 진정한 방향모색이 되리라고 생각하는 것이다.

제 **6** 장

지역문학의 방향성 모색

대구 지역 문학을 중심으로

1. 대구와 대구인의 기질

대구의 옛 이름은 달구벌(達句伐)이다.

신라 점해왕 15년 2월에 달벌성(達伐城)을 쌓고 극종(克宗)을 성주로 삼았다. 신문왕은 도읍을 달구벌로 옮기려는 시도를 하였으나 뜻을 이루지 못하였다. 이는 삼국 통일 이후 달구벌의 지정학적 위치가 꽤 중시되었음을 말해준다. 경덕왕 년간에 이르러 달구벌이 대구현(大丘縣)으로 개명되었다.

하지만 혜공왕 이후에는 다시 옛 이름으로 돌아갔다. 신라 말의 왕위 찬탈을 위한 빈번했던 내전과 왕건 견훤간의 결정적 대결지인 공산(公山) 전투가 모두 대구 지역과 관련된다. 이후 수도를 개성으로 정한 고려조를 거쳐 조선 전기까지 대구는 별로 주목받지 못하는 지역이었다.

그러나 선조 때 임진왜란이 발발하면서 대구는 군사적 교통적인 요충지로 재인식되기에 이르렀다. 서거정·변계량·윤상·양희지·김종직·

김굉필·정여창·김일손·이퇴계·이현보 등 이른바 영남학파에 의하여 이 지역의 정신적 문화적 전통이 형성되기에 이르렀다. 이들이 배출된 대구 영남 지역을 이른바 추로지향(鄒魯之鄕)이라 부른 것도 이러한 배경이 뒷받침하고 있었던 것이다.

일제강점기만 하더라도 20세기 초반 국토가 식민지의 불행 속으로 떨어지게 되었을 즈음 일본에게 진 나라의 빚을 갚아보려는 운동을 대구 지역의 선각적 지식인 중심으로 펼쳐져 전국으로 비화된 사건이 있었다. 우선 담배를 끊고 국산품을 애용하고, 공연한 부채가 발생하지 않도록 생활 속에서 혁명을 일으켜 보자는 것이 당시 대구의 지식인 서광제 등에 의해서 주도된 운동의 중심 취지였다. 이른바 '국채보상운동(國債報償運動)'이 그것이다.

우리 지역에서 활동하고 있는 한 시인에 의해 쓰여진 다음 시조 작품 한 편은 우리들에게 의미 있는 시사를 던져준다.

시상에 존일도 쌨고 또 쌨지만
캐싸도 그 중에서 질로 아름다운 건
마카다 마음 모아가 하나되는 기데이

질까에 높은 빌딩 우뚝우뚝 들어서고
땅밑에 차 댕기는거 그기 다 아이데이
참말로 잘 사는건 마, 바로 사는 기데이

요새 대구 사람, 대구 사는 우리는
니는 니고 나는 나 그래 살마 안된데이
대구는 그런 사람 사는 데 아이데이

지난 날에 대구 사람 우째 살아왔는지
니 한분 생각해 봤나 생각해 본 일 있나
참말로 기뚱차도록 장한 일 있었데이

왜놈들이 설치싸턴 1907년 1월29일
그놈들 억지로 매긴 빚 1300만원
그 빚을 갚을라 캤던 기찬 일 있었데이

그 빚 다 못 갚으면 나라 다 뺏긴다고
2천만이 석달 동안 담배 끊어 한달 20전씩
돈 모다 갚자턴 일 대구에서 맨첨 했데이
(…중략…)

그런 사람들이 민들어논 이 대구를
오늘 사는 우리가 이자뿌면 안 된데이
그들이 살던 방식을 우리가 비아야 한데이

대구서 났다카는 대통령 이름 이자뿌도
서울서 행사하는 사람 몰라도 개안치만
나라빚 갚자턴 운동 이거 이자뿌면 안된데이

니캉내캉 마음 모으고 니캉내캉 서로 믿으며
대구를 대구로 키운 어른들 안 이자뿌면
대구는 절로 아름답데이 억수로 존데 된데이
                    ─ 문무학의 시조 「한 때 대구 사람들은」의 부분

　　대구 지역의 방언이 주는 독특하고도 미묘한 가락과 정감 어린 어투가
작품 내용이 담고 있는 진정성과 함께 어우러져 우리의 가슴을 친다. 우
리는 이 작품을 쓴 시인의 충정을 다시금 곰곰이 되새겨볼 필요가 있다.
　　1930년대 대구사범 재학생들에 의한 반제국주의운동 전개는 항일학생
민족운동사에 빛나는 한 페이지로 기록되었을 정도로 대단한 바가 있었
다. 일제 말에는 대구 출신 학병들에 의한 무장투쟁 계획이 비록 실패로
끝나긴 했지만 제국주의자들의 간담을 서늘케 한 경과를 나타내 보였다.

해방 시기에는 시월인민항쟁을 비롯하여 해방된 조국에서 반외세 반봉건의 기치를 내걸고 과감하게 투쟁했던 노동자 시민들의 일치된 거사가 있었고, 분단 이후에는 4·19 반독재운동의 기폭제가 되었던 1960년 2월 28일의 학생의거가 대구를 중심으로 발발하였다. 대구인의 기질을 과연 어떻게 정의하고 설명할 있을까?

첫째 불의를 보고 참지 못하는 기질, 둘째 옳은 것은 목숨을 내걸고서라도 옳다고 주장하는 기질, 셋째 의리를 결코 저버리지 않는 *꿋꿋한* 기질, 넷째 교육과 문화의 풍토를 삶에서 중시하는 기질 등이 대체로 이러한 역사 시기에 걸쳐서 형성되었고, 이는 곧 대구 영남인 특유의 기질로 일컬어졌다. 하지만 우리는 이러한 기질 속에 동시에 담겨져 있는 부정적 면모도 결코 간과하지 말아야 할 것이다.

2. 대구문학이란 말이 성립될 수 있는가?

일제강점기를 통하여 대구 영남 지역에서 배출되었거나, 이 지역에서 한때나마 활동했던 문학인들의 활동에는 앞에서 말한 대구인의 기질과 분명히 어떤 관련을 가졌다고 보아야 할 것이다.

대구의 문학을 이야기하려면 우선 상화와 육사, 고월, 목우 등의 문학정신부터 거론해야만 할 것이다. 사실 이들은 대구 지역의 문학정신을 대표할 뿐만 아니라, 우리 민족문학을 대표하는 정신이기도 하다. 민족적 긍지를 굳게 지킨 대구 지역의 과거 문학인들은 이상화·박태원·이장희·백기만·현진건·김용조·이육사·이설주·이병철·이병각·윤복진·이호우·김동사 등이었고, 이들의 작품 속에 무르녹아 있는 비주체적 대상에 대한 저항의식은 남달랐다고 하겠다.

그밖에도 김동리·박목월·오일도·황윤섭·유치환·김춘수 등이 활동하였다.

1930년에 김천 지역에서 발간된 동인지 『무명탄(無名彈)』도 식민지 지역문학으로서의 자각과 의지를 어느 정도 엿보게 하는 문학사적 의의가 담겨 있다.

1945년 10월 10일에 창간된 『영남일보』는 대구문단의 형성과 발전에 하나의 모태 역할을 담당했고, 같은 해 10월에는 '죽순(竹筍)' 동인지가 창간되어 문학과 지역, 민족을 함께 아우르는 창작 활동을 왕성하게 펼쳤다. 해방 시기 대구문단에는 '죽순'을 비롯하여 '무궁화', '청과집', '새싹' 등의 간행물들이 발간되었으나 그 명맥은 별반 크지 않았다. 하지만 한국전쟁의 발발은 대구문단의 분위기에 대단한 활기를 불어넣어 주는 계기가 되었다.

서울 지역의 문화예술인들이 피난 차 모여들어 대구는 한국 문화·예술의 중심지로 바뀐 듯한 인상마저 주었다. 마해송·이설주 등에 의한 상고예술학원이 개원되어 조지훈·최정희·최인욱·구상·유주현·박훈산·장덕조 등의 문학인들이 강의를 담당하였다. 신동집·이효상·이호우·김요섭·이설주·박양균 등의 시집이 발간되고 이에 따른 출판기념회가 잇따라 열려 문단의 분위기를 한층 활성화시켰다.

1951년에는 육군 종군작가단이 대구 아담다방에서 결성되었고, 최상덕·김송·박영준·이덕진·김영수·정비석·김동진 등이 회원으로 활동하였으며, 희곡공연·문학강연회·시낭송 등의 활동이 펼쳐졌다. '전선문학(戰線文學)'이 기관지로 발간되었다. 1951년 1·4후퇴 직후에는 대구에서 공군 종군문인단이 결성되었는데, 일명 '창공구락부(蒼空俱樂部)'였다. 공군 정훈감 김기완을 주축으로 마해송·조지훈·최인욱·방기환 등이 여기에 참가하였다.

그들은 이 단체를 활동의 발판으로 해서 '창공(蒼空)', '코메트(COMET)' 등의 문학기관지를 발간하였다. 육군과 공군의 종군문인단의 활동은 전쟁 중 폐허화되어 가는 예술을 지켜나가는 것을 일차적 목적으로 두었으며, 그 본부를 대구 지역에 두어서 대구의 문화예술을 활성화하는 데에 커다란 기여를 하였다. 이로부터 '대구문단(大邱文壇)'이란 말이 본격적으로 성립되었으며, 이후 1960년대를 거쳐 1990년대 후반에 이르기까지 대구를 활동무대로 삼아서 창작 활동을 펼친 시인들의 숫자는 거의 300여 명 정도에 육박한다.

그리하여 대구를 다른 지역에서는 시의 고장이라고까지 말하는 경우도 있었다.

하지만 상당수의 시인들이 대구에서 문단 활동을 시작하다가 어느 정도 문학적으로 성장하게 되면 곧 서울 문단으로 진출해버리는 경향이 있어서 대구를 생활 근거지로 삼고 줄곧 대구에서만 활동해온 시인은 여러 가지 측면에 있어서 성격적 제한성을 지니고 있다 하겠다.

3. 대구문학의 역사적 흐름과 그 특성에 대하여

대구문단의 초창기적 형성과 그 성격은 제국주의에 대한 저항의식의 발로에서부터 비롯되었다고 할 수 있다. 그것은 대구문단의 초창기 중요 시인들이었던 이상화(李相和)와 백기만(白基萬)의 시정신에서 확연히 나타나고 있다.

상화의 시문학은 우리가 이미 잘 알고 있는 바와 마찬가지로 민족으로서의 주체적 자아에 관한 분명한 인식, 제국주의 외세에 국토와 주체성이 유린되고 있는 현실에 대한 비분강개한 심정의 토로 등으로 구성되어져 있다. 목우의 시 작품도 상화의 시 작품만큼 구체성과 치열성을 담보하고 있지는 않으나 민족문학에 대한 애착과 연민을 갖고 있었음이 확실하다. 그의 생애는 일제에 대한 저항의 평생으로 지사적 삶으로 일관되어 있다.

여기에다 대구에 잠시 기거했으며 대구의 식산은행 폭탄투척사건이었던 장진홍 의사 사건에 주모자 중의 한 사람으로 수배되었던 이육사(李陸史)의 경우도 그의 시정신이 대구문학 정신사에 상당한 영향을 주었던 인물로 평가된다.

대구경북 지역 최초의 민족문학회보 창간호(1988.1.25)가 발간되었을 적에 부산의 소설가 요산(樂山) 김정한(金正漢) 선생은 다음과 같은 축사를 보내어 이를 격려했다.

> 대구 경북은 예로부터 선비를 가장 많이 낳은 문화의 고장으로 일제의 그 어려운 때에도, 상화와 육사 같은 뛰어난 민족문학의 선배들을 많이 낳은 지방이란 것은 널리 알려져 있습니다. 그러한 선비정신 문학정신들을 이어받아 민족의 현실에 밀착한 줄기찬 민족문학이 이 지방에 재빨리 재생되기를 바라며, 그것을 실천해갈 대구 경북 민족문학회 회원 여러분들의 노력에 기대와 격려를 보냅니다.

우리는 요산 선생의 축사에 담겨 있는 간곡한 충정을 다시금 엄숙하게 되새겨야만 할 시점에 와 있다.

지역문학운동이 한국문학에서 매우 중요한 관심으로 제기되었던 시절이 있었다. 그것은 바로 1980년대였다. 당시의 지역문학운동은 분명히 사회, 역사적 현실에 바탕을 둔 민족민중문학운동의 일환으로 전개된 것이었다. 즉 지역적 사회운동의 문학적 대응 양식으로 펼쳐지다가 한국사회의 근본적인 모순과 부조리를 인식하는 단계로 발전되어 갔다.

이러한 관점 속에서 당시 회보에서 「지역문학운동론」을 발표한 김용락은 대구 지역 문학 활동의 문학운동적 성격을 매우 부정적이고 회의적인 것으로 규정하고 있다. 상화, 육사에서 시작된 대구문학정신이 1940년대 '죽순'이 창간되고 한국전쟁을 동시적으로 겪으면서 중앙과 지방의 문학인들이 혼합되기에 이르렀다. 엄밀하게 말하여 서울에서 내려온 문인들은 '피난 문인'이었을 뿐이고, 당시에도 대구에서 태어나 줄곧 활동해왔던 시인들은 그들의 중심부에서 소외되었다고 할 수 있다. 말하자면 서울문단의 세력들이 불가피한 사정에 의하여 대구 지역으로 잠시 이동해왔을 뿐이었던 것이다.

서울이 수복되고 환도하면서 그들은 곧 서울로 되돌아갔고, 대구는 그들이 남기고 간 커다란 공허만이 황량하게 내팽개쳐져 있을 뿐이었다. 이후 1950년대는 서울문단 시인들의 빈자리를 몇몇 시인들이 자리를 메웠다. 박훈산·박양균·신동집·최광열·홍성문·석계향·석용원·전상렬·김종길·여영택·박지수·허만하·김윤식·윤혜승·정석모 등이 그들이었다.

하지만 그들의 작품 성향은 단순하고도 맹목적인 서정주의, 목적성의 상실, 불분명한 서구 취향, 어설픈 모더니즘 쪽으로의 경도 등으로 말미암아 두드러진 작품성을 이룩해내지 못하였다.

1960년대 이후의 대구 문단은 이러한 경향이 더욱 심화되었다고 할 수 있다.

신동집(申東集)·김춘수(金春洙) 등이 대학에 재직하면서 그들 휘하에서 배출된 제자들이 각기 상이한 특색을 지닌 시인으로 등단하기에 이른다. 권국명·윤성도·이창윤·전재수·권기호·양왕용·이정우 등으로 구성되었던 '에스쁘리' 동인들은 김춘수적인 빛깔과 특징을 담뿍 안고 출발하였고, 이태수·구석본·이재행·도광의 등은 신동집의 인생 관조적 성향과 유사한 경향을 띠었다. 신동집·김춘수 두 시인은 서로 불화하였고, 이들의 불화는 대구문단에 적지 않은 부정적 영향을 끼쳤다.

1970년대의 '자유시(自由詩)' 동인의 결성은 당시 전국적인 동인지 성황시대와 보조를 맞추어 비교적 다양하고 참신한 활동을 펼쳤으나 이들의 활동은 결국 궁극적이고 절대적인 개인의 문제에 귀결되어야 한다는 강박관념을 극복하지 못함으로써 문학의 사회적 시대적 요청을 저버리고 철저한 개인주의의 차원으로 떨어져 버리고 말았다.

1980년대로 접어들면서 '오늘의 시', '분단시대', '낭만시' 등의 앤솔로지가 발간되었고, 문학무크지 『나아가는 문학』·『우리문학』·『우리시대의 젊은 시인』·『일꾼의 땅』 등이 발간되었다. 하지만 이들의 활동도 문학의 민족적 전망과 구체성에 몰두하기보다는 일상적 매너리즘과 무자각에 떨어져 곧 단명하고 만다. 이들의 문학적 성과는 단편적이고 산발적인 측면을 인정할 수 있을지 모르나 총체적 성과는 별반 찾아보기 어려운 실정이었다.

1990년대는 거대담론의 붕괴, 이념성의 상실, 강력하게 대두되기 시작한 해체주의적 경향 등으로 말미암아 민족문학론의 퇴조현상이 초래되었다. 이에 부응이라도 하듯 대구문단은 다른 어느 지역보다 더 급격히 서구 취향에 대한 발빠른 관심을 나타내 보이고 여러 문학 단체들이 포스트모더니즘론을 중심 주제로 한 강연회, 토론회 등을 개최하였다. 대다수의 인사들이 서울 중앙문단의 문학지 편집자들이거나 그들의 휘하에 모여 있는 비평가들이었다.

대구 지역에서 발간되는 각종 문학지들에 발표되는 작품의 경향은 상당수가 해체주의의 경향을 맹목적으로 흡수하여 어설픈 흉내를 내고 있거나, 아니면 전근대적 음풍농월 수준에 머물러 있는 경우가 많았다. 문학인들은 서로 단합하지 못하고, 최소한의 친교도 이룩하지 못하며 끊임없이 분열 갈등 속에 놓여 있었다. 몇몇 마음 맞는 부류들끼리 모여서 소집단을 구성하고 다른 소집단끼리 반목 질시하는 경향마저 생겨났다.

이러한 여건 속에서 1990년대의 상업주의적 경향에 부응이라도 하듯 이른바 '시인학교'라는 이름의 문학교육공간이 우후죽순처럼 생겨나 이를 토대로 매우 불미스러운 일들이 속출하였다. 뿐만 아니라 대구 지역에서 최근에 개최되었던 각종 문학행사들이 주로 서울의 특정한 잡지사를 배경으로 하여 그 대리인들이 주최한 목적성 지향의 행사였다. 그리고 그 목적성들은 대부분 상업주의적 계략이 깔려 있는 결속이거나 아니면 자신들의 세력 과시와 관련된 것이었다.

대학에 문예창작과가 신설된 사례가 있지만 그것도 대학의 수익성과 살아남기 전략에 발맞추어 개설되었고, 교수의 채용도 대학 당국의 몰이해와 맞물려 매우 편협하고 졸속한 결정으로 귀결되고 말았다. 이는 지역사회를 위하여 불행한 일이라 아니할 수 없다. 작금의 대구문단이 지닌 이러한 여러 가지 부정적 현상들은 모두 고월 이장희의 고립적 개인적 취향에 기초하여 1930년대 대구 출신의 친일문학인이었던 장혁주·김문집 등의 반주체적 반민족적 성격이 결합된 형태로 대구 지역 문학인들의 의식 속에 매우 불온한 요소로 자리잡고 있었던지도 모른다.

거기에다 한국전쟁을 치르는 와중에서 서울의 피난 문인들이 머물다 남기고 간 문학적 치기, 대구 지역 주변에서 펼쳐졌던 후반기 모더니즘의 부정적 잔재, 저급하고 통속적인 미국문화의 대량유입 등과 식민지적 전근대성이 재결합되어 더욱 고통스럽고 힘겨운 문학주의 속에 함몰되어 버렸는지도 모를 일이다.

출세 직전까지 대구에서 머물다 떠난 작가 이문열의 존재성이나 모더니즘 계열의 시인들에 의한 부정적 영향이 대구문단의 퇴행성을 더욱 부채질하고 있었던지도 알 수 없다.

과거 식민지 시절을 돌이켜 볼 때 대구 지역의 문학이 언제 이처럼 개인주의, 문학주의, 예술주의에 빠진 적이 있었던가? 그 어떤 엄혹한 시절에도 대구와 대구 지역의 지식인들은 조국과 민족에 대한 염려 및 극복의 방안을 마련하려는 직접적인 실천에 적극적이었던 것을 각종 자료를 통해서 쉽게 알 수 있다. 그처럼 듬직하고 품격 높던 대구문학의 단아한 지조는 이제 거의 소멸과정에 놓여져 있는 것이다.

이런 열악한 조건과 환경 속에서도 가냘픈 명맥을 유지하면서 과거 대구 지역의 지조 높던 민족문학정신의 소중한 뜻을 이어가려는 단체가 바로 민족문학작가회의 대구지회(民族文學作家會議 大邱支會)이다. 이 단체는 과거 대구민족문학회를 모태로 해서 발족한 전국민족문학작가회의의

지회적 성격으로 출범하였다.

비록 체계상으로는 중앙의 기구에 소속되어 있다 할지라도 어디까지
나 대구 지역에서 단 하나밖에 없는 소중한 문학 단체임에 틀림없다. 이
단체는 과거 문학적 순정과 권위를 함께 지니고 있었던 상화와 육사의
시정신을 계승할 수 있는 가장 적절한 문학정신을 지닌 사람들만이 여
기에 결집되어 있다 할 것이며 아울러 문학적 정통성을 지니고 있다 하
겠다. 그러므로 이 단체의 회원들은 이처럼 숭고한 소속감을 자신의 삶
에서 자주 되새기고 반영하여 이를 문학적 산출로 이어가는 일에 적극
적으로 매진해야만 할 것이다.

4. 지역문학으로서의 대구문학이 지향해가야 할 방향성의 모색

새로운 세기에 접어들어 어느덧 도입부의 세월이 경과하고 있다.

하지만 우리는 이러한 심적 흥분에 냉철하게 임해야만 한다. 새로운
세기가 도래한다고 급격히 달라지는 것이 무엇이 있으랴? 우리는 마땅히
지난 시기 우리가 이룩하려다 못다 한 문학적 책무들, 이를테면 지역문
화운동을 전반적으로 재검토하여 새로운 시대에 걸맞은 적절한 논리를
개발해야 할 과업이 우리 앞에 다가와 있다.

지역문화운동의 목표지향성은 여전히 우리들에게 떠맡겨진 중요한 과업
이다. 지역이라는 개념은 지역에 거주하는 개인들이 세계를 인식하는 장소
이자 동시에 출구인 것이다. 그러므로 우리는 1980년대 이후 우리가 이룩한
지역문화운동의 여러 성과들, 그리고 다른 지역에서 성취한 여러 성과들을
점검하여 우리가 버리고 취해야 할 것이 무엇인가를 정리해야만 한다. 그
동안 우리가 너무 심정적 차원에만 머물러 있었던 것은 아닌가?

막연한 이상주의, 맹목적 낭만성은 배격되어야 한다. 이념적 선취성을 지나치게 강조하여 지나친 목적의식적 태도로 흐르는 1980년대적 기질도 하루빨리 청산해야겠다. 지극히 비과학적이고 추상적인 문제에 우리가 너무 집착해 있었던 것은 아닌지를 반성해야겠다. 또 우리가 추구해가야 할 지역중심주의가 지나치게 편협성에 기우는 경우도 미리 경계해야 한다.

우리가 궁극적으로 가 닿아야 할 최종 목표는 문화의 민주주의, 문학의 민주주의적 환경이다. 이것은 지역의 대다수 구성원들이 함께 참여하는 문화 현실을 의미한다. 지역의 특수성을 통하여 민족 현실의 보편성을 인식하며, 또 거기에 나타난 많은 모순과 부조리를 극복해야만 하는 것이다. 이런 점에서 지난 시기의 자료를 다시 꺼내 읽으면서 우리 자신의 정신적 태세를 가다듬는 일도 매우 소중하고 의미 있는 경험에 속한다 할 것이다.

> 우리 문학은 중앙집중식 문학유통구조를 바꾸어 한갓 문화적 변방과 소비시장으로서의 지방이 아니라 가장 구체적인 민중의 삶의 현장이자 문학적 생산의 모태로서의 지역에 뿌리내린 진정한 지역문학의 지평을 열어야 할 때입니다. 이에 우리는 상화와 육사를 비롯한 숱한 민족문학인들을 배출한 대구 경북지역의 문학적 성과와 전통을 이어받아 참다운 민족문학의 건설을 위한 역량을 결집하기 위해 대구 경북지역의 민족문학 단체를 결성키로 하였습니다. '대구경북민족문학회'는 이러한 목적을 달성하기 위해 우리 지역의 민족문학적 전통과 유산의 계승 발굴과 재창조는 물론 지역현실에 대한 이해를 넓힘으로써 이 지역 문인들의 구체적인 창작활동에 기여할 것입니다. 또한 발표매체의 확보와 각 지역 문학간의 연계에도 적극적으로 나서며 나아가 이 시대 우리 민족의 최대의 과제가 민주통일에 있음을 거듭 확인하면서 동서남북간의 분단과 모든 역사적 진실의 분단을 극복하려는 통일의 문학을 지향하고자 합니다.
>
> — 대구 경북 민족문학회 창립취지문(1987.11.14)

4부

부록

백석 관련 연구자료들

1. 대담 기록 1
—백석, 내 가슴속에 잊혀지지 않는 이름(백성의 연인 김자야 여사의 회고)[1]

[편집자 주]

『백석시전집』(이동순 편, 창작사, 1987)이 발간된 직후 1930년대의 후반 3년
간을 백석과 함께 지낸 바 있는 자야(子夜) 여사(73세, 서울 거주)로부터 편자를
만나자는 전갈이 왔다. 이 글은 이동순 시인이 자야 여사를 세 차례 방문하고
나서 그의 구술을 토대로 하여 쓴 백석에 관한 회고담이다. 백석의 꾸밈없는
인간적 품성과 자상하고 섬세한 마음씨, 30년대 문우들과의 교우기 등과 함께
반백 년을 넘어서까지 이어지고 있는 자야 여사의 백석에 대한 끊이지 않는 그
리움이 담긴 글이다.

---

1) 李東洵 기록.

1

　지금은 갈 수 없는 땅이지만, 서울에서 경의선(京義線)을 타고 서른네 번째 역을 지나면 운전(雲田), 고읍(古邑) 다음에 정주(定州)역이 나타난다. 한양서 북으로 천리 길을 나귀를 타고 터벅터벅 가야 하던 옛 평안도 정원(定遠) 땅의 군청 소재지.

　이른 아침이면 안개가 슬금슬금 기어 내리던 북쪽의 독장산(獨將山), 동으로는 봉명산(鳳鳴山), 가물 때 기우제를 지내던 묘두산(猫頭山), 큰돌을 쌓아 오랑캐를 막았다던 방호(防胡)고개, 서쪽으로는 임해산(臨海山)이 있어 곽산(郭山)과 경계를 이루고, 동남은 정족산(鼎足山)에 올라 바다를 바라보기에 좋았다. 역시 그쪽으로 날망에 다섯 봉우리가 보이는 제석산(帝釋山)이 있었는데, 정주 사람들은 이 산을 일러 오산(五山)이라 했다. 춘원(春園)이 오산학교 선생 시절 '제석산인'이라 자호한 것도 이 산의 이름에 근거한 것이다.

　서까래같이 굵은 뱀 한 마리가 살았다는 석가산(石假山)이 멀리 아련히 바라다 보이는 서북쪽 기슭에는 마을사람들이 '약천(藥泉)'이라 부르는 약수터가 있었는데, 이 물을 마시고 바르면 피부병이 낫는다 해서 많은 부스럼장이들이 들끓었다. 정주의 동쪽으로는 달천(撻川)이 흘렀는데, 이 강은 구성(龜城)의 일산(釖山)에서 발원해 남으로 흘러 봉명산 물줄기와 합류, 방호고개 밑을 꺾어 흐르다가 이윽고 정주 앞 바다로 들어간다. 그 바다에는 고려 적에 몽골 군대에게 쫓긴 김방경(金方慶) 장군이 피난해 숨었다는 위도(葦島)가 보이고, 서쪽으로는 정양동 염전이 저녁햇살 속에 가물가물 보였다.

　정주역 앞에는 운해유기점(雲海鍮器店)이란 물상 객주가 있었는데, 납청장(納淸場)에서 만들어진 반짝반짝 윤이 나는 유기들은 대개 이곳을 한 번쯤 거쳐가게 마련이었고 곽산·노하·선천·동림 등지의 이른바 '예수쟁이 마을'에서 놋그릇을 사러 온 사람들로 항상 붐비었다. 정주는 오산학교 설립자인 남강(南岡) 이승훈(李昇薰)의 영향으로 기독교 세력이 강했던 지역이었다.

이곳 갈산면(葛山面) 익성동(益城洞)에서 시인 백석(白石)은 태어났다. 그러나 그의 집안은 이 지역의 기독교적인 분위기와는 무관했던 것 같다. 백석은 전형적인 산골 출생으로서 그의 어머니는 몸이 허약한 아들의 수명 장수를 기원하려고 강, 바위, 스무나무 따위에 비난수하는 치성에 열심이었다고 한다. 그러니까 백석은 어린 시절 온통 전통적인 무속 샤머니즘의 환경에 둘러싸여 성장했던 것으로 보인다.

그는 소시 적부터 매우 총명했다고 한다. 어린 백석은 이곳에서 '호박떼기'(말타기 비슷한 유희), '제비손이구손이'(다리를 서로 끼워 넣어서 노는 유희)를 하며 자랐다. 정주 출생인 국어학자 이기문(李基文) 교수의 회고에 의하면 '제비손이구손이'를 할 때 "한 알 때 두 알 때 상사네 네비오드득 뽀드득 제비손이 구손이 종제비 빠 땅!" 하면서 손바닥으로 무릎을 치며 열을 헤아렸다고 한다.

백석 시집 『사슴』에서 우리는 이 지방의 구체적인 모습들을 찾아볼 수 있다. 시 「정주성(定州城)」의 "헐리다 남은 성문", "잠자리 조을던 성터"는 고구려 때에 말갈의 침입을 막기 위해 쌓은 고주(古州)의 장성(長城)과 그 옛터를 가리킨다. 이 성은 정주군 아이포(阿耳浦)면에서 시작하여 강계군 설한령까지 약 170리에 이른다. 정주성문이 있던 곳은 당시 정주군 정주면 성의동과 성내동 부근이다. 시 「성외(城外)」는 바로 고주 장성의 바깥쪽 마을이다. 시 「흰 밤」에서의 '옛성'도 바로 이곳 부근을 묘사한 것이다.

시 「여우난골족(族)」에 나오는 '예수쟁이 마을'은 정주에서 그다지 멀지 않은 어느 기독교인 성황지였을 것이고, '먼섬'은 정주 앞바다의 위도(葦島)나 왜도(倭島) 쪽이었을 것이다.

시 「가즈랑집」에 나오는 무당 노파는 북방 관서지방의 어느 세습무였다. 이런 무격(巫覡) 행위와 관련된 의식이 나타나는 작품으로 애기무당이 작두를 타며 굿을 한다는 「삼방(三防)」, 어디선가 서러웁게 목탁을 두드리는 무당집이 있었다는 「미명계(未明界)」, 비난수하는 모습이 있는 「오금덩이라는 곳」, 냅일눈을 받는다는 귀신 이야기와 치성드리는 의식이 들어 있는 「고야(古夜)」, 역시 애기무당이 등장하는 「산지(山地)」, 무당의 딸이 등장하는 「오리」, '수무낡'과 '국수당고개'가 등장하는 「넘언집 범 같은 노큰마님」(이 시에는 백석의 출생과 관련된 태몽 이야기가 있다), 작품 전체가 온통 무속적인 분위기로 가득 차 있는 「마을은 맨천 구신이 돼서」 등이 있다.

시 「추일산조(秋日山朝)」와 「절간의 소 이야기」에 나오는 사찰은 아마도 정주 봉명사의 상원암, 수도암이었거나, 지장사의 석천암, 백미산 기슭의 오용암 중의 하나였을 것이다.

시 「여승(女僧)」에서 말하는 "평안도 어느 산 깊은 금덤판"은 정주 금광을 끼고 형성된 광산촌이었거나 선천지방의 한 사금 채취장이었을 것이다.

시 「광원(曠原)」에서의 "멀리 바다가 뵈이는 가정거장도 없는 벌판"은 아마도 고읍→정주→곽산→노하, 이 철도 구간의 어느 한 지점일 것이다.

시 「동뇨부(童尿賦)」에는 유아의 소변으로 세수함으로써 피부의 퍼런 반점이 치료된다는 정주지방 특유의 민간요법이 소개된다. 그밖에 「미명계」·「성외」·「주막」 등의 시는 목재·유기·소·쌀·대두·소금 따위의 집산지였던 정주지방의 상공업적 활기를 말해주고 있다.

이런 고장의 배경에서 백석은 소년시절 오산학교를 다녔다. 그는 재학 중에 처음 서울을 다녀온 적이 있었는데, 이때의 기억을 한참 뒤에 『조광(朝光)』지의 설문란에다 쓴 적이 있다. 맨 처음 서울 올 때의 차림새를 묻는 물음에 그는 "검은 고꾸라 중학생 복을 입고 왔다"고 했으며, 서울의 첫인상은 "건건쩔쩔한 내음새나고 저녁때같이 서글픈 거리"라고 말했다. 백석의 아버지 용삼(龍三) 씨는 사진을 매우 잘 찍고, 사진기술이 뛰어나서 『조선일보』의 사진반장으로 부임하였는데, 백석은 부친의 권유로『조선일보』후원 장학생 선발에 합격하여 일본 유학 길을 떠난다. 나중에 의사로서 문필가가 되었던 백석의 친구 정근양(鄭槿陽)도 이때 백석과 함께『조선일보』사장 방응모(方應模) 씨의 장학금을 받아 일본으로 갔는데, 정은 의과대학을 지망했고 백석은 아오야마(靑山)학원 영문과에 들어갔다.

백석은 1934년 귀국하여『조선일보』출판부 기자로 정식 입사한다. 이때 그의 부모는 이미 서울로 옮겨와 살고 있었다. 그는『조선일보』에서 발간하던 계열잡지인『여성(女性)』지의 편집일을 맡아보면서 1935년 8월,『조선일보』에 시「정주성」을 발표하며 문단에 나왔다. 이때 백석은 벌써 자신의 고향마을을 배경으로 한 유년시절의 애틋한 추억들을 독자적인 호흡과 시 형태에 담아 여러 편의 작품을 써가고 있었다.

이듬해 정월에 이러한 그의 작업들은 한 권의 시집이 되어 문단에 모습을 나타내었다.『사슴』이었다. 이 시집이 발간되자 당시『조선일보』학예부에 재직하고 있던 시인 김기림(金起林)은 곧『조선일보』의 신간 소개란에다「'사슴'을 안고」란 제목의 멋진 글을 써주었다. 그 글의 첫머리는 다음과 같다.

완두(豌豆)빛 '떠불뿌레스트'를 제끼고 한 대(寒帶)의 바닷물결을 연상시키는 검은 머리의 '웨이브'를 휘날리며 광화문 네거리를 건너가는 한 청년의 풍채는 나로 하여금 때때로 그 주위를 '몽 파르나쓰'로 환각시킨다. 그렇건마는 며칠 전 어느 날 오후에 그의 시집『사슴』을 받아들고는 외모와는 너무나 딴판인 그의 육체의 또 다른 비밀에 부딪쳤을 때 나의 놀램은 오히려 당황에 가까운 것이었다. 표장(表裝)으로부터 종이, 활자, 여백의 배정에 이르기까지 그 시인의 주관의 호흡과 맥박과 취미를 이처럼 솔직하게 나타낸 시집을 나는 조선서는 처음 보았다.

1987년 말『백석시전집』이 창작사에서 나온 직후 시인 우두(雨杜)김광균(金光均)은 필자에게 직접 서신을 보내면서 그때의 감회를 적었다.

백석 시집 『사슴』의 초판은 한지로 찍어, 하드카바 역시 한지, 케이스 역시 한지였습니다. 오장환(吳章煥)군은 장정을 매우 중요히 생각하던 친구인데, 백석 시집 앞에서는 모자를 벗는다고 함께 좋아하던 생각이 나고……백석 시집이 나온 다음해인지 분명치 않사온데, 황혼에 광화문 네거리를 바람에 머리카락을 날리며 지나가는 미목수려(眉目秀麗)한 시인을 먼 것으로 본 것이 마지막이었습니다.

시집을 내던 해인 1936년 백석은 『조선일보』 기자 생활을 그만두고 함경남도 함흥 영생고보의 영어교사가 되어 옮겨갔다. 이때 그보다 일 년 먼저 영생학원에 와서 자리를 잡고 있던 평론가 백철(白鐵)의 천거가 있었던 것 같다.

다음은 백석과 함흥에서 만난 이후 3년 동안을 함께 살았던 자야(子夜) 여사의 회고이다.

2

나는 시인 백석과 1936년 가을 함흥에서 만났다. 그의 나이 26세, 내가 스물둘이었다. 어느 우연한 자리였었는데, 그는 첫 대면인 나를 대뜸 자기 옆에 와서 앉으라고 했다. 그리곤 자기의 술잔을 꼭 나에게 건네었다. 속으로 나는 잔뜩 겁에 질려 있었지만, 그의 행동거지에는 조금의 흐트러짐도 없었다. 자리가 파하고 헤어질 무렵, 그는 "오늘부터 당신은 이제 내 마누라요" 하고 단정적으로 말했다. 그 말을 듣는 순간 나의 의식은 거의 아득해지면서 바닥 모를 심연 속으로 빠져 들어가는 듯했다. 그것이 내 가슴속에서 아직도 지워지지 않고 있는 애틋한 슬픔의 시작이었다.

그 날 이후 우리는 급속히 가까워졌다. 함흥 교사시절 그는 하숙을 했고, 나도 하숙생활을 했다. 영생학교는 반룡산(盤龍山) 밑에 있었고, 그의 하숙은 학교에서 한 오 리쯤 떨어진 함흥 근교의 중리(中里)라는 곳에 있었다. 그때 나는 함흥의 히라다 백화점에 볼일이 있어서 갔었던 것이다. 그의 첫인상은 외국사람같이 키가 크고 허여멀쑥한 느낌이었는데, 야릇하게 사람을 끄는 매력이 있었다. 그는 회색 계통의 수수하고 품이 넉넉한 양복을 입었는데 그 후에도 이런 색깔의 옷을 즐겨 입었다. 지금 생각해보면 불과 스물댓밖에 안 된 청년이 어찌 그리도 거침없이 '마누라'란 말을 썼었는지…… 그가 주로 나의 하숙으로 왔었는데 때때로 그는 만주 가서 살자는 말을 불쑥 했다. 그럴 때마다 그는 내 손목을 들여다보며 장난스럽게 "어이구, 요런 손목을 하고 그 바람 찬 만주 땅을 어찌 가서 살겠나" 했는데, 나는 그 말이 뜨끔하긴 했지만 별로 대수롭지 않게 여겼다.

그는 늦은 밤이면 반드시 내 하숙까지 바래다주었다. 그때 하숙집 부근 길목에 사진관이 있었는데, 그곳 진열대에는 젊고 예쁜 여자의 사진이 걸려 있었다. 그는 그 앞에만 오면 일부러 고개를 돌리고 지나갔다. 마치 '당신 밖의 아무 여자도 나는 싫소'라는 뜻을 나에게 보여주려는 듯이……

어느 날 내가 서점에 들렀다가 『당시(唐詩)선집』 하나를 사왔는데, 백석은 그 책을 한참 읽고 나더니 문득 나에게 '자야(子夜)'란 호를 지어주었다. 나는 그 날 이후로 백석의 '자야'가 되었고, 이 호는 지금도 세상에서 우리 둘만이 알고 있는 이름일 것이다. '자야'란 물론 당나라 시인 이백의 「자야오가(子夜吳歌)」란 시 제목에서 따온 것이다.

이 시는 중국 동진(東晋)의 한 여인 '자야'라는 이가 변경으로 수자리 하러 간 남편과의 생이별을 서러워하는 민요풍의 노래이다.

長安一片月
萬戶擣衣聲
秋風吹不盡
總是玉關情

何日平胡虜
良人罷遠征

장안도 한밤에 달은 밝은데
집집마다 들리는 다듬이 소리
가을 바람 불어서 그치지 않고
이 모두 옥관의 정 일깨우는구나
어느 날 오랑캐 땅을 평정하여서
사랑하는 나의 님 돌아 오실까

　나의 이 깊은 외로움도 그때 백석이 이 '자야'란 호를 나에게 붙여주었을 때부터 이미 결정되고 마련된 운명이었던 것일까. 아니면 그는 아직도 그의 원정(遠征)이 끝나지 않아서 돌아오지 못하고 있는 것일까.
　1937년 늦가을이었다. 그는 어느 날 『여성』 잡지 한 권을 들고 싱글싱글 웃으며 찾아왔다. 그는 책을 뒤적뒤적하더니 한 곳을 펼쳐 코밑에 쑥 들이밀었다. 보니 그의 이름으로 발표된 「바다」라는 제목의 시였다. 작품의 아래쪽에는 한 남자가 바지주머니에 두 손을 넣고 빈 백사장에서 우두커니 바다를 향해 서 있는 그림이 있었던 것 같다. 그 시를 읽다가 문득

지중지중 물가를 거닐면
당신이 이야기를 하는 것만 같구려
당신이 이 이야기를 끊은 것만 같구려

란 대목이 눈에 띄었다. 그래서 나는 대뜸 말꼬리를 잡아 "내가 끊긴 무얼 끊어요?" 했더니 그는 "밤낮 날더라 장가들라고 했잖았소!", "당신 머리 속에서는 지금도 나를 떠나라 하고 있지?", "왜 내 말이 잘못되었소?"라며 연거푸 정색을 하고 빠른 말로 말했다. 사실 나로서도 그렇게 말하는 것이 무척 싫었지만, 나는 그에게 장가들기를 권하곤 했다. 그럴 적마

다 그는 묵묵히 고개를 숙이고 듣고만 있었다. 백석의 어머니는 그때 쉰이 넘어서 손자 없는 것을 늘 허전하게 여겼다고 한다.

겨울방학이 되어 백석은 서울 그의 부모 슬하에 가서 여러 날 있다 오게 되었다. 불과 며칠을 서로 떨어져 있을 뿐이었지만 그는 하루가 멀다 하고 함흥으로 줄곧 편지를 써 보내었다. 매일 일정한 시간이 되면 어김없이 신문이 배달되어 오는 것처럼, 편지글은 다정다감한 문체였으며 '오늘은 누굴 만나고…… 무엇을 하고…… 어떻게 지냈소……'라는 식의 하루의 일과를 모두 깨알같이 써서 보내오는 것이었다.

그런데 하루는 그 편지가 뚝 끊어지더니 열흘 정도 소식이 없었다. 몹시 궁금히 여기고 있던 어느 날 그가 예고도 없이 불쑥 나타났다. 부모가 하도 맞선을 보라 해서 강잉히 맞선을 보았다는 것과 그게 가책이 되어 편지를 못 내었노라는 내력을 말했다. 그는 평소 부모의 말씀을 퍽 두렵게 여기는 듯했다. 나와 함께 살면서도 부모가 새악시 선을 보라 하면, 그는 그것을 도저히 거역할 수 없는 사람이었다. 그러나 나는 그의 이런 성품을 알면서도 자꾸만 울화가 치밀었다. 어찌 이럴 수가 있는가. 말할 수 없이 분하고 서운했다.

나는 속으로 '흥, 그대가 총각이라지…… 야, 정말 어마어마하구나…… 그래, 내가 피해줄께……'라는 생각을 하면서도, 허전한 마음이 못내 사라지지 않았다. 뒤에 알고 보니 그는 편지가 끊어진 그 열흘 동안 맞선만 본 게 아니라 초례(醮禮)까지 치렀던 모양이다. 그리고 그는 장가든 지 사흘 만에 집을 나와 함흥의 나에게로 달려왔던 것이다. 각시의 얼굴을 한번도 쳐다보지 않았다고 한다. 하지만 나는 그의 행위가 너무도 야속스러운 생각이 들어 그가 학교에 출근하는 것을 보고 그 길로 이불이랑 짐 보따리를 꾸려서 낮 11시 기차를 타고 서울로 아주 내려와 버렸다. 1937년이 저물어가던 무렵이었다.

그 몇 달 뒤인 이듬해 봄, 어느 주말 오후였을 것이다.

그때 나는 청진동에서 11간 짜리 아주 작은 집을 구해 살고 있었는데,

사동(使童)이 웬 쪽지를 들고 찾아왔다. 펴보니 백석이 보낸 메모였다. "몇달 만에 이렇게 찾아온 사람을 허물하지 마시고 나 있는 데로 속히 와 주시오" 사동에게 물어보니 그는 지금 우편국 앞 제일은행 부근의 한 오뎅 집에 있다고 했다. 내 가슴은 사뭇 그리움으로 두근거려 왔다. 부리 나케 그의 앞에 가서 말없이 고개를 숙이고 있노라니 그는 다시금 지난 해의 사건을 진심으로 사과하는 것이었다. 나는 그가 나를 찾아준 것만 으로도 눈물이 날 만큼 반갑고 기뻤지만, 그의 이 말을 듣고 나서는 그 가 무작정 좋아지고, 또한 우쭐거려오는 기분을 감출 수가 없었다.

이렇게 해서 우리는 다시 만났다. 그 동안 쌓인 모든 함원(含怨)은 눈 녹듯이 사라졌다. 이튿날 그는 출근하기 위해 밤차로 함흥으로 떠났고, 나는 서울에 남았다. 우리는 서로 떨어져 있었지만 절대로 갈라설 수 없 는 하나임을 새삼 느꼈다.

그 해 초여름, 서울에서는 전선(全鮮)고교대항축구대회가 열렸는데, 백 석은 함흥 영생고보 축구부 학생들을 인솔하고 서울에 나타났다. 약 한 주일 가량의 출장인 것 같았는데, 그는 오던 첫날만 학생들을 연습장에 데려다주고는 줄곧 나의 청진동 집에서 기거하다시피 했다. 내가 "학교 아이들은 안 돌보고 왜 자꾸 여기만 계셔요?"라고 재촉도 했지만 그는 들은 척도 하지 않았다.

인솔교사를 잃어버린 학생들은 모처럼 상경한 기분에 들떠 떼를 지어 유흥장으로 몰려다녔다. 이들 중 몇몇이 서울의 학생지도 합동단속교사 에 적발이 되었고, 교사는 학생들을 힐문하기 시작했다. "어느 학교 학생 이야?" "함흥 영생고보입니다." "서울은 어떻게 왔지?" "축구시합에 출전 하러 왔습니다." "인솔교사는 어디 갔어?" "몰라요 저희들두 오던 날 운 동장에서 한번 뵌 후론 다시 못 만난 걸요" 일이 이렇게 되자, 함흥 영 생학교는 온통 벌집 쑤신 듯하였고, 특히 고참교사들의 노여움은 대단하 였다.

당시 영생학원 이사장으로 있던 이(李)모씨는 평소 학교일에 매우 열성적이었던 백석을 퍽 좋게 생각하고 있었지만 이번 일은 다른 교사들 보기에도 그냥 넘어갈 순 없는 일이라 해서, 같은 영생학원 계열의 여학 교로 전보발령을 시켰다. 그 난감한 경황을 무릅쓰고, 백석은 다시 함흥 으로 돌아가 영생여고보에서 한 학기인가를 근무했다. 방학 때 다시 서 울에 왔었는데, 그때 이미 함흥으로 돌아갈 생각을 안 했던 것 같다.

그는 사표를 써서 우편으로 부쳤다. 그런 며칠 뒤에『조선일보』출판 부 옛 직장에서 나와달라는 연락이 왔고, 이로부터 백석의 서울생활은 다시 시작되었다.

함흥 영생학교 시절 아동문학가 강소천(姜小泉)과 목사 김관석(金觀錫) 이 백석에게 영어를 배웠다. 지난날 함흥에서 거주한 적이 있는 시인 이 기형(李基炯)은 그 무렵 백석이 '함흥 최고의 멋쟁이'라는 소문을 들었다. 백석은 한 평범한 교사에 불과했지만, 이미 시집『사슴』을 내어 문학적 명성이 높았던 터라, 그는 함흥의 문학청년들에게 거의 우상과도 같은 인물이었다. 그때 백석은 문학지망생들의 시뿐만 아니라, 습작소설까지 도 자상하고 꼼꼼하게 지도해주었다고 한다.

3

백석과 나는 앞서 말한 나의 청진동 집에서 살림을 차렸다. 함흥시절 은 그가 교사의 신분으로 남의 이목도 있고 했기에, 그가 나의 하숙으로 와서 함께 지내다 돌아가는 것이 고작이었다. 그러나 이젠 아무 데도 구 애받지 않아서 좋았다. 마당 한 뼘 없는 작은 한옥이었지만 안방, 건넌 방, 그리고 쪽마루에 딸린 작은 찬방이 하나 있어서, 우리들에겐 그지없 이 단란한 보금자리였다.

그의 시「남신의주 유동 박시봉방(南新義州柳洞朴時逢方)」에 나오는 "아 내와 같이 살던 집"은 바로 이 청진동 집을 말한 것이다. 몇 해 전에 나는 친구와 이 집을 일부러 찾아가 보았는데, 뜻밖에도 그곳은 꼬리곰탕을 전문으로 한다는 식당으로 바뀌어져 있었다. 나는 식당 안방에 들어가 음식을 시켜놓고 옛 청진동 시절의 추억에 젖었던 적이 있다.

그 시절 우리 둘은 참으로 행복하였다. 워낙 서로 만족하였고, 아무런 빈틈이 없었으며, 오직 서로에게만 관심을 가졌기 때문에, 그 밖의 아무런 것에도 무심해질 수밖에 없었다. 지금 생각해보면 그는 늘 나의 기분을 즐겁게 해주려고 세심한 배려를 했던 것 같다. 그는 나의 어떤 일에도 절대 간섭을 하지 않았으며, 불편도 주지 않았다. 말 그대로 단정한 젠틀맨이었고, 매사에 열정적이었다.

비록 밖에서 화난 일이 있었어도 혼자 가만히 참고 있는 경우가 많았기 때문에, 나는 그가 언제 화를 내고 있었는지조차 모를 때가 많았다. 그만큼 그는 자신의 감정을 밖으로 내색하지 않았다. 말수도 적었고, 어떤 경우에도 남의 결점을 화제로 떠올리는 법이 없었다. 이런 그의 성격을 까다로운 편이라고 할까. 물 한 방울 종이 한 장조차 누구에게 신세를 끼치지 않으려고 했으며, 또한 비굴한 모습을 보이는 걸 가장 싫어했다. 그때 청진동 집에서 늘 와서 부엌일을 보고 잔심부름도 해주는 찬모가 있었는데, 나는 그가 찬모에게 무엇을 시키는 모습을 한 번도 본 일이 없다.

그러나 그처럼 말수가 적던 백석도 일단 시에 관한 화제로 옮겨지면 갑자기 눈빛을 반짝거리며 많은 이야기를 했다. 그는 요절한 일본작가 아꾸다까와(芥川龍之介)의 이야기를 자주 들려주었고, 또 다른 일본 문인들의 이야기도 재미있게 했던 것 같다. 내가 문학을 모르니 다만 웃기만 하고 들을 뿐, 절대 아는 척하지 않았다. (부끄러운 말이지만 나는 그 무렵 『삼천리(三千里)』지에 두어 편의 수필을 필명으로 발표한 적이 있다. 종로 네거리 한청빌딩 부근에서 과일 파는 상인들의 밤풍경을 쓴 것인데, 나의 글이 실린 책이 나오던 그 날은 하루종일 함박눈이 펑펑 왔다.)

일본의 문인들을 화제로 떠올리긴 했지만, 그는 일본말 쓰는 것을 몹시 싫어했다. 일찍이 일본유학도 다녀왔으니 일본말도 잘했을 것이나, 그는 일본말을 써야 할 때, 거기에 바꿔 쓸 수 있는 우리말을 애써 생각하는 것 같았다. 보통 담화 때는 주로 표준말을 썼지만, 그의 억양은 짙은 평안도 말씨였다. 무슨 일로 기분이 상했거나 친구들과 담소를 나눌 때, 그는 야릇한 고향 사투리를 일부러 강하게 쓰는 습관이 있었다. 한 예를 들면 천정을 '턴정'으로, 정거장을 '덩거장', 정주를 '덩주', 질겁을 '디겁', 아랫목을 구태여 '아르굴' 따위로 쓰는 식이었다. 그의 식사 공궤(供饋)는 매우 수월한 편이었다. 아무것이나 가리지 않고 잘 들었지만, 육류보다는 나물반찬을 비교적 더 좋아했다.

한번은 함께 시내 나들이 갔다가 돌아오는 길에 푸줏간 앞을 지나는데, 그는 갑자기 얼굴을 찡그리며 외면하는 것이었다. 그 까닭을 물었더니 "시뻘건 고깃덩어리를 어떻게 똑바로 쳐다볼 수 있어?" 하고 말했다. 정말 그는 푸줏간을 제일 질색했다. 함께 살면서 보니 그에겐 이처럼 드러나 보이는 이상한 습관이 여럿 있었다.

이를테면 집 안방의 창문을 여닫을 때도 그는 자물쇠 만지기를 피하여 손이 잘 닿지 않는 창문틀의 위쪽이나 아래쪽을 겨우 밀어서 여닫곤 했다. 한번은 함께 전차를 타고 어디를 가던 길이었다. 전차가 길모퉁이를 돌 때 갑자기 몸이 한쪽으로 기우뚱 쏠렸다. 그때까지 머리 위의 손잡이를 불결하다며 아무 것도 잡지 않고 그냥 서 있던 그는 손가락을 꼿꼿이 세워 창유리에 갖다대면서 몸의 중심을 유지했다. 또 오랜만에 놀러온 친구와 악수하고 난 뒤에는 곧 그가 눈치채지 않게 수도간으로 나와 꼭 비누로 손을 씻곤 했다. 보다 못한 내가 몇 차례 그렇게 하지 말라고 하면서 수건을 달랄 때 일부러 안 주곤 했더니, 그 뒤 그 습관만큼은 조금 고쳐진 것 같았다.

그는 각별히 즐기는 취미나 오락은 없었다. 술을 좋아하기는 했으나 경음가(鯨飮家)는 아니었고 오히려 애주가형에 가까웠다. 책으로는 모리악의 『예수전』, 중국작가 변윤(邊潤)의 『요불이전(了不以前)』을 즐겨 보았으며, 심심할 때면 잡지 『문예춘추』를 보거나 일본시집을 뒤적거릴 정도였다.

그의 목소리는 참 다정스럽고 부드러웠으며, 청으로서도 괜찮은 편이었으나, 내가 아는 한 그가 노래하는 모습을 나는 한번도 본 적이 없다. 집에 빅터 상표의 고급 유성기가 하나 있었지만 한번도 거기에 손대는 걸 못 보았고, 가요·창극 같은 데도 무관심했다. 그 무렵 『조광』지가 요청해온 설문란에다 그가 자신의 취미를 '서도창(西道唱)'과 '타이프라이팅'이라 쓴 것을 보았는데, 이 '서도창'이 직접 부르는 걸 말하는 것인지 소리꾼의 노래를 듣는 걸 말한 것인지 분명하지 않다. 그는 다만 말없이 묵묵한 표정으로 나를 바라보았고, 그러다가는 잡지 보고, 시집 보고……하였을 뿐이다. 그의 본명이 백기행(白夔行)으로 알려져 있지만, 그 무렵 청진동으로 그에게 부쳐져오던 편지의 겉봉에는 '백기연(白基衍)'으로 씌어 있었던 기억이 떠오른다.

나는 그가 몹시 기뻐하던 모습을 꼭 한번 본 적이 있다. 언젠가 내가 시내 본정(명동의 일제 때 이름) 부근엘 나갔다가 상점의 쇼윈도에서 넥타이 하나를 보았다. 그것은 옅은 검은색 바탕에 다홍빛 빗금 줄무늬가 잔잔하게 박힌 것이었다. 얼핏 그것이 백석에 매우 잘 어울릴 것이라는 생각이 들어, 무심코 사와서 드렸더니 그의 얼굴 표정에는 기뻐하는 빛이 역력했다. 이튿날 그는 내가 사온 넥타이를 매고 출근했는데, 저녁때 와서는, "여보, 오늘 ××를 만났는데, 이 넥타이 참 좋대"라고 했다. 그는 그 뒤 여러 날 동안 줄곧 그 넥타이만 매었고, 퇴근 후에는 예의 그 말을 꼭 되풀이하는 것이었다. 나는 속으로 '어제 그 소리 오늘 또 하네. 어쩌면 그게 그렇게도 좋을까' 했지만, 내심 그 말이 듣기에 즐거웠다.

이 넥타이 이야기는 「내가 이렇게 외면하고」라는 시에서 "언제나 꼭 같은 넥타이를 매고 고흔 사람을 사랑"한다는 말로 그대로 옮겨놓고 있다.

4

백석은 사람을 만나 그가 먼저 주도해서 교제를 이끌어간다거나, 누구를 새로 사귈 수 없는 사람이었다. 인간 백석이나 그의 시에 홀딱 반해버린 사람이 아주 그에게 제 스스로 엎어져오기 전에는 도무지 사교의 능력이라곤 없는 사람이다. 얼른 보기에 무심한 편이었다고나 할까. 그래서 그는 그 누구에게도 특별한 친밀감을 표시하는 법이 없었다. 그러한 중에서도 함대훈(咸大勳), 허준(許俊), 정근양(鄭槿陽), 그리고 이름이 생각나지 않는 조○○는 비교적 가까이 지내던 친구였다.

토쿄 외국어학교 노어과를 나온 일보(一步) 함대훈은 황해도 풍천 출생의 노문학자로서 소설도 몇 편 썼다. 그는 『조선일보』 출판부주임으로 있었으며, 편집국장을 지낸 함상훈과는 형제지간이었는데, 괄괄한 성격에다 대단한 호주(豪酒)였다. 당시 그는 청운동에 살았는데, 우리의 청진동 집에 가장 자주 놀러왔던 백석의 친구였다. 나중에는 그가 아무 때건 불쑥 찾아오는 것이 너무 싫어서, 내가 백석에게 "함대훈씨가 싫어요"라고 말하면, "그는 당신이 좋다고 하던걸" 하면서 꼭 친구와 나를 함께 두둔하곤 했다. 그래도 줄곧 내가 못마땅한 얼굴로 "함씨가 괜히 그러는 게 아니에요?" 하면 "아냐, 그는 정말 당신이 좋대"라고 정색을 하며 말했다. 함대훈은 그때 무슨 잡지를 만들던 최남주라는 이의 여동생 최옥희와 열애에 빠져 있었다.

평안도 용천 출신의 소설가 허준은 1935년 10월 『조선일보』에 시 「모체(母體)」를 발표하면서 백석과 비슷한 시기에 문단에 나왔는데, 이듬해 『조광』지에 「탁류」란 단편소설을 쓴 후 아주 소설 쪽으로 돌아섰다. 백석과는 같은 직장에 있으면서 서로의 심지(心志)가 꽤 잘 들어맞았던 것 같다. 그는 낙원동에 살면서 자주 왔었는데, 매우 큰 체격으로 다정다감한 성격이었으며, 술을 좋아했다. 백석이 허씨의 이름을 제목으로 삼은 시까지 쓴 걸 보면, 그와 남다른 우정이 있었는지도 모른다.

의사로서 문필생활을 겸하던 정근양, 그는 앞서도 말한 바처럼 백석과 『조선일보』 장학생 동기였고 청진동 집에도 수시로 드나들었는데, 나중에 백석이 만주로 떠났을 때, 정도 서울을 떠나 북지(北支) 산서성 임분현(臨汾縣)이라는 곳에 가서 병원을 한다는 소문을 들었다. 또 한 사람의 친구는 서울의 어느 중학 영어선생을 하던 조○○였다. 그는 우리집에서 놀다 밤이 늦어 돌아갈 때면, 그때마다 우리를 앞에 세워놓고 "그대들 둘은 어찌 그리도 잘 어울리는 한 쌍인고……" 하면서 부러운 듯 말했다. 사실 백석과 나는 서로 다른 기질 때문에 오히려 잘 맞았는지도 모른다. 한쪽이 뾰족한 성품이면 다른 한쪽은 좀 둥글둥글한 것이 인간관계의 조화가 아닐까.

그밖에 백석과 평소 가까이 지냈던 이들은 문학평론가 백철이 있다. 그는 백석보다 네 살 위였지만 동향선배로서 친밀하게 지냈고, 함흥 영생학원에도 한때 같이 있었다.

1935년 시집 『사슴』이 나온 직후, 서울 태서관에서 가진 출판기념회 발기인 명단의 이름들은 몇몇을 빼곤 대부분 백석과 『조선일보』에 함께 몸을 담고 있던 문인, 화가들이었다. 또 그들은 대개 백석의 시를 남달리 좋아했던 사람들이다.

안석영(安夕影)은 서울 토박이로 본명이 석주(碩柱)였다. 일찍이 1921년 나도향(羅稻香)의 『동아일보』 연재소설 『환희』의 삽화를 그렸던 그는 한국 삽화계의 선구자이다. 1930년대 중반 안씨는 『조선일보』 학예부장을 지냈는데, 워낙 잘생긴 얼굴에 다재다능하여, 나중에는 언론계를 떠나 전적으로 영화에만 몰두하였다. 백석보다는 11년 위였는데, 서로 각별히 따르고 위하였다.

김규택(金圭澤)은 웅초(熊超)란 호를 가졌던 분으로, 일본 가와바따 미술학교를 나와 역시 『조선일보』에서 삽화를 그리던 화가였다.

일본 호세이 대학 불문과를 나온 여천(黎泉) 이원조(李源朝)는 경북 안동사람으로 시인 이육사(李陸史)의 아우였는데, 그때 『조선일보』 기자로 있었다. 언제나 한복차림이던 그는 늘 자신이 양반고장 사람임을 자랑삼아 말했고, 그것을 날마다 들어온 사람들은 "여보, 그 양반타령 좀 작작 허우" 하며 싫은 소리를 하였다. 깔깔한 샌님 같던 그도 일단 술이 취하면 주사(酒邪)가 대단해서 모두들 슬금슬금 뺑소니치는 모습이었다.

함경도 출신의 시인 편석촌(片石村) 김기림은 백석보다 4년 위였는데, 그도 일찍부터 『조선일보』 기자로 있었다. 『사슴』 시집이 출간되자마자 즉시 서평을 써줄 정도로 그는 백석의 시를 좋아했다.

정현웅(鄭玄雄)은 1931년 선전(鮮展)에서 작품 '여인상'이 특선으로 뽑힌 서양화가로서 당시 백석과 함께 『여성』지의 일을 보고 있었다. 그는 어느 잡지의 삽화로 백석의 프로필을 그리면서 "미스터 백석은 바루 내 오른쪽 옆에서 심각한 표정으로 사진을 오리기도 하고 와리쓰게도 하고 있다. 그래서 나는 밤낮 미스터 백석의 심각한 얼굴만 보게 된다. 미스터 백석은 서반아 사람도 같고 필리핀 사람도 같다. 미스터 백석에게 서반아 투우사의 옷을 입히면 꼭 어울릴 것이라고 생각한다"라는 삽화말을 썼다.

한편 백석이 평소에 문학적 재능을 자주 칭찬하던 한 사람이 있었는데, 그는 아동문학가 강소천이다. 본명이 용률(龍律)로 함남 고원 태생인 그는 백석보다 불과 3년 밑이었으나, 만학으로서 백석에게 직접 문학을 배운 제자였다.

1939년 서울 명동입구 미도파 건너편에 '제일다방'이라고 있었다. 이 다방은 당시 『경성일보』 학예부에 있던 일본인 기자 기꾸찌(菊池)의 아내가 경영하던 곳으로, 이른바 재경(在京) 문인 예술가들의 아지트였다. 언제 어느 때건 가보면 낯익은 문인 몇몇은 꼭 눈에 띄었다. 공작새의 꼬리 깃으로 장식한 세련된 실내장식에다, 이름 있는 유화도 여러 점 운치 있게 걸려 있는 꽤 분위기 있는 다방이었다.

한번은 그곳으로 오라는 전갈이 와서 가보니 백석은 함대훈·백철 등과 함께 담소를 나누고 있었다. 그렇지 않아도 어정쩡하게 합석이 되었는데 자리에 앉자마자 양인은 번갈아 가며 나의 얼굴이 예쁘다느니 어떻다느니라는 말을 자꾸 거듭하여 면전에서 몹시 난처했던 기억이 난다. 그때 백석은 혼자 웃고만 있었다. 나중에 백석이 만주로 떠난 후에 길에서 허준, 정근양을 만난 적이 있는데 그들도 "김(金)은 어째 갈수록 예뻐져?" "백석이 장가를 두 번씩이나 들고도 곧장 도망 나온 까닭을 이제야 알겠구만"이라고 큰소리로 떠들어 그때도 부끄러움에 얼굴이 화끈 달아오른 적이 있다.

1939년 유월 어느 아침이었다고 생각된다. 백석은 그 날 충청도 진천으로 한 주일 가량 출장을 다녀오겠노라고 했다. 나는 그 순간, 여자의 육감으로 그가 먼젓번처럼 필시 장가들러 가는 것이라고 짐작했다. 그는 약속한 한 주일이 지나고, 보름이 넘어도 돌아오지 않았다. 그러나 나는 그가 이번에도 좀 늦어지긴 하겠지만 틀림없이 돌아오리라고 확신했다. 왜냐하면 자신의 마음에 달갑지 않은 것에 대한 그의 차디찬 성질, 그리고 나를 향한 열정을 무엇보다도 잘 알고 있었으니까.
그때 청진동 집에서 『조선일보』까지는 불과 얼마 되지 않는 거리였지만, 나는 찾아가기는커녕 전화 한 번조차 걸지 않았다. 점차 매섭게 타오르는 내 가슴속의 독(毒)과, 또한 나의 자존심이 그것을 허락하지 않았던 것이다. 이런 나의 성격을 백석은 어느 정도 알고 있었고, 또 몹시 초조하게까지 생각했을 것이다. 나는 그가 없는 빈방에 혼자 남아서 무척 공허한 심정이 들었고, 내 가슴속의 공허감은 차츰 매몰찬 복수심으로 활활 불타오르기 시작했다.
그러나 그 매몰찬 복수라는 게 도대체 어떤 모습인가. 기껏해야 연전에 내가 그이 몰래 함흥을 빠져 나오던 것처럼, 나는 그에게서 한동안 멀리 떠나 있고자 했던 것뿐이다. 마음속에는 여전히 그를 사랑하는 마음이 가득한 채로…… 웬만한 살림을 대충 챙겨서 나는 명륜동 언덕으로 숨어버렸다. 지금의 성대 뒤쪽이었는데, 1930년대 후반 그곳 부근은 앵두나무, 능금나무, 배나무 따위를 심어놓은 과수원이 많았고, 주택들도 드문드문 서 있는 변두리에 불과했다. 지난날 부통령을 지냈던 장면(張勉)씨의 집이 바로 길 건너편에 있었다.

어느 석양 무렵이었는데, 집 뒤로 난 골목길에서 누가 "자야" 하고 부르는 소리가 들렸다. 어찌된 일일까? 그는 내가 잠적한 이곳을 모를 텐데……(그가 어떻게 나의 거처를 찾아내었는지 나는 지금도 그것을 불가사의로 생각한다). '자야'를 부를 수 있는 사람은 백석뿐일 텐데…… 부르는 소리는 두 번 세 번 거듭 들렸다. 나는 눈을 감고 잠시 망설이다가 '에라, 어찌되었건 나가놓고 보자' 하고 중얼거리며 황급히 나갔더니, 그가 석양을 등지고 퀭한 얼굴로 서 있는 것이었다.

이렇게 해서 우리는 두 달만에 다시 만났다.

나는 그때까지도 무척 독이 나 있었지만 막상 얼굴을 대하는 순간 다시금 만나게 된 것만으로도 좋아서 마음이 실꾸리 풀리듯 스르르 풀려버렸다. 그러나 나는 백석의 부모가 못내 원망스러워졌고, 또 예의 그 독한 마음은 불쑥불쑥 치밀었다. 그는 본시 마음이 여린 사람이었다. 이번에도 그는 족두리를 풀어 내린 지 며칠 되지도 않은 새색시를 내버려두고 집을 나온 것이다. 내가 알기로 백석이 사모관대하고 장가를 든 것은 두 번이다. 그러나 그는 그때마다 부모가 정해준 배필을 마다하고 나에게로 되돌아왔다.

1939년 동짓달이었을 것이다. 나는 중국의 북경, 소주(蘇州), 항주(抗州), 상해 등지를 거쳐 한 달 만에야 돌아왔다. 떠날 때 나의 행선을 백석에게 알리지 않았다. 다녀와서도 나는 그에게 여행 이야기를 한마디도 꺼내지 않았고, 그 또한 묻지 않았다. 하지만 그는 내가 알리지도 않고 중국을 다녀온 처사에 대해 상당히 화가 나 있는 것 같았다. 그래도 나는 여전히 앵돌아진 속으로 '당신께선 지금 저 때문에 화를 내시지만, 제가 지난번에 당신 일로 얼마나 애가 말랐는지, 아마 모르실 계요. 제가 어디 편한 마음으로 구경이나 다닌 줄 아셔요? 당신을 화나시게 해서 송구스럽지만, 당신도 제가 겪은 고통을 한번쯤 겪어보셔야 해요'라고 생각했다.

우리는 날이 갈수록 그저 묵묵해지기만 했고, 서로의 일과를 화제로 떠올리지도 않았으며, 이런 우리들 사이는 심상찮은 긴장으로 팽팽해졌다.

하루는 그가 보낸 메신저가 왔다. 왕십리역 대합실 구내다방으로 나오라는 것이다. 그때의 왕십리란 보잘것없는 초가와 들판뿐인 아주 시골이었는데, 동대문에서 전차를 타고 종점인 왕십리까지 가서 내리면 사방에서 거름 썩는 냄새가 물씬 풍겨왔다. 사람들의 눈을 피하려고 그 변두리 먼 곳까지 나오라 했던 것 같다. 내가 자리에 앉자마자 그는 대뜸 자기와 함께 만주에 가지 않겠느냐고 했다. 사실 이러한 권유는 함흥시절부터 심심찮게 들어오던 터라 조금도 놀라운 것은 아니었다. 그러나 그 날 따라 그의 표정은 너무도 심각한 듯 여겨져서, 나는 적지 아니 당황하였다. 나는 그때 확실한 대답을 하지 않았다.

그런 일이 있은 지 얼마 후에 그는 만주 신경(新京)으로 훌쩍 떠나버렸다. 나에게 단 한마디의 그 어떤 기별도 남겨두지 않은 채……

5

돌이켜보면 그의 만주행은 함흥에서부터 계획해오던 것이었고, 또 그가 재차 서울로 와서 옛 직장을 다시 나가고 한 해를 머무른 것도 결국은 나 때문에, 내가 마음에 걸렸던 것 같다. 나 아니었으면, 그는 진작 함흥에서 만주로 곧장 떠나갔으리라. 그가 만주 땅으로 떠날 수밖에 없었던 또 다른 깊은 속뜻을 내 얕은 여자의 소견으로 어찌 감히 짐작인들 했으랴만…… 그는 내가 자기 권유대로 쉽게 만주로 따라오리라고 생각했던 것 같다. 시 「나와 나타샤와 흰 당나귀」에서 이런 대목을 본다.

눈은 푹푹 나리고
나는 나타샤를 생각하고
나타샤가 아니 올 리 없다
언제 벌써 내 속에 고조곤히 와 이야기한다
산골로 가는 것은 세상한테 지는 것이 아니다
세상 같은 건 더러워 버리는 것이다

만약에 내가 그때 만주로 함께 갔더라면 어찌 되었을까. 아마도 진작 그곳 생활이 지겨워진 나의 성화에 못 이겨 우리는 다시 서울로 돌아와 함께 살았을 것이다. 그를 만주에서 온갖 고생을 하게 하고, 생활고에 시달리게 한 것도 나였고, 국토가 둘로 쪼개어져 그를 다시는 북에서 서울로 돌아올 수 없게 만든 것도 모두 내가 미웠했던 탓이다.

만주 신경시절 백석과 같은 집에서 살았다는 작가 송지영(宋志英) 씨의 술회로는 백석이 그때만큼은 고향의 부모에게 매달 약간의 송금을 할 수 있을 정도로 수입이 괜찮았다고 한다. 그 무렵 항상 검정두루마기를 입고 다녔는데, 송씨가 "그 옷, 서울의 김이 보냈구려" 하고 농을 걸면, 백석은 갑자기 쓸쓸한 표정이 되었다고 한다. 한편 그 이후 백석은 실직 상태가 되어서 만주의 이곳저곳을 전전하며 몹시도 고달픈 생활을 하게 되었던가보다. 그가 이렇게도 모진 고생을 했었다는 생각을 하면 온통 가슴이 미어지는 듯하다. 그 시절 만주의 쓸쓸한 하숙방에서 쓴 것으로 보이는 그의 시 「흰 바람벽이 있어」를 통해, 나는 필시 나의 모습으로 짐작되는 부분을 발견하고 소스라치게 놀란다.

이때가 해방 직전이었고, 이루 말할 수 없는 생활의 외로움과 고달픔은 그의 마지막 시 「남신의주 유동 박시봉방」에 낱낱이 그렁그렁 박혀 있다. 깊은 밤에 그의 전집을 끌어안고 이 시를 혼자 목이 메어 읽어가노라면 주체할 길 없이 솟구쳐오는 뜨거운 눈물을 나는 참지 못한다. 이 시에서 그의 맑고 고결한 정신은 이미 세속을 훨씬 떠나 있는 듯하다.

"낮이나 밤이나 나는 나 혼자도 너무 많은 것같이 생각하며……", "내 뜻이며 힘으로, 나를 이끌어 가는 것이 힘든 일인 것을 생각하고……"라는 대목에 이르러서는 흡사 그가 눈앞에 당장 되살아온 듯한 환상에 사로잡힌다. 이 말 속에는 평소의 그의 성품, 현실에 임하던 그의 모습 같은 것이 그대로 생생하게 스며 있다.

나는 지금도 젊은 그 시절의 백석을 자주 꿈에서 본다. 그는 나의 방문을 열고 나가면서 아주 천연덕스럽게 "마누라! 나 잠깐 나갔다 오리다" 하고 말한다. 한참 뒤에 그는 다시 돌아오면서 "여보! 나 다녀왔소!"라고 말한다. 어떻게 이럴 수가 있는가. 세월을 반백 년이나 흘러보냈었는 데도……

내 나이 어언 일흔셋, 홍안(紅顏)은 사라지고 머리는 파뿌리가 되었지만, 지난날 백석과 함께 살던 그 시절의 추억은 아직도 내 생애의 전부라 해도 과언이 아니다. 그만큼 우리들의 마음은 추호도 이해로 얽혀 있지 않았고, 오직 순수 그것이었다. 그와 헤어진 뒤의 텅 빈 세월을 살아오면서 나는 차츰 말이 어눌해지고, 내 가슴속의 찰랑찰랑한 그리움들은 남이 아무리 쏟으려 해도 결코 쏟기지 않던 요지부동의 물병과 같았다. 그러나 뜻밖에도 그의 시 전집이 발간되었다는 소식은 지금껏 꼿꼿하게 지켜오던 내 가슴속의 물병을 여지없이 넘어뜨렸고, 쓰러진 물병에선 수십 년 동안 고였던 서러움이 저절로 콸콸 쏟아져 나온다.

사실 10여 년 전부터 나는 그의 전집을 내 손으로 엮어보려고 틈날 때마다 흑석동 살던 백철 씨와 의논해왔다. 그 무렵, 백철은 어느 신문칼럼에서 시인 백석을 일컬어 "한국시사에서 소월 다음가는 귀재"라고 말했었다. 하지만 그는 그 후 병을 얻어 나의 포부를 도와주지도 못하고 타계해버렸다. 이미 그의 전집이 세상에 나왔으니 무슨 여한이 있겠는가.

6

이제 이 글도 끝마무리에 이르렀고 필자는 '자야' 여사가 살아온 삶에 관한 짤막한 여담을 언급할 차례가 되었다. 그녀는 1916년 병진(丙辰)생으로 서울에서 태어났다. 그녀의 나이 열일곱에 여창명인(女唱名人) 김수정(金水晶)의 안내를 받아, 조선권번 정악전습소(正樂傳習所) 학감을 지낸 금하(琴下) 하규일(河圭一) 선생의 넷째 양녀로 들어가, 이후 3년간 그 문하에서 가무를 배웠다. 국악사(國樂師)로서 진안군수까지 지냈던 하 선생은 일찍이 가곡의 천재 박효관(朴孝寬)에게 사사(師事)받아 일가를 이룬 구한말 남창명인으로 그때 이미 일흔이 훨씬 넘은 노인이었다. 그녀는 하 선생으로부터 여창가곡에 남보다 뛰어나다는 인정을 받아 수창(首唱, 여창 가곡을 부를 때 첫 곡을 혼자 부르는 것을 首唱이라 하고, 두 번째 곡을 혼자 부르는 것을 亞唱이라 했다)을 불렀고, 춤에도 소질이 두드러져 '무산향(舞山香)', '검무(劍舞)' 따위의 정재(呈才)는 물론, 특히 '춘앵전'(春鶯囀, 궁중의 마당에 화문석을 깔고, 한 사람의 舞妓가 그 위에서 柳初新之曲에 맞추어 돗자리 밖으로 나가지 않고 추는 매우 아름다운 獨舞의 이름)은 그녀를 능가할 사람이 없었다.

하규일 선생은 늘 그녀에게 "명창은 열이 나는데 명무(名舞)는 하나가 어려워"라는 말을 했다고 한다. 그녀는 수업 후 오래 국악을 중단하였다가 20여 년이 흐른 뒤인 마흔에 이르러 비로소 가곡의 진의를 깨달아 김수정과 더불어 몇 년 간 여창을 불렀다. 그 후 김수정이 세상을 떠난 뒤에는 이난향(李蘭香)과 수년간 여창을 불러 근 10년 이상 여창가곡에 대한 공부를 다시 계속하여 오늘에 이르렀다.

가곡은 남창과 여창으로 부르는 성악곡으로서, 고려적 '진작(眞勺)'에서 유래된 노래인데 조선시대를 거쳐 대원군 집정기에 이르러 현재의 26곡 형식으로 정착되었다. 현행 가곡은 우조(羽調) 11곡, 계면조(界面調) 13곡, 반우반계면조(半羽半界面調) 2곡인데 대금, 세피리, 해금, 단소, 양금, 가야금, 거문고, 장구의 세악 편성으로 반주한다.

지금도 자야 여사는 가슴속 깊은 곳에서 불현듯 슬픔이나 한 같은 것이 솟구칠 때, 한국 정악 중에서 '여창계면 편수대엽(編數大葉) 모시 편(編)'을 그윽이 짚어간다. 옛 엄정한 법도 그대로 한 무릎을 곧추세우고 똑바로 앉아 두 손을 그 위에 포개어 얹는다. 고개는 다소곳이, 눈을 반쯤 내리떠서 한 지점에다 꽂은 듯이 멈추어놓고, 맑고도 고요한 음색으로 가곡을 불러간다.

외로운 한 마리 학은 창공에 올라 끼룩끼룩 울고, 장구소리는 슬픔과 한데 어우러져 저절로 반주가 된다. "떵 더러러쿵 딱 기덕 쿵더떵 더러러 쿵더!"

> 모시를 이리저리 삼아 두루 삼아 감삼다가 가다가 한가운데 똑 끊쳐지웁거든
> 호치단순(皓齒丹脣)으로 흠빨며 감빨아 섬섬옥수(纖纖玉手)로 두끝 마조 잡
> 아 배뷔쳐 이으리라 저 모시를
> 우리도 사랑 끊쳐갈 제 저 모시같이 이으리라

이제는 모든 것이 저 흘러가 버린 물결 속으로 사라졌다. 자야 여사의 가슴속에 아직도 고스란히 남아 있는, 시인 백석을 생각하는 저 깊은 한도 차츰 앙금이 되어 가라앉는다.

그러나 한 인간에게 있어서 지난 시절의 추억을 다시금 돌이켜 되새기는 일이란 얼마나 가슴 쓰리고도 아름다운 일인가.

필자는 여사의 댁을 나오며, 문득 그녀의 안방 벽 액자 속에 박제되어 들어 있던 한 마리 청람색 나비의 고운 나래를 떠올렸다. 무수히 많은, 그리고 자그마한 나비들에 의해 둘러싸인 그 커다란 나비는 맑은 유리판 밑에서 파아란 나래를 활짝 펴고 곧 창공을 날아갈 듯 파닥거리는 것이었다. 그러나 그의 몸은 지금 유리액자 속에 갇혀 있는 걸 어찌 하리.

이루지 못한 꿈만 팔랑팔랑 날아올라 저 들판 등성이 너머로 건너간다.

지금 생사조차 알 길 없는 그의 님을 찾아서……

2. 대담 기록 2
―내 고보 시절의 은사, 백석 선생(함흥 영생고보 제자 김희모 씨의 증언)[2]

1930년대 후반, 나는 함흥 영생고보의 학생이었다.

영생고보는 조선이 일본의 식민지가 되어 있던 시절, 함경남도 지역을 대표하는 명문 사립학교였다. 일제는 제2차 조선교육령을 발포하여 남자고보를 5년제로, 여자고보를 4년제로 하는 새로운 식민지 교육제도를 설치하였다. 이에 따라 영생고보는 설립이 되었고, 서울의 배재, 경신, 대구의 계성과 마찬가지로 전국 방방곡곡에 전통 있는 기독교 학교들이 세워졌다. 이 땅에 신학문이 들어오고 새로운 교육이 실시되는 과정에서 기독교는 이처럼 커다란 역할을 담당했다.

어느 오후시간이었다.

학과 사이에 약 5분간씩 주어져 있는 쉬는 시간이었다.

나는 마침 2층 창가로 운동장 쪽을 물끄러미 내려다보고 있었다. 인구 5만인 북관(北關)의 시골 도시 함흥에서는 좀처럼 보기 힘든 말쑥한 양복차림의 모던 보이 하나가 교문에서 학교 현관 쪽을 향해 성큼성큼 걸어 들어왔다.

두 줄의 단추가 앞에 가지런하게 달려 있고 앞섶을 겹치게 되어 있는 곤색 료마에를 입었는데, 머리는 올백이라고 하는 당시 최고로 유행하던 스타일을 하고 있었다. 그리고 유난히 번쩍이는 가죽구두.

그야말로 유행의 최첨단을 총망라한 멋쟁이었다.

창문을 통해 내려다보던 4학년 을조(乙組) 학생들은 창틀에 매달려 일부러 우우 하는 함성을 지르며 발을 굴렀다.

다음날 아침이었다. 교정에서 매일처럼 열리던 조회 시간이었는데, 교장

---

2) 李東洵 기록.

선생님이 새로 부임한 선생님들을 소개하였다. 어제 우리가 소리를 질렀던 그 멋쟁이는 2학년을 맡은 교사로 영어를 가르치게 되었다고 하였다.

이름은 백기행, 서울에서 이미 문단에 나온 시인으로서 『사슴』이란 시집도 발간한 적이 있다고 하였다. 나이는 25세. 일본 동경 아오야마(靑山) 학원을 졸업한 분이라고 하였다.

그런데 주변 학생들을 놀라게 한 것은 틀림없이 어제 부임하였고 그 교실에 갔다 하더라도 불과 한 두 시간이었을 터인데, 이 신임교사는 출석부를 겨드랑에 낀 채로 앞에서부터 그 교실 학생 모두를 하나 하나 얼굴까지 보며 호명해 가는 것이 아니겠는가? 이 신기(神技)와도 같은 일로 인하여 우리 모두는 탄복하여 벌린 입을 다물지 못했다.

백석 선생은 우리 학년의 영어시간도 담당하였는데, 발음은 유창하였고, 후려갈기는 백묵 영어 글씨는 참 빠르고 독특한 필체였었다. 매일 숙제를 내는데 그 날 가르친 페이지 중에서 절반을 모아서 바로 그 다음날 백지에 쓰도록 하는 것이었다.

종종 영어와 무관한 이야기로 시간을 보내는 수도 있는데 그 시작은 "너는 장차 무엇이 될 거냐?"였다.

어느 날 한 학생이 "선생님께서는 무엇이 되려고 생각했었습니까?"라고 물었다.

그랬더니 백석 선생은 "어려서부터 나는 학교 교사가 되는 것이 소원이었지!"라고 말씀하셨다.

또 다른 학생이 잇따라 "그럼, 지금은 생활에 만족하십니까?"라고 물었다. 그 질문에 대하여 백 선생은 이렇게 말을 이어갔다.

"남을 가르친다는 것은 내 것을 떼어주는 것과 같다네. 만약 내가 10을 가질 수 있는데 4를 가르치면 나는 6밖에 가질 수 없게 되질 않겠는가?"라고 하였다.

이런 말씀을 하실 때 표정은 쓴웃음을 지었던 것 같다.

한번은 『사슴』 시집 발간에 대한 이야기를 하신 적도 있었다.

그때 백석 선생은 자기는 로서아 문학을 어느 나라의 것보다 좋아한다고 하면서, 여러 작가의 이름과 작품 명을 많이 거명해 주셨다. 나는 워낙 문학 쪽에 관심이 적었던 터라, 그 중에 '즈루게네후'(투르게니에프)라는 이름만 어렴풋이 생각난다.

과외 활동에서 나는 축구부를 맡았다.

골키퍼였던 나는 연습 때나 게임 때 그라운드에서 뛰는 여러 사람의 활동을 등 뒤에서 잘 볼 수 있었다. 백석 선생은 공을 그리 잘 차지는 못했지만 열심히 땀을 뻘뻘 흘리며 뛰어 다니는 모습이 몹시 인상적이었다.

마침 초여름이 되었다.

운동장 주변에 커다랗게 자란 아카시아나무에서 꽃잎이 바람에 향내를 실어서 불어왔다. 그러면 그 냄새에 못 견디어 백석 선생은 마치 배우가 무대에서 과장된 몸짓을 하듯이 꽃바람에 얼굴을 내어 밀고 지그시 눈을 감은 채 양팔을 펴고 앞으로 천천히 걸음을 옮기었다. 그 모습을 보고서 나는 "아, 시인이란 바로 저런 모습을 한 사람이로구나"란 생각을 가졌다.

일제시대였지만 영생고보가 기독교 계열의 사립학교였던 탓에 조선어 시간도 있었고, 교가에서부터 응원가까지 처음에는 모두 우리말로 되어 있었다. 그러던 것이 일제 말로 접어들면서 차츰 일본군대의 간섭이 시작되어 교가는 일체 부르지 못하게 하였다. 응원가도 일본어로 다시 고쳐 부르게 하라는 지시와 명령이 떨어졌다.

당시에는 교내외의 시합이 제법 많았기 때문에 우리가 부를 응원가는 꼭 필요하였다.

그런데 그 가사 개작을 백석 선생이 맡게 되었다. 이윽고 며칠 뒤 백선생이 새로 써온 일본말 가사로 첫 연습을 하게 되었는데, 당시의 사립학교 학생들에게는 일본말 응원가가 매우 낯선 노래였다. 게다가 응원하는 기분도 제대로 나질 않았다.

부르는 노래까지도 일본말을 써야 하는가 하는 심리적 반발이 곧장 나타나게 되었던 것이다. 이것은 급기야 그 응원가의 불창운동(不唱運動)으로 확산되었다.

당시의 학생들 분위기는 시국이나 당면 문제에 대하여 급진적 변화와 개혁을 원하는 경파(硬派)와 비교적 소극적이고 온건한 기질로 구성된 연파(軟派)로 나뉘어 항상 대립하곤 하였다. 응원가의 불창운동은 두말할 것 없이 경파 계열 학생들에 의해서 주도되었다.

다음 날 첫 시간이 영어과목이었다.

백석 선생은 평소와 다름없이 교실에 들어왔는데 이 날따라 안색이 별로 좋지 않아 보였다. 수업 방식도 마치 속사포처럼 빠르게 진행하고, 어딘가 모르게 불쾌감을 억지로 참고 있는 기색이 뚜렷했다.

이런 분위기에 반발한 경파 계열의 어느 학생이 있었다. 결국은 백석 선생이 그 학생을 불러내어 심하게 꾸짖고 손바닥을 때리는 사건까지 있었다. 이날의 분위기를 백석 선생은 끝까지 자기가 지은 가사에 대한 모욕으로 받아들여 한동안 화를 풀지 않았다. 경파 계열 학생들은 백석 선생의 조치에 대하여 반발심을 가졌으나 행동으로 이어지지는 않았다.

백석 선생은 식사를 할 때도 꽤 까다로운 성미였던 것 같다. 교무실에서 점심 식사를 도시락으로 드시는 광경을 가까이서 본적이 있다. 쇠고기와 함께 조린 콩자반을 하숙에서 반찬으로 싸주었던 같다. 백석 선생은 콩자반의 콩알갱이를 집어 하나 하나 물에 씻어서 드셨다. 이 이야기를 다른 급우들과 함께 화제로 떠올리자 누군가가 말했다. 백석 선생은 원래 육식을 하지 않는다는 취지의 이야기를 했다. 백 선생의 하숙집 주인과 친척 되는 집의 학생이었을 것이다.

백 선생은 더러운 것과 냄새나는 것을 견디지 못하였다. 예전에는 그 흔하디 흔한 길가 시궁창을 지날 때 반드시 손수건을 꺼내어 코를 막고 가곤 하였다.

축구 선수를 데리고 서울에 시합 갔을 때의 이야기다.

우리 학교 선수들은 화신백화점에서 2백 미터 가량 떨어진 여관에 투숙하였다. 축구부 지도교사였던 백석 선생이 함께 우리를 인솔했음은 물론이다.

어느 날 백석 선생은 선수 중에 가장 멋 잘 부리는 학생을 부르더니 양말을 사오라고 돈을 주었다. 그런데 이 학생이 사온 양말이 선생의 마음에 들지 않았나 보다. 멋쟁이 학생은 화신까지 무려 다섯 번이나 양말을 바꾸러 갔다. 하지만 끝내는 마지막 양말도 선생의 마음에 들지 않아서 그 학생은 결국 자기 돈을 대납하고 양말을 사버렸다.

이 정도로 백석 선생은 자신의 몸에 지니는 것에 대하여는 철저한 미와 조화를 요구하는 것 같았다.

지금도 이 회고를 떠올리다 보니 바람결에 머리 뒤로 온통 쓸리던 올백의 헤어스타일이 떠오른다. 백석 선생은 이런 올백의 머리를 항상 꼿꼿이 들고 후리후리한 큰 키로 함흥 시내의 번화가를 아무런 거리낌없이 자신만만하게 활보하곤 하였다.

나는 영생고보를 졸업하고 만주의 하얼빈에 있는 의학전문학교에 입학하였다. 워낙 길이 멀어서 방학이나 되어서야 겨우 고향집으로 돌아올 수 있었다.

이 무렵 어느 고보 동창으로부터 백석 선생이 안동세관에 근무한다는 소식을 들었다. 그리하여 나는 방학 때 잠시 귀국하는 길에 일부러 안동에서 내려 선생의 숙소로 찾아가 보았다.

참으로 여러 해만에 만나 뵙는 백석 선생은 제자를 반갑게 맞아 주었다. 하지만 예전 영생고보 영어교사 시절의 그 생기는 몹시 꺼져 있었다. 부인으로 여겨지는 조용한 분위기의 여성이 선생의 등뒤에 서 있었다. 안동에서 선생은 한 사람의 평범한 샐러리맨으로 살아가고 있는 듯하였다.

해방 후 나는 함흥에서 남으로 내려왔다. 어느 날 함께 월남해온 고보 동창을 만났는데, 그로부터 백석 선생이 김일성대학에서 영어 교편을 잡고 있었다는 이야기를 전해 들었다. 역시 똑똑하고 진지한 분은 '어딘가 달라도 다르구나'라는 생각을 했다.

3. 백석 시인 연보

1912 7월 1일 평안북도 정주군 갈산면 익성동에서 부친 백시박(白時璞)과 모친 이봉우(李鳳宇)의 장남으로 태어남. 본명은 백기행(白夔行). 필명은 백석(白石, 혹은 白奭). 부친은 한국 사진계의 초기 인물로 『조선일보』의 사진반장을 지냈으나, 퇴임 후에는 귀향하여 정주에서 하숙을 침.

1918(6세) 오산소학교 입학.

1924(12세) 오산학교 입학. 동문들의 회고에 의하면 재학 시절 선배 시인인 김소월을 매우 선망했고, 문학과 불교에 깊은 관심을 가졌다고 함.

1929(17세) 오산고보를 졸업하고 고향에서 문학 수업에 정진함.

1930(18세) 『조선일보』의 작품 공모에 단편소설 「그 모(母)와 아들」이 당선되어 소설가로 등단함. 조선일보사 후원 장학생 선발에 뽑혀 일본으로 유학. 토오쿄오의 아오야마(青山)학원 영어 사범과에 입학하여 영문학을 전공.

1934(22세) 아오야마학원 졸업. 귀국 후 조선일보사에 입사하면서 본격적인 서울 생활을 시작함. 출판부 일을 보면서 계열 잡지인 『여성(女性)』지의 편집을 맡음.

1935(23세) 8월 31일 시 「정주성(定州城)」을 『조선일보』에 발표하면서 이후 시 작품에 더욱 정진. 『조광(朝光)』지 편집부 일을 봄.

1936(24세) 1월 20일, 시집 『사슴』을 선광인쇄주식회사에서 200부 한정판으로 발간. 1월 29일, 서울 태서관(太西館)에서 출판기념회를 가짐. 출판기념회의 발기인으로 안석영·함대훈·홍기문·김규택·이원조·이갑섭·문동표·김해균·신현중·허준·김기림 등이 참여함.

같은 해 4월에 조선일보사를 사직하고 함경남도 함흥 영생고보의 영어 교사로 옮겨 감. 이때의 생활 소감을 수필 「가재미·나귀」(『동아일보』)로 발표함.

이 무렵, 함흥에 와 있던 조선권번 출신의 기생 김진향을 만나 사랑에 빠짐. 이때 김진향에게 '자야(子夜)'라는 아호를 지어줌.

1938(26세) 영생고보를 사직하고 서울로 돌아옴.

1939(27세) 조선일보사에 재입사하여 『여성』지의 편집을 돌보다가 다시 사임

함. 이해 말 만주국의 수도였던 신찡으로 이주함.

1940(28세) 만주의 신찡에서는 '신경시 동삼마로 시영주택 35번지'의 중국인 황씨 집에 거처를 정함. 만주국 국무원 경제부에서 6개월 가량 근무하다가 창씨개명 강요로 곧 사직하고, 북만주의 산간오지를 떠돌아다님. 평론『슬픔과 진실』을 『만선일보』에 발표함. 함께 신찡에 와 있던 시인 박팔양이 발간한 『여수시초(麗水詩抄)』의 출판기념회에 발기인으로 참가함.

토마스 하디의 장편소설『테스』를 서울 조광사에서 번역 출간함. 이 책의 출판 관계로 서울을 잠시 다녀감.

1941(29세) 생계 유지를 위해 측량 보조원, 측량 서기, 중국인 토지의 소작인 생활까지 하면서 고생스럽게 살아감.

1942(30세) 만주의 안동 세관에서 일함. 러시아계 만주인 작가 바이코프의 작품「밀림유정」을 번역함.

1944(32세) 일제의 강제징용을 피하기 위해 산간 오지의 광산에 숨어서 일함.

1945(33세) 해방과 더불어 귀국, 신의주에서 잠시 거주하다 고향 정주로 돌아와 남의 집과 수원에서 일함.

1946(34세) 고당 조만식 선생의 요청으로 평양으로 나와 고당 선생의 통역 비서로서 조선 민주당(약칭 조민당)의 일을 돌봄.

1947(35세) 시「적막강산」이 그의 벗 허준에 의해 『신천지』에 발표됨. 분단 이후 그의 모든 문학적 성과와 활동이 한국의 문학사에서 완전히 매몰됨. 10월에 개최된 북조선문학예술총동맹 제4차 중앙위원회의 개편된 조직에서 외국문화 분과원으로 명단이 확인됨. 러시아 작가 시모노프의 『낮과 밤』, 솔로호프의 『그들은 조국을 위해 싸웠다』를 번역 출간함.

1948(36세) 김일성대학에서 영어와 러시아어를 강의한 것으로 열려짐. 러시아 작가 파데예프의 『청년근위대』 번역 출간.

1949(37세) 숄로호프의 소설 『고요한 돈강』 1과 러시아의 농민시인 이사코프스키의 시선집을 연변교육출판사에서 번역 출간.

1950(38세) 『고요한 돈강』 2를 번역 출간함. 국군이 평안도를 수복했을 때 주민들이 그를 정주 군수로 추대했다고 전해짐.

1953(41세) 파블렌코의 『행복』을 번역 출간함.

1956(44세) 10월에 개최된 제2차 작가대회에서 『문학신문』 편집위원이 됨. 아

동문학에 각별한 관심을 가지고 「동화문학의 발전을 위하여」 등의 평론을 발표.

1957(45세) 동화 시집 『집게네 네 형제』를 발간. 『아동문학』지에 동시를 발표하면서 아동문학 논쟁을 불러일으킴. 평론 「아동문학의 협소화를 반대하는 위치에서」를 발표함

1958(46세) 시평 「사회주의적 도덕에 대한 단상」을 발표.

1959(47세) 삼수군 관평리의 국영협동농장으로 옮겨가서 목축과 농업에 종사함.

1960(48세) 이해 12월 북한의 『조선문학』지에 시 「전별」 등 2편을 발표.

1961(49세) 12월에 그의 마지막 시 작품 「돌아온 사람」 등 3편을 『조선문학』지에 발표함.

1962(50세) 일체의 창작 활동을 중단함(당시 북한 문화계에 불어닥친 복고주의 비판과 관련된 것으로 추정됨).

1987(75세) 첫 시집 『사슴』 이후에 발표된 시와 산문 94편을 정리한 『백석시전집』(이동순 편)이 서울의 창작과비평사에서 발간됨. 이후 월북 문인에 대한 해금조치가 단행됨. 그로부터 한국의 많은 독자들에게 그의 작품이 아낌과 사랑을 받음.

시집 『가즈랑집 할머니』(김학동 편)와 『백석전집』이 새문사에서 출간됨.

1988(76세) 김자야 여사의 회고록 「백석, 내 가슴속에 지워지지 않는 이름」이 『창작과비평』에 발표됨.

1990(77세) 시선집 『멧새소리』가 미래사에서 출간됨.

1994(78세) 『백석일대기』 1·2(송준 편)가 도서출판 지나에서 출간됨.

1995(83세) 『내 사랑 백석』(김자야, 문학동네), 『백석시전집』(송준 편, 학영사) 등이 출간됨.

이 해에 사망한 것으로 국내 언론에 추정 보도됨.

1996 『여우난골족』(이동순 편, 솔), 『백석』(고형진 편, 새미), 『백석』(정효구, 문학세계사) 등이 출간됨.

1997 동화시집 『집게네 네 형제』와 『나와 나타샤와 흰 당나귀』가 도서출판 시와사회에서 출간됨.

『백석전집』(김재용 편)이 실천문학사에서 출간됨.

'백석시문학상'이 제정됨.

4. 백석 작품 연보

시

작품명	발표지	발표연도
정주성(定州城)	조선일보	1935.8.31.
산지(「삼방」으로 개제되어 『사슴』에 수록)	조광	1935.11.
주막(酒幕)	조광	1935.11.
나와 지렝이	조광	1935.11.
여우난골족(族)	조광	1935.12.
통영(統營)	조광	1935.12.
흰밤	조광	1935.12.
고야(古夜)	조광	1936.1.
가즈랑집	『사슴』	1936.1.20.
고방	『사슴』	1936.1.20.
모닥불	『사슴』	1936.1.20.
오리 망아지 토끼	『사슴』	1936.1.20.
초동일(初冬日)	『사슴』	1936.1.20.
하답(夏沓)	『사슴』	1936.1.20.
적경(寂境)	『사슴』	1936.1.20.
미명계(未明界)	『사슴』	1936.1.20.
성외(城外)	『사슴』	1936.1.20.
추일산조(秋日山朝)	『사슴』	1936.1.20.
광원(曠原)	『사슴』	1936.1.20.
광시(曠柿)	『사슴』	1936.1.20.
산(山)비	『사슴』	1936.1.20.
쓸쓸한 길	『사슴』	1936.1.20.
자류(柘榴)	『사슴』	1936.1.20.
머루밤	『사슴』	1936.1.20.
여승(女僧)	『사슴』	1936.1.20.
수라(修羅)	『사슴』	1936.1.20.
노루	『사슴』	1936.1.20.
절간의 소 이야기	『사슴』	1936.1.20.
오금덩이라는 곳	『사슴』	1936.1.20.
시기(柿崎)의 바다	『사슴』	1936.1.20.
창의문외(彰義門外)	『사슴』	1936.1.20.
정문촌(旌門村)	『사슴』	1936.1.20.
여우난골	『사슴』	1936.1.20.

작품명	발표지	발표연도
삼방(三防)	『사슴』	1936.1.20.
통영(統營)—남행시초	조선일보	1936.1.23.
오리	조광	1936.2.
연자간	조광	1936.3.
황일(黃日)	조광	1936.3.
탕약(湯藥)	시와소설	1936.3.
이두국주가도(伊豆國湊街道)	시와소설	1936.3.
창원도(昌原道)—남행시초1	조선일보	1936.3.5.
통영(統營)—남행시초2	조선일보	1936.3.6.
고성가도(固城街道)—남행시초3	조선일보	1936.3.7.
삼천포(三千浦)—남행시초4	조선일보	1936.3.8.
북관(北關)—함주시초1	조광	1937.10.
노루—함주시초2	조광	1937.10.
고사(古寺)—함주시초3	조광	1937.10.
선우사(膳友辭)—함주시초4	조광	1937.10.
산곡(山谷)—함주시초5	조광	1937.10.
바다	여성	1937.10.
추야일경(秋夜一景)	삼천리문학	1938.1.
산숙(山宿)—산중음1	조광	1938.3.
향악(鄕樂)—산중음2	조광	1938.3.
야반(夜半)—산중음3	조광	1938.3.
백화(白樺)—산중음4	조광	1938.3.
나와 나타샤와 흰 당나귀	여성	1938.3.
석양	삼천리문학	1938.4.
고향	삼천리문학	1938.4.
절망	삼천리문학	1938.4.
외갓집	현대조선문학선집	1938.4.
개	현대조선문학선집	1938.4.
내가 생각하는 것은	여성	1938.4.
내가 이렇게 외면하고	여성	1938.5.
삼호(三湖)—물닭의 소리1	조광	1938.10.
물계리(物界里)—물닭의 소리2	조광	1938.10.
대산동(大山洞)—물닭의 소리3	조광	1938.10.
남향(南鄕)—물닭의 소리4	조광	1938.10.
야우소회(夜雨小懷)—물닭의 소리5	조광	1938.10.
꼴두기—물닭의 소리6	조광	1938.10.
가무래기의 낙(樂)	여성	1938.10.
멧새소리	여성	1938.10.
박각시 오는 저녁	조선문학독본	1938.
넘언집 범 같은 노큰마니	문장	1939.4.

작품명	발표지	발표연도
동뇨부(童尿賦)	문장	1939.6.
안동(安東)	조선일보	1939.9.13.
함남 도안(咸南道安)	문장	1939.10.
구장로(球場路)-서행시초1	조선일보	1939.11.8.
북신(北新)-서행시초2	조선일보	1939.11.9.
팔원(八院)-서행시초3	조선일보	1939.11.10.
월림(月林)장-서행시초4	조선일보	1939.11.11.
목구(木具)	문장	1940.2.
수박씨, 호박씨	인문평론	1940.6
북방(北方)에서 정현웅(鄭玄雄)에게	문장	1940.7.
허준(許俊)	문장	1940.11.
『호박꽃 초롱』 서시	『호박꽃 초롱』	1941.1.
귀농(歸農)	조광	1941.4.
국수	문장	1941.4.
흰 바람벽이 있어	문장	1941.4.
촌에서 온 아이	문장	1941.4.
조당(澡塘)에서	인문평론	1941.4.
두보(杜甫)나 이백(李白)같이	인문평론	1941.4.
산(山)	새한민보	1947.11.
적막강산	신천지	1947.12.
마을은 맨천 구신이 돼서	신세대	1948.5.
칠월백중	문장	1948.10.
남신의주 유동 박시봉방(南新義州柳洞朴時逢方)	학풍	1948.10.
집게네 네 형제	『집게네 네 형제』	1957.4.
멧돼지	아동문학	1957.4.
감자	평양신문	1957.7.19.
제3인공위성	문학신문	1958.5.22.
이른 봄	조선문학	1959.6.
공무여인숙	조선문학	1959.6.
갓나물	조선문학	1959.6.
동식당	조선문학	1959.6.
축복	조선문학	1959.6.
하늘 아래 첫 종축 기지에서	조선문학	1959.9.
돈사의 불	조선문학	1959.9.
눈	조선문학	1960.3.
전별	조선문학	1960.3.
천 년이고 만 년이고…	『당이 부르는 길로』	1960.10
탑이 서는 거리	조선문학	1961.12.
손뼉을 침은	조선문학	1961.12.
돌아온 사람	조선문학	1961.12.

소설 · 산문

장르	작품명	발표지	발표연도
소설	그 모(母)와 아들	조선일보	1930.1.26~2.4.
수필	해빈수첩(海濱手帖)	이심회 회보	1934.
소설	마을의 유화(遺話)	조선일보	1935.7.6~20.
소설	닭을 채인 이야기	조선일보	.1935.8.11~25.
수필	마포(麻浦)	조광	1935.11.
수필	편지	조선일보	1936.2.21.
수필	가재미 · 나귀	조선일보	1936.9.3.
수필	무지개 뻗치듯 만세교	조선일보	1937.8.1.
수필	동해(東海)	동아일보	1938.6.7.
수필	입춘(立春)	조선일보	1939.2.14.
수필	소월(素月)과 조선생(曺先生)	조선일보	1939.5.1.
평문	슬픔과 진실	만선일보	1940.5.9~10.
정론	조선인과 요설	만선일보	1940.5.25~26.
평문	동화문학의 발전을 위하여	조선문학	1956.5.
평문	나의 항의, 나의 제의	조선문학	1956.9.
정론	부흥하는 아세아 정신 속에서	문학신문	1957.1.10.
정론	침략자는 인류의 원수이다	문학신문	1957.3.7.
평문	큰 문제 작은 고찰	조선문학	1957.6.
평문	아동문학의 협소화를 반대하는 위치에서	문학신문	1957.6.20.
평문	마르샤크의 생애와 문학	아동문학	1957.11.
정론	아세아와 아프리카는 하나다	문학신문	1957.12.5.
정론	이제 또다시 무엇을 말하랴	문학신문	1958.4.3.
정론	사회주의적 도덕에 대한 단상	조선문학	1958.8.
정론	관평의 양	문학신문	1959.5.14.
정론	이 지혜 앞에 이 힘 앞에	문학신문	1960.1.26.
정론	눈 깊은 혁명의 요람에서	문학신문	1960.2.19.
정론	프로이드주의 – 쉬파리의 행장	문학신문	1960.5.11.

5. 새로 정리한 백석 시어 사전

(ㄱ)

깃 : 조각. 어떤 것을 여러 조각으로 나눌 때의 그 한 몫

값가는 : 값나가는

겡가도리 : 싸움닭(鬪鷄)의 일본말

가들거리다 : 간들거리다. 작은 물체가 좀 가볍게 흔들거리다.

갈밭 : 갈대밭

감감하니 : 아득하고 적적하니

갓갓기도 : 가깝기도

강달소라 : 매우 억세고 단단한 껍질을 가진 소라

갈강이 : 새끼 잉어

고개탁 : 고개턱. 고개의 마루터기

객차 : 여객을 실어 나르는 철도 차량

골갯논 : 터밭논. 마을 앞에 주로 붙은 논으로 비료가 필요 없는 논이다. 주로 물가에 인접한 논으로 근처에 소들을 방목하기도 한다.

갈거이 : 가을 거이(蟹). 옆으로 기어가는 게. 정주에서 가을에 나오는 게를 말하며 봄에는 '칠게'라고 한다. 둘 다 바다 게로 갈게는 등 껍질이 아주 매끈매끈한 게로 칠게보다는 크다. *진남포에서는 갈거이를 갈대밭에서 사는 게라고도 칭한다. 바닷가 뻘에서 사는 이 놈은 주로 갈밭에서 숨어살기도 하는데 속도가 매우 빨라 잡기가 힘들다. 이 갈거이를 잡아 소금 간장에 담가 젓을 만들어 먹는다.

건넌산 : 건너편 산

검복 : 참복과의 바닷물고기. 몸길이 50cm가량. 몸은 가시가 없고 매끄러우며 화가 나면 공기나 물을 마셔서 배를 부풀게 함. 몸빛은 등이 검은 녹색이며 좀 어린 고기는 흰 무늬가 있음. 몸에 무서운 독을 품고 있으며, 복어 요리에 쓰임

군것같이 : 쓸데없이

객고 : 객지에서 겪는 고생

곤고로우니까 : (집의 형편이) 어려우니까

골고로운 : 균형 잡힌

고물 : 배의 뒤쪽이 되는 부분

골골짜기 : 산골의 골짜기

관공(關公) : 중국의 삼국시대 촉한(蜀漢)의 무장(武將). 자는 운장(雲長). 하동 사람. 장비와 함께 유비와 의형제를 맺고 유비를 도와서 전공 치적이 현저하였음. 후세 사람들이 각처에 관왕묘(關王廟)를 세워 모심.

괴목 : 고임목. 즉 침목. 길고 큰 물건 밑을 괴는 나무토막

괴괴하였다 : 시끄러운 것이 없어지고 고요하였다. 잠잠하였다

개구멍 : 울타리나 뚝에 난 자그마한 구멍

강구었다 : 분간하였다

곰국 : 주로 소고기를 넣고 푹 고아서 끓이는 국

금귤 : 황금빛이 짙은 귤

꿍그리고 : 꾸러기 모양으로 뭉쳐 있고

그물질 : 그물로 고기를 잡는 일

궁글은 : 헛기침을 하는, 목소리가 쉰(소름끼치는 무서운)

길금 : 질금가루. 단술이나 술을 만들 때 쓰는 재료

기웃하다 : 고개나 몸 따위를 조금 기울이다.

기장 : 볏과의 일년초. 식용작물의 한 가지로 밭에 심음. 열매는 담황색으로 좁쌀보다 낟알이 굵음

기진맥진 : 아주 지쳐서 기력이 다하고 맥이 풀림

길기털 : (닭의)목털

고깔 : 중이 쓰는 모자의 하나

끄리다 : 긁어서 흠집을 내다.

괴나리 봇짐 : 개나리 봇짐. 길을 갈 적에 어깨에 걸쳐 매는 보자기 짐

가난이 : 갓난이. 맏딸을 흔히 일컫던 호칭

갓난이 : 맏딸

꽃남게 : 꽃 나무에

꾸냥 : 고랑(姑娘). 처녀를 이르는 중국 말

강냉밭 : 옥수수밭

강냉엿 : 옥수수로 만든 엿

가녁 : 과녁

귀농(歸農) : 관직을 그만 두고 농업에 종사함

그느슥한 : 몸이 몹시 야위고 허약해 보이는 듯이

가느슥히 : 가느스름하게, 희미하게

개니빠디 : 개의 이빨

께다 : 꿰다

군다 : 헛소리한다 또는 떠들다

고담(枯淡)하고 : 속되지 않고 아취가 있는

고당 : 고장

광대넘이 : 광대 흉내를 내며 앞으로 온몸을 뒹구는 아동유희

굴대장군 : 굴때장군. 키가 크고 몸이 아주 굵으며 살빛이 검은 귀신

구덕살이 : 구더기

금덩판 : 금점(金店)판. 금을 캐거나 파내는 광산

공도란히 : 임자없이 이리저리 굴러다니는. 또는 아무렇게나 덩그러니 놓여진

곱돌탕관 : 광택이 나는 곱돌을 깎아서 만든 약탕관

길동 : 저고리의 끝 깃동

기두리고 : 기다리고

꼭두마리 : 꼭대기. 물건의 제일 위쪽

구둑구둑 : 굳어 가는 모양을 나타내는 의태어

가둑나무 : 떡갈나무

꼬둘채댕기 : 머리의 다래를 얹는 데 쓰이는 길고 빳빳하게 만든 댕기

가드러들어 : 가두라 들어, 오그라들어, 점점 오그라져서 작아들어

가드러치다 : 오그려 붙이다

기드렁하다 : 길게 늘어뜨린 모양

그득히 : 가득히

끼때 : 끼니 때. 식사시간 때

꼴뚜기 : 두족류(頭足類)에 딸린 바다 물고기 중에서 가장 작은 것의 한 가지. 몸뚱이의 면(面)은 거칠고 혹처럼 도틀도틀한 것이 쪽 퍼졌음. 발은 여덟인데다 비교적 가늘고 길며, 머리 부분의 두 배 정도의 길이이다. 몸 색깔은 변화가 잘되나 대개는 창백색(蒼白色)이며, 등어리는 회자식(灰紫色)으로 맛이 좋은 바다물고기

께뚤러 : 가로질러, 관통하여

꼬락지 : 꼬락서니

고랑 : 골. 밭고랑

깰랑 : 넘어질 때 내는 쉿소리

가랑가랑한다 : 그렁그렁한다. 물이 거의 찰 듯한 상태

감로(甘露) : 단 이슬 같은. 물맛이 너무 좋아 '감로'라고 함

기로다 : 그것이로다

고로운 : 고로운. 괴로운

게루기 : 게로기. 모싯대. 초롱꽃과에 딸린 여러해살이풀. 산지에 저절로 나는
데, 어린잎과 뿌리는 식용함

기르매 : 소의 등에 얹는 안장

꼬리잡이 : 제일 나이가 많고 힘이 센 아이를 선두로 하여 일렬 종대로 앞사람
허리끈을 쥐고 선다. 이어서 앞사람이 뛰어서 맨 뒤에 붙은 뒤꼬리 사
람을 잡으면 잡힌 사람이 대신 선두가 되어 계속해서 꼬리를 잡는 재미
있는 놀이

구릿한 : 구수하면서도 이상야릇하게 고린내가 나는

갓마즌 : 금방 맞이한

까막까치 : 까마귀와 까치

갈매나무 : 산야에 저절로 나는 키가 5m 정도 자라는 나무. 잎은 긴 타원형이
고 열매는 익으면 먹어도 됨. 충남 이외의 우리나라에서 자라나며, 찾아
보기가 매우 드문 나무이다.

가멸 : 재산의 풍부함을 일컬음

관모봉(冠帽峯) : 함경북도 경성군에 위치한 함경산맥의 주봉(主峰). 해발 1544m

광목 : 무명올로 서양목(西洋木)과 같이 폭(幅)이 넓은 베

괴목 : 홰나무. 콩과(荳科)에 딸린 낙엽 교목. 중국이 원산인데, 각처에 심는 유
명한 큰 나무. 키가 6~10m나 되는데, 껍질은 엷은 흑갈색에 쭈글쭈글한
점이 있으며 목재는 무늬가 좋아서 가구 제조나 건축에 많이 쓰임

고무 : 고모(姑母)

가무락조개 : 일명 가무래기, 즉 모시조개. 특히 애도에서 물이 빠진 후 많이
잡힌다. 대합조개과에 딸린 바닷물조개로 둥근 조개의 길이는 45mm 정
도임

가무래기 : 새까맣고 동그란 모시조개

그물그물 : 가물가물

굉미리 : 가늘고 긴 바다 물고기. 꽁치와 비슷하다.

끼밀고 있노라면 : 어떤 물건을 끼고 앉아 얼굴을 가까이 들이밀고 자세히 보며 느끼고 있노라면

개바주 : '바자울'로 돌려 치는 것. 바자로 만든 울타리

개바주장 : 수수깡 120~130mm 정도 길이의 숫대로 엮어 채마밭을 보호하기 위한 기둥. 개나 닭의 침입을 방지하기 위함

귀바퀴 : 귓불 위에 있는 안쪽에 움푹 파여 있는 곳

건반밥 : 건반(乾飯) 밥. 일명 지에밥. 잔치 때에 쓰는 약밥. 인절미를 만들거나 술밑으로 쓰기 위하여 찹쌀이나 멥쌀을 물에 불려서 시루에 찐 고두밥

개발코 : 개발처럼 뭉툭하게 생긴 코, 또는 넓죽한 코를 말함

고방(庫房) : 쌀이나 콩, 조 등을 보관하며 항아리, 농기구 등을 보관하기도 하는 헛간 방. 일명 광

개방위 : 북서쪽의 방향. 술(戌) 방위

검방지다 : 건방지다.

갈부던 : 갈잎으로 엮어 만든 장신구. 주로 갈잎 세 개로 서로 엮어 가운데는 빈 공간으로 한 두툼한 갈잎 덩어리. 또는 그렇게 복잡하고 얼기설기한 정경

꾸부러치고 : 꾸부리고 누워 있는

것부시시 : 머리털 같은 것이 부숭부숭하게 일어서거나 흩어진 모양

가부여히 : 가벼이

까분까분한 : 물방울이 끈끈하게 맺혀 달라붙는

귓불알 : 귓불

꺼불어진 : 꼬부라진

구붓하고 : 몸이 구부정한

고비 : 고비과(薇科)에 딸린 다년생(多年生) 고등 은화 식물(高等隱花植物). 각지의 산과 들에서 자생(自生). 식용 산나물. 잠깐 데쳐서 우려내어 고기, 장, 기름, 깨소금을 치고 주물러서 볶아 만든 나물. 마른 고비를 삶아 불려서 고명하여 볶아 만들어 식용함

고뿔 : 감기

게사니 : 거위

갖사둔 : 새사돈

건사할 줄을 : 간수 내지 보관할 줄을

광살구 : 너무 익어 저절로 떨어지게 된 살구

곱새 바주 : 이엉을 토담 위에 얹어 만든 울타리

갈새 : 개개비. 휘파람새과에 딸린 작은 새. 등의 위쪽은 감람녹색(橄欖綠色)이
　　며, 의백색(擬白色)의 눈썹 같은 선이 있고, 아래쪽은 담갈색(淡褐色)에
　　감람녹색을 좀 띄며, 목과 배의 가운데는 회고, 부리의 길이는 23mm,
　　날개의 길이는 80~90mm쯤 됨. 첫 여름 번식기에 갈대밭에서 시끄럽게
　　'개개개~' 하고 울어 개개비라 불리어짐.

곱새녕 : 초가집의 용마루나 토담 위를 덮는 지네 모양으로 엮은 이엉

곱새담 : 풀, 또는 짚으로 엮은 담

구새먹은 : 나무의 작은 가지가 떨어진 부분에 빗물이 스며들어 썩고 난 뒤 구
　　멍이 생기는 것

게서도 : 거기에서도

고성(固城) : 경남 중앙 남부에 위치함. 옛 본 가야국의 도읍지로 성터 등이
　　남아 있고 임진왜란 때 왜적을 막았던 곳. 기름진 농토에 쌀, 보리, 콩
　　등 농산물의 산출이 많다.

국수 : 평안도에서 먹는 국수는 겨울에 먹는 것이 별미(別味)이다. 특히 이남에
　　서 먹는 밀국수 대신에 모밀로 만든 맨모밀국수는 맷돌로 갈아 만든 것
　　으로 '맹면'이라고도 한다. 특히 메밀을 껍데기 채 빻아 거무스름한 가
　　루를 내어 만든 막국수는 정말 구수해서 갓김치나 돼지고기를 얹어서
　　겨울에 먹으면 도저히 잊을 수 없는 맛이다. 맨모밀국수는 막국수, 맹면
　　으로 통하는 이름이다. '국씨'라고도 한다.

가수내 : 여자아이. 여식(女息)에서 온 말

국수당(國守堂) : 성황당(城隍堂)으로 불리기도 하며 산(山) 고개마다 있어 마
　　을의 수호신인 신총사대감(神總司大監)을 모신 집. 일명 서낭당으로 알
　　록달록한 헝겊 조각을 매달고 당 앞에는 돌을 쌓아 놓아 여행할 때의
　　안전을 빌기도 한다. 특히 돌을 좋아하는 신을 모시는 곳으로 유명하다.

국수분틀 : 반죽한 밀가루로 국수를 뽑는 틀 기계

기슭 핥는 : 물결이 강기슭이나 바다 기슭에 부딪혀 출렁이는

가슴패기 : 가슴 바닥

건시(乾柿) : 마른 감. 곶감

갑시지만 : 값을 하지만은

구신간시렁 : 귀신을 모셔 놓은 시렁. 집집마다 대청 도리 위 한구석에 조그마
　　　　한 널빤지로 선반을 매고 위하였음

그신그신 : 기신기신. 힘없이 움직이는 모양을 나타냄

기신기신 : 게으르거나 맥없는 동작을 나타냄. 반기지 않는 데를 위축된 모습
　　　　으로 찾아다니는 모양

구신집 : 무당집

갓신창 : 소가죽으로 만든 옛날 신발의 밑창

구실 : 아이들이 당연히 겪지 않으면 안 되는 홍역 따위를 이르는 말

각씨 : 조그맣게 만든 여자 인형

고아내고 : 떠들어대고

간알피긴 : 가냘프기는

끼애리 : 짚꾸러미. 짚으로 길게 묶어 동인 것

귀애하고 : 사랑하고

간얄핀 : 가냘픈

가얌 : 개암

공양주 : 부처에게 시주하는 사람. 또는 절에서 밥을 짓는 중

가업집 : 가게집. 음식물을 만들어 파는 것을 업(業)으로 하는 집

강에지 조개 : 강아지조개. 바다조개의 일종

귀에하고 : 내리고, 읽어 내리고

기왓골 : 기와집의 지붕 위 숫기와와 숫기와 사이의 홈 진 곳

계외(界隈) : 경계의 구석구석

교우 : 교의(交椅). 귀족들이 사용하던 의자. 제사 때 신위를 모시는 의자

께우며 : 끼워 있으며

경우무진 : 경우가 무딘, 사리 판단이 부족하거나 느린

꺼울어저 : 꺼꾸러져

가웃 : 되, 말, 자의 수를 셀 때 남는 반분. 보통 '한 뼘 가웃'이라고 할 때는 한
　　　뼘보다 약간 큰 것을 뜻함

기웃들이 : 비스듬히 기울어진

깨웃듬이 : 돌출되어 기우뚱하게 살짝 모습을 보이고 있는 모양을 나타냄

갸웃이 : 갸웃하게

기웃이 : 무엇을 보려고 고개를 기울이는

고원선(高原線) : 높은 지대를 달리는 철도 선(線)

교유(敎諭) : 사범학교, 또는 (중)고등학교의 교사(敎師)를 뜻하는 높임말

구유 : 긴 나무토막을 한편 만 거죽을 떼어내고, 양쪽 거죽을 운두로 속을 파
　　　낸 나무통. 흔히 말과 소의 먹이를 담아 둠

결은 : 엮어 짠.

구을어가는 : 흘러가는

고의 : 사내 홑바지

그이고 : 일이 드러나지 않도록 숨기고 남에게 알리지 않고 속이고

귀이리 : 귀리. 포아풀과의 일년생 또는 이년생 재배 식물

가이없이 : 한이 없이. 끝이 없이

골자구니 : 골짜기

감자떡 : 감자를 삶아 가지고 바가지에 담아 홍두깨 같은 방망이로 짓이기면
　　　나중에는 찰떡이 된다. 장진에 가면 감자가 많은데 대개 색깔은 시커멓
　　　다. 이런 감자로 떡을 한다.

가자리 : 잠자리

개잠 : 개처럼 머리와 팔다리를 오그리고 옆으로 누워 자는 잠

기장 : 벼과의 일년초로 식용 작물. 인도가 원산으로 1.2~1.5m 정도 자라며 잎
　　　이 가늘고 이삭은 가을에 익음. 열매는 담황색이며 좁쌀보다는 낟알이
　　　굵음

기장차랍 : 기장찹쌀

개장취념 : 각자가 얼마씩의 비용을 내어 개장국을 끓여 먹는 놀이. 취념은 추
　　　렴(出斂)에서 온 말

귀재기 : 말썽을 무마하는 것

가재미선 : 가자미로 만든 식혜

거적장사 : 짚으로 엮거나, 새끼와 짚으로 걸어서 자리처럼 만든 물건을 팔러
　　　다니는 장사꾼

가정거장 : 임시 정거장

가제 : 막, 방금, 금방 전에. 함북—가즈 : 금시(今時), 함남—가지 : 금방(今方)

가제 : 머지 않은 근래. 얼마 전에

꿍제기 : 꾸러미

깽제미 : 놋그릇 등을 두드리는 것. 또는 꽹과리

고조곤히 : 고요히(속삭이는 듯이). 소리 없이. 조용하게

갤족한 : 갈쭉한. 너비보다 길이가 좀 긴 느낌이 드는

객주집 : 여관과 식당을 겸하는 객주(客主) 집

고즈넉히 : 잠잠하고 호젓하게. 말없이 다소곳하게

가즈랑 고개 : 가주령 고개. 근처에는 백천(白川) 조씨가 집성촌을 이루고 있
　　　　　　었다.

가즈랑집 : 가주령 고개 밑에 있는 집. 가주령 고개는 납청정 가는 길목에 있음

그즈런히 : 줄줄이. 여러 사람이

개지꽃 : 강아지풀

꺽지르터 감고 : 힘을 주어 눈을 단단하게 깊이 감고

광지보 : 광주리 보자기

가지취 : 참취나물. 식용 산나물의 한 가지

겔짐승 : 기어 다니는 짐승. 즉 네 발 달린 짐승

껑추렁한 : 짧은 치마를 입어 유난히 다리가 길어 보이는 어색한 모양

고추무거리 : 고추 잎 무친 것

김치가재미 : 겨울철 김치를 묻은 다음 얼지 않도록 그 위에 수수깡과 볏짚 단
　　　　　　으로 나무를 받쳐 튼튼하게 보호해 놓은 움막을 말하며 넓은 뜻으로는
　　　　　　김칫독 묻어두는 곳을 말한다.

글치고 : 긁히고

귀치않은 : 귀하지 않고 도리어 성가신

귀치않은데 : 귀찮은데

강켠 : 강쪽으로. 강편으로

글탄하였다 : 개탄하였다

기탓매 : 불편함

감탕 : 아주 곤죽같이 된 진흙

굴통 모도리 : 굴뚝 모퉁이

굴통 : 굴뚝

굴통담 : 굴뚝 담

골패노름 : 골패를 치면서 하는 노름. 골패(骨牌)는 손가락 한 마디만한 검은
　　　나무 바탕에 흰 뼈를 붙여 여러 가지 수효의 구멍을 판 것
경편철도(輕便鐵道) : 기관차와 차량이 작고 궤도가 좁은 간단한 규모의 철도
　　　① 용천에서 용암포 다사도 나가는 철도, ② 안주(평남) → 개천, ③ 황해
　　　도 사리원 → 해주, 해주 → 토성
개포 : 강이나 내에 바닷물이 드나드는 곳. 포(浦)
갑피기 : 염소 똥처럼 배설하며 배가 아픈 병치레의 한 가지
구항(久恒) : 영원히 계속되는
길향작 : 길의 방향
귀현(貴顯) : 존귀한 표시를 저절로 나타냄

(ㄴ)

넝 : 이엉
녕 : 이엉, 짚으로 틀어 지네 모양으로 엮은 것
높 : 진흙탕. 늪(澤). 못(池)
년갑 : 연배(年輩). 서로 비슷한 나이 또는 그런 사람
남갑사 : 남색의 품질 좋은 사(紗)
낫게 : 높게
논구(論究) : 사물의 이치를 연구하고 논함
누구러워졌다 : 나아졌다
누긋한 : 눅눅한. 습한 느낌이 있는. 축축한 느낌이 배어나는
누긋한 : 느긋한. 여유 있는
나귀 : 당나귀
녀귀 : 여귀(厲鬼). 못된 돌림병에 죽은 사람의 귀신. 즉 제사를 받지 못하는
　　　귀신
님금 : 임금(林檎). 사과
날기 : 벼 등의 곡식
날기멍석 : 곡식을 널어 말리는 멍석
날기멍석을 저간다는 : 곡식을 널어 말리는 멍석을 곡식과 함께 훔쳐간다는

낮기울은 : 대낮에 해가 넘어가는

날기질 : 벼, 조, 수수 따위의 겉곡식의 낱알을 널어 말리는 일

남길동 : 남색의 저고리 깃동

느꾸어 : 느껴워. 그 무엇에 대한 느낌이 가슴에 사무쳐서 마음에 겨운

노나리꾼 : 소를 밀도살하는 사람

나물다 : 잘못을 들어 가벼이 꾸짖다. 작품에서는 '반찬 투정하지'의 뜻으로 사용됨

낚시질꾼 : 낚시꾼

난바다 : 육지에서 벌리 떨어진 넓은 바다

낟알 : 껍질을 벗기지 않은 곡식의 알맹이

넷날 : 옛날

네날백이 : 세로줄을 네 가닥 날로 짠 짚신

냇내 : 물건이 탈 때 일어나는 부옇고 매운 기운

넘너른히 : 이리저리 제각기 흩어서 널려 있는 모양

넙치 : 넙칫과의 바닷물고기. 눈 두 개가 모두 왼쪽 머리에 쏠려 있고, 눈 있는 쪽의 비늘은 빗비늘임. 광어

노 : 배를 젓는 도구

노감 : 노로 쓸 만한 재목

노치 : 부침개. 지짐의 다른 말

논배미 : 논두렁으로 둘러싸인 논의 하나 하나의 구역

농기계 : 농사를 짓는데 쓰이는 기계

농어 : 농엇과의 바닷물고기. 몸이 가늘고 길며 몸빛은 등쪽이 검푸른 녹색을 띠고, 배는 은백색임

높닿게 : 높다랗게

눅눅하니 : 축축한 기운이 있으니

눈깔 : 눈의 속된 말

눈벼락 : 쌓인 눈이 일시에 떨어지는 것

눈에 암암 : 눈에 잊혀지지 않고 가물가물 보이는 느낌

느림줄 : 늘임줄. 쟁기를 꾸릴 때 삽날을 늘이고 조이는 줄

능청맞다 : 마음속은 엉큼하면서 겉으로는 천연스럽다.

닝큼 : 냉큼. 망설이지 않고, 가볍고 빨리 움직이는 모양

닉닉한 : 기름기가 너무 많아 매우 비위에 거슬리는

낫다 : 앞으로 향하여 가다. 나아가다

노(盧)장에 영감 : 노씨(盧氏) 성을 가진 장돌림 노인

농다리 : 꺽지 비슷하게 생긴 민물고기의 한 가지

능달 : 응달. 해 안 드는 곳

능당 : 백석의 시 「가무래기의 낙」에 나오는 이 말은 능달(응달)의 오식으로 추
　　　측된다.

낚대 : 낚시대

낫대들엇다 : 장이 열리자마자 나아가 대들듯이 구경하였다. 낫다와 대들다의
　　　합성어

누더기꿍제기 : 누더기 꾸러미

녕동 : 영동(楹棟). 기둥과 서까래를 함께 일컫는 말

나드리 : 나들이. 가까운 곳에 잠시 나가는 일

너들씨는데 : 한가하게 천천히 왔다갔다하며 아무 목적 없이 주위를 맴도는 것
　　　을 타나냄.

노라리 : 건달. 건들건들 놀면서 세월을 보내는 사람

나래 : 날개

나려오다 : 내려오다

노루섬 : 내장도(內獐島), 외장도(外獐島)를 말함. 정주읍에서 남서쪽으로 10리
　　　거리에 있음

나르맥이 : 내리막길

니마 : 이마

농마루 : 천장

나많은 : 나이가 많은

넷말의 : 옛날 마을의

나무뒝치 : 나무의 속을 파서 만든 주둥이가 조그마한 뒤웅박

나무등걸 : 나무를 베어낸 그루터기

나무말쿠지 : 나무로 만든 옷걸이로 벽에 박아서 사용

나물매 : 나물과 밥

누방(樓房) : 다락방

낫배 : 낮에. 점심때

논배미 : 논의 한 구역으로 논과 논 사이를 구분한 곳

내부주사(內府主事) : 내부(內府)는 서기 1895년에 내무아문(內務衙門)을 고친
    이름으로 내부 행정을 맡은 당시의 관청으로 지금의 내무부에 해당. 주
    사(主事)는 해당 부서의 사무를 주관하는 말단 책임자

나비수염 : 수염이 아주 길어 양쪽으로 입가에 드리워진 모양

내빌날 : 납일(臘日)날. 동지 뒤의 세 번째 술일(戌日)이나 미일(未日)

내빌눈 : 12월의 납일(臘日)에 때맞추어 내리는 눈

내빌물 : 납일에 받아 놓은 눈을 받아 그것이 저절로 녹아서 생긴 물. 각종 질
    병에 좋다고 하여 민간에서는 조금씩 복용하였다.

니빠디 : 이빨

눈빨기 : 눈싸움. 상대를 노려보는 싸움

눈빨다 : 쏘아보다

눈빠앵이 : 눈알이 빨간 색인 갈매기

노새 : 수나귀와 암말과의 사이에서 난 잡종. 크기는 나귀와 비슷함. 몸이 튼튼
    하고 아무거나 잘 먹으며 급변하는 기후에 잘 견딤. 성질이 온순하나
    생식력은 없음.

넘석넘석 : 목을 길게 빼고 자꾸 넘겨다 보다

날세 : 날씨

눈세기물 : 눈석임물. 날씨가 따뜻해져서 그 동안 쌓였던 눈이 속에서부터 저
    절로 녹아서 생긴 물

너술개 : 너스레. 흙구덩이나 그릇의 아가리 또는 바닥에 걸쳐놓은 막대기

눈슭 : 눈시울. 눈의 언저리의 속눈썹이 난 곳

너슬너슬 : 굵고 길고 부드러운 털 따위가 거칠게 성긴 모양. '너슬너슬 벗고'
    는 노루새끼가 털갈이를 하는 상태를 묘사한 장면임.

닙쌀 : 입쌀

닐어나는 : 일어나는

넘언집 : 산 너머, 고개 너머의 집을 의미

뇌여 : 놓여

뇌옥(牢獄) : 감옥소 형무소

노왕(老王) : 왕(王)씨. '노'는 중국어에서 노인의 성씨 앞에 붙여 일반적으로
    쓰는 말

너울쪽 : 널빤지 쪽

늙으대기 : 늙은이를 낮춘 말

놀으며 : 증기(김)의 압력에 의해 솥뚜껑이 들썩들썩 거리는 모습

내음새 : 냄새

나이금 : 나이살. 나이테, 연륜

나이브 : 소박한. 천진한

뇌인 듯 : 아니꼬운 듯

뇌인 적이 : 놓인 적이

내임 : 배웅(전송). 환송

넷적본 : 옛날 모양의. 옛날 그대로의

노적지(盧迪之) : 정주군 마산면 동창동에 살았던 인물로 효성이 지극하여 조
　　정에서 정문을 세워 주었음

넌정스러운 : 부끄러운

나조반 : 나좃쟁반. 갈대를 한 자쯤 잘라 묶어 기름을 붓고 붉은 종이로 둘러
　　싸서 초처럼 불을 켜는 나좃대를 바치는 쟁반

나좃대 : 갈대나 새나무를 한 자쯤 잘라 묶어 기름을 붓고 붉은 종이로 사서
　　초처럼 불을 켜는 물건. 혼인의식 때에 신부의 집에서 씀

나주 : 저녁

나주로 : 저녁으로

나주볕 : 저녁 햇살

넉줄 : 덩굴

나줏손 : 저녁 무렵

남즉하니 : 남직하니

날즘생 : 날아 다니는 짐승

눈질 : 눈길

농짝가튼 : 옛날의 옷장으로 궤짝으로 되어 있어 농짝으로 불림

녚차개 : 옆차개. 옆에 차도록 만든 주머니

니차떡 : 이차떡, 인절미를 말함

남치마 : 남빛 치마. 여자의 예복으로 쓰인다.

노큰마니 : 늙은 할머니로 할머니 중 제일 큰집의 할머니를 뜻함

늠큼 : 금방. 냉큼

눌한 : 빛이 흐리게 누르스름한

닌함박 : 이남박. 쌀 같은 것을 씻어 일 때 쓰는 함박. 안 턱에 이가 서게 여러
　　　줄로 돌려 판 나무그릇. 쌀을 일 때 쓰는 바가지의 일종

남향(南鄕) : 남쪽 마을 또는 남쪽 고향. 백석의 시에서는 경남 통영을 지칭함

난호아 : 나누어

난호여서 : 나뉘어서

(ㄷ)

다듬키다 : 다듬어지다

다래나무 : 다래과에 속하는 낙엽 만목(蔓木). 열매는 씨가 많고 맛이 달아 생
　　　으로 먹고 줄기와 함께 약용함. 껍질과 가는 줄기는 노끈으로 대용하며
　　　줄기로는 지팡이를 만들기도 함

다리 : 머리숱이 적은 여자들이 덧넣는, 꼭지를 맨 딴 머리털. 월자(月子). 월이
　　　(月伊)

다리여서 : 땡기여서. 당기여서

다문다문 : 드문드문. 띄엄띄엄

닥어부터 : 다가 붙어. 다가가서 밀착하여

닥채다 : 닥치다. 가까이 바짝 다다르다

단겨 오겠다는 : 다녀 오겠다는

단기 : 댕기

단대바람 : 단번에. 일언지하에

단채로 : 한 묶음 전부 다

달가불시며 : 작은 몸집으로 격에 맞지 않게 자꾸 까불며 호들갑을 떠는 모습

달갈구신 : 측간에 나타나는 귀신

달구 : 집 지을 터의 땅을 단단히 다지는데 쓰는 기구. 보통으로는 굵고 둥근
　　　나무토막의 위에 손잡이가 네 개 혹은 두 개가 달린 기구. 나무토막에
　　　대신에 쇳덩이를 쓰기도 하는데 그것을 쇠달구라고 하며, 나무로 된 것
　　　을 목달구라고 함

달궤 : 달구질. 달구로 집터나 땅을 단단히 다지는 일

달디단 : 매우 달고 맛이 있는

달래 : 백합과의 다년초. 들에 절로 나는데 땅속에 파뿌리 같은 흰 비늘줄기가 있고, 잎은 가늘고 긴 대롱모양임. 양념이나 나물로 하여 먹음.

달련 : 단련. 시달림

달리개 : 달린 물건. 부속물(附屬物)

달바래기 : 달을 쳐다보는 것

달송편 : 달모양으로 둥근 송편

달은치 : 끈이 달린 바구니

달잔케 : 다르지 않게

달재 : 달강어. 쑥지과에 속하는 바닷물고기. 몸길이 30㎝ 가량으로 가늘고 길며, 머리가 모나고 가시가 많음

달째 : 달강어. 성댓과의 바닷물고기. 몸길이 30㎝ 가량. 몸은 가늘고 길며, 눈이 크고 잔 비늘이 많음.

달포 : 보름 정도의 기간

닭이 짖올코 : 닭의 깃털을 붙여서 만든 올가미

담모도리 : 담 모서리

닷 질렀다 : 고함을 질렀다

당나귀 : 말과에 속한 짐승으로 말보다 작음

당등 : 밤새도록 켜놓는 등불. 장등(長燈). 장명등

당발한 : 장발(長髮)한. 다 자란. 어른이 된

당세 : 당수. 곡식가루에 술을 쳐서 미음처럼 쑨 음식

당조카 : 장조카. 큰조카

당즈깨 : 당세기. 고리버들이나 대오리를 길고 둥글게 결은 작은 고리짝

당콩 순 : 강남콩 순

당탁한 일 : 당명한 일

당해 : 담당해

당홍치마 : 약간 자주빛을 띤 붉은 물감을 들인 치마

대가리 : 머리의 속된 말

대감님 : 할아버지 신(神)의 존칭. 대감(大監)은 남자 조상인 신

대냥푼 : 큰 양푼. 음식을 담거나 또는 데우는 데 쓰는 놋그릇 또는 양은 그릇

대님 : 바지가랑이 끝을 접어서 졸라매는 끈

대님오리 : 버섯을 신은 발목에 두 번 두르는 흰 끈

대대하다 : 데데하다. 별로 보잘것없다.

대멀머리 : 아무 것도 쓰지 않은 맨머리

대모(玳瑁) : 거북이. 등껍데기는 누런 바탕에 검은 점이 있고, 열세 개의 껍데기가 비늘처럼 포개어져 있음

대모갑(玳瑁甲) : 거북의 등과 배를 싸고 있는 껍데기. 귀중한 장식품을 만드는 데 쓰임

대모체 돋보기 : 바다거북의 등 껍데기로 안경테를 만든 돋보기

대모풍잠(玳瑁風簪) : 대모의 등껍질로 만든 풍잠. 풍잠은 망건의 앞쪽에 꾸미는 물건이다.

대바람에 : 댓바람에. 아무런 주저 없이 곧장

대사집 : 혼인 따위의 큰 일을 치르는 집

대산동(大山洞) : 평안북도 정주군 덕언면(德彦面) 소재의 마을

대여가는 : 시간에 맞춰가는

대여나와서 : 따라 나와서. 맞추어 나와서

댕추가루 : 당초가루. 고추가루

더꺼머리 총각 : 장가들 나이가 지나도록 머리를 땋아 늘인 총각

더리고 : 데리고

더벙수캐 : 삽살개의 수컷

더부살이 아이 : 남의 집에 거처하면서 일을 해 주고 삯을 받거나 또는 밥을 얻어먹는 아이

더욱이 : 그 위에 더욱. 게다가

덕신덕신 : 득실득실. 사람이나 동물들이 떼로 모여 움직이는 모양

덜거기 : 덜께기. 늙은 장끼

덥적덥적 : 왈칵 덤벼 급히 움직이는 모양. 무슨 일에 쉽게 나서거나 참견하는 모양

덧거리 : 상대방의 다리를 연속해서 공격하는 씨름 기술의 하나

데석님 : 제석신(帝釋神). 무당이 받드는 가신제의 대상인 열두 신. 한 집안 사람들의 수명, 곡물, 의류, 화복 등에 관한 일을 맡아본다 함

던연하였다 : 천연스러웠다. 천연덕스러웠다.

던하나 : 천하(天下)나

도고하니 : 도고하게. 짐짓 의젓하게

도라지 꽃 빛물 : 도라지꽃처럼 파란 색깔

도롱 : 조롱(鳥籠). 새장

도를 : 횟수를

도미 : 도밋과의 바닷물고기. 주로 바다 밑바닥에서 산다.

도안(道安) : 함경남도 소재의 지명. 신흥선(新興線)의 마지막 종착역. 근처에
　　유명한 부전호수(赴戰湖水)가 있는 고원지대로 시 「함남도안」에서는 역
　　의 명칭으로 쓰였음

도야지 : 돼지

도왓으면 : 좋아 하였으면

도요 : 도요새

도적개 : 떠돌이 개

도적괭이 : 도둑 고양이

도토리범벅 : 도토리 가루를 쑤어서 만든 진한 죽

독 같이 : 독살스럽게. 모질고 사납게

독기날 : 도낏날

독연자 : 무대에 혼자 등장하여 연기하는 사람

돌각담 : 돌담

돌나물김치 : 돌나물로 담근 김치

돌능와집 : 얇은 돌 조각을 기와 대신 지붕으로 올린 집

돌다리 : 돌 바닥이 넓고 길어 다리처럼 이루어진 것

돌덜구의 물 : 돌 절구에 고인 물

돌물레 : 칼, 도끼, 가위 등이 무뎌진 날을 벼리게 되는 회전 숫돌

돌배 : 야생 산돌배나무의 열매

돌배나무 : 배나무과(梨科)에 딸린 낙엽 교목. 산이나 들에 저절로 나는데, 높
　　이 3m 가량이며 열매는 직경이 1.5cm로 작다.

돌비 : 돌로 된 비석

돌우래 : 말똥벌레나 땅강아지와 비슷하나 크기는 조금 더 크다. 땅을 파고 다
　　니며 "오르르 오르르" 소리를 낸다. 곡식을 못 살게 굴며 특히 콩밭에
　　들어가서 땅을 판다.

돌체돋보기 : 석영(石英)으로 만든 돋보기 안경

돗바늘 : 크고 굵은 바늘

돗벌기 : 돌벌기. 돼지벌레. 주로 감자밭에 들어가 감자 뿌리나 줄기를 잘라버
    려 죽게 만드는 해충. 입에는 강한 집게가 있다.

돗벌레 : 감자의 줄기나 뿌리를 잘라서 죽게 만드는 해충의 하나

돗보기 : 안경

동 : 뚝. 제방

동뇨부(童尿賦) : 어린아이의 오줌에 관한 이야기

동둑 : 방죽. 못에 쌓은 큰 둑

동딸엇다 : 덩달아 따랐다

동려 : 동네

동림(東林) : 평북 선천에 있는 지명 이름. 특히 동림폭포가 유명하다.

동말랭이 : 방죽의 가장 높은 곳

동발 : 탄광에서 붕괴방지용으로 쓰는 받침대 통나무

동비탈 : 동둑의 비탈진 곳

동비탈 : 방죽의 비탈진 곳

동세 : 동서(同壻)

동안이 트지않케 : 작은 얼굴이 트지 않도록

동지깨 : 족집게

동청나무 : 격청(格靑)나무

동침이 : 동치미. 국물을 많이 붓고 심심하게 담근 무김치

돛대감 : 돛대로 쓸 만한 재목

되양금 : 중국의 현악기로 양금과 비슷하다.

된비 : 소나기. 폭우(暴雨)

두던 : 언덕. 둔덕(阜)

두둑 : 밭가의 지경을 이루어 두두룩하게 된 언덕.

두떨기 : 두 송이. 두 개의

두레 : 두례. 둥근 원을 그리듯이 둘러싼 테두리

두레방석 : 도래방석. 짚으로 엮어 짠 둥그스레한 방석

두룽이 : 도롱이. 재래식 우장의 한 가지. 짚이나 띠풀로 안을 엮고 겉은 줄기
    를 드리워 끝이 너털너털함

두름 : 물고기, 나물 따위를 길에 엮은 줄. 비웃, 물고기는 열 마리씩 엮어서 두

줄이 되고, 고사리 같은 나물은 일정한 숫자가 없이 두 줄로 된 묶음

두릅순: 두릅나무의 애순. 데쳐서 무쳐 먹음

두머리: 두 마리

두부산적: 나무꼬치에 두부를 기름에 튀겨 꿰어 놓은 것

두불로: 두 배로

두수없이: 영락없이. 오로지 하나의 방도가 있을 뿐 달리 주선하거나 변통할 여지가 없이

두어고붓: 두 개의 고부랑(길)

두홰: 이른 새벽, 닭이 홰에 올라앉은 채 두 번씩이나 소리 높여 우는 것을 말함

둑둑이: 두둑하게. 한둑이는 10개를 의미함. 둑둑이는 많이 있다는 뜻

둔(屯): '툰'으로 자그마한 부락을 말함

둔덩: 언덕

둥구재벼오고: 둥구잡혀오고. 두멍 잡혀오고 물동이 안고 오는 것처럼 잡혀 오고

둥굴레 우림: 둥글레 뿌리를 씻어 시들시들하게 말렸다가 물에 담가 여러 날 풀물을 우려낸 다음 찌거나 삶으면 빛이 시커멓게 되면서 단맛이 난다.

둥글레 꽃: 나리과(百合科)에 딸린 다년생(多年生) 풀에 나는 꽃. 첫여름에 엽 액(葉腋)에서 한 개의 꽃줄기가 나와서 녹백색(綠白色)의 작은 대롱 모 양의 꽃이 됨

둥에: '속곳'의 평안도 방언

둥주리: 짚으로 크고 두껍게 엮은 둥우리

뒝치: 뒤엥치. 뒤웅박

뒤: 산후 처리

뒤상: 영감. 늙은이

뒤솎는: 뒤집는

뒤솟다: 뒤집어쓰다. 뒤집다.

뒤우란: 뒤울의 안. 뒷마당 울타리 안쪽

뒤웅방: 뒤웅박. 쪼개지 않고 꼭지 근처에 구멍만 뚫어 속을 파낸 바가지

뒤이다: 뒤집다

뒤타고: 뒤집고

뒷간거리 : 가까운 거리에. 가까운 거리를 뜻함

뒷등성 : 뒷산의 야트막한 마당

뒷산녘 은댕이 : 뒷산 옆 언저리

드노으며 : 드러내 놓으며

드덜기 : 등걸. 줄기를 잘라낸 나무의 밑둥

드죄이치며 : 움직이며

든덩 : 두덩. 우묵하게 파여진 땅의 가장자리 두두룩한 곳

들떠들고 : 여럿이 들썩거리며 떠들고

들망 : 후릿그물. 바다나 큰 강물에 넓게 둘러치고 여러 사람이 그 두 끝을 끌
     어당기어 물고기를 잡는 큰 그물

들매나무 : 산딸나무. 층층나무과에 속하는 낙엽 활엽 교목. 정원수로도 심고
     열매는 식용함

들매낡에 : 들매나무 위에

들물 : 바닷물이 일정한 때에 해안으로 밀려들어오는 현상

들믄들믄 : 시골 농가의 방에 군불을 많이 넣었을 때 풍겨나는 정겹고 들쿠레
     한 냄새

들죽 : 들쭉. 들죽나무의 열매. 진홍색으로 단맛과 신맛이 함께 느껴지며 그냥
     먹거나 술을 담가 먹는다.

들지고방 : 들문만 나 있는 고방. 즉 가을걷이나 세간 따위를 넣어 두는 광

들쿠레한 : 약간 퀴퀴하면서도 싫지 않은 구수한 맛의 느낌

등애 : 등과에 딸린 벌레. 파리보다 좀 큰데. 온 몸에 털이 많고 촉각(觸角)이
     크며, 주둥이는 육질(肉質)로 암놈은 말과 소 그리고 사람의 피를 빨아
     먹고 수놈은 꽃에서 꿀을 먹고사는 곤충

디겁하다 : 질겁하다

디운구신 : 땅이 인간에게 영향을 주는 기운, 즉 지운(地運)을 주관하는 귀신

디퍽디퍽 : 바닥이 몹시 무르고 진 곳을 걸어가는 모습

디퍽디퍽 : 지벅지벅. 서투르게 휘청거리는 모양

디평영감 : 지평(持平)이란 하급 관직을 지낸 노인

딜옹배기 : 흙을 구워서 만든 아주 작은 자배기

딥세기 : 짚신. 미투리

따끔따끔 : 왕왕(往往). 틈틈이

따디기 : 이른 봄 얼었던 흙이 풀리려고 할 무렵. 해토(解土) 무렵

따마하고 : 따사하고

따배기 : 매우 촘촘히 곱게 삼은 짚신

따ㅅ불 : 땅불. 땅에 아무렇게나 지피는 모닥불

딱딱히 : 똑똑히

땃자구니 : 딱따구리

때글은 : 오랫동안 때와 땀에 젖은

떡당이 : 떡덩어리

떡돌 : 떡을 칠 때 안반 대신에 쓰는 넓적한 돌

떡메ㅅ군 : 흰 떡. 인절미를 치는 메. 썩 굵고 짧은 나무토막의 중간에 자루가
　　　　　가로로 박혔음

또요 : 도요새

또요새 : 도요샛과의 새를 통틀어 이르는 말. 다리와 부리와 날개가 길고 꽁지
　　　　는 짧음. 몸빛은 대체로 담갈색 바탕에 흑갈색 무늬가 있고, 등 쪽은 흰
　　　　색임. 물가나 습지·해안 등 습한 곳에서 삶.

뚜둥구질 : 뚜당거리며 발로 춤을 추는 행동이나 장난

뚜물같이 : 쌀을 일고 난 뿌연 물처럼

뜨즉뜨즉한 : (타령조의) 느릿느릿한

뜯개조박 : 뜯어진 천이나 헝겊 조각. 뜯개 자박지

뜰악 : 뜰의 방언. 집안에 있는 평평한 땅

뜰직히 : 뜰지기. 정원지기

띠몸 : 띠를 두른 몸

띠쫄다 : 부리로 마구 쪼다

띨배 : 띨광이(山査子). 익은 것은 빨간색으로 맛이 약간 달고 신맛이 난다. 산
　　　사자라고도 함. 닭고기 먹고 체한 데 좋다고 함

(ㄹ)

라마제국(羅馬帝國) : 로마제국

락단하고 : 즐거워서 손뼉을 치고

레루 : 기차가 달릴 수 있도록 마련해 놓은 궤도 레일

로이드 : 미국의 희극 배우 해롤드 로이드(1893~1971). 동그란 안경에 맥고 모자 차림으로 1920년대 평균적 미국인을 표현함. 채플린, 키튼과 함께 3대 희극 왕으로 불림. 주연 작품으로 〈로이드의 수명〉, 〈로이드의 활동광〉 등이 있다.

로이드 돋보기 : 둥글고 굵은 셀룰로이드 테의 돋보기. 미국의 희극 영화 배우 로이드가 영화 속에서 끼었던 안경에서 유래됨

로장(老長) : 노장 스님. 늙은 중을 높여서 부르는 말

로친네 : 늙은 모친 또는 늙은 여인네

루방(樓房) : 누방. 다락방

리 : 이(利). 이익. 이문

(ㅁ)

마가리 : 오막살이

마가슬 : 마가을. 늦가을

마귀범 : 마귀 같은 범. 호랑이

마누래 : 마마(痲疹). 천연두

마돗 : 말과 돼지

마람 : 마름(舍音). 지주에게 고용되어 소작인을 관리하는 서민의 한 부류

마르턱 : 재마루. 고개마루(嶺上)

마소 : 말과 소

마타리 : 마타리과의 다년초 산과 들에 저절로 나는데, 키가 1m쯤 되고 초가을에는 노란 잔 꽃이 핌. 어린잎은 식용

막베등거리 : 거칠게 짠 삼베로 만든 옷으로 조끼처럼 등에 걸쳐 입는 홑옷

막베잠방둥에 : 거친 삼베로 만든 잠방이 형식의 아래 속옷

막써레기 : 거칠게 막 썬 담배 잎

막칼질 : 마구 썰어대는 칼질

만두(饅頭) 고깔 : 만두 모양의 고깔

맡웃간 : 맨 윗방

말감 : 이야기

말꾼 : 마부

말도리터 : 마을 도리터, 마을의 사람들이 모이는 곳 도리소라고도 함

말똥굴이 : 말똥구리. 풍뎅잇과의 곤충. 몸빛은 검고 광택이 있으며 두 개의 돌기가 있음. 여름철에 짐승의 똥을 굴려 굴속으로 가져가서 그 속에 알을 낳음

말똥덩이 : 말똥구리가 뭉친 말똥의 덩어리

말랭이 : 말렝이. 재의 마루턱. 마루꼭대기

말만한 방을 : 아주 자그마한 방을

말만한 우칸 냉방에 : 아주 자그마한 위칸의 냉방에

말수와 같이 : 말의 숫자와 같이

말쿠지 : 말코지. 벽에 옷이나 짚신 같은 것을 걸어 놓기 위해 박아 놓은 나무못

맛스러운 : 좋지 못한. 맛이 별로 없는

망둥이 : 망둥엇과의 바닷물고기를 통틀어 이르는 말. 바닷가의 모래땅이나 개펄에 사는 데, 몸은 작고 좌우의 배지느러미가 빨판처럼 되어 있음

망종년 : 개망나니. 계집애. 말괄량이

매감탕 : 엿을 고아낸 솥을 가셔낸 진한 갈색의 물

매딥 : 마디

매딥굴근 : 마디 굵은

매딥많은 : 마디가 많은

매생이 : 거룻배

매연지난 : 매년 지내온

매지 : 망아지

맥고모자 : 원래는 맥고(麥藁), 즉 보릿짚으로 만든 여름 모자로써 농사꾼이 쓰던 것이다. 그러나 일제시대 때의 맥고 모자는 파나마 모자라고 하는 고급 모자를 의미한다. 남방지방의 나무 껍질로 만든 고급모자로 멋쟁이들이 여름에 많이 쓰고 다녔다. 해방 후에도 유행을 했었다.

맨천 : 이곳 저곳 가릴 것 없이 모든 곳. 사방천지

맷비둘기 : 산 비둘기

머루전 : 머루가 많이 자생하고 있는 곳

머리오리 : 머리카락

먼바루 : 먼발치기

먼산바라기 : 먼 산을 계속해서 쳐다보는 것

멍석 : 짚으로 결어서 만든 큰 자리

멍석자리 : 짚으로 새끼 날을 짜서 결은 큰 자리

멍에 : 수레나 쟁기를 끌 수 있게 마소의 목에 가로 얹어 놓는 둥그렇게 구부
　　　러진 막대

메 : ① 무덤, ② 망치

메쳐대다 : 둘러메어 땅에 마구 내리치다.

메추리 : 메추라기의 준말. 꿩과의 새. 몸길이 18cm 가량. 몸빛은 황갈색에 갈
　　　색과 검은 세로무늬가 있음. 농경지 부근의 풀밭에서 볼 수 있는 겨울
　　　새인데, 근래에는 알을 얻기 위하여 많이 사육함

멕이고 : 활발히 움직이고

멕이기에 : 활발히 움직이기에

멘들미 : 닭의 머리에 맨드라미꽃처럼 달린 볏

멧돌 : 멧돼지

멧돌기 : 몇 번의 돌기. 회전

멧새 : 산새

멧장미 : 산에 자생하는 야생장미

멱씨름 : 멱살을 잡고 싸우는 짓

명주조개 : 개량 조개. 명주조갯과에 딸린 바닷물 조개, 조개 껍질은 엷고 겉모
　　　양은 대합과 비슷하여, 황갈색의 색깔을 지니고 있다. 5~6월에 산란하
　　　며 살은 식용함

몇대라고 : 몇 대라도

모다 : 모두다

모두숨 : 한꺼번에 몰아쉬는 숨

모래부리 : 모래톱

모래장변 : 모래가 운동장을 이룬 듯이 넓은 모래 벌판

모래지 : 모래무지. 잉어과의 민물고기. 하류의 모랫바닥에 서식한다.

모래텁 : 모래톱

모래톱 : 넓은 모래 벌판. 모래사장

모랭이 : 함지 모양의 작은 나무 그릇

모롱고지 : 모롱이. 산모퉁이의 휘어둘린 곳

모밀 : 메밀. 여뀟과의 일년초 열매는 가루로 만들어 국수나 묵을 만들어 먹음.

모시조개 : 대합조개과에 딸린 바닷물 조개. 껍질은 두 개. 둥근 조개 길이가
    45mm 정도임

모으로 : 모로. 모난 쪽으로

모으로 : 옆으로

모작별 : 금성. 초저녁 서쪽 하늘에 비치는 별. 이 별이 새벽의 동쪽 하늘로 이
    동하면 샛별, 혹은 계명성(鷄鳴星)이라고 함. 일명 '개밥바라기'

목단 : 목단피(牧丹皮)라 불리는 약초의 한 가지로 모란 뿌리의 껍질. 심은 지
    3년 지난 것을 벗겨서 그늘에 말려 약재로 씀. 성질은 차고 열을 내리는
    데 쓰며, 여성의 월경이 순하지 않은 데와 혈증(血症)과 울노증(鬱怒症)
    을 다스림

목침(木枕) : 나무 베개

몰켜 : 몰려

몸솔쇄기 : 몸에 있는 송충이

몸채집 : 몇 채로 된 살림집에서 가장 중요하고 큰 집

몽둥발이 : 불의의 사고로 손발을 잃은 지체장애인을 일컫는 말

몽석 : 속으로 태우는 울화통 난리 법석

무감자 : 고구마

무겁 : 활터에서 살받이 과녁을 세우고 그 위에 흙으로 둘러싼 곳

무나물 : 무채나물. 무를 잘게 채 썰어서 만든 나물 반찬

무덮이고 : 무리를 지어 덮이고

무롱고지 : 모롱고지

무루패기 : 무릎

무르끓다 : 끓을 대로 푹 끓다

무르녹는 : 과일이나 음식 따위가 익을 대로 다 익다. 무슨 일이 이루는 지경
    에 미치다. 그늘이 더위를 물리칠 만큼 짙다

무리 : 우박

무리돌 : 우박처럼 한꺼번에 산중턱에서 굴러 내리는 자갈돌. 짤막한 노끈으로
    만든 무릿매로 빙빙 휘둘러 던지는 잔돌

무새헌겁 : 쓸모 없는 여러 가지 색깔의 헝겊 조각

무색하다 : 오히려 부끄러울 정도로 초라하다.

무연한 : 아득히 너른

무이 징게국 : 무를 삶아서 국물을 버리고 무만 꼭 짜서 남겨 놓았다가 큰 잔치 때 다시 끓이는 국. 민물 새우를 넣고 끓이기도 한다.

무이밭 : 무우밭

무진회사(無盡會社) : '무진(無盡)'이라는 적금을 드는 회사로 대출까지 해주는 은행 성격의 주식회사. 조선의 각 지역에 지점망을 형성하였다. 1960년대까지 일부 존속하다가 없어짐

무쭐하다 : 묵직하다

무채 : 채칼로 치거나 킬로 가늘게 썬 무, 또는 그것을 무친 반찬

무청 : 무의 잎과 줄기

문문 : 김 같은 것이 더욱 깊이 피어오르는

문장(門長) : 한 문중에서 항렬이 제일 높은 어른

문주 : 빈대떡, 부침개

물고 닥채 : 문 채로 왈칵 달려들어

물구지 우림 : 물구지의 알뿌리를 물에 우려내어 쓴맛을 없앤 뒤 자꾸 끓이면 엿처럼 됨. 간식으로 먹음

물닭 : 모양이 원앙(鴛鴦)과 같이 좀더 크며 날개 빛은 오색이 찬란한데 자줏빛이 많고 암수가 항상 함께 놀며 물여우라는 벌레를 잘 잡아먹음. 비오리, 오리과에 속하는 물새.

물선(物膳) : 음식을 만드는 재료

물외포기 : 오이 줄기

물지게꾼 : 물을 져 나르는 일꾼

물총새 : 하천, 산 개울 등에 서식하며 물고기, 개구리, 곤충 등을 잡아먹는 한국의 새

물코 : 물처럼 흘러내리는 콧물

물쿤 : 냄새가 한꺼번에 확 끼치는(모양)

물키었다 : 온 몸이 물컹한 정도로 날씨가 무더웠다

물팩치기 : 무르팍까지 오는

뭇새 : 여러 종류의 새들

뭇줄한 : 묵직한

미 : 인삼 뿌리의 잔가지. 여기서는 엉덩이를 말함
미끼 : 낚싯밥
미끼 : 먹이
미덤 : 믿음
미역감다 : 냇물이나 강물에 몸을 담그고 씻거나 놀다
미역오리 : 미역의 줄기
미우(眉宇) : 이마의 눈썹 근처
미욱한 : 어리석고 본 데 없는
미치고 : 몹시 붇고
민어 : 민어과의 바닷물고기. 몸길이 90cm 가량. 입은 뭉툭하고 아래턱이 위턱
　　　보다 짧으며 턱에 두 쌍의 구멍이 있음. 몸빛은 등 쪽이 회청색, 배 쪽
　　　은 연한 회색임. 근해의 바닥에서 서식한다.
민주 : 바보, 멍청이
믿븐생각 : 믿음 있는 생각
믿없고 : 믿음성이 있고, 신뢰할 수 있고
밈 : 칙칙하게 물먹은 진흙
밋기 : 먹이
맻게 : 몇 개
밑거부여운 : 엉덩이가 가벼운. 자주 이사를 다닌다는 뜻

(ㅂ)

바가지꽃 : 박꽃
바구지 꽃 : 박꽃
바람 : 바램
바람벽 : 집안의 안벽
바래는 : 의지하는
바루 : ~쯤(장소의 대략 위치). ~곳
바른 배지개 : 오른배지기. 오른쪽 엉덩이를 상대편의 양다리 사이에 대고, 오른
　　　손으로 샅바를 당기며 왼쪽으로 돌면서 넘어뜨리는 씨름 기술의 하나.

바리깨 : 주발 뚜껑

바리깨돌림하고 : 주발 뚜껑을 방바닥에서 돌리며 노는 아이들의 놀이

바우섶 : 바위 옆

바위판 : 넓다란 바위 표면

바주장 : 울바주 담장 안. 울타리 담장 안쪽

바치 : 직업을 나타내는 '꾼'. 전문가를 뜻함

박각시 : 박각시나방. 해질 무렵에 나와서 주로 박꽃 등을 찾아다니며 대롱처
　　럼 생긴 주둥아리 끝으로 꿀을 빨아먹으며 공중에서 난다. 날면서 먹이
　　를 먹는 까닭에 언제나 붕붕거리는 소리를 내며 크게 난다.

박군후(後) : 나눈 뒤에, 교환한 후에

박달 : 박달나무. 자작나무과의 낙엽 활엽교목. 나무의 질이 단단하여 목제품
　　의 재료로 쓰임.

박우물 : 바가지로 물을 뜨는 얕은 우물

밖에 나도 : 아무래도, 아무렇게 되어도, 어떠한 비난이 쏟아지더라도 무슨 일
　　이 일어나더라도, (우리와) 상관없더라도

밖운다고 : 바꾼다고

반관(飯館) : 음식점

반끗히 : 살짝

반당이 : 청어과에 딸린 바다 물고기

반동이 : 중간짜리 물동이

반디젓 : 밴댕이 젓갈. 밴댕이로 젓갈을 담은 것

반봉 : 커다랗고 좋은 생선을 골라 제사상에 올려놓은 것

반지버러운 : 바지르르한. 말끔한

받기다 : 박치기 공격을 당하다

발각발각 : 발깍발깍, 갑자기 뒤집히는 꼴을 나타내는 모양. 지폐를 방정맞도록
　　힘차게 세는 모양을 나타냄

발구 : 주로 물건을 실어 나르는 마소가 끄는 썰매

발라맞치고 : 공교로운 말로 겉을 살짝 발라서 꾸며 가지고 알랑알랑하며 남을
　　한때 속여넘기듯이 하고

발목재기 : 발모가지. 발목을 상스럽게 일컫는 말

발빩앵이 : 발목이 빨간 색을 가지고 있는 갈매기

발뿌리 : 발 밑의 바로 앞에 있는 장소

발진발진 : 쥐밀면서 손으로 눌러 납작하게 주무르면서

밝고 : (밤을) 까고

밞는다 : 까먹는다.

밤소 : 밤을 삶아 으깨어 설탕 등을 넣어 달콤한 맛이 나게 만든 것. 주로 송편
　　　안에 넣는다.

방게 : 백석이 특히 좋아하는 바다게과의 게. 등딱지는 거의 방형(方形)으로 두
　　　틀두틀하며, 다리에 털이 적고, 몸빛은 회색에 가까운 녹색이다. 엄지발
　　　가락이 특히 붉고 등딱지는 길이가 30mm쯤 되며, 바다 가까운 각처의
　　　민물의 모래 속에 구명을 뚫고 생활한다. 특히 갈대밭에 사는 것을 '갈
　　　게'라고도 한다.

방그러젓다 : 빙그레 웃어졌다

방등 : 잔등

방아다리 : 방아깨비. 메뚜기과의 곤충. 다리 끝을 잡아 쥐면 방아를 찧듯 몸을
　　　끄덕거림

밭 임자 : 밭의 주인

밭고랑 : 밭의 이랑과 이랑 사이의 홈이 진 곳

밭둑 : 밭 가에 둘려 있는 둑

밭최뚝 : 밭두둑. 언덕바지에 밭과 밭들 사이의 경사진 부분

배꼽조개 : 무늬가 마치 배꼽처럼 생긴 조개

배꾼 : 배를 타고 고기잡이를 업으로 하는 사람

배질 : 노를 저어 배를 가게 하는 일

배창 : 배 안의 바닥

배채 : 배추

배척한 : 배척지근한. 양념을 친 무 등이 덜 익어 비린내가 나는

배판장 : 배의 바닥에 박은 널판자

백구둔(白狗屯) : 중국 신경(新京 : 현재의 장춘) 근교의 농촌 마을

백동전 : 니켈 동전. 5전이나 10전 짜리

백령조(白鈴鳥) : 몽골 종다리. 참새보다 크고 다갈색 깃털에 백색 반점이 있
　　　는 새로, 해충을 잡아먹는 이로운 동물.

백모봉(白帽峯) : 함경남도 갑산군과 풍산군 사이에 있는 산봉우리. 해발 1909m

백복령(白茯苓) : 솔뿌리에 기생하는 복령으로 만든 한약재. 땀과 오줌의 조절에 효험이 있으며 담증, 부증, 습증, 설사 등에 쓰임

백설기 : 멥쌀 가루를 고물 없이 쪄낸 시루떡

백재일 치듯 : 백차일(白遮日) 치듯. 백차일은 햇볕을 가리려고 치는 커다란 흰 천막으로 운동회나 잔치 때나 굿을 할 때 뜰이나 야외에 치는데 사용. 백석의 시 「칠월백중」에서는 흰옷 입은 사람들이 많이 모인 장면을 나타낸 표현이다.

백중 : 음력으로 칠월 보름날. 여름동안 안거(安居)를 마치고 제각기 허물을 대중 앞에서 드러내어 참회를 구하는 날로 불교에서 유래한 명일(名日). 나중에는 전통 민속의 날로 발전하여 이날에는 농사꾼들이 일을 하지 않고 쉬며 운동이나 그 밖의 오락으로 하루를 보내는 날로 인식되어졌다.

뱃전 : 배의 양쪽 가장자리 부분

버들개 : 버들치로 잉어과에 딸린 민물고기

버들개지 : 버들강아지의 꽃. 솜 비슷하여 바람에 날려 흩어짐.

버들치 : 버들개

버선목 : 버선의 발목. 여기서는 '버선'을 지칭

버슷 : 버섯

버지기 : 빨래통

버치 : 자배기보다 조금 깊고 아가리가 벌어지고 크게 만든 그릇

벅작 고얏다 : 시끄럽게 떠들었다

벅작 : (야단)법석

벅작궁 : 무리를 지어 시끄럽게 떠드는 모양

번뜻 : 반듯하게 어디가 굽거나 기울거나 하지 않고 바르게

벌 : 매우 넓고 평평한 땅

벌개늪역 : 벌레가 많은 늪지의 근처 쪽. 특히 거머리가 많음

벌거지 : 벌레

벌띠 : 벌떼

벌룽벌룽 : 탄력 있는 물건이 부드럽게 넓어졌다 좁아졌다 하는 모양

벌배 : 산과 들에 저절로 나는 야생 들배나무의 열매

벌배채 : 들배추

벌불 : 들불

벌하나 건너집 : 들판 하나를 서로 사이에 두고 떨어져 있는 집

범벅 : 곡식 가루에 호박 같은 것을 섞어서 된풀처럼 쑨 음식

범사람 : 호랑이가 사람으로 변하여 활동하고 있는 인물. 혹은 범같이 무서운
　　　인물

베찬 : 벅찬

벼랑탁 : 벼랑턱

벼름질 : 무디어진 쇠붙이 연장을 불에 달구어 두들겨 날카롭게 하는 행위. 주
　　　로 낫과 같은 날카로운 연장을 만드는 데 벼름질이 많이 쓰임

별띠 : 별똥

보글보글한 : 보송보송한

보도랑 : 봇도랑. 봇물을 끌어들이기 위해 만든 도랑

보득지근한 : 약간 보드득거리는 듯한

보래구름 : 여기 저기 흩어져 날리고 있는 작은 구름덩이

보료 : 솜이나 혹은 짐승의 털로 속을 넣고 헝겊으로 싸서 만든 요. 낮이나 밤
　　　에 늘 깔아 두는 자리

보매는 : 짐작으로 보기에는

보섭 : 보습. 땅을 갈아 흙덩이를 일구는데 쓰는 농기구. 삽 모양의 쇳조각으로
　　　된 쟁기나 극쟁이의 술바닥에 맞추어 끼운다.

보섭채 : 보습의 채. 보습에 끼우도록 깎아서 만든 나무 손잡이

보십 : 보습. 쟁기나 극쟁이의 술바닥에 맞추는 삽 모양의 쇳조각

보탕 : 몸을 보하는 탕

보해 : 뽀보해. 뻔질나게 잇따라 자주 드나드는 모양

복 : 수리취, 땅버들 따위의 겉을 둘러싸고 있는 하얀 솜털

복밥 : 제사 지낸 뒤에 둘러앉아 나누어 먹는 음복 밥

복사나무 : 복숭아나무

복장노루 : 복작노루. 고라니. 사슴과에 딸린 짐승으로 몸이 작으며 암수 다같
　　　이 뿔이 나지 않음. 송곳니가 길게 자라서 입 밖으로 나오며 이것으로
　　　나무뿌리를 캐먹음

복족제비 : 복을 가져다 주는 족제비

볶은잔디 : 생무우를 잘게 썰고 삶아서 거기다가 갖은 양념을 해서 먹는 아주
　　　맛있는 음식으로 제사상에 꼭 오르는 반찬

본 : 고향. 모습. 풍습

봇나무 : 한반도의 북방 지역에서 자생하는 나무의 한 가지

봉구이 : 붕어구이

뵈이고 : 보이고

뵈짜배기 : 베쪼가리. 천 조각

부뚜막 : 부엌의 아궁이 위에 걸어놓은 솥 언저리의 평평한 자리

부랑(浮浪) : 일정한 주소와 직업이 없이 이곳 저곳 떠돌아다님

부름발같이 : (오리발처럼) 물갈퀴가 있는 발같이

부수대고 : 가만히 있지 못하고 자꾸 부스럭대고

부수대지말고 : 부스럭대지 말고

부실거리는 : 부슬거리는

부증(浮症) : 심장병, 신장병, 국부, 혈액순환부족 등으로 전신 또는 국부의 몸
  이 통통 붓는 병. 부종(浮腫)

부치개 : 부침개

북덕불 : 짚 북더기를 태우는 불

북수백산 : 함경남도 풍산군에 있는 큰 산. 높이 2.347m

북적하니 : 한 바탕 부산하게 떠들며 노는 모양

분가집 : 친척집

분비 : 분비나무. 소나뭇과의 상록 침엽교목

분틀 : 반죽한 밀가루로 국숫발을 뽑아내는 나무로 만든 틀

불기(佛器) : 부처의 공양미를 담는 그릇. 모양은 불발(佛鉢)과 같으나, 불발은
  사시(巳時)에만 쓰고 불기는 아무 때나 씀

불김 : 불의 뜨거운 기운

불이문(不二門) : 일주문(一柱門). 사찰의 입구에 위치한 문으로, 이 문을 통과
  하면 대웅전과 탑이 나온다. 불이문은 말 그대로 나와 네, 즉 진(眞)과
  속(俗)이 하나라는 문으로 속인이 마지막으로 통과하는 문이다. 따라서
  이 문을 통과하면 부처의 세계, 진(眞)의 세계에 도달하는 상징적 의미
  가 크다.

붓장사 : 붓을 파는 직업의 장사꾼

붕가집 : 가까운 일가 친척집

붕어곰 : 붕어를 알맞게 지지거나 구운 것

붙이었다 : (방을 사용하겠다는) 허락을 얻었다

뷔인터 : 빈터

비난수 : 무당이나 소경이 귀신에게 비손하는 말과 행위

비들치 : 버들치. 잉엇과의 민물고기. 몸빛은 칙칙한 황갈색인데, 옆구리에 짙
　　　은 갈색 비늘 모양의 무늬가 흩어져 있음

비르륵 : 옆으로 걷는 게의 걸음을 시늉한 말

비멀이한 : 비에 온몸이 흠뻑 젖은

비얘고지 : 증봉동 근처에 있는 마을 이름. 정확히는 덕언면 신창동으로 옛날
　　　에는 '비파부락'이라고 불렀다. 그러나 「대산동」이라는 시에서는 제비의
　　　지저귐 소리로 파악된다. 백석 시인이 비애고지라는 마을을 염두에 두
　　　고 의도적으로 쓴 의성어 같다.

비웃 : 청어(靑魚)를 식료품으로 특히 생선으로 일컫는 말

비웃청어 : 건조시킨 청어를 말함. 청어비웃

비파행 : 당나라의 시인 백낙천이 지은 가행체(歌行體)의 시. 인생무상을 읊은
　　　노래로써, 그의 「장한가」와 함께 많이 불려진다.

빛 : 태양 빛. 햇빛

빠뚜룩한 : ① 바둥거리는, ② 빽빽한

빠장한 : 속이 들여다 보이 듯이 엉큼한

빨고 : (눈을) 빨고＝눈을 흘기며

밝안 자주로 : 빨간 자줏빛으로

뻑국채 : 국화과의 여러해살이 풀. 어린잎은 식용 내지 약용함

뽈다구 : 볼

뽕뽕차 : 기동차(汽動車)

뿌구국 : 거품을 물고 내뱉듯이 지르는 소리

뿔사납다 : 뿔따구 나다. 성이 나다

삐꿍삐꿍 : 톱질하는 시늉을 나타낸 말

삐루 : 맥주(beer)의 일본식 발음

삑삑한 : 빽빽한

(ㅅ)

사기방등 : 사기로 만든 방등(房燈 : 등불). 대개의 방등은 호롱불을 쓴다. 또는
　　　　사기 접시로 방등을 삼는 경우도 있었다.

사날없는 : 성격이 무뚝뚝하여 저 하고 싶은 대로만 하는 성미

사물사물 : 눈 앞에 무엇이 아른거리는 듯 눈이 부신

사시나무 : 버들과에 딸린 낙엽교목. 우리나라 중부 이북의 산에나 들에 저절
　　　　로 나며 잎은 푸르며 둥글고 물결형의 톱니가 있다. 나무는 성냥개비를
　　　　만드는 데 주로 사용됨

사양군 : 사냥꾼

사특스러운 : 사투(邪鬪)스러운. 못되고 악한

산곡(山谷) : 깊은 산골. 여기서는 '고토수'라는 지명의 개마고원의 한 기슭을
　　　　말함

산국 : 출산 직후에 먹는 미역국

산넘엣 : 산 너머에

산대 : 산대배기. 산꼭대기

산득산득 : 선득선득. 갑자기 몸에 찬 느낌이나 마음에 놀라는 느낌을 받아 서
　　　　늘해지는 모양

산말랭이 : 산등성이 마루

산멍에 : 산몽아. 전설상의 커다란 뱀. 이무기

산모퉁고지 : 산길이 꺾어져 도는 고지

산숙(山宿) : 산에서 밤을 지새움. 혹은 산골 마을의 여인숙을 가리키는 말

산약 : 마의 뿌리. 강장제이며 유정(遺精), 몽설(夢泄), 요통 설사 등에 쓰임

산적 : 고기 따위를 양념하여 꼬챙이에 꿰어 구운 음식

산지 : 산골에서 파는 종이로, 적은 규모로 기술이 부족한 상태에서 만든 수준
　　　　이 열악한 종이

살같이 깨서 : 햇빛이 화살처럼 끼어 드는 것을 말함

살구벼락 : 바람에 다 익은 커다란 여러 개의 살구가 후두둑하며 갑자기 일시
　　　　에 떨어지는 것

살근히 : 살그머니

살기 : 삵괭이

살이워 잇는 줄을 : 담겨져 있는 줄을

살이워 : 담겨져서

살이워있는 : 도사리고 있는

살지다 : 비옥하다.

살틀하니 : 다정하니. 살뜰하니

살틀하던 : 너무나 다정스러우며 허물없이 위해 주고 보살펴 주던

살틀한 : 살뜰한

살품 : 살결의 감촉

삵이 : 살쾡이. 고양이과의 산짐승. 성질이 매우 사나우며, 밤에 꿩이나 다람쥐
　　　따위를 잡아먹음.

삼각산 : 서울의 북쪽에 있는 진산(鎭山). 경기도 고양군에 있음. 백운(白雲). 국
　　　망(國望), 인수(仁壽) 세 봉우리가 있는 까닭으로 삼각(三角)이라 하며
　　　산 위에 북한산성이 있음. 높이 833m.

삼굿 : 삼[大麻]을 벗기기 위해 구덩이에 쪄내는 일

삼굿을 하는 : 삼을 벗기기 위해 구덩이에 찌며 하루의 노동을 하는 일. 구덩이
　　　를 파고 그 바닥에 솥을 걸기도 하지만, 솥 대신에 돌무더기를 달군 다
　　　음 그 위에 풀을 한 겹 깔고 삼단을 세우고 위에서 물을 부어, 그 뜨거
　　　운 증기가 삼 껍질을 익게 함

삼는 : 짚신, 미투리 따위를 만드는. 또는 삼이나 모시풀 같은 섬유를 찢어 그
　　　끝을 비비어 꼬아 잇는

삼방(三房) : 함경남도의 유명한 약수로 이름난 지역

삼호(三湖) : 유명한 명태 어장으로 홍원군 남단에 자리잡고 있다. 함경남도
　　　소재

삿대 : 상앗대. 물가에서 배를 띄울 때나 물이 얕은 곳에서 배를 밀어 나갈 때
　　　쓰는 장대

삿방 : 삳자리를 깐 방

상나들이옷 : 가장 좋은 나들이 옷

상사말 : 길들이지 않는 야생마. 거친 말

상판 : 얼굴

샅 : 갈대를 엮어서 만든 장판 대신 쓰는 자리

샅귀 : 삿자리의 귀퉁이

새 : 땔나무

새 : 사이

새꾼 : 나무꾼

새끼달은치 : 새끼다랑치. 새끼줄을 엮어서 만든 끈이 달린 바구니

새끼락 : 차츰 성장하는 과정에서 돋아 나오는 손톱이나 발톱

새끼오리 : 새끼줄

새라새 세상 : 새롭고 또 새로운 세상

새라새 : 새로운

새매 : 매. 수릿과의 새. 노란 다리, 새카맣고 날카로운 발톱과 부리, 등황색의
　　　눈빛을 제외하고는 몸 전체가 회색임. 육식성으로 작은 새를 잡아먹음

새배나날 : 세 배나 될. 세 배나 되는

새애 : 사이에

새판 : 새밭. 억새가 우거진 곳

새하다 : 땔나무를 장만하다

샛덤이 : 나무 더미

샛문 : 사잇문. 방과 방 사이를 튼 작은 문

생바주 : 인공적인 울바주가 아닌, 자연스럽게 나무나 수수깡을 심어 울타리를
　　　만든 것

생조(生粗) : 생경함과 거칠음

샤특스러운 : 사특스러운. 요사스럽고 간특한

삼한 : 사나운

서까래 : 마룻대에서 보 또는 도리에 걸친 통나무

서리서리 : 여기 저기 사려놓은 모양. 또는 사려 있는 모양

서서국경(瑞西國境) : 스위스와 주변 국가들과의 국경

석박디 : 섞박지. 김장할 때 절인 무와 배추, 오이 등을 썰어 여러 가지 고명에
　　　젓국을 조금 쳐서 익힌 김치

석상디기 : 석섬지기. 여기서는 만주의 한상디기, 두상디기, 석상디기……라고
　　　하는 농지 면적의 단위로 보아야 함

석심하니 : 약간 쉿소리가 섞인 듯한 쉰 목소리

선골(仙骨) : 신선의 골격. 비범하게 생긴 인물

선길로 : 워낙 급해 앉을 틈도 없이 곧바로 떠나서

선우사(膳友辭) : 친구에게 드리는 글

선인도(仙人圖) : 신선의 그림

선장 대여가는 : 이른 시장에 때맞추어 가는

설거운 : 서러운

설거워 : 서러워

설게 : 서러웁게

설렁설렁 : 팔을 가볍게 저어 바람을 일으키며 걷는 모양

섬돌 : 토방돌. 섬돌

섬돌의 바람을 미덤을 : 섬돌의 바램을 믿음을

섶가락 : 풀섶가락. 풀들이 곱게 나서 잔디처럼 한불이 깔린 자리

섶구슬 : ① 풀섶의 구슬, 즉 이슬방울, ② 누에가 올라가 고치를 짓도록 마련해
    놓은 짚이나 나뭇잎에 있는 벌레집, ③ 구슬댕댕이 나무의 작은 열매

섶벌 : 야생벌. 나무섶에 집을 틀고, 항상 나가서 다니는 벌

섯뿌두룩히 : 어설프게 토라져 있는 모양. 시투룩해져서. 시큰둥해서

성궁미 : 성미(誠米). 신불(神佛)에게 정성스럽게 바치는 쌀

성주님 : 성조님. 집을 지키고 보호한다는 신령. 상량신

성화 받다 : 몹시 성가시게 구는 일을 당하다

섶누에 : 아직 고치 속에 들어 있는 누에

섶누에 번디 : 벌레 집에 있는 누에의 번데기

세괏은 : 매우 기세가 당당하고 또한 억세고 날카로운

세모래 : 가늘고 고운 모래

세불 : 곱고 새뜻하게 붉은

센개 : 힘이 센

섬돌 : 섬돌. 집채의 앞뒤에 오르내리기 위하여 만든 돌층계. 댓돌

소 : 연못

소낵 : 소나기

소담한 : 음식이 넉넉하여 보기에도 아름답고 먹음직스러운. 풍족한

소똥굴이 : 쇠똥구리과의 곤충

소라방등 : 소라 껍질로 만든 등잔(불)

소리개소리 : 솔개 소리. 솔개는 무서운 매의 일종임.

소문을 펴며 : 소문을 퍼뜨리며

소뿔등잔 : 속을 파낸 소뿔에 기름을 부어 심지를 돋구어 켜는 등잔불

소삼은 : 성글게 엮거나 짠

소수림왕(少獸林王) : 고구려의 17대 왕으로 고구려 발전의 기틀을 닦은 왕

소시랑 : 쇠스랑. 서너 개의 쇠발에 나무자루를 끼운 갈퀴 모양의 농구

소시랑게 : 집게발이 쇠스랑처럼 생긴 게

소신같은 : 매우 신이 큰

소의연 : 소의원. 소의 병을 고쳐 주는 사람

소장마장 : 우시장과 마시장. 즉 소와 말을 각각 거래하는 장소

소치개 : 소를 전문적으로 키우는 일, 혹은 사람

속을 쓰는 : 속 인심을 쓰는

손방아 : 손으로 찧는 방아

솔쐐기 : 송충이

송구떡 : 송기(松肌)떡. 소나무의 속껍질을 삶아 우려내어 맵쌀가루와 섞어 절
　　구에 찧은 다음 반죽하여 솥에 쪄내어 떡메로 쳐서 여러 가지 모양을
　　만든 엷은 분홍색의 떡으로 봄철 단오가 되면 많이 먹음

송알걸였다 : 종알거렸다

송침 : 솔가리. 말라서 땅에 떨어진 솔잎

쇠드랑 볕 : 쇠스랑 볕. 창살로 들어온 햇빛

쇠든밤 : 말라서 새들새들해진 밤

쇠로워서 : 민첩해서

쇠리쇠리한 : 눈이 부신

쇠메 : 쇠로 된 메. 돼지나 소를 도살할 때 쓰는 커다란 쇠망치(해머)

쇠쇠한 : 사소한. 하찮은

쇠스랑 : 서너 개의 쇠발에 나무자루를 낀 갈퀴 모양의 농구

쇠조지 : 식용 산나물. 그냥 뜯어먹어도 달콤한 맛이 나는 나물로 최고의 산나
　　물. 풀이 나오다가 대끝에 노란 꽃이 되는 특징이 있다.

쇠주푀적삼 : 중국의 소주(蘇州)에서 생산된 고급 명주로 만든 적삼

쇳스럽게 : 카랑카랑하게

수라(修羅) : 싸움을 일삼는 귀신

수리취 : 엉거시과에 속하는 다년생초로 야산에 자생하며 어린잎은 식용함

수무낢에 : 스무나무. 느릅나무과에 속하는 낙엽 활엽 교목. 산기슭 양지 및 개

울가에 많이 나며 귀신 쫓는 나무로 사용하였다.

수수 : 볏과의 일년초. 잎은 옥수수 잎과 비슷하며, 여름에 줄기 끝에 원추형 이삭이 달림

수양산(首陽山) : 황해도 해주시 북서쪽에 있는 산. 높이 699m

수영 : 수양(收養). 명목상으로 아들딸의 대리 부모를 정하는 것

수일(秀逸) : 아주 뛰어난

수잠 : 선잠. 깊이 들지 않은 잠

숙변 : 한약 재료로 숙지황(熟地黃)을 말함. 숙지황으로 생지황(生地黃)을 술에 여러 번 찐 것. 성질은 약간 온(溫)하고 보혈(補血) 보음(補陰)하는 공효 가 많아서 여러 가지 허손증(虛損症)에 좋은 약임

숙아(宿痾) : 숙병(宿病). 오래 묵은 고질병

숙지황(熟地黃) : 생지황을 술에 여러 번 찐 것으로 허손증(虛損症)에 쓰는 한 약재

순후하였다 : 온순하고 인정이 두터웠다.

술가리 : 모자의 테. 또는 햇빛을 가리는 차양

숡 : 책이나 피륙의 포갠 부피

숨굴막질 : 숨바꼭질

숨이들어갔다 : 두부를 만드는 과정에서 간수를 넣었을 때 두부가 엉켜지며 적 당한 모양을 갖추는 것을 말함.

숭 : 흉

숭가리 : 만주에 있는 송화강

숭굴기리며 : 숭굴거리며, 얼굴에 귀염성을 띠면서도 덕성(德性)이 있는 (온화 하면서 또 인자한 면을 갖추고 있으면서도 어딘지 모르게 코믹한 분위 기를 연출하는 모습을 나타냄)

숭어 : 숭엇과의 바닷물고기. 몸은 길고 납작하며 머리는 폭이 넓음

숭칙스럽게 : 흉칙스럽게

쉬영꽃 : 수영꽃

쉬이고 : 잠시 머무르게 하고 쉬게 하고

쉬이고는 : 휴식을 취하고

쉬이는 : 쉬는

쉬찰밥 : 지은 지 오래 되어 이미 먹을 수 없게 된 찹쌀밥

쉬찰밥빛 : 쉬어버린 찹쌀밥의 푸르스름한 빛깔

스무나문 : 20여 개가 넘는

스스로웁게 : 자연스럽게

슬근히 : 슬그머니

습습한 : 맛이 싱겁고 심심한

승냥이 : 개과에 속하는 산짐승

시기(柿崎) : 가카사키. 일본 이즈반도의 최남단에 있는 항구

시닥나무 : 단풍과에 딸린 낙엽 소교목. 우리나라 중북부 고산지대에 저절로 나는데, 잎은 기각심장평(基脚心臟形). 시닥나무

시라리 타래 : 시래기를 길게 엮은 타래

시래기 국 : 무청(무우의 잎과 줄기)을 말렸다가 삶아 우린 것으로 끓인 토장국

시루 : 떡을 찌는 데 쓰는 그릇

시방 : 지금

시비 : 잘잘못(을 나무람) 또는 입방아

시생이 : 시삼이. 사람의 이름. 족제비의 뜻도 있음

시악(恃惡) : 공연히 심술을 내어 화를 냄

시연한 : 시원한. 마음 편한

시울다 : 환화게 눈이 부시다

시케 : 감주. 단술

시펄하니 : 시퍼렇게. 손톱이 매우 길고 가냘픈 모습

신간서(新刊書) : 새로 간행된 새 책

신뚝 : 방이나 마루 앞에 신발을 올리도록 놓아둔 돌이나 나무

신리(新里) : 이씨(李氏)들이 많이 사는 고덕명 일신동. 별명이 작은 서울로 기와집이 많았고 집에서 키우는 나무들도 많았으며, 특히 복숭아를 많이 재배하였다.

신명 : 천지신명

신미두 : 신미도(身彌島). 평북 선천군 운종면(雲從面)에 속한 큰 섬. 조기의 명산지이기도 함

신산(辛酸) : 쓰고도 신맛

신살구 : 새콤하고 맛이 신 살구

신새벽 : 이른 새벽

신신이 : 거듭거듭

신영길 : 혼례식에 참석할 신랑을 모시러 가는 행차 길

신장님 단련 : 귀신에게서 받는다는 시달림

신주(神主) : 죽은 사람의 위패(位牌)

심차지 : 성차지. 마음에 들지

싸개동당 : 싸개동장. 오줌이 마려워 몹시 급히 서둘며 발을 동동 구르는 일

싸리갱이 : 싸리나무의 단단한 줄기

싸리신 : 싸리나무의 껍질로 얼기설기 엮어 만든 신

싸물싸물한 : 눈시울이 아릴 정도로 눈부신

싸워내기 : 승패를 겨루는 싸움

싹다 : 삭다. 흥분되거나 긴장된 마음이 풀어져 가라앉다

쌀랑대는 : 가볍게 자꾸자꾸 장난치자고 집적대는

쌈방이 : 주사위

쌈지거리 : 짐짓 싸우는 시늉을 하면서 흥겨워하는 것

썩심하니 : 약간 탁하면서도 쇳소리의 느낌이 드는 음성으로

썰물 : 바닷물이 주기적으로 난바다로 밀려나가는 현상

쏘가리 : 농어과의 민물고기. 각 하천의 물살이 센 중류, 상류의 돌 많은 밑바
　　　닥에 서식하며 맛이 좋음. 일명 수돈(水豚)

쏠다 : 쥐나 좀 따위가 물건을 갉아서 구멍을 내거나 흠을 만들다.

쏠론(solon) : 남쪽 퉁구스족의 일파. 아무르강의 남방에 분포함. 중국어로는
　　　색륜(索倫)이라고 함

쑤다 : 풀이나 죽 따위를 끓여 익히다

쑥국화 : 엉거시과에 딸린 여러해살이 풀. 평북과 함북에 야생함

쑥쑥새 : 한국의 농촌에서 저녁 이후에 울기 시작하는 새. 쑥쑥쑥쑥 소리를 낸
　　　다고 해서 붙은 이름. 일명 속독새

쓰렁쓰렁 : 남이 모르도록 비밀스럽게 하는 모양. 일을 건성으로 하는 모양

쓰럿이 : 쓰러지듯

쓸다 : 거친 쌀, 조, 수수 따위의 곡식을 찧어 속꺼풀을 벗기고 깨끗하게 만들다

씨굴씨굴 : 시끌시끌. 요란한 소리로 떠드는 모양

씨르륵이 : 쓰르라미. 베짱이과에 딸린 벌레. 여름 풀숲에 사는데 몸길이 3.5cm
　　　쯤 되고, 빛은 녹색 또는 갈색이다.

씨연한 : 시원한

씽하니 : 바람처럼 가볍게 날아오르는 모습

(ㅇ)

아개미 : 아가미젓. 명태의 아가미로 담근 젓갈의 종류

아궁지 : 아궁이

아래웃방성 : 방성(榜聲). 방꾼이 마을의 알리는 말을 전하려고 아래윗마을로
　　다니면서 크게 외치는 소리

아르간 : 아랫방

아르굴 : 아랫목

아르대즘펴리 : 아르대즘펄. 아래쪽에 있는 진흙 벌. 가즈랑집 근처에는 산과
　　산 사이에 커다란 저수지가 있어 진흙벌이 흔하다.

아릇동리 : 아랫동네

아림 : 쓰라림

아릿다운 : 아름다운

아맹이 : 아주머니

아무우르(Amur) : 흑룡강 주변의 여러 지역

아물으자 : 다친 상처가 아물자

아배 : 아버지

아뱅 : 아저씨

아서라 세상사 : 현존하는 단가(短歌) 중에서도 가장 자주 불려지는 곡으로 고
　　려시대에 만들어져 구전되는 노래이다. 〈수심가〉와 더불어 국악 최고의
　　노래이다. 제목은 '편시춘(片時春)'으로 불리나, 가사와 선율은 각양각색
　　이어서 여러 사람에 의해 개작 전승되어 왔음을 보여 준다.

아실아실 : (소름이 끼치며) 아슬아슬

아이보개 : 아이 보는 일을 도맡아 하는 사람

아전(衙前) : 지방 관청의 속료. 서리(胥吏). 소리(小吏), 하리(下吏)

아주까리 : 피마자(萆麻子). 대극과(大戟科)의 일년생 풀로서 씨앗은 기름을
　　짠다.

아즈내 : 아지내. 초저녁

아즈맹이 : 아주머니

안간 : 안방

안구들어가는 : 은행 융자나 전세를 끼고 집을 사는

안달뱅이 : 걸핏하면 안달하는 사람. 소견머리 좁은 사람을 일컫는 말

안장코 : 말의 안장처럼 콧등이 잘록하게 생긴 코

안해 : 아내

앙광이 : 얼굴에 검정이나 먹 따위로 함부로 칠해 놓은 것

앙궁 : 아궁이

앙금앙금 : 잔걸음으로 느리게 걷거나 기는 모양

앞 터밭 : 집 앞의 빈터에 일궈놓은 밭

앞대 : 평안도를 벗어난 남쪽 지방. 멀리 해변가

애기무당 : 큰 무당 밑에서 일을 보조해 주는 작은 무당. 평안도 지방의 무당
들은 보통 4인조로서 언제나 큰무당이 굿을 하며 칼날 위에서 작두를
탄다. 그러나 애기 무당이 작두를 타면 그것의 성공 가능성에 대한 호
기심 때문에 관심을 집중시켜 항시 화제를 불러일으킨다.

애동 : 아이

애원성(哀怨聲) : 함경도 지방의 구슬픈 민요

야기를 쓰면 : 악을 쓰며 소리지르면

약자 : 약(藥)의 재료

양금 : 사다리꼴의 넓적한 오동나무 통 위에 56개의 줄로 이어진 현악기

양자(楊子) : 중국 전국시대의 학자인 양주(楊朱)를 말함. 노자사상의 일단을
이은 염세적 인생관으로 자기 중심적인 극단적인 개인주의를 주장한 인
물. 양자는 그의 존칭이다.

양지귀 : 햇볕 드는 곳. 양지 귀퉁이

양푼 : 운두가 높지 않고 넓고 큰 놋그릇. 음식물을 담거나 데우는데 쓰임

어그새어 : 엇갈려 물리는 것

어느메 : 어느 곳. 어느 공간의 한 부분

어늬 : 어느

어늬바루 : 어느 바로(그)

어니젠가 : 언젠가

어득시근한 : 더욱 컴컴한 분위기 속에서도 희미하게 사물이 보이는

어리 : 위 아래 문지방과 좌우 문설주의 총칭

어리갈이 : 덮기는 덮었는데 비가 샐 정도로 대강인

어리쓰는 : 앞이 보이지 않는 상태에서 더듬는

어방업시 : 엄청나게

어성기는가 : 게으르게 천천히 기어가는가

어엽부게도 : 예쁘게도

어치 : 까마귀과의 새. 몸길이 34cm. 비둘기보다 조금 작으며 몸은 포도색, 머리털은 적갈색임. 목소리가 고우며 다른 새들의 흉내를 잘 냄

억병 : 술을 몹시 많이 마셔서 심하게 취한 모양

얼근한 : 매워서 입안이 얼얼한

얼럭궁 덜럭궁 : 얼룩덜룩. 여러 가지 빛깔의 무늬나 얼룩 따위가 고르지 않게 밴 모양

얼럭소새끼 : 얼룩송아지

얼려서 : 달래서

얼룩덜룩 : 어룽더룽. 어떤 바탕에 다른 빛깔의 얼룩이나 무늬 따위가 고르지 않게 무늬져 있는 모양

얼린하지 안는 : 얼씬도 하지 않는. 한 마리도 나타나지 않는

얼키운 : 이리저리 걸어서 묶인

얼혼 : 정신

얼혼이 나서 : 얼(넋)이 나가서

엄신 : 엄짚신. 상제가 초상 때부터 졸곡(卒哭) 때까지 신는 짚신

엄지 : 짐승의 어미

엇송아지 : 아직 큰 소가 되지 못한 중간 정도의 송아지

여래(如來) : 부처를 높이 호칭하는 말

여러 배미 : 논의 여러 구역

여름 : 열매

여우난곬族 : 여우가 많이 출몰하여 그 이름이 생긴 여우난골 마을의 주민들. 과거 평안도 정주의 황성산, 제석산 일대에는 여우가 많이 출몰했다고 한다.

여차로 : 대수롭지 아니한 것으로

연소탕(燕巢湯) : 제비가 물고기나 바닷말을 물어다가 침을 발라서 만든 것으로 중국 요리의 상등 국거리가 됨

연안벌 : 황해도 연안 일대의 넓은 들판

연자당구신 : 연자간을 맡아 다스린다는 신

열두데석님 : 열두 제석(帝釋). 무당이 섬기는 열두 분의 가신(家神)

열배 : 아직 채 익지 아니한 풋배

염체사니 : 염체머리. 염치

엽대 : 지금까지

엽브나 : 이쁘나

엿궤 : 엿을 담는 장방형의 널판 상자

엿방 : 엿을 만들어 파는 집

영각 : 암소를 찾는 수소의 울음소리

영길리어(英吉利語) : 영어

영신(학교) : 함흥에 있었던 보통학교의 이름

예대가리 밭 : 산에 맨 꼭대기에 있는 오래된 비탈 밭

예수장이 마을 : 예수를 믿는 기독교인들이 많이 사는 마을. 갈현동과 동창동, 영변 마을 등의 지역을 말한다.

옛 말속 : 옛날 이야기

오가리 : 박·무우·호박 따위의 살을 오리거나 썰어서 말린 것

오구작작 : 여러 사람들이 뒤섞여 떠드는 수선스런 모양

오그랑박 : 오그랑 쪽박. 덜 여문 박으로 만들어서 오그라지게 만든 쪽박

오금덩이라는 곧 : 무서운 것들이 많이 있는 곳

오뎅이 : 소라 등속을 먹고사는 바닷고기의 한 종류

오독독이 : 일명 폭죽(爆竹) 놀이로 그 터지는 소리가 오독똑 오독똑한다 하여 붙여진 이름이다. 중국의 대표적인 풍속으로 정월 보름날 연속적으로 폭죽이 터지는 모습은 장관을 이룬다.

오두미(五斗米) : 쌀 다섯 말. 당시 중국 현감의 월급이 오두미 정도였다고 하는데, 시인 도연명은 오두미를 받았다고 한다.

오력 : 오금의 힘. 무릎을 구부리는 안쪽 힘

오력을 가들어치고 : 온 힘이 쇠잔하여 오금의 힘이 오그라든 상태를 말함

오로촌(Orochon) : 오로촌족. 만주에 분포하는 유목 민족의 하나. 레나강의

동쪽 지류 올레크마 하안의 흥안령 북부 소흥안령에 사는 북퉁구스계의
한 종족

오리치 : 야생 오리를 잡으려고 만든 그물로 오리가 잘 다니는 물가에 세워 놓
는 것으로 삼베로 노끈을 해서 만든 올가미

오마니 : 어머니

오소리 : 족제빗과의 짐승. 몸은 너구리와 비슷하나 앞발에는 큰 발톱이 있어
서 땅굴을 파기에 알맞음

오싹 바싹 : 부서지는 모양이나 느낌

오월이 : 과거 한국의 농촌에서 출생한 여자아이의 흔한 이름. 오월에 태어났
다고 해서 붙은 이름이었다.

오쟁이 : 짚으로 쌓아 만든 섬으로 국수당에 걸어 놓아 볏단으로 위장하여 주
로 신(神)을 속이는 데 사용함

오조 멍석 : 일찍 익은 조를 말리기 위해 널어놓는 멍석

오지 항아리 : 흙으로 구운 위에 오짓물을 입혀 구운 항아리. 윤이 나는 항아리

오지끈 오지끈 : 단단한 사물이 외부의 충격에 의해 부서지는 소리

오천미톨 : 오천 미터

오철(悟徹) : 철저히 깨달음

온군채로 : 온 전체로

올롱해서 : 회동그라져서(무엇엔가 놀라서 눈이 오목하고 동그랗게 되는 모습)

올밥 : 아침밥

올코 : 올가미

옹근 : 본래 그대로(통째로)

옹기장사 : 질그릇. 오지 그릇을 파는 장사꾼

옹주리 : 둥글 넓적하고 아가리가 쩍 벌어진 질그릇

옹패기 : 옹자배기. 아주 작은 자배기

와슬렁 : 나뭇잎이 소리를 내며 움직이는 소리

왁살스럽다 : 하는 행동이나 말씨가 거칠고 투박하다

왕구새자리 : 왕골 자리. 왕골기직. 왕골의 껍질이나 부들 잎을 짜서 엮은 돗
자리

외나물 : 외채나물. 오이를 잘게 채 썰어서 만든 나물 반찬

외뼈 : 한 가닥 뼈

외얏 맹건 : 오얏 망건. 망건을 잘 눌러 쓴 폼이 오얏꽃 같이 단정하게 보이는
　　데서 온 말
외양간 섶 : 외양간 옆의 짚단이 있는
외인편 : 왼 편
외진 : 사람의 왕래가 적어서 으슥하고 궁벽한
외채 : 오이를 잘게 썬 채
왼 배지개 : 왼배지기. 왼편 다리를 상대편의 다리 사이에 들여 밀고 샅바를 당
　　기며 오른쪽으로 돌면서 넘어뜨리는 씨름 기술
왼진 : 외진
요설(饒舌) : 수다스럽게 지껄임
요악한 : 요사하고 간악한
옹두리 : 용소(龍沼) 폭포가 떨어지는 바로 밑에 물받이로 되어 있는 깊은 웅
　　덩이
우두마리가지 : 우듬지. 나무의 맨 꼭대기의 줄기와 가지
우두머니 : 우두커니
우둥불 : 산 속에서 피우는 모닥불
우럭지게 생긴 : 거세고 힘이 세게 생긴
우룽우룽 : 윙윙 내는 소리. 의성어
우으로 : 위로
우을거리다 : 우글거리다
욱실욱실 : 득시글득시글. 많은 사람이 떼를 지어 무질서하게 들끓는 모습
욱이다 : 날카로운 부분으로 비벼서 흠집 내다
욱적하니 : 여럿이 한 곳에 모여 북적거리는
울ㄴ다 : 운다. '울은다'가 준 형태. 평안도 말의 구어체적 효과를 강조하고 시
　　어의 운율감각을 높이기 위해 백석의 시에서 독특하게 나타낸 표기법
울력 : 여러 사람이 힘을 합하여 하거나 이루는 힘
울력성당 : 위력성당(威力成黨). 떼를 지어서 으르고 협박하는 일
울럭지게 생긴 : 힘이 크고 장대하게 생긴
울럭하는 듯이 : 여러 사람이 작당하여 협박하는 듯이
울외 : 우레. 천둥
울파주 : 울바자. 대, 수수깡, 갈대, 싸리 등을 엮거나 결어서 만든 울타리

웃동 : 웃도리

웇간 한방 : 아랫방 옆에 딸린 웃방

원소(元宵) : 중국의 명절로서 음력 정월 보름날. 또는 이 날에 먹는 떡

원차(怨嗟) : 원망하고 탄식함

윙하니 : 나래 소리를 힘차게 내며 날아오는 모습

유격대 : 유격의 임무를 띠고, 주로 적의 배후나 측면에서 활동하는 특수부대
　　　　나 비정규군

유종(鍮鐘) : 놋그릇으로 만든 종발

육미탕(六味湯) : 숙지황, 산약, 산수유, 백봉령, 목단피, 택사 등 여섯 가지의
　　　　약재를 섞어 끓이는 탕으로 가장 흔히 쓰이는 보약

육보름밤 : 음력으로 매달 열엿새 날의 밤

으등등해서 : 기세가 등등해서

은댕이 : 언저리

은성하였다 : 번화하고 풍성하였다

은행여름 : 은행 열매

음산 : 음산산맥(陰山山脈)의 가장 중심에 위치한 주산(主山)

이 귀 차고 저 귀 차고 : 멍석의 여러 귀퉁이를 모아서 손아귀에 감아쥐고

이깔나무 : 한반도의 북방 지역의 산야에 주로 자생하는 수목의 한 가지

이남박 : 안턱에 여럿의 평행선으로 이를 내어 판 함박. 쌀 같은 것을 일어 돌
　　　　과 모래를 처지게 하여 가려냄. 인함박

이두(伊豆) : 일본의 이즈 반도

이랑 : 한 두둑과 고랑을 합하여 가리키는 말

이물 : 배의 머리 쪽

이삭 : 벼, 보리 따위 곡식에서 꽃이나 열매가 꽃대둘레에 많이 달려 있는 부분

이스라치전 : 이스랏, 즉 앵두가 지천에 널려 자생하고 있는 곳

이야기를 편다 : 이야기를 한다

이즈막하여 : 이슥한 시간이 되어서 곧바로

익갈나무 : 잎갈나무. 소나무과의 낙엽 교목으로 건축·선박·펄프의 재목으로
　　　　쓰이고 한국이 금강산 이북 및 중국, 일본 등지에 분포함.

인가대대한 : 인가가 많이 있는

인간 : 식구, 가족을 나타내는 말

인두불: 인두를 달구려고 피워 놓은 화롯불

인적기: 인기척

인함박: 이남박. 안턱에 여럿의 평행선(平行線)으로 이를 내어 판 함박. 살 같
    은 것을 일어 돌과 모래를 처지게 함에 씀. 보통은 나무로 만드나 질그
    릇으로 된 것도 있음

일각문: 일각 대문(一角大門). 문채가 한 간(間)을 이루지 못하고 두 기둥을 세
    우고 문짝을 달아서 된 정문

임검: 임금. 왕

임금(林檎): 능금. 사과의 원종. 열매가 작음

임내: 흉내. 그대로 본뜨는 것

입성: 의복

있태 동안: 여태 동안. 지금까지

(ㅈ)

자개 집섹이: 작고 예쁜 조개껍데기들을 주워 짚신에 그득히 담아 두는 것

자개: 자갈

자개돌: 예쁘고 고운 조약돌

자개들: 작은 돌들이 깔려 있는 들판

자개밭둑: 자갈밭둑

자갯돌: 자개돌

자구나무: 자귀나무. 콩과(荳科)에 딸린 낙엽 교목. 산과 들에 저절로 나며 높
    이는 10m 안팎으로, 밤이 되면 잎이 자는 것처럼 오그라듦. 6, 7월에 붉
    은 꽃이 피며 수많은 수술이 대단히 길어 붉은 색을 띠며 매우 아름다
    운 모습을 가지고 있다.

자류(柘榴): 석류(石榴)

자박수염: 다박나룻. 더부룩하게 함부로 난 수염

자반: 소금에 절인 생선 반찬

자백이: 둥글 넓적하고 아가리가 쩍 벌어진 질그릇

자벌기: 자벌레

자벌레 : 자나방과의 나방의 유충. 기어갈 때는 꼬리를 머리 쪽에 붙이고 마치 뼘으로 자질하듯 기어감.

자잔 : 자연(自然)

자주 : '자줏빛'의 준말. 짙은 남빛에 붉은 빛을 띤 색깔

자즌닭 : 자주 우는 새벽 닭

자즐어 붙어 : 자지러 붙어. 몹시 놀라 몸을 움츠리며 어떤 물체에 몸을 숨기는 것

자지고름 : 자줏빛(색깔)의 옷고름. 옷고름은 저고리나 두루마기의 앞에 달아 옷자락을 여며 매는 끈

자채기 : 재채기

작간(作奸) : 간악한 짓을 함. 또는 그러한 짓

작갈작갈 : 재깔재깔. 조금 떠들썩하게 이야기하는 모양

작난바치 : 장난꾼

작시미대 : 지팡이. 작대기(지게 막대기)

작은 마누래 : 작은 마마. 홍역

잔고기 : 씨알이 잔 고기

잔디 : 도라지과(桔梗科)에 딸린 다년생 풀로 산과 들에 자생(自生). 키는 30~100cm쯤 되고, 잎은 그 모양이 여러 가지로서 긴 타원형이나 또는 선상 피침형(線狀披針形)으로 줄기에서 가지가 나와서 엷은 자줏빛의 종 모양의 꽃이 핌. 뿌리는 약에 쓰고, 어린순은 나물로 무쳐 먹음

잔솔밧 등성이 : 어린 소나무가 많이 있는 산등성이

잔약한 : 잔약(殘弱)한. 잔인하고 악독한

잘 끌른 : 잘 소리지르는

잘망하니 : 얄미우면서도 (앙증스런 모습). 얄밉게도

잠망둥에 : 잠방이로 된 속곳. 농민들이 여름철에 흔히 입던 옷

잠잘우리 : 잠 잘 장소를 낮추어 이르는 말

잠풍날씨 : 잔풍(殘風)한 날씨. 바람이 잔잔하게 부는 날씨

잠풍하니 : 잔잔한 바람이 살랑살랑 불어오니

장고기 : 잔고기. 피라미, 송사리 등 몸피가 작은 고기

장군 : 장군. 장사꾼

장글장글 : 햇빛이 몸을 간지르는 듯 따뜻하게 내려 쬐는 모양

장대 : 장어로 여겨짐.

장돌림 : 각처의 장으로 돌면서 물건을 파는

장모임 : 장(場)이 서는 곳

장물이 : 장날에 장터의 사람들이

장반시계 : 쟁반같이 생긴 둥근 시계

장소물 : 시골 재래 시장에 내다 파는 작은 여러 가지 물건

장진(長津) 땅 : 장진군은 함경남도에 있는 열여섯 군 중의 하나. 북쪽은 평안
　　　　북도 후창군(厚昌郡)과 삼수군(三水郡), 동쪽은 풍산군(豊山郡)과 신흥군
　　　　(新興郡), 남쪽은 함주군(咸州郡)과 평안남도 영원군(寧遠郡), 서쪽은 평
　　　　안북도 강계군(江界郡)에 닿음. 주요 산물은 쌀, 콩, 팥, 조, 피, 옥수수,
　　　　밀, 담배 따위의 농산과 축산, 임산이 있고 명승 고적은 부전고원(赴戰
　　　　高原)이 있고 인공 호수인 장진 호수(長津湖水)가 있다.

장치 : 장어. 뱀장어과의 민물고기. 몸길이 60cm 가량. 몸은 가늘고 길쭉하여
　　　　뱀과 비슷함. 5~12년 간 민물에서 살다가 산란기에 바다 깊은 곳으로
　　　　내려가 알을 낳음

장털 : 수탉의 꼬리털

장풍 : 창포 뿌리는 한약으로 쓰임.

잦히다 : 열어젖히다. 작품에서는 밥을 다 지어 솥뚜껑을 열어 놓은 상태

재당 : 서당의 주인, 또는 향촌의 최고 어른에 대한 존칭

재릿재릿 : 자릿자릿. 짜릿짜릿

재밤 : 한밤

재밤중 : 한밤중

재안드는 : 재(齋) 안 드는. 명복을 비는 불공이 없는

재약해놓은 : 화약을 장전해 놓은. 총탄을 장전해 놓은

재촉재촉 : 서두르며 걷는 모습

재통 : 변소, 측간(통)

잿갈이는 : 지껄이는

잿다리 : 시골의 재래식 변소에 걸쳐놓은 두 개의 나무

쟁글쟁글 : 쟁글쟁글

쟁변 : 강가, 물가

저녁 찬 : 저녁 반찬

저마끔 : 저마다. 각각의 사람이나 사물마다

저애(阻碍) : 막히어 가리움

전병 : 부꾸미. 찹쌀가루, 밀가루, 수수가루 등을 반죽하여 번철에 지진 떡

전북 : 전복. 전복과(全鰒科)에 딸린 패류(貝類)의 하나. 껍질 빛은 갈색 또는 푸른빛을 띤 자갈색(紫褐色)이고 몸 모양은 크고 타원형임

전선대 : 전신주. 전봇대

점적많은 : 약간 부끄러운 마음이 많은

점적해서 : 미안하고 부끄러운 느낌이 있어

접시귀 : 접시

젓이 커서 : 밭갈이 후 흙 두덩이 뒤집혀 흙덩어리가 크게 널브러져 있는 모습을 나타냄

정문촌(旌門村) : 한 마을이 배출한 충신, 효자, 열녀를 칭송하기 위해 세운 붉은 정문(旌門)이 있었던 평안북도의 동창동 마을. 이곳에는 노(盧)씨가 많이 살고 있다.

정배사리 : 귀양살이

정주(定州) : 평안북도 정주군의 군청 소재지. 경의선의 중요한 역으로 평북선의 분기점이며 교통상의 요지임. 부근 평야에서는 토탄이 나며, 배후 산지에서는 금이 많이 남. 동쪽 10Km 지점의 납청정(臘淸亭)은 유기의 생산지로 유명함. 남강 이승훈 선생이 세운 오산학교가 이곳에 있었음

정참 : 점심 때 먹는 음식

정하다 : 깨끗하다.

정해서 : 정정해서

정현웅(鄭玄雄 : 1911~1976) : 이중섭과 함께 쌍벽을 이루는 한국 최고의 화가이며 삽화가. 그는 고구려 벽화의 모사에 전 생애를 걸어 통일한국의 최고 작가로 평가될 훌륭한 화가임. 『문장』지에 백석의 프로필을 그린 것으로 유명하다.

제구실 : 홍역을 앓을 때

제물배 : 제물(祭物)로 쓰는 귀한 배

제비꼬리 : 식용 산나물의 일종. 난초와 비슷한 식물로 생것으로 먹어도 될 정도로 단 맛이 나는 나물

제비손이 구손이 : 어린아이들이 서로 다리를 끼고 노는 놀이

제주병 : 제사에 쓰는 술병

조개송편 : 조개 모양의 송편

조마구 군병 : 조마구 나라의 병사들

조마구 : 옛 설화 속에 나오는 키 작은 난쟁이로 외발로 다니는 도깨비. 마구
　　　는 마귀나 도깨비의 애칭으로 사람을 나타낼 때도 간혹 쓰인다. 땅딸마
　　　구는 키가 작은 사람을 나타냄

조무거리 : 조와 잡곡 싸라기들을 함께 섞어 놓은 모이 부스러기

조아질 : 공기놀이. 강변에 주운 닳아진 예쁜 돌알 네 개로 하는 일종의 공기
　　　놀이

조앙님 : 조왕(竈王)님. 부엌의 신(神)으로 부엌에서 생기는 음식은 물론 아궁
　　　이에 불이 잘 들어가는 것도 주관한다. 사가신(四家神)의 하나

조집가리알 : 피와 조의 낟알을 털어 낸 것. 짚가리의 한 가닥

좀 : 나무좀. 나무좀과의 곤충을 통틀어 이르는 말. 몸은 작은 원통형이며, 나
　　무 속에 서식하는 해충임

좀말 : 재래종 말

종대 : 꽃이나 나무의 한가운데서 올라오는 줄기

종아지 물본 : 종아지는 홍역을 일으키는 귀신이고, 물본(物本)은 근본 이치나
　　　까닭을 가리키는 말이다. '종아지 물본'은 '홍역으로 죽어 나가는 까닭
　　　도 모르고'의 뜻으로 짐작된다.

종용(從容) : 떠들지 아니하고 고요하다. 말이나 또는 하는 짓이 왁자지껄하지
　　　않고 매우 얌전하다

종종 : 발을 자주 가까이 떼며 급히 걷는 모양

종종거리다 : 원망하는 태도로 종알거리다

쥔두기 송편 : 쥔드기 모양으로 작고 동그랗게 빚은 송편

주검 : 죽음

주락시 : 주락시 나방

주루팔방 : 사방팔방

주룬히 : (물건을 나열하듯) 즐비하게

주먹다시 : 주먹 같이 큰 것

주물적걸이었다 : 우물적거렸다

주절대고 : 중얼거리고

주춤주춤: 선뜻 나아가지 못하고 망설이며 조금씩 움직이는 모양
준치: 준칫과의 바닷물고기. 몸은 옆으로 납작하여 밴댕이와 비슷하나 그보다
　　　 더 큼
중리(中里): 함경남도 함흥의 전통적인 마을. 옛날에는 부자들만 살았다.
중선배: 중간 크기의 배
쥐뒤미: 주둥이
쥐밀면서: 주무르면서
쥐발같은: 쥐발 같이 앙증맞은
쥔: 주인
쥔을: 주인을
즈벅이고: 묵묵하게 출렁이고
즈즐일: 짖을 일
즌자리: 아이를 방금 낳은 자리
즐게: 반찬. 찔게
즘부러진: 짓눌린 상태로 땅에 퍼진
즘생: 짐승
즘퍼리: 비습한 땅. 습지
즛: 짓. 행동
즛지안흐면: 짖지 않으면
지게 굳게: 타일러도 듣지 않고 고집스럽게, 뜻이 굳센 모양으로 성미가 뻑뻑
　　　 하여 시키는 말을 잘 듣지 않는 것을 가리킴
지나(支那): 중국을 다르게 부르는 말. '진(秦)'에서 온 말
지났다고: 지냈다고
지는: 속이 단단하게 여무는
지르트다: 고개를 숙이고 눈을 치올려서 뜨다
지미: 지형
지붕말랭이: 용마루. 지붕 위의 마루
지절였다: 중얼거렸다
지줄댄다: 지껄여댄다
지중거리는: 곧장 나아가지 않고 한 자리에서 조금씩 지체하는
지중지중: 천천히 걸으면서 생각에 잠기는 모습을 나타내는 의태어

지즐리우고 : 짓눌리우고

지지우리지 : 황홀할 정도로 환하게 빛나지

지짐 : 지짐이. 기름에 지진 음식을 통틀어 이르는 말

지짐 : 빈대떡

지처귀 : (주로 닭의) 깃털

지평 : 지평(持平)이라는 하급 관직의 이름

진두에 : 진딧물의 방언. 진딧물과의 곤충을 통틀어 이르는 말. 몸길이 2~4mm
       이며 몸빛은 은 여러 가지임. 농작물의 해충으로, 식물의 줄기·새싹·
       잎에 모여서 진을 빨아먹음

진상 항아리 : 허름하고 보잘것없는 항아리

진장 : 오래 묵어 빛이 검고 진한 맛이 있는 간장

진진초록 : 매우 진한 초록

진창 : 땅이 질어서 곤죽이 된 곳

진할머니 : 아버지의 외할머니

진할아버지 : 아버지의 외할아버지

질겁 : 몹시 겁을 집어먹은 모습

질게 : '반찬'을 의미

질까 : 밥을 지을까

질동이 : 질그릇 만드는 흙으로 구워 만든 동이

질들은 : 오래 사용하여 반들반들한

질병코 : 거칠고 투박한 오지병처럼 생긴 코

짐 붉어진 : 매우 붉어진

집검불 : 벼알이 엉성하게 달려 있는 벼의 여러 가닥이 어지럽게 뒤섞여 뭉쳐
        나뒹구는 것 또는 볏짚 찌꺼러기의 뭉치

집게 : 집게 모양의 앞발이 달린 바닷게의 일종

집난이 : 출가한 딸을 친정에서 부르는 말. 출가한 늙은 딸의 이름

집다 : 집어서 아프게 하거나 상처를 내다

집등색이 : 짚등석. 짚이나 칡덩굴로 짜서 만든 자리

집살이 : 집안살이. 급한 일에 쫓기지 않고 집에서 편안히 쉴 수 있는 생활

집오래 : 집 근처

지붕말랭이 : 지붕(마루)꼭대기

짓・짗 : 깃

징기징기 : 세수를 안 해서 볼에 더러운 자국이 드문드문 있는. 얼룩얼룩

짝새 : 뱁새. 박새과에 딸린 작은 새

짝패 : 짝을 이루는 패

짬 : 어떤 일에서 손을 떼거나 다른 일에 손을 댈 수 있는 겨를

쨋쨋하니 : 아주 선명하게

쩌다두고 : 꺾어 마련하여 두고

쩌오래서 : 꺾어 오라고 해서

쩝쩝 하다 : 입맛을 다시며 맛있게 먹다.

쩨듯하니 : 눈이 부실 정도로 환하게

쪼는 : 기름이 헝겊을 뾰족한 송곳으로 찍듯이 맹렬하게 소리내며 타들어 가는

쪼박내다 : 부수어서 산산조각 내다.

쪽발가벗고 : 온 몸을 드러내면서 발가벗고

쫄딸이 : 작고 못 생긴 짐승이나 사람

찌꿍 : 방아깨비가 사람의 손가락에 집힌 채 몸을 아래위로 흔드는 모양. 마치
　　　　방아를 찧는 듯이 흔드는 모양

찌르륵 : 좁고 긴 공간을 일시에 빠져 나오는 소리

찔광나무 : 목서과에 속하는 늘 푸른 큰키나무. 잎은 달걀 모양 또는 버들잎
　　　　모양으로 톱니가 있고 질김

(ㅊ)

차떡 : 찰떡, 인절미를 말함

차랍 : 찰밥

차비하면서 : 준비하면서

차조밭 : 찰조를 심어놓은 밭. 좁쌀에는 찰조와 메(멥)조가 있다.

차탄(嗟嘆) : 한숨지어 탄식함

찰복숭아 : 복숭아의 한 가지. 과육이 별로 없어 살이 씨에 꼭 붙고 겉에 털이
　　　　없음

참대창 : 참대나무의 가지를 뾰족하게 깎아서 만든 창

참월(僭越)하다 : 하는 짓이 분수에 지나치다

참호 : 현대전에서 적의 공격을 막기 위해 파놓은 구덩이

창꽈즈 : 장괘자(長掛子). 중국식 긴 저고리

창난젓 : 명태의 창자로 만든 젓갈류

창상지변(滄桑之變) : 넓고 푸른 뽕나무밭이 다른 모양으로 변하는 것

창애 : 새덫, 쥐잡는 창애, 쥐틀처럼 다른 짐승을 잡는 틀. 주로 큰 새를 잡는
       데 쓰인다. 양쪽에 강한 철사가 있어 먹이를 집으면 자동적으로 짐승의
       발이나 목이 철사에 걸리게 됨.

창의문 : 서울 북서쪽에 있는 성문. 자하문(紫霞門)

채 : 채소를 잘게 썰어서 만드는 반찬의 방법

채는 : 훔치는

채다리 : 나무의 가지가 두 갈래로 갈라진 곳 또는 뻗어 나간 곳

채롱 : 작은 바구니

채룽 : 채롱

채매 : 채마밭

채어 먹었다 : 훔쳐 먹었다

채운 : 빼앗긴

채웠소 : (누가) 훔쳐 갔소

채일 : 차일(遮日)

천도 : 철도

천두 : 천도 복숭아

천상수(天上水) : 고인 빗물. 하늘에서 빗물이 내려 고인 물

천진푀치마 : 중국 천진에서 생산된 고급 천으로 만든 치마

천희(千姬) : 처녀. 바닷가에는 시집 안 간 여자를 '천희'라고 하였음. 또한 천
       희(千姬)는 '남자를 잡아먹는 (죽게 만드는) 여자'라는 불길한 여자라는
       속뜻이 있다. 평안도에서는 처녀를 체니, 체녀, 체나 등으로 부른다.

청각 : 짙은 녹색이고 부드러운 해초. 김장 때 김치의 고명으로 쓰이고 무쳐
       먹기도 함

청눙 : 청랭(淸冷). 마을 입구의 그늘진 곳, 또는 야산 끄트머리 그늘진 곳

청대나무말 : 잎이 달린 푸른 대나무를 어린이들이 말이라 부르며 가랑이에 넣
       어 끌고 다니며 노는 죽마

청밀 : 꿀

청배 : 껍질이 푸른 배 열매

청삿자리 : 푸른 왕골로 짠 삿자리

청청한울 : 푸르고 푸른 하늘

청포채 : 녹두로 만든 청포묵을 채로 썰어서 무친 음식

체소하고 : 몸이 작고 체소(體小)

초동일(初冬日) : 첫 겨울날

초롱 : 여름 옷감으로 쓰이는 발이 얇고 성긴 비단으로 둘러 쳐서 만든 등. 등.
　　　등롱(燈籠)

초시(初試) : 초시에 합격한 사람으로 늙은 양반을 이르는 말

촌중(村中) : 촌동네 또는 마을의 가운데

최뚝 : 풀이 돋아나 있는 작은 둑. 낮은 언덕

최방등 제사 : 평북 정주지방의 전통적인 제사 풍속인 차방등 제사로 5대째부
　　　터는 차손(次孫)이 맡아서 지내는 특이한 제사

추비(醜卑) : 행동이 거칠고 막되고 더럽고 낮음

추어넘어서 : 뛰어 넘어서. 타고 넘어서 몸을 올려 넘는 행위를 나타냄

추어오르니 : 뛰어 오르니

축 : 축문(祝文). 제사 때 신명에게 고하는 글

춘에 : 추녀. 처마를 말함

출출이 : 뱁새. 박새과의 텃새

출출하다 : 배가 고픈 느낌이 들다

출출하다 : 배가 약간 고프다

춤 : 침

충왕묘(蟲王) : 충왕은 중국에서 농사를 주관하는 신(神)이다. 그만큼 중국의
　　　농촌에서는 벌레에 의한 농작물 피해가 크다.

취향 리(梨) : 중국의 배

츠고 : 치우고

츠려 : 치우려고 도와주려고

치다 : 떡 반죽이나 진흙 따위를 두드려 짓이기다

치워 : 옮기어

치장감 : 혼사에 쓰이는 옷감. 멋을 내는 옷감 종류의 통칭

치코 : 키에 얽어 맨 새잡이 그물의 촘촘한 코
칠성고기 : 칠성장어. 다목장어과에 속하는 물고기. 몸길이 65cm 내외로 뱀장어
　　　와 비슷하나 머리가 몹시 뾰족하고 몸빛은 흑청색이며 배 쪽은 희다.

(ㅋ)

칼치 : 갈치. 갈칫과의 바닷물고기. 몸이 가늘고 긴 띠 모양임. 몸빛은 은백색
켠 : 쪽
켠드맥이 : 또 다른 내리막길. 켠들막이
코구넝 : 콧구멍
콩가루 찰떡 : 콩가루로 만든 찹쌀떡
콩조개 : 아주 작은 조개
큰 마누래 : 큰 마마. 천연두
큰골 : 평안북도 정주군 덕언면 증봉동의 바닷가에 위치한 대동마을을 일컫는
　　　다.
킹긴콩 : 끼어 있는 콩

(ㅌ)

타관(他關) : 먼 곳. 먼 지방
탄들기 : 탄광에서 석탄이 가득 쌓여 있는 탄맥의 부분
탄수 내음새 : 식초 내음새. 식초 냄새
태반(胎盤) : 태(胎) 안에서 아기가 자라는 곳
태우나 : 태어나나
태티듯 구불덕시케 : 몹시 아파서 몸을 구부리는
택사(澤瀉) : 택사과에 속하는 다년초로 한약재에 쓰임. 늪이나 논에 저절로
　　　나는데, 땅밑의 괴경(塊莖)은 작고 잎은 장병전형(長柄箭刑)임. 택사의
　　　뿌리는 약재로 쓰이며 성질은 조금 차고 이수도(利水道)의 약으로 임질
　　　(淋疾), 습증(濕症), 부종(浮腫) 따위에 쓰임
탱(幀) : 탱화로 벽에 걸린 불상의 그림

터앝 : 집의 울안에 있는 작은 밭

턴정 : 천정

털게 : 함흥에서는 털게 새끼를 간장에 담궈 두고 익혀 정말 맛있게 먹는다. 큰 게는 다리 살을 청포에다가 넣어 먹는 등 고급 요리에 사용된다.

털능구신 : 대추나무에 숨어 있는 귀신으로 철륜(鐵輪) 대감이라고도 함

털릉 : 대추나무

텅납새 : 처마의 안쪽 지붕이 도리에 얹힌 부분. 부고 따위가 오면 불길한 것을 방안에 들이기 꺼려하여 이곳에 끼워놓는 풍속이 있었다.

토끼잠 : 선잠. 깊이 들지 못하고 잠깐 눈을 붙이는 잠

토리개 : 씨아. 목화의 씨를 빼는 기구

토방 : 마루를 놓을 수 있는 처마 밑의 땅

토방굽에서 : 토방 밑에 깔린 돌에서

토방돌 : 집채의 낙수 고랑 안쪽으로 돌려 가며 놓은 커다란 돌. 섬돌

토산(土山) : 정주군 고산면에 있는 마을. 이곳에는 연안 김씨가 집성촌을 이루어 살고 있었다. 예전에는 인근 고읍에 교회가 3개나 있어 고읍과 그 주변을 '예수장이 마을'이라고 불렀다. 고주에는 노씨가 많이 살았다. 토산에서 고주를 가려면 홍도리 고개를 넘어야 했다. 고주는 역시 해주 노씨, 광주 노씨의 집성촌으로 커다란 고을을 이루고 있었다.

토시 : 투수(套袖)에서 온 말. 팔뚝에 끼는 방한구로 저고리 소매 비슷하게 생겼으며, 주로 동물의 털을 이용했다.

토신묘 : 토신(土神)은 흙을 맡아 다스리는 신으로 충왕묘과 함께 농사를 주관한다. 토신묘(土神墓)를 모시는 사당

톱새 : 부리가 톱날처럼 생긴 새

통 배지개 : 들배지기. 상대편을 껴안아 들어올리면서 자기 몸을 슬쩍 돌려 넘어뜨리는 씨름 기술의 한 가지

통영(統營) : 경상남도 통영시로 한때 충무시(忠武市)로 불리던 유서 깊은 고읍(古邑)이다. 선조 37년이래 350여 년 동안 한국 수군의 본거지인 삼도수군통제영(三道水軍統制營)의 소재지였던 까닭에 지명이 통영(統營)으로 불려졌다.

통할하는 : 통할(統轄)하는. 모두 거느려서 관할하는

통효(通曉) : 환하게 깨달아서 앎

튀각 : 튀긴 다시마

튀겁 : 겁

튀튀새 : 티티새. 지빠귀. 개똥지빠귀. 10~11월에 떼를 지어 도래하여 겨울에
　　　는 낮은 산, 평지, 밭, 풀밭 등에서 살며 다른 새의 울음소리를 흉내냄

（ㅍ）

파래 : 녹조류 갈파래과의 한 속(屬). 몸은 엽상(葉狀)이고 김 비슷하며 빛깔은
　　　광택 있는 푸른 잎

파사인(派斯人) : 페르시아인. 현재 이란의 옛날 선조

판데목 : 경상남도 통영의 앞바다에 있는 수로 이름으로 1932년 해저 터널이
　　　완성된 곳이다. 판데다리라고도 하며 옛날에는 달고보리라고 했음

판장집 : 판자집

판판 : 전부. 모두 다

팔고갱이 : 팔굽

팔고뱅이 : 팔굽

팔굽 : 팔꿈치

팔난봉 : 사방 팔방으로 난봉을 하는 것

팔모알상 : 팔각으로 만들어진 개다리소반

팔프 : 펄프 목재 따위의 식물을 기계적 화학적으로 처리하여 그 섬유소를 뽑
　　　아낸 것. 종이나 인견 등을 만드는데 쓰임

팟중이 : 메뚜기과에 속하는 곤충으로 콩중이와 비슷한데 조금 작은 편. 몸길
　　　이 3.2~4.5cm이고 갈색임

팟팟하다 : 팍팍하다. 힘이 없고 다리가 무겁게 느껴지다

팥을 깔이며 : 햇볕에 말리려고 멍석 위에 널어둔 팥을 고무래로 이리저리 쓸
　　　어모으거나 펴는 것을 말한다. 백석의 시에서는 이를 오줌누는 소리에
　　　비유하였다.

펴며 : 퍼뜨리며

평풍 : 병풍

포족족하니 : 빛깔이 고르거나 깨끗하지 않고 파르스름하게 기운이 도는

폴록폴록: 마치 기침을 하는 듯이 연이어 거품을 뱉어내는 모습

표징(表徵): 겉으로 드러나는 상징

푸덕거리다: 큰 날짐승이 날개를 힘차게 치는 소리를 내다

푸루룩: 새가 나는 소리

풀대: 풀의 대궁

풀숭거리: 풀이 몹시 우거진 수풀 속

품바타령: 각설이타령

풍구재: 곡물로부터 쭉정이, 겨, 먼지 등을 제거하는 농구

풍잠(風簪): 망건의 당 앞쪽에 꾸미는 물건. 쇠뿔, 대모(玳瑁), 금패 같은 것으로 만듦. 갓모자가 걸리어 뒤쪽으로 넘어가지 못하도록 함

피나무: 낙엽 활엽 교목. 높이는 10m 가량. 재목은 도구재로 쓰임. 나무의 껍질은 섬유용으로 선박의 밧줄, 망, 끈 등을 만든다.

피두룩: 사지에 힘을 쭉 빠뜨리며 죽음의 상태에 이르는 모습

피설이운: 피가 살 속에 스며든

피성한: 피멍이 심하게 든

필리스틴: 교양 없는 사람. 속물(philistine)

(ㅎ)

하구긴날: 허구한 날. 매우 오랜 시일 동안. 매일

하누바람: 하늬바람. 농가나 어촌에서 북풍을 이르는 말. 강원도에서는 서풍을 일컫기도 함

하늑이는: 하느적거리는

하늘소: 하늘솟과의 갑충을 통틀어 이르는 말. 몸이 가늘고 촉각이 길며 날개가 딱딱함. 꽃이나 나무진, 썩은 나무 따위를 먹고 삶

하로에: 하루에

하이야니: 하이얀 색조가 은근히 드러나는

하탁: 아래턱

하턱이 빨고: 아래의 턱이 차차 가늘어 뾰족하고

하펌: 하품

학실 : 노인들이 쓰는 학슬(鶴膝) 안경. 다리 가운데를 학의 다리처럼 접었다
　　　폈다 할 수 있게 만든 안경

한겻 : 하루의 4분의 1인 시간. 약 여섯 시간 정도를 말함

한끝 : 한껏

한끝나게 : 한껏 할 수 있는 데까지

한당거리 : 한장(場)거리. 여기서는 '일주일마다'라는 뜻임

한불 : 상당히 많은 것들이 한 표면을 덮고 있는 상태

한울 : 하늘

한잠 : 한창 깊이 든 잠

한즘 : 서늘하고 추운 노천 움막

한켠으로 : 한 편으로

할아버지 가에서 : 할아버지 옆에서

함곡간(函谷關) : 요동반도에서 북경으로 가는 길목. 교통의 요지

함박꽃 : 작약꽃

함소주 : 상자째 갖다 두고 마시는 소주

함지 : 나무로 짜서 귀퉁이지게 만든 그릇. 함지박 또는 나무를 파서 만든 그릇

합문(闔門) : 제사 때에 귀신이 제삿밥을 먹는 시간 잠시 문을 닫거나 병풍으
　　　로 가리어 두는 일

항나(亢羅) 적삼 : 명주, 모시, 무명실 등으로 짠 저고리의 하나로 천의 구멍
　　　송송 뚫어져 있어 여름옷으로 적당함

항약 : 조르면서 떼를 쓰는 것

해가우리 : 해바라기

해바라기 : 해를 계속해서 쳐다보는 것, 또는 햇빛을 쬐는 행위

해발은 : 양지 바른

해사한 : 얼굴이 맑고 깨끗한

해오라비 : 백로(白鷺)

해정한 : 맑고 깨끗한

햇강아지 : 갓 태어난 지 얼마 안 되는 강아지

햇귀 : 해가 처음 솟을 때의 빛

햇닭 : 어린 닭. 그 해에 부화된 닭

햇츩방석 : 그 해에 난 칡덩굴로 엮은 방석

행산군 : 도붓장사

허덕허덕 : 헐떡헐떡

허준(許俊 : 1910.2.27~?) : 이효석·이태준·최명익·이상과 함께 1930년대를 대표하는 소설가의 한 사람. 『조선일보』 기자를 지냈으며, 일제 말 만주 신경에서 거주하다가 해방 후 평양에 돌아와 김일성대학 영문학과 교수를 역임함. 뒤에 북한 정권에 의해 숙청당한 것으로 알려짐. 작품으로는 「탁류」·「습작실에서」·「속 습작실에서」·「평대저울」·「잔등(殘燈)」 등이 있고, 심리적이고 의식적인 기법으로 솔직하고 사실적인 내면묘사가 그의 작품의 특징이다.

허청간 : 헛간으로 된 집채

헐하니 : 생각한 것보다는 힘이 들지 아니하게

헐한 : 돌린. (휴식을)취한

헤 : 혀

휌 : 철. 사리를 분별하여 판단할 줄 아는 힘

혀고 : 켜고

혀는 : 자르는

호궁(胡弓) : 중국의 전통 현악기의 한 가지. 모양은 바이올린과 비슷하며, 대나무로 만들어 뱀 껍질을 입혔음

호끈히 : '후끈히'의 작은 말. 뜨거운 기운을 받아서 차츰 달아오르는 모양

호루기 : 쭈꾸미와 비슷하게 생긴 해산물. 경남 통영에서는 이것으로 담근 젓갈이 유명하다.

호리낭창 : 몸이 호리호리하게 낭창하고 다소 마른 듯하며 휘어진 모습

호박떡 : 청둥호박을 생것으로 얇게 썰거나 또는 말린 오가리를 넣어 만든 시루떡

호박떼기 : 말타기와 비슷한 아동들의 유희. 3명씩 편을 나누어 서로를 잡고 있으면 한 편이 서로 잡고 있는 다른 한 편을 한 사람씩 떼어놓는다. 이때 다 떼어지면 다시 다른 한 편이 똑같은 위치에서 떼어내기를 한다. 이 때 한 편은 성공하고, 다른 편은 실패하면 놀이는 끝난다. 떼어내는 데 성공하는 편이 이긴다. 만일 둘 다 떼어내는 데 실패했거나, 두 편다 성공했으면 비긴 상태에서 다시 호박떼기를 한다. 같은 편끼리 안 떨어지기 위해 3명이 결사적으로 팔, 다리, 어깨, 허리를 서로 끌어안고

있으면 이기므로 재미있고, 떼어놓는 편은 세 명이 합세하여 한 사람씩 차례로 떼어놓는다. 이 때 떼어진 사람은 포로인 셈이며 서서 사태의 추이를 방관하며 있어야 한다.

호이호이 : 호기롭게 부는 휘파람 소리를 나타내는 의성어

호주를 하니 : 물기에 촉촉이 젖어 몸이 후줄근하게 되어

호호히 : 끝없이 넓고 아득하게

홍게닭 : 이른 새벽에 우는 닭

홍공단단기 : 붉은 공단 댕기. 공단은 비단 이름

화디(燈臺) : 등대로 호롱불을 올려놓는 나무 받침대

화라지 송침 : 소나무 잔가지를 모아 칡덩굴이나 새끼줄로 묶어 땔감으로 장만한 나뭇더미

화라지 : 옆으로 길게 뻗어 나간 나뭇가지를 땔나무로 이르는 말

화룬선 : 화륜선(火輪船)을 말함. 증기기관으로 움직이는 기선

화리서리 : 마음 놓고 팔 다리를 흔들며 걸어가는 모습을 나타냄

화이 : 화해

화차 : 화물을 싣는 철도 차량

환(丸) : 선박 등의 이름 뒤에 붙는 일본어의 접미사. '~마루(丸)', '~호(號)'

황화장사령감 : 황아장수. 도붓장수. 온갖 잡살뱅이의 물건을 지고 집집이 찾아다니며 팔던 행상

홰 : 닭이나 새가 앉도록 닭장이나 새장 속에 가로지른 나무 막대

홰 : 닭이 목을 뽑고 우는 것을 말함

홰 : 새장이나 닭장 속에 새나 닭이 앉도록 가로질러 놓은 막대

홰낭닭 : 홰에 올라 앉은 닭

홰를 친다 : 닭이 나무막대를 날개로 치고 동시에 목소리를 뽑는다. 그러므로 홰를 친다는 것은 둘 다를 의미할 때가 많다.

홰죽하니 : 어둑하니 호젓한 느낌이 드는

횃대 : 바로 잡은 명태 또는 대가리가 큰 물고기로 횃대 식혜를 담는 재료로 쓰인다.

횃대 : 옷을 걸 수 있게 만든 제구. 간짓대를 잘라 두 끝에 끈을 매어 방안에 달아매어 둠

회국수 : 고추장에 무친 생선회를 얹어 먹는 비빔국수

회담벽 : 회를 칠한 담벽

회순 : 다래덩쿨의 순으로 말려서 먹음

회채리 : 회초리

후치 : 극젱이. 땅을 가는 데 쓰는 농기구의 한 가지. 쟁기와 비슷하나 쟁깃술
　　　이 곧게 내려가고 보습 끝이 무디어 몸체가 빈약함

훑다 : 붙어 있는 알갱이 따위를 떼어내기 위하여 다른 것 틈에 끼워 잡아당
　　　기다

휘딱 : 후딱. 눈 깜짝할 사이에

휘염한 : 약간 휘어져 있는

휘임 : 휘움. 조금 휘어져 있는 것

흐늑흐늑 : 흐느적흐느적. 사물이 녹아서 흐물거리는 상태

흔골어저 : 헝클어져

흙꽃 : 흙 먼지가 일어나는 것

흠향(歆饗) : 제사 때에 귀신이 제사상의 음식을 먹는 것

흥성흥성 : 흥에 겨워 정답게 많이 모여 있는 사람들 사이에서 차분하게 들떠
　　　있는 모양

흥성흥성하고 : 매우 번성하여 보기에 질번질번한 꼴

흥안령(興安嶺) : 만주의 북쪽에 있는 거대한 산맥으로 대흥안령과 소흥안령
　　　을 말함

히근하니 : 희뿌옇게

히맑은데 : 하이야니 맑은데

히물쩍 : 입술을 좀 일그러뜨리며 소리 없이 웃는 척하는 모양

히스무레하고 : 히끄무레하고

히여졌다 : 하얗게 되어졌다.

히연한 : 하얀. 날이 어슴푸레 밝아오는

힌두레 방석 : 하얀 둥근 방석. 아카시아 꽃잎이 떨어져 쌓인 모양

6. 백석 관련 연구 자료 총목록

박아지, 「신춘시단 개평—백석氏作 '古夜'」, 『동아일보』, 1936.1.18.

김기림, 「'사슴'을 안고」, 『조선일보』, 1936.1.29.

박귀송, 「시단시평」, 『신인문학』, 1936.1.

이선희, 「최신제품의 시인 백석(인물평)」, 『조광』, 1936.4~5.

임　화, 「문학상의 지방주의 문제」, 『조광』, 1936.10.

박용철, 「병자시단의 1년 성과」, 『동아일보』, 1936.12.

_____, 「백석시집 '사슴'평」, 『박용철전집』 2, 동광당서점, 1940.

오장환, 「백석론」, 『풍림』 5호, 풍림사, 1937.4.

안석영, 「조선문인 인상기」, 『백광』, 백광사, 1937.6.

윤곤강, 「코스모스의 결여」, 『인문평론』, 인문평론사, 1940.1.

_____, 『시와 진실』, 정음사, 1948.

백　철, 『조선신문학사조사』(현대편), 백양당, 1949.

현　수, 『적치 6년의 북한문단』, 중앙문화사, 1952.

유종호, 「한국의 페시미즘—운명론의 계보」, 『현대문학』 81호, 1961.9.

_____, 『비순수의 선언』, 신구문화사, 1962.

_____, 「시와 토착어 지향」, 『동시대의 시와 진실』, 민음사, 1982.

_____, 「시원 회귀와 회상의 시학—백석의 시세계1」, 『다시 읽는 한국시인』, 문학동네, 2002.

김윤식 · 김현, 『한국문학사』, 민음사, 1973.

김윤식, 「허무의 늪 건너기—백석론」, 『민족과 문학』, 1990년 봄.

김종철, 「30년대의 시인들」, 『시와 역사적 상상력』, 문학과지성사, 1978.

유태수, 「1940년 전후의 시정신과 그 형상화」, 『관악어문』 4집, 서울대 국문학과, 1979.

정한숙, 『해방문단사』, 고려대 출판부, 1980.

_____, 『현대한국문학사』, 고려대 출판부, 1982.

최두석, 「1930년대 시의 표현에 관한 고찰」, 서울대 석사논문, 1982.

_____, 「백석의 시세계와 창작방법」, 『우리 시대의 문학』 6집, 문학과지성사, 1987.

_____, 「한국현대리얼리즘시연구―임화·오장환·백석·이용악의 시를 중심으로」, 서울대 박사논문, 1995.

김명인, 『백석 시고』(우보전병두박사회갑기념논문집), 1983.

_____, 「1930년대 시의 구조 연구」, 고려대 박사논문, 1985.

_____, 「매몰된 문학의 제자리 찾기」, 『창작과비평』, 1983년 봄.

_____, 「한국근대시의 구조 연구」, 한샘출판사, 1988.

이숭원, 「『문장』지 시에 나타난 고향의식 시고」, 『국어교육』, 서울사대 국어과, 1980.2.

_____, 「30년대 후반기 시의 한 고찰」, 『국어국문학』 90호, 1983.12.

_____, 「백석 시의 전개와 그 정신사적 의미」, 『시문학』 204호, 1983.

_____, 「풍속의 시화와 눌변의 미학―백석론」, 『한국 시문학의 비평적 탐구』, 삼지원, 1985.

_____, 「백석 시의 절망과 희망」, 『현대시와 삶의 지평』, 시와시학사, 1993.

_____, 「백석 시와 평화의 시선」, 『한국현대시감상론』, 집문당, 1996.

_____, 「백석 시의 화자와 어조 연구」, 『한국시학연구』 제1호, 한국시학회, 1998.

이효석, 「嶺西에의 기억」, 『이효석전집』 7권, 창미사, 1983.

고형진, 「백석 시 연구」, 고려대 석사논문, 1983.

_____, 『한국현대시의 서사지향성 연구』, 시와시학사, 1995.

_____, 『백석문학론집 『백석』』, 도서출판 새미, 1996.

_____, 『현대시의 서사지향성과 미적 구조』, 시와시학사, 2003.

박태일, 「백석 시의 공간인식」, 『국어국문학』 21집, 부산대 국문과, 1983.

_____, 「1940년 전후 한국시에 나타난 공간인식의 문제」, 부산대 석사논문, 1985.

_____, 「김광균과 백석 시에 나타난 친족체험」, 『경남어문논집』 1집, 경남대 국문과, 1988.

_____, 「백석 시와 구체성의 미학」, 『경남어문논집』 2집, 경남대 국문과, 1989.

_____, 「한국근대시의 공간현상학적 연구-백석, 윤동주, 이육사, 김광균을 중심으로」, 부산대 박사논문, 1991.

_____, 「백석시의 공간현상학」, 『백석』(고형진 편), 새미, 1996.

_____, 『하늘에서 빛날 겨레시의 보석상자』, 동보서적, 1997.

_____, 「백석과 신현중, 그리고 경남문학」, 『지역문학연구』, 불휘, 1999.

_____, 「백석의 미발굴 번역시 '머리오리'」, 『시와 비평』, 불휘, 2000.

_____, 「백석의 미발굴시 '병아리 싸움' 변증」, 『시와 비평』, 불휘, 2001.

_____, 「백석과 『만선일보』, 그리고 우리시의 북극성」, 『한국 근대문학의 실증과 방법』, 소명출판, 2004.

이동순, 「무너진 시대의 모국어와 공동체의식-백석시의 합일지향적 성격」, 『백민전재호박사 회갑기념논총』, 형설출판사, 1985.

_____, 『백석시전집』, 창작과비평사, 1987.

_____, 「민족시인 백석의 주체적 시정신」, 『백석시전집』, 창작과비평사, 1987.

_____, 「일제시대 저항시가의 정신사적 성격」, 경북대 박사논문, 1988.

_____, 「내 고보시절의 은사 백석선생-함흥영생고보 제자 김희모씨의 회고」, 『월간 현대시』, 1990.

_____, 「백석, 내 가슴속에 지워지지 않는 이름-자야여사의 회고」, 『창작과 비평』, 1988년 봄.

_____, 「백석 시의 민족문학적 의의-백석론」, 『백석시집 '멧새소리'』, 미래사, 1991.

_____, 『여우난골족』(정본 『백석시전집』), 솔출판사, 1996.

_____, 「백석 시의 영향과 후배시인들의 시」, 위의 책, 솔출판사, 1996.

_____, 「문학사의 영향론을 통해서 본 백석의 시」, 『인문과학』, 영남대학교 인문과학연구소, 1996.

_____, 「보다 완전한 정본을 기다리며」, 『당대비평』 겨울, 당대비평사, 1997.

_____, 「세기말에 보내오는 백석 시의 메시지-회복의 정신을 중심으로」, 『실천문학』, 1999년 겨울.

_____, 「백석 시의 연구쟁점과 왜곡 사실 바로잡기」, 『동일문화논총』, 2004.

장영수, 「백석 시의 구조연구」, 『국어교육』 61·62합집, 한국국어교육연구회,

1985.

_____, 「백석시집 '사슴'에 대한 소고」, 『논문집』 28집, 한국국어교육연구회, 1987.

김영배, 「백석 시의 방언에 대하여」, 『한실이상보박사회갑기념논총』, 형설출판 사, 1987.

최동호, 「산수시의 세계와 은일의 정신」, 『불확정시대의 문학』, 문학과지성사, 1987.

김정순, 「백석 시 시어 연구」, 경남대 석사논문, 1987.

김학동, 「원초적 삶의 모습과 서정」, 『가즈랑집 할머니』, 새문사, 1988.

_____, 「가즈랑집 할머니」, 『백석시집』, 새문사, 1988.

_____, 「백석 시와 속신적 삶의 세계」, 『성기열박사화갑기념논총』, 1989.

_____, 「백석연구」, 『백석전집』, 새문사, 1990.

_____, 『백석전집』, 새문사, 1990.

윤주은, 「백석의 '여우난곬족' 작품구조 분석」, 『석하권영철박사화갑기념논총』, 효성여대 출판부, 1988.

김미숙, 「한국 현대시에서 방언 쓰임새의 연구」, 인하대 석사논문, 1987.

김헌선, 「한국시가의 엮음과 백석 시의 변용」, 『한국현대시인연구』, 신아, 1988.

신범순, 「백석의 공동체적 신화와 유랑의 의미」, 『분단시대』 4집, 학민사, 1988.

윤지관, 「순수시의 정치적 무의식─정지용과 백석」, 『외국문학』 17호, 1988.

이상경, 「온전한 문학사를 위하여」, 『실천문학』, 1988년 봄.

류택순, 「백석론」, 『말과글』 1집, 충북대 국문과, 1988.

이민연, 「백석 시 연구」, 『전농어문연구』 1집, 서울시립대 국문과, 1988.

황용현, 「백석 시 연구」, 성균관대 석사논문, 1988.

이은봉, 「백석 시의 표현방법에 대한 일고찰」, 『숭실어문』 5집, 숭실어문학회, 1988.

_____, 「1930년대 후기시의 현실인식 연구」, 숭실대 박사논문, 1992.

_____, 「백석 시의 모더니즘 연구」, 『한남어문학』, 17·18집, 한남대 국문과, 1992.

_____, 『한국현대시의 현실인식』, 국학자료원, 1993.

김재홍, 「민족적 삶의 원형성과 운명애의 진실미―백석」, 『한국문학』 192호, 1989.

_____, 「한국현대문학의 비극론」, 『시와 시학사』, 1993에 재수록.

_____, 「한국현대시 은유형태 분석론, 시론」, 『현대문학』, 1996.

이승훈, 「해금시 자세히 읽기2 : 백석편」, 『현대시학』, 1989년 3월.

정효구, 「백석 시의 정신과 방법」, 『한국학보』 57집, 일지사, 1989.

_____, 「백석의 삶과 문학」, 『백석』, 문학세계사, 1996.

김영민, 「백석 시의 특질 연구」, 『현대문학』 411호, 1989.3.

김중모, 「백석 시 연구」, 우석대 석사논문, 1989.

이승호, 「백석 시 연구」, 『어문학보』 12집, 강원대 국문과, 1989.

최진송, 「시에 있어서의 현실문제」, 『국어국문학』 9호, 동아대 국문과, 1989.

이대규, 「백석의 시세계」, 『한국언어문학』 27집, 한국언어문학연구회, 1989.

신연우, 「시조시의 전통과 백석시의 위상」, 『열상고전연구』 2집, 열상고전연구회, 1989.

최종금, 「백석 시에 나타난 민족의식에 관한 연구」, 한국교원대 석사논문, 1989.

김계진, 「백석 시 연구」, 강원대 석사논문, 1989.

황용현, 「백석 시 연구」, 성균관대 석사논문, 1989.

이준관, 「한국현대시의 동심의식 연구」, 고려대 석사논문, 1989.

박근배, 「일제강점기 만주체험의 시적 수용」, 경남대 석사논문, 1989.

박혜숙, 「확대된 시어와 한국인의 삶, 백석시의 고찰」, 『대유학보』(『대유공전』 67호), 1989.12.

_____, 「백석 시 연구」, 『대유공전 논문집』, 1992.

_____, 「백석―우리 문화의 원형탐구와 떠돌이 삶」, 건국대 출판부, 1995.

유재천, 「백석 시 연구」, 『1930년대 민족문학의 인식』, 한길사, 1990.

김열규, 「신화와 소년이 만나서 일군 민속시의 세계」, 『1930년대 민족문학의 인식』, 한길사, 1990.

송하선, 「백석의 '사슴'과 서정주의 '질마재신화' 대비고」, 『한국언어문학』 28집, 한국언어문학연구회, 1990.5.

김은자, 「백석 시 연구」, 『한림대학교 논문집』 8집, 1990.12.

_____, 「생명의 시학―백석 시에 나타난 동물상징을 중심으로」, 『백석』, 새미, 1996.

차주연, 「백석의 시세계 연구」, 연세대 석사논문, 1990.

천기수, 「백석 시에 나타난 작가의식 연구―오장환과의 대비를 중심으로」, 경북대 석사논문, 1990.

안정림, 「백석 시 연구」, 『홍익어문』 9집, 홍익대 홍익어문학회, 1990.

박 철, 「고향으로 간 쓸쓸한 사생―백석시 연구」, 『도솔어문』, 단국대 국문과, 1990.

김용직, 「동시대의 눈길과 시적 진실―백석론」, 『시와시학』, 1991년 가을.

_____, 「토속성과 모더니티―백석론」, 『한국현대시해석비판』, 시와시학사, 1991년 가을.

한수영, 「백석 시 연구」, 이화여대 석사논문, 1991.

차주연, 「백석의 시세계 연구」, 연세대 석사논문, 1991.

최양옥, 「백석 시에 나타난 '집'에 관한 연구」, 경상대 석사논문, 1991.

박귀례, 「백석 시 연구」, 『성신어문학』 4호, 1991.

이병학, 「백석 시 연구」, 한양대 석사논문, 1991.

이임순, 「백석 시의 인물유형 연구」, 충북대 석사논문, 1991.

이은찬, 「1930년대 후반 한국 현실주의 시의 내면화 과정 연구」, 서울대 석사논문, 1991.

양혜경, 「백석 시 연구」, 동아대 석사논문, 1991.

윤석우, 「백석 시 연구」, 목포대 석사논문, 1991.

고명수, 「백석 시의 문체론적 고찰」, 『목멱어문』, 동국대 국어교육과, 1991.3.

고종석, 「30년대 민족현실 시적 형상화 탁월―백석(발굴 현대사의 인물)」, 『한겨레신문』, 1991.10.11.

이충렬, 「북의 작가를 찾아서 2」, 『한겨레신문』, 1991.12.19.

장정렬, 「백석과 이용악 시의 공간 연구」, 한남대 석사논문, 1991.

신혜란, 「백석론」, 『한성어문학』 10집, 한성대 국문과, 1991.

박덕은, 「백석의 작품세계」, 『해금작가작품론』, 새문사, 1991.

송하선, 「백석의 『사슴』과 미당의 『질마재 신화』 대비고」, 『한국시문학』 5집, 한국시문학회, 1991.

정정교, 「소월과 백석 시의 향토성 비교 연구」, 건국대 석사논문, 1992.

박호용, 「백석과 윤동주 시의 비교 연구」, 한국외국어대 석사논문, 1992.

윤혜숙, 「백석 시 연구」, 조선대 석사논문, 1992.

조미숙, 「백석 소고」, 『한국현대문학의 이해』, 건국대 현대문학연구회, 서강학술자료사, 1992.

박근배, 「일제강점기 만주체험의 시적 수용—이용악·유치환·백석 시를 중심으로」, 경남대 석사논문, 1992.

원재길, 「세상과 산골—백석 『나와 나타샤와 흰 당나귀』」, 『동양소식』, 1992.

최학출, 「백석 시와 그 가능성」, 『울산어문논집』 8집, 1992.

_____, 「1930년대 한국모더니즘 시의 근대성과 주체의 욕망체계에 대한 연구」, 서강대 박사논문, 1994.

황종연, 「한국문학의 근대와 반근대—1930년대 후반기 문학의 전통주의 연구」, 동국대 박사논문, 1992.

김정순, 「백석 시 시어 연구」, 경남대 석사논문, 1992.

김주언, 「백석 시 연구」, 단국대 석사논문, 1992.

장정렬, 「백석과 이용악 시의 공간 연구」, 한남대 석사논문, 1992.

서범석, 「농민시이론서설」, 『한국현대문학의 이해』, 서광학술자료사, 1992.

이주형, 「백석 시 연구」, 건국대 석사논문, 1992.

임성조, 「백석 시의 한 이해—형상화 방법과 禪美에 관하여」, 『국어국문학』 제110권, 1993.

최정숙, 「백석 시 연구」, 숙명여대 석사논문, 1993.

이경수, 「백석 시 연구」, 고려대 석사논문, 1993.

방연정, 「백석 시에 나타난 인물유형 연구」, 연세대 석사논문, 1993.

_____, 「1930년대 시어의 표현방법」, 『개신어문연구』 14집, 개신어문학회, 1997.

김요안, 「백석 시 연구」, 한양대 석사논문, 1993.

곽봉재, 「김소월·백석 시 비교연구」, 경희대 석사논문, 1993.

임형섭, 「백석 시 연구」, 건국대 석사논문, 1993.

김미경, 「백석 시 연구」, 서울대 석사논문, 1993.

고명수, 「백석 시의 문체론적 고찰」, 『목멱어문』 5집, 동국대 국어과, 1993.

김병택, 「백석 시의 특질에 관한 고찰」, 『어문연구』, 어문연구회, 1993.10.

김춘수, 「산문시와 이야기시의 전개 양상」, 『월간 현대시』, 1993.7.

유경아, 「백석 시 연구」, 효성여대 석사논문, 1994.

김은경, 「백석 시 연구」, 국민대 석사논문, 1994.

허병두, 「백석과 이용악의 시적 상상력 연구」, 강원대 석사논문, 1994.

윤병화, 「백석 시의 현실의식에 관한 연구」, 한국교원대 석사논문, 1994.

송 준, 『남신의주유동박시봉방』(『백석일대기』 1 · 2), 지나, 1994.

_____, 『백석시전집』, 학영사, 1995.

김자야, 「내 사랑 백석 – 백석시인과 자야여사의 애절한 사랑 이야기」, 『문학동
　　　네』, 1995.

윤여탁, 「백석과 안용만의 서술시」, 『시의 논리와 서정시의 역사』, 태학사,
　　　1995.

한계전, 「1930년대 시에 나타난 '고향' 이미지에 관한 연구 – 백석, 오장환, 이
　　　용악을 중심으로」, 『한국문화』 16호, 서울대 한국문화연구소, 1995.

김병택, 「백석 시의 특질에 대한 고찰」, 『한국현대시인론』, 국학자료원, 1995.

이 탄, 「백석론」, 『한국의 대표시인론』, 문학아카데미, 1995.

최승호, 『한국현대시와 동양적 생명사상』, 다운샘, 1995.

하희정, 「연인과 운명과 고독과 백석론」, 『선청어문』 24집, 1996.

장도준, 「백석 시의 화자와 표현 기법에 관한 연구」, 『어문학』 58집, 한국어문
　　　학회, 1996.

남기택, 「백석 문학 연구」, 충남대 석사논문, 1996.

박수연, 「백석의 『사슴』에 나타난 모더니티 연구」, 『어문연구』, 어문연구회,
　　　1996.

정은희, 「백석 시 연구」, 중앙대 석사논문, 1996.

박상순, 「백석 시에 나타난 패배의식 연구」, 영남대 석사논문, 1996.

시와사회 편집부, 『백석동화시집 『집게네 네 형제』』, 시와사회, 1996.

김재용, 『백석전집』, 실천문학사, 1997.

_____, 『백석전집』(증보판), 실천문학사, 2003.

김승구, 「백석 시의 낭만성 연구」, 서울대 석사논문, 1997.

심재휘, 「1930년대 후반기 시 연구」, 고려대 석사논문, 1997.

서지영, 「백석 시 연구」, 『한국서정문학론』, 태학사, 1997.

_____, 「한국 현대시의 산문성 연구」, 서강대 박사논문, 1999.

류경동, 「잃어버린 시간의 복원과 허무의식」, 『1930년대 후반문학의 근대성과
       자기성찰』(상허문학회), 깊은샘, 1998.

박현수, 「일제강점기 시의 '숭고' 고찰」, 『한국시학연구』, 1998.

김신정, 「시어의 혁신과 현대시의 의미」, 『1930년대 후반문학의 근대성과 자기
       성찰』, 깊은샘, 1998.

박주택, 『낙원회복의 꿈과 민족정신의 복원-백석시 연구』, 시와시학사, 1999.

강미경, 「백석의 통영 시 연구」, 『지역문학연구』 5호, 경남지역문학회, 1999.

조영복, 「백석 시의 언어와 정치적 담론의 소통성」, 『한국현대시와 언어의 풍
       경』, 태학사, 1999.

박윤우, 『백석 시에 있어서의 고향의식과 근대성의 관계양상 연구』, 국제어문,
       1999.

서준섭, 『잃어버린 고향에로의 회귀와 그 환기형식으로서의 시-흰 바람벽이
       있어』, 고려원, 1999.

이명찬, 『1930년대 한국시의 근대성』, 소명출판, 2000.

김영익, 『백석 시문학 연구』, 충남대 출판부, 2000.

최혜진, 「백석 시의 전통지향성 연구」, 울산대 석사논문, 2000.

이지은, 「백석의 동화시 연구-『집게네 네 형제』를 중심으로」, 서울여대 석사
       논문, 2001.

이경수, 「백석 시의 반복기법 연구」, 『상허학회』 제7집, 2001.

박경순, 「백석 시 연구-이야기적 특성을 중심으로」, 인하대 석사논문, 1997.

신경림, 「백석, 눈을 맞고 선 굳고 정한 갈매나무」, 『시인을 찾아서』, 2002.

조달수, 「백석 시의 소재 연구」, 경주대 석사논문, 2002.

조용복, 『월북예술가, 오래 잊혀진 그들』, 돌베개, 2002.

정진헌, 「백석 아동문학 연구-평론과 동화시집 『집게네 네 형제』를 중심으로」,

건국대 석사논문, 2003.

전봉관, 「1930년대 한국시에 나타난 현대적 죽음의 표상」, 『한국현대문학연구』, 월인, 2002.

오세영, 「백석 시에 있어서의 고향과 그 상징적 등가물」, 『서정시학』, 2003년 겨울.

오양호, 『한얼생 백기행의 시와 마도강』(미발표본), 2002.

_____, 「일제강점기 북방파 시에 나타나는 시의식 고찰 1」, 『한국문학논총』, 2003.

_____, 「일제강점기 북방파 이민문학에 나타나는 작가의식 연구」, 『한민족어문학』 45집, 2004.

손진은, 「백석 시의 형성과 프랑시스 잠 시」, 『현대시의 미적 인식과 형상화 방식 연구』, 월인, 2003.

시와사회 편집부, 『나와 나타샤와 흰 당나귀』(『백석시선집』), 시와사회사, 2003.

김용희, 「백석 시에 나타난 구술과 기억술의 이데올로기」, 『한국문학논총』 38집, 2004.

찾아보기

시집, 단행본, 신문, 잡지 ▬▬▬▬

사항

인명